稀見清代科舉文集選刊

伍

陳維昭 編

復旦大學出版社

館課我法詩箋

〔清〕紀昀 撰
〔清〕郭斌 箋注
王濤 點校

館課我法詩箋提要

《館課我法詩箋》四卷，清紀昀撰，郭斌箋注。

紀昀（一七二四—一八〇五），字曉嵐，一字春帆，晚號石雲，又號觀弈道人、孤石老人，直隸獻縣（今河北獻縣）人。乾隆十九年（一七五四）中進士，改庶吉士，散館授編修，遷詹事府左春坊左庶子，充武英殿纂修、功臣館纂修、庶吉士小教習等。歷任山西、順天鄉試考官、福建學政。曾被流放烏魯木齊兩年，召歸後累遷侍讀學士、兵部侍郎、禮部尚書、協辦大學士。嘉慶十年（一八〇五）病逝，謚文達。紀昀學識淵博，曾任《四庫全書》總纂官，纂定《四庫全書總目》及《四庫全書簡明目録》。工詩善文，著有《閱微草堂筆記》等，其孫紀樹馨將其作品整理爲《紀文達公遺集》。

郭斌，字木軒，生卒年不詳，嘉慶間福建閩嚴人。

該書取紀昀的兩部試律詩集《館課存稿》和《我法集》各兩卷加以評釋箋注，前者爲紀昀講授庶常館時自作，後者爲其教授孫輩時自作並親自評點。除注釋之外，郭斌仿

《我法集》對《館課存稿》進行了逐句評點，並結合紀昀的另外兩部試律著作《唐人試律説》和《庚辰集》，將其主要論述撮爲總論、辨體、審題、命意、布格、琢句、煉氣煉神、典故、押韵、對法、諧音和入病等十二類，總名爲「試律體例」置於卷首，是爲紀昀試律詩法的系統性總結。

作爲清代試律詩創作與理論建構的集大成者，紀昀爲破除前人以八股文法論試律所造成的板滯之病，指出寫作試律的更高追求是「始於有法而終於以無法爲法，始於用巧而終於以不巧爲巧」，在「寢食古人，培養其根柢」的基礎上做出更爲靈活多變的調整，博采衆家以達到「神明變化」的境界。因而在本書中，他頻繁使用諸如「自爲開合」、「生動活變」、「以不解解之」、「天然凑泊」、「妙極自然」、「運掉自如」一類的概念歸納試律的整體風格，爲其創作注入了新的活力。

《館課存稿》和《我法集》早在紀昀在世時便被多次箋注刊行。乾隆五十一年（一七八六）有李崇禮選箋的《館課詩注》問世，至嘉慶七年（一八〇二）其門人林昌從中挑選出五十首作注，題名《河間試律矩》四卷出版。《我法集》兩卷最早由其孫紀樹馨於乾隆六十年（一七九五）刊行，之後嘉慶九年（一八〇四）有魏爾止注、文錦堂刻版的《我法集注釋》四卷本出版，析二卷爲四卷，選詩與紀樹馨版無異。郭斌此書亦刊於嘉慶九年，是二書最早的合刊本。同年林昌又在《河間試律矩》的基礎上增入《館課存稿》剩餘部分和《我法集》中全部詩作，按主題分爲十五門並加以注釋，題名《增訂河間試律矩》八卷出版。相較而言，郭著雖不及林著搜羅之全，但在評點和注釋上不惟更加詳備，亦最能體現紀昀的試律觀念。今以郭著爲底本，輔之以《紀曉嵐文集》本《館課存稿》和紀樹馨本《我法集》參校整理。

序

詩之興舊矣，發源於《風》、《雅》，極盛於漢、魏，遞衍於晉、宋，頽靡於梁、陳，至唐人而流派各出，體製遂分。惟試律體卑，唐朝名手率多不屑措意，所謂「百里不治，不害其爲龐士元也」。然究之，骨力視乎天資，氣體關乎學養。詞旨卑靡，古體亦多庸音；格意高超，試律不乏鉅製。淺深高下，在所自爲，區區體製之間，要非所争也。我國家稽古右文，自康熙庚辰歲科舉增用律詩，迄今幾百年矣。海内彬彬，竟以風雅相尚。坊間所選，敲金戛玉，固多鴻篇。河間曉嵐紀先生精於詩，生平所定《鏡烟堂十種》，皆爲風雅而設。其間立識超卓，持論和平，遠絶前人門户之見。至其所自著，前刊《館課詩》大多精神結撰，法律謹嚴，及後定《我法集》則多高超跳脱，迥異恒蹊，此亦如杜工部秦州以後詩乎？文人老景疏放，所有撰著，率由不經意而得之，道有固然耳。要其機法相生，正變相輔，則皆足永世而垂諸久遠。斌自戊申公車北上，迨庚戌歸里，杜門却掃，惟以讀書課徒爲事。經傳餘暇，以近體帖括與同人相切劘。雅喜先生律詩，講解之餘，頗獲其製作遺意，而爲注釋其一二。數年來及門傳寫，恐不無魚魯之訛，兹因諸子敦請，總其前後諸詩付諸剞劂。夫以先生之詩刊布海内，業不脛而走千里，豈待評注而始傳？况余學識疏淺，亦豈有能闡發其萬一？但先生於《我法集》，嘗自言曰：「余之詩，第爲課孫而作。」則余亦曰：「余之評注，第爲授徒而設，原非以操選也，庶覽者其鑒余之心也夫。」嘉慶丁巳歲陽月，後學閩巖郭斌木軒書於西山鐘靈書院之尚志堂。

凡例

一、詩原無達詁，好《晨風》而慈父感悟，講《鹿鳴》而兄弟同食，何假先下注脚？然此爲初學而設，不廢評點，聊存牋釋，用示軌途，故詞繁不殺云。

一、《課館詩》原無注解，兹爲細加評跋以清其眉目，不以瑣眉〔一〕爲嫌。

一、《我法集》先生自評已詳，今所注者，皆係先生語，間有增入一二，亦只暢發其未盡之旨，故不更識别。

一、注中所引諸書，原文太繁者不免删節，用省簡編，雖取譏割裂，弗恤也。

試律體例

一、凡爲試律，先須辨體。題有題意，詩以發之，不但如應制諸詩，惟求華美，則襞積之病可免矣。次貴審題，批窾導會，務中理解，則塗飾之病可免矣。次命意，次布格，次琢句，而終之以煉氣煉神。氣不煉則雕鎪工麗僅爲土偶之衣冠，神不煉則意言並盡，興象不遠，雖不失尺寸，猶凡筆也。大抵始於有法而終於以無法爲法，始於用巧而終於以不巧爲巧，此當寢食古人，培養其根柢，陶鎔其意境，而後得其神明變化自在流行之妙，不但求之試律間也。（此條總論，以下各條分析言之。）

一、詩貴辨體，而後研詞煉句，與題雅稱，此爲選聲配色之法。蓋典重之題不得着一媚嫵字，衣冠劍佩之中間以粉黛，則妖矣；濃麗之題不得着一方板字，賞花邀月之飲賓主百拜，則迂矣。

一、試律之題有褒無貶，有頌無刺，如遇出典不甚好者，不得不立意斡旋，此立言之體也。如「玉卮無當」題，據韓非本意，言玉卮無當不如瓦卮有當，元稹詩通體以無當合題意，以玉卮見身分，抑揚互用，運掉自如，凡遇此種題，宜知此意。

一、遇出典不甚好者立意斡旋，此常格也。然試律又有一種壓題格，如題爲情理所有，而其事有失其論未確者，則於篇終駁正，集中《池水夜觀深》之類是也。若出格無理之題，則入手先須叫破，如八比之有斷做，與順口氣者不同，集中《煉石補天》之類是也，此則不能以常格拘者也。

一、結寓祈請，唐試律類，然亦一時風氣如是，今則不必。又如頌聖作結，固屬對揚之體，然亦須關合本題。若以通套膚詞，後半篇支綴三四韵，非詩法也。

一、試帖原有關合時事之體，然考唐人程試之例，如《詔改正月晦日爲中和節》，是朝廷新制也，則通篇全詠時事。如《數蓂》是唐堯典故也，適在貞元元年，則通篇詠古，惟結句稱「堯年始今歲」，此定格也。其有借題直切時事發論，試帖亦有此格，然題之本旨、題之出處，終須還明，方無滲漏，否則是自作頌揚詩，不必曰賦得某題矣。如集中《寒蟬》及《東壁圖書府》之類是也。

一、試帖有切本題景地而言者，然可不必盡拘。如「秋色從西來」題，原本岑參《登慈恩寺塔》詩，若出於其地則切其地立言，若不出於其地則切不切皆可。《窗中列遠岫》

詩原不定詠宣城郡也。(以上論辨體。)

一、詩貴審題。凡一題到手,須先看題眼在何字,當從虚字上求路,不可在實字上鋪排,是第一關鍵。

一、凡作詩須審題之輕重,爲文之詳略,勿不求本意,徒嚷閑文。

一、段落題須用挨遞安頓之法,宜層次清還,承接渾成; 繁重題當有剪裁消納之法,若得脱便脱,宜略則略。

一、詩本性情,可以含理趣而不能作理語,故理題最難。凡遇沉悶理題,須以清淺顯豁出之,若作雕琢沉悶之語,添出一層沉悶,則令觀者思卧矣。

一、典重題須用冠冕堂皇語,方爲相稱,着一尖筆纖字即不合格。

一、雙關題有二格,《風雨雞鳴》之類隱含喻意,則先影寫而後點清; 《澄心如水》之類,題中明出「如」字者,必先點清而後夾寫,皆定法也。若李頻《振振鷺》之明點於前,王維《清如玉壺冰》之補點於後,皆有意變化見巧,非格應如是。

一、比喻題最忌比中生比,此爲試帖之厲禁。如劉軻《玉聲如樂》詩曰「佩想停仙步,泉疑咽夜聲」,既以樂比玉聲,又以泉聲比樂,輾轉牽引,題緒茫然。摩詰《清如玉壺冰》詩曰「氣似庭霜積」，亦同此病。

一、縹渺傳神之題，空中設色者上也； 點綴渲染，眉目釐然，抑亦其次； 然必於一二語中舉一毛而全牛見，若雜陳物色，挂一漏萬，則拙矣。

一、寫意題一着迹刻畫便落鈍根，以下語太着色相便不稱題也。所謂傳神寫照正在阿堵，四體妍媸本無關妙處。

一、刻畫題却須以瑣屑刻畫還之，以本無深意，止須用細雕生活，用不得大刀闊斧。然細雕工夫不始於細雕，大抵欲學縱横先學謹嚴，欲學虛渾先學切實，欲學刻畫先學清楚，方有把鼻在手，無出入走作，且亦易於爲力。

一、對舉題或總或分，要於各聯中務使銖兩匀停，不得偏枯。

一、題有宜顧本旨者，如「風雨雞鳴」，必不可不切君子。有可不拘本旨者，如「春草碧色」，可不必切送别，各以意消息之。（以上論審題。）

一、命意貴高超，粘皮帶骨，詩家切忌。

一、命意須含蓄，最忌淺露； 構思須渾厚，切忌輕薄，此温柔敦厚三百篇之遺教也。（以上論命意。）

一、布格先求合法，雖無奇語，要當不失法度。人必五官四體具足而後論妍媸，工必規矩準繩不失而後論工拙。佳句層出而語脉横隔，反不如文從字順，平易無奇。李嘉祐「野樹花争發，春塘水亂流」句，宋人以爲至佳，然上聯曰「年華初冠帶，文體舊弓裘」，下聯曰「使君憐小阮，應念倚門愁」，十字横直其中，竟作何解？孟公《晚泊潯陽望廬山》詩無句可摘，神妙乃不可思議，可悟詩法矣。

一、作詩宜因題製局，不拘故常。

一、作詩須通盤打算，先布局而後落筆，皆當如此。若有一句即凑一句，有一聯即凑一聯，便是隨波逐浪，全無節制操縱矣。

一、文章争入手，李白發句謂之開門見山。

一、試帖之病莫大於開手即緊抱題面，以全力發揮。雋句清詞人人激賞，而入後竟成弩末，非重複互説即敷衍旁牽。蓋試帖對題作詩，猶八比對題作文。八比自小講以至末比，各有次第淺深，如小講小比先透發題理，占中比之分，則做到中比時已是後比語意，做到後比、末比更作何語乎？此理至明，而高才博學者乃多不悟。

一、中聯須有層次。彼押韵巧、琢句工、儷偶切，亦極試帖之能事，然譬諸五采之文錦誠珍飾也，而天吴紫鳳不可顛倒縫紉；三代之古器誠法物也，而周鼎商彝不可雜亂堆積。又譬諸西子王嬙之美全在其面，使以人畫之面生於腹上，非刑妖怪物乎？故試帖層次位置最爲喫緊，而佳句爲次焉。

一、作詩貴調度，如「湘靈鼓瑟」題，錢起「曲終人不見，江上數峰青」置於篇末，故有遠神。陳季「一彈新月白，數曲暮山青」置於聯中，不過尋常好句。又如「大江流日夜，客心悲未央」、「悵矣秋風時，余臨石頭瀨」，作發端則超妙，設在篇中則凡語。「客髩行如此，滄波坐渺然」、「問我今何適，天台訪石橋」，作領聯則挺拔，設在結句則索然，此意當參。

一、寬題須尋窄路，狹題宜用展步，方見思致。（以上論布格。）

一、琢句須求渾成，即極意雕鏤，總須化去斧鑿痕。「池塘生春草」之句謂有神助，止是天成。

一、措詞須用本色語。纖小題强作强語，游戲題反作理語，閲之便令人噴飯。

一、詩句忌落纖巧，此詩家所謂下劣魔道也。然在試律有一種細小題，偶一爲之却自不妨。文各有體，言各有當耳。

一、詞句最忌剽竊，套詞承用，此昔人所謂偷語鈍賊也。況詩之爲道，非惟語不可偷，即偷勢偷意亦歸窠臼。夫悟生於相引，有觸則通；力迫於相持，勢窮則奮。善爲詩者，當先取古人佳處涵泳之，使意境活潑如在目前，擬議之中自生變化。如「蕭蕭馬鳴，悠悠旆旌」，王籍化爲「蟬噪林逾静」；「光風轉蕙，泛崇蘭些」，荆公化爲「扶輿度陽焰，窈窕一川花」，皆得其句外意也。水部《詠梅》有「横枝却月觀」句，和靖化爲「水邊籬落忽横枝」、「疏影横斜水清淺」，東坡化爲「竹外一枝斜更好」，皆得其句中味也。「春水滿四澤」變爲「野水多於地」，「夏雲多奇峰」變爲「山雜夏雲多」，就一句點化也。「千峰其夕陽」變爲「夕陽山外山」，「日華川上動」變爲「夕陽明滅亂流中」，就一字引伸也。「到江吴地盡，隔岸越山多」變爲「吴越到江分」，縮之而妙也。「曲徑通幽處，禪房花木深」變爲「微雨晴復滴，小窗幽且妍。盆山不見日，草木自蒼然」，衍之而妙也。如是有得，乃立古人於前，竭吾力而與之角，如雙鵠並翔，各極所至；如兩鼠鬭穴，不勝不止。思路斷絶之處，必有精神坌涌忽然遇之者，正不必撙擣玉溪，隨人作計也。

一、詩句有功脚之病，句法須求變换，方有參差疏落之致。

一、煉字是詩家一法，在試律固不可廢，但如《瀛奎律髓》標出詩眼爲宗旨，則未免入於魔道也。

一、詩忌重字。《唐詩紀事》載李藩謂「重用文字乃是庶幾，亦非常有例也，如錢起《湘靈鼓瑟》詩有兩『不』字之類」。余按：古人詞取達意，故漢魏諸詩往往不避重韵，無論重字。律詩既均以儷偶諧，以宫商配色選聲，自不得句重字複，儻不得已，則重字猶可，意必不可使重。錢詩「不」字兩見，各自爲義，所以不妨，如張子容《璧池望秋月》詩既曰「玉鏡銀鈎」，又曰「菱花蟾影」，又曰「似璧疑珠」，一字不重，其爲重複也大矣。

（以上論琢句。）

一、襞積錯雜非詩也。章有章法，句有句法，而排偶鈍滯亦非詩也。善作者煉氣歸神，渾然無迹，次亦詞氣相輔，機法相生。初爲詩者不能翕闢自如，出落轉折之處必先以虚字鈎接之，漸久漸熟，自能刊落虚字，精神轉運於空中，血脉周流於内際。如陳至《芙蓉出水》詩末四句「未以時先後〔二〕，而言色故新。芳香正堪玩，誰報涉江人」，即明露筋骨處也。集中《月印萬川》詩中二聯以樂爲御，詩末二聯俱從此脱化。又如杜荀鶴《御溝新柳》詩末四句「楚國空摇浪，隋堤暗惹塵。何如帝城裏，先得覆龍津」，一氣開合，鈎剔甚醒，集中《鶯囀皇州》詩末四句是從此脫化。（以上論煉氣煉神。）

一、用事須渾然無迹，滄浪所謂「着鹽水中，飲水方知鹽味」者也。劉隨州《過賈誼故宅》詩曰「秋草獨尋人去後，寒林望見日斜時」，前人稱其用《鵩賦》「主人將去，庚子日斜」二語，渾然不露，可以爲法。

一、用事須點化得活，隨手鬬合，方成巧句。如山谷《猩猩毛筆》詩曰：「生前幾兩屐，身後五車書。」因猩猩好著屐而思及阮孚之語，因筆可以作書而思及惠施之事，未經運用，了不相關，偶爾凑泊，天然妙諦，蓋用事之妙全在點化有神。抄撮類書，搜尋韵府，雖極工切，皆成死句。如陳祐《風光草際浮》詩起二句曰「秀發王孫草，春生君子風」，豈復成語乎！（以上論用典故。）

一、詩有引韵法，如韵本不對題，在上句先作一引，下句便押得上，此爲引韵法，初學最所當知。

一、押韵有懸脚之病，如人立於碎磚亂石之上，雖不至傾仆，終不穩當也。遇窄韵不能避此者，必須有出典方可，無則不免於議矣。

一、作詩最藏拙者，莫過於險韵。唐人試律限險韵者至少，蓋主者深知甘苦，不使人巧於售欺。且如柳詩限「青」字、鷺詩限「明」字，皆非難押，而惠崇五易其稿，始得「棲烟一點明」句。萊公四押「青」字不倒，竟至閣筆，難易之故，了然可悟矣。

一、詩押虛字最難，苟非限韻，可不必作繭自縛。

一、律詩仄起平受者第一句入韻則調響，「風勁角弓鳴，將軍獵渭城」是也。平起仄受者第一句入韻則調啞，「悠然四望通，渺渺水無窮」是也。古人二格並用，然調啞終不流美，用者審之。（以上論押韻。）

一、屬對須工穩。有流水對、開合對、虛實對、肥瘦對、假借對、就句對，總須活動，最忌合掌。（此條論對法。）

一、坊刻詩法有「一三五不論，二四六分明」之語，此游氏之謬説，於古無徵。須知律句之例，除二四六之外，尚有孤平與三平當檢。蓋律句腹無孤平，（此病在五言出句腰字叶則不犯，唯對句宜檢。對句二四是仄平之句亦不犯，唯對句二四是平仄之句，則首字必平聲以配之，方無孤平之失。）脚無三平，（此律專爲出句腰字與脚字及對句腰字而設，若出句脚字，脚字叶，對句腰字叶，均無此病。）無韻之句腰字平，（五言以第三字爲腰，七言以第五字爲腰，出句二四是仄平之句，腰字決須用平。二四是平仄之句，則首字再用一平聲，腰字尚可用仄，以三仄原非失調也。若首字再用一仄聲則爲孤平，失調矣。）有韻之句腰字仄，（對句二四是仄平之句，腰字決須用仄。二四是平仄之句，腰字尚可用平，以不犯三平脚故也。）此定式也。

一、詩拘首字之例，若首字能與第二字相粘，則通體皆叶。然第一字是仄，首字尚可用平；第二字是平，首字決須用平。出句第二字是平，首字尚可用仄；對句第二字是平，首字決須用平，每逢四句中必有一句當檢也。

一、起結平仄，唐人多不拘，如陸復禮《中和節詔賜公卿尺》詩腰字不叶，如文昌《反舌無聲》詩並二四亦不諧是也，今則不可不拘。

一、律句有單拗，「何時一樽酒」三四互换，「小園花亂飛」一三互换是也。有雙拗，「落日鳥邊下，秋原人外間」第三字上下互换是也，皆可以入之試律。他若「向晚意不適，驅車登古原」、「流水如有意，暮禽相與還」，上句不拘平仄，下句以第三字救之，亦爲諧律，故李義山《桃李無言》詩落句竟用此格，然施於今日則駭矣，此種拗律今不可效。

（以上論諧音。）

一、律體有八病之説。曰「平頭」，謂二句板對，四聲不變，如「彈（上平）箏（下平）

奮（去）逸（入）響，新（上平）聲（下平）妙（去）入（入）神」是也，後來二四六平仄互换之法實源於此。曰「上尾」，謂第一句末字與第二句末字相同，然必同韵乃是犯。曰「蜂腰」，曰「鶴膝」，各就一句論之，如字字應用高亮之聲而用一啞澀字，則此字細微而不揚，猶蜂腰之中細也；如此字應用和緩之聲而用一亢厲字，則此字扞格而不順，猶鶴膝之中隆也。蜂腰不過調稍不響，鶴膝遂至拗捩而不成句，故鶴膝尤忌。後來「一三五互救」、「單平」、「單仄」之説，「雙拗」、「單拗」之法實出於此。曰「大韵」，謂犯韵也，如以「新」字爲韵者，九字中更着「津」字是犯；曰「小韵」，謂句中韵相疊也，如「客子〔三〕已乖離，那宜遠相送」，「子」、「已」、「離」、「宜」字是犯。曰「旁紐」，謂如十字中有「田」字，又用「寅」、「延」字是犯。曰「正紐」，如「壬」、「袵」、「任」、「入」爲一紐，一句中已有「玉」字，不得更安「袵」、「壬」、「入」字。「廳」、「剔」、「靈」、「歷」是雙聲，「廳」、「剔」、「靈」、「歷」是疊韵，「大韵」、「小韵」乃就疊韵中分二法，「旁紐」、「正紐」乃就雙聲中分二法也。休文此論，當時即有異同，未必即爲不刊之典，然齊王融有《雙聲詩》，《松陵集》皮陸唱和亦有之，《東坡集》則直名「吃語詩」，皆故以棘口爲戲，其不諧音調可知。詩有平仄不差，而讀之終不流麗者，弊由於此，雖不必盡拘，亦不可不知也。（此條附載入病之説。）

試律體例，前人之論詳矣，其專爲試律設者，唯曉嵐紀先生《唐人試律説》及《我法集》言之最精。兹爲採録數則冠於編端，以便觀覽，間有附入一二，亦衹發其未盡之旨，故不識别云。

館課我法詩箋目録

河間紀昀曉嵐先生著
後學閩巖郭斌木軒評注
及門諸子參訂

卷一（共二十八首）

卷二（共二十五首）

卷三（共四十九首）

卷四（共四十七首）

館課我法詩箋卷一

河間紀昀曉嵐先生著
後學閩巖郭斌木軒評注
及門諸子參訂

象罔求珠（得求字）

（《莊子》曰：黄帝遊赤水，登崑崙，遺其元珠，使智與離朱求之，皆弗得，使象罔求之，乃得。）

赤水深無際，（前一層原題叙起。）元珠訝誤投。一從沉至寶，（鬆一步引起「求」字。）幾度費冥搜。（翻跌「象罔」。）詎識無心得，非關有意求。（轉關得疏鬆之致。）纔臨明鏡照，已覺夜光浮。（四語正賦本位。）虚白千尋澈，晶瑩一掬收。何須鑿混沌，早擬笑離婁。（題後提唱，恰好爲「象罔」字作反托。）理向環中悟〔五〕，神從象外遊。（二語歸到正意，決出題之所以然。）自然觀道妙，微義問莊周。（以不了語作結，恰好還他出處。）（「鑿」字失粘，然「須」字不犯孤平，故不碍格，腹無孤平，此定式也。）

〔評〕起四語原題翻跌起，最有體勢。第二、第三二韵相爲開合，第四、第六二韵自爲開合，對法最生動活變。末四語遞出正意，以不解解之，妙手空空。

〔釋〕夜光：《魏志》曰：大秦國出夜光珠。鑿混沌：《莊子》曰：渾沌待儵忽甚善，儵與忽謀報其德，曰：「人皆有七竅，此獨無有，嘗試鑿之。」日鑿一竅，七日而渾沌死。環中象外：司空圖《詩品》曰：超以象外，得其環中。

簾疏燕誤飛（得飛字）

（《李義山詩集·效長吉》：長長漢殿眉，窄窄楚宫衣。鏡好鸞空舞，簾疏燕誤飛。君王不可問，昨夜約黄歸。）

深院開金屋，（題前布勢起法。）芳春敞綉扉。人垂珠箔坐，（承出「簾」。）燕識杏梁歸。（承出「燕」。）寶押雙懸重，（襯。）湘紋幾縷稀。（點清「疏」字。）琉璃光洞澈，霧縠影霏微。（二語實賦「疏」字，正抉出「誤」字之根。）未覺重簾隔，仍穿曲榭飛。（四語一開一合實賦「簾飛」，曲盡「誤」字之神。）驟然抛玉剪，始訝礙雲衣。且立芙蓉檻，行開翡翠幃。（題後去路。）主人深愛爾，肯使故巢違。（指詞蘊藉，立言有體。）

〔評〕起二韵前一層布勢，中四韵分賦「疏」字、「誤」字，末二韵後一層托轉，層次至爲清晰，五、六二韵開合生動，末二韵叮嚀款曲，深情如見，得詩人温柔敦厚之遺。

〔釋〕珠泊：《西京雜記》：昭陽殿以織珠爲簾。李白詩「珠泊垂銀鈎」。寶押：以銀蒜爲簾押。湘紋：《西京雜記》：漢以湘竹爲簾，織爲水紋及龍鳳象。主人：杜工部《歸燕》詩「故巢尚未毁，曾傍主人飛」，結語化用其意。

璇源載圓折（得圓字）

（顔延年《贈王太常一首》：玉水記方流，璇源載圓折。蓄寶每希聲，雖秘猶彰徹。《尸子》曰：凡水方折者有玉，圓折者有珠。）

重寶千金值，奇珍百琲傳。（從「璇」字起。）未從離蚌腹，（托一層。）早驗在驪淵。（起「源」字並「圓折」意亦到。）有美難終秘，成形本自然。（二語抉題之所以然。）試看流水折，正似月珠圓。（點清圓折，妙在用逆。）鮫室千重閟，（實賦璇源。）螺紋幾曲璇。

（實賦圓折。）亦堪求濁水，豈止媚清川。（題後推闡，繞足題神。）碕岸如相采，回波定可沿。（推到後一層，並明合正意，爲結句地。）明堂開正位，好取夜光懸。（寓意。）

〔評〕第三、第四二韵一虚一實，指點活妙。第六韵天然凑泊，恰好爲「源」字作點綴。

〔釋〕百琲：石季倫布香末於象床上，使愛妾踐之，無迹則賜珠百琲。蚌腹：左思《吴都賦》曰：蚌蛤珠胎，與月虧全。驪淵：《莊子》曰：人有投淵而得珠者，其父曰：「千金之珠，必在九重之淵，驪龍頷下，子能得珠，遭其睡也。」鮫室：鮫人水居，出寓人家，積日，賣綃將去，從主人索一，哭泣而成珠。濁水：《抱朴子》曰：識珍者必拾濁水之明珠，賞氣者必採穢藪之芳蕙。明堂：唐崔〔七〕曙有《明堂火珠》詩，然火珠以銅爲之，非蚌珠也。珠詩多用「明堂」字，此誤相沿已久，詩亦仍之。

山梁悦孔性（得山字）

（范蔚宗《樂遊苑應詔詩》：崇盛歸朝闕，虚寂在川岑。山梁悦孔性，積屋非堯心。）

會心原不遠，（渾從「悦」字凌空冒起。）樂意總相關。達者能觀化，（承出「孔性」。）仁人本愛山。（承出「山梁」。）天機同浩浩，（從「孔」説到「山」。）物態共閑閑。（從「山」説到「孔」。）偶爾逢心賞，（正賦「悦」字。）悠然息轍環。坐看雲自出，忽見鳥知還。（從「山梁」中發一興象，指點生動。）童冠如偕點，行藏欲語顔。（從「孔性」中作一推説，形容活潑。）鳳翔千仞上，龍德六爻間。（題後推闡，遞到本旨。）《鄉黨》終篇意，長吟《雉子斑》。（顧定出處作結。）

〔評〕首韵凌空渾寫，次韵拍合點題，最有體勢。第三韵兩邊互説，夾出一「悦」字來。第五韵指點山梁，景物興象妙極自然，真兩得一「時」字出。

〔釋〕雲出鳥還：陶靖節《歸去來辭》：雲無心以出岫，鳥倦飛而知還。雉子斑：古樂府題名。

賦得以樂爲御（得馳字）

（《禮運》：天子以德爲車，以樂爲御。）

宫懸昭帝德，（從「樂」字起。）至教漸推移。（緊著此句，爲「御」字生根。）莫謂聲無翼，從來化若馳。（一開一合，清出「爲御」意來。）鳴鑾調駟馬，應節赴中逵。（倒從「御」上見出「樂」意，一折便醒。）鼓以鏗鏘妙，居然磬控宜。（「樂」、「御」分寫，依題順說。）兩驂如舞處，六轡似琴時。（「樂」、「御」合寫，正喻夾説。）宣導原無滯，優游自不疲。（歸本「樂」字，題解獨得。）誰矜東野駕，漫比《大車》詩。（題後從「御」字宕開。）應識虞廷治，諧音屬后夔。（仍收轉「樂」字，賓主最清。）

〔評〕首四句分點，引題有法。次韵開合對法。第四韵流水對法。末二韵四句開合對法，最生動活變。第五韵是「樂」是「御」渾合無間，妙語湊〔八〕泊，天造地設。末用開合收結，清出本旨。

〔釋〕東野：《莊子》：東野稷以御見莊公，進退中繩，左右旋中規，公以爲文弗及也。使之鈎百而反。

秋山極天净（得山字）

（何遜《暮秋答朱記室》詩：寒潭見底清，秋山極天净。唐朱延齡有《秋山極天净》詩。）

何處堪遊眺？（呼起。）蒼蒼（點「山」。）雨後山。（題根。）試看平遠勢，（承出「極天凈」意。）盡入泬寥間。秋意清如水，（從「秋」字遞起「凈」。）嵐光繞似環。（從「山」透起「極天」。）四垂天澹沱，（實賦「極天凈」。）一色碧孱顔。邈與斜陽盡，遥隨曠野間。（拓開，從「極天」二字布景。）都無纖翳隔，偶有片雲還。（收轉「凈」字妙，以反托出之。）三殿開珠箔，千峰湧翠鬟。烟巒皆可畫，好手召荆關。（遞到應制作結，詞旨亦雅稱。）

〔評〕起二韵呼應指點，用筆活脱。次韵流水對法。第六韵向背對法。六韵偶拈一物，愈見一望澄凈，烘托本題，此頰上生毫也。唐人《空水共澄鮮》詩「海鶴飛天際，烟林出鏡中」，亦是如此用意，通體雄闊雅稱，氣象萬千。

〔釋〕泬寥：《楚詞》「泬寥兮天高而氣清」注：曠蕩而虚静也。澹沱：杜甫《醉歌行》：春光澹沱秦東亭。孱顔：司馬相如《大人賦》「放散畔岸〔九〕，驤以孱顔」注：孱顔，即巉岩也。荆關：《湯垕〔一〇〕集》：五代荆關善山水，别出新意，一洗前習。

吹葭六琯動飛灰（得灰字）

（杜工部《小至》詩：天時人事日相催，冬至陽生春又來。刺綉五紋添弱綫，吹葭六琯動飛灰。岸容待臘將舒柳，山意衝寒欲放梅。）

一陽存碩果，（原題起法。）七日驗飛灰。（點「飛灰」。）緹室三重密，（敘清題緒。）黄鐘半子開。（點「六琯」並引起「動」字。）卦占坤後復，（鬆局法。）象似地中雷。（引用工切。）朕兆方潛動，（實賦「動」字。）機緘若暗催。空虛通槖籥，（實賦「六琯」。）吹息類塵埃。（實賦「葭灰」。）氣訝蒸蒸上，（題後唱嘆，一定去路。）春疑冉冉來。化源徵律吕，（束住本題。）生意辨根荄。（遞到本詩下二句挽合。）還似皇心運，渾然萬理該。（頌揚亦切。）

〔評〕起法典重雅稱。第三韵天生妙對。第七韵一面束題一面起下，恰好似復見天心，引起結句作頌揚，過遞渾然無迹。

〔釋〕緹室三重：《律吕新書》：候氣之法，爲室三重，户閉，塗釁周，密布緹縵室中，以木爲案，每律各一案，從其方位布焉，以葭灰實其端，覆以緹素。氣至，則葭灰動素。黄鐘：《漢書·律曆志》：陽氣始鍾於黄泉，孳萌萬物，爲六氣元也。變動不居，周流六虛，始於子，在十一月。機緘：《莊子》：其有機緘而不得已耶？槖籥：《老子》：「天地之間，其猶槖籥乎？虛而不屈，動而愈出。」注：槖，排槖也；籥，樂籥也。吹息：《莊子》：野馬也，塵埃也，生物之以息相吹者也。

昆明池織女石（得明字）

（漢武帝鑿昆明池，池兩岸有二石人以象天河，池中有豫章臺刻石鯨，長三丈。）

池取天河象，（從「池」字起。）仍標列宿名。（引起織女。）至今傳織女，（點織女，用逆挽法，點題生動。）遺迹在昆明。（點昆明。）化石還相望，（切定石寫。）淩波若有情。（切定池寫。）疑當燒劫後，（切昆明。）偶以落星成。（切織女。）何日橋方架，終年水自横。（從「池」字放開，雅有局度。）定知心不轉，莫訝杼無聲。（從織女石收轉，亦極精細。）夜月初飛鵲，秋風欲動鯨。（題後點綴，别饒情致。）憑看獨立影，（挽合出處，語帶諷刺。）可讓漢傾城。（「獨」字失粘，前人起結多不拘，然必不犯孤平乃可。）

〔評〕首韵氣勢雄闊。次韵點題，自然流出，一順一逆，氣象萬千。第五、第六韵布景生情，渾灝流轉。起二韵順逆點題，開局高超。三、四二韵虚實分寫，賦題精切。五、六二韵開合布勢，即景生情。末二韵因題寓諷，寄慨情深。通體句句典切，又復一氣流轉，遠勝唐人試帖之作。

〔釋〕化石：《神異記》：武昌有貞婦，送夫行役，立山頭望之，化爲石，號望夫石。凌波：曹子建《洛神賦》：凌波微步，羅襪生塵。燒劫：武帝鑿池時，池底得黑灰，後明帝時，西域僧曰：「天地火劫將盡，則劫燒，此燒劫之沉灰也。」鵲橋：《淮南子》：烏鵲填河，成〔二〕橋以渡織女。石鯨：杜甫：織女機絲虚夜月，石鯨鱗甲動秋風。獨立傾城：《漢書》：漢武帝李夫人本以倡進，兄延年侍上起舞，曰：「北方有佳人，遺世而獨立。一顧傾人城，再顧傾人國。」

無弦琴（得琴字）

（《宋書》：陶潛不解聲音，畜素琴一張，每有酒適，輒撫弄以寄意。牟融《理惑論》：師曠雖巧，不能鼓無弦之琴。）

無弦聊自撫，（從題面起。）寓興不關琴。（抉出題意。）誰識絲桐外，别存山水音。（承次句唱明題意，通首方有根。）一彈聲寂寂，（將題面、題意對寫。）獨坐思沉沉。往復如相引，（以題意開。）成虧總莫尋。（以題面合。）何論操縵術，（以題面開。）正似據梧心。（以題意合。）得意頻三嘆，移情偶一吟。（歸到題意，即以題意倒托題面。）穆然懷雅樂，邈爾滌煩襟。（透發題意，抉出題之所以然。）千載成連曲，風吹大海深。（宕開一景作結，得不脫不結之妙。）

〔評〕次聯提唱有神，便使通體生動。第四韵以題意遞出題面，第五韵以題面合到題意，賓主劃然。結法縹緲，何減唐人「江上峰青」之句。

〔釋〕山水音：左太冲《招隱》詩：非必絲與竹，山水有清音。成虧據梧：《莊子》：有成與虧，故昭氏之鼓琴也；無成與虧，故昭氏之不鼓琴也。昭文之鼓琴也，師曠之枝策也，惠子之據梧也，三子之知幾乎？皆其盛者也，故載之末年。操縵：《學記》：不學操縵，不能安弦。成連：《樂府解題》：伯牙學琴於成連，與俱至蓬萊山，成連刺船而去，伯牙延望無人，但聞海水洞涌，山林杳冥，嘆曰：「先生移我情矣！」乃操琴而歌，作《水仙引》。

直如朱絲繩（得繩字）

（鮑照《白頭吟》：直如朱絲繩，清如玉壺冰。）

直節誰堪比，（呼起點題。）朱弦可並稱。（承「朱」字開。）初同絲受染，終擬木從繩。（承「直」字合。）古調憐操瑟，高張似引絙。（此從正意講到喻意。）聞聲疑諤諤，觸手覺棱棱。（此從喻意挽合正意。）作佩常防緩，（收足本題。）如鈎却未能。（反面倒托。）非因膠柱鼓，寧患大弦揯。（題後洗剔。）應信雲和貴，堪將清廟登。（高占地步，妙有身分。）聖朝容耿介，左右待疑丞。（歸美本朝，頌揚有體。）（無韻之句腰字平，有韻之句腰字仄，七言以第五字爲腰字，五言以第三字爲腰字，此詩「情」字失粘，然不犯三平，故不碍格。脚無三平，此定式也。）

〔評〕次韻開合拍題，妙語雙關，天然湊泊。中間句句正喻夾寫，古雅絶倫。末四句先從喻意自寓，遂承勢挽合，頌揚收結正意，運法完密。

〔釋〕絲染：墨子見染絲者，嘆曰：「染於蒼則蒼，染於黄則黄，五入則爲五色，不可不慎。」木從繩：《書》：木從繩則正，后從諫則聖。作佩：《列子》：西門豹性急，常佩韋。如鈎：《後漢書》：順帝之末，京師童謡曰：「直如弦，死道邊；曲如鈎，反封侯。」李白《笑歌行》：君不見曲如鈎〔一二〕，古人知爾封公侯。君不見直如弦，古人知爾死道邊。膠柱：《楊子》：以往聖之法治將來，猶膠柱而鼓瑟也。大弦揯：

《淮南子》：大弦絙則小弦絶。雲和：《周禮》：絲竹[一三]之管，雲和之琴瑟。清廟：《禮記》：《清廟》之瑟，朱弦而疏越。

風弦漢殿箏（得箏字）

（《李義山詩集·令狐舍人説昨夜西掖玩月因戲贈》：露索秦宮井，風弦漢殿箏。）

何處夜琮琤，（渾從「箏」字呼起。）冰弦帶月清。（點「弦」字。）涼颸來玉署，（點「風」字。）秋殿動銀箏。（點漢殿箏。）乍聽風從律，（四句實賦題面。）真同響應聲。何須銀甲撥，（開合對法。）已繞畫梁鳴。（不脱漢殿。）呼吸機相感，喁于調自成。（二語抉題之所以然。）爽如聞籟發，高欲遏雲行。（比擬工切。）斷續隨宫漏，悠揚散禁城。早朝天樂奏，一曲和韶韺。（從題後遞到去路，妙切「漢殿箏」，又恰好回顧出處，映合細切。）

〔評〕首四句呼應點題法。次句布景，一面顧母，一面开局，最得疏鬆之法。本題原是寓直西掖玩月景，起結顧定本旨，有以還出處，題有不可泛詠者，此类是也。

〔释〕涼颸：潘岳《在懷縣作》：涼颸自遠集。風從律：《禮·樂記》：八風從律而不奸。銀甲：杜甫詩：銀甲彈箏用。繞梁：《洞冥記》：王母與武帝宴歌，奏《春歸》之曲，歌聲繞梁三匝，草樹枝葉皆動。喁于：《莊子》：前者唱于，而隨者唱喁。籟：《莊子》：地籟則衆竅是已，人籟則比竹是已。遏雲：《博物志》：薛譚學謳於秦青，未窮其技而歸，青餞之，乃撫節悲歌，聲振林木，響遏行雲，乃謝求返。

風光草際浮（得浮字）

（謝朓《和徐都曹出新亭渚詩》：宛洛佳遨遊，春色滿皇洲。結軫青郊路，迴瞰蒼江流。日華川山動，風光草際浮。）

新緑滿汀洲，（從「草」字起。）微和扇未休。（引起「風」字。）遥看風影動，（點「風」字。）宛帶日華流。（點「光」字。）芳意晴逾好，（從「草」邊寫。）輕飔暖更柔。（從「風」邊寫。）無聲偏淡宕，有態倍夷猶。（刻劃「光」字、「浮」字，開合有致。）春色如相媚，（本面形容。）烟光欲共浮。（旁面烘托。）蓬蓬流水外，羃羃大堤頭。（題後點綴，還他「草際」二字着落。）遠道青無際，（從「草」字詠嘆以起結句。）平蕪碧漸稠。（從「風」字挽合。）還同申巽命，煦育遍皇州。（頌揚亦切，又恰好迴應出處。）

〔評〕次韵指點生動，最爲活妙。第四韵隨手繪摹，第五韵極意渲染，真是離形得似，盡態極妍。

〔釋〕微和：陶潛《擬古》詩：日暮天無雲，春風扇微和。蓬蓬流水：司空圖《詩品》：采采流水，蓬蓬遠春。遠道：《古詩》第五首：涉江采芙蓉，蘭澤多芳草。采之欲遺誰？所思在遠道。又《飲馬長城窟行》：青青河邊草，綿綿思遠道。平蕪：高適《田家春望》詩：春色滿平蕪。

澹雲微雨養花天（得微字）

（耿仙芝詩：淺水短蕪調馬地，淡雲微雨養花天。《花木譜》：牡丹開時，多有輕陰微雨，謂之養花天。）

上苑春三月，繁英殿四圍。（切定時令，從「花」字布景起。）花如争艷冶，（做實此層，「養」字方有根。）天亦惜芳菲。（籠起全題。）漠漠雲陰澹，（承明「淡雲」。）濛濛雨氣微。（承明「微雨」。）暗催新緑長，恐惹落紅飛。（實賦「養」字。）低訝烟逾重，（爲「淡」字設喻。）垂疑露未晞。（爲「微」字設喻。）數枝苞漸吐，幾日葉初肥。（從題後繞足「養」

字。）寒食清油幕，東風白袷衣。（開唱嘆遞起結句。）待乘開霽後，紫陌看晴暉。（結到開霽，一定去路。）

〔評〕起四語布勢籠題法。中八語順題分賦，妙有次第。末四語題後歸結，天然去路。

〔釋〕寒食：《荊楚歲時記》：去冬至一百五日，即有疾風甚雨，謂之寒食。東風：韓翃《寒食》詩：春城無處不飛花，寒食東風御柳斜。白袷：李頎《送康洽入京》詩：白袷[一四]青衫仙吏贈。

恭和御製雨元韻

甘澤欣沾沃，（籠「雨」字起。）清和及上旬。（切定時令。）流雲低鳳闕，（襯貼。）細雨幕龍津。（點清。）烟縷全如畫，（形容盡致。）荷珠儼似真。緩隨銀漏箭，急訝水車輪。（比擬精切，亦能關合園中景物。）芳潤宜初夏，輕寒接晚春。（歸到時令以起結句。）山禽催麥熟，試聽弄晴頻。（另點綴一景，去路悠然。）

〔評〕起聯切時，次聯切地，方合應製體，不是泛詠雨詩。

〔釋〕清和：謝靈運《遊赤石進帆海》詩：首夏猶清和，芳草亦未歇。烟縷：張景陽《雜詩》：騰雲似湧烟，密雨如散絲。荷珠：唐無名氏有《清露點荷珠賦》，毛滂《何滿子》詞：急雨初收珠點。弄晴：陸佃《埤雅》：鵓鳩陰則屏逐其婦，晴則呼之，語曰：「天將雨，鳩逐婦。」

月印萬川（得殊字）

（《朱子語類》：鄭問：「『理性命』章何以下『分』字？」曰：「不是割成片去，只如月印萬川相似。」）

皎潔玉蟾蜍，（從「月」字起。）清輝照九區。（爲「萬」字布勢。）光懸天上鏡，影落水中珠。（承清「印川」。）盈掬分明在，（至小無間。）隨波上下俱。（隨處皆然。）纔看離海嶠，早已遍江湖。（流水對法清出「萬川」。）莫以人人見，因疑在在殊。（此韻作開，爲「印」字洗剔。）應知千里共，原止一輪孤。（此韻作合，從「萬」收到「一」，最得本旨。）曼衍川流體，渾圓太極圖。（歸到正意，末韻恰好以頌揚收結。）湛然周萬象，正與聖心符。

〔評〕次韻清出「印」字，爽朗之至。第三、第四韵實賦「印萬川」，點綴圓活。第五、第六韵開合洗剔透切，從「萬」歸一，恰好起正意，不脱不粘，最得雙關題作法。

〔釋〕蟾蜍：《詩推災度》：日月三日成魄，八日成光，蟾蜍成體，穴鼻始萌。天鏡水珠：謝宗可《水中月》詩：鮫人泣罷珠猶濕，龍女粧成鏡未收。盈掬：子良史《春山月夜》詩：掬水月在手，弄花香滿衣。海嶠：劉長卿詩：群峰趨海嶠。千里共：謝莊《月賦》：隔千里兮共明月。川流：董京《答孫楚》詩：動如川之流，静如川之停〔一五〕。太極：周子有《太極圖説》。

粳香等炊玉（得粳字）

（陸游《新凉》詩：粳香等炊玉，韭美勝炮羔。）

江鄉風味好，（籠題起法。）秋熟薦新粳。（點「粳」字。）細細香風透，（點「香」字。）霏霏玉屑明。（點「玉」字。）乍看開翠釜，真似餌瓊英。（實賦「等」字。）白石饑堪煮，藍田種早成。（徵引工巧。）滑匙如化液，（正寫。）着齒但無聲。（反托。）豈有瑕難掩，（正寫。）惟憐質太輕。（反托。）儻思酬一飯，定可低連城。（題後倒托。）稼穡當爲寶，欣看百室盈。（收結此層，立言有體。）

〔評〕起二韻分點題字。第三韻承清「等」字。第四韻作一徵引。第五、第六韻極意形容，爲「等」字煊染。第七韻題後烘托。末韻結到貴粟重農意，亦極有體。看他前半閑閑布置，後半開合頓挫，一氣旋轉，具有神力。第六、第七韻借題寓意，寄慨遥深。

〔釋〕霏霏：《晉書》：胡毋輔之吐清辭，霏霏如鋸木屑。玉屑：《酉陽雜俎》：鄭仁本遊嵩山，見一人枕幞而坐，取玉屑飯，與仁本曰：「食此雖不能長生，可一生無疾。」煮白石：《晉書》：鮑靚爲南海太守，嘗行步入海，遇風飢甚，取白石，煮食之以濟。藍田種：《搜神記》：羊公雍伯居無終山，汲水作義漿，有一人就飲，以石子一斗與之，使至高平地有石處種之，玉當生其中。又語「汝當得美婦」，其後果然。故表其地曰玉田。滑匙：杜甫《佐還山後寄三首》：老人他日愛，正想滑流匙。瑕：《禮·聘義》：瑜不掩瑕。酬一飯：《史記》：韓信釣淮陰城下，乞食於漂母，漂母與之飯。連城：《史記》：趙惠文王得楚和氏璧，秦昭王請以十五城易璧。

東風已緑瀛洲草（得瀛字）

（李白《侍從宜春苑奉詔賦龍池柳色初青聽新鶯百囀歌》：東風已緑瀛洲草，

紫殿紅樓覺春好。）

瓊島開仙境，神洲儼大瀛。（從瀛洲布景起。）人間春始到，（旁托一層。）天上草先榮。（點「草」字便得「已」字之神。）南浦今朝望，（倒跌一層。）東風昨夜生。（點東風實透「已」字之意。）誰將螺黛染，都似翠眉横。（實賦草緑，曲折呼應，叫出「已」字。）芳渚微微映，疏烟漠漠平。（切定「瀛洲」賦草緑。）幾時青漸吐，隨處碧含青。（開合提唱，繞足「已」字。）霏靡看逾遠，芊眠畫不成。（從「草」字放開詠嘆。）細承雕輦路，早待聽流鶯。（結還出處，亦不脱「已」字之神。）

〔評〕第二、第三韵旁襯倒跌，烘托出「已」字。第四、第六韵開合叫應，涵詠出「已」字，即虚課寂，用筆最善於擣虚。

〔釋〕南浦：江淹《别賦》：春草碧色，春水緑波。送君南浦，傷如之何？螺：蘇軾詩：亂峰螺髻出。翠眉：葛洪《西京雜記》：文君姣好，眉色如望遠山。霏靡：《楚詞·招隱士》：青莎雜樹兮，薠草霏靡。芊眠：《楚詞·九思·悼亂》：菅蒯兮壄野，萑葦兮芊眠。承輦：丘希範《侍宴樂遊苑送張徐州應詔》詩：輕荑承玉輦，細草藉龍騎。又本詩：仗出金宫隨日轉，天迴玉輦繞花行。始嚮蓬萊看舞鶴，還過莔若聽新鶯。又蘇頲《奉和春日幸望春宫應制》：細草遍承迴輦處，飛花故落舞觴前。

鶴立雞群（得軒字）

（《晉書》：嵇紹始入洛，或謂王戎曰：「昨於稠人中始見嵇紹，昂昂然若野鶴之在雞群。」）

邈爾清標遠，（凌空取神起。）倏然雅度存。鶴鳴曾見詠，（點「鶴」字。）雞口詎同論。（點「雞」字。）翙翙聲雖衆，（賦雞切「群」字。）昂昂氣自尊。（賦鶴切「立」字。）潔真如倚玉，高不待乘軒。（實寫「鶴立」。）野鶩休相擬，窗禽肯共言。（襯剔「雞群」。）遊仙方獨夢，（收足「鶴立」。）得食任爭喧。（收足「雞群」。）對影憐頻顧，凌風會一騫。（從立結到飛，去路悠然。）泬寥天萬里，珠樹在崑崙。（結法縹緲。）

〔評〕起韵凌空超忽，次韵拍題宕逸，擬之畫家三品，兼神逸而有之。入題超脱，收局縹緲神行，一片寄意遥深。

〔釋〕鶴鳴：《詩》：鶴鳴於九皋。雞口：《史記》：蘇秦説韓宣惠王曰：「寧爲雞口，無爲牛後。」喌喌：《博物志》：祝雞翁養雞得法，今世人呼雞「祝祝」起此。倚玉：《世説》：毛曾與夏侯玄共坐，時人謂蒹葭倚玉樹。乘軒：《左傳》：衛懿公好鶴，鶴有乘軒者。野鶩：《晉書》：王廙曰：「小兒不愛家雞而愛野鶩。」窗禽：《幽冥録》：晉宋〔一六〕處宗嘗買一長鳴雞，棲籠置窗間，雞遂作人語，與宗談論，極有玄致。仙禽：鮑照《舞鶴賦》：散幽經以驗物，有胎化之仙禽。争食：《楚詞・小居》：寧與黄鵠比翼乎？將與雞鶩争食乎？顧影：《世説》：僧支道林好鶴，翅長欲飛，乃鎩其翮，鶴軒翥不能復起，乃舒翼反顧，視之如似懊喪意。林公曰：「既有凌霄之姿，何肯作耳目近玩乎？」養令翮成，遂放飛去。一騫：《離騷》：黄鶴之一舉兮，知山川之紆曲；再舉兮知天地之圓方。萬里：杜甫《遣興》詩：老鶴萬里心。珠樹：司空圖《自河歸山》詩：鶴群長繞三珠樹。自注：《山海經》曰：「在火厭國北〔一七〕，生赤水上，樹上有柏，葉皆爲珠。又李白《送賀監歸四明應制》：借問欲棲珠樹鶴，何年却向帝城飛。

山意衝寒欲放梅（得衝字）

（杜甫《小至》詩見上。）

葭管氣潛衝，（原題起法。）春風已暗從。（領題。）天心回暖律，（推原顧母，又能透起「梅」字。）山意改嚴冬。（點醒「山意」，虛含「衝寒」。）花信憑誰問，陽和漸此逢。（呼起「放梅」，清出「衝寒」。）試看抽緑萼，（點醒「放梅」。）亦似應黄鐘。（顧母作對亦巧。）老幹含生意，寒枝易舊容。（實賦梅欲放。）暗香如躍躍，（刻劃欲放。）積雪自重重。（翻轉衝寒。）稍待三春至，行開萬樹穠。（遞到後層以起結句。）聖朝調鼎鼐，嘉實正須供。（用和羹事收結，隱爲自家占地步。）

〔評〕律體首兩韵題句須破明點醒，方有眉目。此詩既層次挨遞，前四句似不見下三字，妙在第三句顧定出處，抉透所以然，已隱隱逗起「放梅」意，故不嫌截發。第一、第二韵領起上四字而以第三韵作過遞，第四、第五韵實寫下三字而以第六韵作迴應，然後遞到題後而以寓意作結，層次清晰，氣機生動，此境煞是難到。第二、第四二韵呼應指點，屬對活變，可參對法。

〔釋〕葭管：本詩：吹葭六琯動飛灰。天心：朱子《讀書四樂》詩：讀書之樂何處尋？數點梅花天地心。倪謙《早春賦》：漏暖信於梅花兮，見天心之來復。暖律：劉向《别録》：鄒衍在燕，有谷寒，不生五谷，鄒子吹律而温，生黍。花信：程大昌《演繁露》：三月花開時風名爲花信風。王逵《蠡海集》「二十四蕃花信風」：一月六候，自小寒至谷雨，每候一花應之。《楊升庵外集》則本梁元帝《纂要》通一歲言之，此用升庵説。緑萼：石湖《梅譜》：梅花純緑者，比之九疑仙人萼緑華云。黄鐘：《禮·月令》：仲冬之月，律中黄鐘。老幹：韓琥《探梅》詩：縱饒老幹摧幽谷，也勝繁花倚市門。生意：張栻《探梅》詩：幾多生意冰霜裏。暗香：林逋《梅花》詩：疏影横斜水清淺，暗香浮動月黄昏。積雪：釋齊已《早梅》詩：前村深雪裏，昨夜一枝開。調鼎：《書》：若作和羹，爾惟鹽梅。嘉賓：《周禮》：饋食之籩，其實乾橑。

晴天養片雲（得雲字）

（杜甫《秦州雜詩》第十六首：東柯好崖谷，不與衆峰群。落日邀雙鳥，晴天養片雲。）

崖〔一八〕鏊交回互，（原題顧母。）陰晴氣候分。（領起「晴天」。）懸崖高障日，（承「晴天」。）幽谷暗生雲。（點清「雲」字。）冉冉流山罅，（「養」字活潑。）濛濛護蘚紋。一絲初澹宕，數縷漸繽紛。（「片」字清到。）練影誰輕卷，爐烟訝細熏。（比擬工切。）濕蒸青滴瀝，（從雲收。）暖聚碧氤氲。（氣候邀迴晴天。）萬象開澄霽，中天浄垢氛。（從「晴天」推開説，以剔醒本題。）輪囷徐起處，表瑞在明君。（挽合頌揚有體。）

〔評〕題是山雲，不是天雲，顧定出處，層次形容，到末宕開一層作頌揚，可悟收局出題之妙。

〔釋〕蒸：《淮南子》〔一九〕：山雲蒸，柱礎閏。氤氲：楊乂《雲賦》：剛柔初降，陰陽氤氲。山澤通氣，華岱興雲。輪囷：《史記·天官書》：若烟非烟，若雲非雲，郁郁紛紛，蕭索輪囷，是謂卿雲。

花缺露春山（得山字）

（岑參《邱中春卧寄王子》：「竹深喧暮鳥，花缺露春山。勝事那能説，王孫去未還。」）

花外隱春山，（原題翻起「露」字。）山青花復殷。（跌起「缺」字。）有時紅斷續，（折醒「缺」字。）忽露碧孱顔。（承清「露」字。）遥隔玲瓏影，（賦花缺。）斜窺鬟髻鬟。（賦「露春山」。）參差疏密處，掩映有無間。（實賦「缺」字，「露」字自見。）似欲留餘地，憑教見一斑。（實賦「露」字，仍不脱「缺」字。）試從空隙望，應愛遠峰間。（題後點逗，收足題面。）孤障看逾好，芳林坐未還。（詠嘆收局，遞到題情以顧出處。）年光與景物，樂意正相關。（結亦不泛。）

〔評〕起四句翻跌折醒，一氣旋轉，妙在首韵布置得勢，次韵自然流出，此國手布子，古先手法。第四韵「缺」字點綴有致，第五韵「露」字刻劃有情，脱空抒寫，妙句天成。

〔釋〕花復殷：　岑參《暮春虢州東亭送别》：　柳嚲鶯嬌花復殷。孱顔：　司馬相如《大人賦》「放散畔岸，驤以孱顔」注：　不齊貌。鬟：　蘇軾《遊道場山何山》詩：　出山回望翠雲鬟。又漢相和〔二〇〕曲《陌上桑》：　頭上倭墮髻。見一斑：《晉書》：　王子猷數歲，門生輩曰：「此郎管中窺豹，時見一斑。」

鶯囀皇州（得州字）

（岑參《和賈至舍人早朝大明宫之作》：雞鳴紫陌曙光寒，鶯囀皇州春色闌。金闕曉鐘開萬户，玉階仙丈擁千官。花迎劍佩星初落，柳拂旌旗露未乾。特有鳳凰池上客，陽春一曲和皆難。）

春色滿皇州，（從皇州起。）新鶯繞玉棲。（點「鶯」字。）一聲花影外，千囀柳稍頭。（承清「囀」字。）睍睆頻來去，（切鶯寫「囀」字。）緜蠻遞唱酬。微風吹嫋嫋，餘響散悠悠。（實賦「囀」字，亦不脱皇州之神。）幾度遷喬木，（襯墊一筆。）今來近御溝。（拍醒「皇州」。）棲身真得地，隔樹屢呼儔。（切定皇州，收足「囀」字。）雉尾開宫扇，雞人報曉籌。（接入本詩早朝意。）早朝仙樂奏，還擬應鳴球。（顧定出處收結，亦不離脱題面。）

〔評〕起四句點題，次韵清出「囀」字，琢句明秀。中四韵實賦題面，上二韵細寫鶯囀，下二韵切定皇州。妙在第五韵襯剔分明，機局生動，最爲警策。末二韵歸到本旨，方不同泛詠鶯詩。

〔釋〕春色：謝朓《和徐都曹》：宛洛佳遨遊，春色滿皇州。雉尾：杜甫《秋興》

第五首：雲移雉尾開宮扇，日繞龍鱗識聖顔。雞人：王維同題和詩：絳幘雞人報曉籌，尚衣方進翠雲裘。

鶯囀皇州（得州字）

曉色開閶闔，（原題起法，亦便領起皇州。）清音聽栗留。（籠起「鶯囀」。）一枝棲上苑，百囀繞瀛洲。（承，清囀皇州。）珠串玲瓏落，金梭上下投。（二韵實賦「鶯囀」。）自然諧樂律，隨意轉歌喉。得樹聲偏樂，憑高響易流。（此韵切定皇州寫「鶯囀」。）直同巢閣鳳，莫比唤晴鳩。（從旁面作一襯托。）紫陌迎仙仗，青旗拂彩游。陽春歌一曲，仿佛和嘉州。（遞到原詩本旨，結亦不泛。）

〔評〕第三韵形容盡致。第四韵屬對活變。此首運法與前首同，皆前半實寫題面，到末方歸到本旨，此一定正格也。

〔釋〕閶闔：王維本題和詩：九天閶闔開宮殿，萬國衣冠拜冕旒。栗留：《詩義疏》：黄鳥，黄鸝也，或謂之黄栗留也。一枝：《全唐詩話》：李義府《詠鳥》詩：上林如許樹，不借一枝棲。帝曰：「與卿全樹，何止一枝？」按唐陸扆有《禁林聞曉鶯》

詩。百囀：賈至原唱：千條弱柳垂青瑣，百囀流鶯繞建章。瀛洲：李白《奉詔賦龍池柳色初青聽新鶯百囀歌》：東風已緑瀛洲草。珠串：白居易詩：何郎小妓歌喉好，嚴老呼爲一串珠。金梭：唐詩：鶯擲金梭織柳絲。巢閣鳳：《尚書中候》曰：黄帝時，鳳凰巢阿閣。喚晴鳩：《埤雅》：鵓鳩陰則屏逐其匹，晴則呼之。

鶯囀皇州

二月年光麗，（切時令起。）鶯遷始出幽。（點鶯。）來隨鴛鷺序，（顧題出處。）喜傍帝王州。（點皇州。）曉箭聲方歇，晨鐘響乍收。（顧定早朝意，恰好爲「囀」字作襯。）如歌金縷曲，催進翠雲裘。（折出「囀」字，亦不脱本旨。）往復頻相應，飛鳴迥自由。（實寫「鶯囀」。）好音方嚦嚦，（正寫。）凡鳥莫啾啾。（旁托。）嚾木棲難定，邱隅倦欲休。（縱開作襯。）何如宫樹上，清囀正夷猶。（兜轉「皇州」，收結清醒。）

〔評〕第三句以顧母作襯筆，用法最爲巧密，第三韵亦然。第三韵顧題出處，亦是鬆局法。此首運法活變，前八句根定本旨，後八句正寫題面，此變格也。第五韵實賦「鶯囀」，第六韵托醒「鶯」字，末二韵剔醒「皇州」，層次亦極清晰，末四句鈎剔皇州甚醒，亦使機局生動，此法本唐杜荀鶴《御溝新柳》詩。

〔釋〕二月：　錢起《贈闕下裴舍人》詩：　二月黄鸝飛上林。鴛鷺序：《博物志》：張華云：「鷺小不逾大，飛有次第，如百官縉紳之象。」金縷曲：　陳基《柳塘春》詩：　芳草日長飛燕燕，緑陰人静語鶯鶯。臨風忽聽歌金縷，隔水時聞度玉笙。翠雲裘：　王維同題和詩：　尚衣方進翠雲裘。嚦嚦：　吴激《春從天上來》詞：　似林鶯嚦嚦。

纖鱗如不隔（得纖字）

（劉長卿《水西渡》詩：　伊水摇鏡光，纖鱗如不隔。）

游魚瀺灂處，（直從「纖鱗」起。）净絶點塵沾。（抉出所以然。）俯映潭千尺，如窺鏡一奩。（承清如不隔。）唼花吹淰淰，鼓鬣露纖纖。（實賦「纖鱗」。）形影時相照，浮沉盡可覘。（實賦「如不隔」。）只言空際動，不道水中潛。（開合形容，曲盡題神。）靈沼游偏適，濠梁興屢淹。（題後游衍。）喜無微翳隔，寧以至清嫌。（借題寓意，寄慨遥深。）太液冰開日，恩波暖正添。（映切時令，遞入祈請，亦無痕迹。）

〔評〕第二韵流水承清，曲折透露。第五韵接法矯健，形容盡致。第七韵臨末再振，風格遒上。對法接法篇法，可以微參。

〔釋〕瀺灂：《抱朴子》：取一把礜丸，内一活魚口，與無藥者俱投沸膏中，其無藥者須臾熟，可食，其銜藥者浮戲瀺灂不死。鏡：沈佺期《釣竿篇》：魚似鏡中懸。靈沼：《詩》：王在靈沼，於牣魚躍。濠梁：《莊子》：莊子與惠子遊於濠梁之上，莊子曰：「儵魚出遊從容。是魚樂也。」至清：東方朔《答客難》：水至清則無魚。恩波：《莊子》：周見車轍中有鮒魚焉，曰：「我東海之波臣也，君豈有升斗之水活我哉？」

賦得白雲自高妙（得雲字）

（薛稷《早春魚亭山》詩：白雲自高妙，徘徊空山曲。）

一望藹氤氳，（凌空形容起。）春山漾白雲。（點清白雲。）巖深蓊漸吐，天遠杳無垠。（題前爲「高妙」二字布勢，一篇得手處。）摇曳風微度，（實賦「高妙」。）依稀縷乍分。澹然超色象，邈爾謝塵氛。（分寫「雲」字、「高」字，亦不脱「白」字。）落落如難合，飄飄自不群。（寫「高妙」，並「自」字亦到。）徘徊應有悟，擬議欲何云。（繞足「自」字神味。）泱漭從龍氣，玲瓏抱日文。（借題寓意爲結句地。）平生寥廓意，相對亦欣欣。

〔評〕起語頗上生毫，次聯遠山一角，最善布勢。題景飄渺，難以摹寫。凡此種題最忌鋪排飣餖，着迹刻畫。玩第四、第五韵，不屑屑於點綴，而生趣宛然，字字清到，足顯傳神之情。此爲傳神之筆。

〔釋〕泱漭：曹植《愁霖賦》：瞻沈雲之泱漭兮，哀吾願之不將。從龍：《易》：雲從龍。抱日文：林藻《青雲干呂》詩：捧日已成文。

賦得水彰五色(得彰字)

(《禮》：水無當於五色，五色弗得不彰。)

五采麗輝煌，良工畫擅場。(逆從「五色」翻跌起，最有體勢。)誰知花作筆，都藉水生光。(折出「水彰」，十分醒露。)潑墨新泉净，研朱曉露凉。(「五色」難以鋪寫，略作一點綴。)清泠非有迹，(從「水」字作開。)配合自成章。(從「彰」字收轉。)拂幨微含潤，揮毫乍吐芒。(接定「彰」字抒寫。)精神浮絹素，色澤溢丹黄。(題後剔醒「彰」字，十分酣暢。)濃澹功相濟，調和用乃彰。(抉出題之所以然。)藝成堪證道，比類試推詳。(歸到正旨，收結完密。)

〔評〕起二韵翻跌折醒，一氣旋轉。第三韵點染有致，略所當略。第四韵開合頓挫，雅有局度。第五、第六韵接定抒寫，氣清神旺。第七韵詠嘆推原，第八韵顧母收結，篇法最爲明整。

〔釋〕花作筆：《天寶遺事》：李白少時夢筆頭生花，自是才思瞻逸。比類：《禮》：古之學者，比物醜類。

月印萬川（得川字）

（見上。）

皎皎生明月，溶溶落碧川。（從「月」與「印川」對起。）但逢秋水净，（頂「川」便承出「萬」字意。）都見夜珠圓。（頂月。）素魄雙輪映，（賦「印」字。）清輝萬派連。（賦「萬」字。）金波雖四照，寶鏡本孤懸。（從萬川歸本一月，最得題旨。）是有形形者，如同印印然。（抉出「印」字所以然。）中和堪證道，空色莫疑禪。（點明寓意，洗剔亦清。）虛一河圖衍，函三太極全。（歸到正旨，比附極切。）凉宵窺片影，妙理悟先天。（正喻雙結，法律最清。）

〔評〕次韵承出「萬」字，流水分頂，句極明秀。第四韵從萬歸一，開合頓挫，還清本旨。第五韵淡語寫照，抉題之所以然，俱極清湛自然，餘亦清灑。凡理題止合如此作，最忌鋪排鋀釘。前十句雙關，後六句點明，此雙關題正法，格律清絶。

〔釋〕皎皎：唐柴宿〔二〕《海上生明月》詩：皎皎秋中月，團團海上生。夜珠：蔣防《秋月懸清輝》詩：山明桂花發，池滿夜珠歸。雙輪：崔豹《古今注》：明帝爲太子，樂人作歌詩四章，以贊其德，其二曰「月重輪」。金波：《漢書・禮樂志》：《郊祀歌》：月穆穆以金波。寶鏡：徐陵詩：信來贈寶鏡，亭亭似團月。形形：《列子》：有色者，有色色者；有形者，有形形者。印印：大川《五燈會元》：如何是一印印水，秋蟾影落三江裏。空色：《楞嚴經》：分別都無，非色非空。又大川《五燈會元》：以一統萬，一月普現一切水；會萬歸一，一切水月一月出。虚一：《易》：大衍之數五十，其用四十有九。唐謝觀有《大衍虚其一賦》。河圖：《易》：河出圖，洛出書。函三：《漢書・律曆志》：太極元氣，函三爲一。太極：《易》：易有太極，是生兩儀。先天：《易》：「天地定位」，章邵子曰：此伏羲八卦之位，所謂先天之學也。「帝出乎震」，章邵子曰：此卦位乃文王所定，所謂後天之學也。

館課我法詩箋卷二

河間紀昀曉嵐先生著
後學閩嚴郭斌木軒評注
及門諸子參訂

殘月如新月（得如字）

（庚信《擬咏懷》詩第十八首：雖言夢蝴蝶，定自非莊周。殘月如新月，新秋似舊秋。）

缺月照庭除，（直從「殘月」起。）纖纖畫不如。雖非三日後，（以「殘月」開。）却似半規初。（以「如新月」合。）祇道弦將上，（以「如新月」開。）誰言魄漸虛。（以「殘月」合。）依然千里共，還是一鈎餘。（「殘月」、「新月」總寫，實賦「如」字。）光但分增減，形難辨斂舒。（亦是總寫，以一開一合剔醒「如」字。）有時斜映水，（流水烘托。）定亦誤驚魚。（收足「如新月」。）老桂花常在，（隨手煊染。）仙蓂葉漸疏。（繳轉「殘月」。）餘輝如可惜，爲照案頭書。（結亦饒有别致，不露干請之迹。）

〔評〕首韻直起，第二、第三韻開合順逆，兩邊迴環，一氣頓挫，「如」字以分寫出之。第四、第五韻總頂形容，兩面夾寫，細意推敲，「如」字以合寫出之。第六、第七韻烘托煊染，先收清「如新月」，次繳轉「殘月」，賓主亦極清晰。末韻收結，又恰應起聯，格律清新，開府之遺。

〔釋〕纖纖：鮑照〔二二〕《玩月》詩：始見東南樓，纖纖如玉鈎。三日：《書》「哉生明」注：三日也。弦上：《詩·天保》篇孔《疏》：八日、九日，大率月體正半，昏而中，似弓之張而弦直，謂之上弦也。廿三、廿四亦正半在，謂之下弦也。魄虚：《書》「哉生魄」注：十五日以後。千里：謝莊《月賦》：隔千里兮共明月。一鈎：王周《無題》詩第二首：一鈎新月未沉西。映水：何子朗《和繆郎〔二三〕視月》詩：泠泠玉潭水，映見娥眉月。驚魚：唐白行簡有《新月誤驚魚賦》。老桂：虞喜《安天論》：俗傳月中有仙人桂樹。仙蓂：《宋書·符瑞志》：堯時有草夾階而生，月朔始生一莢，月半而生十五莢，十六以後日落一莢，及晦而盡，月小則一莢不落，名曰「蓂莢」。照書：《南史》：江泌少貧，夜讀書常隨月光，光斜，携卷〔二四〕升屋。

桐始華（得春字）

（《禮・月令》：季春第一候，桐始華。）

東風吹暖律，（從時令叙起。）榮木幾枝新。（點「桐」字。）有葉能知閏，（襯華一筆。）開花亦報春。（點「花」字。）纍纍垂似穗，（承「花」字實賦。）朵朵散如銀。纔過中和節，剛迎上巳辰。（切定時令賦「始」字。）萍生先半月，桃綻距三旬。（從旁面襯托夾出「始」字。）乍引仙蜂到，時看小鳳馴。（從旁面點染，亦不脱「始」字。）朝陽真得地，清露喜淩晨。（借題寓意，深情無限。）會召來儀瑞，棲梧近紫宸。（立言得體，猶見和聲鳴盛之休。）

〔評〕次韵就本身添入一層作襯，點「花」字，十分醒露。第四韵澹語寫來，具有别致。第五韵從前後兩邊夾寫，天造地設，使「始」字十分透露。

〔釋〕暖律：劉向《别録》：鄒子吹律而温，生黍。榮木：《爾雅》：榮桐木。知閏：《遁甲》注：桐葉生十二葉，有閏則十三葉，視葉小者則知閏何月也。〔二五〕中和節：《李泌傳》稱：廢正月晦，以二月朔爲中和節。上巳：《續漢書·禮儀志》：三月上巳日，宫人並禊飲於東流水。沈約《宋書》：魏以後但用三月三日，不復用巳。萍生：季春第四候萍始生。桃華：仲春第一候桃始華。小鳳：《韓詩外傳》：黄帝時，鳳止帝東閣，集梧桐，食竹實。朝陽：《詩》：梧桐生矣，于彼朝陽。來儀：《書》：簫韶九成，鳳凰來儀。棲梧：《古詩》：非梧棲灵鳳。

木葉微脱（得微字）

（謝莊《月賦》：洞庭始波，木葉微脱。）

洞庭秋瑟瑟，（原題起法。）林際曉霜微。（補出題眼。）乍覺群芳歇，時看一葉飛。（承清「微脱」，風致秀逸。）數行分極浦，（布景鬆局法。）幾樹對斜暉。老木黄偏早，深叢碧漸稀。（實賦「微脱」。）未飄先颯颯，欲落似依依。（刻畫「微」字。）望遠情何限，攀條悵有違。（收歸題情。）莫因時序晚，遂惜物華非。（翻轉一層作結，可悟脱題之妙。）明歲春風好，仍然送緑歸。（開合叫應，機局亦極生動。）

〔評〕第三韵縱筆寫景，鬆開一步，實爲「微」字布勢，此頰上添毫法也。題本蕭索，作試帖難以收局，翻轉一層結之，得法得體，善於出脱。

〔釋〕一葉：《淮南子》：一葉落而天下知秋。攀條：《桓温傳》：温北伐，行經金城，見少所種柳皆已十圍，慨然曰：「木猶如此，人何以堪？」因攀條，泫然流涕。

山水含清輝（得秋字）

（謝靈運《石壁精舍湖中作》：昏旦變氣候，山水含清輝。清輝能娱人，遊子澹忘歸。）

風景淡夷猶，人從鏡裏遊。（渾領起「清輝」意倒入。）微微排遠岫，（承清「山」。）瑟瑟見明流。（承清「水」。）掩映原如畫，（渾寫引起「含清輝」意。）蕭疏乍近秋。夜凉山雨過，（切「山」推原。）天净水雲收。（切「水」推原。）曉色清於洗，（切「山」正寫。）烟光淡欲浮。（切「水」正寫。）青蒼分極浦，紫翠入高樓。（推拓一步寫透山水遠景。）槲葉藏樵徑，蘆花有釣舟。（略作點綴以起結句。）惟應容謝客，雙屐此淹留。（結顧出處，亦不浮泛。）

〔評〕渾領題意，駘宕而起，最有風致。第四、第五二韵俱定「山水」寫，前韵是推前一步，透「山」所以然，後韵方是正寫，便不重複，使題中「含」字，真是吹毫欲活。通首除起結及第三韵，餘俱山、水對舉，分配匀停，格律明整。

〔釋〕夷猶：《楚詞·九歌·湘君》：君不行兮夷猶。雙屐：《南史》：謝靈運爲永嘉太守，郡有名山水，素所愛好，遂肆志遊覽。嘗著木屐，上山去其前齒，下山去其後齒。

夏雲多奇峰（得巖字）

（顧愷之《神情詩》句：春水滿四澤，夏雲多奇峰。秋月揚明輝，冬嶺秀孤松。）

嵐氣初蒸鬱，（原題逆入，亦對起法。）雲容俄嶃岩。（點題。）卷舒形屢變，（承「奇」字布勢。）重疊勢相攙。（承「多」字布勢。）峭立峰成筆，高張石作帆。雄應爭岱華，險欲類崤函。（二韵從本面形容，是雲是峰，幾難識別。）拔地風頻鼓，摩天日乍銜。雷疑泉響澗，雨訝瀑飛巖。（二韵從旁面煊染，亦多亦奇，令人叫絶。）縹緲真難即，嶔崎自不凡。（詠嘆提唱，收足「多奇」字。）願陳糺縵頌，流韵入《韶》《咸》。（遞到頌聖，亦極自然。）

〔評〕山上出雲，雲還似峰，起語最爲活脱。起韵迴環領題，繫鈴解鈴，毫不費力。次韵承清開局，有聲有勢，一篇得手。第三、第四韵本身夾寫，第五、第六韵四面烘托，真使題中「多奇」字色色稱絶，然後唱足題情，而以頌聖作結，雙管齊下，妙手寫生。

〔釋〕卷舒：儲光羲《同王維偶然作》：浮雲在虚空，隨風復卷舒。重疊：沈約《遊沈道士館》：山嶂遠重疊，竹樹近蒙籠。石帆：夏侯爭先志會稽，有石帆山，石危起若數百幅帆。《永嘉記》：永嘉南有帆石，乃堯時神人以破石爲帆，將入惡溪，道次置之溪側，遥望有似張帆，今俗名張帆溪。岱華：《爾雅・釋山》：河南華，河西岳，河東岱，河北恒，江南衡。崤函：張衡《西京賦》：左有崤函重險，桃林之塞。瀑布：《天台山圖》：瀑布山，天台之西南峰，水從南巖懸注，望之如曳布。糺縵：伏生《尚書大傳》：俊乂、百工相和而歌《卿雲》，帝乃倡之曰：「卿雲爛兮，糺縵縵兮。日月光華，旦復旦兮。」

秋風生桂枝（得秋字）

（沈約《鍾山詩應西陽王教》：春光發隴首，秋風生桂枝。）

爽籟漸颼飀，西風吹未休。（直從「秋風」起。）銀床纔落葉，（襯一筆。）金粟亦含秋。（點出「桂」。）冷露花微濕，清飆暑乍收。（寫「桂」却爲「風」字作襯。）夜中驚夢醒，雲外有香浮。（寫「風」正爲「秋」字導源。）緑裊高枝動，（寫「秋風」帶定「桂」字。）黄飄碎點稠。（寫「桂」字跟定「風」字。）凉生明月裏，聲在小山頭。（還他「桂」字著落，以醒「生」字。）紅蕊芳堪折，丹梯路可求。（從「桂」字寓意以起結句。）霓裳羽衣曲，好入廣寒遊。（結到月中，「桂」亦典切。）

〔評〕次韵襯一層，點出桂，越顯得「秋」字醒。第四韵從風寫桂，第五韵從桂寫風，兩邊迴環，以盡「生」字之義。第六韵還他「桂」字著落，越使題中「生」字情景縹緲，傳出一陣秋意，令人在言外領略。此題與「秋風動桂林」不同，彼是仲秋景，其風較大，故下「動」字；此是初秋景，其風尚細，故下「生」字。此詩第三句以襯筆叫醒時令，審題最精。

〔釋〕爽籟：《莊子》：風爲天籟。銀床：庾肩吾詩：銀床落井桐。落葉：《淮南子》：一葉落而知天下秋。金粟：楊萬里《木犀詩》：移將天上衆香國，寄在梢頭一粟金。又柳永詞：一粒粟中香萬斛，君看梢頭幾金粟。冷露：王建《中秋》詩：中庭地白樹棲鴉，冷露無聲濕桂花。雲外：宋之問《靈隱寺》詩：桂子月中落，天香雲外飄。黄飄：《西湖志》：天竺寺每歲秋月夜有桂子飄落，寺僧嘗招之即得。明月：白居易詩：偃蹇月中桂，結根依青天。大風繞月起，吹子下人間。小山：劉安、小山《招隱》詞：桂樹叢生兮山之幽，偃蹇連捲兮枝相樛。折桂：王路《花史》：無瑕嘗著素裳折桂。丹梯：李商隱《孔雀詠》：紅樓三十級，穩穩上丹梯。又周生有道術，中秋夜與客會，月色方瑩，客曰：「我欲梯雲取月，置之懷袂。」霓裳羽衣曲：《異聞録》：明皇與中天師遊月中，見廣寒清虚之府，素娥笑舞於大桂樹下，樂音清麗。明皇歸，編律音，《製霓裳羽衣曲》。

夏雲多奇峰（得峰字）

（見上。）

七十二芙蓉，參差淡復濃。（突從「奇峰」起，令人不可捉摸。）乍疑青嶂合，（承清「峰」字。）却是碧雲重。（折出「雲」字，一落千丈强。）長夏炎蒸氣，非烟峭蒨容。（切定「夏」字寫「雲」。）南風吹片片，東岳起溶溶。（此方次第模[二六]寫。）觸處原從石，（此又活脱得妙。）飛來即作峰。（回合起筆作勢，屬對天然。）凌虛時落影，（極力爲「奇」字描寫。）跋[二七]地本無蹤。（足上有力量。）縹緲三霄近，玲瓏四面逢。（唱嘆以足「多」字意。）會看時雨降，膏沃遍堯封。（結到去路，頌揚有體。）

〔評〕題多佳作，欲突過前人，不覺胸中如奇峰矗起，陡然落筆，真似天半飛來，斯知詩家不可無興會高騫也。首韻直從「多奇」字陡入，次韻逆從「峰」字折出「雲」字，最有體勢。三韻原題，最切精妙。四韻翻轉看，五韻轉捩，六韻描[二八]寫，七韻收足，八韻結出去路，層折最清。

〔釋〕七十二芙蓉：衡山七十二峰最大者五，芙蓉、紫蓋[二九]、石禀、天柱、祝融也。參差：成公綏《雲賦》：參差交錯。非烟：《史記》：若烟非烟。觸石：《公羊傳》：觸石而出，膚寸而合，不崇朝而遍雨乎天下者，其泰山之雲乎！

秋水長天一色(得天字)

(王勃《滕王閣序》:落霞與孤鶩齊飛,秋水共長天一色。)

高閣倚江前,(原題起。)長江水接天。(點出「水」、「天」,俱有體勢。)蒼茫秋一色,上下碧相連。(承清「一色」。)寥廓平浮日,(從「天」寫到「水」。)溟濛澹掃烟。(從「水」寫到「天」。)時憑樓百尺,宛對鏡雙圓。(歸到本事寫一色意,工絶。)蕭瑟吟難盡,空明畫不傳。(爲「一色」字提唱。)惟看孤鶩影,直到落霞邊。(爲「一色」字烘托。)舊迹多非矣,寒流尚渺然。(遞到憑吊意以起結句。)低徊王勃序,賞識憶當年。(結還出處,關合應制,渾然無迹。)

〔評〕次句布勢雄闊,開局宏敞,此開門見山法。第四韵形容一色,妙在不脱本事。第六韵偶拈一物,越顯出一望空闊,此頰上三毫也。又妙用本色語,天然湊合。

〔釋〕高閣:本序詩:滕王高閣臨江渚。蒼茫:潘岳《哀永逝文》:視天日兮蒼茫。上下碧:范仲淹《岳陽樓記》:上下天光,一碧萬頃〔三〇〕。寥廓:《楚詞·遠遊》:下峥嶸而無地兮,上寥廓而無天。溟濛:左思《吴都賦》:迴眺溟濛。蕭瑟:

《楚詞·九辯》：悲哉秋之爲氣也，蕭瑟兮草木摇落而變衰。空明：戴叔倫《曾遊》詩：清影涵空明。賞識：《詩説》：伯嶼爲洪州牧，會賓客而作序，子安落筆，初猶以爲平平，至「落霞」之句然後伯嶼嘆服。

秋水長天一色（得天字）

（見上。）

瑟瑟琉璃水，蒼蒼菡萏天。（「秋水」、「長天」對起。）新秋高閣上，（隨手注題。）遠色大江前。（承清「一色」。）島嶼輕漚點，（略作點綴。）樓臺倒影懸。（從旁渲染。）望中千里盡，低處四垂圓。（渾寫「一色」，空際傳神。）極浦疑浮地，凉波欲化烟。（不脱「水」、「天」，粘連一片。）更無痕界畫，只覺氣澄鮮。（收足「一色」，十分透闢。）斷雁投何處，孤舟去渺然。（題後烘托，饒有遠神。）銀河如可接，便擬問張騫。（結有别致，脱落恒蹊。）

〔評〕起勢雄闊明整，與題雅稱。第三句注題無迹，使通首俱從閣上看出，運法最密。此種空闊題不得瑣屑點綴，通體只渾渾寫意，俱從空際烘出遠神，最得題解。

〔釋〕瑟瑟：白居易詩：寒食青青草，春風瑟瑟波。琉璃：梁簡文詩：水净流漓波。蒼蒼：《莊子》：天之蒼蒼，其正色耶？菡萏：羅隱《七夕》詩：絡角星河菡萏天。島嶼樓臺：本序：鶴汀鳧渚，窮島嶼之縈洄。唐詩：十字水中分島嶼，數重花外見樓臺。澄鮮：謝靈運《澄江中孤嶼》詩：雲日相輝映，空水共澄鮮。斷雁：本序：漁舟唱晚，響窮彭蠡之濱；雁陣驚寒，聲斷衡陽之浦。張騫：唐趙璘《因話録》：《漢書》載張騫窮河源，言其奉使之遠，實無天河之説。惟張茂先《博物志》説近世有人居海上，每年八月，見海槎來不違時，齎一年粮，乘之到天河。後人相傳云得織女支機石，持以問君平，都是憑虛之説。按此則張騫不到天河，俗説相沿，謬誤已久，本詩運用尚活。

江海出明珠（得圓字）

（李〔三一〕昉《太平御覽・珍寶部》—《禮斗威儀》曰：王政平，德至淵泉，則江海出明珠。）

紫澥浮三島，滄江匯百川。（「江」、「海」對起。）地靈鍾巨壑，（抉出所以然。）寶氣涌層淵。（引起「出明珠」。）渺漫深無際，（寫「江海」。）晶瑩望欲然。（寫「明珠」。）龍堂天傳。（從「出」後找足。）澄渟湖一曲，甓社敢争先。（借題寓意，亦能自占地步。）

「出」字，此韵切「江」，下韵切「海」。）每從鮫客室，來上蜑人船。吾斛求難盡，千金價共

不夜，蟾窟月長圓。（切定「江海」寫「明珠」。）有日逢漁父，凌波問水仙。（二韵實賦

〔評〕入手雄闊，具有體勢。起四句不脱江海，抉出所以出之故；次四句先寫江海有明珠，是「出」字前一層；又次四句實賦「出」字，亦能切定「江海」。末四句從出後找足，極見身分。層次清晰，方不是泛詠珠詩。結法亦兀奡有氣骨。第三、第四韵寫明珠，壯麗典雅。第五、第六韵寫「出」字，流逸生動，此是疏密相間法。

〔釋〕龍堂：《楚詞·九歌·河伯》：魚鱗屋兮龍堂，紫貝闕兮朱宫。蟾窟：《漢書·楊雄傳》：西厭月窟。《史記·魯仲連鄒陽列傳》：臣聞明月之珠，夜光之璧。凌波：曹子建《洛神賦》：凌波微步，羅襪生塵。鮫客：左思《吴都賦》：窮陸飲木，極沉水居。泉室潛織而卷綃，淵客慷慨而泣珠。蜑人：范成大《桂海虞衡志》：珠出合浦，海中有珠池，蜑户投水採蚌取之。甓社：楊州甓社湖中有珠大如拳，光照十餘里，在蚌殼中，天晦則出，爛然如日。崔伯易有賦，詳見於沈括《夢溪[三二]筆談》。

爐烟添柳重（得烟字）

（楊巨源《春日奉酬聖壽無疆詞》：代是文明晝，春當燕喜時。爐烟添柳重，宮漏出花遲。）

樹繞彤墀下，香霏紫殿前。（暗從柳、烟對起。）遥看宮柳色，全帶御爐烟。（點清「柳烟」句，極明秀。）嫋娜千枝踠，氤氳一氣連。（先寫柳反振「重」字，次寫烟引起「添」字。）遊絲飄乍駐，弱縷密相牽。（實賦「烟添」，帶起「柳重」。）漠漠渾如織，垂垂訝欲眠。（刻畫「烟添」，形容「柳重」。）似因青靄聚，（還清「添」字。）微壓翠條偏。（叫醒「重」字。）寶鼎雲長護，春旗色共鮮。（烟柳依舊對收。）陽和韶景麗，最在鳳樓邊。（結還本旨，恰應首聯。）

〔評〕起聯莊重有體，次聯自然流出。以下次第承寫，分配勻停，對起對收，亦明麗雅稱。

〔釋〕殿前：《南史》：晉武帝時，益州刺史獻蜀柳數株，枝條甚長，狀如絲縷，帝植於靈和殿前。一氣：李白：博山爐中沉香火，雙烟一氣凌紫霞。游絲：杜甫《宣政殿〔三三〕退朝晚出左掖》： 宮草霏霏承委佩，爐烟細細駐遊絲。如織： 唐詩： 鶯擲金梭織柳絲。欲眠： 許顗《彦周詩話》： 李義山賦云： 豈如河畔牛星，隔年祇聞一過，不及苑中人柳，終朝剩得三眠。注： 漢苑中有人形柳，一日三起三倒。寶鼎：《漢書》： 武帝迎汾陰鼎至甘泉宮，黄雲蓋其上。春旂： 庾信《三月三日華林園馬射賦序》： 落花與芝蓋齊飛，楊柳共春旂一色。楊和： 本詩下文： 碧簫傳鳳吹，紅旭在龍旂。造化膺神器〔三四〕，陽和沃聖慈。

玉韞山含輝（得瑛字）

（朱子《雜感》詩第三首： 珠藏澤自媚，玉韞山含輝。）

蓄寶每希吉〔三五〕，璠璵肯自呈。（渾從「韞」字領起，爲下三字翻跌。）誰知光隱耀，轉使迹分明。（虚從「含輝」折轉。）試躡尋山屐，長歌採玉行。（還清「山」字、「玉」字，接法疏鬆。）遥看含紫翠，知是蘊瓊瑛。（點醒「含」字、「韞」字，最爲活妙。）石骨寒仍潤，烟痕暖欲生。（實賦「含」、「韞」，亦極秀潤。）雲根猶未斲，（收足「韞」字。）虹氣已堪驚。（抉透「輝」字。）抱璞幽人意，搜巖匠氏情。（寄託遥深，關合祈請。）天球原易識，珍重此連城。（借題自寓，妙有身分。）

〔評〕起四句頓跌折醒，渾寫一層，最有體勢。次四句點清還題，字字爽朗，指點活妙，然後第五韵扣實描寫，第六韵開合收足，末二韵寓意祈請，亦能自占地步。通體一氣旋轉而虛實層折，位置分明，格律最清，篇法與《璇源載圓折》詩同。

〔釋〕蓄寶：顔延年詩：蓄寶每希聲，雖秘猶彰徹。璠璵：《逸論語》：璠璵，魯之寶也。躡屐：《南史》：謝靈運爲永嘉太守，郡有名山水，著木屐遊焉。采玉：《論衡》曰：采玉者破石拔玉，選士者棄惡取善。按樂府有《采玉行》。紫翠：杜牧詩：千峰橫紫翠。瓊英：《詩》：尚之以瓊英乎而。潤：《禮》：温潤而澤，仁也。烟暖：李商隱詩：滄海月明珠有淚，藍田日暖玉生烟。雲根：謝靈運《山居賦》：愒層臺兮涉雲根。虹氣：《禮》：氣如白虹，天也。抱璞：《韓子》：楚人卞和得玉璞，獻於王，玉人以爲石，王刖之，抱璞而哭於楚山。天球：《書》：天球、河圖，在東序。連城：《史記》：趙惠文王得楚和氏璧，秦昭王請以十五城易之。

湘靈鼓瑟（得靈字）

（《楚詞·遠遊》： 張《咸池》奏《承雲》兮，二女御《九韶》歌。使湘靈而鼓瑟兮，令海君舞馮夷。）

瑶瑟波間泛，（逆從鼓瑟起。）騷人岸上聆。（插入此層有眼。）微傳三嘆意，（根定「鼓瑟」。）知是二妃靈。（折醒「湘靈」。）緑水流無盡，（從「湘」字布景。）朱弦響未停。（切「鼓」字實賦。）如彈斑竹恨，宛隔暮花聽。（扣定「湘靈」寫「鼓瑟」。）悽切風初起，（鬆開一步。）蕭疏葉乍零。（遠神。）人遥秋色碧，（收回「靈湘」，極宕逸。）聲斷亂楓青。（繳足「鼓瑟」，極縹緲。）明月留清怨，空江接杳冥。（題後繚繞，又復餘意纏綿。）餘音何處覓，千載水泠泠。（篇終接混茫，真有靈氣往來。）

〔評〕首句發端超忽，雯然而起。次句隨手注題，渾然無迹，便提醒眼目，使通篇俱納入「聆」字中，運法甚密，此祖於錢起本題詩。將起二韵化作一韵，蓋縮之而愈妙也。次韵句用流水，筆用逆挽，拍題最醒。題景原極縹緲，後半幅俱傳出遠神，此亦祖於錢起詩。將末二韵化出四韵，又衍之而愈妙也，可知善爲詩者，擬議之下自生變化，不似偷語鈍賊，但隨人作計耳。

〔釋〕瑶瑟：唐陳季本題詩：神女泛瑶瑟，古祠儼野亭。三嘆朱弦：《禮》：清廟之瑟，朱弦而疏越，一唱而三嘆，有遺音者矣。斑竹：《博物志》：舜死蒼梧，二女啼於洞庭，以涕揮竹，竹盡斑。暮花：杜甫《祠南夕望》〔三六〕詩：山鬼迷春竹，湘娥倚暮花。風起：《楚詞》：嫋嫋兮秋風，洞庭波兮木葉下。葉零：賈至《泛洞庭》：楓岸紛紛落葉多，洞庭秋水晚來波。乘興輕舟無遠近，白雲明月吊湘娥。清怨：錢起《歸雁》：二十五弦彈夜月，不勝清怨却飛來。何處：李白《泛洞庭》：洞庭西望楚江分，水盡南天不見雲。日落長沙秋色遠，不知何處吊湘君。

白露爲霜（得霜字）

（《詩》：蒹葭蒼蒼，白露爲霜。）

白露三霄降，（從「白露」直起。）仙盤九月凉。（點入時令方有根。）離離初被草，薄薄漸成霜。（承清「爲霜」。）風急微含凍，雲寒不化漿〔三七〕。（二韵實賦「爲」字，意有淺深，自不重複。）無聲霏玉屑，有迹在銀床。（妙不脱「自」字。）芳草秋仍緑，疏林曉欲黄。

（題後從旁面烘托。）昨霄猶鶴警，（迴顧「露」字。）幾日欲鷹揚。（收足「霜」字。）應候逢青女，（從時令數。）司天屆白藏。（以起結句。）好乘金氣肅，講武震遐荒。（關合時事作結，亦極細貼。）

〔評〕第三、第四韵實做「爲」字有力。末二韵關合時事，運意甚別。妙在第六韵，一句承上，一句起下，暗作轉軸，脱卸無痕。

〔釋〕仙盤：《漢武故事》：帝作銅承露盤，上有仙人，掌擎玉盤，以承雲表之露。化漿：庾信《温湯碑》：其色變者，流爲五雲之漿。銀床：《淮南王篇》：後園作井銀作床。庾肩吾詩：銀床落井桐。吴曾：白銀床者，以銀爲床，猶《山海經》所謂以玉爲檻耳。鶴警：周處《風土記》：白鶴性警，至八月露降，流於草葉上，滴滴有聲，則鳴。鷹揚：《感精符》：霜，殺伐之表。季秋霜始降，鷹隼擊，王者順天行誅，以成肅殺之威。青女：《淮南子》：至秋三月，青女乃出，降以雪霜。白藏：《爾雅》：秋爲白藏。金氣：《月令》：孟秋盛德在金。

河鯉登龍門（得登字）

《文選》謝朓《觀朝雨詩》李善注：《三秦記》曰：河津一名龍門，兩旁有山，水陸不通，龜魚莫能上。江海大魚，薄集龍門下，上則爲龍，不得上，曝鰓水次也。酈道元《水經注》：鯉魚出鞏穴，三月則上渡龍門，得渡爲龍，否則點額而還。

洪河初泛漲，仙鯉欲飛騰。（河鯉對起。）凡骨何時換，（開一步。）天門此路升。（點「登龍門」。）雲泥争倏忽，風雨助憑陵。（題前爲「登」字蓄勢。）急峽聲相薄，懸流勢乍乘。（二句寫將登。）聳身纔一躍，跋浪已於層。（二句寫方登。）乍覺雷聲合，俄然霧氣蒸。（題後找足「登」字繚繞。）直同神劍化，莫比翰音登。（旁面托醒「登」字。）爲報詹何道，芒針鈞未能。（結法悠然，有高舉遠害之慨。）

〔評〕首句先從「河」字布景，次句點入「鯉」字便有勢。三句托開一步，四句拍題便醒，布置極完善。第三韵前步蓄勢，風力遒緊。第四、第五韵正寫精悍，有聲有色，光芒奪目。第六韵後路繚繞，恍睹神龍變化，難以捉摹，層次最爲清晰。第七韵旁襯別醒。末韵收結縹緲，雅人深致，餘味曲包。

〔釋〕雷聲：伊世珍《瑯嬛記》：鯉魚躍龍門，必雷神燒其尾，乃得成龍。劍化：《晉書·張華傳》：雷焕子爲州從事，持劍行經延平津，劍忽於腰間躍出，使人投水，取之，不見劍，但見兩龍各長數丈。翰音：《易》：翰音登於天。詹何：《淮南子》：詹何能鈞千歲之鯉。

月到天心處（得心字）

（邵子《清夜吟》：月到天心處，風來水面時。一般清意味，料得少人知。）

好對梧桐月，（直從月起。）閑將妙理尋。（領起題意。）一輪初朗澈，萬象正蕭森。（承清「到天心」之景。）珠斗中央對，銀河左界臨。（旁面設色。）半天光皎皎，四面碧沉沉。（極力爲「天心」二字煊染。）大野烟痕白，凉霄露氣深。（二韵布景雄闊，方取「到天心」之神。）自然群籟寂，那得片雲侵。（洗剔亦極警切。）别館何人望，高樓此夜心。（從開作襯。）誰知清意味，領略坐微吟。（收轉顧母，去路含毫邈然。）

〔評〕起法輕逸，插入題意，妙不着迹。末四句認定題竅，一氣開合，機局生動，陳言力去。此種空闊題最難形容，看他四面布景，只渾渾寫意，直取題神，純是意在筆先。

〔釋〕梧桐月：光摇珠箔梧桐月。一輪：周密《庚辛雜識》：唐一詩僧賦中秋月「此夜一輪滿」，至來年方得下句，云「清光何處無」。萬象：大川《五燈會元》：天心月孤，圓光吞萬象。蕭森：張協《雜詩》：荒楚鬱蕭森。珠斗：王維詩：月迥藏珠斗。又《史記·天官書》：斗爲帝車，運乎中央。銀河：江總詩：織女今夕渡銀河。又《文選》詩：招摇西北指，天漢東南傾。大野：吕安《與稽茂齊書》：龍睇大野。群籟：《莊子》：地籟則萬竅是已，人籟則比竹是已。片雲：杜甫詩：片雲頭上黑。高樓：漢無名氏詩：明月照高樓，想見餘光輝。

鶯聲細雨中（得交字）

（劉長卿《海鹽官舍早春》：柳色孤城裏，鶯聲細雨中。）

年光當二月，（從時令起。）春意賞芳郊。（布景籠題。）微雨迷花徑，（點細雨。）流鶯在柳梢。（點鶯。）霑濡衣乍濕，（從雨説到鶯。）宛轉語相交。（從鶯遮出聲。）唤侣深藏葉，（從鶯聲帶出「雨」字。）呼晴穩獲巢。影憐輕縠隔，（從鶯見細雨。）歌雜碎珠抛。（從聲見細雨。）細點聲頻滴，（從細雨鈎出鶯聲。）清音聽欲淆。（剔「中」字。）龍池方睍睆，

（正收「鶯」字。）鳩婦草誼呶。（旁托鶯聲亦能帶定「雨」字。）會看楷鴻羽，同占漸上爻。（寓意收結，自占地步。）

〔評〕此題若鶯、雨分説，便少神味。中四韵語語合寫，着意一「中」字，最得題解。第五韵從鶯添出「影」字，以影覿聲，開合頓挫。第六韵將聲坐入「雨」字，以雨剔鶯，流水鈎清，使本題「中」字十分醒露。筆足以顯難狀之情，真是吹毫欲活。

〔釋〕二月：錢起《贈闕下裴舍人》詩：二月黄鸝飛上林。流鶯：上官儀《奉和初春》詩：曉樹流鶯滿。柳梢：賈至《早朝大明宫》：千條弱柳垂青瑣，百轉流鶯繞建章。衣濕：柳永詞：露濕縷金衣，葉映如簧語。又杜甫詩：黄鶯並坐交愁濕。藏葉：梁元帝《春日》詩：新鶯隱葉囀，新燕向窻飛。又杜甫《遊何將軍山林》詩：接葉暗巢鶯。碎珠：毛滂《河滿子》詞：急雨初收珠點。又魏收《喜雨》詩：滴下如珠落。細點：李義山《微雨》詩：點細未開萍。龍池：李白有《龍池柳色初青聽新鶯百囀歌》。鳩婦：《埤雅》：鵓鳩陰則屏逐其婦，晴則呼之。鴻漸：《易》：鴻漸於陸，其羽可用爲儀，吉。

鶯聲細雨中（得交字）

間關鶯語巧，羃歷〔三八〕雨絲交。（「鶯聲」、「細雨」對起。）烟縷全如織，金梭乍一抛。（分承「雨」、「鶯」，便已抉透「中」字之神。）藏身争選樹，（從「鶯」帶定「雨」。）求友共還巢。（從「聲」帶定「雨」。）沾洒衣雖涴，（從「雨」字有「鶯」作開。）清圓字不淆。（從「聲」在「雨中」作合。）泥應呼滑滑，鳴亦似膠膠。（從「鶯聲」設想襯托，帶定「雨」字。）誰坐青油幕，（繳足「細雨」。）遥聽碧柳梢。（繳足「鶯聲」。）携柑尋陌上，（從「鶯聲」敷衍。）荷笠過塘坳。（從「細雨」敷衍。）領略皇州景，和聲遍四郊。（結到頌揚，亦極得體。）

〔評〕首韵對起。次韵句雖分承，意實合説，便爲「中」字傳神。第四韵開合剔清。第五韵設想細切。第六韵流水，叫醒機局，生動有致。

〔釋〕間關：陳子昂《居延海樹聞鶯》：邊地無芳樹，鶯聲忽聽新。間關如有意，愁絶若懷人。又白居易詩：間關鶯語花底滑。雨絲：張景陽《雜詩》：騰雲似湧烟，密雨如散絲。金梭：唐詩：魚躍練江抛玉尺，鶯穿絲柳織金梭。又：鶯擲金梭織柳絲。選樹：盧照鄰《春晚山莊率題》：鶯啼非選樹，魚戲不驚綸。求友：

《詩》：嚶其鳴矣，求其友聲。清圓：《詩》朱子《集傳》：睍睆，清和圓轉之意。滑滑：梅堯臣《禽言》第四首《竹雞》：泥滑滑，苦竹岡。雨蕭蕭，馬上郎。膠膠：《詩》：風雨蕭蕭，雞鳴膠膠。携柑：馮贄《雲仙雜記》：戴顒春日携雙柑斗酒，往聽黃鶯聲，謂俗耳針砭，詩腸鼓吹也。何笠：《詩》：何蓑何笠。皇州：岑參《和賈至早朝大明宮》：鶯囀皇州春色闌〔三九〕。

清露點荷珠（得珠字）

（唐無名氏有《清露點荷珠賦》，江淹《別賦》：秋露如珠。陸雲《芙蓉》詩：盈盈荷上露，灼灼如明珠。）

玉沼荷初放，銀塘露乍濡。（「荷」、「露」對起。）高低張翠蓋，（承「荷來」先布一景。）大〔四〇〕小落明珠。（承「露來」點明「珠」字。）擎似金爲掌，（從「荷」關合「露珠」。）圓如水在盂。（從「珠」映帶「荷露」。）誰言雲液化，（鈎醒「露」字。）只道海人輸。（剔清「珠」字。）宕漾分還合，晶瑩有若無。（刻畫露珠，摹寫入微。）揭來搴碧葉，擬取繫紅繻〔四一〕。（綰合「荷」字。）旋轉雖難拾，（繳足「珠」字。）團圞自可娛。（從「露珠」敷衍。）天漿誰欲酌，好好貯冰壺。（從「露」字宕〔四二〕開一層，又恰好與「珠」字相映帶。）

〔評〕首韵荷露對起。次韵點清「珠」字。三韵荷珠，四韵露珠，五韵露珠，六韵荷珠，七韵露珠，末韵宕〔四三〕開作結，分配致爲匀停。第三韵一語關合三層，巧甚。第四韵關合剔醒，不脱「露」字。第五韵刻畫微至。第六韵流水收清，不脱「荷」字，俱極巧匠經營，足見良工必苦。題有三層，綰合映帶，筆筆雙關，細意刻畫，妙造自然。凡摹形寫照題，固以工巧爲尚。然墜入纖巧小數，或有斧鑿微痕，皆非其至者也，當以此種爲中聲。

〔釋〕翠蓋：潘尼《芙蓉賦》：或擢莖以高立，似雕輦之翠蓋〔四四〕。大小珠：白居易《琵琶行》：大珠小珠落玉盤。陸游《凭欄》詩：露重傾荷蓋。趙秉文《中秋日郊外遇雨》詩：荷蓋傾珠下芡盤。金掌：《三輔黄圖》：帝作承露盤，上有仙人，倚掌擎銅盤玉杯，以承雲表之露，於是旁生芝草九莖，莖如金葉朱實，夜中有光。杜甫詩：清高金莖露，正直朱絲弦。又：承露金莖霄漢間。又傅玄《短歌行》：昔君視我如掌中珠。雲液：吴筠《廬山雲液泉賦序》：筠所居之東嶺，其側有泉，其水色白，味甘且滑，此雲母滋液所致，因名焉。海人輸：用「鮫人泣珠」事。冰壺：《文選》鮑照《白頭吟》：清如玉壺冰。注：《秦子》曰：「玉壺必求其以盛。」

秋日懸清光（得青字）

（江淹《望荆山》詩：寒郊無留影，秋日懸清光。）

素節澄西顥，靈曦卓午晴。（從「秋日」分領起。）霜高秋色浄，雲斂日華清。（分領點清「秋日」，已透出「清光」意。）碧落無邊闊，（有景烘托。）紅輪别樣〔四五〕明。（本面實寫。）煒煌含火德，（切「日」寫「光」。）蕭爽帶金精。（切「秋」寫「清」。）白道凌虚轉，黄人馭氣擎。（切定「秋日」，實賦「懸」字。）全如開水鏡，誰擬挂銅鉦。（比擬襯剔，爲「懸」字煊染。）霽宇羲和駕，（收足「日」字。）凉飈少昊行。（收足「秋」字。）聖朝平秩典，早命省西成。（挽合時令，遞到頌揚作結。）

〔評〕通體「秋」、「日」分配，著意一「懸」字。第二、第三韵頰上添毫，題前力爲「懸」字蓄勢。第六韵旁面襯剔，題後力爲「懸」字煊染，俱極精警奪倫。

〔釋〕素節：陸機詩：肅肅素秋節，湛湛濃露凝〔四六〕。卓午：《纂要》：在午曰卓。日華：《漢書》：日華曜宣明。碧落：李白詩：步綱繞碧落。火德：《淮南子》：積陽之氣生火，火之氣精爲日。金精：《月令》：秋，盛德在金。白道：《易通統圖》：日行西方白道曰西陸。黄人：王應麟《困學紀聞》〔四七〕：《符瑞圖》：「日二黄人守者，外國人來降。」水鏡：謝莊《月賦》：圓靈水鏡。銅鉦：蘇軾詩：樹頭初日挂銅鉦。羲和：《廣雅》：日御曰羲和。少昊：《月令》：秋，其帝少昊。平秩：《書·堯典》：平秩西成。

明月照高樓（得樓字）

（漢無名氏《擬李陵録别詩》：明月照高樓，想見餘光輝。按曹植、宋南平王鑠、湯惠休、謝燮皆有此句。）

皎潔三更月，高寒百尺樓。（「明月」、「高樓」對起。）有人當永夜，此際對清秋。（插入此層，通首俱從人看出，寫景活脱。）玉宇雙扉敞，（賦「高樓」。）金波一片流。（賦「明月」。）玲瓏侵翠箔，（從月寫到樓，「明」字已透。）咫尺掛晶毬。（從樓看見月，「高」字亦醒。）斜影垂河漢，疏星逼斗牛。（從旁面烘托，「高」字、「照」字自到。）半天風露冷，四面水雲浮。（離題寫景，傳神之筆。）光是初圓夕，居臨最上頭。（明月、高樓對收。）山川千萬里，歷歷望中收。（以縱開作收局，使題繚繞不盡。）

〔評〕起韵開局宏敞，與題雅稱。次韵插入作襯，用意活妙，對法靈變。第三韵對起。第四韵互寫，以盡「照」字之義。第五韵力爲「高」字烘托，「照」字自透。第六韵離題寫法，不言月，不言樓，無非月之明、樓之高，斯爲傳神寫照。第七韵對束，第八韵收局雄闊，與入手氣體相稱。題眼在一「高」字，此字寫得出，「明」字、「照」字自醒。認題可云老眼無花。

〔釋〕百尺：《三國志》：劉備對許汜曰：「我自卧百尺樓，卧君地下矣，奚啻上下床之别哉？」玉宇：蘇軾《水調歌頭》詞：我欲乘風歸去，又恐瓊樓玉宇，高處不勝寒。金波：《漢書》：月穆穆以金波。晶毬：姚合《對月》詩：一片黑雲何處起，皂羅籠却水精毬。河漢：杜甫《初月》詩：河漢不改色，關山空自寒。斗牛：孫逖《宿雲門寺閣》詩：紗窻宿斗牛。千里：謝莊《月賦》：隔千里兮共明月。

海上生明月（得光字）

（張九齡《望月懷遠》：海上生明月，天涯共此時。情人怨遥夜，竟夕起相思。)

一片寒空暮，無邊巨壑長。(由未生之先從海上布景起。)烟消澄遠碧，月出逗新黃。(寫海上將生景，點「生明月」。)龍女微開鏡，鮫珠漸吐芒。(切定「海上」寫「生」字，比擬精確。)高凌天尺五，直湧水中央。(正賦「生」字，有聲有色。)輪抱三山影，波添萬里光。(從既生後切定「海上」寫。)乾坤浮澒洞，風露浴青蒼。(題後寫景，恰與海稱。)河漢微雲斂，蓬壺夜氣凉。(敷掩亦細切。)金鰲誰獨立，閑看舞霓裳。(收結飄逸，亦不泛填。)

〔評〕首韵雄闊，題前爲海上布景，力爲「明」字翻跌，正爲「生」字蓄勢。次韵遞「生」字，又妙在輕逸。第三韵以下其層次細寫，絶大神力，積健爲雄，使題中「生」字妙有氣勢，恰與「海上」二字雅稱，方不同尋常水月光景。

〔釋〕巨壑：祖珽《望海》詩：登高臨巨壑，不知千萬里。鏡珠：謝宗可《水中月》詩：鮫人泣罷珠猶濕，龍女粧成鏡未收。天尺五：杜甫《贈韋七贊善》：爾家最近魁三象，時論同歸尺五天。注：俚語曰：「城南韋杜，去天尺五。」水中央：《詩》：溯游從之，宛在水中央。三山：唐柴宿本題詩：影開金鏡滿，輪抱玉壺清。

漸出三山上，將淩一漢横。又《史記·封禪書》：自威、宣、燕昭使人入海求蓬萊、方丈、瀛州。此三神山者，其傳在渤海中，去人不遠，患且至，則船風引而去。蓋嘗有至者。乾坤：韓愈《南海神廟碑》：乾端坤倪，軒豁呈露。又杜甫《登岳陽樓》：乾坤日夜浮。澒洞：獨孤及《觀海》詩：澒洞吞百谷。風露：劉禹錫《八月十五觀月》：星辰讓光彩，風露發晶英。微雲：孟浩然詩：微雲淡河漢，疏雨滴梧桐。蓬壺：《列子·湯問》：其中有五山，岱輿、員嶠、方壺、瀛州、蓬萊，巨鰲舉首戴之。金鰲：吴處厚《青箱雜記》：宋人蘇紳《題金山寺》云：「僧依玉鑑光中住，人踏金鰲背上行。」時蘇公方舉大科，識者以爲榮入玉堂之兆，已而果然。按巨鰲載山，金山本浮於江心，故以爲金鰲也。霓裳：《集異記》：玄宗八月望夜與葉法喜同遊月宫，聆月中奏樂，玄宗素曉音律，默記其聲。歸，傳其音名曰《霓裳羽衣》。

原隰荑緑柳（得荑字）

（謝靈運《從遊京口北固應詔》：遠巖映蘭薄，白日麗江皋。原隰荑緑柳，墟囿散紅桃。）

荏苒東風到，（引起。）參差柳欲荑。（點「柳荑」。）疏黄纔挂縷，（清出「緑」字。）淺緑已垂堤。繫馬條猶弱，（旁面托出「荑」字。）藏烏葉未齊。數行春映帶，幾處影高低。（寫「荑」字妙，不脱「原隰」。）沮洳通蘭澤，亭皋接惠蹊。（切定「原隰」寫景。）相看青隱隱，（東注本面。）會待碧萋萋。（遞到後層。）陌上花三月，橋邊水一溪。（題後烘托。）他時携酒路，樹樹是鶯啼。（結到去路亦細切。）

〔評〕次韵極意描寫，刻露清秀。第四韵繪摹題神，淡語寫生。通體層次明整，結構渾成。

〔釋〕東風：　范雲《送别》詩：　東風柳綫長。疏黄：　白居易詩：　風吹新緑草芽拆，雨灑輕黄柳條濕。繫馬：　王維《少年行》：　相逢意氣爲君飲，繫馬高樓垂柳邊。藏烏：　李義山《謔柳》詩：　長時須拂馬，密處少藏鴉。携酒：　馮贄《雲仙雜記》：　戴顒春日携〔四八〕雙柑斗酒，往聽黄鸝聲，謂此俗耳針砭，詩腸鼓吹。

原隰荑緑柳（得荑字）

欲問芳郊信，（渾領引題法。）迢迢上大堤。高原連下隰，（點「原隰」。）舊柳長新荑。

（點「荑緑柳」。）暖日烘初綻，微風剪未齊。（前步爲「荑」字作引。）漸看成緑影，（寫「緑」字。）稍欲露黄鸝。（寫「荑」字。）半掃眉猶淺，三眠夢尚迷。（刻畫「荑」字。）寒璘拖宿霧，（綰「原」字。）軟惜踠春泥。（綰「隰」字。）草色平皋迥，波痕斷瀨低。柔條隨處綰，那計路東西。（從「原」放開，烘出遠神。）

〔評〕首韵引題，次韵點題，矯健古雅，蕭疏絶塵。次韵是就句對法，結饒别致，獨具深情。通體着眼「荑」字，亦不脱「原隰」，最爲穩愜。

〔釋〕暖日：辛寵遜詩：纔交暖日先開眼，直待和風始展眉。〔四九〕風剪：賀知章《詠柳》詩：二月春風似剪刀。黄鸝：李義山《柳》詩：絮飛藏皓蝶，帶弱露黄鸝。又杜甫《柳邊》詩：紫燕時翻翼，黄鸝不露身。眉：劉鎮咏柳《行〔五〇〕香子》詞：惱人春思，正自無聊，賴斂愁眉，酣醉眼，减腰圍。三眠：李義山賦「不及苑中人柳，終朝剩得三眠」注：漢苑中有人形柳，一日三眠三起。

農乃登穀（得成字）

（《禮·月令》：孟秋農乃登穀，天子嘗新，先薦寢廟。）

月令期無爽，（題起法。）農官歲有程。（引起「農」字。）麥先供夏薦，（襯一層。）穀又報秋成。（點「登穀」。）白露多時降，黄雲一望平。（題前寫景，力爲「乃」字蓄勢。）幾回田畯課，此日甸人呈。（跌一筆折出「登」字，清出「乃」字之神。）萬斛珠丸滑，三春玉屑明。（從「登」後切定「穀」寫。）無須登舊黍，（托一步。）已到飯新粳。（收足「乃」字。）納秸遵王制，吹豳叶頌聲。（題後鋪寫。）吉蠲隆孝饗，（遞到下文作去路。）早遣奉粢盛。

〔評〕第二韵襯筆輕逸，第三韵布勢渾雄，第四韵頓跌清晰，第六韵旁托醒露，皆極力爲「乃」字傳神，驪珠獨探，老眼無花。

〔釋〕麥薦：《月令》：孟夏農乃登麥，天子乃以彘嘗麥，先薦寢廟。白露：《月令》：孟秋白露降。黄雲：詹敦仁《清隱堂記》：秋而斂，萬頃雲黄。又王荆公詩：割盡黄雲稻正青。田畯：《詩》：田畯至喜。甸人：《周禮》：甸師掌耕耨王籍。珠玉：庾肩吾《啓》：成珠〔五二〕委地；又庾信《啓》：非丹竈而淚珠，異荆臺而炊玉。滑：杜甫詩：老人他日愛，正想滑流匙。玉屑：《酉陽雜俎》：鄭仁本遊嵩，見一人取玉屑飯與之。黍：《月令》：仲夏農乃登黍。新粳：黄庭堅詩：香粳炊白玉，飽飯愧閑行。納秸：《禹貢》：三百里納秸。吹豳：《周禮・籥章》：國祭蜡則吹豳頌。吉蠲：《詩》：吉蠲爲饎。

水懷珠而川媚（得藏字）

（陸機《文賦》：石韞玉而山輝，水懷珠而川媚。）

何待尋圓折，纔能識夜光。（翻跌起，有力。）珠胎還合浦，（折出「懷珠」。）水意總滄浪。（折出「川媚」。）月魄靈津吐，（賦「水懷珠」。）風紋細縠長。（賦「川媚」。）三篙春浪軟，一鏡晚波涼。（寫「媚」字極秀潤。）想像含虛白，徘徊問渺茫。（寫「懷」字尤得神。）舊聞江女佩，新認海人鄉。（「懷」字、「媚」字並到，指點神來。）碕[五二]岸誰遐矚，璇源此秘藏。（從「媚」字作開，從「懷」字收合。）可能逢象罔，十斛出龍堂。（關合試事，恰是「懷」字去路。）

〔評〕起四句翻騰有勢，筆意縱橫。第三韵「懷」、「媚」對寫。第四韵先賦「媚」字。第五韵打轉「懷」字。第六韵「懷」、「媚」並對，恰好以「江海出明珠」還他「川」字着落。第七韵關合頓挫。第八韵一氣旋轉，關合祈請，渾然無迹，氣體又恰與首四句相稱。通體着意「懷」字、「媚」字，自不同泛韵珠詩，認定題竅，何從攔入膚詞。

〔釋〕圓折：《尸子》：凡水方折者有玉，圓折者有珠。夜光：張衡《南都賦》：隋珠夜光。珠胎：左思《吴都賦》：蚌蛤珠胎，與月虧全。合浦：《後漢書·循吏傳》：孟嘗爲合浦太守，前宰令並多貪穢，珠漸徙於交趾界，嘗到任，革易前弊，去珠復還。滄浪：《楚詞》：滄浪之水清兮，可以濯我纓。月魄：《史記·魯仲連鄒陽列傳》：臣聞明月之珠，夜光之璧。津：《淮南子》：方諸見月，則津而爲水。風紋：蘇洵《仲兄字文甫説》：今夫風水之相遭乎大澤之陂也，其繁如縠，其亂如霧，此亦天下之至文也。三篙：温庭筠《秋池七夕》詩：萬家砧杵三篙水。注：潘岳詩：楚浪三篙碧。浪軟：劉禹錫《淮陰行》詩：無柰脱菜時，清淮〔五三〕春浪軟。一鏡：李濙華《月照方池賦》：一鏡合而内外澄鮮。江女：《列仙傳》：鄭交甫至漢皋，見二女佩兩珠，大如荆雞卵。海人：范成大《桂海虞衡志》：珠出合浦海中，有珠池，蜑户投水採蚌取之。碕岸：左思《吴都賦》：碕岸爲之不枯，林木爲之潤黷。璇源：顔延年詩：玉水記方流，璇源載圓折。蓄寶每希聲，雖秘猶彰徹。象罔：《莊子》：黄帝遊赤水，遺其元珠，使象罔求之而乃得。龍堂：《楚詞·九歌·河伯》：魚鱗屋兮龍堂。

賦得水始冰（得冰字）

（《禮・月令》：孟秋水始冰。）

霜自何時降，（陪起。）寒從昨夜增。（引題。）深灘多露石，（襯筆。）淺瀨半含冰。（點題。）細溜微微聚，流澌漸漸凝。（正賦「始冰」。）經風纔欲合，遇暖尚難勝。（刻畫「始」字。）瑣屑銀千縷，玲瓏玉幾層。（從「水」字抒寫。）一痕初界畫，數片乍觚棱。（收足「始」字。）舒歛機相待，剛柔氣互乘。（題後推闡。）應知腹堅後，陽律已潛蒸。（遞到去路，妙有結束。）（結韵單拗格。）

〔評〕第四韵繪摹「始」字，細賦風光。起結，入題，出題，結構渾成。

〔釋〕霜降：《禮・月令》：季秋，是月也霜始降。露石：蘇軾《赤壁賦》：水落石出。流澌：馬戴本題詩：薄薄流澌聚。腹堅：《禮・月令》：季冬，水澤腹堅。

賦得鴻雁來賓（得來字）

（《禮・月令》：季秋，鴻雁來賓。）

南鴻頻頻返，（直從「鴻雁來」起。）西風漸漸催。（插入時令。）偶成賓主意，爲有後先來。（承清「賓」字意。）故國憐同侣，新秋已半回。（先布此層，「賓」字方有根。）相呼蘆葦岸，早占水雲偎。（實賦「來賓」，妙從對面托出。）彭蠡三更月，（縱開寫景。）瀟湘兩岸苔。（烘出遠神。）不嫌清露冷，猶及晚花開。（挽合題意，用補時令。）行止原如客，周旋莫見猜。（提唱寓意，寄慨情深。）雁奴與鳩婦，結伴且徘徊。（結亦懇切有致。）（結韵是單拗格。）

〔評〕次韵承清「賓」字，詞意警動。第三韵布置得手。第四韵托題醒露。第五韵展步疏局。第六韵拍合清浄。通體着意「賓」字，布置完善，情詞愷切。

〔釋〕故國：杜甫詩：故國霜前白雁來。新秋：《禮》：仲秋，鴻雁來。相呼：李嘉祐詩：蘆花渚裏鴻相叫。水雲：左思《蜀都賦》：晨鳬旦至，候雁銜蘆。木落南翔，冰泮北徂。雲飛水宿，哢吭清渠。瀟湘：錢起《歸雁》詩：瀟湘何事等閑回，水碧沙明兩岸苔〔五四〕。露冷：潘岳《秋興賦》：露凄清以凝冷。晚花：韓琦詩：且看黄花晚節香。雁奴：孫覿詩：誰言鳩作婦，漫道雁爲奴。

月中桂（得秋字）

（虞喜《安天論》：俗傳月中仙人桂樹，今視其初生，見仙人之足漸已成形，桂樹後生焉。唐張喬有《月中桂》詩。）

丹桂何年有？（從「桂」字直起。）婆娑近玉樓。（引起「月」字。）素娥雲外種，（貼身襯一層。）紅蕊月中留。（點清「月中」。）老幹重輪抱，圓光一鏡收。（韵依題實賦。）分明金粟影，（點綴設色工絶。）掩映水精毬。露朵誰人折，天香每夜浮。（頓挫清晰。）花常開朔望，時不問春秋。（推闡矯健。）最愛蟾蜍伴，寧容蛺蝶求。（旁托妙有身分。）吟詩誰第一，定有許棠流。（關合試事作結。）

〔評〕首四句呼應點題法。第五韵流水一串，是十字句法。

〔釋〕丹桂：《群芳譜》：紅者名丹桂。玉樓：《太平廣記》：翟天師於江岸玩月，或問：「此中竟何有？」翟笑曰：「可隨吾指觀之。」俄〔見月規〕半天，瓊樓玉宇爛然，數息間不復見矣。又：李賀夢人告曰天帝白玉樓成，待君作記，乃作。素娥：王充《論衡》：羿請不死藥於西王母，羿妻嫦娥竊以奔月。重輪：崔豹《古今注》：漢明帝作太子，樂人歌四章贊其德，二曰「月重輪」。一鏡：李濙《華月照方池賦》：一鏡合而内外澄鮮。金粟：柳永詞：一粒粟中香萬斛，君看梢頭幾金粟。水精毬：姚合《對月》詩：一片黑雲何處起，皂羅籠却水精毬。折：王路《花史》：無瑕嘗看李裳折挂。天香：宋之問《灵隱寺》詩：桂子月中落，天香雲外飄。蟾蜍：《五經通義》：月中有兔，名蟾蜍。

行不由徑（得行字）

（見《論語》。）

邈矣高風格，棱然古性情。（直取題神，起法超卓。）此心無曲折，（補筆周到。）一步亦分明。（虛籠題意。）秋水官橋闊，春山驛路平。（前步從大道布景，爲「徑」字作反托。）長亭扶杖遇，仄徑看人行。（接入所由一層作跌，此方折出「徑」字。）細草雖通步，斜陽肯問程？（開合指對，爲「不」字作頓挫。）從來避瓜李，不但畏榛荆。（推原一層，爲

「不」字作洗剔。）孤直真難匹，迂疏莫見輕。（題下唱嘆，以盡題義。）他年投璧處，寶劍氣縱橫。（宕開作結，不死句下。）

〔評〕首韵軒然而起，意在筆先。次韵補筆領題，清切透露。第三韵布景鬆局，反托有勢。第四韵承接轉軸，機局生動。第五韵開合頓挫，曲折清到。第六韵推原題義，識解圓活。第七韵唱嘆流連，涵泳題情。結韵宕開收結，悠然不盡。

〔釋〕長亭：庾信《哀江南賦》：十里五里，長亭短亭。仄徑：王維《山中與裴迪書》：步仄徑，臨清流。斜陽：《廣事類賦》：芳草天涯，斜陽古驛。瓜李：《古詩》：瓜田不納履，李下不整冠。投璧：《博物志》：澹臺子羽賫千金之璧，渡河，河伯欲之，陽侯波起，兩鮫〔五五〕夾船，子羽操璧持劍，擊蛟皆死。既濟，三投於河，河伯三躍而歸之，子羽毁而去。

秋風動桂林（得風字）

（唐太宗《秋日》詩：爽氣澄蘭沼，秋風動桂林。露凝千片玉，菊散一叢金。日岫高低影，雲空點綴陰。蓬瀛不可望，泉石且娛心。）

高樹三梁外，清飈八月中。（「桂」、「風」對起。）無聲潛帶露，（展步作托。）有響乍摇風。（折出「動」字。）秋到金鵝水，花飄白兔宫。（先還他「林」字着落，「動」字已到。）數行枝戛緑，一帶蕊翻紅。（切定「林」字寫「動」字，妙有體勢。）月影微微撼，天香冉冉通。（比擬推闡亦極細切。）夜凉新落子，（繞足「動」字。）山小舊生叢。（挽合「林」字。）晚節鄰黄菊，先凋笑碧桐。（旁襯自占地步。）延年推上藥，珍重問韓終。（有别致。）

〔評〕次韵托一筆點「動」字，十分醒露。第三韵爲「秋」字點綴，設色工雅。第四韵爲「動」字描寫，氣勢雄健。第六韵從「動」字挽合「林」字，具有全力。

〔釋〕三梁：《廬山記》：山有三石梁，廣不盈尺，俯盼杳然無底。吴猛將弟子過此梁，見老翁坐於桂樹下，以玉杯承甘露與猛。清飈：張景陽《玄武觀賦》：直亭亭以孤立，迎千里之清飈。無聲：王建中秋詩：中庭地白樹棲鴉，冷露無聲濕桂花。金鵝白兔：李白詩：時餐金鵝蕊，屢讀青苔篇。又王鳳洲詩：金鵝岫暖花争發，玉兔宫寒葉未凋。明月自吹靈隱粟，白雲誰頌小山謡。又傳玄《擬天問》「月中何所有，白兔搗藥」句。天香：宋之問《灵隱寺》：桂子月中落，天香雲外飄。落子：《西湖志》：天竺寺每歲秋月夜嘗有桂子飄落，寺僧嘗拾得之。山小：劉安、小山《招隱》

詞：桂樹叢生兮山之幽。晚節：韓琦《九日宴諸監司於後圃》詩：莫嫌老圃秋容淡，且看黄花晚節香。延年：《談苑記》：桂漿，殆猶今之桂花釀酒，飲之延年。上藥：見《漢武内傳》，又《列仙傳》：桂父，象林人，嘗〔五六〕服桂及葵，以龜腦和之。又：大山北桂實如柑，食之，仙官來迎。見《廣事類賦》内所引《天地運度經》。韓終：《史記·秦始皇本紀》：使韓終、侯公、石生求仙人不死之藥。

迎歲早梅新（得新字）

（唐太宗《於太原召侍臣賜宴守歲》詩：送寒餘雪盡，迎歲早梅新。）

臘日寒猶在，（原題起。）江梅蕊乍新。（點「梅新」。）一枝偏耐冷，（承清「早」字。）數點漸含春。（實賦「梅」字，承清「迎歲」。）岑寂横籬落，欹斜映水濱。（「新」字活現。）尋芳知有約，（寫「迎」字。）踏雪尚無人。（寫「早」字。）明月憐孤影，空山見遠神。（繪梅之神，「早」字亦到。）芳心雖向暖，（剔醒「迎」字。）高格本離塵。（完足「新」字。）南至熙長日，東風感舊因。（從「迎歲」意作提唱。）百花莫相妒，松柏是前身。（以旁托作收結，恰好爲「早」字剔醒。）（結韵是拗句。）

〔評〕次韵承題清醒，句極明秀。第五韵淡寫描神，徐熙畫所不到。通體着意「迎」字、「早」字、「新」字，自不同泛作梅詩，細意熨貼，層層清到，格律致爲匀停。

〔釋〕臘日：《廣雅》：夏曰清祀，殷曰嘉平，周曰大蜡，亦曰臘，秦更曰嘉平。江梅：曾茶山詩：滿城桃李望東君，破臘江梅未上春。一枝：陸凱詩：江南無所有，聊贈一枝春。林逋《梅花》詩：屋簷斜入一枝低。又蘇軾《梅花》詩：江頭千樹春欲暗，竹外一枝斜更好。耐冷：李商隱《霜月》詩：青女素娥俱耐冷。數點：朱子詩：讀書之樂何處尋？數點梅花天地心。岑寂：鮑照《舞鶴賦》：去帝鄉之岑寂。籬落：《群芳譜》：黄魯直觀梅花圖，曰如嫩寒春曉，行孤山水邊籬落。林逋詩：疏影横斜水清淺，暗香浮動月黄昏。尋芳：程子詩：勝日尋芳泗水濱。踏雪：《群芳譜》：鐵脚道人嘗赤脚走雪中，嚼梅花滿口。高格：石湖云：梅以韵勝，以格高。南至：《左傳》「僖五」：日南至。東風：《禮・月令》：孟春，東風解凍。妒：梅聖俞詩：似畏群芳妒，先春發故林。

賦得秋月如圭（得圭字）

（江淹《别賦》：秋露如珠，秋月如圭。）

月色净玻璃，（直從「秋月」起。）秋宵畫閣西。（襯一筆。）無瑕原似璧，有角便成圭。（點「如圭」。）仙桂開方滿，（賦「秋月」。）新桐剪乍齊。（賦「如圭」。）修來原是斧，切處定如泥。（一筆雙關，最爲典切。）象以斜長肖，（兩邊俱到。）形從朒朓稽。（句亦警動。）凉天懸玉片，深夜照金閨。（收清題意，妙能不脱「秋」字。）冷露中庭濕，明河右〔五七〕界低。（從「秋」字展步作襯。）方輝吟入户，更憶隱侯題。（結亦能映合「圭」字。）

〔評〕次韵開合襯托，點題醒露。第四韵、五韵摹形寫照，綰合工巧，妙不入纖，此爲雙關題之正體。

〔釋〕似璧：公孫乘《月賦》：皓璧匪净。又張九齡《秋夜望月》詩：璧彩散池溏〔五八〕。仙桂：虞喜《安天論》：俗傳月中仙人桂樹，今視其初生，見仙人之足漸已成形，桂樹後生焉。剪桐：《吕氏春秋》：成王與唐叔虞燕居，援梧葉以爲珪，而授叔虞曰：「以此封女。」斧：《酉陽雜俎》：月桂高五百丈，下有一人，嘗斫〔五九〕之，樹創隨合，其人姓吴名剛。又方回詩：玉斧難修舊月輪。如泥：《山海經》注：昆吾山出名銅，色赤如火，以之作刀，切玉如割泥也。朒朓：謝莊《月賦》：朒朓警闕，朏魄示冲。中庭：王建詩：中庭地白樹栖鴉，冷露無聲濕桂花。右界：《文選》詩：招遥西北指，天漢東南傾〔六〇〕。入户：沈約詩：方暉竟户入，圓影隙中來。

賦得微雲淡河漢(得河字)

(孟浩然詩：微雲淡河漢，疏雨滴梧桐。)

碧空澄夜色，(凌空起，爲「淡」字添毫。)絡角挂明河。(點「河漢」。)疏雨三更歇，(襯一層。)微雲幾片過。(點「微雲」。)一條横似練，(賦「河漢」。)數尺卷如羅。(賦「微雲」。)水自盈盈隔，(賦「河漢」。)痕餘澹澹拖。(賦「微雲」。)依稀纔有迹，(刻畫「微」字。)清淺不生波。(繪摹「淡」字。)最愛玲瓏映，(繞足「淡」字。)無嫌點綴多。(鈎剔「微」字。)人間秋若此，天上境如何。(收清題意。)擬泛靈槎去，瓊樓問玉梭。(結亦雅稱。)

〔評〕首四句分點，布景設色，最得先手。中八句雲漢分配，一氣旋轉，描寫「微」

字、「淡」字，可云窮形盡相。

〔釋〕絡角：羅隱《七夕》詩：絡角星河菡萏天。明河：宋之問有《明河篇》。似練：宋之問詩：倬彼昭回如練白。如羅：梁元帝《蕩婦秋思賦》：重以秋水文波，秋雲似羅。盈盈：《古詩》：盈盈一水間，脉脉不得語。清淺：李白《擬古》詩：海水三清淺。又《古詩》：河漢清且淺，相去復幾許。生波：陳潤《秋河曙耿耿》詩：雲行類動波。玲瓏：蘇軾詩：白雲穿〔六二〕破碧玲瓏。點綴：劉義慶《世説新語》：司馬太傅夜坐，於時天月明净，都無纖翳，太傅嘆以爲佳，謝景重答曰：「意謂乃不如微雲點綴。」泛槎：《博物志》：舊説天河與海通，漢武帝使張騫尋河源，乘槎而至，織女取支機石與之。

賦得簾疏巧入坐人衣（得衣字）

（杜甫《見螢火》詩：巫山秋夜螢火飛，簾疏巧入坐人衣。忽驚屋裏琴書冷，復亂簷前星宿稀。）

簾閣三更坐，（從「人」字起。）秋螢數點微。（點入題眼。）雨餘乘夜出，（引題。）燈下近人飛。(籠題。)越葛凉纔入,(賦人衣。)湘雲縷尚稀。(賦簾疏。)玲瓏徐度鏤,(賦巧入。)熠燿乍隨衣。(賦「坐人衣」。)回袖縈新苧,披襟上薄絺。(從「人衣」敷衍。)有光原自照,無意偶相依。(寫「巧入」,妙不着迹。)腐草憐能化,輕羅莫見揮。(從題後寄意,婉曲有致。)清宵宜朗誦,爲映讀書幃。(結亦典切。)

〔評〕渾渾寫意,可云穩爾。題無深意,層次還題,一一清到,便爲令作。

〔釋〕雨餘:范梈詩:雨止修竹間,流螢夜深至。越葛:左思《吴都賦》:蕉葛升越,弱於羅紈。湘雲:《西京雜記》:漢諸陵寢皆以竹爲簾,皆爲水紋。按以湘竹爲簾曰湘簾。熠燿:《詩》:熠燿宵行。熠燿,螢也。腐草:《禮·月令》:季夏之月,腐草爲螢。輕羅:杜牧《秋夕》詩:銀燭秋光冷畫屏,輕羅小扇撲〔六二〕流螢。映書:《續晉陽秋》:車武子好學,家貧無燈,夏日用練囊盛數十螢火,以照書夜讀。

賦得爵入大水爲蛤(得爲字)

(《禮·月令》:季秋,雀入大水爲蛤。《述異記》:淮水中黄雀至秋化爲蛤,春夏爲雀。)

動極歸於靜，循環數可推。（叫破題意，透出「爲」字所以然。）經秋蟲欲蟄，得氣鳥先知。（帶補時令，兼爲本題作襯籠題。）挾彈驚前日，（賦「雀」字。）懷珠趁此時。（賦「爲蛤」。）凌風歸巨海，回影落寒漪。（賦「入大水」。）鴻鵠真難望，（展步襯托。）螳螂莫更疑。一同[六三]潮上下，（收足「入大水」。）長共月盈虧。（收足「爲蛤」。）變化形無定，飛潛理在斯。（申明題意，抉透「爲」字實地。）屈伸關大造，那復藉人爲。（推原作結，恰好托醒「爲」字。）

〔評〕首韵提唱題意，直入起勢，超突無前。次韵先襯一層領題，接筆便曲折有致。第三韵從雀前、蛤後兩層夾出「爲」字。第四韵點清「入大水」，便自然流出。第五韵展步作托，此鬆局。第六韵拍合本題，亦極生動。末四句推闡題意，恰好迴應入手。結句點清「爲」字，便如神龍飛去矣。通體機局動宕，神行一片，此爲作者本色。

〔釋〕動静：周子《太極圖説》：動極而静，静而復動。蟲蟄：《禮·月令》：仲秋，蟄虫坏户。得氣：邵子聞杜鵑，嘆曰：「禽鳥，得氣機之先者也。」挾彈：《戰國策》：夫雀俯啄百粒，仰棲茂樹，自以爲無患，不知王孫公子，左挾彈，右攝丸，以加其頸也。懷珠：《埤雅廣要》：蚌之孕珠，如懷妊然，故謂之珠胎。鴻鵠：《史記》：

陳勝輟耕嘆曰：「燕雀焉知鴻鵠之志。」螳螂：《吴越春秋》：螳螂貪心務進，不知黄雀欲啄也。月虧盈：《吕氏春秋》：月望則蚌蛤實，群〔六四〕陰盈；月晦則蚌蛤虚，群陰缺。《吴都賦》：蚌蛤珠胎，與月虧全。

賦得指佞草（得忠字）

（《博物志》：佞人入朝〔六五〕，屈軼草指之，黄帝時生。）

聖世原無佞，（從「佞」字翻跌起。）孤芳自效忠。（拍合籠題。）不妨存弱植，（還清「草」字。）用以戒群工。（還清「指」字。）諫果差相擬，（正托。）邪蒿未許同。（反托。）當門留勁草，（賦「草」。）折檻想遺風。（賦「指佞」。）修竹能彈事，疏槐善守宫。（比擬細切。）何須簪白筆，直使避青驄。（剔醒「指佞」意。）漢使衣裁綉，秦人鏡鑄銅。（襯托展步。）寧如堯砌上，丰采望菁葱。（一氣挽合。）

〔評〕起四句識高題巔，具大神力。首句以頌揚跌起，次句虚虚籠合，妙於斡旋，立言有體。次韵承清本義，排奡矯健，雅有音氣。中八句用典細切，氣機流利，不見堆砌。末四句開合一氣，機局生動，鈎剔「草」字甚醒。此與《鶯轉皇州》第三首同法。

〔釋〕弱植：張九齡《雜詩》：弱植風屢吹。諫果：《群芳譜》：橄欖一名諫果。黄山谷詩：方懷味諫軒中果，忽見金盤橄欖來。邪蒿：《爾雅》：齧，彫蓬。《説文》云：蓬，蒿也。即邪蒿。《元紀》：世祖二十二年，太子真金卒。初，侍御史王惲進《承華事略》，計二十篇，太子覽之，至刑峙止。齊太子食邪蒿，顧侍臣曰：「一菜之〔六六〕名，遽能邪人耶？」詹士張思九曰：「正臣防微，理固宜然。」太子善之。當門：《蜀志》：張裕天才過人，先主常銜其不遜。乃顯，裕諫争漢中不驗，下獄，將誅之。諸葛亮表請其罪，先主曰：「芳蘭生門，不得不鋤。」袁淑詩：種蘭忌當門。折檻：《漢書》：朱雲上書求見曰：「願得上方劍，斷佞臣一人。」上問：「誰？」曰：「張禹。」上大怒，御史將雲下，雲攀殿檻，檻折。辛慶忌叩頭求免，上意解，乃得已。後當治殿檻，上曰：勿易。因而輯之，以旌直臣。竹彈事：沈約《修竹彈甘蕉文》云：淇園貞幹臣修竹稽首：言有臺西階澤蘭、萱草，到園同訴，甘蕉攢莖布景，獨見障蔽。請以見事徙根剪葉，斥其臺隅，庶懲彼將來，謝此衆屈。守宫：《爾雅》：守宫槐葉，晝聶宵炕。聶：令也，炕：張也。簪筆：《通典》：魏嘗大會，殿中御史簪白筆以糾不法。青驄：《續漢書》：桓典爲御史，執法無所避。嘗乘驄馬，京都畏之，語曰：「行行且止，避驄馬御史。」綉衣：《漢百官表》：侍御有綉衣直指，出討奸滑，治大獄暴〔六七〕。銅鏡：《西京雜記》：高祖初入咸陽宮，周行庫府，其尤異者，有方鏡，表裏有明，人直來照之，影則倒見；以手捫心而來，則是腸胃五藏。

賦得閏月定四時（得時字）

（《書·堯典》：期三百有六旬有六日，以閏月定四時成歲。）

陰陽交轉運，氣朔遞參差。（從四時叙起。）杪忽原無迹，（開筆。）微茫漸有奇。（跌起「定」字。）三年如不閏，四序定潛移。（反接，矯健有力。）餘算毫氂辨，中星旦暮推。（正賦。）回旋占斗柄，遲速證銅儀。（二韵推闡敷佐，亦極典切。）蓂莢叢頻換，梧桐葉早知。歲功成月令，王道敬人時。（題後歸美以起結句。）玉燭調和日，欣歌萬歲期。（結亦不泛。）

〔評〕起四句從四時叙來，抉透所以當置閏之故，最得先手。第三韵接筆雅健，轉軸分明。

〔釋〕中星：《書·堯典》：鳥、火、虚、昴爲四仲中星。《禮·月令》：每月昏旦各有中星。斗柄：《天官書》：斗爲帝車，運乎中央。又《逸周書》：閏無中氣，斗指兩辰之間。銅儀：《晉書》：古之言天者三家：宣夜絶無師承；周髀術數具存，考驗其象，多所違失；惟渾天者，近得其傳。按渾天即今候臺銅儀之法也。蓂莢：《宋書》：帝堯時有草夾階而生，月朔始生一莢，十六以后，日落蓂莢，月小則一莢焦而不落，名曰蓂莢。桐葉：李昉《太平御覽》注：桐生十二葉，有閏則十三葉，自下數上，視葉小者即知閏何月也。敬時：《書》：敬授人時。玉燭：《爾雅》：四時和謂之玉燭。

賦得其人如玉（得其字）

（《詩》：皎皎白駒，在彼空谷。生蒭一束，其人如玉。）

空谷高人往，（原題起。）風流想見之。（引起題神。）每當吟宛在，輒欲賦温其。（用歇後語點題，别具風致。）緬彼千金寶，（賦「如玉」。）蕭然一褐衣。（賦「其人」。）誰家生玉樹，之子是瓊枝。（一筆開合，「其」字亦到。）潔白平生許，雕鏤幾度施。（推勘實地，「如」字方有着落。）蒹葭空見倚，（旁托。）琬琰最堪思。（繞足。）好識連城璧，休言無當卮。（題後洗剔。）憑看裴叔則，朗朗照人時。（以引證作結，亦極靈活。）

〔評〕首韵摇曳而起，最有豐致。次韵流水承題，亦極穩愜。第四韵、五韵雙關映合，句極藴藉。

〔釋〕宛在：《詩》：宛在水中央。温其：《詩》：温其如玉。千金：《莊子》：林回棄千金之璧，負赤子而趨。披褐：《老子》：知我者希，則我者貴，是以聖人披褐懷玉。注：披褐者同其塵，懷玉者寶其真。玉樹：《世説》：謝車騎曰：「譬如芝蘭玉樹，欲其生於階庭耳。」又杜甫詩：宗之瀟灑美少年，皎如玉樹臨風前。瓊枝：《世説》：王夷甫神姿高徹，如瑶林瓊樹，自是風塵外物。蒹葭：《世説》：魏明帝使后弟毛曾與夏侯玄并坐，時人謂蒹葭倚玉樹。琬琰：《書》：宏璧琬琰。連城：《史記》：趙惠文王時得楚之和氏璧，秦昭王使人遺趙王書，願以十五城易璧。無當：《韓非》：玉卮無當，不如瓦卮有當。裴叔則：《晉書》：裴叔則風神高邁，儀容俊爽，時謂之玉人，稱見叔則如近玉山，映照人也。

賦得晨光動翠華（得春字）

（按唐劉公輿有《晨光動翠華》詩。）

日抱丹烏躍，旗開翠鳳新。（晨光、翠華對起。）陸離光莫定，炫燿望難真。（根定「光」字，透出「動」字之神。）不道精芒射，惟疑蕩漾頻。（鈎剔「光」字、「動」字，審題獨到。）龍蛇微掣影，楊柳共摇春。（切定「翠華」，摹寫典雅。）玉仗迎黄道，金霞晃紫宸。（將「晨光」與「翠華」粘成一片，抉出所以動之故。）祥原微五色，（收「晨光」。）采更摇三辰。（收「翠華」。）仙旆遥含旭，靈風未動塵。（找明此層，方見動非真動。）早朝儀衛肅，萬國仰重輪。（結亦完密。）

〔評〕題境難以摹寫，動非真動，乃月光所濼，炫耀不定，有似於動耳，一筆説煞，便失題旨。次韵繪摹其神，第三韵洗剔此意，審題既精，布置亦得先手，以下勢如破竹矣。到第七韵則爲叫醒找明，使通體無一語説煞句下，真足以顯難狀之情。

〔釋〕丹烏：《淮南子》：日中有踆烏。龍蛇：《周禮・司常》：交龍爲旂，龜蛇爲旐。〔六八〕楊柳：庾信《華林園馬射賦》：落花與芝〔六九〕蓋同飛，楊柳共春旗一色。

五色：《禮斗威儀》：政太平則日五色。三辰：《左》「桓二年」：五色比象，昭其物也；三辰旂旗，昭其明也。靈風：李義山詩：一春夢雨常飄瓦，盡日靈風不滿旗。重輪：崔豹《古今注》：漢明帝作太子，樂人歌四章以贊其德，一曰日重光，二曰月重輪。

御溝新柳〔七〇〕(得新字)

(謝朓《入朝曲》：飛甍夾馳道，垂楊蔭御溝。按唐杜荀鶴有《御溝新柳》詩。)

太液波痕長，靈和柳色新。(「御溝」與「新柳」對起。)烟光三月暮，(承「柳」兼補入時令。)水影一渠春。(承「御溝」。)舞罷垂絲軟，(從「柳」映合「御溝」。)粧成對鏡頻。每逢賞花宴，多映釣魚人。(切定「御溝」寫「柳」。)有態眠初起，無愁黛偶顰。(賦「柳」不脱「新」字。)本來天上種，(貼身襯。)還闞〔七一〕掌中身。(挽合「御溝」。)玉砌時飄絮，銀河不染塵。(切「御溝」，遞到去路作結。)縱成萍點點，終是傍龍津。(結亦毫不放鬆，又極得體。)

〔評〕次韵承題疏鬆，使「新」字意十分活潑。第四韵點綴有致，不徒典切爲工。末四句一氣收合，結到去路，立言有體，情詞婉曲。通體着意「御溝」字、「新」字，自不同泛咏柳詩，審題有識，格局亦極生動。

〔釋〕太液：《三輔黃圖》：太液池在長安故城西，建章宮北，未央宮西南。靈和：《南史》：齊武帝時植柳於靈和殿前，常〔七二〕嗟賞之曰：此柳風流可愛，似張緒當年。一渠：温庭筠詩：一渠春水赤闌橋。舞罷：温庭筠詩：宜春苑外最長條，閒裊春風伴舞腰。對鏡：韋承慶詩：葉似鏡中眉。賞花：《唐書》：唐進士開寶會於曲江亭。又《秦中記》：進士杏園初會，謂之探花宴。眠起：《三輔故事》：漢苑中有人柳，一日三眠三起。愁黛：盧照鄰《折楊柳》：露葉凝愁黛。顰：駱賓王詩：愁眉柳葉顰。掌中：《西京雜記》：趙飛燕體極輕盈，能爲掌上舞。成萍：蘇軾詩：柳花着水萬浮萍。

賦得草色遥看近却無（得遥字）

（韓愈詩：天街細雨潤如酥，草色遥看近却無。）

空濛細雨過花朝，（原題起兼點時令。）二月郊原草色饒。（點草色使爲「遥」字布勢。）蹋處未能侵屐齒，（引起「近却無」。）望中早覺似群腰。（引起「遥看」。）間穿曲徑行將近，試眺平蕪去轉遥。（此從近却無轉出遥看。）稍迫尚餘青隱隱，纔尋已是碧迢迢。（此從「遥看」講到「近却無」。）不知春色徐相引，却訝烟光漸欲消。（開合模寫，傳出「却無」之神。）幾擬停驂拾翠羽，劇憐隔岸映紅橋。（顧盼生情，收足「遥看」之神。）如隨流水蓬蓬遠，（從「遥」字作一比擬。）豈逐東風故故飄。（從「無」字作一洗剔。）芳意芊緜無盡處，勝遊好趁賣餳簫。（結亦有致。）

〔評〕第三、第四韵順逆形容，曲繪題妙。第五、第六韵極力排宕，曲盡題神。通體層次摹寫，一氣旋轉，機局致爲流利生動。

〔釋〕花朝：《題要録》：唐以二月十五爲花朝。裙腰：白居易《杭州春望》詩：誰開湖寺西南路，草緑裙腰一道斜。曲徑：常建詩：曲徑通幽處，禪房花木深。平蕪：高適《田家望春》詩：春色滿平蕪。拾翠：曹子建《洛神賦》：或拾翠羽。流水：司空圖《詩品》：采采流水，蓬蓬遠春。芊眠：《楚詞·九思·悼亂》：菅蒯兮壄莽，雚葦兮芊眠。賣餳：宋子京詩：簫聲吹暖賣餳天。

賦得雨中春樹萬人家（得人字）

（王維《奉和聖製從蓬萊向興慶閣道中留春雨中春望之作應制》： 雲裏帝城雙鳳闕，雨中春樹萬人家。）

二月長安雨似塵，（直從時令點「雨」字起。）郊原迢遞接城闉。（布勢得手。）樓臺高下多相映，（承雨點萬人家。）雲樹空濛半不真。（承「雨」點「春樹」。）柳密惟橫烟漠漠，（從「春樹」寫「雨」。）花疏偶露瓦鱗鱗。（從「春樹」寫「萬人家」。）一痕薄靄連雙闕，（從「雨」寫「萬人家」。）滿地濃陰蓋四鄰。（從「春樹」寫「萬人家」。）處處園林紅滴瀝，（從「春樹」寫「雨」。）家家門徑碧鮮新。（從「萬人家」寫「雨」。）數重深巷墻頭影，（從「萬人家」寫「樹」。）十里長亭陌上春。（布一遠景，收足「萬」字。）青幔應迷沽酒路，（從「雨」寫「人家」。）緑蓑時見賣花人。（帶「雨」寫「樹」。）分明認取王維畫，（結亦真切。）六幅生綃淡墨勻。

〔評〕題有三層，通體錯綜承頂，分配勻停。其寫景逼真，恍見詩中有畫。

賦得屏風燈（得屏字）

何處清輝照眼明，琉璃一片碧晶熒。（突從燈光形容作勢起。）誰知朵朵蓮花炬，（從「燈」拍合「屏風」。）却隔深深翡翠屏。（點醒題面。）六曲斜開金滉漾，千絲交逗玉瓏玲。（先從「屏風」形容。）鮫綃裁片輕如霧，鳳蠟攢枝隱似星。（從「屏風」醒出「燈」字。）屏去層層明錦綉，折來面面映丹青。（從屏風外面細寫。）帷中燈影遥侵座，畫裏花陰欲滿庭。（從燈影細寫。）不道春風圍步障，只言夜月印雕櫺。（反覆形容。）珠箔隱約低垂户，鏡殿分明對照形。（從燈所照作烘托。）此夕真遊銀色界，一時如坐練光亭。（詠嘆收局。）醉來試倚衆窗立，濯魄冰壺酒欲醒。（比擬亦切。）

賦得魚戲蓮葉東（得東字）

（《江南曲》：　江南可採蓮，蓮葉何田田，魚戲蓮葉間。魚戲蓮葉東，魚戲蓮葉西。）

面面芙蓉望不窮，（從蓮葉起。）游魚瀺灂往來通。（點「魚戲」。）有時緑影中流動，忽訝銀塘右畔空。（承出「東」字意。）似愛舟蕖迎曉日，（爲「東」字設想。）豈憑翠蓋障西風。（爲「東」字反托。）吹花欲趁歸潮白，（寫魚戲亦帶定「東」字寫。）隔葉還窺落照紅。（寫「葉東」。）方位偶同龍在左，朝宗亦類水流東。（比擬俱不脱「東」字。）玉泉瀜瀜連瓊鳥，會泛恩波到紫宫。（頌揚收結亦切。）

〔評〕題眼在一「東」字，此是驪珠，餘皆鱗甲也，通體俱着眼此一字。

館課我法詩箋卷三

河間紀昀曉嵐先生著
後學閩嚴郭斌木軒評注
及門諸子參訂

賦得一片承平雅頌聲（得聲字）

（薛能詩：白蓮千朵照廊明，一片承平雅頌聲。纔唱第三條燭盡，南宮風月畫難成。其次首云：三條燭盡鐘初動，九轉丹成鼎未開。明月漸低人擾擾，不知誰是謫仙才。次首《廣事類賦》作韋承貽詩。）

秋賦趨掄選，春宫集俊英。（原題。）文章盛再代，歌詠續周京。接席銀袍簇，（冒起，妙在此句緊承上句來，次第寫入。）分廊畫燭明。八叉争立就，一字或頻更。（透題所以然。）合奏宣功茂，和鳴應化成。（雅頌承「平」字點染。）坐聽風月夜，吟叶管弦聲。

（仍納入「聲」字中作收。）得上龍門路，多題雁塔名。（遞出去路。）寧如逢聖主，甲乙自持衡。

〔評〕首四句題前冒起，次四句分清題事，又次四句正發題面，後四句去路。此指試場吟哦之聲。嘗見一詩，竟以場中詩賦比《雅》、《頌》，遂句句以《雅》、《頌》作對，殊乖本意。唐制皆夜試以燒燭三條爲限，考此詩上下文〔七三〕，是作此詩時尚未開〔七四〕卷，安得即稱其文乎？故此詩不以《雅》、《頌》分對，祇以合奏和鳴及歌詠句略帶《雅》、《頌》〔七五〕，而「歌詠」字、「合奏」字、「和鳴」字仍納入「聲」字中也。凡一題到手，須先看題眼在何字，不可但從實字鋪排，按此爲看題要訣。（自記）

「承平」字從「雅頌」字帶出，非本詩〔七六〕正位，詩中亦只以「功茂化成」四字〔七七〕從《雅》、《頌》聲中帶出。凡詩須審題之輕重，爲文之詳略，勿不求本意，徒襄〔七八〕閑文。

按：此爲行文要訣。（自記）

〔釋〕春官：劉禹錫《寄王侍郎放榜》詩：禮闈新榜動長安，九陌人人走馬看。一日聲名遍天下，滿城桃李屬春官。主試屬禮部，故曰「春官」。銀袍：《紀事》：元和十三載，李凉公榜三十三人皆取寒素。時有詩曰：「元和天子丙申年，三十三人同得仙。袍似爛銀衣似錦，相將白日上青天。」八叉：《摭言》：温庭筠敏於詩，未嘗起草，每入試，凡叉手而八韵成，故人號「温八叉」。一字：盧延遜詩：「吟成一個字，撚斷數莖鬚。」《詩話》：賈島一日得句「鳥宿池邊樹，僧敲月下門」，始欲着「推」字，又欲下「敲」字，練之未能定。龍門：《白帖》：大鯉魚登龍門化爲龍。《李膺傳》：膺以聲名自高，士有被其容接者，名爲登龍門。雁塔：《詩話》：唐韋肇及第，偶於慈恩寺雁塔題名，后人效之，遂成故事。

賦得識曲聽其真（得真字）

（《古詩》第四首：今日良宴會，歡樂難具陳。彈箏奮逸響，新聲妙人神。令德唱高言，識曲聽其真。）

一一春鶯語，秦箏妙入神。聲中原寓意，譜裏巧翻新。（四句承上原題，正是坐實一「曲」字、一「真」字。）弦外尋孤賞，樽前得幾人。（開步作訣。）何期心默解，不待語重陳。（此方正落題面。）銀字毫釐辨，冰絲大小匀。（題面正還二句。）能參分刌密〔七九〕，（後步繞足。）敢惜鼓彈頻。側調原非古，知音亦有真。（移上一層作結，安頓得體。）况於山水曲，雅奏拭龍唇。

〔評〕此與他樂之賞音有別，如泛填古調「知」〔八〇〕、「希」等字，便是琴瑟，不是箏，此中着語須分寸。（自記）

此題不寫箏聲，不是本題，一寫箏聲，則上文明説是新聲，不莊重，又非場屋之體，如竟用壓題格，更入濂洛風雅一派。王阮亭所謂既欲講學，自當更〔八一〕作語録，何必作詩也？故以箏還箏，却不捺倒歸到〔八二〕琴上作結，只是推上一步〔八三〕，與本題却不觸背，皆是斟酌輕重，曲意調停，遇此種題當知此意。（自注）

〔釋〕鶯語：張子野《詠箏》詩：雁柱十三弦，一一春鶯語。山水曲：見下首題目注。

賦得高山流水（得琴字）

（《家語》：伯牙鼓琴，鍾子期聽之。伯牙志在高山，子期曰：「善哉！巍巍乎若高山。」少選之間，志在流水，子期復曰：「善哉！蕩蕩乎若流水。」子期死，伯牙破琴絶弦，終身不復鼓。）

流水高山曲，（直點題起。）遺聞傳至今。伊人空想像，（倒從後人想像引入。）古調久銷沉。意到惟隨指，（此止就當日寫意。）神遊豈在琴。偶然逢所適，並不繫平音。風静泉微響，（略點綴題面。）巖空籟細吟。一時聊寄托，（束上。）終古自高深。（起下。）縱使留殘譜，誰能更會心。（歸到後人想像上去。）莫驚弦竟絶，真賞本難尋。（結得和平。）

〔評〕此首只賦琴曲之高妙。（自記）

自記：此種題止可渾寫大意，一刻畫山水，便不是題山水〔八四〕。止第五韵輕帶一聯，尚是流走注下語氣。總爲一堆排，便落鈍根耳。

此種題作法固是高手，但在試律，正不可太脱空渾寫，恐閲者目爲膚泛耳。（自記）

〔釋〕泉響：張茂樞《響泉記》：余家二琴，一名響泉，一名韵磬，皆希世之寶也。

其二（得高字）

莫怪人難和，由來曲本高。（總領。）遥情托弦指，（領伯牙。）妙語契絲毫。（領鍾期。）直以神相遇，都忘手所操。（四句説伯牙。）千巖憶樵徑，一葉想漁舠。（此是彈者意中之山水。）有會如尋繹，無言聽撥挑。（四句説鍾期。）雉飛知悦孔，魚樂悟游濠。（此是聽者耳中之山水。）闇解孤行意，（收鍾期。）寧辭再鼓勞。（收伯牙。）（以文接鍾期一邊，故移鍾期在前使之聯貫。）逌然心莫逆，（總收。）雙鵠在林皋。（點一景作結，有江上峰青之妙。）

〔評〕此首以伯牙善鼓、鍾期善聽立意，原是平對，以題境稍熟，故變而截做。起二句總領，三句領伯牙，四句領鍾期，五句至八句説伯牙，九句至十二句説鍾期，故山水各自分還，一是彈者意中之山水，一是聽者耳中之山水，故不相重複，亦不能互换也。十三句收鍾期，十四句收伯牙，以文接鍾期一邊，故移鍾期在前，使之連貫，末二句又是總結，與起處相配以成章法〔八五〕，蓋格局可變，意思可變，而正變皆有法律，則不可變也。（自記）

中間山水各有分還，各有所主，故不相重複，亦不能互换也。（自注）

〔釋〕雉飛：《樂府題解》：《雉朝飛》者，齊宣王時處士犢沐子所作也。年五十無妻，出，採薪於野，見雉雌雄相隨，心悲之，乃歌以自傷。然詳本詩詞意，却是用《論語》「山梁雌雉」意。悦孔：范蔚宗詩：自悦孔性〔八六〕。游濠：《莊子·秋水》篇：莊子與惠子游於濠梁之上，莊子曰：「儵魚出游從容，是魚樂也。」惠子曰：「子非魚，安知魚之樂？」莊子曰：「子非我，安知我不知魚之樂？」

其三（得山字）

邈矣成連操，情移海上山。（從前步高一層引入。）琴師傳此意，天籟在其間。雲岫披圓畫，風泉響佩環。（接入本位，略點染題面。）孤懷沉忽往，（渾寫題意。）九變去仍還。弦斷人誰會，樵歸客偶閑。（遞到鍾期相賞意。）傾聽兩無語，默解一開顔。信是精能至，無云遇合艱。（以懷才必遇作結，詞旨温和。）知音一已足，何必遍塵寰。

〔評〕此首以伯牙爲主，言苟真高調，必有知音。（記）

唐人試帖往往自陳淪落，感慨知希，蓋其時主司之於舉子，如今督學之於諸生，試日可以面談〔八七〕，故試帖或矜誇以炫鬻，或陳訴以求知，沿成習徑〔八八〕，不以爲非，今則皆十禁例，故此四詩皆作近情之語，而此首直以懷才必遇爲言。（自注）

〔釋〕成連：《琴苑要録》：《水仙操》，伯牙所作也。伯牙學琴於成連，三年至於精神寂寞，情志專一，未能得也。成連曰：「吾師萬子春在海中。」乃俱至蓬萊山，留伯牙曰：「吾將迎吾師。」刺船而去，旬時不返。伯牙心悲，延頸四望，但聞海水汩没，山林窅冥，群鳥悲號，仰天歎曰：「先生將移我情！」乃援琴而歌，作《水仙》之操。九變：王昌齡《聽彈風入松闋贈楊補闕》：聲意去復還，九變待一顧。空山多雨雪，獨立君始悟。弦斷：《蔡琰別傳》：琰聰慧秀異，年六歲，邕夜鼓琴，弦絶，琰曰：「第二弦。」故斷一弦，問之，曰：「第四弦。」

其四（得流字）

琴在鍾期往，山高水自流。（從題後倒繞而入，借點活脱。）七弦聲落落，千〔八九〕載意悠悠。伊昔初相遇，斯人暫一留。（接入當日，叙清題事。）絲桐憐獨抱，針芥默相投。（略還題面。）浮棹烟江外，支筇雪嶺頭。未須言爾志，均已解其由。心賞非形迹，神交各應求。（寓想望知音意。）由來孫伯樂，一顧辨驊騮。（另用一事作結，高絶。）

〔評〕此首以鍾期爲主，寓想望知音意。（自注）

凡器物必有反、正、側三面，凡人事必有去、來、今三境，題目亦然。各作一意求之，即各有各意，合〔九〇〕看此四詩，並非一意重説四次。（自注）

鼓琴雅事，如何説〔九一〕到相馬？陳簡齋《題墨梅》亦嘗説到「前身相馬九方皋」，蓋

用事，或用事，或用其詞，或用其意也。（自注）

〔釋〕伯樂：伯樂，秦穆公時人，姓孫，名陽。韓文：伯樂一過冀北之野，而馬群遂空。《廣事類賦》：得孫陽一顧，無非赤兔驊騮。

賦得野竹上青霄（得青字）

（杜甫《陪鄭廣文遊何將軍山林》詩：不識南塘路，今知第五橋。名園依緑水，野竹上青霄。）

野竹多年長，（明點「野竹」起。）叢叢似〔九二〕翠屏。本來低地碧，（跌一筆。）何亦半天青。（暗點「上青霄」意。）藉托坡陀勢，延緑迤邐形。漸連斜坂上，直到亂峰停。（四句力寫「上」字，妙有次第。）鳳尾高空見，鸞音下界聽。掃雲牽靉靆，障月隱瓏玲。（四句正寫「上青霄」。）鳥語藏蒙密，樵踪入杳冥。（題無深意，故虛寫二句。）誰當凌絶頂，卜築此君亭。（借「此君亭」結之。）

〔評〕此工部《何氏園林詩》〔九三〕，野竹在地，何以能到青霄？再加一「上」字，竟似運動之物，益不可解。蓋山麓土坂坡陀，漸疊漸高，竹延緑滋長，趁斜勢行鞭，亦步步

漸上長到高處，故自園邊水際望之，如在天半也。從此著手，「上」字方不虚設，否則是「賦得山頂竹〔九四〕」矣。（自記）

此等認題，在先生固爲特出，然不會者學之，便成鈍腐矣。詩有别趣，非關理也，似不必如此着想。

首二句點明「野竹」，次二句暗點「上青霄」，「叢篁低地碧，高柳半天青」亦是工部此題詩句，故借作簸弄，趁筆取姿。五句至八句力寫「上」字，九句至十二句正寫「上青霄」，題無深意，故虚寫兩句，借「此君亭」結之。（自注）〔九五〕

此等是細雕生活，用不得大刀闊斧，然細雕工夫不始於細雕。大抵欲學縱橫，先學嚴謹；欲學虚渾，先學切實；欲學刻畫，先學清楚，方有把鼻在手，無出入走作，且亦易於爲力。此吾五六十年閱歷之言，非無據也〔九六〕。（自記）

〔釋〕低地碧、半天青：杜甫詩：叢篁低地碧，高柳半天青。凌絶頂：杜甫《望岳》詩：會當凌絶頂，一覽衆山小。此君：《晉書》：王徽之常居空宅中，便令種竹，曰：「不可一日無此君。」

賦得性如繭（得如字）

（董仲舒《春秋繁露》：　各性不以上不以下，以其中名之，性如繭如卵，卵待覆而爲雛，繭待繅而爲絲，性待教而爲善，此之謂真天。）

性善宜修善，（從「性」字正意起。）無忘受性初。似絲纏密密，（遞入「如繭」喻意。）其緒引徐徐。團結三眠足，包含萬縷餘。（四句正講題面。）常能絢自絡，始有錦堪舒。（中八句反正相承，一氣呼宕，甚好。）倘曰求文綉，（四句反説。）而慵轉繅車。（此二句尚依題面説。）材良徒坐棄，質美待何如。（此二句便遞入正意。）天賦知原粹，（收清題意。）人功戒暫疏。遥傳鄒魯學，終是廣川書。（回顧出典作結。）

〔評〕此種是沉悶之理題，須以清淺顯豁出之，若作雕琢沉悶之語，添出一層沉悶，則令觀者思卧矣。（自注）

繭雖有絲，不抽之則絲不出；　性雖有善，不修之則善不成，譬喻最切。然作詩則兩邊字面太不比附，强作雙關之語，必至牽造支離，故止好首尾點正意，中間但作題面，惟以意思作關合。◯玩此自記語，是因字面太不比附，故發喻語不作雙關，亦只爲此題設，可知此等題正格自當正喻夾寫方合。

〔釋〕三眠：荀卿《賦篇》：三眠〔九七〕三起，事乃大已，夫是之謂蚕理。廣川：董子是廣川人。

賦得秋色從西來（得來字）

（岑參《登慈恩寺浮圖》詩：秋色從西來，蒼然滿關中。五陵北原上，萬古青濛濛。）

一氣鴻鈞轉，（虛籠引題法。）循環四序推。春原自東起，（比例作襯。）秋亦定西來。（點題。）誰遣驚蟬早，（爲秋色點綴。）無端送燕回。蒼茫登雁塔，（顧出處，先與坐定之地，使「西」字方有定位。）蕭瑟想龍堆。（指還「西」字著落。）赤坂凉先覺，（正賦「從西來」。）烏孫冷漸催。隨河趨碣石，隔海到蓬萊。（以從東去倒托轉此，亦是化用本詩「連山若波濤，奔走似朝東」意。）玉圃三成遠，金天萬里開。（唱嘆縱寫題意。）憑高吟壯觀，岑杜憶雄才。（顧出典作結。）

〔評〕秋色豈必定從西來，然題是西來，不得不與講出道理，故以迎春東郊爲比例。

又題是秋色，難以突然入手反〔九八〕説春，故先從四序循環説起，此乃不得已之變法。遇此種棘手題，須知此斡旋之法，難以下筆斡旋處，又須知此引入之法。此種題如出於其地則切其地立言，如不出於其地，則切不切皆可。《窗中列遠岫》詩原不定詠宣城郡也，此詩第七句插入雁塔，結句點明岑杜，竟切慈恩寺立言，緣詩非寫「西」字不可。「西」字空空洞洞，無處刻畫，只好借一地方定其方位耳。《四邊空碧落》詩第三句説明南岳亦是隨筆帶點，非定法也。

此題與《魚戲蓮葉東》相同，除却刻畫「西」字，再無别法。小題有小題作法，不能以大題作法行之也，若抛却「西」字鋪排秋色，直是一首「賦得秋色詩」，不如不作矣。

〔釋〕一氣：杜甫《上韋左相》詩：八方〔九九〕開壽域，一氣轉洪鈞。春東秋西：《禮·月令》：迎春東郊，迎秋西郊。蟬燕：《禮·月令》：孟秋寒蟬鳴，仲秋玄鳥歸。蒼茫：杜甫詩：獨立蒼茫自詠詩。雁塔：慈恩寺有雁塔。龍堆：指西邊塞外言，《後漢書·班超贊》：「坦步葱雪，咫尺龍沙。」注：葱嶺、雪山，白龍堆沙漠也。赤坂：《漢書·西域傳》：又歷大頭痛、小頭痛之山，赤土、身熱之阪。烏孫：屬西番國名。碣石：《禹貢》：夾右碣石入於海。蓬萊：海上三神山之一。金天：杜佑《通典》： 先天二年，封華岳神爲金天王。 岑杜： 當日岑參與高適、薛據、杜甫同登此寺塔，四人俱有詩。

賦得四邊空碧落（得遊字）

（唐僧齊己《登南岳絶頂》詩： 四邊空碧落，絶頂正清秋。）

人到千峰頂，（原題。）乾坤望裏收。（籠題〔一〇〇〕。）雲雖開楚岳，（説明南岳，隨手顧出處。）烟不辨齊州。（領起題神。）惟立天低處，遥觀地盡頭。（跟定登南岳絶頂意。）四圍同一碧，萬里入雙眸。（正寫題面。）色是空中見，神從象外遊。（渾寫題面。）大虚無畔岸，元氣自沉浮。羲御光如近，媧皇迹莫求。（題後游衍。）九重應更遠，縹緲想瓊樓。（結寓愛君之意。）

〔評〕此唐僧齊己《登南岳絶頂》詩〔一〇一〕，題無更寬於是者，亦無更空於是者。題中先著一「空」字，蒼蒼一片，本無處下筆； 又明言碧落，無風雪雲雨之可言； 且是畫景，無星月河漢之可寫，直是無可渲染、無可襯貼，故盡可渾寫大意，以空還空。 凡遇此種題，斷斷無填實之法。

〔釋〕雲開：　此句化用韓愈《謁衡岳廟》詩意，即蘇軾所謂「力能開衡山之雲」者也。齊州：《爾雅·釋地》「岠齊州以南」疏：　齊，中也。此句是化用杜甫《登慈恩寺塔》詩「俯視但一氣，焉能辨皇州」意。地盡天低：　岑參《磧山頭送李判官入京》〔一〇二〕詩：　尋河愁地盡，過磧覺天低。空中色：《楞嚴經》：　非色非空。象外：　司空圖《詩品》：　超以象外，得其環中。羲御：《楚詞》：　吾令羲和弭節兮，望崦嵫而勿迫。王逸注：　羲和，日御也。媧皇：《列子》載有女媧氏煉石補天事。瓊樓：　蘇東坡《水調歌頭》詞：　明月幾時有，把酒問青天。不知天上宮闕，今夕是何年？我欲乘風歸去，又恐瓊樓玉宇，高處不勝寒。起無弄清影，何似在人間。

賦得圓靈水鏡（得圓字）

（謝莊《月賦》：　列宿掩縟，長河韜映。柔祇雪凝〔一〇三〕，圓靈水境。連觀霜縞，周除冰净。）

天晴長在水，（先將天水迴環簸弄。）水闊亦連天。（一層。）寧似秩方净，剛逢月正圓。（此方承清題根，正落本旨。）一塵清不翳〔一〇四〕，六幕淡無烟。（從「圓靈」布景。）如挽銀河瀉，全將珠緯湔。（正寫「水鏡」意。）澄波翻下映，倒影竟高懸。（從「水鏡」到拍「圓靈」。）虛白三千界，空明十二躔。（寫起題景。）四圍同澹沱，萬里共澄鮮。（縱勢抒寫。）便擬浮仙棹，瓢斟太極泉。（結法悠然。）

〔評〕此「鏡」字作「照」字解，質言之只是天如鏡〔一〇五〕耳。唐人試帖竟以「如水」、「如鏡」對舉，分爲二物，然則上句「柔祇雪凝」，雪是一物，凝又是一物〔一〇六〕，亦可分爲二物乎？蓋此句本宜押「浮」字、「映」字，而二字已被上下二韻點去，不可重押，故强押「鏡」字，致〔一〇七〕疑似不明有是岐誤耳。古人亦時有乖謬，如庾子山之「桂花〔一〇八〕馮馮」誤讀《漢書》，王右丞之「今日垂楊生左肘」誤讀《莊子》，劉貢父以考證名家，而「惠和官尚小，師達禄須干」之句乃至誤讀《論語》，不可以誤自唐人遂奉爲科律也。此詩特爲改正，自屬巨眼，頗覺駭俗〔一〇九〕，故爲爾詳説之。六句「淡」字與十三句「澹」字古人往往通用，然司馬相如〔一一〇〕《上林賦》有「隨風澹淡」語二字疊用，則二字固别矣。此詩兼用，據《上林賦》也，然此亦不得已而爲之。《唐詩紀事》謂錢起《湘靈鼓瑟》詩有二「不」字乃是「庶幾」，「庶幾」是唐人方言〔一一一〕，犹云「僅可」也。

〔釋〕天水：　此二句化用王勃「秋水長天一色」意。　挽銀河：　杜甫《洗兵馬》詩：

安得壯士挽天河，洗浄甲兵長不用。虚白：《莊子》：虚室生白。閻寬《春宵覽月》詩：愛見澄清景，象吾虚白心。三千界：《起世因本經·閻浄洲品第一》載：日月所行之處，是名三千太平世界。空明：戴叔倫詩：清影涵空明。十二躔：即日月所會之次，指周天十二次舍也。澹沱：杜甫《醉歌行》：春光澹沱秦東亭。澄鮮：謝靈運《登江中孤嶼〔一一二〕》詩：雲日相輝映，空水共澄鮮。太極泉：《宋書·孝武帝本紀》：思散太極之泉，以福無方之外。楊升〔一一三〕庵謂太極泉不知何語，後閱《酉陽雜俎》，知此蓋盎漿之類也。

賦得鴉背夕陽多（得多字）

（温飛卿《春日野行》詩：騎馬踏烟莎，青春奈怨何。蝶翎朝粉盡，鴉背夕陽多。）

遥見夕陽多。落日銜山際，（引起「夕陽」。）翔禽返舊窠。（引起「鴉」。）獨於鴉背上，（直點全題。）江畔霞初散，城頭尾並訛。（二語「夕陽」、「鴉背」分寫。）初乘朝彩出，（開步作襯。）今趁晚晴過。（此韵「鴉背」、「夕陽」串寫。）斜照光摇漾，翻飛影蕩〔一一四〕摩。

（四語乃合併總寫。）遂如離墨沼，忽更浴金波。不以黔而黑，偏能耀自他。珍圖應叶瑞，好借上林柯。（挽合頌揚，亦極自然。）

〔評〕此温飛卿詩〔一一五〕，題語確是真景，曠野中早行晚行皆可見之，故宋詞又有「朝陽先閃雁〔一一六〕背」之語，蓋白晝日光明朗，故受光之處不能獨見，惟日出没之際天上無光，地下亦無光，故飛鳥背上之光得而〔一一七〕見之。然高飛之鳥，其背不可見；低飛之鳥，如燕雀之類，又光微不可見；一二低飛之鳥如鵲鳩之類，亦以少不可見，惟鴉群飛而最低，霍霍閃閃，舉目可見，故詩詞多説鴉背也。其物瑣屑，其景亦瑣屑，除却點却刻畫，别無作法。此詩亦止以點綴刻畫還之，然「背」字未能寫到，終是一病，人〔一一八〕誦之或不覺，吾自知之也。（自記）

一起直寫全題，因題緒瑣碎，開手不理清，以下再層層分點，便棼如亂絲，且恐顧此失彼，左支右絀，並分點亦不暇，不如趁勢先總點也。凡作詩須通盤合算〔一一九〕以先布局，而後落筆皆當。如此若有一句即湊一句，有一聯即湊一聯，便是隨波逐浪，全無節制操縱矣。

五句至八句以鴉與夕陽分寫串寫〔一二〇〕，九句至十二句乃併合起來，此是淺深次序。開首四句點題，於六韻排律最宜，蓋六韻詩地步無多，若太放鬆便止辨得點題了事矣。今此詩若截去三、四兩韻，作六韻詩更妙。

此題離頌揚頗遠，因成語湊手，可以鬭合，故如此作結。然只在若近若遠、有意無意之間，方與題配，方與詩配。若小題强以莊語作結，露出牽合之痕，則反爲減色矣。

漢魏六朝詩無自注者，自注始於唐詩，然試帖則唐人亦無自注者，《文苑英華》所載唐省試詩多至十卷，可覆按也。〔一二二〕

此詩第六句「訛」字，此種押法謂之「懸脚」，懸脚者〔一二三〕，如人立於亂石碎磚之上，雖不至顛〔一二三〕仆，却摇摇然不踏實地，終不穩當也。遇窄韻不能避此者，必須有出典方可，如此句之「訛」字、《刻鵠類鶩》詩第二首之「毛」字，皆有懸脚之病，幸杜工部已經懸脚在前，今日依樣壺盧，便不算懸脚。如公家案牘，有前例可援，便有依據，無例便不免干議矣。此病最易犯，不是不通，只是不好記〔一二四〕，見試帖《刻日方斗》詩第二句曰「扶桑日色晶」，「晶」字原解作「光明」，然復成何語？「熙」字亦解作「光明」，可曰「日色熙」乎？

〔釋〕城頭：《續漢書》：桓帝時童謡云：「城上烏，尾畢逋。」尾訛：杜甫詩：

日落風亦起，城頭烏尾訛。朝彩：李義府《詠烏》詩：日裏颺朝彩，琴中伴〔一二五〕夜啼。耀自他：《左傳》「莊廿二」：光遠而自他，有耀者也。借上林柯：李義府詩：上林多少樹，不借一枝棲。

賦得綺麗不足珍（得珍字）

（李白《古風》第一首：大雅久不作，吾衰竟誰陳？王風委蔓草，戰國多荆榛。龍虎相啖食，兵戈逮狂秦。正聲何微茫，哀怨起騷人。揚馬激頹波，開流蕩無垠。廢興雖萬變，憲章亦已淪。自從建安來，綺麗不足珍。聖代復元古，垂衣貴清真。群才屬休明，乘運具躍鱗。文質相炳煥，衆星羅秋旻。我志在删述，垂暉映千春。希聖如有立，絶筆於獲麟。）

誰居天寶末，（叫起有勢。）敢薄建安人。（虚領有法。）才自歸文苑，（開步見分寸。）心原溯聖津。（爲題原層。）尊王昭衮〔一二六〕鉞，正始述雎麟。（提出本詩大旨，發題中語意。）屈宋非年輩，（襯托一層，即用本詩語。）曹劉豈等倫。（折本題。）遺經方獨抱，（四語正發題意。）麗句漫爲鄰。肯舍淵源古，而誇纂組新。斯言雖莫踐，所論未無因。（抑揚見意，俱有分寸。）正似歌周鼓，蘭亭不見珍。（比例作結，確極。）

〔評〕此題若專斥浮藻，作黜華崇實之習語，亦易成篇，然以建安爲綺麗，語本難通，當如何下筆？蓋太白此詩，人多不解。沈歸愚曲爲之説曰：所指乃建安以下如齊梁之類，故曰「自從建安來」。「來」字似有着落，「自從」二字究不知作何安放。然則由周而來，爲除周不論乎？此由逐句論詩，未以全篇論詩也。此詩起處「大雅久不作，吾衰竟誰陳？王風委蔓草，戰國多荆榛」，非從三百篇説起乎？結處曰「我志在删述，垂暉映千春。希聖如有在，絶筆於獲麟」，非以《春秋》爲歸宿乎？〔一二七〕舉出六經，尊出孔子，是何等規模！「正聲何微茫，哀怨起騷人」二句併屈宋亦以爲變調，則建安輩〔一二八〕非「綺麗不足珍」而何？蓋舉滄海則江河未可深，舉崑崙則岱華未爲高，猶之昌黎《石鼓歌》舉出史籍，不得不云「羲之俗字〔一二九〕趁姿媚」耳，又何疑於此句乎？此詩全發此意，故純用縱横凌駕之筆，不更屑屑於鋪叙。

〔釋〕天寶：唐玄宗〔一三〇〕年號。建安：漢獻帝年號。衮鉞：范甯《穀梁傳序》：一字之褒，寵逾華衮之贈；片言之貶，辱過市朝之撻。正始：成伯瑜曰：《詩》有四始。始者，正詩也，謂之正始。《周》、《召》二南，《國風》之正始。周鼓：周宣王制石鼓，史籀勒石，韓昌黎有《石鼓歌》謂：「羲之俗書趁姿媚，數紙尚可博白鵝。」

賦得細雨濕流光（得光字）

陰與晴相半，（先總籠起。）同時兩恰當。圓曦遥閃爍，（分水，點「流光」。）微雨細飄颺。（點「細雨」。）蜜縷低拖地，斜暉映在旁。（四句側寫，緊從細雨看出流光。）望如波浴日，（接出「濕」字，傳神之筆。）瞥覺眼生光。（四句分寫。）烟重全粘草，（細雨。）霞明半照墻。（流光。）花心方碎滴，（細雨。）鴉背自殘陽。（流光。）曬粉多黄蝶，（收「流光」。）垂絲有緑〔一三二〕楊。（收「細雨」。）太平韶景麗，品物總蕃昌。（總結。）

〔評〕此亦最真之景而最難寫狀者，或以細雨、流光〔一三三〕平對，意在以互映烘出「濕」字。然流光不從細雨追出，則細雨自細雨，流光自流光，「濕」字轉屬細雨，不屬流光，極意刻盡，終未爲醒豁。此詩次四句先以兩面打成一片，從細雨寫出流光，而「濕」字自在其中，是就題實爲。又次四句以兩面打作兩處，從細雨流光夾出「濕」字，烟粘草而霞照墻，花心碎滴而鴉背殘陽，則墻上之霞、鴉背之殘陽皆爲雨，濕自在言外，是借勢旁烘。必如是，題目五字乃呼吸一氣。

枝午，蛛網添絲屋角晴。

〔釋〕鴉背：見前題目注温飛卿詩句。曬粉：張宛邱《夏日》詩：蝶衣曬粉花

附録　樹馨詩〔一三三〕

麥候晴兼雨，蘭畦風有光。菲菲飄細縷，蕿蕿射斜陽。閃爍雲頻破，溟濛土乍香。烟消拖淡白，霞綺到昏黄。書幌疏猶映，春衫沾不妨。睡偏明倦眼，暖喜帶微凉。喚婦鳩相應，卸泥燕亦忙。農家趁芳潤，繫鼓好栽秧。

賦得翠綸桂餌（得魚字）

（劉勰《文心雕龍》：翠綸桂餌，反以失魚。）

文章詞掩意，（從正意入。）從侈腹多書。譬作新漁具，（引入喻意。）還施舊釣車。翠綸材本脆，（點題。）桂餌計尤疏。乃詫雲鬟飾，（正寫題面。）兼〔一三四〕誇月斧餘。羽從珠樹采，（爲「翠」、「桂」字推原。）品取藥籠儲。舴艋晨頻出，（歸到反以失魚意。）笭箵晚定虚。豈非矜富者，（仍收到正意作結。）反以致窮歟？珍重操觚士，無勞獺祭魚。

〔評〕此劉彥和語「翠綸桂餌，反以失魚」〔一三五〕，題喻詞勝而意反晦也。語〔一三六〕本分明，但翠羽、釣絲俱無甚替身字。桂指桂皮，不指桂花，更無甚故實。且四字具無形似之可寫，遂枯窘不能下筆，只好借用字面點綴成篇。遇此等題唯恃騰挪，功〔一三七〕捷即爲擅場，別無課虛叩寂之法也。（自記）

〔釋〕腹多書：《晉書》：郝隆七夕卧庭中，人問之曰：「曬吾腹中書耳。」月斧：《酉陽雜俎》：月中有桂樹，樹下有人恒斫之，樹創復合，其人爲吴剛，學仙有過，謫令伐桂。珠樹：陳子昂《感遇》詩：翡翠巢南海，雄雌珠樹林。何知美人意，驕愛比黄金。舴艋笭箵：陸龜蒙《漁具詩序》：所載之舟曰舴艋，所貯之具曰笭箵。操觚：陸機《文賦》：或操觚以率尔，或含毫而邈然。獺祭魚：句見《禮·王制》，然本詩却是用李商隱事，《談苑》載李商隱爲文多簡閲書册，左右鱗次，號「獺祭魚」。

賦得山虚水深（得蕭字）

（《古琴銘》：山虚水深，萬籟蕭蕭，古無人踪，惟石嶕嶢。）

縹緲浮丹翠，蒼茫銷寂寥。（順取題意，直搗題神而入。）巉巖横此路，融結自何朝。

（顧定「古無人踪」意作渾領。）花偶〔一三八〕隨波出，（四句略逗題面。）雲終隔嶺遥。（此韵山、水對寫，妙用向背勢，自見賓主。）人誰狎魚鳥，古未見漁樵。（此韵山水合寫，亦用開合對。）混沌天雖闢，鴻濛氣不消。（四句渾寫題意。）多年幾風雨，衆竅自笙簫。邈矣峰千疊，（以山起，以山結，獨見側勢。）泠〔一三九〕然弦七條。（收合琴銘，回顧出典作結。）曲終欹〔一四〇〕石坐，木葉落蕭蕭。（點景作收局，有「江上峰青」之妙。）

〔評〕山水似對舉，其實以山爲主，與水深無渡合成一片空曠幽邃之景耳。若處處山水對排，便寫不出題之神理。蓋此銘止「古無人踪」四字是其本意，餘三句皆烘染之筆，不可逐一癡寫也。雖是渾寫大意，然下字不可草草。七句魚是水、鳥是山，八句漁是水、樵是山，皆銖兩務使匀配。此宋人所得《古琴銘》也，語意高妙，不落言詮，如畫家之有逸品也，不可以形象求之，亦不能以刻畫肖之，故因題製局，還以大意寫法〔一四一〕。

賦得風暖鳥聲碎（得風字）

（杜荀鶴《春宫怨》：早被嬋娟誤，欲粧臨鏡慵。承恩不在貌，教妾若爲容。風暖鳥聲碎，日高花影重。年年越溪女，相憶采芙蓉。按此詩或作杜荀鶴詩，《唐風集》以此壓卷，當時有「杜詩二百卷，盡在一聯中」之語，或作周樸詩，此一聯稱爲「月鍛季煉」，要亦武功一派，以一字見工夫者也。）

恰是暄妍節，（起以「風暖」入手。）剛逢淡宕[一四二]風。春深花信後，暖入鳥聲中。（落出鳥聲，取勢緊快。）處處雙飛過，（四句渾寫鳥聲以展步。）枝枝百囀同。弄晴交上下，（「弄晴」字上顧「風暖」。）喚侣遞西東。（「喚侣」字下呼「聲碎」。）促拍催相雜，繁音疊未終。（二寫「碎」字之面。）歌嬌藏嫩緑，響散趁飛紅。（寫「碎」字之神，歌嬌而藏於深樹，餘響隨花飛而四散，知非鴉鳴鵲噪可知。）仙樹榮丹地，祥嗈萃紫宫。朝陽諧雅奏，更喜在梧桐。（結是試帖常格，隨手帶出耳。）

〔評〕此與《以鳥鳴春》貌同而心異，彼以鳥爲主，有鳥而後可以鳴春也；此以春爲主，春暖而後鳥聲碎也。此辨甚細，若反謂此題以鳥鳴爲主，獨志在題之爲「春宫怨」乎？又與尋常鶯啼燕語詩大同小異。蓋此聯下句好在以「高」字生「重」字，此句好在以「暖」字生「碎」字，若不扼「暖」字不得題根，不扼「碎」字不得題眼，直是一首「賦得春鳥鳴」詩耳。

〔釋〕花信：程大昌《演繁露》：三月花開時風名爲花信風，謂此風來報花之消息耳。王逵《蠡海集》數二十四番，謂自小寒至穀雨，凡四月八氣二十四候，每候五日，以一花之風信應之，始於梅花，終於楝花，花終則立夏矣。《楊升庵外集》則統一歲數之，二說不同，今多從《蠡海集》之說。朝陽：《詩》：梧桐生矣，于彼朝陽。

賦得日高花影重（得重字）

（見上首。）

清晝春方永，（從本題春宫怨入手。）深宫綉偶慵。花叢閑檢點，（點「花」字。）日晷細形容。（點「日」字。）側照陰斜轉，（襯一層。）中懸頂正衝。（正寫日高。）圓光方下射，疊影自相重。（從日高落影重。）一一分疏密，層層積淡濃。（四句正寫影重。）玲瓏惟透罅，交插莫尋踪。地盡裁珠樹，人如坐玉峰。（抬起一層爲結句地。）云何杜荀鶴，更遣憶芙蓉。（仍用本詩結句，馭題作收。）

〔評〕既從宫怨入手，則結處竟無出路，小題生不出議論，又萬萬不能轉出頌揚，只得仍借本詩結句。「年年越溪女，相憶采芙蓉」〔一四三〕二語，用趙紫芝「多少故人天禄貴，猶將寂寞嘆楊雄」之意馭題作收，方合試帖體例。蓋〔一四四〕躊躇幾三四刻能落筆，汝謂此事可草草乎？

紫芝即趙師秀，所引二語見《秋夜偶書》詩落句，此題較《風暖鳥聲碎》，易於詮解而更難於形容。蓋「鳥聲」題境猶寬，「花影」則拘定一處，無可展拓；「碎」字猶可摹寫，「重」字則板成一片，無可點綴。「春暖」猶易於渲染，「日高」則孤照一輪，旁無別境〔一四五〕，更無可襯托。此題之本難也。不寫「高」字、「重」字，直是「賦得日中花影」，豈復成詩？一寫「高」字、「重」字，則非用算法測量，斷不能清出此種花香草媚之題。忽然講到勾股角綫，更成何文理？此又作詩之難也。此詩以不能不用算法，故從本詩宮怨〔一四六〕入手，以晝長引出倦綉，以倦綉引出看花，以看花引出看花影，即以「閑檢點」引出「細形容」，得「細形容」三字作脉，則下接入測量日影，自然鬥筍合縫，不覺突兀矣。此層層側算上去，乃層層順寫下來，千方百計逼出此三字，此是布局之法，亦是抽換之法。

賦得清輝能娛人（得青字）

（謝靈運《石壁精舍還湖中作》： 昏旦變氣候，山水含清暉。清暉能娛人，遊子澹忘歸。）

瀑自何年響，峰從太古青。（陡作翻宕之勢，又如擲筆天外。）偶然逢客過，（翻起能娱人。）寧識是誰經。（以上四句說清暉，原非有意娱人，作大開。）潭影波涵鏡，嵐光翠疊屏。（根上山水，略寫清輝，一聯一正，落「能娱人」。）偏如相嫵媚，邀使久留停〔一四七〕。默覺心多愜，真疑地有靈。（以上四句說清暉，頗似有意娱人，一大合中足娱人，申足「能」字。）情移《水仙操》，意在醉翁亭。幽境時探勝，塵緣定退聽。如何白蓮社，未許入門庭。（二句通身一束，更無餘意，以詩家法律論之，前既跳擲而起，須再蹙一波，以擺蕩之勢收結，章法方配，是以借遠公惡靈運心雜，不許入白蓮社事，用反掉之勢作結。）

〔評〕「山水清暉」已見上文，若再鋪排清暉，是上句題詩，非此句題詩矣。此詩只第三韵略寫清暉，餘俱力挽「能娱人」三字。〇玩此自記，認詩題直作《四書》題講，此法有一定者也。

起手大開大合，一氣直貫，入句方纔一頓，此擲筆倒落之法，故以此取勢者也。（自記）題有虚字，亦定應從此取勢乃得。

〔釋〕水仙操：見上《高山流水》第三首注。醉翁亭：歐陽修有《醉翁亭記》。白蓮社：《高僧傳》：晉義熙間，僧惠遠居廬山東林寺，與劉遺民等十八賢同修净土。中有白蓮池，因號蓮社，以書招陶淵明，淵明若許飲酒即往。師許之，遂造焉。既而無酒，陶攢眉而去。謝靈運求入社，師以其心雜，止之。詩云：陶令醉多招不得，謝公心雜去還來。

賦得山水含清輝（得輝字）

（見上首。）

池館丹青絢，（陪襯一層起法。）園林綿綉圍。多逢誇麗景，寧識悦清輝。（翻宕入題。）試訪樵童徑，（山。）因尋釣[一四八]叟磯。（水。）烟鬟晴乍沐，（山清暉。）雪練漲交飛。（水清暉。）净緑常隨屐，（山清暉。）濃藍欲染衣。（水清暉。）路從霞外轉，（山清暉。）人向鏡中歸。（水清暉。）巖壑皆仙意，（總束上。）空明亦悟機。（起結意。）會心塵壒外，高唱和應稀。（結句暗繳起處之意，自爲章法，然不明繳而暗繳，以本是弄筆狡獪，生出波瀾[一四九]，不是本題所原有也。）

〔評〕此四平八穩之題，别無深意，亦不必别生深意，止還所應有而已。起亦擲筆倒落之法，前詩一落八句，此詩一落只四句，緣前詩撇去清暉，不得〔一五〇〕複寫。題境較窄，故展得步寬，以寬補窄。此詩是清暉，正面不能不細寫，展步太寬則侵佔正位，故展得步窄，以窄讓寬，此之謂因題製局。且前題是就本題簸弄，原題中所應有，不妨八句纔落，此是題前〔一五一〕陪襯，展步太寬則去題太遠矣。作詩原有通身不露本位，只結末畫龍點〔一五二〕睛者，試帖則無此題〔一五三〕。如作古文，隨人遠遠近近正正反反，委曲以奇其意，八股則須照題目，不能破格也。○玩此自記，亦可悟六韵與八韵之寬緊處也。

〔釋〕屐：《南史》：謝靈運爲永嘉太守，郡有名山水，靈運素所愛好，遂肆志遨遊登躡。嘗著山屐，上山則去前齒，下山去其後齒。鏡中：唐詩：人行明鏡中，鳥度屏風裏。

賦得絜矩（得方字）

（見《大學》。）

陬澨登仁壽，黔黎奏樂康。（倒從後層效驗看轉。）德需環海遍，道在寸衷藏。（妙在此句領得緊。）法有弧三角，（襯一層。）重爲矩四方。（正入「矩」字。）九章憑測算，萬事受裁〔一五四〕量。（引起「絜」字。）惟帝通情志，如材度短長。（正入「絜」字。）心心相比較，（寫透「絜矩」正義。）物物自周詳。化起畿千里，恩覃地八荒。（仍歸到效驗作頌揚。）宜民知受禄，共祝壽無疆。

〔評〕題太寬闊，若泛論好惡同民，則劉晝之賦六合矣。切定「矩」字生意，此一定之理、一定之法，所謂闊題窄做也。

〔釋〕仁壽：《漢書·禮樂志》：驅一世之民，躋之仁壽之域。樂康：《周官·小行人》：其康樂、和親、安平爲一書。九章：《周官·保氏》「六曰九數」注：方田、粟米、差分、少廣、商功、均輸、方程、贏不足、旁要也。按算法有《九章》。千里：《詩》：邦畿千里，惟民所止。八荒：賈誼《過秦論》：囊括四海之志，并吞八荒之心。宜民：《詩》：宜民宜人，受禄於天〔一五五〕。

賦得江上數峰青（得青字）

（錢起《湘靈鼓瑟》詩落句：曲終人不見，江上數峰青。）

瑶瑟音長歇，（題根。）青山萬古青。（籠題。）數峰空寂寂，（點「數峰」。）一水自泠泠。（點「江上」。）騷客傳[一五六]哀怨，（追補屈原一層，妙即借作發難。）神弦托杳冥。（正落錢起一層，妙用控馭駕過。）誰聞彈楚調，今尚詠湘靈。（略寫題面。）想像臨明鏡，（江上。）徘徊對畫屏。（數峰。）凌波人宛在，（曲繪題神。）調柱此曾經。莫悵情如贈，難逢曲再聽。滿江秋月白，恍惚本無形。（結意將題宕開，語後人可不須憑吊，在屈原當日亦未見湘靈，原是托詞，隱隱以馭題爲出路。蓋錢起此詩，本以此句為出路，今以此句命題，不得於出路之中又尋出路耳。）

〔評〕此題刻畫不得，並正寫題面不得，故以寫意法還之。湘靈鼓瑟是寓言，説作實事便癡；作詩是錢起，牽到屈原便隔；題雖是數峰[一五七]事，却在水際，粘定數峰便滯；事雖在水際，題却是數峰，脱却數峰便漏。故此詩着筆，皆在不即不離間。

〔釋〕凌波：曹子建《洛神賦》：凌波微步，羅襪生塵。

賦得意司契而爲匠（得司字）

（陸機《文賦》：詞程材以效伎，意司契而爲匠。）

文本緣情造，（從「意」字起。）經營在運思。（主構思時，言體會獨到。）手如斤斲堊，

（引入「匠」字。）心幾藕抽絲。（拍醒「意司挈」。）規矩人能授，（襯一層。）方圓我自爲。（醒出「爲」字。）萬間籌結構，一髮鏤毫釐。（舉兩端以包中間，「匠」字自見該括。）偶爾環中悟，天然象外奇。（又掘出巧思一層，力作安頓，亦與「司挈」字相關合。）巧雖千態變，權總寸靈司。（從「爲匠」拍合，立「意司」自見把握。）鐻貴材先審，輪非斧漫施〔一五八〕。（游衍收足。）藝成堪喻道，珍重記工師。（結穴。）

〔評〕文章評語與「工匠」字面闘合者，摇筆即是配合對〔一五九〕偶，頗不爲難。只「匠」字有著，「意」字無著，成一首「文如巧匠」詩。且多是〔一六〇〕已成文語，不是方構思語耳，此詩只此處分明。工匠之技藝縷述難窮，又不能略數之，故舉極大之營建，極細之刻鏤，以兩端括其中間。至於新樣日增，巧思百出，亦不可略，則以二語虚括之。凡遇繁重之題，宜有剪裁消納之法，可從此隅反。

〔釋〕緣情：陸機《文賦》：詩緣情而綺靡，賦體物而瀏亮。經營：杜甫詩：意匠經營慘淡中。斤斲：《莊子》：郢人堊漫其鼻端，若蠅翼，使匠石斲之，匠石運斤成風，聽而斲之，盡堊而鼻不傷。藕絲：劉勰《文心雕龍》：尋詩人擬喻，雖斷章取義，然章句在篇，如藕之抽緒，原始要終，體必鱗〔一六一〕次。又吴澄《晦庵先生畫像贊》：

理義密微，繭絲牛毛。環中象外：司空圖《詩品》：超以象外，得其環中。鐻：《莊子》：梓慶削木爲鐻，鐻成，見者驚猶鬼神。注：鐻，樂器也。輪：《莊子》：輪扁曰斲輪，徐則甘而不固，疾則苦而不入。不徐不疾，得之於手，應之於心，口不能言，有數存乎其間。藝成：《禮》：德成而上，藝成而下。

賦得芝蘭之室（得蘭字）

（《家語》：與善人居，如入芝蘭之室，久而不聞其香，則與之化矣。）

慷慨論交易，（襯起一層。）端方取友難。（從起意領入。）勿輕結膠漆，（宕一筆。）所貴近芝蘭。（折入題面。）（四句正還題面。）花暖雙屏敞，香圍一室寬。（此韵芝、蘭合寫。）靈苗光掩映，芳〔一六二〕草坐盤桓。（此韵芝、蘭分寫。）初挹〔一六三〕情猶淡，微薰意漸歡。（四句關合題意，寫來亦有層次。）既而與之化，遂似又〔一六四〕相安。湘水騷人佩，商山隱士〔一六五〕餐。（拓一步結醒一語，亦用芝、蘭分貼。）古來君子重，凡卉莫同觀。

〔評〕芝本瑞草，不以香聞，古人偶然帶説，别無他意。如三過其門而不入，禹有是事，稷無是事，孟子偶然帶説，不以詞害意也。必穿鑿附會，將芝説出香來，固爲不必。

若竟抛却，又失題面，如置「香」字不問，只以芝蘭故實作對偶，更無理取鬧矣。此詩所以渾渾合説，只第七句將「芝」字一點，而「光掩映」三字所掩映者仍舊是蘭，兩層只算一層，此是安頓之法。末四爲咏嘆，餘文亦只渾渾將二〔一六六〕物可貴繳還第四句，不更提香與不香，亦是不解之結，即以不解解之也。此種棘手題，往往而有，須知此意。

〔釋〕膠漆：《漢書》：雷義與陳重爲友，義舉茂才，讓於重，刺史不聽，遂走，不應命。鄉里爲之語曰：「膠漆雖謂堅，不如雷與陳。」佩：《楚詞》：余既滋蘭之九畹兮，又紉秋蘭以爲佩。商山：《高士傳》：四皓退入商嶺，作歌曰：「莫莫高山，深谷逶迤；曄曄紫芝，可以療飢。」

賦得寒蟬（得蟲字）

（《後漢》：杜密謂王昱曰：「劉勝位爲大夫，見禮上賓，知善不荐，見惡不論，隱情惜己，自同寒蟬，乃罪人也。」）

古有寒蟬喻，（破空直入。）多嫌愧匪躬。聖朝求伉直，特詔戒臣工。月夕多歌蚓，（展步襯托。）霜天有候蟲。（此比原有進言者。）云何貪飲露，（折轉。）偏自怯吟風。（此比但求竊禄，不肯敷陳。）薄翼棲仍穩，殘聲曳竟終。（此比官雖久作，究無獻納。）豈因避〔一六七〕黄雀，不肯嚮疏桐。（比推原其緘口避患之故。）解蜕荒林外，垂緌禁樹中。（此比自貧賤而富貴。）鳴秋原藉汝，莫負化生功。（此比設官原求建言，不可負拔擢之意。）

〔評〕此因奉諭申飭言官以寒蟬爲戒，故起手可以破空直入，以下始句句雙關，又是一格。結處通體〔一六八〕本意，則定格也。通體全是寓意，勿因句句用蟬故實〔一六九〕認作堆垛之派。

〔釋〕寒蟬：陸雲有《寒蟬賦》，謂蟬有五德，「君子則其操，可以事君，可以立身，豈非至德之蟲？」匪躬：《易·蹇卦》：王臣蹇蹇，匪躬之故。飲露：《韓詩外傳》：孫叔敖曰：「臣園中有榆，其上有蟬，蟬方奮翼悲鳴，欲飲清露。」吟風：駱賓王《蟬賦》：飲喬樹之微風。薄翼：駱賓王《在獄咏蟬詩序》：有翼自薄，不以俗厚〔一七〇〕而易其真。殘聲：方干詩：蟬曳殘聲過别枝。黄雀：《説苑》：蟬高居飲露悲鳴，不知螳螂之在其後；螳螂委身曲附，欲取其蟬，不知黄雀之在其後。蜕：《埤雅》：蟬爲其變蜕而禪，故曰蟬，舍卑穢，趨高潔，其禪足道也。緌：《禮》：范則冠而蟬有緌。鳴秋：韓昌黎《送孟東野序》：以蟲鳴秋。

賦得誦詩聞國政（得聞字）

（《恩敕麗正殿書院宴應制》張説詩： 東壁圖書府，西園翰墨林。誦《詩》聞國政，講《易》見天心。 位竊和羹重，恩叨醉酒深。 載歌春興曲，情竭爲知音。）

文館恩榮渥，（原題。）儒官獻納勤。 微陳三百義，（入「詩」字。）仰達九重聞。 太史輶軒採，諸侯綉壤分。（推原採《詩》本因國而異。）貞淫知舊俗，奢儉證遺文。（此方落到誦《詩》可聞國政正位。）至邶何初變，終豳豈漫云。（此猶變風中舉其初終以該之。）删定能尊孔，歌吟即鑒檜曹衰憶霸，周召治由君。（此合十五國中舉其盛衰以括之。）寧徒誇摛藻，詞賦鬪淵雲。（結還本事，與首韵應。）

〔評〕此張説初授集賢學士之和章，與尋常泛論不同。 向見試帖數詩（一七一），或雜舉興觀群怨，或統舉無邪，或推原言志，或闌入《雅》《頌》歌咏太平，是題當爲賦得誦《詩》，非聞國政也； 或多用「貞淫奢儉」等字，是誦《詩》聞國政矣，而非此題之誦《詩》聞國政也。 此詩差不失本意。

〔釋〕摛藻： 左思《蜀都賦》： 幽思絢道德，摛藻摛天庭。 淵雲： 漢王褒字子淵，揚雄字子雲。

賦得講易見天心（得心字）

（見上首。）

河洛精微寓，（直從「易」字起。）羲文藴奥深。惟通消息理〔一七二〕，（領入見天心意。）始警保持心。所以乾綱本，宜從《復卦》尋。（推原天心本見於《易》。）一陽生半子，七日破重陰。（指出《易》，可見天心之題。）是有盈虚成，因陳進退箴。（切定當日和詩箴規本旨。）萬幾皆察變，五位自能臨。講幄明其要，儒臣獻乃忱。（收歸本事作結。）集賢傳故事，千載重詞林。（張説此詩載本朝《詞林典故》中，爲歷代藝文之第一，故申以作結。）

〔評〕「見天心」三字是此題要竅，此詩皆從此着筆，方不是「賦得《周易》」詩。

〔釋〕河洛：《易·繫辭傳》：河出圖，洛出書，聖人則之。羲文：《易》是包犧畫卦，文王作《彖辭》。消息盈虚：《剥卦》：君子尚消息盈虚，天行也。《復卦》：《彖傳》「復其見天地之心乎」朱注：積陰之下一陽始生，天地生物之心幾於滅息，至此乃復可見。邵子之詩曰：冬至子之半，天心無改移。一陽初動處，萬物未生時。七曰：《復卦》：反復其道，七日來復。進退：《乾·文言》：知進退存亡而不失其正者，其惟聖人乎！萬幾：《書·皋陶謨》：兢兢業業，一日二日萬幾。五位：《易》卦大例，凡逢五爻，多主君位取義。

賦得東壁圖書府（得書字）

（見《誦詩聞國政》詩。）

珠緯佔東壁，琅函耀石渠。（將東壁與圖書府對起。）法天爰取象，（承明首句。）稽古用藏書。（承明次句。）蘭室叢編集，（以下切定圖書。）蓬山秘典儲。西崑開册府，北極近宸居。（映帶東壁，妙在無意。）蒐采今彌富，（以下切定時事發論。）精嚴昔莫如。權衡千載上，裁定萬幾餘。寶氣瞻奎藻，（回應「東壁」，更密。）文光繞斗車。寧同唐四部，兩志總多疏。（收歸出典，亦周到。）

〔評〕此種典重之題，須是筆筆謹嚴，方合事體，方合文體，用不得一切尖巧之詞。所謂言豈一端，各有當也。直切時事發論，試帖有此格，然題之本旨、題之出處終須還明，方無滲漏，否則是自作頌揚詩，不必曰賦得某題矣。此詩結處歸到唐四部，即是此意。此題不過以天上壁府比人間秘閣，作一句替身語耳。憶於文襄在日，偶以此題屬同館，其作或以爲當賦天文，或以爲當切中秘而以天文映帶之，久議莫決。適以余〔一七三〕奏事至直廬，廬質正於余，余曰：「賦天文則脱題意，賦中秘則脱題面，處處以天文映帶，則繳繞不明。」時韵限多字，因援〔一七四〕筆作首四句曰：「列宿占〔一七五〕東壁，珠躔瑞彩多。在天爲册府，其象應鑾坡。」告諸公曰：「以下竟接中秘寫去，不必回顧天文矣。」其論乃定，此詩三、四句仍此意也。

〔釋〕東壁：《星經》：離宫下有東壁二星，明則王者興，道術行，圖書集。《天皇會通》：東壁，天下圖書之秘府也。石渠：《漢書》：宣帝徵劉向受《穀梁》，講論五經於石渠。師古曰：石渠閣在未央大殿北，以藏秘書。蘭室：《職林》：漢氏圖籍有御史中丞，居殿中，掌蘭臺秘書及麒麟、天禄二閣，藏之於内禁。蓬山：《漢書》：東觀經籍多蓬萊海中神山仙府幽經秘籙，故稱蓬觀，即秘書省。西崑：《周穆王傳》：天子西登崑崙之邱，至群玉山，披〔一七六〕圖視典，先王之所謂策府。唐四部：唐《經籍志》：唐平隋之後，經籍漸修，書有四部，甲爲經，乙爲史，丙爲子，丁爲集，故分爲四庫。

賦得西園翰墨林（得園字）

（見上《誦詩聞國政》詩。）

唐主開詞苑，燕公侍壽樽。（起四句從集賢院遞入西園。）直將漢東觀，取譬魏西園。赤帝猶乘運，黄初未建元。（趁筆還題事。）晏游飛翠蓋，賓客會朱門。點筆吟花徑，分牋涴酒痕。五言交倡和，七子遞攀援。是豈明良比，而同賡拜論。（後四句壓題作結。）高名蘇頲並，惜矣玷斯言。

〔評〕此壓題之格。魏文非賢君，其時猶爲世子，並未成君，七〔一七七〕子皆狎客，西園亦偶游，更非堂陛尊嚴、殿庭賡拜，燕公此語可謂擬人不倫。作詩若抛却出典，則西園是何地，翰墨林是何書，無從措語。如切西園，則不能不出曹丕；如切翰墨林，則不能不出七子公讌詩，尚成文理乎？此亦不得已之變格。

〔釋〕唐主：玄宗開元十一年置麗正書院，聚文學之士，或修書，或侍講，以張説爲使，有司供給優廩。東觀：華嶠《後漢書》：學者稱東觀爲老氏藏書室，道家蓬萊山。西園：魏文帝爲五官中郎將，時與門客遊於西園，飲酒賦詩，時七子皆有公讌詩。

赤帝：漢高祖以火德興，故斬蛇起義時，老嫗稱爲赤帝子。黄初：魏文帝年號。飛蓋：曹子建《公讌》詩：清夜遊西園，飛蓋相追隨。明良：《益稷謨》：元首明哉，股肱良哉。賡拜：《益稷謨》：皋陶拜手稽首颺言，又乃賡載歌。蘇頲：《唐書》：自景龍後，蘇頲與張説以文章顯，蘇封許國公，張封燕國公，故時號燕許大手筆。

賦得羌無故實（得詩字）

（鍾嶸《詩品》：思君如流水，既是即目；明月照積雪，羌無故實。按「思君」句，徐幹詩；「明月」句，謝靈運詩也。）

爲讀鍾嶸《品》，（起四句清題來歷。）長吟謝客詩。月明初上滿，雪積欲消遲。（因題句所指爲謝詩，即本此爲題事，語乃有根據。）虚白光相映，高寒味自知。觀空無芥蒂，照影入玻璃。一字何曾著，雙清宛可思。鈔胥安用彼，禁體定從斯。（中八句寫不須故實之意，前四句是就作者説，後四句是就讀者説，亦有淺深次第。題境甚窄，須如此分層展步，方可不重複也。）山水含暉處，池塘入夢時。芙蓉對初日，原未買胭脂。（言謝詩他篇亦然，不但此句又推出一層，總是於無層次中生出層次，使語有情致耳。）

〔評〕此題言詩之不貴縟詞。「羌」字是發語詞，《楚詞》多有，明人刻本妄改爲「差」字，可謂昌黎生金根車〔一七八〕矣。汝讀古書，遇不解之處須再考，慎勿輕下雌黄，即此一題可以爲戒〔一七九〕。此寫意説理之題無可刻畫，故以議論行之。

〔釋〕一字：司空表聖論詩：不着一字，盡得風流。雙清：杜甫詩：心迹喜雙清。然本詩「雙清」却是指月與雪言。禁體：《蘇集》：歐陽文忠公雪中約客賦詩，禁體物語，於艱難中獨出奇麗，輒舉前人之賦一篇，末句云：百戰不許持寸鐵。含暉：謝靈運《石壁精舍還湖中作》：昏旦變氣候，山水含清暉。入夢：《南史》：謝靈運詩思不就，忽夢惠連，即得「池塘生春草」之句，乃云此語有神助。芙蓉：《世説》：顔延之問鮑照己與靈運詩優劣，答云：「謝五言如初日芙蓉，天然可愛。」

賦得鏡花水月（得花字）

（嚴滄浪《詩話》：盛唐諸人唯在興趣，其妙處玲瓏透澈，不可湊泊，如空中之音，相中之色，水中之月，鏡中之花，言有盡而意無窮。）

詩以禪爲喻，（原題。）滄浪自一家。水中明指月，（點題。）鏡裏試拈花。圓魄千江印，欹〔一八〇〕枝兩面斜。（四句寫題面。）蟾疑浮浪縠，蝶訝隔窗紗。對影雖知幻，摹形反慮差。（四句寫題意。）其間原有象，此會本無遮。六義輕東魯，二乘轉法華。別傳歸教外，珍重辨瑜瑕。（壓題作結。）

〔評〕題係鏡花在前，水月在後，而以「花」字爲韵則不能不倒轉，此又不能以定法拘，然倒則通首皆倒，仍不失定法也。滄浪「妙悟」之説，本以唐季四靈一派刻畫瑣碎，宋季〔一八一〕江湖一派鄙俚粗疏，故立是論以救之。譬如腸胃積滯，非大黄、朴〔一八二〕硝不能下；胸膈熱結，非石膏、槐角不能清，不可謂非對證之藥。然因其愈疾，遂製而常服，偏勝之弊又萬病叢生。後人不訊其端，不求其末，遂以「不着一字，盡得風流」二語爲無上之妙諦，而「興觀群怨」之旨微，「温柔敦厚」之旨亦微，并「思無邪」之旨隨而並微，「模山範水，光景流連」，久而演爲空腔，傳爲活套，弊又在四靈、江湖之上矣。此詩直作壓題格，蓋由於此。

賦得雷乃發聲（得初字）

（《禮·月令》：仲春，是月也，日夜分，雷乃發聲，始電。）

芳樹鳩鳴後，（從時令引入。）新巢燕到初。一聲驚鳥夢，（點題。）何處走雷車。半子萌來久，三陽鬱欲舒。（是纔欲發，從前步叙來，爲「乃」字蓄勢。）已經蒸勃勃，（是將發。）難更遏徐徐。（是初發出。）衝激淩高頂，砰鏗轉太虛。驟聞音擊格，（是發出之後。）纔展氣吹噓。好雨催扶耒，（此句即帶起扶耒荷鉏，隱然一氣。）輕陰待荷鉏。（歸到農事作祝，詞亦極得體。）年豐應奏瑞，太史有占書。（定制：每歲雷發聲時，欽天監推其干支方位，奏年歲之豐歉。）

〔評〕自記：見試帖有此題，詞采極佳，然意主極寫雷聲，故多形容其勢焰。此詩則着意下三字，所謂各明一義也。

中八句透發「乃發聲」三字，然句句有次第，不可顛倒，先生詩此等處極不苟。

〔釋〕鳩鳴燕到：二月第三候鷹化爲鳩，第四候玄鳥至，第五候即雷乃發聲。半子：《易·復卦》：大象，雷在地中。邵子詩云：冬至子之半，天心無改移。一陽初動處，萬物未生時。

賦得鳥度屏風裏（得屏字）

（唐李白《清溪行》詩：　人行明鏡中，鳥度屏風裏。）

鳥愛山光好，（二句總括。）成群掠畫屏。雙飛翻彩翠，六曲映丹青。（二句分開鳥與屏風。）嶺繞周遮狀，峰回摺疊形。（頂第四句寫「風裏」。）烘雲真盎盎，繪水竟泠泠。樹好時三匝，花深偶一停。（頂第三句寫「鳥度」。）隨風趁樵牧，瞥影過園亭。圖寫由天巧，清幽愛地靈。（詠嘆作收。）人蹤難到處，羨爾得全經。（此題本詩究因人遊而作，故借鳥之飛無不到勝於人之屐有未經，繳出上文「人行明鏡中」句，總是因題布置，不肯另生枝節。蓋此種題只消如是，若旁騖橫趨，則謬以千里矣〔一八三〕。）

〔評〕中八句止〔一八四〕寫題面，將「屏風裏」與「鳥度」用截作格行之，蓋此題與「山光悦鳥性」不同，「山光悦鳥性」須五字合寫，方得「悦」字之神，析開各寫即索然寡味；此題既多出山似〔一八五〕屏風一比，須與還清，又多出一「度」字，亦須與還清，故如此布局也。（自記）

「屏風」字還清固是，而還「鳥度」處究須粘合「屏風」形寫，似更精切。

〔釋〕山光：常建詩：山光悅鳥性，潭影空人心。三匝：魏武帝《短歌行》：月明星希，烏鵲南飛。繞樹三匝，何枝可依。

賦得臧三耳（得聽字）

（按公孫龍稱「臧三耳」，孔穿力與之爭。「臧」即「臧獲」之「臧」，乃人字之替身，别無他義。據《公孫龍子》所載，稱「穿爲龍所屈」；據《孔叢子》所載，又稱「龍爲穿所屈」。龍書其所自著，《孔叢子》書孔氏子孫所託，各申己意，互相排詆。平心而論，形不自運，因神而運，能聽者耳，所以能聽者神也。以神與兩耳爲三，亦無不可，龍與穿各執其一面〔一八六〕言之，是則一理耳。）

色色斯生色，（虛籠大意入。）形形始化形。物皆因造物，聽亦有司聽。（領題。）聾固非無耳，音何不辨霆。元神先莫運，空質自難靈。（反面抉透聾耳者，兩耳俱在而不能聽，神不運則氣不翕納故也。）云兩原常理，（托一筆。）稱三未不經。（正還本面。）騁詞原〔一八七〕尚口，聚訟遂盈庭。（收到孔穿與争意。）别教言堪採，儒家辨可停。（判斷平允。）正如留半筆，萬世剩奇〔一八八〕零。（比例作結。）

格。此非汝所能，故不令汝作而作此詩以示汝〔一九〇〕。詩家有此一格，試帖亦常〔一八九〕有此一格。〔評〕此無題面之可寫，直以議論爲詩矣。詩家有此一格，試帖亦常〔一八九〕有此一格。

之日，荒唐謬悠〔一九一〕者居多，然亦有一二中理者，未可因其詭説〔一九二〕遂全斥爲非。如此題，神附於兩耳，謂之兩原，屬常理。以一神運乎兩耳，則以運耳者與兩耳爲三，亦無不可，猶魂附於魄而爲人，生則魂與魄合，謂魂魄爲一可；殁則魂與魄分，謂魂魄爲二亦可也。故當日孔穿雖與之争，而此詩不駁穿，亦不駁龍，蓋兩存之。

〔釋〕色色、形形：《列子》〔一九三〕：有色者，有色色者；有形者，有形形者。尚口：《易·困卦》：有言不信，尚口乃窮也。盈庭：《詩》：發言盈庭，誰敢執其咎。半箠：按莊子稱一尺之箠，日取其半，萬世不盡。蓋有形之物，有減而無增，雖極多，亦有盡期，列子愚公移山之説是也。若必留其半，則雖碎爲微塵，亦終留半不能盡也。此亦詭説之有理者，故援以爲比也。

賦得前身相馬九方皋（得身字）

（陳簡齋《題墨梅》詩落句：意足不求顔色似，前身相馬九方皋。）

牝牡驪黄外，（直寫題面起。）驊騮相最真。誰言求駿意，（從題面折入題。）乃在畫〔一九四〕梅人。偶寫横斜影，何勞仔細皴。（四語先安頓題意。）直從無色界，忽現此花身。是豈凡庸手，能傳冷静神。（開筆一宕。）定知緣夙慧，或竟有前因。（收合題面，妙不着迹。）妙得離形似，纔容筆下親。（詠嘆寫意。）華光留舊譜，摹仿色〔一九五〕陳陳。（仍歸題意作結，妙以反托出之。）

〔評〕按本題以絶不相干之典故引來點綴，生出情景，乃江西派特開此法，爲唐人所未及。既係隨筆皴弄，並無事實，安有題面之可寫？即題意亦在即離間，不能作色〔一九六〕相語。引鄒陽七世之例，謂九方皋真入輪迴也，故此詩止以輕筆活筆略括〔一九七〕大意。

〔釋〕横斜：林逋詩：疏影横斜水清淺，暗香浮動月黄昏。華光：《群芳譜》：華光長老寫梅，黄魯直觀之曰：「如嫩寒春曉，行孤山水邊籬落。」

賦得池水夜觀深（得深字）

（趙師秀《冷泉夜坐》詩：衆境碧沉沉，前峰月正臨。樓鐘晴聽響，池水夜觀深。按此題真極小之題，極窄之境，而加以難狀之景。紫芝於此「樓鐘」「池水」〔一九八〕聯幾於百煉乃得之，詩話俱載其事。方虛谷《瀛奎律髓》所謂「詩眼」即此種之隔日虐也，於此家〔一九九〕爲魔道。然既以魔語命題，不得不隨之作魔語，譬如八股以「若是乎從者之廋也」命題，不能不作成〔二〇〇〕入口氣誣孟子門人作賊也，故此詩亦以瑣屑刻畫還之。孔子不能滅盡異瑞，如來不能滅盡魔道，不能保好此種詩者不出此題，故亦作數首，備此一家之門徑。（自記）〇句中煉一字爲眼，盛唐已有之，然當下已有流弊，如岑嘉州之「孤燈然客夢，寒杵擣鄉愁」，夢豈可然、愁豈可擣乎？作試帖尤不必效作此種。）

古甃含〔二〇一〕澄碧，（直從「池水」起。）時時一俯臨。（渾領「觀」字。）晝何清〔二〇二〕且淺，（襯跌一筆。）夜乃窅而深。（點「夜深」。）静以浛群動，（寫「夜」字。）陽常閟至陰。（寫「水」字。）外明明水面，（開步應第三句。）内照照潭心。（正寫應第四句。）月黑浮光斂，星高倒影沉。（再進一步切定夜景寫，逗出之所以然。）遂令三兩尺，望似百千尋。（收清「深」字。）此景原恒見，何人費苦吟。（以壓題作結。）四靈追少監，自許嗣唐音。

〔評〕火〔二〇三〕日外影，金水内影。晴晝則水面日光與外面日光互耀，（所謂日虐。）

光在水上，（川上動。）自不能下視。夜則四面皆黑，内影自明，昏暗中視若深者以此，又星月極高，其倒影入水，亦必極深，上面相距之差數即下面相距之差數，星月下視入〔二〇四〕深者又以此。此是真景，但詩家自有坦途，不必如此走入蛙徑蚓穴耳。此四靈所以爲四靈，蓋所長所短，得在於斯矣。

〔釋〕群動：王維詩：夜静群動息。陽陰：《正蒙》：陽陷於陰爲水，附於陰爲火。外明内照：火日外光，能直而施；金水内光，能闢而受。此張子《正蒙》語，詩化用其意。少監：姚合爲武功主簿，歷官觀察使，終秘書監，以詩名重於時。四靈之詩，蓋沿武功一派。

賦得樓鐘晴聽響（得晴字）

（見上首。）

暮色蒼然裏，（**切定夜景起。**）舂鐘乍一鳴。（**點鐘。**）遥傳雲破處，（**承清「晴聽響」意。**）不似雨淋聲。器古含蒸易，中虚聚氣盈。（**從反面抉透題之所以然。**）性原通燥濕，（**渾籠作承上起。**）音亦變陰晴。（**四句正寫題面。**）潺減聽微爽，風乾韵乃清。（**二句切**

定「晴聽」寫響。）自然鯨奮吼，倍使鳥頻驚。（二句收足「響」字。）審律陰陽辨，窮徵分寸明。（亦是壓題作法，却以微婉出之。）移茲調[205]大樂，豈不贊韶韺。

〔評〕以刻畫還刻畫，與前首詩同。結處即前首詩意，惜其沿溯姚武功一派，留心細碎，不見其大也。但彼是直説，如魏泰評山谷詩謂「當其拾璣羽，往往失鵬鯨」，此則微婉其詞，如《漢書·元帝本紀贊》意，使兩篇相辟耳。

〔釋〕暮色：柳宗元文：蒼然暮色，自遠而至。鳧鐘：《考工記》：鳧氏爲鐘。鯨吼：《東都賦》：發鯨魚，鏗華鐘。注：海島有大獸名蒲牢，蒲牢畏鯨魚，鯨魚一擊，蒲牢輒大吼。凡鐘欲令聲大，故作蒲牢於上，所擊者爲鯨魚之狀。

賦得春華秋實（得華字）

（邢顒爲平原侯植家丞，防閑以禮，與植不合。庶子劉楨有才華，而植重之，人以爲採庶子之春華，忘家丞之秋實。）

家丞擅秋實，（直點題起。）庶子鬭春華。諫果深含味，（頂秋實。）詞條艷吐花。（頂春華。）儒林應列傳，藝苑亦成家。（四句照定正意，兩邊分寫。）汲鄭誠持正，班張豈遽邪？兼收原未礙，（總寫一韵。）偏好乃多差。（起下韵。）何吐甘瓜薦，而簪襛李誇。（此比棄秋實而誇春華者，乃世俗之通病。）寧知文有質，（轉正。）斯曰正而葩。（二句交互以足題意。）天藻親題品，因材非漫加。（謹案：御製有《春華秋實》詩二首，故用以作結。）

〔評〕「華」、「實」字不可不點染[二〇六]，此試帖體也。然題有正意，太多太排則反掩其本旨，故此詩止略爲渲染，純以議論行之。

〔釋〕諫果：《群芳譜》：橄欖一名諫果，王元之詩：皮肉苦且澀[二〇七]，歷口復遺棄[二〇八]。良久有回味，始覺甘如飴。我今何所喻，喻彼忠臣辭。詞條：劉義慶《世說新語》：殷浩能清言，爲謝鎮西標榜諸義，作數百語，既有佳致，兼詞條豐蔚，甚足以動人駭聽。儒林、藝苑：史家通列有《儒林列傳》，又有《藝文志》。汲鄭：汲黯，字長孺；鄭當時[二〇九]，字莊；《史記》有《汲鄭列傳》。班張：班固，字孟堅；張衡，字平子；皆東漢善爲文者。正而葩：韓昌黎《進學解》：《易》奇而法，《詩》正而葩。

賦得栖烟一點明（得明字）

（僧惠崇作《鷺》詩，韵限「明」字，五易其稿，始得「棲烟一點明」之句。）

妙寫無人態，（原題。）詩僧體物精。空江孤鳥白，（點題用倒拍法。）遠浦淡烟横。（四句正寫本面。）似仿烘雲畫，鈎成片月生。（先作一比例。）四圍輕渲染，一點自分明。（遞到本層。）雁過憑争翥，（申「栖烟」。）鷗多懶徧盟。（申「一點明」。）栖真含静意，（總鎖。）吟亦愛閑情。（帶轉作詩之人。）立久憐寒雨，飛來趁晚晴。雍陶兼杜牧，寧識此禽清。（此題宜以縹緲之語終篇，如錢起「江上峰青」之意，然題已微妙，安能更取題外之神？故只以他人《鷺》詩襯點，以首尾相顧爲完密。此所謂避難就易，不争其所不能。）

〔評〕此題是神來之句，所以勝四靈者，彼是刻意雕鏤，此是自然高妙也。當時終日苦吟，乃得此一句形容難狀之景，終未成篇，今更形容此句，豈非剪綵之花持對春風紅紫乎？然既命此題，即不能不作，宋人所謂「應官詩」也。（自記）

一、二句原題，三、四句點題〔二一〇〕，緣「明」字是「白」字之神，故第三句急插一「白」字爲「明」字之根，且「鷺」字以下難點，亦即趁勢帶出，此是手法。第十二句繳還原題，即帶起結末四句，此亦是手法。

〔釋〕烘雲片月：畫家有烘雲托月妙法。雍陶、杜牧：兩人俱有《白鷺》詩。

賦得長江秋注（得江字）

莫怪昌黎筆，高談氣不降。（從正意振筆而入，饒有氣勢。）能將詞汩汩，湧作浪淙淙。（即從正意帶起喻意。）如上流丹閣，全開水面窗。（接入喻意，復用鬆步引題法。）一痕連碧落，千里見秋江。（此方正落本位。）帆轉衡湘九，山浮龕赭雙。（四句正寫題面。）有源通雪嶺，無岸架〔二一二〕天杠。果是潮堪擬，寧惟鼎可扛。（仍歸到正意收結。）六朝矜綺麗，任〔二一三〕汝奏新腔。

〔評〕韵險而字字渾成自然，固是難得，惜「秋注」本面稍少着語，不無可商。題雖韵險，不能旋轉自如，只求文從字順而已。凡遇此種題〔二一三〕，勿求勝人，先求無病，即是勝人矣。「江」字如在開手點出，於法雖合，下文却難以申説，且「窗」字之類亦押不上，故留於第八句纔點。然此八句尚未正寫「江」字，還只算點題，不過窄處求寬，拖長展步耳，「如」字第五句纔露亦是此意。（自記）

〔釋〕汩汩：韓愈《答李翊書》：當其取於心而注於手也，汩汩然求矣。流丹：王勃《滕王閣餞别序》：飛閣流丹，下臨無地。碧落：東方第一天有碧霞遍滿，故名碧落，然此詩是化用「秋水長天一色」意。衡湘：湘中《漁歌》：帆隨湘轉，望衡九面。龕赭：姚寬《西溪叢話》〔二一四〕：浙江夾岸有山，南曰龕，北曰赭，二山相對，謂之海門，岸狹勢逼，湧而爲濤耳。雪嶺：郎士元《送楊中丞和蕃》詩：河源飛鳥外，雪嶺大荒西。潮：韓文善轉，故濤頭蹴湧，人比之於潮，所謂「蘇海韓潮」是也。扛鼎：韓詩：龍文百斛鼎，筆力可獨扛。綺麗：李白《古風》第一首：自從建安來，綺麗不足珍。

賦得汲古得修綆（得修字）

（韓愈《秋懷》詩：歸愚識夷塗，汲古得修綆。）

經籍含微義，如泉伏地流。縱逢從井出，未易挈瓶收。（前四句先將「汲古」二字打通一氣，以抉題之根，清題之緒，最得先手。）漱潤思醫渴，尋源必縋幽。莫矜桔槔取，惟轉轆轤求。（四句疏明「汲」字。）巧手千絲結，長繩百尺投。深深能見底，軋軋始堪抽。

〔四句疏明「修綆」。〕品水存真鑒，漚麻貴預籌。〔歸正意作結。〕昌黎明古學，努力繼前修。

〔評〕自第二句入「如」字以後十句，俱從喻意寫，後復兜轉，與《性如繭》詩作法相似，俱是因題製局。此題題面甚平坦，而作詩却格格製肘，蓋汲必是井，一切文河學海、詩派詞源字面全然隔膜，已爲枯窘。又「汲」字、「修綆」字皆從井生義，不從「古」生義，如何牽合到「古」字雙關處，下筆尤難，故此詩起四句先將正意打通一片，以後俱是順流而下，迎刃而解矣，故曰「文章争入手」。

〔釋〕挈瓶：《左》「昭七」：雖有挈瓶之智，守不假器，禮也。漱潤：陸機《文賦》：漱六藝之芳潤，傾群言之瀝液。〔二一五〕桔槔：《莊子》：有機於此，後重前輕，汲水若抽，名曰桔槔。日浸百畦，用力寡而見功多也。見底：羊士諤詩：城〔二一六〕下秋江寒見底。軋軋：陸機《文賦》：思乙乙其若抽。乙音軋，難出之貌。漚麻：《詩》：東門之池，可以漚麻。

賦得文以載道(得文字)

(周子《通書》：文所以載道也，輪轅飾而人弗庸，徒飾也，況虚車乎？)

文原從道出，(直點「文」字、「道」字起。)道乃寓於文。本以詞之達，宣其意所云。(承寫「文」字。)如資車載物，是用匠操斤。(接入「載」字。)同軌途原一，(切定「載」字用意。)争馳路竟分。(起下韵。)傳心付伊洛，(正接。)掞藻斥淵雲。(反托。)矯枉言雖激，(開。)崇真意則勤。(收足。)扶輪期雅正，合轍戒紛紜。(以頌揚壓題作結。)華實兼資意，權衡仰聖君。

〔評〕此是文以載道，與泛言文以明道不同，此詩皆對下文「虚車」立意。文以載道猶衣食以禦飢寒，原正理也。然使布帛菽粟之外一例禁絶，則必不可行之事。真西山《文章正宗》、金仁山《濂洛風雅》惟講學家自相神聖，操觚之士無一人敢駁議，亦終無一人肯信從，此其故，可深長思矣。詩中幅微申此義，特作一開筆，不入正文耳。

〔釋〕伊洛：程明道係河南伊洛人，嘗從學於周濂溪。掞藻：左思《蜀都賦》：幽思絢道德，摛藻掞天庭。淵雲：王褒字子淵，揚雄字子雲，皆漢時爲文華麗者。扶輪：《庾信集》：大雅扶輪，小山承蓋。華實：謹案：御製有《春華秋實》詩二首。

賦得移花兼蝶至（得移字）

（姚合《武功縣中作》第四首：移花兼蝶至，買石得雲饒。）

新春經穀雨，（從時令起。）芳樹正堪移。（點「移花」。）携畚花纔劚，尋春蝶已知。（從「移花」落到「蝶」，拖出「兼」字。）紅墻遮不斷，粉翅趁相隨。（四句寫「兼」字，拖出「至」字。）遠送如難别，偕來似有期。（此韻寫「至」字，即繳還「移花」。）翩翩終日影，戀戀舊時枝。（此韻兩面截收。）遂使潘安縣，兼添謝逸詩。（此句顧「移花」緣起。）看宜同入畫，買喜不論貲。（此句收兼「蝶」本位。）點綴韶光好，流鶯莫浪窺。（四句趁雙收咏嘆作結，然雙收之中，究竟側重蝶一邊，以題重在兼蝶，不重在移花故也。）（此題是姚合官武功令時詩，故以潘岳河陽事爲比。）

〔評〕題至此小極矣，然花蝶本爲氣類，不費斡旋，又有意思態度可寫，不爲枯寂，所以題境尚寬。但題重在蝶一邊，故「遂使」一聯雖是平對，而意思却是流水側注。「看宜」句是帶移花，「買喜」句則單説蝶，「點綴」句是帶移花，「流鶯」句則又單説蝶。至於通篇之中，惟寫蝶之情狀，不及花之色香，更軒輊顯然矣。即此細思，可以隅反。若見題中有「花」、「蝶」二字，遂一句移花，一句兼蝶，對排到底，便是全不解詩。倘更不管「移」字、「兼」字，直以花蝶對排，堆砌典故，益不足道矣。

〔釋〕粉翅：王操《詠蝶》詩：香鬚粉翅暖争飛，品物多情總屬伊。翩翩：《天亥雜識》：湯〔二一七〕大芳娶謝氏，謝亡未斂，有蝶大如扇，翩翩自帳中徘徊，飛集窗户，終日乃去。潘安縣：《晉書》：潘岳爲河陽令，植桃李花，人號曰「河陽一縣花」；李白詩：河陽花作縣，秋浦玉爲人。謝逸詩：《詩話》：宋謝無逸有《蝶詩》三百首極佳，有句云：江南日暖午風細，頻逐〔二一八〕賣花人過橋。時呼「謝蛺蝶」。畫：滕王元慶工畫蛺蝶，見《畫斷》。鶯：杜甫詩：花妥鶯捎蝶。

賦得孤月浪中翻（得孤字）

（杜甫詩：薄雲岩際宿，孤月浪中翻。）

萬里長江净，（將「長江」與「孤月」對起。）三更片月孤。忽聞風籟響，（承出「浪中翻」意。）頓湧浪花麤。起伏波難定，低昂影亦俱。（八句正寫題面，形容盡致。）看纔如水鏡，走忽似盤珠。旋舞驚渾脱，圓光轉轆轤。突來金自躍，衝破練平鋪。象本天淵合，(收足題意。)形由動静殊。潮平觀皓魄，清景正堪娱。(翻出一層作結。)

〔評〕此與《月湧大江流》相似而題意迴殊，彼是以月湧寫江，此是以江流寫月，所謂貌同心異，差之毫釐，謬以千里者也。又「湧」字勢稍輕，「翻」字勢極重，亦迥乎不同，此詩所以扼定「翻」字下筆。凡作試帖，須從虚字上求路，不可在實字上鋪排，是第一關鍵。

〔釋〕鏡珠：謝宗可《水中月》詩：鮫人泣罷珠猶濕，龍女粧成鏡未收。又謝莊《月賦》：圓靈水鏡。又蘇軾《書楞伽經後》：《伽經阿跋》第一真實義，學者神而明之，如盤走珠，如珠走盤，無不可者。渾脱：杜甫《觀公孫大娘弟子舞劍器行詩序》：開元三載，余尚童稚，記於堰城觀公孫氏舞劍器渾脱，瀏離頓挫，獨出冠時。金躍：《漢書·郊祀〔二一九〕歌》：月穆穆以金波。又《莊子·大宗師》：今大冶鑄金，金踊躍曰「我且必爲鏌鋣」，大冶必以爲不祥之金。練平鋪：謝朓詩：澄江净如練〔二二〇〕。又李賀詩：練帶平鋪吹不起。

賦得煉石補天（得天字）

（《列子·湯問》篇：然則天地亦物也，物有不足，故昔者女媧氏煉五色石以補其闕。）

帝魁尚書佚，（跌起法。）况乃帝魁前。誰記媧皇事，（虚領入。）偏教列子傳。訛言五色石，（點題。）曾補九重天。風耩頻吹鼎，雲根盡化烟。（正寫「煉石」。）濃蒸嵐氣合，（正寫「補天」。）再使笠形圓。從此鼇維立，於今蟻磨旋。（遞到既補之後。）愛奇何若是，語怪豈其然。（斷制作結。）張湛徒勞注，卮言亦妄詮。

〔評〕見試帖有此題，以張湛注爲出路，審題極確，詞旨亦殊工雅。然猶用常格鋪叙題面，直至曲終而奏雅，已代説一篇荒唐詞〔二二〕在前面矣。蓋開手不駁正，不得不順題敷衍，亦文勢使然也。因作此詩，使知題爲情理所有，而其事有失，其論未確者，可以篇終駁正。若如此出格無理之題，則入手先須叫破，如八比之有「斷作」，與「順口氣」不同，不能以常格拘也。（自記）

〔釋〕帝魁：神農之後。《書緯》云：孔子得黄帝玄孫帝魁之書，迄於秦穆，凡三千二百四十篇，斷遠取近，定其可爲法者百二十篇。林之奇據班固謂孔子於周時所刪者纔七十一篇，疑三千之説爲非。九重：《楚詞・天問》：圜則九重，孰營度之？雲根：謝靈運《山居賦》：愒層臺兮陟〔二二二〕雲根。按《公羊》：雲觸石而生，故相沿以石爲雲根。笠形：虞昺《穹天論》：天形穹隆如笠，而冒地之表。鰲維：《綱鑑前編》：相傳共工與顓頊争爲帝，怒而觸不周之山，折天柱，絶地維。蟻磨：《論衡》：天門在西北，日月星辰隨天西移，行遲天耳，譬如磨石之上行蟻，蟻行遲，磨轉疾也。卮言：《莊子》：卮言日出，和以天倪。

賦得以鳥鳴春（得鳴字）

（韓愈《送孟東野序》：維天之於時也亦然，擇其善鳴者而假之鳴，是故以鳥鳴春，以雷鳴夏，以蟲鳴秋，以風鳴冬，四時之相推敚，其必有不得其平者乎？）

恰值暄妍節，（從「春」字起。）欣欣盡向榮。一時聽鳥語，（折醒全題。）都是爲春鳴。夏本〔二二三〕原求友，寒林亦哢晴。（襯托作勢。）如何桃李月，偏作管弦聲。（叫轉「鳴春」，精神百倍。）蕃育濡和氣，歌吟暢物情。（正寫「鳴春」。）定因花柳好，特遣燕鶯生。

（申透「以」字。）踏草催沽酒，吹簫應賣餳。（題後烘托。）相關多樂意，長此頌昇平。（頌揚作結。）

〔評〕「鳥鳴春」三字熟爛極矣，陳因字句摇筆即來，稍能詩者弗爲也。然泛寫鳥聲則非春，知寫「春」字又是春鳴鳥〔二二四〕，不是鳥鳴春，知寫鳥鳴春矣。或竟以「以」字爲閑文，豈非買櫝還珠哉？凡遇此等題須知此意，自不堆排典故矣。

〔釋〕暄妍：鮑照《採桑》詩：乳燕逐草蟲，巢蜂拾花萼。是節最暄妍，佳服又新爍。欣欣：陶潛《歸去來辭》：木欣欣以向榮。夏木：王維詩：陰陰夏木囀黃鸝。求友：《詩經》：嚶其鳴矣，求其友聲。桃李：鮑照詩：艷陽桃李節。又薛稷詩：更思明年桃李月，花紅柳緑宴浮橋。管弦：蘇頲詩：宸遊對此歡無極，鳥弄歌聲雜管弦。踏草：隋煬帝詩：踏青鬬草事青春。又杜甫詩：草見踏春心。催沽酒：白居易詩：喜聞春鳥勸提壺。此句化用此意。吹簫：宋子京詩：簫聲吹暖賣餳天。

賦得以雷鳴夏（得鳴字）

（見上首。）

天地氤氳合，（先就雷之功用叙入。）相蒸雨始成。散光爲電影，（襯步。）激響是雷聲。（點「雷鳴」。）陰氣包而遏[二二五]，陽剛鬱乃争。（推原雷所以鳴之故。）兩摶相震蕩，一奮遂砰訇。（正寫「雷鳴」。）冰結冬深閟，（開步。）雲興夏屢鳴。（叫醒「鳴夏」。）都緣隨節候，不是失和平。（繳清「鳴夏」而「以」字亦到。）布澤霑濡溥，宣威法令明。（頌揚恰好四句應。）聖功符造化，品物樂咸亨。（結出去路。）

〔評〕雷無可寫貌，即寫聲亦難得好語，題太狰獰，不放手極寫則不肖題，一放手極寫則破山擘海，諸子齊來，欲不粗惡[二二六]不得矣。此止寫雷之所以然，而「以」字自在其中，與《以鳥鳴春》又是一法，所謂相題而施也。

〔釋〕陰陽：《淮南子》：陰陽相薄，感而爲雷，激而爲霆。

賦得以蟲鳴秋（得鳴字）

（見前。）

絡角銀河轉，（點「秋」字起。）西風淅瀝生。秋聲最蕭瑟，蟲語亦悽清。（從「秋」出「蟲」。）葉落如先覺，（四語正寫「鳴秋」。）霜寒已早驚。（此二句是鳴之根。）坐來初月上，吟致〔二二七〕欲天明。（此二句是鳴之本位。）將斷還重續，（四語寫「以」字。）無心似有情。（此二句咏嘆。）人寧知所訴，天實使之鳴。（此二句是「以」字本位。）此夕音何急，誰家夢未成。（四句回顧出處作結。）惟應孟東野，與爾作詩盟。（此四題「鳴」字，惟「鳴秋」與東野窮態相近，故獨用此篇也。）

〔評〕題頗衰颯，然既作試帖，自作不得十分衰颯語，僅見大意足矣。

〔釋〕絡角：　羅隱《七夕》詩：　絡角星河菡萏天。葉落：　《淮南子》：　見一葉落而知歲之將暮。孟東野：　蘇軾《讀孟郊詩》：　人生如朝露，日夜火銷膏。何苦將兩耳，聽此寒蟲號。不如且置之，飲我玉卮醪。

賦得以風鳴冬（得鳴字）

（見前。）

雪野飈輪轉，（直籠題起。）霜林地籟鳴。元冥司令出，（分承，承「冬」字。）屏翳應天行。（承「風」字。）四序皆從律，三時微變聲。（開步作勢。）何爲寒谷響，多似〔二二八〕海潮生。（叫轉揚。）冬以凝陰斂，風從噫氣成。（正寫「鳴冬」。）若因宜鬱結，預使動句萌。（正寫「以」字。）南至陽初復，東郊氣待迎。（推出題後作結。）柔颸仍長育，桃李滿春城。（寓意。）

〔評〕此詩又是一格，起四句先完題面，次四句作一〔二二九〕大合，末四句推出〔二三〇〕題後作結，純以氣焰挾題而走。《庚辰集》中香樹先生《春從何處來》詩即是此格，均奪胎於李玉溪《籌筆驛》詩。奪胎與摹擬不同，摹擬是全仿其格局，如法帖之雙鈎；奪胎則因此而得悟門，又變化之。玉溪《籌筆驛》詩首二句將武侯一揚，揚到極處；次二句將武侯一抑，又抑到極處，突兀支離，似乎自相矛盾，却以第五句申明揚之之故，第六句申明抑之之故，便語意井然。然結處不收本題，却騰出題外，乃翻身一顧，以配通篇跳擲之勢，開合飛動，另是一種筆墨。香樹詩不襲其格調，而用筆却是一樣，故謂之奪胎。奪胎者，佛氏之法，謂换身一體仍是此魂靈也。中八句亦與《以鳥鳴春》詩格律相似，按集中如《清暉能娱人》詩正是效《籌筆驛》體格，此詩與《以鳥鳴春》詩及《臧三耳》詩，則將《籌筆驛》起四句部位移來作中八句，部位是同一筆墨，而更加以變化也。

〔釋〕飈輪：《爾雅》：焚輪謂之頹，扶摇謂之猋。地籟：《莊子》：地籟則衆竅是已，飄風則大和，冷風則小和，獨不見之調調之刁刁乎？元冥：《月令》：冬三月，其神元冥。從律：《樂記》：八風從律而不奸。噫氣：《莊子》：大塊噫氣，其名爲風。句萌：董仲舒曰：太平之世風不摇條，開甲破萌而已。南至：《左傳》：日南至。陽復：《易·復卦》：十一月之卦也，一陽始生。説者謂冬至夜半子時，一陽來復。東郊：《月令》：立春，迎春於東郊。桃李：唐詩：一日聲名遍天下，滿城桃李屬春官。

館課我法詩箋卷四

河間紀曉嵐先生著
閩嚴郭斌木軒評注
及門諸子參訂

賦得良玉生烟（得光字）

（戴容州謂：詩家之景，如藍田日暖，良玉生烟，可望而不可即。）

欲識詩家景，宜遊産玉鄉。（從正意入，遞起喻意。）烟痕蒸縹緲，（承清喻意。）吟興入蒼茫。（關合正意。）淡白浮虹氣，（實賦喻意。）微紅映日光。有無都不着，空色兩相忘。（寫喻意正意已到。）邈矣春千里，求之水一方。（收足喻意。）會心言莫喻，極日意何長。（繳轉正意。）錦瑟深情託，藍田舊迹荒。（回顧喻意，却是從詩正意中帶出。）鏡花涵幻影，妙悟付滄浪。（另用一事作伴結，此善尋出路處。）

〔評〕題境極縹緲，詩語自不可着迹相，故「玉」字、「烟」字不宜呆講，然亦不可脱略，看他題面題意，安頓有法，此作者審題最高處。「暖」字是題之根，亦不可略，然亦不得滯。看篇中「蒸」字、「日光」字、「春」字俱是略用映帶，此輕重詳略得法處。「邈矣」二語化用司空圖「采采流水，蓬蓬遠春」意。

〔釋〕縹緲：成公綏《雲賦》：綿邈凌虚，輕翔縹緲。蒼茫：杜甫《樂遊園歌》：此身飲罷無歸處，獨立蒼茫自詠詩。虹氣：《禮記·聘義》：氣如白虹，精神見于山川。空色：《楞嚴經》：非色非空。錦瑟：李義山有《錦瑟》詩：錦瑟無端五十弦，一弦一柱思華年。莊生曉夢迷蝴蝶，望帝春心託杜鵑。滄海月明珠有淚，藍田日暖玉生烟。此情可待成追憶，只是當時已惘然。鏡花：嚴滄浪《詩話》：盛唐諸人惟在興趣，其妙處透徹玲瓏，不可凑泊，如空中之音，相中之色，水中之月，鏡中之象，言有盡而意無窮。

賦得黄花如散金（得金字）

（張翰《雜詩》：暮春和氣應，白日照園林。青條若總翠，黄花如散金。）

春意闌珊後，（鬆步引題法。）餘春尚可尋。四圍芳草裏，（襯托。）一路野花深。（點「花」字。）疏朵多依水，繁[二三二]英自滿林。（從「花」展步，爲「如」字布勢。）有時疑是菊，（陪副。）總爲散如金。（點「如散金」。）蕊密藏鶯坐，枝低映酒斟。（借「鶯」、「酒」渲染「黄」字。）摘來縈響釧，落處誤遺簪。（借「釧」、「簪」刻畫「如散金」。）桂馥秋將至，槐忙[二三三]候正臨。（以別花之黄者作托。）矯黄同一色，陸續更清吟。（收局。）

〔評〕題止泛泛一「花」字，不言何花，約舉一二則挂漏，率陳多品則雜亂，作者止以野花還之。通體渾寫，此作者審題最精處，南宋以此題試士，滿場俱誤咏菊花。作者第四韵即借作陪副，極見分明。作者自謂此題極難，「金」字更無替身，「黄」字復難比擬，況本題「金」字已是比，再以別物比金，是爲比外生比，爲試貼之厲禁。此皆作者甘苦自道語，爲是故，前半用疏鬆引題法入，後纔句句貼「金」、「黄」字形寫，或以落題涉鬆譏之，真不知甘苦語也。

〔釋〕闌珊：黄公紹《古今韵會·平聲上》：闌珊，彫散貌。芳草：詩：春遊芳草地。菊：《禮記·月令》：季秋，鞠有黄華。王荆公《咏菊花》詩云：昨日東風到園林，吹落黄花滿地金。蘇東坡見而續之云：秋花不比春花落，留與詩人仔細吟。〔二三三〕鶯坐：戎昱《湖上亭》詩：黄鶯久住渾相識，欲别頻啼四五聲。杜甫詩：黄鸝並坐交愁濕。酒：《詩經》：黄流在中。釧：韓愈《華山女》詩：抽釵脱釧解環佩，堆金疊玉光青熒。簪：陶潛《和郭主簿》詩：此事真復樂，聊用忘華簪。桂：酈權《詠木犀》詩：琉璃剪芳葆，蛾黄拂仙裾。垂〔二三四〕袖花點碧，漱金粟生膚。又柳永詞：一粒粟中香萬斛，君看梢頭幾金粟。槐：詩：槐花黄，舉子忙。

賦得心如秤（得心字）

（《太平御覽》：諸葛亮曰：「我心如秤，不能爲人低昂。」）

蜀相留遺訓，（原題起。）名言寓意深。（籠題。）重輕原有準，（點醒題意。）高下本無心。淡泊澄懷久，（前步推原一層。）虚公待事臨。平衡期道直，（正賦。）偏袒戒私侵。（反托。）斜正嚴分杪，（正賦。）低昂任羽金。（旁托。）權非操自我，語足佩爲箴。（收足本題。）稱物區良楛，因材辨尺尋。（推廣題意。）鑑空同見詠，傳誦仰宸襟。（皇上有《鑑空衡平》詩，故借作伴結。）

〔評〕題甚寬，韵亦寬，而韵與題相背殊甚，遂逼側不能轉掉。又題意雖寬，題字却窄，除「權」、「衡」二字，别無替身，除「輕重」、「低昂」等字，亦别無詞藻，遂反成一難題，〔二三五〕故此詩亦僅止騰挪成篇而已。汝試操筆自爲，即知騰挪亦大不易也。〔二三六〕（自記）

「語足佩爲箴」句，凑韵足數，偏枯之甚，凡説理之題，何處不可用乎？然此韵中字字算到，再無一韵可押，只好騰挪出此句勉强成篇，緣是流水對一氣趕下，又是后半將結之處，故人讀之不覺，然吾自知也。《荷風送香氣》詩中「不隔樹玲瓏」句病亦同此，但彼是真流水對，病尚輕耳，恐汝見此等句謂是詩法所應有，故詳爲汝言之。《山雞夏雲多》詩第二首中「望去目頻摩」句亦類此，然彼是用一「望」字領起下四句，乃詩中轉關，故不爲病。〔二三七〕

〔釋〕高下：《左傳》：諺曰：高下在心。淡泊：諸葛武侯云：淡泊以明志，寧静以致遠。偏袒：《史記》：周勃入軍門，令曰：「爲吕氏右袒，爲劉氏左袒！」軍中皆左袒。羽金：《孟子》：金重於羽者，豈謂一鈎金與一輿羽之謂哉？

賦得四十賢人（得人字）

（《唐詩紀〔二三八〕事》載：劉得仁謂五言律詩四十字，如四十個賢人，中間着一俗字不得。此語最確，而用以作題則甚難，幸韵與題對，用之有餘，尚可以運筆，然而落纖巧矣，原題纖巧故也。〔二三九〕）

談藝嚴流品，（原題起。）曾傳劉得仁。〔二四〇〕稱詩沿律祖，（承出「五言律」。）選字比詞人。（承出「四十字」賦「賢人」。）聲氣從其類，評量擬以倫。五君容共席，八座各分茵。（賦「四十個」。）主客圖堪繪，英賢譜具陳。（申說「五言詩」。）蘭畦寧雜艾，玉府肯收珉。（申說「賢人」。）正以龍門啓，同看虎榜新。（補足容不得俗字之意。）臨軒新鑒別，識曲務聽真。（切合時事，此唐試帖古法。）

〔評〕第四韵微嫌纖巧，然試帖偶一爲之固自不妨，文各有體，言各有當耳。起二句原題，三句說「五言律」，四句說「四十字」，五句、六句說「賢人」，七句、八句說「四十」。「五君」字本顏延年詩，「八座」字本杜甫詩。此等小巧在詩家爲下劣詩魔，而試帖偶一見之則不妨，文各有體，言各有當耳。九句申上「五言詩」，十句申上「賢

人」，十一句、十二句補足容不得俗字之意，后四句切合時事，則唐試帖古法也。〔二四一〕

〔釋〕聲氣：《易・文言》：同聲相應，同氣相求。擬倫：《禮・曲禮》：擬人必於其倫。五君：顏延年有《五君詠》，皆精於詩者。八座：杜甫詩：起居八座太夫人。主客圖：馬端臨〔二四二〕《文獻通考》：《唐詩主客圖》一卷，唐張爲撰。所謂主者，白居易、孟雲卿、李益、鮑溶、孟郊、武元衡，各有標目。餘有升堂、及門、入室之殊，皆所謂客也。近世詩派之作殆出於此。識曲：古詩：彈箏奮逸響，新聲妙入神。令德唱高言，識曲聽其真。

賦得斧藻其言（得言字）

（揚雄《法言》：吾未見好斧藻其德若斧藻其言者。）

載酒詢奇字，（襯托。）研思著《法言》。（點「言」字。）擬經雖僞體，（開步。）好賦亦專門。（領題。）築室資旁證，（開。）衡文得細論。（引入。）斧斤明〔二四三〕善削，（正寫「斧」。）藻繪莫辭煩。（正寫「藻」。）心矩遵尼父，（推「藻」字來由。）詞華溯屈原。（推「斧」字來由。）斲輪通意匠，（寫斧之妙。）後素悟詩源。（寫藻之妙。）所惜篇章富，難稱道德尊。

（從高一層壓題。）蕭樓傳妙選，符命至今存。（結善占地步。）

〔評〕此是揚雄之論文，移作劉勰、鍾嶸不得。題太寬則須尋窄路也，故通首切雄抒寫，第四、第六二韵，「斧」、「藻」二字分疏明切。雄此論雖是，而其人則不免多瑕〔二四四〕，故以壓題法作結。

〔釋〕奇字：《漢書》：劉棻從雄學作奇字，家素貧，嗜酒，好事者載酒肴從遊學。《法言》：《文獻通考》：雄好古學，見諸子各以其知，舛駁不與聖人同，是非頗謬於經，故人時有問於雄者，常用法言應之，譔此以象《論語》，號曰《法言》。擬經：揚雄準《易》作《太玄經》，其自序稱《玄》盛矣，而諸儒或以爲猶吴楚僭王，當誅絶之罪。好賦：《漢書》：或問：「揚子雲子少而好賦，有諸？」曰：「然。童子雕蟲篆刻。」俄而曰：「壯夫不爲也。」細論：杜甫《春日懷李白》詩：何時一樽酒，重與細論文？心矩：《論語》：七十而從心所欲，不逾矩。屈原：原作《楚詞》，其旨遠，其辭文，作者此句乃化用「高摘屈宋艷」意。斲輪：《莊子》：桓公讀書於堂上，輪扁斲輪於堂下，笑桓公之所讀爲古人之糟魄，自謂斲輪不疾不徐，得之於手而應於心。意匠：陸機《文賦》：辭呈才以效伎，意司契而爲匠。後素：《論語》：繪事後素。蕭樓、符命：

《文選》，梁昭明太子蕭統所纂，其「符命」類有揚雄《劇秦美新》一首，乃雄作此以媚莽也。莽潛移龜鼎，雄進不能辟戟丹墀，亢詞鯁直；退不能草《玄》虚室，頤性全真，而反露材以耽寵，詭情以懷禄，過矣。

賦得光景常新(得新字)

（李德裕論文云：譬如日月，終古常見，而光景常新。）

萬丈文章焰，（正意入。）常看光景新。（點題。）圖書應奎壁，竹帛耀儀鄰。（承正意引入喻意。）珠緯分躔舍，（襯步。）璇霄轉化鈞。（頂經天意。）精華融一氣，晶采聚雙輪。（寫光景情形。）穹宇高垂象，靈暉焕有神。升恒時璧合，晷度自環循。（收足常新意。）槖籥天行健，璣衡帝撫辰。綿齡同久照，聖藻映千春。（遞到頌揚，隨手以聖藻挽合正意作結。）

〔評〕光明正大之題須以典重還之，方爲相稱，着一尖筆纖字即不合格。此爲選聲配色題，本是論文，正意只於首末點明，中間但説題面，緣以日月經天爲比，作聖人之文不足以當之，故不以某某篇章關合，蓋立言各有體也。日月是二物，然作「日升月恒」

詩，兩件可以作對〔二四五〕，題面題意俱對也。此題則日月只算一事，分開便不是題，所以無一聯分寫。

〔釋〕萬丈：韓愈《調張籍》詩：李杜文章在，光焰萬丈長。圖書：張説詩：東壁圖書府，西園翰墨林。珠緯：《鈎命決》曰：星纍纍若貫珠，炳焕若連璧。垂象：《易》曰：天垂象。又曰：懸象著明，莫大乎日月。升恒：《詩經》：如月之恒，如日之升。璧合：《宋中興天文志》：作曆者，逆推而上之，必得日月合璧、五星連珠於牽牛之次，然後用爲曆元。橐籥：《老子》：天地之間，其猶橐籥乎？虚而不屈，動而愈出。行健：《易》曰：天行健。璣衡：《虞書》：在璇璣玉衡，以齊七政。撫辰：《虞書》：撫於五辰，庶績其凝。久照：《易·恒卦》：日月得天而能久照。

賦得弓膠昔幹（得膠字）

（《史記·田齊世家》：淳于髡曰：「弓膠昔幹，所以爲合也，然而不能傅合疏罅。」騶忌子曰：「謹受令，請謹自附於萬民。」）

考工觀藝事，（虚籠喻意起。）上下悟相交。（先叙清正意。）譬作狼弧幹，（交承入喻意。）（點「昔幹」。）勻塗鳳髓膠。（點「膠」字。）融和成一體，熨貼到雙弰。（正寫題面。）正豈因檠束，（開步。）粘真與漆淆。（托醒。）堅完堪引跗，（收清。）捷疾試鳴髇。（後。）鈌未容藏蟣，（找足。）强纔好射蛟。（題後。）可思防瓦解，始足固桑苞。（歸到正意。）鑒不遺諧讔，從知念草茅。（從頌聖回顧出處，亦周到。）

〔評〕自記：題以弓幹與筋必膠粘無隙，始可以射，喻上之於下，必同其好惡，始人心固結爲一也。題本詰屈，加以險韵，僅騰挪成篇而已。凡遇此種棘手題，只求妥貼，毋必欲出奇，求工反拙。

第三、第四兩韵寫喻意而正意已到，句句雙關，此爲譬喻題正格。

本題「昔」字訓作「舊」，言膠粘舊幹雖能强合，終不能塗去罅漏，喻在上者以威勢治民，雖能强制，終不能使上下情意相投也，玩原文自可見。然則題眼在一「昔」字，原是箴規語，作者竟作上下相交正解，似與本旨微隔。存參。

〔釋〕考工：《考工記》有弓人職。藝事：《書・胤征》：官師相規，工執藝事以諫。上下交：《易・泰卦》：上下交而其志同也。狼弧：《史記・天官書》「狼下四星曰弧」注：弧九星，在狼東南，天之弓也。鳳隨膠：《十洲記》：鳳麟洲上多鳳麟，數萬爲群，仙家煮鳳喙及麟角，合煎作膠，名爲續弦膠，能續弓弩絶弦。熨貼：杜甫詩：美人細意熨貼平。髇：《玉篇》：髇，箭也。射蛟：《前漢書·武帝紀》：自尋陽浮江，親射蛟江中，獲之。瓦解：徐樂《言世務書》：天下之患在於土崩，不在瓦解，古今一也。桑苞：賜[二四六]其亡其亡，繫於苞桑。諧隱：《史記·滑稽傳》：淳于髡滑稽多辨，數使諸侯，未嘗屈辱，齊威玉喜隱，髡説之以隱。

其二（得弓字）

讔語含微義，（虛合正意起。）淳于譬製弓。（遞入喻意，點「弓」字。）三材資利用，（承「弓」字寫。）九合待良工。（領起「膠」字。）曲順彎環勢，深勞比附功。（四語正寫題面。）鸞膠期熨貼，蟻缺戒嵌空。質取剛柔配，光磨表裏同。（四語題後找足。）一絲無間隙，兩界乃交融。理以宜民悟，情因觀物通[二四七]。（歸到正意作結。）懿綱符衆志，絜矩在皇衷。

〔評〕自記：此韵較寬，亦較與題配，故旋轉較爲如意。此種沉悶題須作得顯豁，此種雕鏤題須作得渾成，總以達意爲主，不可先存堆垛故實之心。

〔釋〕微義：《田齊世家》：髠説騶忌畢，趨出至門，而面其僕曰：「是人也，吾説之微言五，其應我，若響之應聲。」三材：《考工記·工人》：凡爲弓，冬析幹，春液角，夏治筋，秋合三材，春被弦則一年之事。九合：《弓人》：爲天子之弓，合九而成規。又良弓九和，良矢三均。鸞膠：《格物論》：鸞血作膠，可以續弓弩琴瑟之弦。

賦得天葩吐奇芬（得葩字）

（韓愈《醉贈張秘書》詩：天葩吐奇芬。）

奇製花生筆，（雙關直起。）人間無此花。（跌起「天」字。）詩成〔二四八〕標麗則，（承清正意。）天秀肖榮華。（點「天葩」。）月桂飄金粟，蟠桃族絳霞。（爲「天葩」作點綴。）蜚英開藝圃，移種自仙家。（寫「天葩」。）吟詠時含咀，（寫「吐」字。）芳馨在齒牙。（寫「芬」字。）妙香聞净域，（剔醒「奇芬」。）剩馥謝凡葩。（二字起下。）句用芙蓉比，文持芍藥誇。（以凡葩作旁襯。）六朝空綺語，品第定微差。（下視六朝，此尊題法。）

〔評〕自記：題眼在一「天」字、一「奇」字，見自然高妙，非雕繪所能，但作「葩」字、「芬」字，以花草字面鬭合文章，以結處所用旁襯作正面，則全不解事矣。此詩尚不失本意，只韵限「葩」字太俗，吴修齡所謂「第一等惡字」是也，應韵又與題背，未免左右牽掣，不得自如耳。

中八句上四言「天葩」，下四言「吐奇芬」，先生詩多用此等分寫法。「齒牙」字本不對題，以先用「含咀」作出句，則可以用上，此爲引韵之法，沈歸愚《春蠶作繭》詩結用「咸」字，先用「非弦」作引，即此法也。「咸」字與題全不對，只用「冰弦成五色」一句從「蠶」引到「絲」，從「絲」引到「弦」，則「清廟奏韶咸」句天然鬬筍，即此法也〔二四九〕。此詩第六句以桃花引出絳霞亦同，此爲詩家妙秘，不可不知。

〔釋〕花生筆：《天寶遺事》：李白少時夢筆頭生花，自是才思贍逸，名聞天下。麗則：揚雄《法言》：詩人之賦麗以則。天秀：韓愈《薦士》詩：榮華肖天秀，捷疾逾響報。金粟：柳永詞：一粒粟中香萬斛，君看梢頭幾金粟。蟠桃：《十洲記》：東海有山，名度索，有大桃樹，屈蟠數千里，曰蟠桃。藝圃：庾信《徵調曲》第六首：黎人耕植於藝圃。含咀：韓愈《進學解》：沉浸醲郁，含英咀華。妙香：杜甫詩：心清聞妙香。芙蓉：《世説》：湯惠休曰：「謝詩如芙蓉出水，顔詩如錯彩鏤金。」芍藥：徐陵《玉臺新詠序》：清文滿篋，非惟芍藥之花。綺語：李白《古風》第一首：

自從建安來，綺麗不足珍。韓愈《薦士》詩：建安能者七，卓犖變風操。逶迤抵晉宋，氣象日凋耗。中間數鮑謝，比近最清奥。齊梁及陳隋，衆作等蟬噪。搜春摘花卉，沿襲傷剽盗。作者結四語化用此詩意。

賦得荷風送香氣（得風字）

（孟浩然《夏日南亭懷辛大》詩：山光忽西落，池月漸東上。散髮乘夜凉，開軒卧閑敞。荷風送香氣，竹露滴清響。）

十里芙蓉渚，（直點「荷」字起。）溟濛暮色中。（提明夜景即呼起下二句。）夜遊難秉燭，晚坐且當風。（帶出「風」字以安「送」字之根。）習習生蘋末，泠泠度葦叢。（説風來二句俱是「送」字前步。）遂教香罨藹，（此方正説到「送香氣」。）不隔樹玲瓏。（申「風」。）爽籟心神凈，清芬鼻觀通。（申送「香氣」。）疑從散花女，偶試杖藜翁。（二句總束上文。）吹袂芳馨滿，（咏嘆送香風。）披襟念慮空。（咏嘆「風」字即暗繳〔二五〇〕第四句，到此更無餘意，止得以下文作結細説，通體次第最清。〔二五一〕）肅疏凉露裏，况有此君同。

〔評〕自記：題是咏荷香，非僅咏其花也，用「紅衣翠蓋」、「龜巢魚戲」等字則隔膜矣。又荷香亦是風送而聞，非泛棹漁汀、持杯水閣對花叢而領略，若作臨流賞玩，仍隔膜也，此處須細思其意。至於題是夜景，故此詩亦全是坐家中之景，然此是閑中擬作，若〔二五二〕推到細處風簷寸晷，此一層尚可不拘耳。

題無深意，詩亦不能大作結構，如畫折枝花，只像生便佳耳。（自記）

〔釋〕秉燭：《古詩》：晝短苦夜長，何不秉燭遊。李白《春夜宴桃李園序》：古人秉燭夜遊，良有以也。習習：《詩經》：習習谷風。蘋末：宋玉《風賦》：夫風生於地，起於青蘋之末。爽籟：《莊子》：風爲天籟。清芬：鮑照《芙蓉賦》：抱茲性之清〔二五三〕芬。鼻觀：蘇軾《和黃魯直燒香》詩第一首：不是聞思所及，且令鼻觀先參。散花女：《維摩詰所説經·觀衆生品第七》：時維摩詰室有一天女，見諸大人，聞所説，便現其身，即以天花散諸菩薩大弟子身上。杖藜：蘇軾《和陶潛桃花源詞》：杖藜可小憩。披襟：宋玉《風賦》：楚襄王遊於蘭臺之宫，宋玉、景差侍，有風颯然而至，王乃披襟而當之。此君：《晉書·王羲之傳》：徽之嘗寄居空宅中，便令種竹，或問其故，徽之但嘯咏，指〔二五四〕竹曰：「何可一日無此君耶？」

賦得黄庭换鵝（得鵝字）

（《晉書》：王羲之性愛鵝，山陰有一道士養好鵝，羲之往觀焉，意甚悦，固求市之，道士云：「爲寫《道德經》，當舉群相贈耳。」羲之欣然寫畢，籠鵝而歸，甚以爲樂。）

内史工柔翰，（原題。）高名擅永和。品寧争野鶩，（陪得恰好。）價尚换群鵝。（點「换鵝」。）韜筆留真迹，（正寫「换」字。）携籠别舊窠。（二字伏後半。）竟同風字硯，（寫既换之。）回〔二五五〕浴墨池波。巧奪原游戲，（收足「换」字。）傳聞好舛訛。（安放「黄庭」字。）題贈〔二五六〕經太白，謔遂有東坡。（題後簸弄。）鈎勒形終在，（根第五句「真迹」意。）雕鎪字不磨。（作收局。）猶應勝諸帖，任靖代書多。（此題中間點綴易，末路收束難，題太瑣屑，出不得莊論，牽不到頌揚，又别無餘意可生。今以當面换鵝，必是親書，故借任靖代筆收局。作詩須如此用事，則毫不相干之故實皆可驅使，若從類書抄印板故實，非惟千手雷同，抑〔二五七〕亦多成鈍句矣。）

〔評〕二、四兩韵妙，令題事天然凑泊。題有「鵝」字，韵中「波」字似易押，然細思却難，既曰「籠鵝而去」，未必是水中捉出，去「波」字似近而遠，即從水中捉出，從浴轉到捉，從捉轉到入籠相贈，亦太迂曲。此從寫經引到右軍風字硯，從硯引出右軍墨池，從池引出養鵝，則寫經換鵝，天然打成一片矣。此亦引韵〔二五八〕法，全在借事生波，隨筆點化。（自記）

此真小題，不免於瑣屑點綴，亦所謂畫折枝花也。

〔釋〕内史：《晉書》：征西將軍庾亮臨薨，上疏稱羲之清真，有鑒裁，爲右軍將軍，會稽内史。永和：晉穆帝年號。野鶩：《南史》：庾翼與右軍齊名，右軍後進，庾翼始猶不服，與人書云：「小兒厭家雞，愛野鶩，學逸少書。」墨池：《文房四譜》：越州戒珠寺，即羲之宅也，有洗硯池〔二五九〕，至今水尚黑色。舛訛：換鵝之書，《筆陣圖》以爲《黄庭經》，《晉書》以爲《道德經》，《圖書會粹》亦然。太白題：李白有《王右軍》詩：右軍本清真，瀟洒在風塵。山陰遇羽客，要此好鵝賓。掃素寫《道經》，筆精妙入神。書罷籠鵝去，何曾别主人。任靖：自注：右軍《雜帖》多任靖代書，蓋靖學書於右軍，後大令又學書於靖也，事見陶宏景《與〔二六〇〕梁武帝論書啓》，今尚載《隱居集》中。此事人多不知，即歷代書家傳中亦佚靖名，蓋不幸而湮没耳。

賦得能使江月白（得能字）

（常建《江上琴興》： 江上調玉琴，一弦清一心。泠泠七弦遍，萬木澄幽陰。能令江月白，又令江水深。始知枯桐枝，可以徽黃金。「使」字，《別裁》作「令」。）

江上琴方鼓，（點「江」字題根。）天邊月恰升。（點「月」字。）鎔銀憐色净，（承月寫。）調軫自神凝。（承琴寫。）調（去聲[二六一]。）古心彌淡，緣空念不興。（根上神凝，先寫題意，透出「能使」所以然。）性情皆蕩滌，耳目亦清澄。（確有至理。）朗徹渠如許，虛明得未曾。（接入「月」字鋪寫題面。）宛鋪千里雪，高映一輪冰。（「白」字亦不脫略。）識曲應生悟，移情信有徵。（歸到題意。）成連船去後，此妙竟誰能。（結出「能」字，妙以反托出之。）

〔評〕將題意與題面對起，次韵分承，止用一回環倒轉，恰好似「神凝」，領下四句，轉換分明，承接一片。

月豈待聽琴而白？水豈待聽琴而深？而神清心静之餘實有此意。此所謂聽[二六二]，謂「詩有別趣，非關理也」，本不可以言說，然既已命題作詩，則須還他解說，却又穿鑿不得，粘滯不得。此詩五句到八句便是疏其所以然。「白」字難寫，十一句、十二句只〔二六三〕好以譬喻取之，只此一聯已足，蓋題重「能使」二字，「白」字非其所重，不可略，亦不可詳耳。

〔釋〕千里：謝莊《月賦》：美人邁兮音塵闕，隔千里兮共明月。雪：謝莊《月賦》：柔祇雪凝，圓靈水鏡。一輪：張喬《月中桂》詩：影超群木外，香滿一輪中。冰：謝莊《月賦》：連觀霜縞，周除冰净。識曲：《古詩》：識曲聽其真。移情、成連：吴競《樂府古題要解》：伯牙學琴於成連，三年而成，至於精神寂寞，情志專一，尚未能也。成連云：「吾師子春在海中，能移人情。」乃與伯牙至蓬萊山，留伯牙曰：「吾將迎吾師。」刺船而去，旬時不返，但聞海水汩没崩澌之聲，山林窅冥，群鳥悲號，愴然嘆曰：「先生將移我情。」乃援琴而歌之。曲終，成連刺船而還，伯牙遂爲天下妙手。

賦得九變待一顧（得琴字）

（王昌齡《聽彈風入松闋贈楊補闕》：商風入我弦，夜深竹有露。弦悲與林寂，清景不可度。寥落幽居心，颼飀青松樹。松風吹草白，溪水寒日暮。聲意去復還，九變待一顧。空山多雨雪，獨立君始悟。）

嘉會乘良夜，（原題。）澄懷寄玉琴。一彈人已静，九變意何深。（點題。）竹露聞清響，松風入細吟。纏綿託古調，宛轉寫余心。（待「顧」字難以着語，還彈琴正面〔二六四〕，故〔二六五〕以「意何深」三字渾括之帶起本面〔二六六〕。）縹緲孤情往，回環意思沉。（四語乃發透「九變待顧」之意。）幾回憐獨賞，三嘆有遺音。寥落山無路，蒼茫雪滿林。（宕出題外作收，仍是暗繳「待」字。）徘徊應自悟，莫向七弦尋。（「風入松」是本題，「夜深竹有露」是本詩，故五句、六句用以作對，結亦用本詩「空山多雨雪〔二六七〕，獨立君始悟」意，皆是本地風光法。）

〔評〕琴詩寫意不寫聲，自蔡邕即開此門徑，韓愈作古詩，變而寫聲，乃别調也。然《潁師》一篇，宋人已謂似《琵琶詩》矣，故至今以傳神爲正法。此題却不咏琴而咏彈琴之人，又别是一種意思。「待」字是不肯求人賞，而又冀有一真知者相賞，着筆一失分寸，不是感慨牢騷，便是炫玉求售矣。詩體貼精到，「意」字、「回」字俱復用，亦是微疵。

〔釋〕竹露　見本詩。又孟浩然《夏日南亭懷辛大》詩：荷風送香氣，竹露滴清響。松風：　見本詩題。「風入松」是琴譜的名。三嘆：　《禮·樂記》：《清廟》之瑟，朱弦而疏越，壹倡而三嘆，有遺音者矣。

賦得文筆鳴鳳（得高字）

（劉勰《文心雕龍》： 風骨乏采，則鷙集翰林； 采乏風骨，則雉竄文囿。 惟藻耀而高翔，乃文筆之鳴鳳。）

妙製儲麟閣，（從「文筆」起。）雄詞耀鳳毛。（點「鳴鳳」。）六經資羽翼，千仞看翔翺。（從正意遞出喻意。）舒錦文章麗，（頂「藻耀」寫。）凌雲氣象高。（頂「高翔」寫。）質原殊燕雀，（藻耀。）棲肯到蓬蒿。（高翔。）自有光輝〔二六八〕煥，（藻耀。）非矜骨力豪。（高翔。）雉憐藏麥隴，隼敢下霜皋。（此借本地風光夾出鳳德，不是陪襯閑文。）紫禁登舟〔二六九〕地，瓊牋鬬綵毫。（收到文筆作結。）聖朝多吉士，雅奏滿仙曹。（題意不重「鳴」字，故詩中不及「鳴」字，唯發出「藻耀高翔」意，此審題輕重處。）

〔評〕以文采説鳳易，以風骨説鳳難。 考上文，藻耀是采，高翔是風骨，不能脱略一邊也。 此中措〔二七〇〕語殊費斟酌。 嘗見一試帖亦用此韵，中一聯曰「翔翔真稱瑞，翩翩亦自豪」，出句雖是鳳，却既非藻耀亦非高翔，對句雖是高翔，却似「霜隼下晴皋」，不似鳳德，蓋體物詩如寫小照，非特面貌要似，神氣亦要似耳。

〔釋〕麟閣　我林〔二七一〕：　漢氏有御史中丞，居殿中，掌蘭臺秘書及麒麟、天禄二閣，藏之於内禁。鳳毛：　《南史》：　謝鳳子超宗有文辭，補新安王常侍，作王母殷淑儀誄，帝大嗟賞，謂謝莊曰：　「超宗殊有鳳毛。」羽翼：　柳宗元《答韋中立論師道書》：　此吾所以羽翼乎道也。千仞：　賈誼《吊屈原賦〔二七二〕》：　鳳凰翔於千仞兮，覽〔二七三〕德輝而下之。舒錦：　鍾嶸《詩品》上：　謝混云：　潘詩爛若舒錦，無處不佳。凌雲：　《史記》：　司馬相如奏《大人賦》，天子大悦曰：　「飄飄有凌雲之氣。」隼：　唐無名氏有《霜隼下晴皋》詩。吉士：　《詩經》：　藹藹王多吉士。

賦得鷙集翰林（得林字）

（見上題。）

巨手矜風骨，（從正意原題起。）多成亢厲音。正如鷹隼疾，（遞入喻意。）不受網羅尋。寥廓孤盤影，飛騰萬里心。（此向虚籠善詣步驟，切定「風骨」寫「鷙」字。）宜乘秋翮健，瞥没野雲深。（跌一筆有體勢。）乃挾風霜氣，偏棲翰墨林。（折入「集翰林」語有風力。）雖云勝凡鳥，（抑揚見意。）終覺異文禽。筆陣縱横掃，詩豪[二七四]慷慨吟。（歸到正意。）寧知聲中律，鳴鳳在桐陰。（以鳴鳳托本題目見分寸。）

〔評〕風骨乏采本是高手，故鍾嶸記室[二七五]時稱鮑照爲「羲皇上人」，以其語近質也，然鮑照亦何可及哉？特不及枚馬班楊[二七六]耳，故此不甚著貶詞。此借山林之鷹隼，故不曰錦絛玉鏇、較獵從禽等字，如豢養鷹隼，豈能隨意自集哉？

〔釋〕風霜氣：《西京雜記》：淮南王劉安著書二十一篇，號《淮南子》，自云「字中皆挾風霜之氣」。翰墨林：張説詩：東壁圖書府，西園翰墨林。筆陣：杜甫詩：詞源倒傾三峽水，筆陣横掃千人軍。詩豪：《唐書》：劉禹錫好詩，晚年尤精，白居易嘗推爲詩豪。鳴鳳：見上題。又《詩經》：鳳凰鳴矣，於彼高岡；梧桐生矣，於彼朝陽。

賦得雉竄文囿（得文字）

（亦見上題。）

劉勰工談藝，（原題虚籠起。）嚴將甲乙分。雕龍詳辨體，雊雉借論文。（點「雉」

字。）芳隴宜呼侶，詞場竟作群。（叫醒「竄文囿」意。）綵翎矜畫本，錦臆鬬花紋。（切定「文采」寫「雉」。）古有飛騰入，兹惟綺麗聞。（開合醒題。）一翔旋躓蹶，（抑揚見意。）五色漫紛紜。脱鞲風生翮，盤空氣籥雲。（轉到鷹隼作出路，與上首同是壓題法。）

饑〔二七七〕鷹稱獨出，轉憶鮑參軍。

〔評〕此指齊梁間永明一派，又在風骨乏采下者〔二七八〕矣，故通首多著貶詞，其品與鳴鳳更隔一層，故反以鷹築翰林結。

〔釋〕雕龍：劉勰著《文心雕龍》，題語即見此書。雊雉：《書》高宗肜曰：越有雊雉。綺麗：李白《古詩》：自從建安來，綺麗不足珍。脱鞲：《東觀漢記》：桓虞曰：「善吏如使良鷹，下鞲即中。」饑鷹：《魏志》：陳登述曹公之言曰：「養吕布如養鷹，饑則爲用，飽則颺去。」鮑參軍：鍾嶸《詩品》：鮑參軍詩如野鵲翻雲，良馬走堤，俊逸奔放。杜詩：俊逸鮑參軍。

賦得佳士如香固可熏（得熏字）

（劉後村詩。）

講業宜求侶，（從「佳士」入。）親賢在樂群。欲隨芳氣化，當似妙香焚。（逆從「可熏」倒拍「如香」。）菊友交其淡，蘭言聽所云。（四語先寫「如香」，正喻夾筆筆雙關〔二七九〕。）論文沾剩馥，述德誦清芬。瑤草雖同拾，梅〔二八〇〕檀恐逆聞。寧惟紉佩玩，直擬對鑪熏。（二語上下轉關。）花好偏防麝，蕕多勿雜薰。（二語剔醒「可熏」。）聖門三友訓，洙泗有遺文。（翻出一層作洗剔，恰好回顧出與〔二八一〕上文。）

〔評〕此種細膩題，不能用縱横凌〔二八二〕駕，亦不可用縱横凌駕，只消點綴〔二八三〕明白，鈎勒清疏。點後〔二八四〕不能不數典，然須用得靈活，用得有次第，如貪抄故實，凑字成句，凑句成聯之後始按平仄粘〔二八五〕連，凑聯成篇，則不如白地明光〔二八六〕錦矣。前半説如香，後半説如熏，「瑤草」二句是上下轉捩。麝雖香而損花，比小人之似君子，對句乃是真小人，後村此聯出句本戒損友，故用以作結。

〔釋〕樂群：《禮・學記》：敬業樂群。化：《家語》：與善人居，如入芝蘭之室，入而不聞其香，則與之化矣。妙香：詩：心清闻妙香。焚：《宣武盛事》：戴宏正每得密友一人，則書於簡編，焚香告祖考，號「金蘭簿」。菊淡：《禮記》：君子之接如水，君子淡以成。司空圖《詩品》：人淡如菊。蘭言：《易・繫辭傳》：同心之言，其臭如蘭。論文：《徵文玉井》：張説攜〔二八七〕麗正文章謁友生。時正行宫中媚香，號「化樓臺」，友生焚以待説。説出文置香上，曰：「吾文亨是香，無忝。」梅檀：《華嚴經》：牛頭旃檀香，從離垢出，以之塗身，火不能燒。又能除一切煩惱。紉佩：《楚詞》：紉秋蘭以爲佩。蕕薰：《左傳》：一薰一蕕，十年尚猶有臭。三友：《論語》：益者三友，損者三友。

賦得砧杵共秋聲（得聲字）

（徐鉉《贈鄰家》詩。）

茅舍旁比（平聲〔二八八〕。）户，荆籬對望衡。（從「鄰家」原題起。）每於秋雁後，都是搗衣聲。（點題流走。）隔巷鳴相答，鄰墻聽倍明。（切定「鄰家」寫「砧聲」。）月涼同一色，蛩促到三更。（爲「秋」字布景。）多爲驚寒早，（爲「共」字設想。）寧無寄遠行。（收足「共」字。）但聞齊送響，誰識各含情。擇里營環堵，哦詩對短檠。（回顧出典〔二八九〕作結。）流傳騎省句，清景畫難成。（九句至十二句透發「共」字，非惟題分應爾，且通篇平〔二九〇〕衍，亦須稍變微波。）

〔評〕本是贈鄰家，詩中皆切鄰家立言，不泛咏砧聲。題面是砧聲，題意却是「共」字，題神却是「秋」字，不從「秋」字做出「聲」字、「共」字，便索然寡味，從「秋」字生情，便添出韵調〔二九一〕，添出色澤，此爲烘染之法，故入手「每於聞雁後」句先題〔二九二〕明「秋」字。

賦得若虞機張（得張字）

（《書·太甲》上： 若虞機張，往省括於度，則釋。）

帝甲勤修政，（原題。）阿衡敷奏詳。（伊尹本是訓戒，却用「敷奏」字，君臣之間，宜存名分，此是程試體面語。）欲申師氏詔，特借弋人方。（點題。）斷竹能飛逐，（寫題面。）闓弦貴審量。力從弓幹取，巧在弩牙張。所冀無虛發，非矜善挽强。（四語寫題意。）静須持彀滿，動戒轉關忙。自古傳明訓，於今仰聖皇。（歸到正意。）隨心皆曲當，（此句束上。）道更邁殷商。（此句挽合頌揚。）

〔評〕起四點題，次四題面，又次四題意，末四以頌揚作結，此是正格。太甲未是聖君，故結處以壓題作頌，凡遇出典不甚好之題，宜知此意。

〔釋〕師氏：《周官・地官》有師氏職。弋人：《戰國策》：楚人有以弋説楚王者。斷竹：《吴越春秋》：弩生于弓，弓生于彈，彈起于古之孝子，不忍見父母爲禽獸所食，故作彈以守之。歌曰：「斷竹，續竹，飛土，逐宍。」宍，古「肉」字。

其二（得虞字）

招以皮冠者，（直從「虞」字起。）山虞與澤虞。於官雖末秩，（開步。）其術有良模。（虚領。）林藪時求鹿，（鬆步引題。）陂塘每弋梟。千鈞雖彍弩，寸轄是神樞。（以下三韵正寫題面。）鏃利鋒相直，弦開捩尚須。多時心自審，一發衆皆呼。萬里籌兵略，十全成戰圖。（即從喻意挽合頌揚。）聖謨常制勝，此理信相符。（律句無單平，凡二仄四平、二平四仄之聯，出句第三字，對句第一字用仄，即爲落調。游氏〔二九三〕謂「一三五不論，二四六分明」，此謬説也，於古無徵，誤人不少。〔二九四〕不得已而對句第一字用仄，則第三字必用平以救之，此唐人之定法。此詩「十全」句，「十」字用仄，「成」字用平〔二九五〕，即是此例。然苟有字可换，終不如雙平之穩順也，磨勘時無擬議也〔二九六〕。至二平四仄、二仄四平之聯，出句第一字用平已是雙平，下三字全用仄聲，亦唐人舊法，今尚可用，《煉石補天》詩第五句「訛言五色石」是也〔二九七〕，然總不如不用爲妙。若對句則第三字必用仄聲，萬無用平之理，用平即犯三平落脚，所謂「腹無單平，脚無三平」，此定例也。吾磨勘鄉會試卷十二科矣，每科必有以三平落脚誤作古體遺議者，皆游氏之貽害也。〔二九八〕

〔評〕自記：此是純寫題面，亦是正格。

〔釋〕皮冠：《孟子》：「敢問招虞人何以？」曰：「以皮冠。」山虞、澤虞：《周官・地官》有山虞、澤虞職。求鹿：《易・屯卦》：即鹿無虞。弋鳧：《詩》：弋鳧與雁。

其三（得機字）

一藝通乎道，凝神静審微。（從喻意關合正意起。）虞人稱善射，（承喻意。）君子悟知幾。（承正意。）凡有三狐獲，（以下貼喻寫意。）時看一箭飛。（倒從後路撲轉。）弛張由玉弩，（拍醒題面。）操縱在桐機。求炙心如躁，鳴鶴中必稀。（反托作勢。）智當先度勢，（收轉。）勇不在揚威。莫詫風生耳，輕誇雲打圍。（以戒詞收。）澄心觀得失，所辨在幾希。

〔評〕此首從射中後兜轉反撲，一拍即起，却以戒詞作正面，又是一種作法，此變格也。

〔釋〕知幾：《易·繫辭傳》：知幾其神乎。三狐：《易·解卦》：田獲三狐，得黃矢，貞吉。

賦得山雜夏雲多（得雲字）

（宋之問《夏日仙萼亭應制》：野含時雨潤，山雜夏雲多。）

長夏新晴後，（從「夏」字起。）山山半是雲。（明點「山」字、「雲」字。）峰形争峭舊〔二九九〕，嵐〔三〇〇〕氣尚氤氳。（二句已暗點「雜」字、「多」字，説雲似山，説山似雲。）過雨含朝爽，（還明夏山。）蒸霞映夕曛。（還明夏雲。）青圍屏曲曲，白擘絮紛紛。（還明山多。）共與烟光合，（還明雲多。）難將石色分〔三〇一〕。不緣風動影，錯認蘚生紋。復旦逢嘉運，時暘應聖君。（四語合寫「雜」字，爲一篇精神結聚之處，然雖是合寫，却自賓主分明，故佳。）一犁膏潤足，千耦樂耕耘。（以頌陽作結，並繳還上句來歷〔三〇二〕。）

〔評〕此亦至熟之題，然熟在實字，不在虛字，止將「雜」字、「多」字一一還明，即不是尋常山詩、雲詩、晴詩矣。首句「新晴」字是根，上句來脉便伏結末四句地步。

〔釋〕半是雲：趙師秀《薛氏瓜盧》：野水多於地，春山半是雲。峰：顧愷之《神情詩》：夏雲多奇峰。絮：蘇東坡詩《新〔三〇三〕城道中》：東風知我欲山行，吹斷簷間積雨聲。嶺上晴雲披絮帽，樹頭初日掛銅鉦。復旦：《尚書大傳·卿雲歌》：卿雲爛兮，糺縵縵兮；日月光華，旦復旦兮。時暘：《書·洪範》：曰乂，時暘若。一犁：古詩：一犁春雨足。千耦：《詩》：千耦其耘。

其二（得多字）

朱夏晴初放，（點「夏」。）青山雨乍過。（點「山雜」。）遥看高嶺山，猶自斷雲多。（點「雲多」。）片片裁霞綺，（雲多。）層層間（去聲〔三〇四〕。）黛螺。（寫「山雜」。）飛來峰略似，望去日頻摩。（説雲似山，正是抉透「雜」字。）惟辨濃如畫，俄驚動類波。（申説「雲多」，正極力爲一「雜」字形容。）平鋪連莽蒼，（上聲〔三〇五〕。）（收足雲多。）中破露嵯峨。（收足「山雜」。）好景消蒸溽，（補寫「夏」字。）陰輕〔三〇六〕養麥禾。非烟惟獻頌，糺縵願賡歌。（以頌揚作結。）

〔評〕此首尚是以我馭題，未離本法，然不及前首之周密。「夏」字直到十三、四句纔補出，亦不及安頓在前，蓋在前是與雲山相連之「夏」字，在後是題外「夏」字也。又如五句之「霞綺」字，七句之「飛來峰」字，就本句講原各是雲，含〔三〇七〕攏四句，細看則似〔三〇八〕綺必不似峰，似峰必不似綺，自相牴牾矣。此二病至微，汝必不覺，然吾自覺之，不可不爲汝道也。汝所作「山」字韵一首，全是修詞功夫，從面貌上學我，於此等處尚未理會，試以此二詩互勘自知〔三〇九〕。（自記）

如畫類波，較不似此題語，然本題是雨後之雲，舉此等爲「雜」字形容，固自不妨。

〔釋〕嶺山：陶宏景《詔問山中何所有賦詩以答》：山中何所有，嶺上多白雲。只可自怡悦，不堪持贈君。螺：蘇軾詩：亂峰螺髻出。動波：陳潤《秋河曙耿耿》詩：雲行類動波。唐人亦有此題賦。非烟：《史記·天官書》：若烟非烟，若雲非雲，郁郁紛紛，蕭索輪囷，是謂卿雲。糾縵：見上首《卿雲歌》。

附録　樹馨詩〔三一〇〕

好雨霑全足，晴雲態自閑。峰多初入夏，風便半歸山。縹緲松杉外，玲瓏紫翠間。

懷嵐浮霧縠，疊嶂逗烟鬟。有景皆遮映，無心自往還。宿巖封石竇，抱石戀苔斑。自道高難躡〔三一二〕，丹霞遠莫攀。人家如畫裏，不信住塵寰。

賦得流雲吐華月（得流字）

（韋應物《同德寺雨後寄元侍御李博士》：喬木生夏涼，流雲吐華月。）

良夜清光滿，（先從「月」起。）開軒豁遠眸。頗嫌明月側，時有片雲流。（從「華月」倒拍「流雲」，緊作難。）所幸飄難定，（轉捩。）多逢過不留。（四語寫「流」字有姿致。）雖云輕淹映，原未久夷猶。乍似開羅幕，俄看露玉鈎。（四語寫「吐」字有次第。）半輪纔掛樹，一鏡已當樓。徑可持杯問，（題後敷衍。）何須秉燭遊。納凉幽興足，高詠憶蘇州。（回顧出典作結。）

〔評〕中八句緊從「流」字透出，「吐」字一氣遞出，妙甚。題重「吐」字，「流」字又是「吐」字之根，須是要處放箭，纔能剔醒本意，若只寫雲寫月，使不入題，若再細寫吐月之後，更南轅北轍。此詩只於「流」字、「吐」字着精神耳。首四原題，題根是月先出而後雲出，故先出月而後出雲。次四寫流雲，題面是雲已破而月乃來，故先寫雲而後寫月。

「玉鈎」、「半輪」、「一鏡」非忽寫新月、忽寫圓月，正是逐次繪出「吐」字：「乍似」句是將吐，「俄看」句是方吐，「半輪」句是吐到一半，「一鏡」句是全身吐出。至此題意已完，故後四句以唱嘆歸到出典作收。

〔釋〕夷猶：《楚詞・湘君》：君不行兮夷猶。羅：梁元帝《蕩婦秋思賦》：重以秋水文[三一二]波，秋雲似羅。玉鈎：梁簡文帝《烏棲曲》：浮雲似帳月如鈎。鮑照《玩月城西門廨中》詩：始見西南樓，纖纖如玉鈎。輪：周密《庚辛雜識》：南唐一詩僧賦中秋月詩：此夜一輪滿，清光何處無。鏡：梁簡文帝《詠月》詩：明鏡不安臺。持杯問：蘇東坡《水調歌頭》詞：明月幾時有，把酒問青天。秉燭：《古詩》：晝短苦夜長，何不秉燭遊。

賦得松風水月（得間字）

（《聖教序》：仙露明珠，詎能方茲朗潤；松風水月，未足比其清華。此摘句為題，可不拘出典，《聖教序》此四字亦本是泛言。風月是主，故先從風月入。）

何地無風月？遊觀亦等閑。（鬆一步作襯。）風來宜木末，（從「風」引到「松」。）月好是波間。（從「月」引到「水」。）竽籟聞松徑，（暗藏一「風」字，明點「松」。）樓臺近水彎。（明點一「月」字。）境纔清耳目，（明點「水」。）（二語總括兩面，耳是風，目是月，江是水，山是松。）景〔三一三〕乃助江山。虬幹披襟倚，（貼定「松」寫「風」。）蟾光送棹還。（貼定「水」寫「月」。）七弦思古調，一印悟禪關。（二語推闡，因松風而思琴調，因水月而悟禪機。）堯棟鮮飈爽，娥池皓魄彎。（承上文之脉引入禁苑之游覽，亦用對舉法。）宸衷〔三一四〕多妙契，高詠有誰攀。（以御製作頌揚。）（汝祖姚安公嘗曰〔三一五〕：詩須百煉而成，成時乃老嫗可解，方是上乘。用典如水中著鹽，飲水方知鹽味。如所用典故，非注則不省，爲何語者？决不是天然湊泊〔三一六〕之句。此詩「七弦」二句正坐此病，以束乎窄韵，牽於上下文，不得不然，然不可不知。）

〔評〕此癸丑朝考題，校閲時見一卷絶出流輩，惟起手先擒松與月，次乃轉出水月，不知風月是常事〔三一七〕。此題風月是常事，惟松下之風更爲清爽，水面〔三一八〕之月更爲澄清，故下文云「未足比其清華」。「清」字頂「風」，「華」字頂「月」，猶對句之「朗」頂明珠，「潤」頂仙露也。作詩若先擒「松」、「水」，再入「風」、「月」，是「松」、「水」因「風」、「月」而佳，非「風」、「月」因「松」、「水」而佳矣，是賓主倒置了。想爲窄韵所束、平仄粘連所拘耶〔三一九〕？此詩入手差不顛倒，至詩中對偶，「松」不可脱「風」，「風」不可脱「松」，「水」不可脱「月」，「月」不可脱「水」，若一聯風對月，一聯松對水，便不是此題之松水風月；又或一聯松風對水月，一聯水月對松風，雖無大碍，亦不合格，此詩亦差不犯此。至於「境纔」二句，雖是總括而「耳目」、「江山」亦必配勻，銖兩不使偏枯也。蓋從容構思，固與「風檐寸晷」不同耳〔三二〇〕。一句説兩事頗難，五言字少尤難，須是設法貫串，如「虬幹披襟倚」句，虬幹便可倚，倚虬幹便可披襟〔三二一〕，以一「倚」字將松風融爲一片。「蟾光送棹還」句，有水便可以行舟，從水生出「棹」字，棹舟有往必有還，從「棹」字生出「還」字，即從「還」字生出「送」字〔三二二〕，以一「送」字將水月融爲一片。又如「竽籟」暗藏一「風」字，「樓臺」暗藏一「月」字，此皆費力雕琢而又磨去雕琢之痕者，此於詩家爲小乘禪，不稱高品，然試貼遇細膩題，不能不如此運思，學者宜於此等處細求其用意，便有悟。前幅四句對舉，是就景物一邊説；後幅四句對舉，則就領略景物者一邊説；中間「境纔」二句承上起下，特作一總。一「纔」字、一「乃」字緊根次韵「宜」字、「是」字一氣相生來，恰與首韵「似」字、「亦」字相爲開合叫應。第七韵之對舉則趁脉〔三二三〕引入禁苑，凡此皆先布局〔三二四〕而後落筆，便有層次淺深，且不重複；若先做幾聯，乃以平仄排比連綴，前後可以互换，皆非詩法。

韻中有「潺」字、「湲」字，可押「潺湲」，亦可押「潺潺」，正與「水」字相合，所以躊躇不用者，潺湲是至狹至淺小水之聲，如溪壑灘瀨之類，故康樂有「石瀨水潺湲」之句。《楚詞》「横流涕兮潺湲」至以形容涕淚，是惡能印月、惡能見水月之妙哉？又有「圜」字，古字「圓」「圜」相同，故「圓丘」亦作「圜丘」，（凡聖諱定制，加「邑」旁作「邱」，惟「圜丘」則不加，以天更尊於聖也。）與「月」字亦復相合，所以不用者，「圜」字在「先」字韻中，音王權切，與「圓」同在「山」字韻中，則音户關切，義與「環繞」之「環」同，與「圓」字迥别，亦不可借押故也。汝於此等宜留意，不可見韻有此字便押，如「乾」字，寒韻、先韻并收，豈可以通用哉？〔三二五〕

〔釋〕本末：《楚詞》：搴芙蓉兮木末。樓臺：蘇麟詩：近水樓臺先得月，向陽花木早逢春。古調：《琴操》有《風入松》。一印：《五燈會元》：「如何是一印印水？」曰：「秋蟾影落千江裏。」娥池：郭憲《洞冥記》：帝於望鵠臺西起俯月臺，臺下穿池〔三二六〕，廣千尺，登臺以眺月，影入池中。使宫人乘舟弄月影，因名「影娥池」。

賦得臨風舒錦（得藏字）

（唐閻楚封有《臨風舒錦賦》，以賦之明麗當如此爲韻，知爲論賦之語，然莫省所出，或因賦中有「擬潘文而更麗」句，遂以鍾嶸《詩品》附會之，非也。此語果指潘文，不應云「擬而更麗」，今詩亦第依常解指潘説。）

潘岳多篇什，（原題。）鍾嶸細品量。譬諸宮錦麗，（點題。）對彼好風張。意匠標三準，天工鬭七襄。（四語先寫文之似錦。）筆花新製樣，心織巧成章。更得鮮飆漾，彌教異彩彰。（四語折出「臨風舒」意。）千絲交晃耀，五色欲飛揚。惟惜矜鞶帨，（以壓題作頌。）空令貯縹緗。寧知奎藻富，萬里總苞藏。

〔評〕題是言錦本美麗，加以臨風舒之，更見光彩。原不對舉，對舉則銖兩不配，端緒不清，故此詩以截作格行之。

〔釋〕鍾嶸：鍾嶸《詩品》上：謝混云潘詩爛若舒錦〔三一七〕，無處不佳。意匠：陸機《文賦》：詞程材以效伎，意司契而爲匠。七襄：《詩》：跂彼織女，終日七襄；雖則七襄，不成報章。筆花：《天寶遺事》：李白少時夢筆頭生花，自是才思贍〔三一八〕

逸，名聞天下。縹緗：《文選序》：詞人才子，則名溢於縹囊；飛文染翰，則卷盈乎緗帙。

賦得時暘若（得難字）

（《書・洪範》：曰乂，時暘若。）

芳隴頻霑潤，（前步襯起一層，止是爲「時」字領脉。）濃陰亦釀寒。（反映「暘」字。）每逢甘澤溥，多恐快晴難。（緊作一跌，全是爲「時」字作勢。）獨有休徵叶，能令野老歡。（先最用虚轉一筆，善留步驟。）剛添春水足，即得晚霞看。（此方順放出「暘」字，妙得「時」字之神。）暖日宜烘麥，（正寫一層。）光風已泛蘭。誰教雲氣斂，（叫起後四句。）恰〔三二九〕使雨聲闌。（收繳前步。）皇極敷彝訓，天心示鑒觀。（關合時事，作推原一層。）時暘由作乂，惟聖審其端。（以點題作結穴，真如點睛欲飛。）

〔評〕此題喫緊在「時」字，然必帶定時雨，此「時」字乃有精神，泛作喜晴詩，鋪陳雨後景物，未能中窾也。此詩純於「時」字着意，此乙卯三月御試各省試官題〔三三〇〕，語出經典，別無故實，故須切時事以立言。韵限「難」字，仰見「八徵耄念」之意，故結處推本

「建極錫福」之源。

〔釋〕春水足：古詩：一犂春雨足。光風：《楚詞》：光風轉蕙，泛崇蘭些。皇極：《書·洪範》：皇極之敷言，是彝是訓，于帝其訓。

賦得刻鵠類鶩（得曹字）

（馬援《戒兄子嚴敦書》：效伯高不得，猶爲謹敕之士，所謂刻鵠不成尚類鶩者也。）

勉效深醇士，（先點題意。）無矜意氣豪。譬如從郢匠，（接入喻意。）學彼試并刀。摹仿青田狀，（清出是「刻鵠」。）雕鎸白雪毛。巧應欲翔翥，（以刻成一開。）差亦祇分毫。（以刻不成一合。）貌似終相近，功多未枉勞。（四語還清「尚類鶩」意。）材殊仙客馭，贄尚庶人操。尺牘傳交趾，芳踪表伯高。（就本事推開作結。）千秋垂法戒，豈但訓兒曹。

（按「祇」字音脂，敬也，從氏。「祇」字從氏有二音，音岐者，地祇也，又安也，又大也；音支者，適也，但也。作適字、但字解者，今杜詩、韓詩或書作「秖」，從禾從氏，而俗讀曰質者，非也；故「秖」字，適也，亦音支。其「秖」字從氏者，則音知，穀始熟也，但不作仄聲用，今作者恐是仍杜、韓詩而誤也。）

〔評〕此首正喻雙關，是〔三三一〕正格。題雖韵險，猶要安排得端委清楚，否則語多强押，意又不明，即不免見拙矣。起四從正意遞入喻意，眉目方醒，脉絡方清，語意亦方順，不如是，則立身之道與工匠之事兩不相關〔三三二〕矣。七、八二語開合生動，必如是，文義乃是，文機乃活。

〔釋〕郢匠：《莊子》：郢人堊漫其鼻端若蠅翼，使匠石斲之，匠石運斤成風，聽而斲之，盡堊而鼻不傷。翔翥：《異苑》：魏安釐王觀翔鵠而樂之，客作木鵠以獻，王曰：「此有形無用者也。」曰：「臣請爲大王翔之。」乃取而騎焉，遂翻然飛去。仙客馭：《述異傳》：荀瓌嘗憩黃鶴樓上，望西南有物飄然降自霄漢，俄頃已至，乃駕鶴之賓也。庶人贄：《曲禮》：庶人之摯匹。音鶩。交趾：馬援平交趾，封新息侯，此書乃從交趾寄還與兄子嚴敦。

其二（韵同上）

學刻雙黃鵠，勤操百煉刀。（從「刻鵠」本面直起。）何人能仿佛，（折入「不成」意。）

此鳥最清高。（還「鵠」字。）想像仙姿逸，經營意匠勞。（還「刻」字。）無云差杪忽，（還「不成」意。）或未肖纖毫。本自鴛鴻侶，終殊烏鵲毛。（以下暢發「尚類鶩」。）家雞非所愛，孤鶩乃其曹。（此推原鵠本難肖。）飛即輸千里，（此收合「尚可類鶩」。）栖客近九皋。（借〔三三三〕莊子語作結。）鶴鳧長短異，雲水各翔翱。（此復轉到鵠、鶩絶不相類，善於出題。）

〔評〕此首純以喻意落筆，不點正意而隱含正意於其中，乃變格也。元稹《玉卮無當》詩如此。

首四句從題面直起，不出正意，而三、四句與「畫虎」對針，却隱隱雙關，此用筆之妙〔三三四〕。

自記：鵠即鶴，鳧即鶩，歐陽詢《藝文類聚》有鵠部，無鶴部，鵠部所收皆鶴，故是知鵠、鶴是一物，或有小字板《藝文類聚》分鶴、鵠爲二部，乃〔三三五〕明人所妄改也。王勃《滕王閣餞别序》稱「落霞與孤鶩齊飛」，鶩若是鴨，何緣霞舉？知鳧、鶩是一物。

〔釋〕雙黄鵠：《列女傳》：陶嬰《黄鵠歌》：黄鵠早寡，七年不雙。宛頸獨宿，不與衆同。百煉：劉越石《重贈盧諶》詩：何意百煉剛，化爲繞指柔。仙姿：鮑照

《舞鶴賦》：散幽經以驗物，偉胎化之仙禽。經營：杜甫詩：意匠慘淡經營中。烏鵲毛：杜甫詩：空瞻烏鵲毛。家雞：《南史》：庾翼不服右軍，曰：「小兒厭家雞，愛野鶩，皆學逸少書。」孤鶩：王勃《滕王閣餞別序》：落霞與孤鶩齊飛，秋水共長天一色。千里：《史記》：高祖歌：鴻鵠高飛兮一舉千里。九皋：《詩》：鶴鳴於九皋，聲聞於天。鶴鳧：《莊子》：鳧脛雖短，續之則憂；鶴脛雖長，斷之則悲。雲水：左思《蜀都賦》：鴻儔鵠侶，雲飛水宿。

賦得清露滴荷珠（得宜字）

（唐無名氏有《清露點荷珠賦》。）

露以珠相比，（點「露珠」。）惟荷比最宜。（點「荷」。）試看擎蓋處，（承「荷」。）恰似走盤時。（承「珠」。）聚液因成水，（寫「荷露」。）隨圓自中規。（寫「荷珠」所由成。）沾濡原不濕，（寫「荷露」。）旋轉竟堪疑。（寫「荷珠」所由成。）蜑客驚花隱，蓮娃訝佩遺。劇憐明月映，祇惜軟風欹。（四語雖寫題面，却以唱嘆出之，總不肯板寫。）試茗頻吹鼎，煎香再賦詩。雲漿能益壽，長祝萬年期。（此因《御製荷露烹茶》七言律詩前後凡二首，故敬以作結寓頌。）

〔評〕起四句跳擲而入，緣人人俱以荷露雙點，故避其習徑，此是變格。起句用江淹語，然板用則成死句，借以生波，剔出荷珠，便覺靈動，此用事用筆之法。次四句力透荷露所以成珠之故，緣此處亦人人俱用刻畫形容，故擺脱而寫題意，亦變格也。

〔釋〕露珠：江淹《别賦》：秋露如珠，秋月如圭。走盤：岳珂《新荷出水》詩：曉露走盤珠顆瑩。蜑客：范成大《桂海虞衡志》：珠，出合浦海中。有珠池，蜑户投水探蚌取之。佩：《韓詩外傳》：鄭交甫將南適楚，遵彼漢皋，遇二女佩兩珠，大如荊雞之卵。明月：《史記・魯仲連鄒陽傳》：臣聞明月之珠，夜光之璧。

賦得水波（得平字）

（即景爲題，原無出處。）

太液春流暖，（從「水」字起。）澄明一鏡平。從來清見底，本自静無聲。（反跌取勢。）偶爾微颸拂，（折入「波」字。）天然細縐生。（是初見「波」。）羅紋吹蕩漾，縠纈散縱横。起伏分還合，（是細看「波」。）瀠洄往復行。（合上二句，以次自近而遠。）翠牽新荇動，紅泛落花輕。（是以波中之物點綴。）浴鴨鳴相趁，眠鷗卧不驚。（是以波外之物點綴。）恩波資長育，茂豫暢皇情。（合上二句，亦以次自近而遠。）

〔評〕題境似極空闊，却極逼仄，如開口即撲「波」字，以下層層順接，不敷衍堆垛不止。此先從無波説起，然後説到生波，則轉落既覺精神，文境亦不窘迫。曩在翰林，嘗與諸同館言試帖之病[三三六]，凡試帖之病莫大於開手即緊抱題面以全力發揮，雋句清詞，人人激賞，而入後竟成弩末，非重複再説，則敷衍旁牽矣。蓋試帖對題作詩猶八比對題作文，八比自小講以至末比各有次第淺深，如小講小比先透發題理，占中比之分，則作到中比時已是後比語意，作到後比、末比，更作何語乎？此理至明，而高才博學者乃多不悟[三三七]。「羅紋」以下八句雖皆[三三八]寫題面，然聯聯具有層次，凡試帖層次位置最緊，而佳句爲次焉。題止「水」字，則非長江巨海也，韵限「平」字，則非驚濤駭浪也。此只以現景爲題，自應以現景着筆，如因韵限「平」字竟作「海不揚波」詩，則風播不動，賢者心自動矣。此種題更無岐徑，只以摹寫細膩爲上。

夫押韵巧，琢句工，儷偶切，亦極試帖之能事。然譬諸五彩之文錦，誠珍飾也，而天吴紫鳳不可顛倒縫紉；三代之古器，誠法物也，而周鼎商彝不可雜亂堆積。又譬諸西子、王嫱之美全在其面，使以人畫之，面生於腹上，非刑天怪物乎？故試帖層次位置爲喫緊，而佳爲次焉。

〔釋〕見底：羊士諤《郡中即事》詩：城下秋江寒見底。翠牽荇：杜甫《曲江對雨》：林花著雨燕脂濕，水荇牽風翠帶長。落花：張蠙《夏日題老將林亭》：墻頭細雨垂纖草，水面迴風聚落花。

賦得閏月定四時（得和字）

（《書・堯典》：以閏月定四時成歲。）

寒暑循環至，陰陽遞蕩摩。（起即安放「四時」，使通首有根。）盈虛緣氣朔，（明小建之根。）贏縮驗羲娥。杪忽差之久，（明小建生閏之根。）畸零漸以多。求其時令正，（反推有體勢。）如此羨餘何。惟置三年閏，斯調四序和。（四語還定「四時」之正面。）短長皆互補，節候自無訛。化日遲遲永，芳辰緩緩過。（切合時事作收。）春風添一月，是處聽鶯歌。

〔評〕此種典悶題，説來如老嫗可解，最是難事。題重在四時〔三三九〕，是爲驪珠、藕節、桐葉之類，皆鱗爪也。此乙卯會試題，是年適閏二月，故以命題〔三四〇〕。考唐人程試例，如詔改正月晦日爲中和節，是朝廷新制也，則通篇全詠〔三四一〕時事。如「數蓂」是唐堯典故也，適在貞元元年，則通篇詠古。惟結句稱「堯年始〔三四二〕今歲」，此題既用堯典，則與數蓂一例，故閏二月意亦於結處見之。

〔釋〕蕩摩：《易·繫辭傳》：是故剛柔相摩，八卦相蕩。氣朔盈虛、日月贏縮：《書·堯典》蔡傳：天體三百六十五度四分度之一，每日左旋一週而過一度，日行每日不及天一度，積三百六十五日零而與天會。月行一日不及天十三度，零積二千九日零而與日會。歲有十二月，月有三十日，三百六十者，一歲之常數也，故日與天會而多五日零爲氣盈，月與日會而少五日零爲朔虛，合氣盈數虛而閏生焉，故一歲閏率則十日零，三歲則當閏一月也。聽鶯：馮贄《雲仙雜記》：戴顒春日携雙柑斗酒，往聽黄鸝聲。

賦得公而不明（得誰字）

人對芙蓉鏡，（原題。）持衡在主司。（人原望其公而且明。）云何矜正直，轉不問妍媸。（點題作叫起之筆，爲通篇發難，用筆最生動。）陸贄空期汝，顔標莫辨誰。（二語寫「公」。）遂教杏園宴，濫折桂花[三四三]枝。（二語寫「不明」，先坐實不明之弊，下韻轉筆方有力。）緣恃清無染，都忘照已疲。驪黄誇闊略，甲乙致參差。（四語提破自恃其公，所以致不明之故，與次韵相叫應。）所幸平生志，猶蒙聖主知。（轉到時事，入言得體。）一言功過定，睿鑒洞無遺。

〔評〕公當主明，公何以反致不明？正緣自恃其公，無所愧怍，無所嫌疑，故不詳加檢點耳，此詩皆發此意。

〔釋〕芙蓉鏡：《酉陽[三四四]雜俎》：李固言下第遊蜀，遇一老姥，與言「郎君明年芙蓉鏡下及第」。明年，果狀元及第，詩賦有「人鏡芙蓉」之目。陸贄：《唐餘録》：崔群知舉歸，其妻勸令求田，群曰：「予有美莊三十所，傍所故三十人是也。」妻曰：「君非陸贄門生乎？君掌文炳，約其子簡禮[三四五]，不令就試，如以君爲良，則陸氏一莊荒矣。」崔無以答焉。顔標：《紀事》：鄭侍郎薰主文，疑顔標魯公之後，即以爲狀元，謝日問及廟院，標曰：「寒進，無此。」時嘲[三四六]之曰：「主司頭腦太冬烘，錯認顔標作魯公。」照疲：《世説》：袁彦升云：「何嘗見明鏡疲於屢照。」

其二(韵同上)

皇心金鏡澈,四照辨毫釐。(從皇上之明引入,虚籠本題。)得失同時見,瑕瑜一覽知。蕭蘭均採擷,瓜李致嫌疑。(四語先按定「不明」二層,用筆重。)紕繆何如是,愆尤更諉誰。乃蒙天府鑒,猶諒意無私。(語略揮過「公」字層,用輕筆。)明罰申公論,矜愚示聖慈。(收清本事。)權衡歸至當,操縱頌咸宜。(推開作結,妙於出題。)應識裁成化,持平總若斯。

〔評〕此首暢發前首結處之意,結更推開一層,見聖天子乾綱獨斷,鑑空衡平,不獨此一事也。重按「不明」,輕叙「公」字,詳略得體。前首陳情,此首謝表,直以試帖作表章,運掉旋轉如意,止是一熟。

〔釋〕金鏡:《尚書考靈耀》:秦失金鏡,魚目入珠。蕭蘭:《世説》:常〔三四七〕稱「寧爲蘭摧玉折,不作蕭敷艾榮」。瓜李:古詩《君子行》:君子防未然,不處嫌疑間。瓜田不納履,李下不整冠。

賦得四時爲柄（得乾字）

（《禮記·禮運》：故聖人作則必以天地爲本，以陰陽爲端，以四時爲柄，以日星爲紀。）

温肅功相濟，陰陽候密遷。（提筆先言四時之柄。）天樞提以斗，氣紐繫乎乾。惟有經綸手，平分斡運權。（四句纔言以四時爲柄。）一元歸掌握，四序遞輪旋。試驗行生者，如隨臂指然。（四句推言其功化。）所操纔尺寸，其化遍垓埏。刑賞稽周典，璣衡協舜年。（以頌作收。）聖心涵大造，體健本天圓〔三四八〕。

〔評〕題着意在「柄」字，然題境闊大，題義宏深，一刻畫「柄」字即入纖巧，與題不稱，故惟略以字面點綴而已。

〔釋〕天樞：桓譚《新論》：天卯酉，當北斗極，北斗極天樞。樞，天軸也，犹蓋有保斗矣，蓋雖轉而保斗不移，知斗極爲天之中也。經綸：《易·屯卦》：君子以經綸。行生：《論語》：四時行焉，百物生焉。臂指：賈誼《政事疏》：如身之使臂，如臂之使指。刑賞：董仲舒《賢良策》：賞以春夏，刑以秋冬。璣衡：《舜典》：在璿璣玉衡，以齊七政。

賦得既雨晴亦佳（得晴字）

（杜甫《喜晴》詩：皇天久不雨，既雨晴亦佳。出郭眺西郊，蕭蕭春增華。）

少皞秋方届，（從時令布景。）炎官令尚行。劇嫌殘暑在，時望片雲生。（追叙本意，原是由「晴」而望「雨」。）火傘俄消焰，（補寫「雨」一層。）雷車乍合鳴。一經初過雨，反似最宜晴。（此方正落題面。）山態清〔三四九〕嵐活，烟光緑野平。（正寫「晴佳」。）坐來晨氣潤，看到晚霞明。霽色圖難繪，清吟句好成。（收到録科時事作結。）題詩追杜老，拭目待群英。

〔評〕自記：甲寅七月以此題録科，雖好雨頗多，然率作喜晴之語。或有點及「既」字者，「亦」字則皆置不道。又有誤認「亦」字從「雨」字來，謂雨佳晴亦佳者，是將雨晴打作兩橛了，其失更甚。因於燈下擬此兩詩。

題是晴佳〔三五〇〕，何以前半複説雨？觀上句是皇天久不雨，中間更無説雨一層即直接此句，是「既雨」原包得雨一層在内，若不鈎清，「晴」字從何處生來？「既」字又承何句?

〔釋〕少皞:《禮·月令》:孟秋之月,其帝少皞,其神蓐收。殘暑:沈佺期詩:小池殘暑退,高樹早凉歸。片雲:杜甫詩:片雲頭上黑,應是雨催詩。火傘:韓愈詩:赫赫炎官張火傘。

其二(韵同上)

正值炎蒸候,(切時令引入。)欣聞淅瀝聲。(補寫「雨」筆。)一番經好雨,(點清題面。)滿眼看新晴。昨見霞初起,原防暑倍生。(反挑作跌,善於取勢。)甘霖今慰望,(轉合「亦」字自醒。)霽景又怡情。草木華滋發,山川氣色更。晨風皆帶潤,午日亦含清。(四句正寫「晴佳」。)快作登高賦,停吟苦熱行。(收到録科時事作結。)虹橋千萬里,應是接崑城。

〔評〕中間點綴正面處,前首是山態烟光、晨氣晚霞,此首是草木山川、晨風午日。總在空闊處形容,以題原空闊,一花一鳥,小巧點綴,須烘托不出也。本題原是春景,此兩詩俱作新秋景,賦此等題,原可不拘出處。前首從晴轉到雨,從雨又轉到晴,紆徐以取「亦」字，欲其清也。此首將前首前八句併爲四句，而於五、六句作一反挑，抉〔三五二〕出雨晴，跳擲以取「亦」字，欲其醒也。一樣意思而用筆各自不同，總在人能變化耳。

〔釋〕登高賦：毛萇《詩傳》：升高能賦，可以爲大夫。左思《三都賦序》：發言爲詩者，咏其所志也；升高能賦者，頌其所見也。苦熱行：杜甫有《苦熱行》詩。

賦得首夏猶清和（得潛字）

（謝靈運《遊赤石進帆海》：首夏猶清和，芳草亦未歇。水宿淹晨暮，陰霞屢興没。）

九十芳春後，（引題俊逸。）芳春似又添。花雖紅簌簌，草自緑纖纖。（略從景物作一點綴。）誰挽韶光住，（以下都從氣候上。）都無暑氣攙〔三五三〕。（寫「猶清和」意，此韵先渾寫。）曉風仍薄冷，午日未全炎。（此從曉寫到午。）細雨宜憑檻，新晴好捲簾。（此從雨寫到晴。）何須揮短箑，纔擬換輕縑。（歸到人事上。）澹沱烟姿媚，瀠洄水意恬。（遞到頌揚作結。）欣欣觀物化，涵育到飛潛。

〔評〕此句自就氣候上説，若鋪陳春末夏初之景物，便累牘難窮，而一毫不似。故此詩只從空際着筆，非避喧就寂，乃題位應爾。

賦得如水如鏡（得分字）

（張蘊古《大寶箴》： 故曰如衡如石，不定物以數，物之懸者，輕重自見； 如水如鏡，不示物以情，物之鑒者，妍蚩自生。）

貞觀求言日，（原題。）良臣獻納勤。借方心朗澈，用辨物紛紜。（總括渾點。）澄碧消餘滓，（四句分還「水」、「鏡」。）（水。）磨金映透紋。（鏡。）净涵天一色，（水。）明勝月三分。（鏡。）内景含虚白，圓光洗垢氛。（四句正還「如」字。）真形皆繪畫，幻態任烟雲。自古傳斯論，於今信所云。（二語未免蹈空，然非此二句引不出末二句，韵脚窘束，無可如何也。）知人堯帝哲，睿藻有鴻文。（謹按： 御製有《君子小人論》，嘗宣示廷臣。）

〔評〕「明勝月三分」句用「天下三分明月夜，無賴是揚州」語，[三五四]惟[三五五]用「勝」字便仍是「鏡」字本位，若作「明似月三分」便是於以鏡比心之外又添出以月比鏡，輾轉相比，不冗雜萬狀不止矣。故比中生比爲試帖之厲禁，犯之最易，所宜切戒。

〔釋〕貞觀： 唐太宗年號。天一色： 王勃《滕王閣餞别序》： 落霞與孤鶩齊飛，秋水共長天一色。月三分：詩：天下三分明月夜，二分無賴是揚州。

賦得石穴應雲（得霖字）

（盛宏之《荊州記》：佷〔三五六〕山縣有一山，獨立峻絶。西北有石穴，以燭行百步許〔三五七〕，二大石其間相去一丈許，俗云其一爲陽石，一陰石。水旱爲災，鞭陰石則雨，鞭陽石則晴。）

二氣氤氳合，（先抉題之根。）蒸濡透碧岑。片雲獨〔三五八〕觸石，（次點明題意。）三日兆爲霖。窅窕瓊崖坼，玲瓏玉寶深。（二句還「石穴」。）幾絲穿曲罅，半嶺帶輕烟〔三五九〕。（二句還「應雲」，上句是初出穴，下句是漸出穴，亦有次第。）縹緲峰頭見，迢遥洞口尋。（二句是雲既出穴之後。）從龍應有感，出岫詎無心。（二句收足本意，即呼起後四句。）會送知時雨，來隨解愠琴。（切時景作結。）芳滋遍禾黍，豫茂慰宸襟〔三六〇〕。

〔評〕通體亦步亦趨，不逾尺寸，却是試帖之初體。

〔釋〕氤氳：楊乂《雲賦》：剛柔初降，陰陽絪緼，於是山澤通氣，華岱興雲。片雲：杜甫詩：片雲頭上黑，應是雨催詩。觸石：《公羊傳・僖三十一》：觸石而出，膚寸而合，不崇朝而遍雨乎天下者，惟泰山耳。爲霖：《左傳・隱九年》：凡雨自三日以往爲霖。縹緲：成公綏〔三六一〕《雲賦》：或綉文錦章，依微要眇；綿邈凌虛，輕翔縹緲〔三六二〕。峰頭見：李白《清平調》：若非群玉山頭見，會向瑶臺月下逢。從龍：《易・文言》：雲從龍。出岫：陶潛《歸去來辭》：雲無心以出岫。知時雨：杜甫詩：好雨知時節，當春乃發生。解愠：《家語》：舜彈五弦之琴，歌《南風》之詩，曰：「南風之薰兮，可以解吾民之愠兮；南風之時兮，可以阜吾民之財兮。」

賦得雲興四岳（得霖字）

（《北史・魏愷傳》：愷遷青州長史，固辭，文宣怒，由是積年沉廢。後遇楊愔於路，微自陳，愔曰：「咸由中旨〔三六三〕。」愷應聲曰：「雖復零雨自天，終待雲興四岳，公豈得言不知？」愔與言曰：「此言實爲簡要。」數日，除霍州刺史。）

峻極惟神岳，（直從四岳起。）巖穹澗谷深。絪緼通地氣，（抉題之根。）發育應天心。石骨微含潤，嵐光早變陰。（二句寫初興。）千峰蒸鬱鬱，四野黯沉沉。（二句寫既興。）遍雨聞諸古，興雲詠至今。（二句束上起下。）正緣人〔三六四〕望澤，總藉汝爲霖。（關合題意。)好以交相感,常教惠下臨。(收明題意。)三公均品秩,莫遺似楊愔。(還明出典作結。)

〔評〕此以四岳雲興始能降雨,證大臣薦賢始能進用。此詩前八句寫題面,後八句隱合題意,至末句始還明出典,用唐試帖《風雨雞鳴》詩例也。此甲寅考試官學教習題〔三六五〕,場中多刻畫「四岳」字,其實祇是山出雲、天降雨耳,不但四岳與五岳不必分别,即岳與諸山亦無分别。不過因楊愔位尊,以岳視三公比之,更無他義,故此詩更不詮〔三六六〕解四岳之義。

〔釋〕峻極:《詩》:崧高惟岳,峻極於天。惟岳降神,生甫及申。絪緼:《易·繫辭傳》:天地絪緼,萬物化醇。發育:《中庸》:發育萬物,峻極於天。遍雨:見上首《公羊傳》。爲霖:《書·説命》:若歲大旱,用汝作霖雨。三公:《禮記》:五岳視三公,四瀆視諸侯。

賦得匠成翹秀(得多字)

(《抱朴子》:運大鈞乎皇極,開玄模以軌物,陶冶庶類,匠成翹秀。)

平楚陽翹茁，（點「翹秀」。）芳園石〔三六七〕秀多。鄧林高蔚茂，郢匠遠蒐羅。（倒點「匠」字。）嘉植儲楨幹，良工妙斧柯。（四句寫「匠」字。）楝樑期有用，繩墨引無訛。碎玉霏霏鋸，真花片片磨。（四句寫「成」字。）一從經斲削，迴異在山〔三六八〕阿。矩秉周三物，材程漢四科。（四句還本意。）成功資大廈，五鳳構巍峩。

〔釋〕鄧林：《山海經》：夸父逐日，渴飲河、渭，不足，北飲大澤，未至，道渴而死。弃其杖，化爲鄧林也。郢匠：出《莊子》，見上《刻畫類鶩》詩。三物：《周官·大司徒》：以鄉三物教萬民，而賓興之。四科：漢安二年，增孝弟及能從政者爲四科。五鳳：《談苑》：韓浦、韓洎能爲古文，洎常輕浦，語人曰：「吾兄爲文，譬如繩縛草舍，庇風雨而已。予之文，造五鳳樓手也。」

賦得雲消出絳河（得河字）

（王維《同崔員外秋宵寓直》：月迴藏珠斗，雲消出絳河。）

七夕看牛女，（折切時令起。）輕陰羃似羅。（點「雲」字。）頻登朱閣望，無奈碧雲多。（先從「雲」布勢，折出「消」方醒。）忽覺微凉入，徐吹爽籟過。（推原所以「雲消」之故。）

天高收宿靄，夜久露明河。（正落全題。）漸透玲瓏影，遥横清淺波。片時銀色浄，極目練光拖。（四語正寫出「絳河」。）得月珠簾捲，穿針綵綫搓。（仍舊借七夕時事作映帶。）新聲誰第一，側耳聽清歌。

〔評〕「絳河」事[三六九]出《漢武内傳》上元夫人答王母書中，詳其詞[三七〇]意，似非指銀河，右丞此句當由誤用。然題既以銀河用詩，亦止得以銀河詠之，故仍用銀河[三七一]練光爲比，不更斡旋「絳」字。起四句寫雲，次四句寫消，非惟題境本窄，寬以展步，亦以有雲而後有消，於事爲一定之理，於詩爲一定之法也。次四句正寫絳河，以前路空寫，此處須與還明，乃虚實相間，亦一定之法。結處「得月」句點綴雲消，「穿針」句點綴絳河，題本不是七夕，借相映帶耳，此種是偶然趁筆，工拙不在是也。此詩爲諸生鄉試時作，故借劉賓客語以作吉讖，非本題所應有，然唐試帖却多此例。（自記）

〔釋〕似羅：梁元帝《蕩婦秋思賦》：重以秋水文波，秋雲似羅。清淺：宋之問《明河篇》：昏見南樓清且淺，曉落西山縱復横。練光：《明河篇》：倬彼昭回如練白。又蘇軾詩：卷却天機雲錦段，從教匹練寫秋光。得月：宋詩：近水樓臺先得月。又韓愈詩：纖雲四卷天無河，清風吹空月舒波。穿針：《荆楚歲時記》：七夕時，人家婦女結綵縷，穿七孔針以乞巧。第一： 劉賓客詩： 曾隨織女渡天河，記得雲間第一歌。

賦得東風入律（得風字）

（東方朔《十洲記》： 天漢三年，月氏國獻神香，使者曰：「國有常占，東風入律，百〔三七二〕旬不休，青雲干呂，連月不散，意中國將有好道君，故搜奇異而貢神香也。」）

荒徼來星使，（原題。）神符應月筩。（點「律」字。）浮槎瞻北斗，（承首句。）執籥驗東風。（襯。）（承次句。）卦氣三陽叶，（點「東風」。）春聲六琯同。（四句正寫題面。）蒼龍原中角，太簇總爲宫。宛轉諧鳴鳳，吹噓啓蟄蟲。（四句詠嘆以盡其意。）百句猶未息，萬里自相通。乾象天樞正，坤輿地絡窮。（以時事作收。）兜離偕傑作，今悉付伶工。

〔評〕題本莊重，原著不得一毫纖巧字句，詩亦與題雅稱。

〔釋〕神符： 揚雄《劇秦美新》文： 與天剖〔三七三〕神符，地合靈契。 月筩： 即律管也，十二律應十二月，故謂月筩。 浮槎： 張華《博物志》： 天河與海通，近世有人居海渚者，年年八月有浮槎〔三七四〕去來，不失期。執籥：《詩》：左手執籥，右手秉翟。三陽：《易·泰卦》，三陽始生，正月之卦也。六琯：杜甫詩：吹葭六琯動飛灰。蒼龍：東方蒼龍七宿，貌屬木，春時盛德在木〔三七五〕，其音角。太簇：孟春之月，律中太簇。考旋相爲宫之法，每律各具五聲，太簇亦得爲宫也。鳴鳳：《漢書·律〔三七六〕曆志》：黄帝使泠綸取竹之解谷生，其竅厚均者，斷兩節間而吹之，以爲黄鍾之宫。制十二筩以聽鳳之鳴，其雌雄各六。啓蟄：孟春蟄蟲始振，仲春蟄虫咸動，啓户始出。

賦得春帆細雨來（得帆字）

（杜甫《送翰林張司馬南海勒碑》：冠冕通南極，文章落上臺。詔從三殿去，碑到百蠻開。野館濃花發，春帆細雨來。不知滄海上，天遣幾時回。）

雲氣濃如墨，（前步引題法。）（引「雨」字。）江波緑似衫。（引「帆」字。）濛濛吹細雨，（點「細雨」。）沓沓送征帆。（點「帆」。）斜浥絲千縷，低窺鏡一函。（中八句切定「細雨」寫「春帆」。）兩行迷遠樹，九面轉重巖。短笠欹偏穩，孤篷障未嚴。汀花看滴瀝，檣燕聽呢喃。（略從雨中景物點綴「春」字，亦不脱漏。）佇望行人至，無勞遠思緘。（收結有別致。）仙舟誰共上，縹緲自超凡。

〔評〕題無深意，以險韻看押法耳。如「函」字以人行明鏡中押出，「巖」字以帆隨湘轉、望衡九面押也，「喃」字以檣燕語留人押出，皆〔三七七〕是點化之法。因「帆」字生出「孤蓬」，因「細雨」生出「障」字，即〔三七八〕從「孤蓬障」生出「未嚴」字，則引韻法也。古來善押險韻無過韓、蘇，然以昌黎古詩押法入試帖是自求顛躓，東坡押法卻於試帖相近，其假借靈活處，皆可師也。

〔釋〕如墨：蘇軾詩：黑雲翻墨未遮山。絲：張景陽《雜詩》：騰雲似涌烟，密雨如散絲。鏡：唐詩：人行明鏡中。九面：《湘中漁歌》：帆隨湘轉，望衡九面。檣燕：唐詩：檣燕語留人。仙舟：《後漢書》：郭林宗游洛陽，與李膺相友善。後歸鄉里，送者車數千兩，林宗唯與膺同舟〔三七九〕而濟，衆賓望之以爲神仙。

賦得百川灌河（得方字）

（《莊子・秋水》篇：秋水時至，百川灌河。）

浩浩洪河注，（直從「河」字起。）東來萬里長。百川歸翕納，九派會蒼〔三八〇〕茫。（點

「百川灌」意。）秋漲浮高岸，寒濤瀉大荒。（承「秋水時至」意。）争流波捲白，交湧浪翻黄。風雨聲奔輳，魚龍氣奮張。（正寫「灌」字，亦不脱「百川」意。）共趨天左界，齊匯水中央。（收足題面。）自足馳遐矚，何須愧大方。（另轉出一層作收。）朝宗通紫澥，畛域可相忘。（結在題面爲尊題法，在題意爲翻案法。）

〔評〕抬起河伯，又從《莊子》外别生一解。詩家原有此翻案之法，偶一爲之，亦無不可，但不可動輒如此耳。

〔釋〕九派：郭璞《江賦》：流九派乎潯陽。左界：《禮·鄉飲酒義》：其水在洗東，祖天地之左海也。中央：《詩》：宛在水中央。大方：《秋水篇》：河伯初以爲天下之美盡在己，東行至於北海，始望洋向若而嘆曰：「今我睹子之難窮也，吾非至於子之門則殆矣，吾長見笑於大方之家。」朝宗：《書》：江漢朝宗於海。

其二（韵同上）

五老星飛處，（渾從「河」字起。）滄波萬古長。河清原卜瑞，（襯一層。）川至更增祥。（點「百川灌」。）靈液添香雨，高源溢盎漿。（推原所以「灌」之故。）合流歸德水，（正寫

「灌」。）分派耀榮光。澤馬來空闊，神魚舞混茫。（略加點染。）群龍趨大壑，一柱屹中央。（收足本題。）禹迹傳敷土，堯天頌省方。（遞到時事作結。）瑶圖應效趾，緑字炳文昌。

〔評〕自記：此竟就題論題，更不論其本意，試帖亦有此一格。今姑作一篇，使知有此變體而已，非以爲訓，故綴之篇末。

〔釋〕五老：《論語讖》：仲尼曰：「吾聞堯與舜等遊首山，觀河渚，有五老遊河，龍銜玉苞金泥玉檢封盛書，五老飛爲流星，上入昴。」河清：《拾遺記》：黄河千年一清，聖人之大瑞也。李霄遠《運命論》：黄河清而聖人生。德水：秦滅六國，自以爲獲水德之瑞，更名河曰德水。榮光：《尚書中候》：榮光出〔三八二〕河，休氣四塞。一柱：《書·禹貢》：東至於底柱。

校勘記

〔一〕「眉」，當爲「屑」之誤。

〔二〕《文苑英華》、《全唐詩》皆作「莫以時先後」。

〔三〕「子」，原誤作「字」，徑改。

〔四〕「隰」，原文作「濕」，今據温庭筠原詩改。下詩同。

〔五〕原文「悟」誤爲「悮」，據《館課存稿》改。

〔六〕「秘」誤爲「泌」，據《文選》改，上海古籍出版社一九八六年版。

〔七〕「崔」，原文誤爲「隹」，徑改。

〔八〕原文作「奏」，徑改。

〔九〕「岸」字，原文缺，據《文選》補。

〔一〇〕底本「湯垕」誤爲「湯后上」，徑改。湯垕，字君載，號采真子，元代畫論家，著有《畫鑒》等。

〔一一〕「成」，原文誤爲「城」，徑改。

〔一二〕「鈎」，原誤作「弦」，徑改。

〔一三〕「絲竹」，《周禮》作「孤竹」。

〔一四〕「李頎」，原文誤爲「李順」，該詩《全唐詩》卷一百三十三題爲「送康洽入京進樂府詩」，該句「袷」作「裌」，中華書局一九六〇年版。

〔一五〕「答孫楚」，原作「答孫」，據《晉書・董京傳》補；「停」，《董京傳》作「渟」。

〔一六〕「宋」，原文誤爲「宗」，據《幽明録》改，《漢魏六朝小説筆記大觀》本，上海古籍出版社一九九九年版。

〔一七〕「北」，原文誤爲「杜」，據《山海經・海外南經》改，袁珂校注，巴蜀書社一九九三年版。

〔一八〕「崖」字，《館課存稿》作「岩」。

〔一九〕「淮南子」，原誤作「淮南字」，徑改。

〔二〇〕「相和」，原文誤爲「想如」，徑改。

〔二一〕此詩，《全唐詩》卷一百五十三署爲「李華科試」詩。

〔二二〕「鮑照」，原作「鮑昭」，徑改。

〔二三〕「郎」字，原文脱，據《玉台新詠彙校》卷五補，上海古籍出版社二〇一四年版。

〔二四〕「卷」，原作「捲」，據《南史・江泌傳》改。

〔二五〕原本此句末多一「人」字，疑衍，徑删。

〔二六〕「模」，原誤作「摸」，徑改。

〔二七〕「跋」字，《館課存稿》作「拔」。

〔二八〕「描」，原誤作「苗」，徑改。

〔二九〕原文脱「蓋」字，據《讀杜心解・望岳》注引《長沙記》補。

〔三〇〕「頃」，原文誤作「傾」，徑改。

〔三一〕「李」，原文作「季」，徑改。

〔三二〕原文誤作「蹊」，徑改。

〔三三〕原文脱「殿」字，據《杜詩詳注》卷六補，中華書局一九九七年版。

〔三四〕「器」，《全唐詩》卷三百三十三作「契」。

〔三五〕「吉」字，《館課存稿》作「聲」。

〔三六〕原文爲「杜甫湘夫人詞南夕望詩」，按《全唐詩》卷二百三十三《湘夫人祠》詩下即《祠南夕望》詩，疑「湘夫人」爲衍文，故删去。「詞」改爲「祠」。

〔三七〕原文「漿」誤作「槳」，注釋引庾信《温湯碑》「其色變者流爲五雲之漿」之「漿」亦誤爲「槳」，徑改。

〔三八〕「歷」字，《館課存稿》作「曆」。

〔三九〕「闌」，原誤作「蘭」，據《岑嘉州詩箋注》卷五改，中華書局二〇〇四年版。
〔四〇〕「大」字，《館課存稿》作「太」。
〔四一〕「孺」，應爲「襦」之誤。
〔四二〕「宕」，原文作「岩」，今據文意改。
〔四三〕「宕」，原文作「岩」，今據文意改。
〔四四〕原引文「翠蓋」二字脱，徑補。
〔四五〕原文「樣」誤爲「漾」，據《館課存稿》改。
〔四六〕「凝」，原誤作「疑」，據楊明《陸機集校箋》卷下《作品輯佚卷第二》改，上海古籍出版社二〇一六年版。
〔四七〕「困學紀聞」，原誤作「困學記詞」，徑改。
〔四八〕原文脱「携」字，據馮贄《雲仙散録》三八「詩腸鼓吹」條補，中華書局二〇〇八年版。
〔四九〕「辛寵遜」，《全唐詩》卷七百六十一作「幸夤遜」，該句爲「纔聞暖律先偷眼，既待和風始展眉」。
〔五〇〕「行」，原文作「竹」，據《全宋詞》改。
〔五一〕「珠」，原誤作「味」，據《全上古三代秦漢三國六朝文·全梁文》卷六十六改，中華書局一九五八年版。
〔五二〕「碕」字，《館課存稿》作「埼」。
〔五三〕「脱」，原文誤爲「桃」；「淮」，原文誤爲「浪」，據《劉禹錫集》卷二十六改，中華書局一九九〇年版。
〔五四〕「苔」字，原文誤作「笞」，據《全唐詩》卷二百三十九改。
〔五五〕原文無「兩鮫」二字，據《博物志》卷七補，中華書局二〇一四年版。
〔五六〕「嘗」字，原文誤爲「當」，據《列仙傳校箋》卷上改，王叔岷撰，中華書局二〇〇七年版。
〔五七〕「右」字，《館課存稿》作「有」。

〔五八〕此句出自李林甫《秋夜望月憶韓席等諸侍郎因以投贈》，張九齡有和詩，但中無此句。見《全唐詩》卷一百二十一。

〔五九〕「斫」字，原文誤爲「研」，據《酉陽雜俎》前集卷一改，許逸民點校，中華書局二〇一五年版。

〔六〇〕原文「傾」誤爲「領」，據《文選》卷三十「雜擬」上陸機《擬古詩十二首》改，上海古籍出版社一九八六年版。

〔六一〕原文「穿」誤爲「寄」，據《蘇軾詩集》卷十《登玲瓏山》改，中華書局一九八二年版。

〔六二〕「撲」，原文誤作「僕」，徑改。

〔六三〕「同」字，《館課存稿》作「隨」。

〔六四〕「群」，原文誤爲「郡」，據《吕氏春秋》卷九改，中華書局二〇〇九年版。

〔六五〕「朝」，原文誤爲「軼」，據《博物志校正》卷三改，中華書局二〇一四年版。

〔六六〕「之」，原文脱，據《續資治通鑑》卷一百八十七補，中華書局二〇〇四年版。

〔六七〕《漢書·百官表》無「暴」字。

〔六八〕原文此誤爲「見蛇爲飛」，據《周禮正義》改。

〔六九〕「芝」，原文誤爲「之」，據《庾子山集注》卷一改，中華書局一九八〇年版。

〔七〇〕《館課存稿》作「賦得御溝柳色」。

〔七一〕「鬪」，《館課存稿》作「逗」。

〔七二〕「常」，原文作「掌」，今據《南史·張緒傳》改。

〔七三〕「考此詩上下文」，《我法集》爲：「此題上句云『白蓮千朶照廊明』，下二句云『纔唱第三條燭盡，南宫風月畫難成』，其次首云『三條燭盡鍾初成，九轉丹成鼎未開。明月漸低人擾擾，不知誰是謫仙才』。」

〔七四〕「開」，《我法集》作「閲」。

〔七五〕「祇以」此句，《我法集》作「祇以『歌詠續周京』、『合奏宣功茂』、『合鳴應化成』三句略帶《雅》、《頌》」。

〔七六〕「詩」，《我法集》作「題」。

〔七七〕「四字」，《我法集》作「二句」。

〔七八〕「襄」，《我法集》作「釀」。

〔七九〕「密」，原文誤作「空」，據《我法集》改。

〔八〇〕「知」，原誤作「之」，據《我法集》改。

〔八一〕「更」，《我法集》作「竟」。

〔八二〕「到」，原誤作「倒」，據《我法集》改。

〔八三〕「步」，《我法集》作「層」。

〔八四〕「便不是題山水」句，《我法集》作「便落鈍根中間」。

〔八五〕原文無「起二句總領」句至「以成章法」段，據《我法集》補。

〔八六〕范曄《樂遊應詔》詩有「山梁協孔性」句，而無「自悦孔性」句。見逯欽立《先秦漢魏晉南北朝詩・宋詩》卷四。

〔八七〕「蓋其時」至「面談」，原文無，據《我法集》補。

〔八八〕「徑」，原文誤作「經」，據《我法集》改。

〔八九〕「千」，原誤作「十」，據《我法集》改。

〔九〇〕「合」字，《我法集》作「汝」。

〔九一〕「説」字，《我法集》作「結」。

〔九二〕「似」字，《我法集》作「上」。

〔九三〕此句原文無，據《我法集》補。

〔九四〕「竹」原爲「詩」，據《我法集》改。

〔九五〕此段自注，原文作：「次韻即用工部句，借作鏇弄，趁筆取姿，翻筆致寫爲入妙。（自注）」今據《我法集》録入。

〔九六〕「非無據也」四字，《我法集》作「汝其識之」。

〔九七〕「眠」字，《荀子》卷十八《賦篇》第二十六作「俯」，楊倞注：「俯，謂卧而不食。」

〔九八〕「反」字疑衍，《我法集》無。

〔九九〕「方」字，原詩作「荒」，見《杜詩詳注》卷三，中華書局一九七九年版。

〔一〇〇〕「籠」，原文爲「龍」，徑改。

〔一〇一〕此句原文無，據《我法集》補。

〔一〇二〕原詩題爲「磧西頭送李判官入京」，見《岑嘉州集》卷三，中華書局二〇〇四年版。

〔一〇三〕「凝」，原文誤作「疑」，據嚴可均《全上古三代秦漢三國六朝文·全宋文》卷三十四改。

〔一〇四〕「塵」，原文誤作「麈」，據《我法集》改。

〔一〇五〕「鏡」，《我法集》作「水」。

〔一〇六〕「柔祇雪凝」至「又是一物」句原文無，據《我法集》補。

〔一〇七〕原文無「致」字，據《我法集》補。

〔一〇八〕原文「花」字誤作「藝」，據《我法集》改。

〔一〇九〕原文無「頗爲駭俗」句，據《我法集》改。

〔一一〇〕原文無「相如」二字，據《我法集》補。
〔一一一〕原文「唐詩紀事」作「紀事」，無「是唐人方言」句，據《我法集》補。
〔一一二〕「嶼」，原文誤作「與」，據《謝康樂詩集注》卷二改，中華書局二〇〇八年一月版。
〔一一三〕「升」，原作「太」，楊慎《丹鉛總録》卷七有「太極泉」條，據改。
〔一一四〕原文「蕩」誤作「蹤」，據《我法集》改。
〔一一五〕原文無此句，據《我法集》補。
〔一一六〕原文「又」字誤爲「天」，據《我法集》改；「雁」，《我法集》作「寒鴉」。
〔一一七〕原文「而」誤爲「尚」，據《我法集》改。
〔一一八〕「人」字，《我法集》作「汝」。
〔一一九〕原文「合算」誤作「令」，據《我法集》改。
〔一二〇〕《我法集》無「串寫」二字。
〔一二一〕原文無「漢魏六朝詩無自注者」一段，據《我法集》補。
〔一二二〕原文無「懸脚者」三字，據《我法集》補。
〔一二三〕「顛」，《我法集》作「傾」。
〔一二四〕「不是」至「好記」，原文無，據《我法集》補。
〔一二五〕「伴」字，原文誤作「拌」，據《全唐詩》卷三十五改。
〔一二六〕「衮」字，全集本作「袞」。
〔一二七〕原文未引李白詩句，據《我法集》補。
〔一二八〕「輩」字，《我法集》作「七子」。

〔一二九〕「字」字，《我法集》作「書」。
〔一三〇〕「宗」字，原文誤作「完」，徑改。
〔一三一〕「緑」，原文誤作「緣」，據《我法集》改。
〔一三二〕「或」字，《我法集》作「汝所作」； 原文「光」字誤爲「水」，據《我法集》改。
〔一三三〕據《我法集》補。
〔一三四〕原文「飾」誤爲「飭」，「兼」誤作「簾」，據《我法集》改。
〔一三五〕原文無此句，據《我法集》補。
〔一三六〕「語」字，《我法集》作「題」。
〔一三七〕「功」字，《我法集》作「巧」。
〔一三八〕「偶」，原文誤爲「遇」，據《我法集》改。
〔一三九〕「泠」，原文誤爲「冷」，據全集本改。
〔一四〇〕「欹」，原文誤爲「歌」，據《我法集》改。
〔一四一〕「大意寫法」，《我法集》作「寫大意法」。
〔一四二〕原文「宕」誤爲「岩」，據《我法集》改。
〔一四三〕原文未引此詩句，據《我法集》補。
〔一四四〕原文無「蓋」句，據《我法集》補。
〔一四五〕「境」字，《我法集》作「景」。
〔一四六〕「詩」字，《我法集》作「題」； 「宫怨」前，《我法集》多一「春」字。
〔一四七〕原文「停」誤爲「楟」，據《我法集》改。

〔一四八〕原文「鈞」誤作「鈞」，據《我法集》改。
〔一四九〕「弄筆狡獪生出波瀾」八字，《我法集》作「絜筆狡獪生波」。
〔一五〇〕「得」字，《我法集》作「肯」。
〔一五一〕「前」，《我法集》作「外」。
〔一五二〕原文「點」誤爲「結」，據《我法集》改。
〔一五三〕「題」，《我法集》作「體」。
〔一五四〕原文「裁」誤爲「栽」，據全集本改。
〔一五五〕「天」，原誤作「于」，徑改。
〔一五六〕「傳」，《我法集》校作「生」。
〔一五七〕原文「峰」誤爲「年」，據《我法集》改。
〔一五八〕「施」字，《我法集》作「司」。
〔一五九〕原文脱「面」字，「對」誤爲「到」，據《我法集》改。
〔一六〇〕「是」，《我法集》作「自」。
〔一六一〕「鱗」字，原書誤爲「倫」，據楊明照《增訂文心雕龍校注》改，中華書局二〇一二年版。
〔一六二〕原文「芳」誤爲「芀」，據《我法集》改。
〔一六三〕原文「挹」誤爲「把」，據全集本改。
〔一六四〕「似又」二字，《我法集》和全集本皆作「以久」。
〔一六五〕原文「士」誤爲「上」，據《我法集》改。
〔一六六〕原文脱「二」字，據《我法集》補。

〔一六七〕原文「避」誤爲「澼」，據《我法集》改。
〔一六八〕「通體」二字，《我法集》作「結處」。
〔一六九〕「實」，《我法集》作「事」。
〔一七〇〕「厚」，原文誤作「原」，據《全唐詩》卷七十八改。
〔一七一〕原文「詩」誤作「試」，據《我法集》校改。
〔一七二〕原文「理」誤爲「琞」，據《我法集》改。
〔一七三〕原文無「久議莫决」、「余」字，據《我法集》補。
〔一七四〕原文「援」字誤爲「授」，據《我法集》改。
〔一七五〕原文「占」字誤爲「古」，據《我法集》改。
〔一七六〕「披」字，底本誤爲「波」，據馬驌《繹史》卷二十六改，中華書局二〇〇二年版。
〔一七七〕原文「七」誤爲「士」，據《我法集》改。
〔一七八〕原文無「車」字，據《我法集》補。
〔一七九〕原文無「汝讀」以下至「爲戒」數字，據《我法集》補。
〔一八〇〕原文「歃」誤爲「歌」，據全集本改。
〔一八一〕原文無「宋季」二字，據《我法集》補。
〔一八二〕「朴」字，《我法集》作「芒」。
〔一八三〕「繳出」以下至「千里矣」，原文無，據《我法集》補。
〔一八四〕原文「止」誤爲「正」，據《我法集》改。
〔一八五〕原文「似」字誤爲「仙」，據《我法集》改。

〔一八六〕「面」字,《我法集》校爲「而」。
〔一八七〕「原」字,《我法集》和全集本皆作「緣」。
〔一八八〕「奇」字,《我法集》作「畸」。
〔一八九〕「常」字,《我法集》作「當」。
〔一九〇〕原文無「此非」至「示汝」句,據《我法集》補。
〔一九一〕「謬悠」,《我法集》作「悠謬」。
〔一九二〕「説」字,《我法集》作「辯」。
〔一九三〕原文「列子」誤爲「死千」,徑改。
〔一九四〕原文「晝」誤爲「畫」,據《我法集》改。
〔一九五〕「色」字,《我法集》作「已」。
〔一九六〕「色」字,《我法集》作「著」。
〔一九七〕「括」字,《我法集》作「拈」。
〔一九八〕原文無「樓鐘池水」四字,據《我法集》補。
〔一九九〕「虐」、「此家」,《我法集》作「瘧」、「詩家」。
〔二〇〇〕「成」,原文作「或」,疑誤,徑改。
〔二〇一〕「含」字,《我法集》和全集本作「涵」。
〔二〇二〕原文「清」誤爲「情」,據全集本改。
〔二〇三〕原文「火」誤爲「水」,據《我法集》改。
〔二〇四〕「入」字,《我法集》作「若」。

〔二〇五〕原文「調」誤爲「周」，據《我法集》改。
〔二〇六〕「染」字，《我法集》作「綴」。
〔二〇七〕「澀」字，原文誤作「泚」，據《宋文鑒》卷十四改，中華書局一九九二年版。
〔二〇八〕「遺棄」，《宋文鑒》卷十四作「棄遺」。
〔二〇九〕「鄭當時」，原文誤作「鄭長時」，據《史記・汲鄭列傳》改。
〔二一〇〕此句原文無，據《我法集》補。
〔二一一〕「架」字，《我法集》作「見」，全集本亦作「架」。
〔二一二〕「任」字，《我法集》作「在」。
〔二一三〕「題」字，《我法集》作「韵」。
〔二一四〕「西溪叢話」，《四庫全書》「子部」第十收録爲《西溪叢語》。
〔二一五〕此二句，《文賦》原作「傾群言之瀝液，漱六藝之芳潤」。
〔二一六〕「城」，原誤作「成」，據《全唐詩》卷三百三十二《郡中即事三首》改。
〔二一七〕「天亥雜識」疑誤，該事載宋周密《癸辛雜識》，「湯」作「楊」，中華書局一九八八年版。
〔二一八〕「逐」，原文誤作「遂」，徑改。
〔二一九〕「祀」，原文誤作「記」，徑改。
〔二二〇〕「練」，原文誤爲「鍊」，徑改。
〔二二一〕原文「一」誤爲「亦」，據《我法集》改；「詞」，《我法集》作「話」。
〔二二二〕「陟」，原文誤爲「涉」，據《全上古三代秦漢三國六朝文・全宋文》卷三十一改。
〔二二三〕「本」字，天津圖書館藏本手批改爲「木」。

〔二二四〕「春鳴鳥」，《我法集》作「春鳥鳴」。
〔二二五〕「遏」，《我法集》作「近」，全集本亦爲「遏」。
〔二二六〕「惡」字，《我法集》作「獷」。
〔二二七〕「坐」、「致」，《我法集》作「生」、「到」。
〔二二八〕「似」字，《我法集》作「是」。
〔二二九〕原文「一」誤爲「二」，據《我法集》改。
〔二三〇〕「出」字，《我法集》作「到」。
〔二三一〕原文「繁」誤爲「緐」，據《我法集》和全集本改。
〔二三二〕「忙」字，《我法集》作「芒」。
〔二三三〕按此事見於明馮夢龍《警世通言》卷三《王安石三難蘇學士》，王安石詩上句作「西風昨夜過園林」。中華書局二〇〇九年版。
〔二三四〕此詩「拂」字原文誤爲「江」，「垂」字誤爲「唾」，據《中州集》丁集第四改，中華書局二〇一四年版。
〔二三五〕原文無「遂反成」句，據《我法集》補。
〔二三六〕原文無「汝試操筆」至「大不易也」，據《我法集》補。
〔二三七〕原文無此段，據《我法集》補。
〔二三八〕原文「紀」誤爲「之」，《我法集》作「記」，徑改。
〔二三九〕原文無「此語」以下句，據《我法集》補。
〔二四〇〕「曾傳劉得仁」句，全集本作「休明論最淳」。
〔二四一〕原文無「起二句」此段，據《我法集》補。

〔二四二〕「端臨」，原文作「瑞林」，徑改。
〔二四三〕「明」字，《我法集》和全集本皆作「期」。
〔二四四〕原文「瑕」誤爲「暇」，據《我法集》改。
〔二四五〕「作對」，《我法集》爲「對作」。
〔二四六〕《易·否卦》：「其亡其亡，繫於苞桑」，「賜」疑爲「易」之訛。
〔二四七〕原文「通」誤爲「題」，據《我法集》改。
〔二四八〕「成」字，《我法集》作「裁」。
〔二四九〕「咸字與題」至「即此法也」原文無，據《我法集》補。
〔二五〇〕原文「繳」誤爲「儌」，據《我法集》改。
〔二五一〕「止得以下文」句，《我法集》作：「只得以下文『竹露滴清響』作結，雖小小結構，須知即有次第。」
〔二五二〕原文無「若」字，據《我法集》補。
〔二五三〕「清」字，原誤作「情」，徑改。
〔二五四〕「指」，原誤作「皆」，據《晉書·王羲之傳》改。
〔二五五〕「回」字，《我法集》作「同」，全集本作「來」。
〔二五六〕「贈」字，《我法集》作「曾」。
〔二五七〕原文「抑」字誤爲「印」，據《我法集》改。
〔二五八〕原文「韵」字誤爲「題」，據《我法集》改。
〔二五九〕「池」，原誤作「也」，徑改。
〔二六〇〕原文「與」誤爲「於」，據《我法集》改。

〔二六一〕「去聲」二字，據《我法集》補。
〔二六二〕「聽」字，《我法集》無。
〔二六三〕原文「只」字誤爲「此」，據《我法集》改。
〔二六四〕原文此句爲「一行彈琴正」，於意難通，據《我法集》評語「二句還彈琴正面」改。
〔二六五〕原文「故」字誤爲「做」，據《我法集》改。
〔二六六〕「面」字，《我法集》作「位」。
〔二六七〕原文「空」誤爲「王」，「雪」誤爲「露」，據《我法集》改。
〔二六八〕「光輝」，《我法集》作「輝光」。
〔二六九〕「舟」字，《我法集》作「天」。
〔二七〇〕原文「措」誤爲「借」，據《我法集》改。
〔二七一〕「我林」，底本清晰，疑誤，後引文出自杜佑《通典》卷二十六「職官」八。
〔二七二〕「賦」字，原文脱，徑補。
〔二七三〕「覽」，原文誤爲「賓」，據《賈誼集校注》改，天津古籍出版社二〇一〇年版。
〔二七四〕「豪」字，《我法集》作「家」。
〔二七五〕「室」，原文作「當」，徑改。
〔二七六〕原文「特」誤爲「時」，「枚」誤爲「收」，「楊」誤爲「陽」，據《我法集》改。
〔二七七〕原文「饑」誤爲「僟」，據《我法集》改。
〔二七八〕「下者」，《我法集》作「者下」。
〔二七九〕此处疑有缺字。

〔二八〇〕「梅」字，《我法集》和全集本皆作「旃」。
〔二八一〕「與」，疑爲「典」之誤。
〔二八二〕原文「縱」作「從」，「凌」作「陵」，據《我法集》改。
〔二八三〕原文「綴」誤爲「綏」，據《我法集》改。
〔二八四〕「後」字，《我法集》作「綴」。
〔二八五〕「粘」，原文作「清」，據《我法集》改。
〔二八六〕「明光」，《我法集》作「光明」。
〔二八七〕「攜」，原文誤作「蠵」，據後唐馮贄《雲仙散録》「化樓臺」條改，中華書局二〇〇八年版。
〔二八八〕「平聲」二字，據《我法集》補。
〔二八九〕「典」，原文作「與」，據文意改。
〔二九〇〕「平」字，《我法集》作「半」。
〔二九一〕此句原文作「便是出韵」，據《我法集》改。
〔二九二〕原文「題」誤作「提」，據《我法集》改。
〔二九三〕「游氏」，《我法集》作「坊刻詩法」。
〔二九四〕原文無「於古」二句，據《我法集》補。
〔二九五〕原文無「十字用仄成字用平」，據《我法集》補。
〔二九六〕原文無「磨勘」句，據《我法集》補。
〔二九七〕原文無「煉石補天」至「是也」，據《我法集》補。
〔二九八〕原文無「吾磨勘」以下句，據《我法集》補。

〔二九九〕「舊」字，《我法集》作「倩」。
〔三〇〇〕原文「嵐」誤爲「風」，據《我法集》改。
〔三〇一〕原文「分」誤爲「多」，據《我法集》改。
〔三〇二〕「歷」，《我法集》作「脉」。
〔三〇三〕原文缺「新」字，今據蘇軾詩補。
〔三〇四〕原文無「去聲」二字，據《我法集》補。
〔三〇五〕原文無「上聲」二字，據《我法集》補。
〔三〇六〕「陰輕」，《我法集》爲「微陰」。
〔三〇七〕「含」字，《我法集》作「勾」。
〔三〇八〕「似」字，《我法集》校爲「是」。
〔三〇九〕原文無「此二病至微」以下句，據《我法集》補。
〔三一〇〕據《我法集》補。
〔三一一〕「躡」字漫漶不清，據《我法集》補。
〔三一二〕「水」，原文作「元」，據嚴可均《全上古三代秦漢三國六朝文・全梁文》卷十五改。
〔三一三〕原文「景」字誤爲「量」，據《我法集》改。
〔三一四〕「衷」字，《我法集》和全集本皆作「襟」。
〔三一五〕原文無「汝祖」句，據《我法集》補。
〔三一六〕原文「泊」字誤爲「用」，據《我法集》補。
〔三一七〕原文無「此癸丑」至「風月是常事」，據《我法集》補。

〔三一八〕「面」，《我法集》作「中」。
〔三一九〕原文無「想爲」句，據《我法集》補。
〔三二〇〕原文無「蓋從容」至「不同耳」，據《我法集》補。
〔三二一〕原文無「虬幹」至「披襟」，據《我法集》補。
〔三二二〕原文無「有水便可行舟」至「生出送字」，據《我法集》補。
〔三二三〕「趁脉」，《我法集》作「趁上文」。
〔三二四〕原文「局」誤爲「旬」，據《我法集》改。
〔三二五〕原文無「韵中」以下此段文字，據《我法集》補。
〔三二六〕「池」字原脱，據《漢武帝别國洞冥記》卷三補，中華書局一九九一年版。
〔三二七〕「錦」，原誤作「鐘」，徑改。
〔三二八〕「贍」，原誤作「蟾」，據《開元天寶遺事》卷下「夢筆頭生花」條改，二〇〇六年中華書局版。
〔三二九〕「恰」，《我法集》作「却」。
〔三三〇〕原文無「此乙卯三月」句，據《我法集》補。
〔三三一〕「是」，《我法集》作「非」。
〔三三二〕「闢」，《我法集》作「貫」。
〔三三三〕原文衍一「借」字，徑删。
〔三三四〕「妙」字，《我法集》作「法」。
〔三三五〕原文無「鵠部所收」至「鵠爲二部乃」，據《我法集》補。
〔三三六〕原文無「曩在翰林」至「試帖之病」，據《我法集》補。

〔三三七〕原文無「蓋試帖對題作詩」至「乃多不悟」，據《我法集》補。
〔三三八〕原文「皆」誤爲「佳」，據《我法集》改。
〔三三九〕《我法集》作「題重『定四時』三字」。
〔三四〇〕原文無「故以命題」四字，據《我法集》補。
〔三四一〕原文「詠」字前衍「脉」字，據《我法集》删。
〔三四二〕原文無「始」字，據《我法集》補。
〔三四三〕「花」字，《我法集》、全集本皆作「林」。
〔三四四〕「陽」，原誤作「揚」，徑改。
〔三四五〕「生」，原誤爲「主」；「禮」，底本誤爲「凡」，據唐李亢《獨異志》卷下改，中華書局一九八五年版。
〔三四六〕「嘲」，原文作「朝」，據《唐詩紀事校箋》改，中華書局二〇〇七年版。
〔三四七〕原文「常」前衍「王元」二字，此本《世説新語・言語》：「毛伯成既負其才氣，常稱：寧爲蘭摧玉折，不作蕭敷艾榮。」據中華書局一九八四年版《世説新語校箋》删。
〔三四八〕「天圓」，《我法集》作「同天」。
〔三四九〕「清」字，《我法集》作「青」。
〔三五〇〕原文「佳」字誤爲「作」，據《我法集》改。
〔三五一〕「佺」，原文作「全」，徑改。
〔三五二〕「抉」字，《我法集》作「趹」。
〔三五三〕「攙」字，全集本作「兼」。
〔三五四〕原文無「無賴」句，據《我法集》補。

〔三五五〕原文「惟」誤爲「推」，據《我法集》改。
〔三五六〕「佷」，原文誤爲「退」，據《水經注校證》卷三十七「夷水」條改，中華書局二〇〇七年。
〔三五七〕「許」，原文作「評」，據宋吴淑《事類賦注》卷三注引《荊州記》改，中華書局一九八九年版。
〔三五八〕「獨」字，《我法集》作「觸」。
〔三五九〕「烟」字，《我法集》和全集本作「陰」。
〔三六〇〕「豫茂」，《我法集》作「茂豫」。
〔三六一〕「綏」，原文誤作「緩」，徑改。
〔三六二〕「縹緲」，《全上古三代秦漢三國六朝文・全晉文》卷五十九所録成公綏《雲賦》作「浮漂」。
〔三六三〕「中旨」，原爲「旨中」，據《北史》卷五十六改，中華書局一九七四年版。
〔三六四〕「人」字，《我法集》作「民」。
〔三六五〕原文無「此甲寅」句，據《我法集》補。
〔三六六〕「詮」字，《我法集》作「許」。
〔三六七〕「石」字，《我法集》作「夕」。
〔三六八〕原文「迴」誤爲「回」，據《我法集》改；「山」字，《我法集》和全集本皆作「岩」。
〔三六九〕原文「事」作「字」，據《我法集》改。
〔三七〇〕原文「詞」誤爲「語」，據《我法集》改。
〔三七一〕「河」字，《我法集》作「色」。
〔三七二〕「百」，原作「十」，據《漢魏六朝筆記小説大觀》改，上海古籍出版社一九九九年版。
〔三七三〕「剖」，原誤爲「部」，據《全上古三代秦漢三國六朝文・全漢文》卷五十三改。

〔三七四〕「槎」，原文爲「查」，徑改。
〔三七五〕「貌」，原誤爲「原」；「木」，原誤爲「本」，據皮錫瑞《尚書大傳疏證·洪範五行傳》改，中華書局二〇一五年版。
〔三七六〕「律」，原誤爲「建」，徑改。
〔三七七〕原文「皆」誤爲「若」，據《我法集》改。
〔三七八〕原文「即」誤爲「却」，據《我法集》改。
〔三七九〕原文「宗」誤爲「字」，「舟」誤爲「州」，徑改。
〔三八〇〕「蒼」字，全集本作「泱」。
〔三八一〕「出」字，原文脱，據皮錫瑞《尚書中候疏證》補，中華書局二〇一五年版。

墨選觀止

〔清〕梁葆慶 輯評

高紅豪 點校

墨選觀止提要

《墨選觀止》不分卷，前附《舉業要言》三卷，清梁葆慶輯評。

梁葆慶（？—一八三三），初名旦，字省吾，廣西崇善人。年幼喪父家貧，由母親撫養成人。嘉慶二十三年（一八一八）中得舉人，道光三年（一八二三）考取進士，隨後改名葆慶，並任禮部主事，與當時文壇黄爵滋、湯鵬、况澄等人交好。道光十三年（一八三三），梁葆慶於回鄉爲母奔喪之後，路過衡陽時卒於舟中。民國《崇善縣志》有梁葆慶傳記，光緒《高明縣志·選舉表》略記其生平。梁葆慶在時文輯選上用力頗深，以「選家」身份聞名京城，其選録的《墨選觀止》、《墨選精鋭》、《墨選淳實》三種受到了士林學子的歡迎，水平頗高。

《墨選觀止》一書共收嘉慶至道光年間鄉試、會試墨卷一百二十二篇，另在篇首附有《舉業要言》一册三卷。梁葆慶在《墨選觀止》自序中稱此書作於道光十二年（一八三二），他有感於當時文壇士子所讀之墨卷選本水平參差各異，時人對時文墨卷也頗有争端，意圖輯評時文中之佼佼者，仔細評點，爲墨卷正名，故名曰「觀止」。梁葆慶在輯評這些時文墨卷時，有意矯正當時時文之弊，痛斥剿襲之風，提倡清真雅正、力厚思沉、意蘊宏深的文風。全書所輯評之墨卷，不乏狀元、解元之作，受到當時士林學者的極力追捧。曾國藩曾告誡其子應多讀梁葆慶輯評的《墨選觀止》與《鄉墨精鋭》（《曾文正公家訓》），以爲此二書「所選兩排三疊之文，皆有最盛之氣勢耳」，可見此書在晚清科考文獻中的重要地位。

此書初刻於道光十二年，中國國家圖書館、首都圖書館、中國人民大學圖書館等均有收藏，保定市圖書館、遼寧省圖書館、日本國立國會圖書館等館藏有此書殘本。筆者另藏有道光十四年蜀中督學使者黄琮重輯精簡本，於各大圖書館均未曾得見。今以中國國家圖書館藏本爲底本，以首都圖書館藏本（以下簡稱「首圖本」）、中國人民大學圖書館藏本（以下簡稱「人大本」）、陳維昭藏本（以下簡稱「陳藏本」）等藏本爲校本校點整理，有文字缺漏處據校本補全出注。

叙

往嘗見塾師時文甫授時〔一〕，輒教以規撫墨體，腸肥腦滿，錮蔽性靈，幾於膏肓終身。其矯枉過正者，又因噎廢食，痛詆墨卷爲必不可讀。顧自有明以帖括取士，洎今幾六百年。就中如王、錢，如陶、鄧，如熊、劉，其制科之作，提經抉傳，根柢盤深，卒與其平日之文無以異。雖得力各有淺深，而閎中肆外，言必有物。其理粹然，其光熊然。即再更數千百載，猶不可磨滅。近代舉業，非無王、錢諸老大手筆，特世之有司，挾其尺度以爲藻鑑，俾瑰奇卓犖之才，降心抑氣，以俯就我範圍。稍有不合，輒叱咤而擯抑之，使老死於棘墻矮屋中而莫之恤。間有一二獨具隻眼，物色於驪黄牝牡外，操選者又以其不中繩墨，斥而弗録。無怪乎所録而行世者，盡膚淺庸爛之藝。而矯枉過正之士，動詆墨卷爲不可讀也。余曩所選《鄉墨淳實》，决擇惟慎，評注頗詳。其當否雖不敢知，然予心則既盡矣。兹編之選，猶前志也。其文未必盡能頡頏王、錢諸先正，而去取一以數君子爲斷。濃淡平奇，不拘一格。而别裁僞體，膚淺庸爛，湔除殆盡。公孫僑有言：「抑心所謂危，必以告也。」區區之衷，竊附於斯。顏曰「觀止」，蓋以誌一時文風之盛爾。海内高明之士，幸匡我以不逮云。道光歲次壬辰孟夏崇善梁葆慶書於都門寓宅。

墨選觀止

學庸

孟子

例言

一、應舉之文，前十數科雅尚奥博，堆砌餖飣，競以子史隱僻語角雄長。戊寅、己卯，漸歸清真，曩時强凑、摭拾惡習，淘汰幾盡。顧矯枉過正，不無稍流於平庸淺薄，亦勢所不能不然。兹編所録，去取惟慎。丙子以前，擇其理脉清晰，不墮詭僻者存之。其剿襲敷衍、附會穿鑿而毫無實義者，不與焉。戊寅以後，專取力厚思沉、義藴宏深之作。其描頭畫角、舞弄虚機、味同嚼蠟者，不與焉。別裁僞體，因勢利導，惟期變而不失其〔七〕正爾。識者鑒之。

一、古於文必己出。杜少陵曰：「欲語羞雷同。」韓退之曰：「惟陳言之務去。」作文不自出心裁，而剿説雷同，影響附和，皆苟道也。夫舉業，士子進身之階也。於此而苟，餘皆苟矣。豈國家所以求士，與士所以應國家之求之本意哉？集中所登，體格不一，要皆自出手眼，空所依傍。其摹擬剽竊之作，雖號名篇，概置弗録。（一題有一題之文，試觀大家、名家遇合之作，力開新面，自出機杼，幾見有一字拾人牙慧？然未嘗不取高科如拾芥。越女效顰，邯鄲學步，適形其醜拙耳，不可不戒。）

一、文章最忌合掌，余謂此病在墨卷尤爲易犯。大士先生有言：「前人定爲八股者，言之不已而再言之，明爲必如是而後盡也。若每股合掌，則四股可矣，何必八股？」其言頗爲痛切。兹集所録，必求柱義分晰。雖往復馳驟，擒縱離合，而次第淺深，要自截然不混。其有對比改换字面，而意義無甚分别者，概弗敢登，致誤後學。

一、是選託始丙辰，迄於辛卯，凡三十有六〔八〕年。而所録僅百二十篇有奇，揣摩貴簡練也。然佳文囿於耳目，良亦不少，容俟搜羅，補行付梓，歸入續集。

一、文章煉意尚矣，次則莫如煉氣。昔之論文者，曰：「返虚入渾，積健爲雄。」曰：「行乎不得不行，止乎不得不止。」曰：「抑之欲其奥，揚之欲其明，疏之欲其通，廉之欲其節，激而發之欲其清，固而存之欲其重。」皆善於言氣也。氣之盛，爲蓬蓬勃勃，如釜上氣；氣之衰，爲掩掩抑抑，如窗隙風；氣之華，爲活活潑潑，游魚飛鳥；氣之枯，爲悉悉率率，蟲行蟻息。勝負利鈍，胥由於氣。所謂得氣者昌，失氣者亡也。兹選首崇理脉，而氣機要不敢偏廢，但不似時下三疊兩排，一筆直瀉。如先正所謂打油腔耳，識者分别觀焉。

一、先輩論文，曰「有大醇，無小疵」，言疵之足累醇也。字疵則句減色矣，句疵則筆減色矣，筆疵則股減色矣。雖研思殫精之作，一有微瑕，全幅改觀。兹編於字句舛訛處，不揣譾陋，稍爲更易，一以妥協了當爲率。其有難於改竄者，概從割愛，庶體格純潔，瑕瑜不混。

一、禮闈諸公，每不屑尋究鄉墨，動謂鄉、會墨迥然兩途，非確論也。文章果做到恰好處，有秋試高標獨步，而春闈擯落孫山乎？集中不拘鄉、會文，惟擇其是而存之。學者博觀而得其殊途同軌，亦可以破世俗之膠柱，而有恃不恐矣。

一、理學首重薪傳，余謂八股亦然。嘗見科名鼎盛之家，雖髫齡聰俊，靡不破壁飛去，傳派真耳。余曩有《舉業要言》五卷，凡數萬言，爲及門陳子静崖持之出都，頃於退食餘暇，默記而録之，都爲三卷。余性健忘，集中所登，不及原録十之六七，然大致亦粗具矣。諺曰：「拙心者語必切。」余之絮絮，余之拙也。在上哲原無煩此贅語，然余爲中材言也，敢布區區，用等芻蕘。

舉業要言卷之一

崇善梁葆慶省吾輯
及門諸子，侄守介、守樸，子承恩同校

東坡《與侄書》曰：「凡文字，少小時，須令氣象峥嶸，采色絢爛。漸老漸熟，乃歸平淡。其實不是平淡，乃絢爛之極也。汝只見我而今平淡，何不把舊時應舉文字看？高下抑揚，如龍蛇捉不住，但當學此。」（所謂蓬蓬勃勃，得春夏氣也。）

又曰：「孔子曰：『辭達而已矣。』夫言止於達意，宜若不文，是大不然。言理，能使是理了然於心者，蓋千萬人而不一遇也，而況能使了然於口與手者乎？是之謂辭達。辭至於能達，則文不可勝用也。」

王陽明曰：「君子窮達，一聽於天。但既業舉子，便須入場，亦人事宜爾。若期在必得，以自窘辱，則大惑矣。入場之日，切勿以得失横在胸中，令人氣餒志分。非徒無益，而又害之。場中作文，先須大開心目，見得題意了了，即放膽下筆，詞氣自然條暢。

今人入場，有志氣局促、不得舒展者，是得失之念爲之病也。夫心無二用，一念在得，一念在失，一念在文字，是三用矣，所事尚有成耶？只此便是執事不敬，便是人事有未盡處。雖或幸成，君子有所不貴也。將進場十日，便須煉習調養。蓋尋常不曾起早得慣，忽然當之，其日必精神恍惚，作文豈有佳思？須每日雞鳴即起，盥櫛整衣端坐，陡擻精神，勿使昏惰。日日習之，臨期不自覺辛苦矣。今之調養者，多是厚食濃味，劇酣謔浪，或竟日偃卧，如此乃撓氣昏神，長惰而召疾也，豈攝養精神之謂哉？務須節飲食，薄滋味，則氣自清；寡思慮，屏嗜欲，則精自明；定心氣，少眠睡，則神自澄。君子未有不如此而能致力於學問者，兹特據科場一事而言之耳。每日或倦甚思休，少偃即起，勿使惛睡。既晚即睡，勿使久坐。進場前兩日，即不得翻閲書史，雜亂心目。每日止可看文字一篇以自娱，若心勞氣耗，莫如勿看，務在怡神適趣。忽充然滚滚，若有所得，勿使氣輕意滿，益加含蓄醞釀。每日閑坐時，衆方囂然，我獨淵默。中心融融，自有真樂。蓋出乎塵垢之外，而與造物者游。非吾子概嘗聞之，宜未足以與此也。」

（此先生《示余曰仁應試書〔九〕》也，語語親切有味，學者循是求之，其於身心性命之功，不無裨益，豈僅爲應試言耶？）

王守溪曰：「汝輩做舉業，須先打掃心地，潔潔浄浄，不使纖毫掛帶。然後執筆爲文，不論工拙，定有一段瀟灑出塵之趣。若不理會自己，專於時文上竊取唾餘，雖能幸取科第，終非上乘舉業，而況科第亦未必得哉！」（先生爲勝朝帖括提倡宗風，而論舉業獨曰「打掃心地」云云，孰謂涵養不重哉？）

茅鹿門《論文四則》：「一曰認題。題中精神血脉處，學者須先認得明白，了了悉之心中，方可下筆，然後句句字字，洞中骨理，故爲文須首認題。今之學者，於題類多鶻突，焉能入解？他如問答題、議論題、序事題，其間千條萬竅，難以備述。其喫緊處，專以摹寫虚字眼。譬如掉百尺之帆，特在篷眼上轉脚；懸千鈞之弩，特在弩機上覷的。二曰布勢。勢者，一〔一〇〕篇呼吸之概也。大將提百萬之兵以合戰，其要只在得勢，得勢者百戰百勝。舉業亦然，得其勢則相題言情，如風之掣雲，泉之出峽。蘇文忠公〔一一〕所謂『行乎其所不得不行，止乎其所不得不止』是也。不得其勢，則語意窘澀，扣之不成聲矣。三曰練格。格者，猶言品局也。後世論古文，首先秦、西京者，以其去古未遠，神理渾融也。薄晉宋以下者，以其世既衰薄，而神理不振也。唐宋八家，能窺測理道，約六經之旨而成文，是以其格獨高。即如舉子業亦然，世之名家，往往能深於六經。故其胸中所見既超卓，鏗之爲聲響，布之爲風藻，與人夐別。不然，終不免爲卑品下局。予嘗過世家，往往閲其圖書重器，便欣然神往。間過富人，縱紈綺滿堂，不覺羞澀。嗟乎！觀此可以論文矣。四曰中彀。彀者，式也，世所稱中式也。以上三條，予所自喜獨得其解者。然世之有司，往往操其耳目所向、繩墨所習以求士，而吾不能赴之，韓昌黎之所以三試禮部而不中者也。予故不得已，特别爲『中彀』二字，以懸之於心。其規模大較，雖不出於前三者，而於三者之中，故令典則淺近。今人覽吾認題處，不必淵深，而大旨了然；覽吾布勢處，不必宏遠，而脉絡分明；覽吾煉格處，不必高古，而風韵可掬。斯則世之宗工大匠，當屬賞心，即如肉眼，亦不我遺矣。」

項水心曰：「平日用功如煉丹，到此直須化去，所重尤在首篇。雖有熟文字，切不可徑寫。場中閲卷，先看氣局緊與不緊，凡火候到將中時，自然緊拍。有了上句，便有下句，恰有水到渠成之趣。少時作文，最愛可驚可喜之句。若讀三四行不使人踴躍稱快者，輒再删改。場前用功，只須貫串以静養爲主，不可耗散精神。場前作文，神要聚，機要活，聚則活矣。精團氣聚者法必售，神閑意暇者法必售。場中閲文，不論高低，但論生熟。只須絡繹奔赴，淋漓盡意而止，則售矣。墨卷前茅，必有幾段精警處動得主司，臨場只是讀墨卷以中於律度。且墨卷自然骨肉停勻，堪爲法式。不可將此道看作舉業，直須視爲身心性命之學，方得出頭。」

武叔卿曰：「學者欲窮變化，須從單題下手。其中操縱合闢，抑揚起伏，與錯綜頓挫之法，挑剔轉折之勢，無不畢具。能盡單題之變，餘則舉而措之耳。須層疊其意，反覆其詞，馳聘其步驟，紆迴其波瀾。如登層臺，上一層更有一層，委曲周旋，有無限轉折；如泛江河，行一灣更有一灣，蕩漾瀠洄，有無窮波浪。斯爲盡致。」

叔卿有《文訣》二十三竅：「一曰神。神之在文，雖無形也，而能形形。文而無神，殆如枯槁之木，枝幹雖存，生意已散。神有清濁，則文有純雜。神有静躁，則文有雅俗。故修文之士，先務凝神。凝神之道，不外收放心，放心不必他求，只去讀書作文，便是收攝之方。一曰情。文生乎情者也，情暢則文佳，情鬱則文苦。故凝神爲主，而平情即次之。平情之道，不可絶物，絶則空枯而無據。不可著物，著則凝滯而不化。喜怒哀樂，人所時有，但過即消釋，勿使少有芥蔕以生乖戾。其或情況不佳，須借物以陶之。或登臨山水，或吟弄風月。周旋花木禽魚，游衍琴書圖畫。達觀君子，當自得之矣。一曰氣。氣之出言，猶水之浮物。水大則物之大小畢浮，氣盛則言之長短皆宜。蘇子瞻云：『文不可以强而能，氣可以養而盛。』一曰骨。骨切附於肉者也，與其以肉勝也，不若以骨勝。蓋骨勝者，幹若瘠癯，而標自清健。肉勝者，肌雖腴滿，而體覺癡肥，筋又附於骨。文字竪立擔當，骨之力居多。而聯絡斡旋，筋之用最要。一曰質。謂善繪者先敦素，善文者先培質，乃其基也。一曰品。謂文有品級，高者不能使之卑，卑者不能抗之高。故有仙品，有才品，有凡品，上與次之别也。若下品則厠隸輿皂之屬，斯無品矣。一曰才。言作用也。太史公文，一篇之中，常數十件事。而鋪叙擺脱，不見縛繞，裁割整頓，不見重複。即用一極俗事，引一極俚語，而點化淘洗，各極高古，作者弗可及矣。至蘇長公馳騁變化，如神馬行空，不可籠絡，自謂『行乎不得不行，止乎不得不止』是也。一曰識。文字議論，皆從識見中來。識見高，則議論亦高；識見卑，則議論亦卑。一曰理。文惟有理，始足以主張詞格，不然則枝蔓而無當矣。故做文字，第一要理路熟，熟則胸中無滯碍，筆下無齟齬，如操利刃於脆物之中，更無有難之者。一曰意。袁了凡云：『意到之文，思人所不能思，發人所未嘗發。』意有在筆之後者，有在筆之先者。意在筆先，則化工之意，而非思索之意矣。惟將此心養得虚明洞達，無所障蔽，則胸中時有一鑪錘，一遇操筆，便如成誦在心，借書於手。吾心原有一篇文字，不過遇題目以發之耳。一曰詞。文雖以意爲主，然詞亦不可不修，詞不修，則意不達矣。修詞之道，删繁而就簡，斂華而就實。化腐而爲新，變庸而爲奇。必根委於六經，潤色於子史。高而不失之亢，奇而不失之詭。一曰格。文之有格，猶屋之有間架也。初時格未定，做到中間必致擾亂。然格有煉而後成者，有不假煉而成者。煉而後成，人力結構之巧也；不煉而自成，化工渾成之妙也。一曰機。行文之法，變化百端，不可窮詰。妙處全在機，機不動，則文不可得而工矣。譬之發矢者之以括，運斤者之以巧。心可得而會，口不可得而言；己可得而能，人不可得而受。是在善學者，自得於意言之外。一曰勢。文之低昂符度，疾徐中則，促之如驟雨飄風，舒之如〔一二〕行雲流水，此得勢也。一曰調。文有格同、辭〔一三〕同、意同而高下懸殊者，調不同也。氣韵欲優游而不迫，音節欲和諧〔一四〕而不平，條理欲分明而不亂，脉絡欲繼續而不絶。分聽之而曲極其致，合聽之而共成其雅。一曰法。法有四：篇法、股法、句法、字法也。然而字法在句法之内，句法在股法之内，股法在篇法之内。一以貫之，非有二也。其要有六：操縱也，開合也，抑揚也，起伏也，頓挫也，錯綜也。千變萬化，要不越是。法要嚴緊〔一五〕，然太嚴則筆勢必窘，寬嚴相濟，是善用法者也。一曰趣。趣者，味也。文而無趣，玩之若嚼蠟矣。昔人謂聽鐘而得其希微，乘月而思游汗漫，此善形容者也。要知文趣，只在虛實之間。凡文字發揮，雖要盡實，至於玲瓏寫意，見鏡花水月之趣，全在虛處得之。一曰致。文之有致，猶身之有儀，無可挹之致，其詞藻無足道矣。致由精神中焕發，要有天然之致。如風行水上，無心於紋，而紋自生。荆川先生謂：『文字非但做之爲高，即所不做亦爲高。』做之高，則工夫推敲之致也。不做之高，乃神化自然之致也。一曰景。景不可以形迹言也，須以虛意游衍。微詞點綴，若有若無，若遠若近，斯爲佳耳。景由境生，亦由情會。故意興要佳，胸襟要大。如坡公《赤壁》二賦，非有此胸襟，安得有此光景？一曰采。五色錯綜，乃成華采；經緯就緒，乃成條理。此文章所由名也，若金而無成色，與銅鐵奚殊？玉而無寶氣，與瓦礫奚異？一曰涵養。文字淺俗，皆因藴藉不深。藴藉不深，皆因涵養未到。有涵養之文，自然氣骨渾厚，丰采朗潤。詞盡而意不窮，音歇而韵未已。一曰做。文章謂之做者，工夫造作之謂也。有一筆寫成，不加點竄而自工者，此神到之文，尚矣。其次須精思細改，如大意已草創，便從頭至尾，一一檢點。氣不順處，須疏之使順。機不圓處，煉之使圓。血脉不貫處，融之使貫。音節不叶處，調之使叶。如此仔細推敲，自然萬無一失。一曰法古。文必法古，然後格不卑，調不俗。然讀書〔一六〕時，只要在借之以渾其氣，蒼其格，高其調，秀其色，脱胎换骨，出入於古文而不自覺，方爲善法古。若不求之精神骨理，而徒争峭字句之間，是又效西子之顰，學邯鄲之步矣。何貴乎？一曰看書。讀書看書，要有實詣之功，聖賢立言，不過於講明義理，而義理吾心所自有也。不過談説世故，而世故吾身所經歷也。吾輩看書，能將聖賢之心作己之心，往日之事作今之事，設身處地，以意逆志。如此切己理會，意意句句，皆吾心故物。較之涉獵諷誦者，見解自是不同。先儒云：『以我視書，隨處有得；以書博我，釋卷茫然。』信哉！讀書全要善悟，天地間理本一貫，觸類可通，心欲極細，又欲極虚。嘗見朋友輩讀書，謊張揭過，於精神命脉不體會，安得有高見識出來？此不細之過也。然不細由於不虚，義理無窮，即讀書到老，豈能盡識？俗子自視常勝人，故終無成就。且讀書始要有苦的意思，不苦則不能入〔一七〕；終要有樂的意思，不樂則無所得。夫子説：『發憤忘食，樂以忘憂。』苦樂相尋，此是爲學真境界。」

梁素治曰：「審題與看書不同，看書祇就白文順序參詳，而題目則有長短分裁、剪頭去尾種種懸殊。予嘗謂文理在書中，而文情則在書外。作文者當知就題説書，而不當執書解題也。學者每拈一題，先相其精神結聚處，用意寫之。有結聚於實字者，有結聚於虛字者。有數句而結聚於一句者，有數字而結聚於一字者，有不結聚於本題而結聚於上下文者。審覷既明，然後閉目靜思，此題當如何安頓，如何出落，如何不粘上，如何不犯下。題中之肯綮，題外之神情，了然心目，然後下筆。如此則章法結構、位置剪裁，無不允協矣。」

葛屺瞻曰：「作文之時，慎毋迎合於人情之好尚，牽係於舊日之見聞。細玩聖賢立言之意何在，界限輕重〔一八〕何在。思前審後，必使胸中具有全局，而後可下筆行文，方得神情畢肖。如此用功，初時極難，甚或終日不成一字，切莫畏阻，久久做去，機竅一通，則題到筆隨，直迎刃而下。蓋取給於心，而心之生機，原自無量。特當其塞時若難，而當其通時甚易也。雖然，此特作文時事，苟平日不細心看書及多讀經史古文，而徒於作文時着力，雖殫精疲神，亦有何用？故又當於源頭上用功，始有得也。」

陳後山曰：「永叔有言：『爲文有三多：多讀，多做，多商量也。』又嘗與孫莘老言曰：『文無他術，惟勤讀書而多爲之自工。』世人既懶讀書，又苦作文少，每一篇出，即求過人，如此少有至者。又疵病不待人指摘，多作自能見之。」

瞿昆湖曰：「舉業文字，不患意見不高，理路不徹，只患心粗氣揚，不能潛心會悟，以體貼當日聖賢真實意旨，故文不能工也。吾自静養百日以後，始覺夜氣清明，良心漸復，然愈不敢不加意收斂。日間雖不能不應酬，而每以無事處之，不敢疾行一步，亦不敢高聲説話。即待童僕，亦未嘗輕加怒詈。故執筆爲文，能言乎人所不能言，發人之所未及發。我之勝於人者以此，人之不及我者亦以此耳。」（涵養之功，蔑加於此。）

又曰：「作文須要從心苗中流出。初時覺難，久之自易，蓋熟極自能生巧也。今之後生，專去翻閲腐爛時文，以爲得法。抑知吾有至寶，不去尋求，而取給他人口吻，以爲活命之資，真可嘆矣！更有一題到手，輒取舊文以爲式樣。初時以爲省力，不知耳目增垢，心志轉昏，自家本來靈性，反被封閉，不得透出。即能成文，亦平庸敷淺，殊不足觀矣。」

董華亭《九字訣》：「一曰賓。文章忌十成死語，一部《莊子》，莫非寓言，並無一句犯正位，然未嘗一句離正位。以時文論，題目爲主，文章爲賓；實講爲主，虚講爲賓。兩股中或一股賓，一股主。一股中或一句賓，一句主。一句中或一二字賓，一二字主。明暗相參，生殺互用，文之妙也。此竅稍有不合，則永斷入路矣。但不可作賓中賓，於題目旁意中，又入旁意。惟賓中有主，主中有賓，步步戀著正意，而略不傷觸，乃爲賓字法門。一曰轉。文章之妙，全在轉處。轉則不窮，轉則不板。如游名山，至山窮水盡處，以爲觀止矣。俄而懸崖穿徑，忽又別出境界，則應接不暇。武夷九曲，遇絶則生，若千里江陵，直下奔迅，便無轉勢矣。文章隨題敷衍，開口便竭，須於言盡語竭時，別行一路。但拙者爲之，則頭腦多而不遒勁，病在不審賓中之主。一曰反。文字從反，語曰：『文者，言之變也。』又曰：『擬議以成其變化。』作文謂以變合正，古文聳動人精神者，莫如《國策》。策士游説，不曰『不如此不利』，則曰『不如此必有害』。其所以敲骨打髓，令人主陡然變色者，專用此法也。豈獨策士，且如《論語》中説：『管氏樹塞門。』若正言之，則曰：『管氏不知禮。』何等明盡。却又曰：『管氏而知禮，孰不知禮？』此反也。『九合諸侯，一匡天下。』若正言之，只宜曰：『管仲有仁者之功。』却云：『微管仲，吾其被髮左衽矣。』此亦反也。經史如此類者頗多，神而明之，存乎人耳。一曰斡〔一九〕。雖聖賢語，豈無待作者斡〔二〇〕旋處？李長吉云：『筆補造化天無功。』此斡〔二一〕之所自始也，故缺陷處須用意斡補。一曰代。代者，謂以我講題，只是自説，故又代當時作者之口，寫他意中事，乃謂注於不涸之原。一曰翻。劉勰曰：『詞徵實而難巧，意翻空而易奇。』夫翻者，翻公案之謂。老吏舞文，出入人罪，雖一成之案，能翻剥之。文章得之，則光景常新。一曰脱。脱者，脱卸之意。凡山水融結，必於脱卸之後。故青烏家專重脱卸，所謂急脉緩受，緩脉急受也。文章亦然，勢緩處須急做，不令扯長冷淡；勢急處須緩做，務令紆徐曲折。一曰擒。杜子美曰：『擒賊先擒王。』凡文章必有真種子，擒得真種子，則所謂口口咬著。又所謂點點滴滴雨，都落在學士眼裏，此全在有識。一曰離。張侗初有云：『題本如此，文却如彼，離而不出乎宗。』所謂意與題相生，不與題相迫。」（此條係己山先生以原文未甚允協，另行更易。）

舉業要言卷之二

崇善梁葆慶省吾輯

及門諸子，侄守介、守樸，子承恩同校

孫月峰曰：「近有對弈者，數負不服，曰：『我但貪耳。』應之者曰：『貪即是汝品下。』曰：『但生耳。』曰：『生即是汝品下。』曰：『速耳。』曰：『速即是汝品下。』曰：『輕易耳。』曰：『輕易即是汝品下。』文亦猶是。」（詼諧中却切當不易。）

又曰：「舉子業，門路宜正不宜雜，思致宜沉不宜浮，誦記宜精不宜多，結構宜雅不宜俗。先選前輩文作數册，又選先秦、兩漢及韓、柳、歐、蘇文，分作二册，留置案頭。旦暮誦習，目無他視，心無他思，口無他念，令彼精神命脉，與我融洽。由是遇題一揮，操縱合闢，無不如意。文機一熟，生意勃勃飛動，便從清虚圓轉、一味妙悟著工夫。以精神代色相，以議論當鋪排，以虚景爲實際，是謂上乘。大抵此事由苦心入之，由巽心取之，由無心得之。與有事勿忘、勿正、勿助相類，尤有先一著工夫。在看書時，體認題旨。蓋文之精意，不在時文而在傳注，不在傳注而在本題。不在本題實字，而在本題虛字。不在有字句處，而在無字句處。其精神有從上文來者，有從中間暗伏者，有從下面含蓄者。此僅可心悟，不可言求，可以神描，不可以象得也。精而思之，涵而泳之，則鬼神將通之，文有不妙絶一世耶？」（閱歷人語，有味乎其言。）

張洪陽曰：「作文須有天趣。天趣者，天然之趣也，此可與知者道。苟天趣未動，文自索然。」

又曰：「主司看文，如走馬看花。須三篇一氣呵成，有行雲流水之妙，更無一毫滯礙。此青錢也，萬選萬中矣。」（文到妙來無過熟。）

陶石簣《題門士録》有曰：「予生平喜人讀古，而憎襲其語。每誚之曰：『汝食生物不化耶？』夫化豈易言哉？《易》曰：『擬議以成其變化。』釀花爲蜜，蜜成而不見花也；釀稻爲酒，酒成而不見稻也。文人化處，自非精深内融，神光外滿，又不區區以學問見長者不能。聞前輩孫月峰與人會文，終日不成一字，曰：『未得文機，姑置之，不可縱吾手。』吴因之終日兀坐一室，而神遊天表，至忘寢食。湯霍林自云：『每拈一題，瞑坐鎮日若木人。或環堵而走，以指作畫，類畫者狀。逮一稿就，形幾爲枯。』嗚呼！豈易言哉！」（此爲平日用功言。若場屋文，總以興到筆隨爲上。）

陶石簣《評湯霍林文》云：「世之評文者類言好醜，而莫言内外，予獨以内外分好醜。（可謂發千古未發之秘。）蓋外膏内枯，文之下也。外枯内膏，文之上也。昔坡老好淵明之詩，以爲質而實綺，臞而實腴，劉、曹諸人所不能及。且曰：『佛言食蜜，中邊皆甜。』人能分別其中邊者，百無一也。文之内外，其能辨之者寡矣。湯君之文，所謂外枯而内膏，似淡而實美者。」嗚呼！此不但評霍林先生文，直石簣先生自述其文矣。

又曰：「行文正如人剏事，敏口者能言，其甚敏者能省言而無費。文至於無辭費而工巧，裁制之妙，靡不備矣。」

吴因之曰：「看書作文，以得解而止。夫書義有思之而即得者，有思之竟日而後得者，有明日又思之而後得者。有力量未到，累日思之而不可通，閲三五月後，識見增進，或重思之，或他書偶觸發，而恍然得者。始也無從而疑，既也疑，究也不勝其疑。至於不勝疑而悟之門啓矣。愈悟則愈疑，愈疑亦愈悟。故學者非悟之難，而疑之難。何也？是心竅中之靈機也。機觸竅開，則引而益長，真有日異而月不同之妙。」

又曰：「凡作性理題，著一句元遠語不得，著一句幫襯語不得。元遠者起於理解之未真，而揣摩其近是；　幫襯者起於本質之已窮，而借功於粉飾。若胸中見得了了，自無此弊。至如平淡題，亦須反覆論得痛快，然後看者觸目。大凡平淡題目，自有精深議論，非必每題另出一見，然後動人。」

又曰：「作文不論奇正，以説題瑩透爲主。題有題之皮膚，有題之筋骨。吾捨其皮膚，而操其筋骨。故片言而有餘，詞者不得已而用之也。著一分辭，便掩一分意。意思到時，直寫胸臆，家常説話，都是精光閃爍。」（詩家所以貴白戰也。）

袁了凡曰：「文之詞可以精修而工，意可以深思而得，獨氣不可强，須善養而致之。養得氣和，文始雍容而大雅。養得氣壯，文始充實而雄奇。養得氣清，文始澄潔而無穢。夫志，氣之帥也，氣，體之充也。凡欲養氣，須先正心，將萬緣放下，使心君泰然。蓋此志常凝，而一物不擾，則氣自然凝定。此志常潔，而一私不染，則氣自然清明。此志常寂，而一念不生，則氣自然沉静。其工〔二三〕夫全在平日涵養。」

又曰：「文有神到，有氣到，有意到。神到之文，盎然而出，隨物鑄形。或緩若朱弦，而淡中有味。或急如發括，而至理躍如，步趨超脱，殆非人力。氣到之文，或浩然不可禦，或渾然不可尋，或充然其有餘。意到之文，思人所不能思，發人所未嘗發。或沿枝而尋根，或即無而生有，妙騁心機，出人意表。有意到而氣不到者，有氣到而神不到者。有俱到者，有俱不到者。細察之，則文品高下，不能逃矣。」

又曰：「文字最要成家。梅之清瘦，桃之綽約，牡丹之富麗，各自完其天趣而已。作文或清或暢，或雄或逸，各有家數。正大中著一浮語，便傷格。流動中插一滯語，便傷調。一語相雜，則通篇不純，是天趣不完也。」

王緱山曰：「有問：『文章有一字訣乎？』曰：『緊。』緊非縮丈爲尺，減尺爲寸之謂也，謂文之接縫鬥筍處也。古人布局寬，結構緊。今人布局緊，結構寬。巧者如駿馬跳澗，拙者如駑牛登山。自來文章，皆不出此一字。」

又曰：「應制科有利鈍二途。凡文之蓬蓬勃勃，如釜上氣者，利之徒也；掩掩抑抑，如窗隙風者，鈍之徒也。鮮鮮潤潤，如叢花帶雨者，利之徒也；孑孑直直，如孤幹擎風者，鈍之徒也。活活潑潑，如游魚飛鳥者，利之徒也；悉悉率率，如蟲行蟻息者，鈍之徒也。如物在口，探之即得者，利之徒也；其結寒胸中，若嘔若哇者，鈍之徒也。如鼎在世，古色駁犖者，利之徒也；如鐵在水，黯然沉碧者，鈍之徒也。大抵明潤象春，而柔嫩亦象春。暢茂象夏，而穢雜亦象夏。高潔象秋，而蕭索亦象秋。老成象冬，而閉塞亦象冬。春主發榮，夏次之，秋又次之，冬則剥矣。得春夏氣多者，即初學或速售。得秋冬氣多者，即積學或久〔一三〕滯。相文者但疾讀一過，利鈍之分，十可得四五。」又曰：「大凡初學，從詞氣入者，名走易路。早發則已，不發則遲回審顧，或英華消落，而迄於無成。從理路入者，名走難路。雖未必即發，然久則煅煉愈工，神旺骨堅，而終能收功。」

徐退山曰：「凡作舉業文字，意不可求奇，而筆不可不奇。意奇則僻澀，筆奇則生新。」

張世調《談文緒録》曰：「工於文者，不專文也。吟咏嘯傲，諧文之變；高明清賞，蕩文之情；飢食困眠，弄文之機；登眺山水，和文之氣；捐除世事，清文之神；流覽百家，大文之蓄；超謝非譽，温文之候；宅心正大，擴文之質。」

黄貞父曰：「近與諸同學談藝，贈一光明眼藥方。蓋虞主司眼力不同，而勸士子以妙文作妙藥開之也。凡三劑：一曰托神散。凡議論、識見、道理，須托出紙上，使覽者觸眼便豁。如摩尼珠，如明月光，不令其低頭回想也。破題入題處，尤是空青一點。一曰通氣散。凡筆陣氣機，隨手掃來，隨口讀去，條達飛動，不打口吃，不聱齒牙。如走馬，如流雲，又如順風之帆，一息千里。起繳過接處，更宜著意。一曰現色散。凡落句下字，皆眼前通用。古人文法，及今名家，短俏俊拔之調，頓挫鏗鏘之韵，勿陳腐，勿冗長，勿沉晦，勿崛强。令覽者如聞清〔二四〕夜鐘，如攬赤城霞，如逢采蓮美人，自不忍放手也。」

張侗初曰：「今人所謂看書研窮者，皆題句，非題情也。題中之情，乃在字句竅郤之間，語言諷詠之外。一題到手，閉目静思〔二五〕，凡平日見聞知解，洗滌一空。默誦題面數過，覺一種真氣恍在心目。此時急須下筆，直追其所見。所謂得意疾書，所謂行雲流水。若操筆時未覷題神，便思練句琢字，雖極力鋪排，只得敷衍訓詁。纔出口，已屬臭腐也。」

丁學田曰：「應試之文，固貴輕淺。然亦要有深厚氣味，若有意舞弄筆頭，趨佻薄一路以媚人，終不成品。」

吴震元曰：「人品文章，著一點柔媚不得。一柔則立朝無膽力，處世無骨力，讀書無眼力，作文無腕力。如行墟墓中，了無生氣。如游女國中，了無丈夫氣。文章安得而不陋？人品安得而不卑？」

陳百史曰：「肥大之中，清勁自在，古人所以異於今人。」又曰：「行文無氣力，修飾容采，終爲下品。」

艾千子曰：「文境優劣，古人以簡直勝今人，今人以精巧勝古人。然極今人之精巧，不能出古人簡直範圍中。」

又曰：「文之所以古者，以其氣耳。以氣行之，則爲渾古。若氣既斷續，則爲擊腐木濕鼓之音矣。此理雖老手未知，蓋由其讀古人書時，徒知取雋句，取巧思，而不能觀其磅礴之氣耳。」

又曰：「組練太工，亦是文弊。試看先漢人，莽蒼樸拙，不事整齊。震川先生時文，全以古氣迭宕。」

方靈皋曰：「讀古宜多，讀時文宜少。選先輩名人最精之文百餘首，供作案頭游玩。平時惟置力於古，則出筆自然脱俗。」

吴佑咸曰：「制藝以徵士之養也。雖在百萬軍中，不失整暇氣象。斯稱儒將，故論文以器度爲先。」

趙石伯曰：「舉業要秘，無過『刻』、『露』二字。不刻不露，固不可以言文。然刻而不露，亦不能使淺人得解。露而不刻，又不能使深人刮目。既刻既露，深淺咸宜，其百發百中乎！」

馮琢庵曰：「應試之文，不必平，不必奇，但以機杼自出爲佳耳。譬如飲食，無論殽蒸，無論蔬蔌，新則可食。若稍留明日，雖龍膏豹髓，難下箸矣。」（**時下剿襲成文燕調，讀此當亦汗顔。**）

伍芝軒曰：「文到入妙，無過一快。作者不快，則閱者亦必不快。是故不獨用筆宜快，而説理亦宜快，敷詞亦宜快，議事亦宜快，取興亦宜快。要如食哀梨用并剪，一望爽人齒牙，豁然心目，方是必售之技。然此不能强之臨時，要在平日讀書用功合法，則濡毫時自然興會淋漓。若勉强從事，有日趨苟且耳，烏乎言快？」（**所謂走馬看燈，只論生熟，不論工拙也。此條與近日風氣尤宜。**）

又曰：「奇文欣賞，古人曾云。然八股文自有一定脉理神氣，却逞奇不得，其奇處只在煉筆好耳。學者惟湎詠沉浸於古人之文，得其神髓。務使筆力高古，不落時蹊，則正當中自見新奇，何必有意作奇也。苟不從古文磨煉而出，則筆氣庸極。縱使意新格變，終是俗派，豈足言奇？」

又曰：「既曰八股，則每股自各有一意，合掌甚不可也，近人亦皆知之。然緣有意避合掌，而對比必於出比反背，作一口兩舌話，豈聖賢語氣乎？」

又曰：「體格雖分八股，氣脉仍貴流通。前輩行文，於出股收處，便留筍頭，雖斷不斷。對股起處，仍頂出股收處，不聯而聯。按之神理一片，所謂拔劍斬水，水仍流也。」

又曰：「善擊鼓者擊邊，中心敲不得幾下，便令人厭聽矣。故才人爲文，不於題之正面呆説，偏在前後左右，搜剔陪襯。如畫家有陰陽筆法，畫一面，能使反面側面一一透露，乃稱靈奇。」

唐翼修曰：「前輩制藝之法，盡於六位。六位者，曰頂，曰面，曰心，曰背，曰足，曰影也。頂位者，題前也。題前有一層者，有二層者，有在上文者，有在本題者。知題有頂位，則文有來歷，前半不患無生發矣。面位者，題之正面也。知題有正面，故宜還其正面。心位者，題之所以然也。知題有所以然，則當求其所在，而搜剔之，斯理境深入，不落膚浮。背位者，題之反面也。從反面挑剔，逆取其勢，則正面愈醒。足位者，題之後一層也。知題有後一層，必宜於後幅補之，以完題意。影位者，題之對面與旁面也。

影在對面，描寫其對面；　影在旁面，描寫其旁面。　知題有影位，則題不患無生發，且有離奇境界矣。　凡題不必六位皆全，而四五位所必有。　能於四五位闡發盡神，即有佳境足觀矣。」

又曰：「文章風氣，倏忽改移，未有十年不變者，何必竭力趨迎，多讀新文也。或問曰：『然則文章竟不必合時乎？』曰：『略隨時尚則可，竭力趨時必不可。』何也？凡效尤之事，人人相崇相尚。　欲求勝人，未有不一往過甚者。　一至過中失正，止見可疵，不見可美。　物極則反，未有不反而倒轉者。　故清空之至勢必反乎厚實，幽刻之至勢必反乎平淺，必然之理也。　即或不反，未有不另變一途者。　文之體段多端，任其所趨，烏能禁止？故學人趨時，風氣善，亦止趨其三分；　風氣偏，止當趨其分許。　本色之內，略加時尚，則內體不失乎舊，外用不違乎新，文章既佳，功名亦利。　設必逢迎時尚，多讀新文，棄其舊文，倏忽之間，風氣又改，則既忘其得力之舊文，而力又不能再讀其未讀之新文，此兩敗之術也，豈勝算哉？」（**趨風氣者可以返矣。**）

又曰：「諺云：『讀十篇不如做一篇。』蓋常做則機關熟，題雖甚難，爲之甚[一二六]易。　不常做則理路生，題雖甚易，爲之則難。　沈虹野云：『文章硬澀，由於不熟，不熟由於不多做。』信哉言乎！」

又曰：「凡一題到手，必不可輕易落筆。將通章之書，緩緩背過，細想神理，看其總意何在，分意何在，界限節次何在。某節虛，某節實；某句虛，某句實；某字虛，某字實。虛者，題語雖多而文宜略；實者，題語雖少而文宜詳，此最要訣也。又題中所有意義，宜詳該，不宜遺漏。正義〔二七〕當實闡，餘意可帶發。章旨當顧者顧之，下意可吸者吸之。可反形者借以反形，可陪講者用以陪講。應補缺者必須補缺，應推廣者必須推廣。思索已遍，然後定一穩當格局，將所有幾層意思，宜前者布之於前，宜中者布之於中，宜後與末者布之於後與末，然後舉筆疾書，自然有結構，有剪裁，與他人逐段逐句經營者不同。」

又曰：「作文原不必剿襲，自己做得熟時，詞調自然輻輳。筆底滔滔，不知從何處得來，是何以故。蓋文章者，性之華也。性之精華，取不窮而用不竭。第無以引之，則亦〔二八〕無由發現。惟多做而熟者，能通其路而引出之，如草木之性，無不含花。氣未至則蓄而不發，時至氣感，不期然而花爛熳矣。」

舉業要言卷之三

崇善梁葆慶省吾輯
及門諸子，侄守介、守樸，子承恩同校

王罕皆曰：「文忌合掌。陳大士先生嘗自言：『爲文獨得在分股。前人定爲八股者，言之不已而再言之，明爲必如是而後盡也。若每股合掌，則四股可矣，何必八股？而其病且將併一股而忘之，蓋對股與出股一字不同。對股既嚴，而後出股不苟，若概而同之，則出股無論接句，即開頭一句已苟無意味矣。』其言至爲痛切。余謂今人所以率犯此病者，胥自童子試筆，塾師謂不必深求，而不知其沿習之久。至病入膏肓，不可救藥也。文家須知所忌，然後能工，故特揭之。」（**此條與墨卷尤爲切中膏肓。**）

又曰：「走機之文，易流於滑，必有意以密運乎機之先，有力以斡〔二九〕旋於機之內。夫然後取之於心，注之於手，轉輪由我，而能發能收。否則如時下迅筆直掃，三排四疊，自謂得機，不過一打油腔子耳。」

又曰：「行機之最上者，熟精書理，浩氣盈胸，縱手而成，掀雷抉電，此爲妙極機神。其次則爲機勢，爲機杼，爲機鋒，爲機趣，又其次爲機調。此事自關學力，不容强求。平時須熟讀古今文，並静養此心，不爲煩雜混擾，搦管時自覺活潑潑也〔三〇〕，意動天隨。」

又曰：「文字用機之妙，如轆轤相引，勢不暫停。然須是相題言情，《莊子》所謂『有機緘而不得自已』。否則但取虚鋒，非佻則滑。」

又曰：「陡起陡落，大開大合，羃空迭宕，運機於排比之中，仍無一筆苦粘題字。世間十指佶屈之徒，更何從規此意匠？」

又曰：「委折曲卺，筆底似有千重萬重，却只一氣打出，如轉圓石於千仞之岡之上，而不容暫停。篇如股，股如句，疊浪層波，生氣拂拂，浩乎沛乎，神乎技矣。」

又曰：「逐層翻剔，如水銀瀉地，百孔千竅，無所不入。」

又曰：「苦心孤詣之士，一題入手，憔悴專壹，至較其分寸毫釐。少陵云：『意匠經營慘澹中』，每念當年，特下一『慘』字。彌嘆魏武爲文傷命之言，自是個中人語。」

又曰：「深於文者，冥心孤往，直凑單微。揮毫落紙，虚實相涵，神理具足。以至單辭隻義，無不睹指知歸，立竿見影。自非心精密運，安能筆墨所到，洞若有神？」

又曰：「朱子論讀書之法，一曰虚心涵泳，一曰切己體察。余謂行文之道亦然。夫聖賢語言，其意象時或寄諸仿佛。惟與之虚而委蛇，不獨得其神理，乃兼領其神趣。極之談嘲笑謔，亦造與精微，義指自訢合無間。若認作紙上空言，豈爲〔三一〕虚際難以會心，即實地定多隔壁。故須逐字當身勘驗，語言聲欬，脱口如新，不覺意境頓開，心花自吐。」

又曰：「文之大者，根柢由於經術，氣局出自韓、歐。不入尖新，不爲繁縟，片言〔三二〕而動關體要。岳峙淵渟，不足方其度也；龍驤虎奮，不足喻其神也。咫尺有萬里之觀，聲欬接千年之脉。要是一縷心思，蟠天際地，浸淫卷軸，磅礴行間。彼虚鋒漲墨、外强中乾者，豈能窺其分際？」

又曰：「文家動謂『小中見大』，又曰『小題大做』，此事故不可强爲。黄鵠一舉，知山川紆曲；再舉，知天地圓方。所處高，斯所見遠也。獅子搏象用全力，搏兔亦用全力，其力大，其神全也。爲文雖些小題，定有真命脉，非眼高於頂不能知，非力大於身不能運。試觀正希《康子曰夫如是》及大士《充類》諸篇，是何等心眼！何等神力！」

又曰：「大匠晝宫，千門萬户，盈尺而曲盡其制。大將將兵，五花三疊，操百萬之師，如使臂指。文家雖〔三三〕是欛柄在手，縱筆所之，高下縱横，無不如意，曾何捷徑窘步之足爲我難。」

又曰：「平淡爲絢爛之極，此名甚美，實則非有成法可求。夫文之所以漸老漸熟，乃造平淡者，固法老使然。然惟識老氣老，而後可言法老。多讀經史、聖賢經世傳心之要，搜擇融洽，意見都捐。更加静養之功，滌蕩紛挐，真機洋溢。臨文一字一義，心凝形釋，悠悠乎與灝氣俱，不動聲色。而吞吐闔闢，涵孕萬有，精深華妙，自不在行墨間。若非識養之是先，而求絢爛於平淡，禪家所謂『空向枯椿舊處尋』，更有何理會？」

焦廣期曰：「以吾文示人，却是從未見此文者，此便是好機括也。只是眼前語，人人意中所欲言，而此特出之。爽朗境界一新，如何不觸動人心眼？若我文初脱稿，而人以爲某處見之，又示一人，又以爲某處見之，則必無濟矣。」

又曰：「破承不得率易，亦不可太做作。起講須是未落筆時，極其揀擇，忌庸忌塞，忌板忌寬泛。既落筆後，一筆揮灑，勿過煉傷氣。若得一個好起講，又得好起比，三場文字，便抵一半工夫也。」

又曰：「同一字樣，或落卷被抹，而墨中用之，此不足怪。彼中式者，其熱如火，閲者神氣已爲所奪。雖有瑕疵，亦自不覺。此雖朱衣使然，亦其文之氣焰有以攝之也。若落卷則不然，彼先已昏昏欲睡，又撞著字樣不好，不抹何待？更有一説，通體柔細之文，雜一二粗硬字句，便覺碍目。若是氣蒸波撼，雖有砂礫，亦自混過。然揀擇之功，畢竟不可忽也。」

吴蘭陔〔三四〕曰：「應試之文，太高不得，太低不得，中式固有式也。太高則聲希味淡，寥寂無歡。太低則蜂聚蟻同，膚庸可厭。要使内含韵味，外露精光，聲情極合，時趨思力，迥超流俗，斯爲命中之技。（揣摩家不刊之論。）墨卷未嘗不可讀，但不可徒學其腔套。面目猶是，而神理迥非，最爲行文下品。且抄用墨調，場中必有雷同習見之弊，適足取閲者之憎耳。」（買櫝還珠，最當切戒。）

又曰：「主司命題，必有命題之處。作文之意，務與命題之意訢〔三五〕合無間，昔人所以謂師生沆瀣一氣也。然命意無他，只在認題而已。凡一題到手，必須將白文細注反復涵泳。某一種實理宜發，某一種虚神宜摹，某一字不可滑過，某一句不可著迹。題之真種既得，自然口口咬著。若認題不到真切處，則命意必不能緊；認題不到微妙處，則命意必不能超。雖復選聲練色，只是皮毛上工夫，無關痛癢，安能訢合無間乎？愼之勉之，三年心血，只争此一刻眼光耳。」（先天一著。）

又曰：「命意既定，須知煉局。局貴活不貴板，貴緊不貴寬，貴曲不貴直。大旨總要虛實相生，長短相間，向背離合得其情，操從順逆盡其勢。局無定式，不過發揮命意之處，期於透徹而止。命意之處，或有宜迅速以取者，稍緩則遲；或有宜紆迴以入者，太急則突。相題立局，變化從心，所謂文成而法立也。若預先擬定某處要提，某處要頓，某處要散幾行，某處要整幾句，便是印板文字，豈是行所不得不行、止所不得不止者乎？」

又曰：「煉意煉局，闈中制勝，莫要於此。然煉氣亦不可不急講也，通篇有通篇之氣，一股有一股之氣。如公孫舞劍，瀏灕頓挫，揮霍生風，則氣之所爲也。韓子謂：『氣盛則言之大小畢浮。』又云：『氣盛則言之短長，聲之高下皆宜。』至哉斯言！千古行文之妙盡此矣。氣欲其勁，又欲其和。文有按腔合拍，風流自賞，而不足壯人觀瞻者，則氣不勁也。或有大聲疾呼，馳騁爲豪，而不足耐人尋諷者，則氣不和也。有猛鷙無前之概，更有紆迴百曲之情，斯爲善於煉氣矣。」（所謂曲而有直體。）

又曰：「煉詞要奇而法，正而葩。奇而不法，則牛鬼蛇神；正而不葩，則塵羹土飯。然非取材於十三經，擷秀於漢魏六朝，鮮不蹈此二弊者。善夫劉舍人之言曰：『禀經以製式，酌雅以富言，譬猶仰山而鑄銅，煮海而爲鹽也。』故知作文根柢，全在讀書。前輩諸名家遇合之文，那嘗有墨卷腔調？」

又曰：「作文要有議論，有興會。議論高卓，興會飛騫。雖字句稍有微疵，亦不害爲佳。東坡謂：『少年文字，須令氣象峥嶸。』姚異度謂：『應試之文要熱如火，艷如花。』項水心謂：『作文要使人可驚，可喜。』數公皆甘苦之言也。往嘗閲同人會課，大概脉正理醇，然老生常談，輒令人昏昏欲睡。偶見一二有議論、有興會之文，不覺色飛眉舞。應試者當代爲閲卷者設想。」

又曰：「眼光手法，元墨往往高人一地，魁墨往往緊人一地。」

又曰：「考卷要輕，墨卷要重，須語語鎮得紙住。」

又曰：「讀墨卷貴精不貴多。精選四五十篇，以存矩矱足矣。平時讀本，宜以隆、萬、天、崇及本朝諸名家文爲主。雖未能頡頏古人，但略得其氣韵骨力，勝於時派甜俗膚庸多矣。故取法貴上也。金、陳、熊、劉諸名家文，往往瑕瑜不掩。如杜工部詩，其粗率拙滯之處，皆非後人所能及。但應試之文，畢竟以純粹爲主，讀者擷其精華，遺其糟粕，斯爲能自得師者。」

又曰：「起稿以腹稿爲上。人心多在無形處運用，或因一字而换數句，或因一句而换數行。或移後以置前，或化股而作段。胚胎未兆之時，騰九天而潛九淵，不可方物，此人心之所以爲靈也。若一落楮墨，便滯於有形，縱句修字飾〔三六〕，只是皮毛上工夫，却不能通身變化。所謂神能造形，形不能造神也〔三七〕。」

又曰：「學思不可偏廢。平日用功，舍多讀多做，更無襲取之法。至臨場一月，却又不在苦讀苦做。興之所至，或把卷流連，或拈毫揮〔三八〕灑，不必拘定功課。總是養得此心活潑潑地，如龍抱珠，如花含蕊，使文興勃然，有不可忍耐之勢。以此應試，焉得不佳？」

薛韋塘曰：「文章以煉意爲第一，但若毫無動宕，則板重而不輕逸。有喫力之態，乏雍容之致。雖使無懈可擊，究非完作。鄉墨嫌之，會場更甚。故輕字訣，甚不可忽。但輕非柔靡之謂，一針稍差，便入寬鬆一路，流於考卷矣。」

又曰：「文雖意合局合，而説得不暢，則無以饜閲者之心。但暢只達之謂，不可貪多務博，如塗塗附，以爲暢也。」

又曰：「文者氣之所形。學人執筆，先已意興索然。如不得已而爲之，則雖使題理胸中明白，而筆下衰颯，何以曲暢其情？故拈題後，必如臨戰之一鼓作氣，筆墨之外，猶有餘力，斯爲工於行氣矣。」

又曰：「清是文章貴品。意要不雜，局要不亂，氣要不濁，語要不混。用淡亦清，用濃亦清。」

又曰：「能扼題中要領，便勢如破竹。不必極意經營，而局自渾成。」

又曰：「多作文最要緊。火候不靠讀而靠做，做得一百篇是一百篇火候，做得二百篇是二百篇火候。但若趨向不定，無名人講貫，猶是無益也。」

又曰：「有平日文字好，而場内平常。雖由運數，亦由精神不濟使然。故臨場不宜過費心思，不宜挈伴太多，應酬煩亂，須静以養之。人平日不宜聽命，而臨場不得不然。蓋患失之心勝則氣餒，即敗之先機也。故董思翁謂『欣欣若已得者然』，此亦一説。而尤當思『盡人事以聽天』，則鋭氣不撓，文自充然有餘矣。」

又曰：「文貴肖題。題宏壯者，文亦宏壯。題委婉者，文亦委婉。因題爲之，自然合式。若因性情所好，平日所長，强題就我，節拍定與題不相凑拍，難免斥落矣。」

又曰：「岵思先生有言：『人見爲生，己見爲熟，便是飛鳴之候。』旨哉斯語！生非生疏之生，乃目所未睹，生新是也。熟非平熟之熟，乃彈丸脱手，純熟是也。見之者疑其千錘百煉，戛戛乎難。不知作者只是信手寫出，此是丹成之候〔三九〕，故飛鳴可卜也。若初下工夫，自以爲生矣，別人看去，仍是人云亦云耳。」

又曰：「作文先要得題之竅。中式之文，雖各出心裁，而相題自一。此處一走，定到落卷中去矣。其次又要才力足以副之，方盡題之能事。」

又曰：「於每股、每段接縫處留心，使氣脉聯貫，便能化去接縫之痕迹。（得勢與失勢，全係於此。文家所謂一氣呵成也。）提呼聯宕，所以舒一篇之氣，俾不喫力，但須步位恰好。若用不得宜，或如贅瘤，反亂文格，又不如無用之爲愈矣。」

又曰：「題有數句數字，若逐句逐字做，則板滯而不圓。拈題之一句，以貫串數句。拈題之一字，以貫串數字。或運題一句之意於數句之中，或併題數句之意於一句之内，則運置變動而圓矣。但此只順題中自然之輕重，非有矯揉造作也。」（此處只争有心無心耳。無心則靈則活，有心則滯則板。）

又曰：「學人求氣足，有貪多以爲足者，非也。全在轉接處導其氣，使之不滯。何謂導氣？不太疏，不太密，應振則振，應頓則頓，應曲則曲，應直則直。使行間有自然之致，看去不多一句，不少一句，便是足處。」（行間自然，即行乎不得不行，止乎不得不止之謂。）

又曰：「作文切忌信手寫去，先定通篇大局，然後伸紙落筆。每作一股，先將起承轉合定其大概，其中有出色處，方振筆書之，自然一氣貫注。與支支節節而爲之者，大不相同。此由平時習慣，非闈中猝辦也。落卷之文，前半篇大抵失之於鬆，由其率下筆也。」

又曰：「高手字字飛，低手字字砌，二語最是行文生死之别。同此意思，而飛者自飛，砌者自砌；活活潑潑則飛，悉悉率率則砌。學人閲文，先辨得出是飛是砌，後要詳究其用筆之處何以能飛，何以成砌。雖極聰明人，亦不可少心細工夫也。」

又曰：「平日看書，須苦心按理。看書抵作文一半工夫，書藝不明，何從勘題？又有雖看而仍屬無當者，嘗見一友於四書異同諸説枚舉無遺，及觀其文，仍屬糢糊，此死記而乏理會者也。凡聖人言語，真下落處，必看到十分洞徹。勘其要義，而略其枝葉。

要法須就自己身心上體會，此做時文第一工夫，勿看作等閑話也。」

又曰：「題旨真確，如庖丁解牛，芒刃不頓。否則狠其容而徒覺跼蹐，多其思而適增闇晦。要做題目，却不是題目。」

徐超亭曰：「審題爲場中第一緊要。凡題必有主腦所在，須認真確，開口直擒，切勿游移放鬆。即或用反，用翻，用襯，總是不離其宗。其法在相題之有上下文，無上下文者，曲追直取，勘入深際，務得聖賢立言之意。」

又曰：「審題既真，命意既確，説來仍不動人者，只是用筆不好。用筆之法，在起筆要突兀，或飄忽。轉筆要捷，要圓。提筆要振，煞筆要有力，或有韵。」（提者乃從上文文勢小小頓斷處，隨用提筆以振之。乃句頭無虚字眼者，蓋不提則一片説去，文氣倒塌而不舉。煞筆有力則清挺，有韵則舒長。）

又曰：「立身題外，以我論題，便活動，便超脱。切忌句櫛字比。」（擒定主腦，一綫穿成。使題之層折，都歸我大氣鼓鑄之中。此爲立身題外，如此方融貫。）

又曰：「題或幾句幾節，切忌呆做。要説此動彼，説彼動此。」

又曰：「閑句閑字，最要淘洗。一篇中著一句閑話，一篇失勢。一股中著一句閑話，一股失勢。」（運以精心，行以浩氣，則無此患矣。）

又曰：「題之真精神所在，固是多一句好一句。然亦要融煉，他人數句説者，我以兩三句了之。他人兩三句説者，我以一句了之，氣味便厚。」（所謂以少許勝多許，在會場尤宜。）

論語

雖曰未學吾必謂之學矣

丙辰會試　袁魁（一名）

賢者論學，亦務本之意也。（本游氏説。）蓋學者，所以明人倫也。賢親君友各盡其誠，而學豈外是哉？今夫學問之途，天事居其半，人事亦居其半，要惟大本之不失者，（大氣盤旋。）一一以誠意相周浹。斯天人合焉，而或以天分之獨優，尚疑人功之未盡，吾正不知所學何事也。（傳神阿堵。）有如賢親君友間，各盡其誠如是，此其人殆自學中來歟？先王之立學也，學之爲父子，學之爲君臣，（即注中「學求如是」意，高據題巔，傲睨一切。）更深以敬業樂群之事。凡所以合俊選而廣其造就者，肫肫乎以《大學》爲教而已。君子之爲學也，孝子以事其親，忠臣以事其君，更加以尊賢取友之益。（二比承上數項，頓住「學」字，題義不煩言而解，力争上游，元氣渾然。）凡所以範履蹈而成其德行者，循循乎以正學爲歸而已。然則學之謂學，惟其實也，不惟其僞也；（承提比意，頓足四句，雍容華貴，筋轉脉摇。）惟其樸也，不惟其華也。嗟乎！自世有真學而末學絀矣，亦自有末學而真學掩矣。（忽縱忽擒，陽開陰合，帆隨湘轉，用筆極屈伸頓挫之妙。）吾聞之，雖有至道，弗學不知其善。（淡中涉趣，古味可掬。）又曰：「念終始典於學，厥德修罔覺。人而不學，墻面可毋欺〔四〇〕歟？」嘗見世之人浮薄性成，（卜氏嵩爲若輩設法。）才華譽播，居然以學者自命。至一二敦行之士，則往往以未學少之。夫徒震乎學之名，是欲以學文也，謂之學，得乎？則能盡乎學之實，即非必以學顯也，（借賓形主，俯仰揖讓，神味吻合。）謂之未學，得乎？且夫學也者，學爲古人也。聖賢之德業何奇？（接句凌空。）要不過飭紀敦倫，（沉着。）切而求諸本原之地。堯、舜、禹、湯、文、武，無二道也。（揮筆横。）吾在在無歉於古人，則至性至情之發，（靠定注中「誠」字，切實發揮，力透紙背。）不第合以迹，而並合以心。轉覺擬議之學，猶其顯焉者耳。且夫學也者，學於古訓也。（二義賅括。）簡策之流傳極博，亦不過著誠去僞，約而歸諸日用之經。（强對。）《詩》、《書》、《易》、《禮》、《春秋》，無殊旨也。吾事事無慚於古訓，（純用中鋒之筆。）則此心此理之同，不第傳其詞，而直傳其意。愈覺章句之學，（題中數虚字活現。）特其淺焉者耳。(水到渠成。)吾必謂之學矣。儒士文章夙擅，(再接再厲，餘勇可賈。)而大端之疚，反抱愧於庸愚。匹夫知識迂拘，而一念之真，或無讓於神聖。蓋學先期於立本，而行之務在竭誠。如是焉耳矣，人可不自勉哉！

靠定「學以明倫」意，切實詮發。不規規描頭畫角，題義已十分透露。生氣鬱盤，識力俱臻絶頂，近科元墨僅見之作。操觚家動云揣摩風氣，此文距今垂四十年矣。鄉、會闈果能辨此思深力厚之作，有不破壁飛去者乎？「文無新舊惟其是」，斯言當非欺我。(省吾)

曾子曰慎終追遠民德歸厚矣

己未會試　徐寅亮(六名)

大賢明孝治，以厚召厚也。夫慎終追遠，亦自致其厚耳。然而民胥厚矣，孝治之神也，有如斯。昔孔子語曾子以孝，而謂先王有至德要道。順人心者，於是乎在，厚之至也。(他卷都從題首三字着筆，此尤典切不磨。)他日曾子考訂《禮》文，博稽喪祭諸典，詳哉其言之。於是乃舉孝之大端，以爲爲民上者法。曰：「物不反其所自生則不摯，

（意堅語卓。）情非動其所不忍則不真。」我觀孝治，我得厚道焉。（全題在握，二語抵千百。）孰是無親也者？（發端便超忽。）孰是有親而無終之日也者？今將曰：「吾之苴絰聊以愧德色焉，（有爲而爲便非慎。）吾之擗踊聊以耻誶語焉。」將所爲自斂而殯，而虞，而祔者，祇以代遒人木鐸之徇耳，（下截已於反面托出。）無論情之不暇及也。即當飯具粗陳，块苦在戚，（用縮歸寫法。）且恐有未誠未敬，（至情至理，沁人心脾。）貽吾親地下之悲，敢自謂能慎乎？又何計民之知其能慎否乎？瞿瞿焉，梅梅焉。吾之親終，吾之痛自此始已。（如《掛枝兒》，聲聲徹人心坎。）孰是無親也者？孰是有親而無遠之時也者？今將曰：「吾之鼒鼐所以勸洗腆焉，（有爲而爲便非追。）吾之幣玉所以教滫瀡焉。」將所爲自禘而祫、而烝、而嘗者，祇以助象魏月吉之書耳，無論禮之不相及也。即當工祝致告，堂户初交，且恐有弗匡弗飭，（一字一淚，悱惻動人，不忍多讀。）貽吾親在天之恫，敢自信能追乎？（以縮爲伸，極工作勢。）又何計民之知其能追否乎？洞洞乎，屬屬乎。吾之親遠，吾之思引之近已，而不知民何以讀《蓼莪》而咸思隕涕也，而不知民何以撫桮棬而如對先型也。（飛花滚雪，一片神行。）且夫庭户周旋，民亦甚欲酌醴烹羔，（就「民」邊探源。）共相歡笑爲樂耳。無故而嗟《屺岵》，無故而悼瓶罍，念彼蚩蚩，何以涼德若此。（頓挫有古致。）夫民與君，非同具此孝弟至性者哉？今觀聖天子亮陰居憂，（上截妙從下截看出。）倚廬守禮，猶是哀哀孺子慕焉。民豈盡無知者？（曲折道秀。）一菽水之進，一絞衾之設，（文情絶世。）頎乎其至也。如流水之歸於江海，（罕譬有逸致。）勢至順矣。蓋孝思不匱，至今始還其故我爾。（「歸」字有刻劃。）且夫歲時伏臘，民亦頗欲春韭秋蔬，稍學跪拜成禮耳。無端而忘水木，無端而曠蘋蘩，哀此蠢蠢，何爲薄德若此！（用筆極屈伸往復、操縱自如之妙。）夫民與君，非同荷夫祖考遺澤者哉？今觀聖天子郊廟申禋，壇壇備制，猶是惓惓孝子思焉。民豈盡無良者？一黍稷之馨，一雁魚之薦，秩然有文也。如旅客之歸其室家，機至捷矣。蓋奉先思孝，至今乃復其本初爾。返樸還醇，已具無形之禮樂；停澆激薄，可代有象之政刑。正人心而端風俗，道固莫先於此，願以告萬世之以孝治天下者。

此種題最怕上下説成兩撅。血脉精神，一處不貫，枝枝節節，意趣索然。縱有名言，都成死句矣。文將兩截融成一片，瀏灕頓挫，愷惻纏綿。昔人所謂情至生文，文至生情，庶幾近之。非火候十二分，未易臻此。迴環諷誦，百讀不厭。（省吾）

視其所以觀其所由察其所安

戊子江南　王保昌（十六名）

爲持鑒者衡所用，有進而加詳者焉。蓋所以、所由、所安，皆人所自呈也，視與觀、與察，持鑒者其遞詳之。且天下莫患乎無君子，莫患乎無真君子，尤莫患乎爲君子而非樂爲君子。是故厚望天下者，不敢概天下以君子也。別君子與非君子而覘其迹，別真君子與僞君子而覘其意，別樂爲君子與勉爲君子而覘其心。（如飄風急雨之驟至，筆勢噴薄可畏。）斯品量有分呈，而權衡有遞進。不然，天下孰不自謂君子？（反兜得勢。）吾望天下有君子，即不樂天下非君子。然而是之與非，非可聽末俗之揄揚排擠而有所混淆者，利用視。（股中提筆。）且夫視之云者，欲究其進境，先辨其分途也。（「所」字醒。）有所以焉，以在所行有功過，以在所事有是非，以在所趨有邪正。（每比俱用三層詮題，思深力厚。）而且出有所以，猷爲之得失可徵也；處有所以，學問之純疵可親[四一]也。（切實發揮，字字踏實地。）彼夫清濁之莫辨，則朋黨各成，君子有傷於小人者矣；（筆筆相承，綫索一絲不走。）賢否之莫判，則門户不別，小人有累乎君子者矣。（包孕史事。)明乎是非之在所以,而以視開始者,此其要。天下孰不自謂真君子?吾望天下真君子,即不愿見天下僞君子。然而真之與僞,有宜取一人之顯微動静以與爲詳參者,利用觀。且夫觀之云者,既見其已往,(字字諦當。)又溯其從來也。有所由焉,由於中者有愛惡,由於外者有義利,由於人者有師友扶持。(天馬行空,氣盛則言之大小畢浮。)而且大節能立,或恐由於近名也;細行是矜,或恐由於媚世也。(醒出題字,故無蒙頭蓋面語。)彼夫綱常名教之事,以震一世,而後世有識其私意者矣。(無此一聯,則力量單薄〔四二〕矣。然須玩其持之有故,不同浮光掠影。)廉節忠孝之端,以動一時,而當時有指其隱衷者矣。明乎誠僞之在所由,而以觀繼視者,又其要。天下孰不自謂樂爲君子?吾願天下樂爲君子,即不徒願天下勉爲君子。然而樂之與勉,尤宜統畢生之性情心術以與爲深究者,(字字貼切。)利用察。且夫察之云者,既見所肇念,又驗所宅心也。有所安焉,(無語不煉,無煉不穩。)安在資取者其情怡,安在鎮静者其志定,安在無思無爲者其神恬愉。而且安於暫時,即其常久所托也;安於片念,即其積慮所歸也。(出聯竪説,對聯横説,柱義截然。)彼夫苦於時勢之迫,則勉强矯拂之態,有不可終日者矣。(筆勢排奡,行神如空,行氣如虹。)循乎心理之同,則造次顛沛之頃,有苦將終身者矣。

明乎樂與强之判於安，而以察繼觀者更其要，此所謂進而加詳者也。人之焉廋〔四三〕何疑哉？

析理必精，擒辭無懦。以清剛之筆，運沉著之思。獨往獨來，空所依傍。墨藝中之老斲輪也。（省吾）

視其所以觀其所由察其所安

戊子江南　朱衔（十九名）

即衡品以神其用，有遞引而深者焉。夫人各有所以、所由、所安也。視之，觀之，察之，不有引而彌深者乎？嘗思觀人必於其微，而亦何得驟及其微？（三句環相爲宫，功不可闕，序不可紊。）有顯焉者，即微之所見端也。離顯不能探微，泥顯亦不能探微。即昧乎顯與微之交，亦不能直探夫微乎其微。（全講着語無多，而題中精義，曲曲傳出，勁氣直達，微妙可味。）何則？類之分也，必有其迹，是爲以；迹之著也，必有其機，是爲由；機之動也，必有其宅，是爲安。（「以」、「由」、「安」三字，是二是一，逐字剔清，亦分明，亦融洽。）莫患制行之繁，而所以失之歧也。（破空起。）歧則二，二則無論所以不善也，即善而其操不固；（勁接。）歧則迷，迷則無論所以不善也，即善而其習不純。（柱義截然，筆亦横疏。）斯亦極事之難辨矣，而無難也有所焉。（醒出「所」字。）固境之別而白之者也，奈之何弗視？一事自爲異同，判其異而遞計異中之同，毋得半而止也；（靠實注發，無筆不奥，無語不雋。）事事互爲異同，核其同而統會同中之異，毋執一而信也。營於旦晝，（硬語横空。）著於廣衆，是彼所共見之端，（「所」字不滑讀。）而示我以區別者也。吾得爲衡品者首定之曰「視其所以」。莫患用意之紛，而所由失之虚也。虚則浮，浮則無論所由不善也，（筆筆中鋒精鋭之氣，咄咄逼人。）即善而其情不摯；虚則幻，幻則無論所由不善也，即善而其念不真。此亦極意之難測矣，而無難也有所焉。固願之積而成之者也，奈之何弗觀？一意自爲起止，而起意安必即如意之所止，毋謂主名已定也；意意互爲起止，而止意安必各如意之所起，毋謂客氣已除也。（略爲變换，截然兩意。）欺則當戒，慊則當求，是彼所獨見之地，而引我以嚴究者也。吾得爲衡品者繼定之曰「觀其所由」。莫患矢〔四四〕志不堅，而所安失之僞也。僞則泛，泛則無論所安不善也，即善而其好不篤；僞則淺，淺則無論所安不善也，即善而其樂不深。此又極心之難核矣，而無難也有所焉。固念之隱而覆之者也，奈之何弗察？一心自爲終始，原始固必順而推之所終，毋以淺見測也；（「異同」、「起止」、「始終」等字，俱極諦當。）心心互爲終始，要終又當逆而溯之於始，毋以幸心嘗也。（清言娓娓，耐人咀嚼。）苦而得甘，淡而彌永，是彼所不及見之區，而待我以密勘者也。吾得爲衡品者終定之曰「察其所安」。蓋至此而君子之爲君子者見，君子之冒爲君子者見，君子之勉爲君子者見。即吾之望天下共趨於君子，而終成爲君子者亦無不見。（一齊收轉，筆力英鷙，筆勢噴薄。）不然，有〔四五〕刻覈之念，而謂天下皆無當於君子也。（反兜作結，文勢至此一振。）夫豈吾所敢出哉？夫豈吾所忍出哉？

實實抉出所以必視、必觀、必察之故。惟〔四六〕快中饒有淳實，精神義理，盤曲紙上。正、嘉魄力，隆、萬機杼，合爲一手。（省吾）

視其所以觀其所由察其所安

戊子江南　王鑅〔四七〕（二十七名）

即處事以驗心術，歷驗之而皆見矣。夫其所以，其所由，其所安，處事而心術寓也。視而觀而察焉，不已遞驗之而皆見乎？且吾儒出而與天下見，見其所共見，（首句。）不若見其所獨見。（次句。）而見其所獨見，不若見其所不見。（三句。）此皆不必以己見參也，由共見以徵諸獨見，而得所從來。並由獨見以極之不見，（拈「見」字串通講，分明融洽，犀利無前。）而窮其究竟。斯無不見者，所見爲已精焉。夫所謂其見者何？（直入老氣。）所以是也。所以者善，以善積善，不善蔑由而至矣；（淺語反具清勁之力。）所以者不善，以不善積不善，善亦蔑由而至矣。從而視之，則我見其所共見矣。（應回柱義。）而由視而觀，則有所由，是其獨見者矣。視存乎動，（鑱刻。）而觀主乎静。獨見之見，更深於共見也。（逐句相承，三句打成一片。）由觀而察，則有所安，是獨見者有極之不見者矣。觀在於暫，而察要於久。（字字隱愜。）不見之見，倍神於獨見也。且夫所以、所由、所安，隱伏於未視、未觀、未察之先。（承上三比，意作樞鈕。通篇骨節靈通，機局緊湊。）而其所以、其所由、其所安，顯呈於爲視、爲觀、爲察之際。此豈以刻爲明哉？惟欲見之確也。然則遞驗之，而不以己見參也。（頓住。）亦固其所然無容驟也。（折入。）天下易見者，（筆勢軒舉。）莫如爲善與爲不善之分其迹。乃君子爲善，曾不畏人之見也；小人爲不善，並不欲人之見也。究之不畏人見者，從善爲人德之基；不欲人見者，閑居多自欺之事。（若無此偶句，則剽而不流矣。揣摩家不可不知。）視之而君子固見爲君子矣，小人固見爲小人矣。所謂共見者此爾，（醒筆。）然而猶可假也。（機神一片。）天下難見者，莫如有所爲而爲，與無所爲而爲之異其趨。（長句見筆力。）乃有所爲而爲之，惟冀人之見也；無所爲而爲之，猶恐人之見也。（處處咬定「見」字綫索，一絲不走。）究之冀人見者，急於事功，作僞所以日拙；恐人見者，純乎學問，作德所以日休。觀之而小人不見淆於君子矣，君子不見混於小人矣。所以〔四八〕獨見者此爾，然而未可久也。天下不及見，而又不可不見者，莫如樂於爲善與勉於爲善之歧其心。（長句不拖沓，由其氣盛也。）乃匹夫敦行一時，而人或未暇見也。修士禔躬畢世，而已且不自見也。究之未暇見者，外事矜持，半塗不免自廢；不自見者，功深宥密，日進益覺無疆。察之而不欲以小人見者見矣，（每比緊跟「見」字，却無一筆複。）不欲以君子見者亦見矣。所謂極之不見者此爾，共見之見本乎顯，以顯視著，無著不彰；（收束嚴密，筆亦横竦。）獨見之見鎮乎静，以静觀妄，無妄不燭；不見之見積乎誠，以誠察僞，無僞不呈。吾黨以此衡人，國家以此取士，操斯術以往，人烏得而廋焉？

拈「見」字串三句，精確不磨。靈緒拂拂，縱手而成，圓如轉轂，捷若弄丸，逼真隆、萬手筆。近日鄉、會闈文，動言運機，此作機走極矣，却不失之剽，不流於滑，揣

摩家宜鑄金事之。（省吾）

子曰繪事後素曰禮後乎

河南　朱其燦（一名）

聖人發後之説，賢者擴後之解焉。蓋夫子「繪事後素」之説，所以明絢之後於素也。而子夏則已擴後之解矣，故遂即禮以明之。今夫學者之於道，莫患乎不知所先後。其不知所先也，總由於不知所後耳。（一針見血。）即後以明先而所先者可思矣，（夫子意餘於言。）知先之有後而爲後者無窮矣。（子夏言餘於意。）子夏素絢之疑，其殆於先後之分，猶有所未知也乎？夫素本乎天者也，絢成乎人者也。（從題巔着筆，實實發出所以然之故，兩截俱透。）本乎天者，而人無與焉；成乎人者，而天無與焉。孰先耶？孰後耶？不待智者而决也。子若曰：「爾獨不觀夫繪事乎？（點次欲飛，深得釋《詩》語氣。他手呆填，實疏指點，神味索然矣。）五采之施，甚燦爛矣，而其先固何如耶？五色之章，甚輝煌矣，而其先果奚若耶？素也，絢事其後焉者也。」素絢之説，又何疑乎？且夫天地之大，萬物之繁，當其先，止一渾渾噩噩之象。歌蕃昌而樂雍燕，皆其後之日新而月盛者也。（一答一悟，超神入妙，莫可端倪。略一沾着，不免刻舟求劍之譏。二比身在寰中，神遊象外，活潑潑地，不即不離，曲盡題妙。）而夫子固未明言也。帝王之嬗，五德之運，當其先猶存榛榛狉狉之形。法度明而文物昭，皆其後之因時而制宜者也，而夫子初未暇及也，（妙妙。）乃子夏則已憬然悟矣。（神來之筆。）夫事之繫於人者，禮爲大矣，其情深而文明也，其繪之謂乎。禮之著於人者，事綦繁矣，其當復情以歸太一也，固不可不念及於素乎。先後之序明，而本末之分定，意者其禮後乎。深觀乎三千三百之旨，而確然信玉帛之虛拘。（「乎」字是信辭，非疑辭。靠實詮發，體會真確。）静驗乎有文有本之殊，而悠然念忠信之可學。（夫注明説「忠信爲質」，講家有謂「不露忠信爲含蓄」者。試問所先畢竟何事，直瞽談耳。）子夏此言，固夫子所念不及此也。夫賜也論境，而悟《詩》；商也論《詩》，而悟《禮》。其知皆不可及也，宜夫子同一欣賞云。

着墨不多，曲盡題妙。氣體高老，猶見先輩大家遺則。集中於一切貌爲高古之作，概置弗録，恐學者中無所得，買櫝還珠，不免畫虎不成之譏。此作寥寥數百言，而理解之瑩徹、才思之横溢、氣韵之高潔、神味之淵永，令人玩之不盡。彼以枯槁爲成、弘規格，直優孟衣冠耳，明眼人宜分别觀之。（省吾）

子曰我未見好仁者惡不仁者好仁者無以尚之惡不仁者其爲仁矣不使不仁者加乎其身

丁卯順天　于德培（八名）

爲仁之有真好惡也，聖人慨其未見焉。夫好仁惡不仁，皆所以爲仁也。無以尚，不使加，非好惡之真者而能若是乎？故夫子慨之。今夫人之所以克全乎天德者，亦惟堅持乎理而已。理處乎先，而後起者不得而雜之；理足乎内，而外至者不得而滲之。（字字抛磚落地。）此其幾在乎能決，其要在於能守，而其詣已倜乎遠矣。夫子曰：「人之所以爲仁者，必先一其志仁之心，而後其爲仁也粹；亦必絶其累仁之念，而後其爲仁也精。亦惟於好仁惡不仁，觀之而已。」物以有感而不能拒其入，心即以無衛而不能防其出。（雕空鏤塵，文心奥衍，妙！恰是前路文字。）夫欲却其入〔四九〕而止其出，則所以固内外之鍵者，所貴有堅忍之操焉。（鉥心劌目，筆意鑱刻。）人心以知誘而日覺其親，天心即以客感而日覺其疏。夫欲遠所親而暱所疏，則所以争危微之界者，所賴有精一之學焉。其好仁也，其惡不仁也，皆所以爲仁也。（扼重「爲仁」，全題筋脉融貫。）然而難言之矣，一念以爲然，又一念以爲不然，中存游移之見者，非好也。（撇淺得深。）所謂好仁者，其視仁真與性命相依。身以外無仁，即仁以外無好。（清微透快。）任可欣可羡，環集於前，總不如固有者之尊無與並也。雖欲尚之，而無以也。（不必諱一挑半剔，而出筆自老重。）一時推而遠之，復移時引而近之，狃於遷就之私者，非惡也。所謂惡不仁者，其視仁直與髮膚同愛。仁易奪於不仁，以爲敵之身易近。（字字洗刷分明，不似他手葫蘆混過。）夫不仁以使驅之，縱相攻相取之盡彌其隙，猶常慮即我者，或貽玷厥躬也。雖欲加之，而不使也。是故好者不必言爲仁，所好仁即所爲皆仁也。（交互以盡其致，水融乳洽，分風劈流，令我一讀一擊節。）惡者惟欲去不仁，有不爲始可以有爲也。以仁樹之的，舉天下難能可貴之事，悉以吾仁當之。仁有權，而不仁無權。利貞有以得性情之正，抑好仁者何必無惡。好在仁而不仁，自不能加也。（六通四闢，如水銀潑地，無孔不入。）惡者即專所好爲在仁，其於仁原無以尚也。以仁立其極，舉吾身儻來後至之物，悉以不仁處之。不仁退，而爲仁日進。來復可以見天地之心，此爲仁之實功也。惜乎吾未得見也，是所望於能用其力者。

題約有四病，仁、不仁指自家理欲説，謬作他人之仁、不仁看，病一；首二句涵下二〔五〇〕段，入手空發上截，竟似二句題文，病二； 兩項故分優劣，於注中「皆成德之事」，一「皆」字，殊欠體會，病三； 朱子云：「此二項，正利仁之事。」誤將注中「成德」作生成之德，大謬，病四。此作掃盡糠粃，獨抒精蘊，微至之思，堅栗之筆，相轉而行。梳櫛明通，得未曾有。是理境中上乘文字，必傳無疑。（省吾）

子曰君子之於天下也無適也無莫也義之與比

辛巳江南　沈練（二名）

君子行義於天下，有真見，無成見也。夫適者莫者，與無適莫而不能義之與比者，治一身不足，於天下奚當焉？君子不然，所謂範圍天下而不過與。且夫事之來我前者，莫不各有當然之理。（直注「義」字。）審其所當然，而應之以自然，非應之以必然也。（浩氣流行。）若夫私心自用，侈議更張，異學相高，争言寂静，其尤者又好爲高深不測之量。（補出此層，反面圓到。）游移兩可而自托於中庸，彼固謂於義應爾也，（筆端有奇氣。）而天下卒以多事。（排踏而入，磊落嶙峋。所謂魁壘緊入一着也。作者着眼在此，閲者賞心亦在此。此種筆勢，最宜揣摩。）夫子曰：「是適也，是莫也，是無適無莫，而仍不能義之與比也，則未嘗奉教於君子也。」去適者成莫，去莫者成適，適與莫互爲乘除；（「適」、「莫」遞説互説。）適此必莫彼，莫此必適彼，適與莫相爲倚伏。此適莫，而顯背於義者之誤天下也。馳騖於適莫之外，而務爲隱怪，終成風俗之憂；（出比反寫，對比翻寫，爲下二比轉正作勢。）調停於適莫之中，而與爲委蛇，已覺性情之薄。（出比淺，對比深。）此無適無莫，而陰托於義者之禍天下也。（恰好拍轉。）惟君子虛其心，以待天下之事之來。（題前補腦。）虛則靈，靈則明。而曲直是非，無纖微之弗悉。惟君子平〔五二〕其心，以觀天下之事之變。平則公，公則溥，而張弛緩急，無措置之弗宜。（詮末句仍靠定「適」、「莫」説。）是故可者，可之迹似適，而非適也；否者，否之迹似莫，而非莫也。義焉而已，義有不敢於天下者，揆時度勢，不以官禮誤蒼生；（包羅史事，言必有物。）義有不忍於天下者，盡性踐形，不以空虛壞名教。可經可權，可常可變，（反掉作收，亦勁峭，亦横竦。）而天下之畏事者拙，而天下之喜事者狂。（出比分詮，對比互詮，左右横直，頭頭是道。）是故可者，有時而否，無適而非徒無適也；否者，有時而可，無莫而非徒無莫也。義之與比而已，義爲天下所固有，即以還之天下，而奇術異能無敢逞；（白描中妙有精義，故不蹈空。）義爲天下所未有，即以補之天下，而就簡因陋弗能安。無方無體，無思無爲，（萬牛回首，筆力千鈞。）而天下之獨斷者偏，而天下之兩歧者惑。古之君子，其精義之學裕於吾身，其行義之功著於天下。建白總規乎時勢，（堅光切響，擒辭無懦。）而聲色不驚；制作必酌夫古今，而聰明不作。《易》曰：「時止則止，時行則行。」動静不失其時，其道光明，言比義也。世有其人，天下事無不治矣。非然者，與其高語圓通，（反兜作結，通篇文勢至此一振。）竊似義非義之義以害義，又不若適者之尚可有爲，莫者之尚可有守也。（餘波雋妙，意味深長，古文收束。）

入手斬關奪隘，得機得勢。提比以下，勁氣直達，盤空屈屈，獨往獨來。文之極有興會、極有機趣者。矮屋獲此，固宜辟易〔五二〕萬人。（省吾）

曾子曰夫子之道忠恕而已矣

辛酉福建　張翹（一名）

傳道不外傳心，大賢切指以示人焉。夫一者心也，盡其心而至於無所不盡，推其心而至於無待於推，則事物無不貫，而道盡於是矣，此忠恕之説也。昔吾夫子祖述堯舜者也，（導河積石，原原本本。）堯舜相傳之統，不過曰「道心惟微」。是知人人可盡之道，（一語中的。）即在人人各具之心。聖人特不假逐事逐物，（明白了當。）以求之心而已。曾子慮學者曰：「習於斯，而昧其旨也。」故因一貫之問，而切指之曰「道隨事物」，而各見也。乃有投之此而合投之彼而或不合，施之此而安施之彼而或不安者，（所以然已於反面抉出。）非於事物有時而輒窮也，亦吾心有所歉爾。（醒透。）夫子之道，妙事物而無間也。乃由一事而推之，事事無不措之；（實能寫出至誠無息，萬物得所氣象。）而宜由一物而推之，物物無不放之。而準非於事物接時以求合也，（腦後針。）亦從心自不逾爾。蓋夫子之心，一天地之心。天地之心不息，（語本程子。）夫子以無妄合之，是之謂「忠」。夫子之心，普萬物之心。萬物之心皆同，夫子以無私絜之，是之謂「恕」。人第見夫子措無不正，（從旁面托出。）施無不行，而驚其道之甚神，而不知夫子祇全其心之所固然，還其心之所同然，（一本萬殊，道理見得，冰融雪釋。）故説來如道家常，白叟黄童，都可領悟。）即以貫乎類聚群分之屬，而不過其則焉。人第見夫子因物而付，順事而施，而疑其道之曲當，而不知夫子即此中心而於己無弗慊，（涣然怡然，一空理障，筆亦渾成。）如心而於物無弗平，於以貫乎紛紜萬變之交，而不疑所行焉。（拍入學者，極得子輿氏指點。）學者苟能以聖人之心爲心，則雖有待於盡，有待於推，（門人神吻。）而統之有宗，會之有元，（先儒所謂見頭腦。）則造道之功，不越於是矣。况有待於盡而忠，日幾於自然；（就出比進一層看，渾灝流轉，理趣機致俱佳。）有待於推而恕，漸離於勉强，則寂然不動，感而遂通，知聖道之要，無事外求矣。（「而已矣」虚神亦得。）此曾子所得傳心之妙也，即學者由以入道之方也。厥後十傳之旨，闡明聖經。（恰好證佐。）而修身、齊家、治國以及平天下，推本誠意，以至絜矩。是又廣忠恕之義，而昭示夫子之道，以教萬世者也。（總束通篇，眼高於頂，筆大如椽。）

不作禪機棒喝，不用油腔挑剔，直截了當，深得指點。門人語氣，顛撲醇茂，一氣渾成。熙甫而後，此爲嗣音。（省吾）

君子喻於義小人喻於利

己巳〔五三〕會試　顧元熙（二〔五四〕名）

辨義利於君子小人之心，各從其所喻而已。夫君子小人之分，分於事之義利。而其所以分者，不始於此也，盍辨於其心之所喻乎？且夫人邪正公私之别，存乎心術者爲最先。（一口吸盡西江。小講最難於取勢，而起筆尤甚。起處得勢，轉處、收處迎刃而解矣。此講極可尋味。）而見於事爲以成人品者，皆其後焉者也。因心術而事爲歧，因事爲而人品歧。論人者據其事以觀其品，而後曉然於心術之不侔。亦未思夫所以不侔者，（「喻」字從旁面托出。）固不自此始也。何也？天下之事，萬有不齊，義利盡之矣；天下之人，亦萬有不齊，君子小人盡之矣。（一眼直注兩「喻」字，覷定真種，得勢而入。）顧第曰：「君子爲義，小人爲利。」是以顯殊之義利，而定爲已成之君子小人。又何以辨於其早、辨於其微也哉？（雙鋒突入，批窾導郤，直取要害。）有衆著之義而後赴，即君子猶或未遑；有衆著之利而後趨，即小人反多顧忌。所最難昧者，本其心之獨見而已。（鈎魂攝魄，一語抵千百。）必義之責我以當爲，可就之義亦無幾；必利之與我以可取，能營之利亦無多。所最難忘者，存乎心之無窮而已，（月到天心。）惟其喻焉故也。蓋義利判爲兩端，而君子小人，未必不並營一事。君子小人判爲兩術，而義利又何嘗不併在一途。於是君子小人，各求其所欲求焉。厚實崇高之境，皆有義存；（義利越説得細，「喻」字越詮得真。）節廉忠孝之名，詎無利在。（以縱爲擒。）當其縱心孤往，清濁咸處於無形，而意向所歧，彼此獨行其是。（所謂同床異夢。）君子樂得之以爲義，小人樂得之以爲利。所喻者，乃其莫能相喻者也。（雋妙得未曾有。）莫能相喻，則喻之者深矣。於是君子小人，各取其所欲取焉。猜嫌疑似之交，精義者惟知準理；（胸有史事。）氣節聲名之地，好利者益便身圖。方其隨境變通，是非且不妨於互見，而精神所詣，彼此自愜其懷。君子祇率其爲君子，小人祇率其爲小人。（雋妙更得未曾有。然只就出比深入一層看耳，鈍根人那復解此？）所喻者，並其弗能自喻者也。弗能自喻，則喻之者真矣。（二比渾灝流轉，一氣鼓蕩，盤空屈注，超妙入神。雖屢經後學掇拾，而作者精彩自在。）故第觀其措施踐履之間，則君子之經緯百端，無在非正誼明道；小人之情形百出，無往非乘便營私。其或行我義不必不利，行我利不必非義者，（用筆跳躑飛舞，極指與物化之妙。）猶其事之適然者也，而中藏豈必相假哉？苟深究其材力聰明之用，（無意不搜，文思空靈變幻，直逼五家。）則君子潔身砥行，自有怡神悅志之時；小人計效程功，轉多衡慮困心之境。卒之義有所不伸而不悔，利有所不得而亦不悔者，（力透紙背。）皆其情之固結者也，而神明不與俱化哉。（一結含蓄不盡，別有遠神。）一室而判千古聖狂之界，一念而有終身舜跖之分，可弗辨歟？

理實氣空，細密渾成，文心奥衍，筆力沈摯，章、羅復生。蘭修館時文，膾炙人

口，然不善於學，則艱澀沈悶，幾於畫虎不成。此作極深刻却極醒露，在作者集中爲最軒豁雪亮之文，揣摩家宜鑄金事之。（省吾）

見賢思齊焉見不賢而内自省也

辛卯貴州　孫懷恩（二名）

隨所見而取益，一心可以兩用也。夫思齊内自省，皆此心也。而見賢見不賢異焉，斯爲善用其心乎？且學者之一心，不可兩用者也。而正不妨兩用，一用之而不嫌於自厚，一用之而不嫌於自刻。（自厚自刻，分貼精確。）其自厚也有争心，（再接再厲，筆力廉悍。）其自刻也有懼心。心之所用，因乎人而實操乎己，是在乎隨所見而取益者。今夫人之有賢有不賢也，見之者將見如不見乎？抑將不見是圖乎？見賢而忽之，陋矣，然獨不曰「慕之」乎？夫慕之誠是也，（頓挫生姿。）正恐慕之而賢，依然在人也。（冷然刺入，彌淡彌旨。）見不賢而比之，誤矣，然獨不曰「去之」乎？夫去之誠是也，正恐去之而不賢，非徒在人也。（雋峭。）吾爲見賢計，惟思齊宜；爲見不賢計，惟内自省宜。心以見賢而虚，亦以見賢而怯。觀其言論風采，悚然於天授之，非關人力，鮮不以爲可望而不可即也，有退步焉耳。思之思之，思而不與之齊，安知異日相遇，不更仰之而彌高乎？（進一層説，題義更覺醒豁。）故思齊者，不惟使目前有並立之意，而並使繼此有相長之機，則此一見也。（力透紙背。）不交臂以失，直比肩以事也。（恰切。）虚其心以實用之，而何有於怯歟？（理旨題有此黠宕之趣，乃不類傖父面目。）心以見不賢而動，亦以見不賢而驕。窺其庸愚柔懦，岸然行己意而莫我瑕疵。此特悦與不若己者處也，非求益者也。省之省之，省而不納於内，安知因而相誘，不乘我以不及覺乎？（令人深省。）故内自省者，不惟不使其間自外而入，而並不使其隙自我而開，則此一見也。（内省兼兩層説，義理圓足。）非耳目之憂，（一噴一醒。）直心腹之患也。動其心以静用之，（字字華嚴法界來。）而何有於驕歟？謂賢者皆我師保，則故爲傲之者其心妄。且無論傲之者之妄也，（一波三折。）傲之而我固已處乎其下矣。（深入骨裏。）精神激而諂力生，（個中人語。）齊之數多歉，而思齊之量甚盈，殆將以賢者爲愜心之具焉。謂不賢必宜峻拒，則優爲容之者其心疏。且無論容之者之疏也，容之而我固已入乎其中矣。（冷水澆背。）悚惕深而察識至，省於外者猶可飾，而省於内者誰爲寛，（老重。）殆將以不賢爲攻心之鑑焉。見一賢而奉爲法，日近於賢，即日遠於不賢；見一不賢而引爲戒，不敢與不賢爲一，正不甘與賢爲二。故曰：「一心可以兩用也。」（收應起處作章法。）

一轉便深，一撥便醒，曲曲款款，淡漾夷猶，自是風塵所不到。墨藝莫患無味，而沉悶題尤甚。此作無一筆平鋪直叙，句句有味，字字有味。而題義正復抉摘無遺，吐囑雋妙，玉茗風流。（省吾）

以約失之者鮮矣

辛卯河南　張文林（十九名）

聖人示人以寡過之道，（通篇主意。）恐其失而失自鮮矣。蓋約者惟恐其失者也，恐其失斯無多失矣，欲寡過者其知之。且吾人見功之地，每不敵其見過之地；吾人見功之心，又每多於見過之心。而吾謂其見功之心愈多，斯其見過之地亦愈多，（撇筆。）非功之轉而爲過也。心喜於見功，則其心將侈然以自恣。而無在自見其過者，（純從交關處透抉。）實無在不見其過，而欲寡過也綦難。（精思果力，一氣呵成，一講已足制題之命。）此皆自以爲無失，而卒至於多失者也。君子曰：「弊在不約。」（老横。）不約則縱

（緊接。），縱則悍然不顧。視天下無不可爲之事，無不可爲之人，（不約所以多失，見得到説得出，勁氣直達，筆力瘦硬。）一往直前，而凌厲之氣，難必其終矣。不約則肆，肆則放焉無忌，勢必智小而謀大，力小而任重。私心自喜，而叢脞之餘，人議其後矣。（一氣直注，不另作轉筆，此作家之異於俗手處。）惟以約，則於無失之時，時設一有失之象以自惕，恐恐乎冰[五五]淵是凜焉。（道理見得，冰融雪釋，而出以老勁之筆，蕩[五六]滌煩蕪，一歸雅潔。）蓋人之心，以有所恃而日縱，以有所惕而日斂。惕之以失，斯縱者斂矣，約之至也。惟以約，則於萬有一失之事，時設一隨在皆失之象以自警，（洞見肺臟，「以」字有把握。）翼翼乎規矩不逾焉。蓋人之心，以無所慴而日肆，以有所警而日謹。警之以失，斯肆者謹矣，（題字如生鐵鑄成。）約之至也。夫以失自惕，其持之愈固者，其研之愈精，則失將無自而生。且微論其無失也，即或惕以失，（所以鮮失之故，實實透出。）而因惕生怯，事會致失夫機宜，而其失要，亦意中事也。（神吻宛合。）夫意中之失能有幾乎？以隨在皆失自警，其操之愈危者，其發之愈光。則失更何自而起，且微論其一無所失也。即或警以失，（前後綫索，一絲不走。）而因警生疑，措施稍失於阻滯，而其失要，（意中意外，二義詮鮮失雋妙。）亦意外事也。夫意外之失，能有幾乎？不亦鮮乎？是則蕩檢逾閑，而愧怍交乘矣。循途守轍，而尤悔克寡矣。孰得孰失，（神味獨得。）必有能辨之者。

以恐失之心詮「約」字，一切蒙頭蓋面語，自無從犯其筆端。看書桶底脱，行文翻水成。老幹無枝，的推作手。近日風氣，競言機致，此作筆光迅掃，圓如轉轂，捷若弄丸，可謂工於行機矣。試問有一剽滑筆、一空衍句否？（省吾）

其養民也惠其使民也義

辛卯廣東　蔡錦泉（一名）

鄭卿視民如子，養使悉衷諸道焉。蓋以術愚民者，違道於譽者也。子產以子民之心出之，惠義不皆道乎？且執政者民之望也，恃有駕馭之才乎？抑視此保赤誠求之隱耳。任萬物之謗於先，綱紀非浮言可奪；（按題在不即不離間，大家舉止。）協萬物之情於後，權衡非雜霸能參。不亟求諒於民，而民卒無不諒其心。斯相業隆而品望獨垂不朽，則豈獨行己事上，足見子產哉？今夫弱國安危之策，保君必先保民；大臣經濟之全，畜衆而後用衆。故養與使無可謝之責，而惠與義無可假之名。吾更於是觀子產，子産知實惠不事賑䘏，而靡俗效尤，物産之精華頓耗，快目前之意，而不留有餘，我非所以養民矣。（按切時勢，議論名通，筆亦警拔。）然矯習慣之風，而驟裁所欲，民且以爲病已矣。則養之難，非直此也。我養民而民不知所爲養，猶可恕也。（進一層説，確是鄭國之民，確是子産之養之使。）乃經畫甫施於保乂，而里巷竟聞孰殺之歌，將以德爲讎，當軸者誰復關心於司牧？惟君子則以道孚之。得所養不敢居功，行方虞其越畔；（兼兩層説，「道」字圓到。）失所養不能辭咎，割孰使之操刀。感者聽之，（硬語盤空。）怨者聽之，（入木三分，得之典題尤難。）獨此豐嗇盈虛，不付諸百族之乘除，而視爲一家之性命。簡定以前，（風神絶世。）幾見有此撫綏善政也。（筆筆純用中鋒。）夫天下惟隱被其惠者，施與受彼此俱忘。迨流澤既長，佩服始深於寤寐，民知惠矣，（「也」字虛神亦到。）而惠已非朝夕矣。（從旁面托出「其」字。）彼噢咻煦嫗者，果何爲哉？子産知滅義緣於怙侈，而子矜佻達，士林之防檢日乖，委人情於風會，而不挽其頹，我非所以使民矣。（一意翻兩，議論沉着。）然屏時尚於人情，而力持其正，民且以爲厲己矣，則使之難，非直此也。（眼前道理，却生出無數層折，思鋭能入，筆曲能出。）我欲民而民顯悖乎所使，猶可教也。乃法令亦强爲率循，而道路私傳蠆尾之誚，（同一典故，誰解如此運用？）將群疑不測。秉鈞者尤慮蓄怒於輿情，惟君子則以道靖之。（運排偶於單行，思深力厚。）使以理不脅以勢，火雖烈而非苛；使以法亦準以情，刑有書而奚濫。（實實抉出子産心事。視彼堆填故實，真有天淵之隔。）譬焉弗恤，毁焉弗恤，獨此勸懲賞罰，上以示朝廷之體，即下以堅臂指之聯。罕駟同寮，幾見有此範圍正軌也。（高着眼孔，獨往獨來，筆力雄奇跌宕。）夫天下惟神明於義者，因與革變通盡利。迨推行既久，顓愚亦喻於肫誠，民知義矣，而義已浹肌膚矣。彼牢籠邀結者，尚何言哉。是蓋納然明之論，（應回破承，自成章法，到底不懈。）而視民如子，四十年悉秉此心；留遺愛之思，而衆母交推，十五國罕聞此政。君子之道於是全矣。

不摭拾盲左陳陳相因語，純從題巔着筆。包一切，掃一切，議論警闢，魄力雄健。矮屋具此手筆，的未易才。近科每遇典題，率以剿襲爲富，餖飣爲工，謬謂貫穿經史。實則假借支吾，幾於不成文義。無識者又從而登之選本，風氣趨尚，所關匪細。集中於典題决擇惟嚴，間登一二，皆棄糟粕而取精華，以求合乎先正論文「如水着鹽」之旨。願操舉業者刊落浮華，力追雅正，庶無貽獺祭之誚云。（省吾）

子曰女得人焉耳乎曰有澹臺滅明者行不由徑非公事未嘗至於偃之室也

丙子江西　伍延昺（四名）

惟聖賢爲能得人，非世俗之所知也。夫徑不由，非公不至，滅明之自待審矣。而子游即以此得之，不有合於聖心哉？且天下氣節之大，（發端便不群。）惟一二耿介之士足以維之。故士之杰然自命者，（大筆如椽，氣息逼真韓、歐。）必不屑苟諧於流俗，而人亦未易輕測其所以然。聖人於此，每樂得古處之人，相與偕〔五七〕進於大道。（絲絲入扣，筆亦勁健。）而及門亦時體此意以相天下士。如子游宰武城，夫子至其地，他未遑及，而首問得人。夫其所謂得者，豈必選舉而登用之哉？（「得」字認得真。）天下何地無人？（眼光如炬。）亦何時不可言得人？有其權則升之庸之，無其權亦賓之友之。況乎宰者邑之倡，凡宰所屬意之人，邑之人耳而目之，（此章八字實風化所關。）則而效之。故宰不能得人，雖日進什伯不足多；誠能得人，（名論。）即一二知心不爲少。（古文束筆。）蓋得人良非細故也，維子游從事聖門久，子之問之，固知其必有合也，而子游果以其人對矣。曰「有澹臺滅明者」，「有」之云者，（體會入微。）若幾幾乎未敢以爲得之也。曰「行不由徑，非公事，未嘗至於偃之室也」，若幾幾乎於此兩事得之，（無字句中得字句。）而猶未盡得之也。（透抉反面，夾叙夾議，閲歷有得之言。）夫天下争便鬥捷之才，於世無不可爲之事，而人亦樂親其風旨，（天下大都如斯矣，可勝慨嘆。）反是者以爲不近人情而棄之。而天下希旨順意之徒，每樂近貴人之前，而吏亦熟識其姓氏，匪是者以爲疏於世故而擯之。夫衆人而棄之擯之猶可言也，（縈洄盤折，淋漓頓挫。）爲宰而亦棄之擯之不可言也。（説得與風化煞〔五八〕有關係，纔見聖人所問，子游所對，非同泛泛。）且宰而既棄之擯之矣，安在衆人之棄且擯者，不更有甚於宰？而相率於争便鬥捷、希旨順意之舉，而一邑之習壞矣。（進一層説。）顧宰即不必棄之擯之，而但視爲何有何無。（「有」字不肯滑口讀過。）若無關於人心風俗也者，又安在衆人之能耳而目之，（一綫穿成，氣勢浩瀚。）則而效之也哉？於戲！此子游所以獨取於介介不苟之滅明，（總束通段，神味悠然不盡。）而稱道不置也乎！君子謂子游之得滅明也，其識高，其趣遠，其相與不在尋常物色之内，故可以砥廉隅而培士氣，非一切苟且之見之所及也。（有論斷。）夫天下之人才不登於朝廷，（董醇賈茂。）則聚於吾黨。始於一邑一鄉，達於邦國天下。

聖賢雖不得志於斯世，猶復流連慨慕，相與商度於荒陬下邑間。（應回小講，慨當以慷，氣息純乎古文。）使千萬世後知風化繫於人才，人才由於氣節而争相砥礪，以力挽頽風，則一問一答之所繫匪輕也。聖賢持世之心豈其微哉！

消除膚論膩詞，而自立蒼渾樸茂之格。忽提忽放，忽斷忽連，龍跳虎卧，古文神境。近日場屋文作散體，輒藉口於「以古文爲時文」，直讆談耳。必如斯文，纔足當一「古」字。（省吾）

子曰女得人焉耳乎曰有澹臺滅明者行不由徑非公事未嘗至於偃之室也

丙子江西　魯金藻（十一名）

人足以契聖心，行事可歷舉也。夫夫子所欲得者，亦难其人矣。若不由徑，不至室之滅明，其所有不已契於聖心乎？且聖人抱樂育之心，固無日不以端方之士望天下。而其品自大節敦之，尤必自細行驗之。動履雖微，志士不忘夫繩墨；晉接雖偶，純儒不弛夫廉隅。故隨舉一二端，（方家舉止。）而其人之真品著焉。子游爲武城宰，論者謂其弦歌之化，（着眼「有」字、「得」字，清機徐引，前路步驟，合當如是。）先之以身，而不知相助爲理者之更有人也。且謂其學道之訓，聞之於師，而不知取友必端者之兩相得也。於何知之？於夫子之詢得人知之。（落題首。）且夫得人豈易言哉？（提起。）自當官誇薦剡之宏，謂捷足者不少高材，（持之有故，人情世故，煞有體會。）希榮者類多智士。而因利乘便，爭進於長吏之庭，此其人不可以言得也，（「得」字、「有」字，不肯滑讀。）亦不可以言有。自末流鮮相士之識，謂致遠者不拘跬步，通方者絶勝孤高。而脱略形骸，轉邀當事之譽，此其人非聖心所願得也，亦豈吾黨之所願有。今有人焉，行也而不由徑，（點次仍不直叙平鋪，夾議夾叙，古味盎然。）則疑於迂；　非公事不致宰室，則疑於傲。迂之傲之，斯亦不得而有之矣。而如偃所稱有澹臺滅明者，（折落矯特。）則又奚説？蓋敦行者不忽於細微，（四〔五九〕語開下二比，局勢緊湊，好整以暇。）故常致謹於動容周旋之地；　而觀人者不嫌其詳審，故必互證於耳聞目睹之餘。處士盜虛聲，或康莊以爲步，蕩平以爲趨，自謂舉足不苟矣。（頓挫。）及攀援勢位，（包孕史事，議論名通。）偏借守正之微名，以作進身之巧計，（沉着。）是不由徑而轉深於由徑也。（破空而接。）三代而下少純修，但令公庭中得一室邇人遐之士，（渾灝流轉。）即韋布中得一求義達道之儒。僅曰：「坦坦履道，恐矯情干譽得以藉口。」（一筆拍合，不煩詞費。）而子游之言，有則必合其所至。而微窺之，高人所肆志，而布席以爲待，擁篲以爲迎，終覺把臂無由矣。及訪聞素履，偏争聲名於要路，（言氏二事並舉，煞有深義。後幅兩意互翻，看題獨得，筆亦頓宕淋漓，生氣蟠鬱。）而敗防檢於微行。雖不至室，亦何重於不至乎？名教之間有樂地，苟令周道中得一繩趨矩步之儒，即閭里中得一訓俗型方之士。僅曰：「落落難合，亦山林泉石之所優爲。」而子游之言，有則已舉其所行。而統核之，是知君子持身，不諧時好。觀於行，而知斯人不當以貌取；觀其至，而知斯人僅可以義求。吾儒取士，不近俗情。深言之，（七洞八達。）即夫子思狂狷之心；推言之，即夫子從先進之意。以云得人，誠不誣矣。不知夫子聞之，亦復莞爾焉否耶？

題字無一滑口讀過，沈鬱頓挫，俯仰情深，紆徐卓犖，當與國初諸老抗行。（省吾）

仁者先難而後獲

庚辰會試　金文藻（二十三名）

觀仁於心，而得其至一者焉。夫有難即有獲，此爲仁之功，而非仁者所以爲心也。

先與後之間，所争不甚微乎？且人止一心，而或緣一事而兩用之，則心且日紛，非事之果足紛心也。事有定理而無定程，惟以有主之神與理之有定者亟相赴，（思力沈刻，筆力清挺。）即以無欲之體與程之無定者澹相忘，（句法勁峭。）是在仁者。今夫理欲介倚伏之交，而一日用力則曰難。天人得通復之故，而萬物歸懷則曰獲。（先將「難」與「獲」説成截然兩事，所以當先當後之故，已不煩言而解。）難固仁之難，本非以獲償也。獲固仁之獲，尤非以難爲券也。豈知求仁者之弊，（反落得勢。）即伏其中哉？（起句突兀，此以借獲策難作翻。）逆計夫理與心融之趣，而以獲爲坦途。姑以難爲借徑，則性命之受病於歆羨者已深。少涉乎心與理洽之境，（此以稍難思獲作翻。）而於難方托足。遽指獲爲息肩，（二比着語無多，而癥結洞見。剥膚存液，文之最工錘煉者。）則功利之隱藏於道誼者必熾。若此者非後所先而先所後，（緊頂出比。）而欲以逆施者求仁。（緊頂對比。）即先不盡先而後不盡後，而欲以並騖者求仁也，（腦後針。）皆非審先後以從〔六〇〕事者也。（横説。）四端有兼統之量，難無盡境，先亦無盡境。（深一層看。）即在在淬厲以圖，尚恐有片端之未擴，貽悔荒穨。藉曰：「荒穨非所恤，而急思逸獲焉。」（越放鬆，越鞭緊。）無論獲者（縱筆。）尚賒也，（擒筆。）就此望獲之轉念，（以子矛攻子盾，令人猛然深省。）質諸圖難之初念，不自相剌謬乎？而胡弗澹然乎？（風致嫣然。）一息有莫寬之責，（竪説。）難無已時，先亦無已時。即刻刻黽皇以赴，猶懼有俄頃之偶違，（析理毫茫。）致形作輟。如曰：「作輟非所顧，而利在捷獲焉。」（意極清刻，筆極緊醒。）微論獲者旋失也，（無筆不轉，無轉不靈。）第即今日之役心於後，揆諸向日之課心於先，不自覺背馳乎？而能勿瞿然乎？（停頓雍容，好整以暇。）且夫妄念去則真念自存，德心定則悖心悉化。人〔六一〕情中有所繫，皆足召無端之憧擾。而其天不全仁者，不知有獲，（深細。）但見有難。縱當其獲，（更深細。）亦但見有難。彼其置獲於後，（「難」、「獲」先後併看串看。）而希翼不生者，乃其策難於先，而劼毖不已者也，（清矯。）夫孰得而貳之？（就出比意略爲變換，便截然兩意，解此那有合掌之病。）人情中無所依，必將擾至静之神明。而此中無主仁者，未盡其難，固忘於獲。縱盡其難，亦仍忘於獲。彼其以難自持，而蹈道於至實者，正其不以獲自滿，（筆筆關鍵，語語諦當。）而游心於至虚者也，夫孰得而間之？意必之見不萌，憧擾之私悉泯〔六二〕。（此段應回前二小段，章法一片。）其任愈艱，其功愈摯，其志愈篤，其心愈純仁者，惟知有難焉已矣。子欲求仁，子盍思仁者。

先後難獲，分明融洽，側擺盤拿，倏忽驚矯，意刻而露，筆緊而遒真，足繼武先正項水心作。場屋文最厭板作六比，毫無生動意趣。此作股段錯落，疏密相間，濃淡得宜，不使人一覽而盡。文之最工於布局者，揣摩家宜鑄金事之。

〇附録

（二名劉耀椿〔六三〕中比）相嬗者，離合之致。由離而得合，獲亦何必非所先。然求合者，仁者之心。合之而有合之見存，與合之而無有合之見存，其心固有間矣。先所後而思預圖之，必將後所先而始紓致之。是難一念，獲又一念也，仁者亦凝吾念於離合之交而已。相乘者，斷續之機。由斷而得續，獲亦何必居其後。然求續者，仁者之心。續之而責續者之我償，與續之而不責續者之我償，其心又有間矣。合先與後而並騖之，必將舉先與後而兩失之。是獲其所志，難非所志也，仁者亦純吾志於斷續之際而已。

（十四名丁文釗〔六四〕中比）今夫人於所難得之物，求之甚苦。往往虛懸一或然之想，以自慰其艱辛。是即幸遂其謀，而念有紛縈。所得之數，未必非所失之數。此後其所先，以獲償難之説也。人情於所難副之志，力有未遑。往往逆計一息足之區，以自鼓其邁往。是即勉至之程，而求之過急。所往之途，未必非所止之途。

此先後並營，因難見獲之説也。而仁者豈其然？（九十五名宋應文[六五]中比）然而仁者，非有心於難之先也。使存一先之見，以爲欲獲者不得不難。是以獲爲難之主，獲先入[六六]而難轉居其後矣。仁者之先難，特自獲之後觀之。而其不畏乎難者，固並獲與難之迹而俱渾也。渾乎獲斯一於難，而得失奚知焉？而操持奚懈焉？然而仁者，亦非自謂獲之後也。使存一後之念，以爲力難者乃有獲，是以難爲獲之餌，勉於難正其巧於獲矣。仁者之後獲，特自難之先觀之。而其不急於獲者，且舉先與後之名而胥忘也。忘所後斯專所先，而艱苦安辭焉？而成功安計焉？（省吾）

子曰君子博學於文約之以禮

庚午順天　恩齡（十五名）

君子學以體道，有博約交致者焉。（弗畔者，何弗畔道也？通篇以「道」字作骨，是先輩看題有頭腦處。）夫文與禮莫非道所見端也，博而歸諸約，君子不已交致其功乎？今夫人有須臾不容離者，其心思詣力所貴，（大家風範，發端便迥出時手。）紆而會之闊大之途，實而體之切近之地也。顧安得當世而有博文約禮其人乎？（老筆紛披，深得立言本旨。）則將重有望於君子。（直入老氣。）君子有見於文爲道之所由著，虞夏商周，代積而愈多者，雖有甚奢之念，而莫罄其藏，其敢抱殘以自多乎哉？（端莊雜流利。）（破空而接。）且夫窮大有失居之戒，君子寧不欲底於精，而徒事涉獵爲也。（神韵獨絶。）雖有聰明之士，（字字從體驗過來，是真理學，是真名家。）非委折其功能，則以道爲略而易盡。其在中下之姿，非擴充其耳目，（靈皋得意之筆。）則於道亦困而鮮通。異時即欲返不一者，以趨於一。（交互煞有精義，不徒於筆間描畫。）吾不知所折衷者，將何據矣。夫衆人徒視爲玩習，而吾儒即藉是以爲廣大之趨者，所主良不誣耳。（中肯語。）則有如近取諸身，遠稽庶類。（正面著墨不多，包掃一切，是作家異於時手處。）講習討論，以致其詳；悦心研慮，以永其趣。（宕句以疏其氣。）斯真無愧於博學矣乎！由是而參伍者有以盡其變，（約禮從博文看出，題中「之」、「以」二字極有體會。）會通者漸以悟其歸，而約可言矣。君子有見於禮爲道之所由範，視聽言動，隨在而易失者，雖有深謹之思，而莫定其閑，況敢縱逸以自侈乎哉！且夫執德有不宏之誚，君子寧不欲觀其大，而徒事拘牽爲也。（反面透抉無遺，語語親切於味。）形變原屬無方，非探其所爲本，則所學盡膚而不切。義類本自相資，非得其所爲貫，則其文亦涣而難融。斯時將徒蓄所疑焉，以誇爲富，吾恐其返觀而自驗者，直無有矣。夫衆人不免爲膠執，而吾儒即循是以昭畫一之守者，其中自有本耳。則有如大而致之於綱常，微而謹之於日用。恭敬齊肅，以一其内；（博約俱用，兩意詮發，該括一切。）衣冠琴瑟，以飭〔六七〕其外。斯真可謂約禮矣乎。由是而務博者既以植其基，反約者益以求其是，而〔六八〕道其庶乎。（不另作結，筆老氣蒼。）

成、弘規格，正、嘉魄力，隆、萬機勢，天、崇才思，合而成此文。近科以淺薄爲清真，意趣索然，味同嚼蠟。此作著筆無多，而精氣磅礴，筆筆神行，幾於無一閑字，是能卓然自闢風氣者。焉得此種文數十藝，公之海内，以與操觚士蕩滌胸襟，釐正文體乎？（省吾）

子曰中庸之爲德也其至矣乎

辛未會試　湯儲璠（四名）

聖人思至德之詣，而揭中庸以示天下焉。夫行中庸之道，而有得於心者，是爲中庸之德。吾子慨慕之，而即推爲至德也。思深哉！嘗思太上貴德，而德之至與不至，（「至」字從「德」字看出，體認真確，筆亦健舉。）每視立德者之意，量淺深以爲衡。夫子以時中之聖，（「子曰」二字不略。）備庸行之修，而不禁神往於大道之行，（題中數虚字，神味獨得。）與三代之英也。遂殷然曰：「天下競言德矣，亦知中庸之爲中庸乎？」古者神靈首出，（民何以鮮能？惟世衰道微也。二比溯流窮源，言之確鑿。下文所以然已於反面透出，氣局亦高渾端凝，函蓋一切。）必體陰陽之撰，以著爲躬行。探敷錫之原，即以端會歸之極。當時皇極所建，皆中庸也，故道在天，而其德在人。古者學校修明，必統鄉國之俊，以蒸爲善良。即灑掃應對，爲從人之途，遂以修齊治平，集大成之望。（透宗語，非小儒所能道。）當時大學所教，皆中庸也，故業明於上，而其德成於下。是則中庸之爲德也，雖然吾思之，吾重思之。（此就不及乎中者作陪。）學士狷潔之才，節取之亦足備一時之選，然其量猶歉於遠大，（筆力堅卓。）即其德未底於純全。豈知古人之學術，由粗而極至精。進退周旋，（靠實詮發，直搗題堅。）具方智圓神之用；作止語默，協天時人事之宜。何德非庸，亦何德非中？惟深也，惟幾也，（用《易》語恰合。）非天下之至精，其孰能與於斯？（此就過乎中者作陪。）豪傑〔六九〕孤往之詣，推極之皆足爲百世之師，然其事半由於矯激，即其德難語於粹精。抑知古人之事業，雖奇而仍至平。（出比從「庸」説到「中」，對比從「中」説到「庸」。迴環咀嚼，題藴透抉無遺，筆亦蒼潔。）明天察地，不過子臣弟友之經；易俗移風，祇此日用飲食之質。何德非中，亦何德非庸？無思也，無爲也，非天下之至神，其孰能與於斯？（節拍〔七〇〕自然。）其至矣乎，（二比一眼覷定不文。將題中數虚字恬吟密咏，精神義理，盤曲紙上，生氣拂拂，一往情深。真有遥吟俯唱、逸興遄飛之概。）吾不知德之何以至斯而極也。純合健行，並乾元而不已；潛符帝載，至聲臭之俱無。詎其中有天授焉，而不可以人力爲之者乎？抑可知德之必欲以是爲歸也。（兩比如一比。）有物有則，理本千萬人所同；見知聞知，統在五百年以後。此其事關運會焉，（眼光如炬，宣聖屬望，神情和盤托出。）而安得於吾身親見之乎？民鮮久矣，不勝高望而遠志也。

一「至」字，乃宣聖從生平得力處，故言之親切有味。而後子思子即推闡此字，作《中庸》一書。文從此着筆，攝末句於意言之表，栗密窈眇，削膚見骨。先輩所謂逸情雲上，神動天隨也。雄深雅健，風格蒼嚴，此題絶作。（省吾）

默而識之學而不厭誨人不倦

辛卯湖南　伍澤景（一名）

心無問於理者，聖人遞想夫純德之詣焉。夫識與學與誨，非難也。默而不厭不倦，則心與理一，而純德之詣也，子能勿爲之遞想哉？今夫根心之理，恒視乎載理之心。（透抉反面，切理饜心。）理本常存也，心不存而理亦與之不存矣；理本無盡也，心有盡而理亦與之有盡矣；理本無外也，心有外而理亦因之有外矣。夫惟心與理一者，乃能各足其分，於知行並進，（大筆如椽，亦渾成，亦雄健。）物我同歸之間而無憾。何則？道爲人所同得，而我先得之；（以「得」字作綫，説本胡氏。）事爲昔所未得，而今乍得之。（硬語横空。）獲於猝必貞於常，悟於暫必要諸久。功在識，顧識之難也。（實實將反面抉出所以然，樸實説理，斬釘截鐵。）必講習討論而後識，則未講習討論之先，其能識者幾何矣；必提撕警覺而始識，則於提撕警覺之後，其不識者又多矣。則默尚焉，躁氣除而虛靈益浚，（親切有味，煞從此道中來。）理之在外者自能入也；浮情屏而神智益沉，理之在内者不復出也。逞才於博，人見爲識而識淺；（以賓形主，題義更軒豁透露。）觀物於静，彼不見爲識而識深，其斯爲神於識者與？由是因吾之所已得，（三句義理原一氣承貫，文於各比起結處，藕斷絲連，煞有體會。）而益求其所未得；見人之所先得，而不求其獨得。考之古，亦證之今；致吾知，亦力吾行。功在學，顧學之難也。亦知進鋭退速之非學，（牛毛繭絲，推勘入細。）而自懲其進鋭退速之失學，亦有合而仍離者矣；非不殫精竭慮以爲學，而當其殫精竭慮之時學，又有苦而不甘者矣。（那有一字不經體驗來。）則不厭貴〔七一〕焉，（恰是聖人身分。）寸心窺天地之藏，趣以引而彌長，何至廢於中道也？（純是精意流貫，非震川無此筆力。）日用循神聖之矩，味以淡而彌永，何至衰於末路也？無怠無荒，人以學而策其厭；斯愛斯慕，（梳櫛名通。）彼以不厭而益力於學，其斯爲深於學者與？未已也，則又以已之所已得，而憫人之未得；（曉暢如道家常。）以已之所獨得，而欲人之共得。啓其憤而發其悱，博以文而約以禮。道在誨，顧誨之難也。（見得到，説得出，妥貼排奡，題義謋然以解，是真理學，是真名家。回視庸腐墨裁，皆土羹塵飯矣。）以與知與能之理，而或分乎知愚，則誨之道已隘而不廣矣；以至中至正之模，而或稍爲遷就，將誨之心已僞而不誠矣。則不倦尚焉，授受無私，而傳道得徒，（顛撲不破。）故誘掖奬勸，無弗備也；心理大公，而與人爲善，故才力聰明，皆可造也。形骸之見未泯，（切實酣暢，醰醰有味。）人以人而倦其誨；　樂育之心[illegible]，彼以誨而忘其爲人，其斯爲善於誨者與？此純德之詣也，我何有哉？

[illegible]三比，却仍一氣呵[七二]成。反面正面，靠實詮發。竪意獨見其大，選言必極其精[illegible]蘊，純是精神[illegible]力。或有謂其排偶過多者，然排偶而不傷氣，正先正[illegible]陣包小陣，大營裏小營也[illegible]日風氣以淺薄爲清真，宜以此種文藥之。（省吾）

子曰志於道據於德依於[illegible]藝

戊[illegible]北　趙磊（一名

心與理俱，學有全詣焉。夫道德仁藝，同一理也[illegible]據依[illegible]心之無間也。學之全詣，不當如是乎？子嘗於爲學者，欲其循夫序而竟業也[illegible]：「心至虛也，而理實之；　理各足也，而心體之。」未克密乃心，而心無放毋惑乎[illegible]鹿門、項水心小講也，古調不彈久矣。）日從事於學，而學益歧也。（直入無支蔓。）故夫學之始視乎其志，（雕空鏤塵，刻劃盡致。）深嗜焉意若震，專嚮焉神若冥，志之爲也。（接筆奇突。）吾賦畀初有道焉，其倫常之軌矣，奈何不志於是。（精確可當注疏。）是故事循其是，不以群非自疑也；　理歸其一，不以兩端莫適也。（蒼老中仍有流逸之致。）誠知則之不遠，豈畏途之甚遥？蓋不啻周行之向往也，而心之所之爲已正矣。（蟬聯一片。）進焉乃得所據，嚴肅焉外勿奪，（語語鎮得紙住。）珍惜焉内勿忘，據之爲也。（氣疏以達。）吾神明内有德焉，其躬行之驗矣，奈何不據於是？（樸實説理，不假修飾，字字真，字字老。）是故今日得一，而守之不幸於後也；　明日得一，而守之不厭夫前也。既懼其失之易，（煉字俱極諦當。）還念其得之難。蓋不啻杖履之扶持也，而心之所操又已固矣。久之乃與相依，擬議焉合其迹，體驗焉合其神，依之爲也。吾性命中有仁焉，固心德之全矣，奈何不依於是？是故候近於忘，惟親乃彌切也；（文亦親切有味。）神恬於静，惟純乃克一也。（無此二句，則文勢單弱矣，揣摩家不可不知。）有所爲而甚利，無所爲而甚安。蓋不啻被服之無斁也，而心之所存則已熟矣。至此乃可與游，（甘苦有得之言。）苦至焉養以恬，甘至焉涵以淡，游之爲也。吾日用間有藝焉，亦至理之寓矣，奈何不游於是？是故物物而博其趣，以暢其支也；（根柢〔七三〕儒先，湛深理窟。）物物而得其意，以會其原也。機日暇而不懈，情日遷而不移。蓋不啻游行之自得也，而心之所寄，終無所弛矣。

學之全功蓋如此，（反掉作收，通篇機局不平。）非然者歧路之中又有歧焉，難云志之正也。而且非所據而據焉，何由以崇德也？吾見失所依歸，又安望優游而自得哉？（緊嚴堅栗，結束完密。）循其節，究其歸，是在善學者。

劈分四比，大含細入，一味樸實，十分精采，近科元墨僅見之作。如題順説，不逆提「道」、「德」等字，題中「於」字，尤極有體會。（省吾）

子曰志於道據於德依於仁游於藝

戊寅湖北　陶金烇（九名）

學有遞進之境，當致其實功焉。夫道、德與仁本一理，而遞深之，而藝亦道、德、仁之寓也。由志、據、依而及於游，爲學於是乎全。且學者之心，統本末終始，（全題在握。）而一以貫之者也。心不可歧，（筆鋒犀利。）心不可放，心不可間，心不可拘。有自然之序焉，舍其本而求其末，未善也。有必然之功焉，（二義鐵板注脚。）得其始而遺其終，無當也。吾夫子由志學而立，以馴至於從心不逾，（題首二字不略。）而又天縱多能，因約其旨以示人也。曰：「學豈有他哉？求其全功而已。」擇善未精者，不可與言固執；（提綱挈領。）安敦未厚者，不可與幾樂天。此其理顯之在日用飲食之中，微之在身心體備之際，精之見性命純粹之美，粗之寓人官物曲之常。夫亦俟人之自致耳矣，（單句領起全局。）不有道乎？道者出入之門，異學悖之，僞學冒之，曲學紛之，俗學離之，君子懼焉。（數語括盡今古學術。）道之原於天者，不敢參之以學〔七四〕也；（切實發揮，顛撲不破。）道之率乎性者，不敢誤之於習也。志以道寧，（下三句工夫都涵蓋在「志」字内。）執守之功，涵泳之力，胥基諸此矣。由是行道而得於心謂德，勤苦而得之，（「據」字反面透闢。）晏逸而失之，則前此之詣力可惜；積累而得之，倉猝而失之，則後此之加增無憑。君子勉焉。原於天者，必固之以人也；（每比俱以天性話題，一綫相承，妙都有精義，不同浮光掠影。）率於性者，必操之以習也。無形而如有所持，同具而若有所私，尚其據之哉！（刻劃入木三分。）至於體道德而行，日熟爲仁。仁統道之全，非仁無以修道；仁極德之粹，非仁無由達德，君子安焉。人之既盡者，在在與天相合也；（綫緊，一絲不走。）習之既利者，息息與性相遇也。本爲吾之所固有，更爲身之所素習，無所用據也，（動合自然。）直依之而已矣。（題字逐一相承，亦分明，亦融洽。）若夫本道德仁而發爲藝，形而下即形而上。在小學之日以爲此藝也，非道也，德也，仁也；在大成之日以爲此道也，德也，仁也，非藝也。（滴滴歸源。）制雖創於人，無不見天機之洋溢也；（工力悉敵。）數雖待於習，無不見性量之淵函也。（一齊收轉，四比如一比。）息焉游焉，古君子道全德備，中心安仁者，其以此也。夫是則治内未嘗遺外，（結束嚴密，一字一珠，神不外散。）見粗即以見精，理隨在而得名功，因時而遞進，始於下學而終於上達，學無加於此者矣。

絶迹孤行，起滅由我，而實義仍不抛荒。結構精嚴，波瀾宕逸，規矩神明，歸唐勝境，老於文者知之。（省吾）

子曰志於道據於德依於仁游於藝

戊寅湖北　劉兆玉（十名）

造道有全修，學之求其至也。夫道者，合德、仁與藝，而名之者也。由志道而進之，其不底於至善也弗措諸。且盈天下者，道而已矣。藴蓄於本原，流寓於日用，（十字全題在握。）學者苟不歷乎淺深精粗之數，（反掉作收，短講仍有餘味。）徒泛騖焉，無當也。子曰：「學以道爲歸。」異學之隱怪，（三代後學術，二語道盡。）叛乎道之外；俗學之膚淺，離乎道之中。志之不立，安問其他？（天人二義，能見其大。）道之自然，出於天實，見於吾性。吾命之精，有不可以須臾離者，而不參以後起也。道之當然，盡於人實，（逐句上一字還他確確鑿鑿，不同浮光掠影。）見於人綱。人紀之修，有不可以毫髮虧者，而不惑於歧途也。察之以知，踐之以行，鼓之以勇，此一志也，（以《中庸》三達德詮「志」字，鐵板注脚。）人道之基端矣。由是而爲德，德居得失之交。百得而一失，不可謂德〔七五〕也。（亦明快，亦細緻。）旋得而旋失，可以謂之得乎？道在據，皇降彝美之附麗吾心者，（敬貼内，義貼外，「據」字賅括一切。）敬以密神明之閑，而安而不馳也；聲色貨利之攻取吾身者，義以峻官骸之防，而絶而不入〔七六〕也。（語經百煉，妙無艱澀痕迹。）尺寸皆經甘苦，宥密亦設險隘，庶得者不至於失矣。由是而爲仁，仁處離合之會。久合而暫離，不得謂合也；（端莊雜流利。）倏合而倏離，可以謂之合乎？道在依，（「依」字兼動静説，顛撲不破，語亦沈着。）耳目口體之順正以行者，動焉一私之不存，而形與爲適也；喜怒哀樂之冲漠無朕者，静焉萬理之俱備，而神與爲恬也。（暢所欲言。）終食三月之不違，造次顛沛必於是，庶合者不至於離矣。（注疏精華。）若夫理之在一心者非内，理之在天下者非外，研之可以得其通；理之在一心者非簡，（煞有見地。）

理之在萬彙者非繁，精之可以得其貫。是藝也，即道、德、仁之所散見者也。（七洞八達。）吾游焉，而以是爲陶情之資，禮樂射御，一藏修之雅致也；（陶情淑性，獨得「游」字真際。）以是爲淑性之具，鳶魚飛躍，一天機之鼓蕩也。蓋不特應務有餘，而吾之所志、所據、所依者，亦達於化矣。（一齊收轉，滴滴歸源。）此道之全也，學者勉諸。

清真樸老，見得到，説得出。空所依傍，洞洞有神，此境良不易到。（省吾）

子所雅言詩書執禮皆雅言也

戊子雲南　秦世英（九名）

切指聖人之言，皆至教也。夫夫子無日不以言訓天下也，《詩》、《書》、執禮，至言也，而至教寓矣。學者從身心得力後而統記之。且聖人不能與天下相喻以心，（入手從高一層着筆。）而至以言傳，亦非其所得已也。然古人有不易之經，即聖人有不倦之教。吾黨熟思而確著之，乃知一聖人之言固已備數聖人之言，合數聖人之言祇以成一聖人之言也。（清空一氣，靈緒拂拂，題中數虚字活現紙上。）夫子不嘗以言教天下乎？（題前補腦。）夫子本身作則，行足爲天下法者，亦言足爲天下則。至本耳提面命之殷顯，而出之以雅，則几席之常言也，（莊雅稱題。）而天地之常經寓焉矣。夫子吐辭爲經，一二言不爲簡者，亦千百言不爲繁。（二比參用十三名蘇作，從坊刻墨醇選本。）至匪朝考夕稽之要，（題字起棱。）而確而指之曰所，則日用之恒言也，而古今之恒理昭焉矣。（二比仍用間架分股，局度紆徐，好整以服。）惟先王開天明道，而性情政事，節文經術，垂於千古；　惟吾子覺世牖民，而風雅典謨，經曲教術，著於一時。《詩》也，《書》也，執禮也，今而後乃默有會也。（末句虚神躍如。）顧或謂山林歌咏盡入，有無言之《詩》；（隨落隨開，急脉緩受，局勢展宕。）庭幃雍穆盡入，有無言之《書》；　几席趨步盡入，有無言之禮。子亦無待著之爲言。又或謂彈琴歌風，子亦有不言之《詩》；　祖述憲章，子亦有不言之《書》；　耳順從心，子亦有不言之禮。人亦無庸求之於言。（前二比從「言」字作翻，此二比從「雅」字作翻。）且也温柔敦厚，乃可與言《詩》；　疏通知遠，乃可與言《書》；　恭儉莊敬，乃可與言《禮》。則言必因人，恐非學者所習聞。又且授政專對言《詩》，而未必言《書》；　孝友爲政言《書》，而未必言禮；　入廟必問言禮，而未必言《詩》、《書》。（柱義截然不混。）則言必因時，或非聖人所常訓。而不知無行不與，（帆隨湘轉，動合自然。）原不欲以存而弗論者，失古聖術序黨庠之意；（前四比大開，後四比大合。中作樞鈕，通篇過脉，骨節靈通。）誨人不倦，尤不欲以秘而弗宣者，啓後世人心學術之憂。蓋未泥乎《詩》，而言本乎《詩》；未泥乎《書》，而言本乎《書》；未泥乎禮，而言本乎禮。（詮正面仍不沾煞三項，心空筆活，意義圓到。）凡言之所屢及，與言之所偶及，均擇焉精，語焉詳也。且不必有《詩》，自無言非《詩》；不必有《書》，自無言非《書》；不必有禮，自無言非禮。（七洞八達，活潑潑地，得之此題殊難。）凡言之所兼及，與言之所專及，均引而伸觸而長也，今而後乃默有會也。（複筆，妙妙！）《詩》、《書》、執禮，皆雅言也。（水到渠成。）是故《詩》之言志，《書》之言舒，禮之言履，在古人爲分見之經，在夫子爲一貫之道；（精卓）《詩》主於思，《書》主於中，禮主於敬，在上智既由之而成德，在中材亦循是而淑身。吾何能一日忘夫子之教哉？

靈氣呼吸，百節疏通。操縱離合，指與物化。如蛇赴壑，如龍游空，而神理仍絲毫不失。煉格之妙，至斯而極。近日風尚專主機致，似此愜關飛動，俯仰如題，縈紆激蕩，波趣横生。斯爲彈丸脱手，不同時下機軸。（省吾）

子釣而不綱弋不射宿

癸酉廣西　陳繼昌（一名）

觀聖人於微事，可以見全體焉。夫微莫微於釣弋，即不綱不射宿，亦非人所必不能爲也。惟合觀於吾子，斯全體見焉耳。且觀人必觀於其大，立乎大者可不責其小也。（清心抒妙理，大含細入。）而尤必觀乎其小，小無不該，而後乃愈成其大。觀人必觀其所取，廉於取者之必多所舍也。而尤必觀其所舍，舍不爲縱，而後乃爲妙於取。知此足以言我夫子矣。子也，俎豆嬉戲，第紀異於少時；鄙事多能，祇自讓其天縱。子固非一藝可窺，吾黨亦未嘗以之窺子，兹之記釣弋也，何居於是？因釣弋而有說於吾子者，（從釣弋着筆。）謂子未嘗不可以釣，子未嘗不可以弋。似也，而非真知也。（夾敘夾議，清微淡折。）設子並釣弋而絕其事，則必以不釣弋爲能並育而嗜學皆虛。（從夫子着筆。）於是因吾子而有說於釣弋者，謂子非猶夫人之釣，子非猶夫人之弋。似也，而未盡然也。（將尋常識解一力撇開，爲下二比發揮地步。）未從子之釣弋而窺其全，雖概以釣弋爲可並行而至教亦隱。（擲筆空中，舉首天外。）大抵生一物則有一物之用，天生物，聖人用物，行其所無事。吾黨亦習見而不驚，而遇一事即形一事之仁。聖人施之，百物受之，美利之無言，學者自退觀而有得。（逸接。）綱與射宿之有取於魚鳥也，言其殘也。（游思元渺，曠遠幽深，躁心人無從領取。）殘者非聖，豈不殘即可謂之聖，而謂吾子僅以不殘見乎？吾黨不知何以故，第見釣亦有時，弋亦有時，（唱嘆低徊，空中宕漾。題妙自拂拂十指，此爲畫意不畫形。）雖不聞曰舉綱與射宿之言，爲斯人戒而要其事，則固百不獲一也，（詮兩「不」字微妙。）此其故可思也。釣與弋之亦有取於魚鳥也，爲其寡也。吾子僅以寡取勝乎？吾黨侍教亦有年，雖知綱不可爲，射宿不可爲，（一路紆迴屈蟠，機緒相生，却無一字涉隆、萬家數。）而深觀吾子，釣與弋之各安於無事至於今，乃知相動以天也，（入妙超神之筆。）而夫子不知也。（微至。）一人全之，衆人蹙之，（筆翻空而易奇。）其所息者幾何？然人戕物而我不與，（至理奇情，音節古秀，字字耐人咀嚼。）我育物而我並不與，此與物之相忘於我耳。（警闢。）數有難宜，以理生之，夫子祇泯其意必之見而已矣。（冲和淳穆。）終古耗之，一日養之，其所濟者又幾何？然必吾心有餘地，而後斯世有餘物，此與物之相見以心耳。（勃窣理窟，戛戛獨造，真有掉臂游行之樂。）

欲不可縱，以性節之，（精湛。）夫子祇見爲上下之察而已矣。此微事也，而全體見矣。

緊從注中「待物」四語，靠實詮發，夾叙夾議，不脱不沾，深得記者當年記事本旨。行文亦奥雋深秀，變幻空靈，極指與物化之妙。（省吾）

我欲仁斯仁至矣

庚午河南　張紹衣（四名）

仁隨欲而至，無事言遠矣。蓋一念之欲，即一念之仁也。欲之斯至，何得諉之於遠哉？嘗思無欲之謂仁，（得間而入。）夫仁既無欲，（以仁外之欲作開。）而以有欲求之，則仁或因欲而離矣；然仁雖無欲，（以仁中之欲作合，筆轉如環，一起已足，引人入勝。）而以有欲引之，則仁且隨欲而來矣。蓋欲之念因仁而起，斯仁之理即欲而存。彼求仁而自畏其難者，（得指點神理。）盍於仁而自審其欲也？世之以仁爲遠者，或曰：「我欲仁而仁不至也。」（喫緊「我」字合題，精神俱振。）雖然亦曾思仁爲誰之仁，而欲爲誰之欲哉。據其全體則曰仁，（明白了當，翳障一空。）分其一端則曰欲，以一端之欲，求全體之仁，欲既因仁爲感觸；欲之盡善則曰仁，（出比横説，對比竪説。）仁之偶動則曰欲，以偶動之仁，完盡善之欲，仁更以欲爲操持。（恰合題位。）如是而仁猶未至也，（妙。）必其不欲故也。若既欲之矣，而仁猶有不至乎？仁之出入莫持其幾，（二比亦用横竪分柱，却與提比意不複。）顧仁之幾感欲而動，而欲之幾緣仁而分。以欲之幾迎仁之幾，而欲若存乎仁之後。即以仁之幾爲欲之幾，（洗眉刷目，清微透快。）而仁已立於欲之先。蓋欲在仁而不見其出，斯仁在欲而不覺其入矣。（不是騎驢覓驢。）仁之離合莫知其時，（出入離合，四字詁題，精確諦當。）顧仁之時以欲爲防，而欲之時以仁爲準。以固有之仁求一時之欲，而欲已據乎仁之中。即以一時之欲求偶至之仁，而仁不出於欲之外。（就出聯略一倒换，便截然兩義，此大士、水心對法也。解此用筆，那復有合掌之病？）（親〔七七〕切融洽斯矣。神理跳躍紙上，水到渠成。）蓋仁發爲欲，欲本與仁而相合。欲歸於仁，斯仁不與欲而相離矣，斯仁至矣。天下事之屬於人者，（此從「我」字着筆。）或慮時勢之相隔，若以仁言欲，欲固即我而存也。内證返觀之際，萬理悉會於一原，而欲則應念而忽發，仁則當躬而即是。以欲求仁，直不啻以我求我也，（當下痛棒，雋妙絶倫。）而豈有時勢之隔歟？天下事之處於外者，或憂其形迹之有間，（此從「仁」字着筆，鈍根人那復解此對法？）若以仁爲欲，欲固由仁而生也。隱微幽獨之中，一理早含夫萬變，而欲即分乎仁之用，仁已全乎欲之體。（即欲即仁，不分兩事，不分兩時。）以欲求仁，更不啻以仁求仁也，而詎有形迹之間歟？（倒繳上文「遠」字。）遠乎否乎？吾願求仁者平〔七八〕心静念也。

此二句爲上文作應筆也，語意極靈極緊。非此極靈極緊之筆，不足曲盡題妙。看書桶底脱，横直説來，妙緒紛披，頭頭是道，却只在題字咀嚼，不着一替字。白戰聖手，鈍根人宜奉此爲换骨金丹。近日制科文，專從題字簸弄，此尤與風氣相宜。（省吾）

子温而厲威而不猛恭而安

癸酉江西　彭邦畯（十五名）

記聖德之容，有形之不盡者焉。（着眼三「而」字。）〔七九〕夫夫子之德，備乎中和，則温與威與恭，非所難也。而厲不猛而安，其斯爲聖德之容乎？記者謂不可窺者，聖人之德性；而有可見者，聖人之德容。顧一見焉，而即知其容之易也，（咀嚼「而」字，筆力矯健。）則亦無以窺其所性之全。惟是分而觀之，合而擬之，然後嘆德容之根於德性者，固難泥偏端以相測，執常度以相求焉。蓋惟天道化徵時物，（提筆高渾。）而無言之妙渾而難名，惟聖人體備中和，而盛德之符動而悉中。（通篇靠定大注「德性無不備」二句着筆。）吾黨事夫子於兹有年矣，竊嘗有以窺之，則見其申申如，天天如，不容而容益昭；（每比俱切定夫子，語無泛設。）恂恂如，便便如，有言而言益謹。以是爲子之仁氣也，（重頓上三字，爲「而」字轉身地步。）其温有如此者。抑見其衣縫掖，冠章甫，潤身流藻火之光；頭如山，目如河，正容飭圭璧之度。以是爲子之剛德也，其威有如此者。且見其爲色勃，爲足躩，咫尺如凛天顔；一而傴，再而僂，三命不忘鼎象。以是爲子之禮儀也，其恭有如此者。然使僅如此而已，（中作樞紐，折入下截，通篇筋節。）則拘夫一言一動，豈足發道德之光華？即由此亦步亦趨，終難進中和之調劑。而夫子本仁以著其温，藹然之懷，其予人以可親者，（下截即就上截看出。）初不予人以可玩仁也，（斥兩語。）而裁之以義，温所以爲德之基也，（醒出「而」字。）則子之温而於厲見之。而夫子由剛以表其威，毅然之概，其以作天下之志者，即以養天下之和剛也，（「而」字是合併語，非轉换語。）而協之以柔，威所以爲德之隅也，（字字現成。）則子之威而於不猛見之。而夫子執禮以作其恭，雍然之度，其時出之而不窮者，（下截縮在上三字内，上截更見圓相。）實從容焉而皆中禮也，而和之以樂，恭所以言德之盛也，則子之恭而於安見之。之三者皆形外之驗，（緊從注中「全體渾然」着筆。）而德則積於誠中。（重發上截，深得朱子上三字爲主之意。）温以廣子諒之心，威以持莊敬之體，恭以達儼恪之忱。（聖人以德性化氣質，不以氣質累德性。）致中者率其性，保和者謹其情。而寬而栗，剛而塞，擾而毅，惟夫子可以賅祇敬之詣焉。（頂「誠中」。）之三者有各正之功，（緊從注中「陰陽合德」着筆。）而德則歸於時措。濟以厲而温不流於慢，去其猛而威不入於刻，行以安而恭不近於勞。（爲三「而」字敲骨吸髓，實實發出所以然之故，他卷摹寫形容，終屬皮相。）如陰陽之互根，如動静之相養。（意本《或問》，説來更暢透。）而形則著，著則明，明則動，惟夫子可以極變化之誠焉。（頂「時措」。）此德容之盛也，非夫子，其孰能與於斯？

靠定注中「渾全」、「合德」二句，切實發揮。將下截縮入上截内，「而」字精神義理，更覺透露。罄澄心以凝思，渺衆慮以爲言。格局渾成，筆意精卓，幾於無一閑字。（省吾）

以能問於不能以多問於寡有若無實若虚

戊子廣東　葉聯輝（二名）

有善用其問者，心常覺其自歉焉。夫心常自歉，問時可徵，即不問時亦可擬也。問於不能，問於寡，何有與實之足云？且夫學莫患乎安於不足，亦莫患乎以爲有餘，尤莫患乎挾其有餘而故示人以不足。惟深知理無止境者，於己常憂其不足，於人常見其有餘。（按上二句。）而人見其爲有餘之處，皆其自見爲不足之處。（按下二句。）斯取益之心見，受益之體亦因之俱見。吾思其學，大抵由不能以至於能也，（逐字還他着落，妙能打成一片。）由能之寡以至於多也。積多之數，而無者有也；進有之境，而虚者實也。而吾且進徵其不恥下問之心，（領起全局。）因微窺夫常若不足之體。天下人與人接而能不能之詣分，（先還清題字，以便發揮。）亦能與能參而多寡之量見。夫自負能與多者，既恐問不見其能，問不見其多。未忘能與多者，必以能問於能，以多問於多；（反面用三層跌入。）未至能以多者，又第以不能問於能，以寡問於多。（實從兩「以」字勘出無我好問之心。）而茲則忘己之能並忘人之不能，忘己之多並忘人之寡，則人皆可問之人也。（此意淺。）已處於不能而止見人之能，已處於寡而止見人之多，則人皆必問之人也。（此意深。）試原其所造之詣，而曰能與多；　試表其自抑之衷，而曰問於不能、問於寡；　試即其自抑之衷，推本其所造之詣，而曰以能問於不能，以多問於寡。（運單行於排偶，筆力健舉。）學以相形而相勝，乃不以之相勝者，反以之相下也。（收足上二句。）而好學者取益之心已於一問驗之矣，而好學者受益之體又不止於一問驗之矣。（起下二句。）天下不皆能與多之人，故或有或無，亦惟推有於無之致，而或實或虛。夫本無與虛者，方且以無爲有，以虛爲實。恃有與實者，又懼人視爲無，人視爲虛；　飾無與虛者，正以自矜其有，自矜其實。（拍轉正面，無枝葉辭。）而玆則不知爲有，祇見其無；不知爲實，祇見其虛。彼固深歷乎有與無、實與虛之境者也。不知爲有，亦非故爲無；（實從兩「若」字勘出無我自歉之心。）不知爲實，亦非故爲虛。彼又悉泯乎有與無、實與虛之見者也。試於積中不敗之蘊，而確按之曰有與實；　試於卑以自牧之時，而懸擬之曰若無若虛；　試於卑以自牧之時，以窺其積中不敗之蘊，（心苦爲分明。）而渾形之曰有若無，實若虛。詣以自見而自炫乃不見，其自炫者，反見其自晦也。（收足下二句。）而好學者受益之體可於擬議之餘而得其似矣，而好學者取益之心更於詢謀之外而悉其全矣。（挽回上二句。）再觀犯而不校，非吾友，其誰與歸？

此題自來講家有謂下二句分頂上二句者，有謂但宜總承不宜分頂者。看來總承之説爲長。文主此立論，樸實發揮，將題字回環咀嚼，分詮遞詮互詮，無一假借字，無一支蔓語。劃沙印泥，斬釘截鐵，卓然先正〔八〇〕典型，近科中那復多覯？（省吾）

以能問於不能以多問於寡有若無實若虛

戊子廣東　陳文濬（九名）

極擬好學之詣，而狀其不自足之心焉。夫能而多，有而實，足乎已而無待於外者矣，而猶問焉，於此見好學者不自足之心。今以義理之無盡也，惟好學者之心，亦與之爲無盡。故求盡於己，轉資乎人之所未盡；（扣上二句。）而資盡於人，並忘乎己之所已盡。（扣下二句。）資人之所未盡，則心不自恃；忘己之所已盡，則心不自滿。（一氣呵成，分明融洽。）斯其心直與義理相深於無盡矣，有如人之爲學也。其道貴乎自得，其善在於樂取，（領起全局。）而其功實成於不自足之一〔八一〕心。理以引而愈深，驕心足以沮之，幸心足以隘之。已然之詣力，而悚以莫能殫究之情，凜凜乎幾無可信，幾無可據焉。（顧視清高，氣深穩。）心以專而愈小，理在人而廣爲取，理在己而堅爲守。積累之精神，而惕以茫無依據之意，淵淵乎不敢自用，不敢自慰焉。是故善學者顯而視〔八二〕之，（逐字清出，點次簡潔。）則能者也；進而察之，則能而多者也；叩其所存，則有者也；究其所蘊，則有而實者也。積彌厚而藏彌深，已覺此理之有餘。乃不自以爲能，而問於不能也；不自以爲多，而問於寡也；不自以爲有，而常若無也；不自以爲實，而常若虛也。功日盈而願日歉，益形其心之不足。人第知已能而已多者爲能而多，而不知不恃其能而多者爲能而多也；（亦沈着，亦軒爽〔八三〕。）人第知已有而已實者爲有而實，而不知不覺其有而實者爲有而實也。夫得失之數，驗諸心而本無定象，不敢有自是之心。（貼上二句。）每欲藉得以防失，不敢有自恕之心，又若無得之非失。（貼下二句。）以有得無失之詣，（總束一筆，筆力堅卓。）而存有失無得之心，其意量爲不可測爾。人第知不恃其能而多者爲能而多，而不知問於不能與寡者爲能而多也；（就出比深一層寫，不必另覓枉義，而先後層次秩然不紊，瓣香應從大士來。）人第知不覺其有而實者爲有而實，而不知若無而若虛者爲有而實也。夫淺深之見，課諸心而總無定程，出其心以相質，既可因淺以益深；入其心以自課，祇覺雖深而仍淺。（字字穩貼，可謂心苦爲分明。）以雖深猶淺之心，而求由淺入深之理，其精進正不可量爾。合之犯而不校，非吾友，其孰能斯？

題字零星瑣瘁，而能融成一片。又復逐字還清，精心結撰，波瀾老成。其筆力清剛，道煉警闢，尤非時下揣摩家所能望其項背。（省吾）

子曰學如不及猶恐失之

壬午會試　鮑承燾（三名）

極形爲學之心，有交迫於中者焉。夫學未有如不及，而猶失者，而其心則無已也，子固爲極形之。且吾人終其身於學之中，實終其身於恐之中也。（一口吸盡西江。）精神意氣之用，前與後勢不中停，（勁氣直達，雄深雅建。）而進與退象常交儆。合內念之悚惶，以徵全神之奮激，而功乃進而愈密焉。今夫知所止者得所止，學然後無不及也；資之深者居之安，學然後無失也。（神來。）子曰：「是烏足形學之心哉？」天下無不可赴之途，至學而其途忽阻，非阻也，迫以急欲赴之程，（實實透抉所以然。）而常若紆迴而莫赴。故淺涉之而皇然，深歷之而益皇然也。天下無不可據之境，至學而其境獨危，非危也，深以必欲據之情，而常覺游移而鮮據。（越樸越真。）故閱一候而悚然，閱數候而益悚然也。然則學雖無不及也，由好學之心推之，不有如不及者乎？學雖無所失也，由如不及之心推之，不有猶恐失者乎？今夫人情於銳進之餘，中情幸獲，往往深恃之而以爲安，究之堅持不力，（二比無一語詮發正面，而正義已在言外托出。空中著筆，不即不離，深得文家「超」字訣。）而已然之端，仍爲未然之端。此恃及忘失，終於不及之說也。今夫人情於得心之後，百密一疏，往往得〔八四〕持之以防其後，究之惕厲不先，而所操之數，不敵所亡之數。此旋失旋恐，以補不及之說也。而學之心豈其然？高卑遠邇學之程，（一筆撇開。）視高猶卑而益覺高者之與我隔，（兩句打成一片，詁題精確，水乳交融。）視遠猶邇而益覺遠者之與我離。惴惴乎無所失而若失，即此如不及之意所迫而形，而彼此初非兩念也。懸却勵前，即據前防却。（截金爲句。）而戰兢戒謹，寸衷何日爲寬慰之期？盈虛有無學之量，有且慮無而自以爲有之心益泯，盈且慮虛而自以爲盈之念益消。岌岌乎無可恐而益恐，即隨如不及之心以併而赴，（全題八字作一句讀。）而神明並無兩用也。積勤生懼，亦積懼歸勤。而奮迅旁皇，此身何在爲息肩之理？是非心之過凛也，程途之無盡然也，故功能貴循序以臻，而偏持以迫；（字外出，方中藏棱。）亦非功之過急也，層累之難竟然也，故修途亦優游之域，而偏攝以堅。此學之全心也，學者其凛之。

題語兩意相生相足，纔不及便失，纔如不及便猶恐失，不是兩時，亦非兩念。文上下融成一片，串發滚做，旁面正面，曲盡題藴。紆徐爲妍，卓犖爲傑，精心果力，當行出色。（省吾）

子曰學如不及猶恐失之

壬午會試　陸我嵩（十名）

聖人爲自足者警，學而擬其心之迫焉。蓋學無止境，自謂及，即失之矣。爲擬其迫切之心，庶自足者知所警乎？且學之淺深，視乎其心而已。（一語中的。）淺其心以嘗之，則古今皆可及之境，無失之途也；（小講直點題字，不另作替語，哀梨并剪，翳障一空。）深其心以求之，則畢生皆莫及之程，易失之理也。故曰：「知不足然後能自反也。」（一語總束全講。）聖人言學屢矣，日者舉好學之全神以示人，曰：「人之爲學也，無盡境，無幸獲，無定程，（句法勁峭，亦横亦竦。）惟終始念於學焉已矣。」（領起全局）今夫歷一境而不冀其及者，必非學者；（此意淺。）冀其及而一蹴能及者，亦非學者。（此意深。）吾不解學者循循然易及也如是。（虛與委蛇，前路步驟，自當如是。）爲一事而不慮其失，非學者之心；慮其失而自謂無失，尤非學者之心。（一意翻兩。）吾不解學者坦坦乎及而弗失也如是。（緊接。）夫曰及，意中無不及之見存也；曰弗失，意中無失之見存也。（承題比意作一小段，將反面極力寫足，文勢寬博有餘。）執是以爲學，及之數少，不敵失之數多矣；及之幾滯，不敵失之幾迅矣。（一語勒轉。）而吾以窺好學者之心，斯道精微之奧日出不窮。（二比緊從不及之源頭處勘透所以然，將純學精神意象曲曲抉出。無筆不煉，無語不匯，通篇制勝。）或易以求之而遠，或難以求之而益遠。非艱深也，吾學中層累曲折，與吾心有息息相追之故。（題中數虛字跳躍紙上。）而恍惚者其象，悚仄者其神。生人睿知之思，祇有此數。久之而苦者見甘，（語經百煉。）久之而甘者仍見苦。非窒塞也，吾學中紛紜繁賾，與吾心有隱隱相伺之端。（虛字實做。）而操舍無可憑，進退無可據。如是而學者之功盡矣，如是而學者之心密矣。及矣乎？及之而弗失矣乎？而猶皇然恐其失也，則終始一如不及之心也。（兩截打成一片。）非謂如不及一事，猶恐失一事，而分課其心思也。（接筆挺。）詣力當專精之候（八五），即誕登道岸〔八六〕而猶覺半途，（亦用截做法，妙不説成兩撅。）況失之數一乘，恐未及而幾及者，（雷霆精鋭，冰雪聰明。）虚願償於何日；　將及而莫及者，前功棄於崇朝。真疚心之累也，（沉著中饒有風韵。）而吾學終未有息肩之地。非謂始念如不及，繼念猶恐失，而迭乘於方寸也。功修當真積之時，即優柔饜飫而猶愧淺嘗，況失之機一伏，恐一及而旋不及者，（明白了當，善道純學心曲。）既抱慚於退速；　似及而實不及者，更錮蔽於自欺。直終身之憾也，而大道尚何有駐足之期？無盡境，則俗學之淺陋弗尚焉；　無幸獲，則曲學之襲取弗爲焉；（應回題段章法，滴水不漏。）無定程，則大學之體用兼備焉。吾願人惟日孳孳終始，（複筆，妙。）一如不及之心而已矣。

反覆鞭策，窈而深，繚而曲。此事煞從甘苦中來，不然何言之親切乃爾。截作仍不説成兩橛，搏挽靈緊，一片神行。（省吾）

巍巍乎其有成功也焕乎其有文章

甲子福建　林廣顯

於可見者觀唐帝，而益見其大焉。夫成功文章，堯德之外見者也，而巍焕有如此，其大不於此而益見乎？且夫成天下之大功者，不居其功；（直從題字打入，掃盡一切枝葉語。）闡天下之大文者，不著其文。不居其功，而天下之功皆其功也；（承起筆意作一轉，著語不多，題義十分透露。）不著其文，而天下之文皆其文也。堯德難名，吾且自其外見者言之。（導河自積石。）洪荒甫闢之世，民用未興，而巢、燧、羲、軒，各奏厥能焉，故後世遂以其功祀之。（爲「其」字請陪客。）至於堯，而巍巍乎不可名一功也。第見水土之精氣，至是而漸以堅凝；血氣之英華，至是而漸皆敷達。萬物各獻其材能，（題前先按一筆。）若授堯以建功之籍矣。（拍入。）今觀奮庸熙載之臣，亮采惠疇之佐，釐工底績之百官，各守一司，各專一業。（正面仍不平鋪直叙，是作家巧處，是作家高處。）無一事爲堯之功，即無一事非堯之功也。（仍從旁人看出，無一語蹈實，無一語落空。）從文武聖神而溯帝德之廣運，然後知水火工虞，明倫教稼。（用加倍寫法，亦警闢，亦沈著。）天亦退處於無功，則固明以俟堯之曲成其功也。上古之天地自此而平，後代之治功自此而始。（包掃一切，可謂棄糟粕而取精華。）巍巍乎，非堯而孰能有是歟？（坐實「有」字。）異日虞帝紹繼，獨能恭己以無爲，其以此也哉。（有此托筆，題義更十分暢足。）沕穆初開之時，文明未啓，而雲龍鳥火，各紀其名焉，（以他聖之小，襯寫堯之大，題義不煩言而解。）故後世得以其文考之。至於堯，而焕乎不可名一文也。第見平秩之叙，觀乎天文而時變有常；（運典能見其大不同，俗手一味堆砌餖飣。）平章之明，觀乎人文而化成可久。四表各抒其精華，若資堯以成章之本矣。（用筆純從空處使鋒。）今觀《九歌》《九叙》之燦陳，五服五章之昭著，五聲五色之有輝光，各著其奇，各鳴其盛。（筆筆神行。）何一物爲堯之文，即何一物非堯之文也。（「功」字、「文」字，一一醒出。）從欽明文思而仰峻德之克明，然後知文物以紀，聲明以發。（跟上節，「天」字細絶。）天亦難靳其至文，則固蓄以待堯之大章其文也。（題字無一滑讀。）洗乾坤之陋，朝有黼黻之聖人；徵郅治之隆，（筆歌墨舞，氣息仍不囂張。）野有謳吟之黎老。焕乎，非堯而孰能有是歟？厥後虞帝慎徽，特以重華而協帝，其以此也夫。（摇曳生姿，風度絶世。）大矣哉，弗可及已。

不屑屑於鋪張揚厲，函蓋一切，籠罩群言。句句説成功文章，句句説堯之大。文筆亦返虚入渾，操縱自如。録之以爲場屋典題之式。（省吾）

唐虞之際

戊午福建　鄭兼才〔八七〕

即帝世而論才，聖人因有感於其際焉。夫才不專有於唐虞也，夫子因才難而思唐虞之際，豈第爲唐虞感哉？今夫聖人受命而興，未有不以易姓開一朝之運者也。乃若心法相傳，雖異姓而儼同一姓；文明漸啓，雖兩朝而不啻一朝。（「際」字工於刻劃。）貞元會而景運昌，其中受命之數，蓋亦極作合之奇焉。（恰如題位。）吾何以然才難之言也？蓋才之難，不於才之少見難，而於才之多見難；（攝下文於筆墨之先，眼光四射，筆意空靈，一提已足冠場。）而驗才之難，不徒於才之分見難，即於才之合而已足見其難。吾且上徵諸唐虞。（單句領起。）夫唐虞，官天下者也。與人天下者，必並與以治天下之人。（大言炎炎，眼光炬列。）想當年側陋升庸而明倫教稼，諸臣群俯首於重華之聖。可知同心之佐命，（莊重不説。）隱隨神器以俱傳。受人天下者，必並受治天下之人。想當年闢門詢岳而弼教明刑，諸佐實留貽於文思之君。可知熙載之臣鄰，早並大權而咸屬。然則居今日而論才，吾能無感唐虞之際耶？顧或謂唐之才難於虞，其時草昧初開，英豪未出。（按切時勢，議論精卓，不徒信手作翻。）堯又承帝摯之衰，視舜之紹堯而興者有間矣。（隨繫隨解。）不知堯既有舜以承其後，凡〔八八〕舜所有之才，皆爲堯有。（「際」字了當。）事則責成於協帝，命則上稟自放勳。（有此偶句，機便不滑。）此際〔八九〕之相得益彰者，唐固無庸讓於虞，而歧而二之。（筆力清挺。）抑或謂虞之才難於唐，其時四凶初投，人心未定。舜又以匹夫在位，視堯之起自唐侯者有間矣。不知舜既有堯以開其先，凡堯所有之才，皆爲舜有。前則交儆於平陽，後則賡歌於蒲坂。此際之交濟其美者，虞固可上同於唐，而比而一之。（興會飄舉，譬於翻空。）吾於是爲唐虞幸也，向使唐不際虞，則一傳之後，賢聖未必挺生；向使虞不際唐，則崛起之朝，英俊豈能畢至？（拍合。）乃以聖傳聖事，既創見於中天；求人得人，治遂獨隆於上古。使後世溯生才者，第渾舉夫唐虞，即欲别爲誰氏之臣而不得。（「際」字反托愈醒。）吾於是又爲唐虞之才幸也，（有次第。）向使唐不際虞，則先世耆臣，豈能易人而事？（句中有句，筆外有筆。）向使虞不際唐，則興朝碩彥，豈盡效命而來？乃元德符乎峻德，二典合爲一代之書；（工於組織。）天功亮以人功，五臣半屬三王之祖。令後世慶多才者，咸神遊其際會，即欲議其二姓之事而不能。噫！此唐虞之才所由盛乎？（反落筆勢不平。）不然唐自爲唐，虞自爲虞，周之才且駕而上之矣，顧云盛於斯耶？

不泛作唐虞論贊，跟上「才難」注下「斯」、「盛」、「際」字。闡發盡致，論古有識，摛辭無懦，大含細入，爐火純青。此種題俗手爲之，不免描頭畫角，陷入一挑半剔惡習矣。此文放輕筆，用重筆，骨氣深穩，華貴雍容。墨卷之異於房、行者在此，讀者辨之。（省吾）

子曰知者不惑仁者不憂勇者不懼

乙酉浙江　徐光簡（一名）

心無累而德純，聖人爲陳其序焉。夫惑、憂、懼，皆心之累也。知始之，仁繼之，勇成之，學之有序者，不又德進於純乎？嘗思斯人有純心，而後天下有純德。德本皆備，而物足以累其心；心固常危，而學可以成其德。（一氣摶挽，曲而有直體。）惟謹乎累心之心，以幾乎成德之德。斯其識精，其情安，其力果，即其學可以操全局而無難。子曰：「學者進德有序，曰知，曰仁，曰勇是已。」而人顧不免於惑、憂、懼者，何哉？（反落領起提股二比。）蓋心之召累也，（從源頭說入。）不慮其外至，（深細。）恒慮其內生。（三句串看連看。）情一動而不自知，則迭起循生，遂以惑、憂、懼三者積危疑之數。而德之切身也，無求其渾全，先求其分至。（緊從注中「序」字着筆。）學在我而謀漸進，則治心制行，要以知、仁、勇三者持道義之門。（獨立言本旨。）吾因就知、仁、勇思之，（從「知」、「仁」、「勇」翻「不惑」、「不憂」、「不懼」。）小知反以滋惑，小仁反以召憂，小勇反以生懼。天下之號稱知、仁、勇者，每以無解於惑、憂、懼而疑之，不知此實有其理也。量有至有不至，則知、仁、勇吾猶戛戛乎難其入。（重讀各上二字。）又就惑、憂、懼思之，能惑似近於知，能憂似近於仁，能懼似近於勇。（此從「惑」、「憂」、「懼」翻「知」、「仁」、「勇」。）天下之不免惑、憂、懼者，每以能進於知、仁、勇而重之，不知此非底於成也。學有醇有未醇，則惑、憂、懼吾猶斷斷然俟其化。（重讀各下二字。）且夫有覺之良，（接筆神來）天賦之矣。非謀功於格致，（三小比平還題面。）必蕩然而失居。（有襯托，有洗發。）是惟明理爲上，窮理次之。知者，明理者也。故不惑至誠之體，性具之矣。非屏絶其非幾，必感然而難守。是惟忘私爲上，去私次之。（字字現成。）仁者，忘私者也。故不憂浩然之氣，命禀之矣。非直養其剛大，必自餒而不充。是惟配義爲上，集義次之。勇者，配義者也。故不懼若是者，惑去而生憂，必於明猶未至也；（此從各句下截着筆，用順串法。）憂去而留懼，必於理猶未融也。君子之學也，致其知始力於行，（以經詁經，顛撲不破。）持其志無暴〔九〇〕其氣。雖有內外之功，終無偏勝之力。（緊跟小講。）心無累而光明俊偉，固堪役萬物之智，而不亂其天。（個中消息甚大。）以仁成知，使不足於知，仁固無能來復也；（此從各句上截着筆，用逆抱法。）以勇成知仁，使不足於知仁，勇亦無由任重也。君子之學也，存其心以養其性，修其身以俟其命。雖有始終之序，必無中止之情。（喫緊在此。）德彌純而變化從容，（大而化之，謂本題推進一層説。）又將綜生平之功，而悉泯其迹。學者循序〔九一〕以求之，其庶幾乎！

格以三比爲正爲老，此却化三爲六，中間平還三小比，壁壘一新。順逆迴環，反覆推勘，玲瓏四映，屈曲〔九二〕盤旋。斯爲苦心孤詣之作。（省吾）

席不正不坐

癸酉河南　李恒泰（三名）

席不中禮，非所以處聖人也。夫席有其制，有其方。（立骨。）所謂禮也，不正則制與方胥乖矣，而謂夫子坐之乎？且聖人之起居坐作，從容中禮者也。禮有一定之制，聖人不違其制；禮詳一定之方，聖人不易其方。（刊落浮華，老筆紛披。）故不違其制，不易其方，聖人以之明禮；而苟違其制，苟易其方，聖人必以之嚴非禮。曷睹之席？（二義能見其大。）今夫將有事於燕飲，則以正賓主而席設焉。然席之在燕飲也，有其制矣。坐賓於西北，而坐主於東南，此先王之所以明仁義也。夫以明仁義也而設之，設之而正，是以仁義待賓也；設之而不正，是以不仁不義待賓也。（説得有關係。）正而坐，是以仁義自待也；不正而坐，是以不仁不義自待也。（鞭辟更緊。）席雖微也，而可苟乎哉？況乎設之不正也，未必出於有意。（參沾[九三]筆妙。）而坐之不正也，雖自謝以無心，則此一不正也。非請入爲席者之以不正處我，實踐席乃坐者之以不正自處也。（再接再厲，一噴一醒。）夫子以爲席雖微，而正不正無所爲微也。故寧撫席而辭，以不逾在我之矩；豈遽摳衣而進，以曲徇主人之情。非自異也，（應回股首。）席之在燕飲者，禮固如斯也。將有事於講論，則以正受授而席布焉。然席之在講論也，有其方矣。弟子無南面之義，而長者無北面[九四]之文，此先王之所以尊道德也。夫以尊道德也而布之，布之而正，是以道德重我也；布之而不正，是不以道德重我也。正而坐，是以道德自重也；不正而坐，是不以道德自重也。坐雖偶也，而可忽乎哉？（愈鬆愈緊，以縱爲擒。)況乎布之不正也,或出於一時之失[九五]。而坐之不正也,具見其素履之乖,則此一不正也。非請業請益者之不以正安我,實即席踐席者之以不正自安也。夫子以爲坐雖偶,而正不正無所爲偶也。(從小處寫出聖人全量,見記者特誌此條,非同泛泛。)故毋怍毋蹶,儀必謹於斯須;而南上西上,位寧淆於造次。非過嚴也,席之在講論者,禮又如斯也。(竟住,老。)

飛騰出没,如神鷹之摩空,不可端倪。思力腕力,雅與集虚齋爲近,矮屋獲此,的未易才。純用白戰,頓挫屈蟠,生氣鬱勃。視他手塡寫《禮經》,奚啻霄壤。(省吾)

政事冉有季路文學子游子夏

丙子四川　李芬(一名)

行道與傳道並著,愈見聖門之多才也。夫政事行道之資,而文學傳道之器也。從陳蔡者復得冉有諸賢,豈偶然哉?嘗觀世之盛也,道在君相。(目光如炬,筆大如椽。)故治世與傳世者,皆得濟美焉,而各盡其才。及其衰也,道在師儒。而服官與服古者,乃使履困焉，而交致之厄。陳蔡一役，豈特德行、言語之足繫聖心哉？（老筆。）蓋又有政事與文學者焉。古今幹濟之材，遺於上必萃於下，育才者蓋欲預爲儲焉，（崇論閎議，絶大識力，小儒咋舌。）以俟撥亂反正之日，而顯其用；宇宙菁華之氣，聚於聖亦散於賢，降才者又各分爲寄焉，以爲離經畔道之世，而正其傳。乃吾竊爲由、求感矣，謂文字爲鬼神所忌，精其業者每遇坎坷似也。（煞有見地，不同尋常交互。）何以材任富强，非必無補生人之業，而亦令其坐困如斯也，天心尚可問乎？（磅礴縱横，淋漓頓挫，奕奕有神。）且夫道大莫容，（擲筆空中，獨來獨往。）天即欲阻吾子以大用，天何妨任吾黨以小試？乃求可理財，而莫解七日之厄；由能治賦，而竟受二國之圍。在造物竟若特因其長以相迫，是何數之大奇也。（飄然陡住，筆力雄奇。）然而禦齊者以偏師制勝矣，治蒲者已三善稱能矣。且更爲游、夏悲也，謂功名爲氣數所開，非其時則動有奇禍似也。（更奇特，更警闢。）何以躬侍贊修，亦不得邀彼蒼之眷，而竟聽其偃蹇如是也，天意其誰測乎？（唱嘆低徊，純是空中宕漾，生氣拂拂十指。）且夫斯文在兹，天既縱吾子以將聖〔九六〕，天何難縱吾徒以學聖？乃子游習《禮》，而俎豆難以化干戈；子夏習《詩》，而弦誦不能靖戎馬。（用加倍寫法。）在造物竟若曲乘其短以將嘗，何所遭之不偶也？然而南人好文，子游已名足千古矣； 北人好學，子夏已才冠一世矣。之四子者其在於上，長於政者用以濟世，優於學者用以覺世。所職豈不偉哉？是可舉爲將，爲相，爲師，爲友，而身焉任〔九七〕之。即在於下，政不行而道可以藏，學不顯而道可以載，（字字煉，字字穩。）相對亦足慰耳。乃僅得於魯，於衛，於吳，於魏，而心焉憶之。其如夫子何哉！（篇終接混茫。）

峭拔似馬，浩瀚似韓。奇恣似柳，跌宕似歐。落落數百言，而俊邁屈盤如天馬行空，令人不可捉拿，文壇飛將軍。矮屋中不可無一，不能有二。（省吾）

政事冉有季路文學子游子夏

丙子四川　姒朝琯（三名）

與難有政學之英，胥足以匡時者也。夫政事以達道，即以佐君； 文學以載道，亦以華國。當陳、蔡之厄，而有冉有諸人，亦盛矣哉！且覇〔九八〕圖競矣，而立道綏動。（從夫子發端，識據題巔，眼高於頂。）勳猷邁百王，曲學鳴矣。而删定纂修，著述足千〔九九〕古。論者謂夫子一身，經濟備焉，經術深焉。而豈知遊其門者，皆得分一體，以相與濟世而傳世。（四十一字作一句讀，雄健逼真正希。）雖在倉皇偃蹇中，猶足令大聖人環顧焉，而爲之一快，則豈特德行、言語諸子已哉？今夫陳、蔡一役，固彙一世之醇吏、醇儒而統而聚之者也。（高渾。）不朽之政，立功並於立德、立言。（工於發端，不似尋常借賓定主。）然功利夸詐，（春秋吏治。）末世相習成風；刑名法術，（戰國吏治。）俗儒變本加厲。不有吾黨，其誰與論勳名也？何幸從陳、蔡者，有冉有、季路乎？足民禮樂，商報最於三年；有勇知方，用酬知於千乘。今吾道不終窮，則成功定治者夫子，而分猷效命，二子當不負輔相才矣。且夫不讀古人之書，必不能爲當代良臣。（有議論，有興會，不徒以文互見手法。）以法律爲《詩》、《書》主規，亦俗吏耳，二子其得所假手哉！理財者國可使之富，治賦者兵可使之强。奏績從容，直可統司徒、司馬之官，（濡染大筆。）以贊襄夫家國。（淋漓跌宕。）雖今日者雩門之績，僅著用矛；治蒲之聲，徒聞入境。而回憶當年，曠野栖皇，（用筆極有伸縮來往之妙。）追隨不失，則知能衛道者即能衛國，不負師者即不負君。（唱嘆有運勢。）此固陳、蔡之君所望而生畏者哉！可久之學，（工力悉敵。）修文同於修德、修言。（明季講學。）然别户分門，章句適成曲學；援今泥古，官禮亦誤蒼生。（半山經術。）不有吾黨，其誰與争醇雜也？何幸從陳、蔡者，乃有子游、子夏乎？衍詩教之傳，定貞淫於《小雅》、《大雅》；發禮經之藴，闡制作於三百、三千。今東周果可爲，則敷文宣化者夫子，而正誼明道，二子亦不負儒雅宗矣。（屈曲盤旋，如生龍活虎，飛舞跳躍，不可端倪。）且夫不闕〔一〇〇〕世教之大，亦何取乎讀書十年？學問中寓猷爲載籍，乃有用耳，二子其得所傳心哉！（氣盛長短皆宜。）得人者化可行於南國，讀史者教可衍於西河。淵源付託，直可兼爲師、爲儒之任，（慨當以慷。）以羽翼夫《詩》、《書》。雖今日者弦歌之聞，已成往迹；素絢之詢，徒屬空言。（鬱致深情，可歌可泣。）而回憶當日，風塵擾攘，患難相依，則知弦誦之風可靖戎馬，俎豆之氣足化干戈。此又陳、蔡諸臣所聞而生羡者哉，嘻，亦盛矣！

英思壯采，精神焕發。黄河落天走東海，萬里瀉入胸懷間。浩浩莽莽，激昂感喟，文之極有興會者。（省吾）

曰然則師愈與子曰過猶不及

戊子陝西　王禹堂（一名）

聖道一中，過不及無所謂勝也。夫過即愈於不及，而於中均未至也，況所愈者仍與不及等乎？故聖道一中也。且道者不偏之謂也。其中之有所偏失，皆由於其始之有所偏長。（一語中的，直刺要害。）何也？震其偏長之資，而矯人之失者，究之同歸於失。（實勘出所以「不愈」，所以「猶」之故。兩截打成一片，情思雋旨掃盡。）揭其偏失之弊，而兼人之長者，究之仍無所長。知此而聖教不偏之旨見矣。不偏者何？中是也。過者，過乎中也。不及者，不及乎中也。知中之不可流爲過，猶中之不可流爲不及；（將下截攝入上截之前，所以非愈之故自不煩言而解，不得以凌躐目之。）即知過之未至於中，猶不及之未至於中也。然而此意子未明言也，而子貢乃竊竊較其所愈焉。將毋以理之竟〔一〇二〕遥，以爲遥而悉力以赴之，則不及之境，（賢就師、商説，愈就過、不及説，詮發最有分曉。〔一〇三〕）皆過者之自問不屑也，而未免優絀分矣。又毋以學之途廣，以爲廣而悉心以務之，則過者之途，皆不及者之自信未逴也，而未免高下判矣。夫子貢豈不知過之無異不及哉，而以師愈問者，求折乎中也。（就常解深入一層。）子曰：「道之極，不可有所倚。（輕描淡寫，留後幅發揮地步。）有所倚則好爲其難，終與畏難同弊。道之極，不求有所勝。有所勝則不安於小，終與見小同譏。」賜謂師或愈也，吾謂師仍過也，仍較之不及而過也。遲速者道中層累之程，以過者之速，視不及之遲，謂之愈誠愈矣。

（先揚一筆。）然恃其過而一奮直前，謂人皆不及乎我。究之人不及乎我，我仍未及乎道。（曲屈迴環，苦心覼縷。）我未及乎道，安見人之不及乎我？則極過者之偏，其失皆流於不及。蓋過者不遑及之程，依然不及者不遑及之程。是過亦不及，而非不及之外更有過也。（洗刷分明，不似他手葫蘆混過。）然後知遲速相濟〔一〇三〕，學如是乃爲愈耳。而過者不得自矜其速矣，（蜿蜒排奡，筆筆神行。）而不及者不必自限於遲矣。難易者道中備嘗之旨，以不及之難，視過者之易，謂之愈良愈矣。然幸其過而一往自得，謂我實能過乎人。（二比以清奇奧衍之筆，達深微曲折之思，一噴一醒，再接再厲，那復着些浮烟漲墨？）究之我即過乎人，我已遠過乎道；我遠過乎道，安見我之遽過乎人？則極不及者之偏，其失亦無殊於過。蓋不及者未及知之旨，依然過者未及知之旨。（梳櫛名通，題義詸然以解。）是過即不及，並非過之外始有不及也。（握筆透爪。）然後知難易兩融，學至此斯真愈耳。而過者安知不自誤於易矣？而不及者安知不自振所難矣？然則師即愈也，其過亦猶不及也。明乎此，而後知聖道一中也。

落落屈盤，空靈變化，眼光炬列，舌本瀾翻。（省吾）

曰然則師愈與子曰過猶不及

戊子陝西　孟星河（二十八名）

衡品者有疑詞，聖人均指其失焉。夫愈不愈以道爲衡，不以過不及爲衡也。問愈而示以過猶不及，非欲二子之各矯其失乎？且學術之成，成於其人；人品之殊，殊於其類。賢者但知類之爲類，有一出乎其類者，必更端以致其精詳；（筆筆雋，字字峭。）聖人則見不類之類，雖有疑其不類者，必折衷以歸於至當。一時辨論之際，相長有獨深已。賜問師商，而子告以師之過，商之不及，此固無與於無過、無不及之數者也。（一語函盡，「猶」字頂上圓光。）而又何必即其賢不賢，以詳其愈不愈。乃子方合過與不及而並衡之，（蒙上説入，不得以連上目之。）由所能以勉所未能，由所至以勉所未至。樂裁成者，不欲囿於一，（爲下截「猶」字攝魄鈎魂。）偏留不醇不備之憾。而賜且分過與不及，（「然則」二字含毫邈然。）而岐視之。此之所能，未必彼亦能；此之所至，未必彼亦至。較短長者，恍若因其所性，成一進一退之辭。其曰：「師愈第即不及之商，以信師之過。未嘗即無不及者，（分風劈流。）以信師之過也。」蓋無不及者，不必有過之名，（下截已透。）而人莫得而愈之，賜未之計也。（風度翩如。）其曰：「師愈與仍即師之過，以疑師之愈。未嘗即無過無不及者，以疑師之愈也。」（就出比進一層看，一意翻兩，大士家派。）蓋無過、無不及者，不必有過與不及之迹。而人之過與不及者，莫得而愈之，賜未之察也。且夫理有至極，（古文接筆。）不可倚於一偏；道有定衡，不可竊其近似。晰一理於過不及之間，過者之所俯而就，恒勝於不及者之仰而企。然而過者所俯就之境，即不及者所仰企之境。則論過與不及，以晰理之境爲境，不以過不及者所歷之境爲境也。（彌幽彌深，彌淡彌永，瓣香五家，不徒得其形似。）故高明與沈潛，均足與於斯文之任，而不得强分其優劣。置一道於過不及之交，（細入無間。）過者之所優而入，較易於不及者之勉而行。然而過者優入之程，即不及者勉行之程。則論過與不及，以適道之程爲程，不以過不及者所至之程爲程也。（「猶」字入木三分。）故捷足與循途，皆有當於成功之一，而不得遽判其低昂。然則過猶不及，子非以過與師，而實以過抑師也；（「猶」字真際。）子非以不及抑商，而實以不及進商也。且非獨以過猶不及勉師與商，而並以過猶不及示問師愈於商者，（餘味曲包。）得所依歸，而知過不及之均不足恃也。愈云乎哉！（篇終接混茫。）

出題之表，以攝其虛。入題之中，以罄其實。雕空鏤塵，鉥心劌目。（省吾）

顔淵問仁子曰克己復禮爲仁

己卯廣西　梁卓漢（一名）

以近仁者而問仁，聖人以仁之全體示之焉。夫顔淵之於仁近矣，但未知仁之全體耳。子示以克己復禮，而仁之體以全。嘗思聖門屢言仁，大都不外遏欲存理而已。（每苦陳陳相因語擺脱不開。全講將公家言一力掃浄，批郤導窾，直取要害，那復有一膚闊語攙其筆端？）然皆各據存遏之一體而言之也。若夫直指其全體，而辨乎欲之所由生以至於遏之無不遏，踐乎理之所由麗以至於存之無不存者，則莫如夫子之告顔淵。夫顔淵固嘗深用力於爲仁者也，一旦以仁問。蓋無欲之爲仁，豈不知制欲於平日？顧泛言欲，而不得夫藏欲之區。（搜摘「己」字。）將戰勝無權，去一欲猶留一欲，不可以爲仁也。（扼住「爲仁」，摶捥最緊。）當理之爲仁，豈不知循理於夙昔？顧虛言理，（搜摘「禮」字。）而不得夫載理之所。將持守無據，得一理猶遺一理，不可以爲仁也。然則有欲非仁也，即幾於無欲，而有一毫之不盡，亦非仁；（提比洗刷「己」字、「禮」字，此段推勘

「克」字、「復」字，機神一片，筆勢噴薄可畏。）背理非仁也，即幾於當理，而有一毫之不融，亦非仁。彼顔淵固幾於無欲，幾於當理者也，子故於其問而告之曰：「仁也者，理也。」理之渾然在中者仁，理之秩然在外者禮，徇乎欲以與仁相敵者，則有己。（「己」字、「禮」字二字，一一還他的確，妙在打成一片。）繼善成性之初，一一協乎天，（源委透徹，恰好間架，理解既得，局度亦佳。）則見有禮，不見有己，仁之所以甚純也。而氣拘物蔽以來，念念從乎後起，己之數多，禮之數少，仁之所以日虧也，（一氣呵成。）必也其克己乎！欲必有所由生，於其所由生，而切而指之曰己，（字字起稜。）則其爲欲也至微，潛滋暗長之緣，皆其類也。（理境題有此駘宕之筆，乃不類傖父面目。）苟非盡殲乎其類，就乎己、去乎仁矣。從一身酬酢之中，而除之務本。己甚甘，克之以至苦；（精金百煉，句法峭[一〇四]勁。）己甚順，克之以至逆。（全神團結。）一節之疵累，必挾全力以決去之。蓋仁中無己，夫亦克乎仁所本無己矣，由是而復禮焉。理必有所由麗，（「克」、「復」不宜分説，文妙於分中寓串。）於其所由麗，而顯而揭之曰禮，則其爲理也至精，節文度數之詳，（賅括。）胥是物也。苟非盡完乎其物，乖乎禮、違乎仁矣。（遒刻。）從萬感紛乘之内，而守乎其範。禮至中，復之以無偏；（樸實頭地，戛戛獨造。）禮至正，復之以無邪。

一端之因應，必本軌物以約束之。蓋仁內有禮，夫亦復乎仁所固有己矣。（水到渠成。）爲仁矣，蓋未復乎禮之處皆己。（胸中雪亮如琉璃屏，如水晶屋，令人望之，了了回視，庸庸墨裁，直土羹塵飯矣。）既有己，安有仁？以己固仁之賊也。而既克乎己之後即禮，惟有禮乃有仁，以禮固仁之著也。子其勉之。

如何是「己」、是「禮」？如何是「克」、是「復」？如何是「克己復禮」？如何爲仁必要克復？道理見得，確鑿不易。而出以冰雪聰明之筆，心花四照，塵障一空。俗工腦滿腸肥，終身没由夢見。（省吾）

天下歸仁焉爲仁由己

戊子江西　甘立淞（一名）

驗歸仁於天下，而其功可决矣。夫天下者，己之所推也。克復則仁歸之，仁亦求諸己，焉可？且自吾之重言仁也，學者以其道甚遠，（兩頭俱到。）遂疑其功非近矣。不知以言乎遠，則必極諸至遠之境，（扣「天下」。）而仁之量始充；以言乎近，又必取諸至近之地，（扣「己」。）而仁之體始密。此仁之不禦於遠者，（刊落枝葉，老筆紛披。）觀仁者知之；　仁之不遺於近者，惟爲仁者能決之。（得勢。）不然克己復禮，（扣下無痕。）皆爲己事也。一日克之，一日復之，亦盡其在己。何與天下？何與天下之仁？夫天下共震於仁，必不輕許己以仁之實；　天下爭勝於仁，必不甘讓己以仁之名。則歸仁難，天下之歸仁尤難。（此處若正落，則通體平直矣，須玩其工於取勢。）乃忽焉於己所未歷之境，祇聞其能克己也，（四語還題面。）曰某也仁；　信其能復禮也，曰某也仁。彼仁人之克復，豈於己有餘思哉？（筆勢不平。）而自仁者有己，天下若相傾於己，相慕於己，並不使仁者之聲稱，（足此二句，筆意便厚。）聽其湮没於己。一日之内，而推而重之者，什伯而來也，（藴藉可味。）不可解矣。又忽焉於己所未接之人，但見其克己之己也，曰如其仁；　決其復己之禮也，曰如其仁。彼仁者之克復，豈於己計捷效哉？而自仁者有己，天下若自愧其己，自厲其己，（「歸」字深一層看，是文家加倍寫法。）並欲藉仁者之功能，使之私淑其己。（上文「一日」二字不略。）一日之間，而崇而奉之者，彼此如一也，不容却耳。（接筆亦疏，落亦緊湊。）且夫天下非密邇也，而仁又非衆著也，今其功若彼，其效若此。天下若獨有所厚於仁人，（故作翻筆，故作宕筆。）仁人必别有以應於天下，而仁者究無爲也，（一句勒轉，筆力千鈞。）則爲仁由己斷然矣。人惟騖乎其大，則所見不真。

大莫大於仁矣，而約之於己，則爲克爲復，皆吾身所自爲之謀。（蒙上即挽上。）徵諸仁，實則徵諸天下也。（接筆凌空。）天下有共惜之一物，而取之自己，與之自己，其權亦大可恃，何所忌而不爲乎？（頓挫入神，得鞭辟顔氏子之意。）爲之即歸之，極天下之大效，未有捷於此者，高堅前後，趨向可由此專耳。（申足題位，元氣渾然。）人每阻於所難，則所如不就。難莫難於仁矣，而決之於己，則爲克爲復，皆吾力所優入之途。見有己，不必見有天下也。（將出比進一層説，鞭辟入裏。此種筆意，場屋最易醒目。）天下有共羨之一事，而求之自己，得之自己，其機亦大可乘，何所憚而不爲乎？（擊「爲」字。）爲之必歸之，極天下之大功，未有便於此者，簞瓢陋巷，持循不由此固歟。回亦盡其在己，而仁無異術也。由人云乎哉！

清超元渺，極刻劃却極自然。其古在骨，其腴在神，躁心人無從領取。（省吾）

非禮勿視非禮勿聽非禮勿言非禮勿動

辛卯山西　張鵬展（一名）

以非禮檢身，克復之功全矣。蓋非禮即己，而視聽言動，則非禮之見端也。以勿之者克之，而仁之功益純。且人身皆載仁之具，亦即爲仁之具也，而仁反以身累者，任其身之所適，往往與仁相敵，而心不及持。（導窾批郤，題無剩義。）即持矣，又或偏而不舉，弗克備制焉，以養其内，此仁之所以日遠也，豈克己復禮者而敢出此？回以克復之目請，夫克復亦何目可言哉？顧即以目論，而目要不可泛，（二義精括。）泛則仁不專；目仍不可疏，疏則仁不實。蓋隱與仁爲依者禮，而顯與禮爲角者非禮。非禮之數盈，則禮之數絀，（筆力斬截。）而仁於是乎不可爲。且夫耳目口體，皆仁之宅，（貫穿了徹，紛難詰屈，應手而解。）而即不仁之所從生；血氣心知，悉禮之著，而實非禮之所由伏。以衆非禮攻一禮，力既覺其甚暇；以一禮禦衆非禮，勢又苦於難周。（極言非禮之難克，兵家所謂「置之死地而後生」。）則視聽言動其大較也，爲仁者亦惟以勿之者克之已矣，（此就低一層作襯。）豈無視聽言動之偶中夫禮而無庸致力者？（推勘入細。）然中禮者其暫，而非禮者其常。（再接再厲。）且無論其常也，即使中禮者其常，（旋螺剥蕉，戛戛獨造。）而非禮者特其暫，而即此至暫之非禮，要無非己之所在也。克復者由其常以推於暫，外至之非禮雖欲暫觸於内而無由，内萌之非禮即欲暫形於外而不得。（分兩層詰題，思深力厚，賅括一切。）統一身之視聽言動，無時不凜以戒懼，則非禮者無其暫，而復禮者得其常矣。(此比就高一層作襯。)豈無視聽言動之悉合於禮而無事矜持者?然禮以既復而見其醇,禮即以未復而見其疵。且無論甚疵也,(微至之思,明快之筆。)即使其禮已幾大醇,非禮亦僅小疵,而即此小疵之非禮,要皆爲己之當克也。爲仁者祛其疵以幾於醇,物不得而誘疵既絶於外來,欲不得而逞疵更泯夫内起。合一己之視聽言動,無處敢留其缺憾,則禮之小疵既已泯,(中邊俱徹。)而禮之大醇無不復矣。必待視聽言動之既形,而始以非禮嚴其戒,將有不及戒者矣。(層層披剥。)蓋非禮之預戒者未密,即非禮之當戒者多疏也。惟於未視、未聽、未言、未動之先,以默察其蔽,而當幾之戒,(筆力健舉。)乃有以盡其類而無遺。必及視聽言動之未至,(承出比意進一層看。)而遽以非禮致其防,又有無可防者矣。蓋已形之非禮,其防可據未形之非禮。雖防無憑也,(深細。)惟於欲視、欲聽、欲言、欲動之意,(更真切,更沉刻。)而急謹其幾,則有主之防,乃得以勝其私而無所擾。此檢身也,而治心寓焉矣。

思鋭能入,筆鋭能出。經營慘澹,直湊單微。視聽言動,夫子不過發凡起例耳。硬劈四比,靠實分詮,不無刻舟求劍之譏。全墨渾括大意,不沾沾分疏,體認最得,妙!恰是本題文字,挪不入上節「克己復禮」句。(省吾)

非禮勿視非禮勿聽非禮勿言非禮勿動

辛卯山西　皇甫洽（八名）

克非禮之私，禮復而仁存矣。夫視聽言動，在身實在心也。克其非禮而禮復矣，而仁於是乎存。且人有身即有物，遺物而立焉，不能也。（將「遺物」、「逐物」兩層撇開，刊落一切，直湊單微。）逐物以制焉，而身又無以自專也。惟即心以制物，而物受範焉，身受範焉，（全題在握，老幹無枝。）心亦受範焉。然則克復之目，亦惟克一身之非禮而已，（不費周折，是大家老境。）克一身非禮之視聽言動而已。吾身不能無肆應之端，而非禮之因應而來者，在在有以相累，非遽能累也。必我之有可乘，（本《或問》「根上除治」之說。）而彼始從而累之，則所以祛其累者宜詳也。吾身不能無感召之處，而非禮之隨感而發者，一一有以相引，非遽能引也。必我之有所迎，（本《孟子》「物交物」之説。）而彼始得而引之，則所以絶其引者宜嚴也。蓋視聽言動者身，而所以視聽言動者仍在心也。惟禁其非禮之萌，（開中後四比。）止其非禮之機，而勿爲焉可。（意翻空而易奇。）或謂先事以禁焉不能也，虛擬一非禮之象，以爲此足擾吾仁也，而預爲禁之。而視聽言動之隨事而應者，或共此一非禮焉，或各有一非禮焉。當幾之迹象，較之從前之逆億，而全不相符。（實實寫出所以難禁、難止之故，與尋常信手作翻、故逞虛機者不同。）猝然過之，皇然失之矣，此先事而禁者之歸於無當也。（應回柱意。）或謂後事以止焉亦不能也，追悔其視聽言動之失，以爲尚可挽吾仁也，而始爲止之。而非禮之先時而乘者，已隨視聽而入於内焉，已隨言動而出於外焉。（切實發揮，文有内心。）既成之緣，感極之精神之淬勵，（是個中人語。）而莫能相追，終食違之，終身玷之矣。此後時而止者之仍爲無補也，然而可先事以禁也。（成竹在胸，機神洎湊。）至正者視聽言動，而非禮之來，則又至變。仁者擬議以窮其變，（文亦盡態窮變。）任非禮之迭起環生，而挾全神以制之。則雖巧以相嘗，（文心奥衍，筆力沈摯。）心之精者，早有以燭其微而彌其隙，而正不慮變之失其正也。吾唯勿視，勿聽，勿言，勿動，（氣骨深穩。）守之不變而已矣，（此轉更出人意表。）且不待後時而止也。至常者視聽言動，而非禮之來，則又至暫。仁者瞬息以杜其暫，任〔一〇五〕非禮之投問抵罅，而操純修以完之。則雖偶焉相值，力之果者，（詮發「勿」字，精警異常。）不難清其源而絕其流，而正不慮暫之乖其常也。吾唯勿視，勿聽，勿言，勿動，矢之罔暫而已矣。此所以爲克，此所以爲復，此所以爲仁。

作難解鈴，備極精妙，錯綜參伍，杼柚予懷。文心之慧，文陣之奇，此道三折肱矣。（省吾）

非禮勿視非禮勿聽非禮勿言非禮勿動

辛卯山西　姜兆璜（十名）

即情以制私，仁已不遠矣。夫視聽言動者人之情，而非禮則皆私也。勿視、勿聽、勿言、勿動，爲仁者宜並克之。且我身之爲用不同，而耳目之與口體，俱不外於形聲之感者也。其所納者惟形聲，（扣「視」、「聽」。）其所出者亦惟形聲。（扣「言」、「動」。）而要主形聲之出納者，（一針見血。）則爲心。審其理之不可，而用吾力以禁之，庶出納之間，可以見心，可以見禮，（斬截。）即可以見仁。今夫爲仁，亦用心於情之所感而已矣。感之自外入者，曰視，曰聽。視主形而聽主聲，（從「納」字幻出「來」字。）其來者形聲也，其與形聲俱來者，即視聽之已也。感之自内出者，曰言，曰動。言屬聲而動屬形，其往者形聲也，（從「出」字幻出「往」字。）其與形聲俱往者，即言動之已也。所謂非禮也，（點睛。）蓋視聽納物之形聲，以交於我者也。物之形欲其正，形正而心與俱正；（字字都從體驗來。）物之聲欲其和，聲和而心與俱和。夫豈必爲邪色、爲淫聲，始足爲非禮之視聽哉？（刊落浮膚，獨抒精蘊。）纖悉之不正不和，而納之於耳目，不惟亂吾聽明也，並吾純一之心，（一摑一掌血。）而亦亂之。故克之不可不嚴，涵養於未感之先，儆惕於將感之際。凡謀之耳目者，雖纖悉，亦毅然其必遠。非曰遠之可以達聰明，正以遠之，而我心之私，乃與形聲俱却也。（闢合爲仁，入木三分。）其勿視勿聽，言動出我之形聲，以接於物者也。我之聲欲其和，和則本心而發爲德音；我之形欲其正，正則根心而著爲德範。（無一字不現成。）夫豈必爲鄙倍、爲暴慢，始足爲非禮之言動哉？幾微之不正不和，而出之自口體，不惟啓羞吝也，並我躁妄之心，（刻入骨理。）而先啓之。故克之不可不早，氣則斂而歸諸道，（深入無淺語。）才則融而蓄諸德。凡著於口體者，雖幾微，亦凜然其必慎。非曰慎之可以遠悔吝，正以慎之，（一噴一醒。）而我心之私，乃與形聲俱息也。其勿言勿動，是何也？（前中將形、聲分貼視聽、言動，入後又將聲貼聽、言，形貼視、動。橫直説來，都成妙諦，何物心思，矮屋中六通四闢乃爾！）聽與言皆聲，而心主乎聲之内，故心壹而聲得其平；視與動皆形，而心主乎形之先，故心盡而形亦可踐。緣情以制私，即情以見性，而皆謹出納以治心。（滴滴歸源。）則克復備，而歸仁之效彰矣。《易》曰：「不遠復，無祇悔。」其是之謂乎！

蠶叢鳥道中，自具康莊大路。明眼人斬關奪隘而入，順逆迴環，頭頭是道。此文家之獨闢窔奥者，俗手嗜瑣貪常，終身未由夢見。（省吾）

仲弓問仁子曰出門如見大賓使民如承大祭

戊辰浙江　朱栻之（一名）

仁莫要於主敬，即出門使民可驗矣。蓋心無不敬，斯心無不仁。如見如承，仁者主敬之學，不於是著哉？（種種私欲皆從放佚昏□而生，此爲仁所以必主敬也。覷定真種，直取要害，筆亦警特。）且夫仁人心也，一心之操舍，即一心之敬肆繫之，即一心之理之存亡繫之。第恐際冠裳則檢，當履錯則疏，對俎豆則嚴，臨涣號則玩。將敬與肆交乘，而其心已不能存，（斬截。）即其心已不能仁。説在夫子答仲弓之問仁，以爲天下無不當敬之地，（分籠的當，妙出以高渾之筆。）故聖學之精，嚴於跬步；天下無不當敬之人，故王道之大，不狎一夫。（陟擒逆撲，筋摇脉轉。）有如猝然而語人曰「見大賓」，其人必震而恪。何則？大夫言客不言賓，惟諸侯朝於天子，與諸侯自相朝，（着眼大賓、大祭，詳人所略，古茂典核，又其餘事。）稱大賓，動之以後王君公而猶玩狎者，無有也。且猝然而語人曰「承大祭」，其人必肅然敬。何則？時享言祭不言大，惟五年禘，三年祫，稱大祭，臨之以先王先公而猶怠忽者，無有也。雖然必大賓而後言敬，（層層剥落，純從題巔着筆。離奇變幻，不可端倪，文之最工於取勢者。）有稍不如大賓者，存頫聘問而已形其泰，降而至於出門，趾高焉而有餘泰矣；必大祭而後言敬，有稍不如大祭者，禴祠蒸嘗而已形其肆，降而至於使民，頤指焉而有餘肆矣。（筋節。）是豈足言存心？（起落承接，純乎古文。）且夫日集躬桓蒲穀之倫，而與言防檢不能也，不如即此尋常之酬酢也；日處駿奔執豆之班，而與語閑存不能也，（譚理極細極静，用筆極横極奇。）不如即此統馭之百姓也。入虚如有人，况已儼然出矣；（重讀「出門」。）爾室猶相在，况已固有民矣。（重讀「使民」。）敬肆之機於是焉在。（一片神行，却無一平筆。）則爲仁者，豈僅曰「出門」、「使民」已乎？（横空盤硬語。〔一〇六〕）由肆心推，出不慎步趨，使可同僕隸；由敬心推，出即七介速，使即九獻尊。擬〔一〇七〕之曰「如見」、「如承」，而户牖不啻都宫，（警煉奇闢。）指顧無非靈爽。抑爲仁者，又豈僅曰「見大賓」、「承大祭」已乎？肆者肆於有，目接之賓祭，或轉無賓祭於其心；（反正相形，題義倍覺透露。直凑單微，劇目鉥心。）敬者敬於無，意造之賓祭，常若有賓祭於其目。擬之曰「出門如見」、「使民如承」，而常惺之心即惺生象，（句法峭勁。）有主之地所主呈形。無畏乎大廷，（亦雄奇，亦横疏。）無慚乎屋漏，無愧乎帝天，無侮乎鰥寡。（一齊收轉，滴滴歸源。）以此言敬，心何不敬？以此言仁，心何不仁？學者主敬之功，其自此著乎？由是以己及人，更有恕道焉。

從前後際看出全身，反覆對勘，筆筆靠實，筆筆淩空。騰挪操縱，如神龍出没，變幻莫測，神乎技矣。（省吾）

出門如見大賓使民如承大祭己所不欲勿施於人

己卯湖北　丁德泰（一名）

敬恕以存心，求仁之學也。蓋惟主敬行恕，則心無私而仁在是矣。求仁者可不致力於物我之間乎？今夫無欲而静者，（從源頭説入。）仁之本體也。人而求復乎静，而不雜之原，（扣題深穩。）仍當精審乎動與物接之際。身之所接不一境，而悉不敢以怠心乘之；事之所接不一端，而舉不欲以私念間之。（分貼的當。）則於其動也，而静之理存。

靜之理存，即仁之理〔一〇八〕常在。（交關處融洽。）子問仁乎？仁者心之德，而敬則其德之聚也；（老確。）仁者愛之理，而恕則其理之通也。主敬之功，百念不足以成之，（亦深細，亦警煉。）片念即足以敗之。所當舉幾之易於忽者，而因以概謹幾之全。行恕之事，順情或可以推之，逆情每難以制之。所當即矩之在所惡者，而因以覘絜矩之盡。（如何單舉出門使民，如何不言欲而言不欲，一一還他的確，妙！恰是前路步驟。）今試與子言敬，其必「出門如見大賓，使民如承大祭」乎？必待有所出也，而始見跬步不忘之心；必待有所使也，而乃深匹夫勝予之懼。是吾學之所爲整肅其心者，（梳櫛明通。）將可取給於臨時。而出門使民，則固有立於不聞不睹之先，（大本大原，煞有見地。）以厚積而發者焉。奉一屋漏無慚之素，以與世往來，其如見也。非故擬一大賓以勵吾神，而實吾之肖心而出者，（文亦肖心而構。）本無異於冠裳之會也。準其獨行不愧之真，以通諸酬酢，其如承也。非故假一大祭以攝吾衷，而實吾之舉念皆理者，（抉摘「如」字。）本無殊於盥薦之交也。明乎此，則出王游衍，得其敬之無適而不然。（純從夾議處抉出題之真際。）斯動容周旋，因以見仁之體事而咸在。（老筆。）所謂敬以求仁者如此，如是乃可言恕，（從「敬」折入「恕」。）其必「己所不欲，勿施於人」乎？明知其爲不欲也，而或蔽於中之有所匿；（說本程子。）明知其當勿施也，而忽動於意之有所徇。是吾學之所爲檢制此心者，幾將扞格而不勝。而不欲勿施，則固有即吾如見如承之學，以遞深其力者焉。（敬恕功夫，是二是一。）本乎直内之神以方其外，故能於所不欲者，推己以及乎人，而其禁於未然者，無時非吉凶同患之衷也；（此即明道滿腔惻隱之義。）本乎勝怠之强以勝其欲，故凡有所勿施者，愛人不殊於己，而其遏之必力者，無往非恫瘝乃身之念也。（此即晦翁刀割針刺之義。）明乎此，則取譬求方，曰事乎恕之勉强；斯大公順應，乃漸及乎仁之自然。所謂恕以求仁者如此。出乎身，加乎民，（束本題。）總不越此敬恕兼行之理；而發乎邇，見乎遠，（起下文。）可徐驗吾敬恕真積之能。雍也勉諸。

爲仁如何必〔一〇九〕要敬恕，敬恕如何便能爲仁，如何先敬後恕，一一抉出無遺。理實氣空，妥帖排奡。内無剩義，外無溢情，近科元墨中不多覯之作。（省吾）

出門如見大賓使民如承大祭己所不欲勿施於人

己卯湖北　佘柏郃（三名）

以敬恕求仁，心全而仁可得矣。夫如見如承以言敬，不欲勿施以言恕，皆所以全其心也。以是求仁，而仁不可得乎？告仲弓曰：「爾今問仁，夫仁人心也。」有所爲歛吾心以入者焉，（下語如鑄。）有所爲推吾心以出者焉。不密〔一一〇〕歛吾心以入，則心未醇，而仁於何幾？不善推吾心以出，則心未實，而仁於何近？然則仁之理不外於心也，而所以力求諸心，其端要在主敬與行恕。（老筆。）主敬之功奈何爾？其作出門觀，（直入，無枝葉語。）作使民觀。今將設一出門使民之見，而謂跬步之間有揖讓，涣號之地有駿奔。大賓乎？大祭乎？必大賓以言敬，有稍不如大賓者，見之而不免於肆；必大祭以言敬，有稍不如大祭者，（翻剔明快，胸鏡筆刀。）承之而不免於慢。此烏乎言仁？（他手到此，必轉入正面。此獨從高一層映襯，一筆急脉緩受，深得文家離字訣。却是題中應有之義，與節外生枝者迥别。）顧仁之純也，瞬有存以全天德，息有養以見天心。此仁至而敬無不至者也，下此而克敬以求仁。入虚儼有人，敢曰「出門無大賓」；爾室猶相在，敢曰「使民非大祭」。（破空而接。）從如臨如履，如屍如齋之餘，而切而擬之曰如見如承。境虚也，而心以實之；（切實酣暢，筆筆神行。）心虚也，而敬以實之。將凡一舉一動，皆必有嚴操之，而無敢肆無敢慢者。昔胥臣之美冀缺，以告君曰：「出門如賓，承事如祭。」此意可參會也。（確是對仲弓語。）是所爲密〔一一一〕歛吾心以入也，（應回小講，章法一片。）而心以醇矣。若夫行恕之功奈何爾？其内審於己，外審於人。今將構一人己對待之形，而謂愛憎之私無殊情，彼此之交無隔膜。所欲乎？不欲乎？必於人所不欲以言恕，有人不欲而己欲者，不施而或恐其誣；必於己所不欲以言恕，有己不欲而人欲者，（心境空靈，隨手翻轉，俱成妙諦。）不施而又虞其悖。此烏乎言仁？顧仁之大也，心普萬物而無心，情順萬物而無情。此仁全而恕不待全者也，下此而强恕以求仁。胞與本相同，（重讀「不欲」。）况不欲之已發乎情；物我宜無間，况所不欲之明有其事。（重讀「所」字。）本勿視、勿聽、勿言、勿動之意，而力而止之曰「勿施於人」。形隔也，而心以通之；心隔也，而恕以通之。（那有一字不經體驗來？）將凡一思一念，皆必有默度之，而無容誣無容悖者。鄉者吾嘗明一言之可行，曰：「己所不欲，勿施於人。」夫亦猶此志也，是所爲善推吾心以出也，（「出」、「入」二字極諦當。）而心以實矣。心之全也，而仁何不可得乎？試與爾進考其效。

看書桶底脱，行文翻水成，理足氣足神足，千人共見之技。（省吾）

出門如見大賓使民如承大祭己所不欲勿施於人

己卯湖北　郭書（十一名）

全仁以心，敬恕持之而已。蓋敬則不放，恕則無間。心存乎如見如承不欲勿施，仁不外是矣。子故爲仲弓勖之，曰：「仁人心也。」將以全吾仁，必先存吾心。以吾心與天下相接，其斂而入之也，必使爲一物不容之心，而其體常肅；（輔氏謂：「不敬則私欲牽引，害仁之體；不恕則私欲錮蔽，害仁之用。」）以吾心與天下相貫，其推而出之也，必使爲萬物相見之心，而其用常流。夫如是，吾心之私不生，而吾心之仁不息。（從高一層説入。）故夫仁者，無不敬也。而求仁則必極於無不敬，以期立乎仁之體。使一時偶懈，則戒懼弛，（反勘醒透。）而於須臾不離之仁有間矣；一事稍忽，則戲渝入〔二二〕，而於終食不違之仁有間矣。烏乎，用吾敬！惟設一至易肆之境於其心，而如出門，如使民；惟設一至難肆之境於其心，而如大賓，如大祭。惟設一至易肆之境，必用吾至難肆之境於其心，（題字一一還他確鑿，不似他手滑讀過。）而出門如見大賓，使民如承大祭。門與賓兩無所值，跬步必嚴，無象而若呈其象；民與祭擬不如倫，晉接必謹，無形而偏造其形。（筆筆純用中鋒。）提一心之神明，密周於出門使民之際，（補筆圓到。）則未出與既出，無民與非民，其敬猶或背而馳乎？是故斂如見如承之心，敬以直其內，念慮心思，庶無非幾之冒貢也；　敬以用其事，貌言視聽，庶無非禮之相奸也。（敬恕何以便爲仁，切實發揮，交關處冰融雪釋。）居境暫而歷心長，夫然而存仁之體常肅矣。抑仁者無不恕也，而求仁則必推之以無不恕，（震川筆力。）以期達乎仁之用。使有我之見未化，則形骸隔，而於相見以天之仁有間矣；　及物之量未宏，則性命乖，而於相類以情之仁有間矣。烏乎，行吾恕！（勁氣直達。）惟察乎所最真之情於其心，而如己不欲；　惟察乎所易僞之情於其心，而如施於人。惟矯乎所易僞之情，（如此纔當得「清真」二字。）取譬吾所最真之情於其心，而己所不欲，勿施於人。人與己域以形，隨身觀理，形也而通之以性；（精湛。）施與受狃於私，因心作則，私也而擴之以公。泯寸衷之畛域，（運單行於排偶。）畢注於不欲勿施之間，則由不欲而欲，由勿施而施，其恕猶或違而遠乎？是故矢推己及人之心，（敬恕都用兩義詮發，真實力量，逼真正、嘉手筆。）行恕利用强，喜怒哀樂，思以平其争也；　行恕終其身，弟友子臣，思以弭其憾也。涉世紛而推心一，（「體用」二字，應回小講，應回股首，章法股法，滴水不漏。）夫然而行仁之用常流矣。然有邦家在，是亦得失之林也。尚其驗諸。

人心只有一仁，何處着敬恕名目？只爲私欲間隔，則心不存而仁日遠。題是言仁，非泛言敬恕，却句句是敬恕，却句句是仁。行神如空，行氣如虹，真力彌滿，無懈可擊，傑作也。（省吾）

子張問明子曰浸潤之譖膚受之愬不行焉可謂明也已矣浸潤之譖膚受之愬不行焉可謂遠也已矣

壬午福建　陳金城（十三名）

爲騖遠者言明，而以不行徵其量焉。蓋譖愬而爲浸潤膚受，皆足以蔽吾明也。果不行焉，則明而遠矣，子故爲子張正告之。今夫人心之用，以有所蔽而疑生焉。而其所以致蔽者，（一轉便深。）正不得咎人之於我乎蔽也。夫彼即工於用蔽，亦必伺吾有可蔽之端，（筆曲能入，雋永峭刻，西江勝境。）而後得投其善蔽之術。惟然而受其蔽者，（一句耐人十日思。）乃真無所不蔽矣。子張騖遠者也，而以明問，其謂不蔽者爲明乎，抑謂一無所蔽者爲明乎？夫懷外馳之見者，（覷定「遠」字，對斠顓孫氏着筆。）必以爲研幾之用。當索諸幽渺，然而無庸索也。（靈敏。）其在目前者，（亦警快，亦透闢。）即無非幽渺也，（危言悚切。）蓋目前固已挾幽渺而來也。矜廣騖之思者，必以爲察識之端，當求諸機變，然而無他求也。其所玩忽者，即無非機變也，（無筆不轉，無轉不雋。）蓋機變固已乘玩忽而藏也。（遠處求明，反蔽於近。）子曰：「所謂明也者，亦明其所易蔽者而已。」（领起中後四比。）有如聽言之際，或爲譖，或爲愬。（點次簡潔。）至美也，而以爲至惡；至虚也，而以爲至實。彼其心以爲用，吾譖愬而不能必彼之行焉，惡用是譖愬爲也？（從對面着筆，用深一層寫法，更見不行之难，更見不行之明且遠。）因而爲浸潤，（兩比如一比，淺深次第，秩然不紊。）爲膚受，積百端之叵測於無形，决一己之死生於片刻。彼其心以爲用，吾譖愬正恐彼或不行焉，（筆妙如環，文心慧絶。）而乃爲是浸潤膚受也。於此而竟行，謂之明可乎？（機神一片。）於此而不行，不謂之明可乎？言及此而明之真出矣，（出落水到渠成，動合自然。）可謂明也已矣；言及此而明之量亦全矣，可謂遠也已矣。（起自突兀。）天下唯誠可以燭僞，從來情僞之相感，有耳目所難窮者矣，而我必有意以窮之。（處處對斟，才高意廣。）安知彼不更轉一術焉，以使我立窮，而闇且滋甚也？（峭刻幽深，刺入骨裏。）唯明者昭然於譖愬之先，而於不行示其端，（筆筆神行，義藴環生。）即於不行杜其漸。蓋明由誠出，祇覺浸潤膚受者之自貢其真，（雋妙。）而不行者何與焉？以是爲即誠即明焉已矣。（深穩。）（强對。）天下唯静可以制動，從來變動之不居，有見聞所難察者矣，而我必多方以察之。又安知彼不故幻其術焉，以幸逃吾察，而惑且益深也？（文亦變幻空靈。）唯明者灼然於譖愬之後，而以不行息其緣，（鑑空衡平，本領實實抉出。）不以不行争其勝。蓋明由静生，祇覺浸潤膚受者之多此一局，（更雋妙。）而不行者又何知焉？以是爲無静不明焉已矣。彼求明於遠者，尚反而求諸近焉可乎？

問明而並告以遠，正欲其得遠於近。近不受蔽，即明即遠。文前路抉摘，務遠求明之弊；入後透寫，自近生明之理。筆曲而達，語淡而雋，幽深曠遠，章羅擅場。時手那能窺其謦欬？（省吾）

曰既富矣又何加焉曰教之

戊寅浙江　徐士芬（一名）

策王政之全，保富即以保庶也。蓋富而不教，微特富不可恃，即庶亦不可恃也。既富而以教加之，非王政之全哉？且治國之道，不患無以厚民生，而患無以厚民心。民心不厚，則其心不可治者，（兀傲驚矯。）即其身亦不可治。聖賢論政，務使官天地者不流於雜霸，（大言炎炎，眼光如炬。）詔孝弟者不緩於力田。（硬語横空。）民心治，民身治，而後閭閻可以常守富，（妥帖排奡，亦横亦竦。）即君相可以永保民。子言以富加庶，非徒足用之謂。謂吾人曰：「欲以先王之道教天下，（題前着筆，故不唐突。）而恐不能驟而加也。」乃爲立恒産以植其基，（「既」字不滑讀。）充衣食以養其氣，吹郊飲蜡以導其機，而後井田可復，（機神一片，動合自然。）即學校可興。此冉有所以請加於既富後也。民未富則其身多勞，民已富則其身易逸，（詞意警煉，不肯作陳陳相因語。）可無事即可多事也。不康不靖，倉箱不能革頑惰之風，知聖心必早爲顧慮，而不僅阜四種六擾之財求。霸者有富以之止，王者有富以之始，（出比就民説，對比就君説，其義截然不混。）可興利必可盡利也。爾宅爾田，菽粟祇以救目前之失，知聖言必貫乎始終，而豈屑同府海官山之權術？夫子曰：（神來。）「吾向所欲以先王之道教天下者，至是而可行矣。」（提起。）且富者之有待於教也，其故有二。謂富者易爲非，（三代治化，非預設成見。）而始以納於軌者預爲防。能杜侈奢而不能迪椎魯，王者無是道也。天降下民，皆賦以可賢可聖之資，（爲「教」字探源。）惟始既予以生機，繼即復其生理，此即所以代造物之栽培，

（博大稱題。）而沃土不材之説不與焉。（柱義一綫，筆亦老重。）謂富者易爲善，（搜剔盡致。）而因以會有極者順爲導。能取秀良而不能容庸衆，聖人又無是心也。君爲司牧，（沈着。）本自有先知先覺之權，惟幸克培其身家，乃益當培其心性，此亦祇以盡君師之責備，而因勢利導之説不與焉。且夫大道之行，非可旦暮期耳。（二比置身題巔，純從無字句中着筆。纏綿深款，風骨高騫。）微特化民成俗，徒慨想乎古初，即冉子所謂既富猶以未然者，作已然之想焉。（接筆凌空。）天下無不可治之民，患不在寡貧，而在游惰。蒿目十二國之間，（俯仰低徊，深情若揭。）既富者不必盡無，（神味悠然不盡。）而誰以三代之治正之？且夫吾儒之術，亦終無近功耳。微特安上全下，不能稍釋於聖心，即冉子之請加，（語似纏實，意則凌空。）亦不樂以小康者，安小就之規焉。（仁提得起。）天下無不可王之國，患不在弱小，而在苟安。緬懷昔先王之道，既富者紛然待治，（聖賢救世婆心，曲曲傳出。）而誰以三年之柄假之？此吾夫子用行之大要，可以保富，即可以保庶者也，豈獨爲一衛策哉？

聖賢一問一答，無限意味。文息心渺慮，置身題外，恰在個中。當年鬱致深情，如聞如見，閎深樸茂，奄有西漢氣息。日晶霜肅，光彩逼人。

附録

二名章君大奎中二比：

閒嘗觀一鄉一邑之間，世禄習爲驕奢，而寒素稍知禮義，輒不禁低徊太息，思以垂鑒戒而詔子孫，知人心爲不薄矣。一旦身享贏餘，倉千箱萬，靡靡者亦復轉而從同，豈彼此更相笑哉？化理未施，而憑籍之勢異也。又嘗觀一人一家之事，半生困於貧賤，而小康尚凛荒淫，一似於醇謹老成，可以挽澆風而懲末俗，蓋古道猶照人耳。久之日耽宴樂，賓客交遊，瀹瀹者旋且與之俱化，豈先後若兩人哉？境地屢易，而戒懼之心亡也。

人情世故，煞經一番體貼。語皆心得，言必有物。帖括之所以不朽，端恃此種，特爲拈出，以勵夙學。（省吾）

曰既富〔一一三〕矣又何加焉曰教之

戊寅浙江　王藩（三名）

恤商所以保富者，而保庶之道益備矣。夫既富者虚擬之辭，猶未若既庶之實有其象也。求請所加，而子加以教，豈僅爲衛發也哉？嘗思衣食爲禮義之本，顧禮義之壞，不壞於衣食未足之先，（名論不刊，筆亦爽健。）而恒壞於衣食既足之後。不必衣食之足以稠禮義也，其處身也日逸，則其處心也亦日淫。（警闢。）一聖一賢，所爲益於此惓惓焉。求爲庶計，而子先以富加之。富之云者，謂一代之民命立於此，非即謂一代之民俗淳於此也；（得勢而入，如錐畫泥，如刀切玉。所以要加之，故不煩言而解。）謂一國之治術基於此，非即謂一國之心術正於此也。然則富固可恃，（單句領起。）而未可恃者哉！萬物之菁華，能聚而亦能散，非自散也，其聚焉者應於其正氣，（實從人情物理體貼而出，不徒故作警人之句。）則其散焉者即乘乎其患氣也。有恒產而無恒心，恐一聚將必無終聚之勢。（保庶意亦到。）百族之心志，貪多而亦厭多，非真厭也，其貪焉者艷於所未得，（胸鏡筆刀，斬釘截鐵。）則其厭焉者即在恃其所已得也。居沃土而忘瘠土，（警句。）恐多藏或反爲多敗之媒。曰：「既富矣，又何加焉？」求於此，固知子之必有以保此富也。而子果曰：「富非無可加也，亦非别有加也，教之而已矣。」學校之設，歷代相因，而非叔季粉飾太平之具，似教固非可以加言也。（工於洗刷。）乃自爲既富謀，而教以禮樂，教以詩書，郅治之成規，不妨作今兹之新政觀焉，（刻劃雋妙。）而教之地可建。

廉耻之心，人生固有，而非朝廷故爲增益之端，是教更不容以加名也。乃自爲既富計，而陰禮教親，陽禮教讓，同具之天良，不啻爲君民之持贈物焉，（更雋妙。）而教之事可修。縱弛不可以言教也，而假飾尤不可以言教。所謂教者，於既富後觀感乎，不於既富後逞權術也。（切實發揮，名言至論，如讀賈長沙《治安策》。）化不先於貴近，蒭民之觀法何從？政不始於人倫，象魏之具文何補？教之者，不必别其數〔一一四〕於富之外，而惟化其富於教之中也，所願司其教者之默而籌之。（「之」字神味獨得。）怠忽不可以言教也，而急遽愈不可以言教。所謂教者，於既富時觀禮俗，不於既富時争遲速也。（持論名通。）任法以爲功，（不作三代以後語。）豪右之淫邪難靖；張皇以爲治，蚩氓之蕩檢依然。教之者，養其富於教之中，實並全其庶於教之内也，所願敷其教者之順而施之。（抱合柱義。）保富者於斯，保庶者於斯也。子蓋爲天下言之，而不僅爲衛言之也。

奇闢不可思議，平心讀之，亦祇是見得精，説得透耳。層層布景，字字用意，不參一腐語，不使一直筆。雲興電閃，書味盎然。（省吾）

欲速則不達見小利則大事不成

己丑會試　劉有慶（一名）

詳欲速見小之弊，爲政者宜端其心矣。夫速豈不美？小利豈盡可棄？然而欲之則不達矣，見焉則大事不成矣，可弗戒諸？告子夏曰：「自任政者之以求功爲念也，必以爲有功乃無過矣。」而不知致過之由，（兩「則」字躍如。）即自求功之念始。急其念於所不易爲功，而先後不徐爲之圖，（靠實詮發，妥帖排奡。）則一切奏功之序必紛也；分其念於所不定爲功，（分貼都極自然。）而精神已先爲之竭，則後此見功之地難繼也。此其弊於政驗之，實自政之所由出中之。何以見欲速見小之不可爲政哉？蓋政不患其不達不成，而患其急於達、貪於成也。而可欲速乎？可見小利乎？任繁劇之責於一身，不貴其能速，而貴其能達。苟其既達而且速，夫亦何惡於速乎？（折筆有曲致。）然而不可兼全矣，（緊拍。）何也？慮事之哲生於安，安然後從容展布。（先將正面透抉無遺，反面一撲自醒。）一事不至如數事，故慎始無間於圖終。處事之明由於靜，（鐵畫銀鈎，樸實頭地。）靜然後次第推行。數事直使如一事，故伸此不憂乎抑彼。持此意以言政，則達不達，不必問其事，（以單行運排偶，氣自不滯不板。）但問其時焉耳，但問其期事於時之心焉耳。而乃以欲速者乘之，急遽之心自内生，而於事之經久始張者，相持而以爲苦，（數句係夾縫中必應有文字。）勢必不能以相待。不能相待必相滅，滅則其失宜必多；（所以不達不成之故，言之鑿鑿。）不能相待必相强，强則其循序必少。縱其欲之方動，猶未顯見爲不達，（爲「則」字添毫。）而不達者已基也，欲速之弊有如此。（如題而止。）膺民物之任於一隅，不難於小就，而難於大成。果其由小而致大，夫亦何惡於小乎？然而不可兩營矣，何也？挾持大者器量必宏，彼惟不擾其神於無濟之事，（磬澄心以凝思，字字探喉而出。）斯遇有濟之事，乃能淬厲其全神；規爲大者趨向必偉，彼惟能淡其志於尋常之事，斯當非常之事，乃克適符其素志。持此意以言政，則成不成不但視其事，直視其心焉耳，直視其以事爲心之心焉耳。而乃以見小者分之，褊狹之心自内出，而於利之近在目前者，相得而以爲喜，（交關透闢。）勢必不能以相忘。不能相忘則相囿，（切實發揮，斬釘截鐵。）而無卓識者無卓力；不能相忘則相安，而無遠志者無遠謀。縱其見之方萌，猶未明證其不大，而不大者已伏也，見小利之弊又如此。商也爲宰，亦去此欲速見小之心，斯幾矣。

如何便達，如何便大事能成，如何便不達，如何便不成。一處不了了，即不免糢糊過去。文正面反面，透抉盡致。無一語虛置，無一字妄下，千錘百煉，歸於自然。剥膚存液，允推作手。（省吾）

不如鄉人之善者好之其不善者惡之

庚申陝西　安本立（二名）

觀好惡於鄉人，可定一鄉之善士矣。蓋鄉有善者，而好之者鄉人也，惡之者亦鄉人也。以鄉人定之，仍以鄉人之善不善定之。嘗思好惡著則賢不肖别，好善惡惡，伊古言之矣。從未有因好善不得，（緊跟來脉，看題得間。）一變而爲惡善之説者。雖然，（緊醒。）善亦何嘗有好而無惡哉？由所好以衡所惡，復合所惡以觀所好。至善以惡見，而好無論也。至善以好惡並見，而其人之善愈可知也。（筆轉如環，一氣清空，洗盡墨家板重惡習。）吾即持此意以與賜論鄉人，（老。）賜固以皆好相士，而轉而爲皆惡之説者也。（領筆頓住，爲提比作轉勢。）爲皆好之説，則必盡一鄉之人皆善者，（雋舌雋手。）而乃群然樂有我之善也，而天下固無是鄉也；（清快絶倫，言語妙天下。）因皆好而爲皆惡之說，（二比密詠恬吟，從題巔作勢，爲「不如」二字敲骨吸髓。）又必盡一鄉之人皆不善者，而祇孑然見有我之善也，而天下亦無是人也。吾爲賜計，不如善者好之乎？在鄉人之善者，立心制行，恒有惟日不足之憂。初何敢曰吾善者也，（折一筆，工於取勢。）人爲吾好而即爲善者乎？然而善與善遇，（緊醒。）則兩美必合，其好之也自深。雖善者之所好，（互一筆。）必爲不善者之所惡。（無筆不轉，無轉不靈。）而善者初不因不善之惡，而稍易夫好。（深入一層，題義更警快透露。）且並願所好者之不因不善者之惡，而稍易夫善也。故鄉有背善而往者，（筆筆曲，筆筆奥。）斯惡之耳。不然而善與善類，鄉人遂無不類。此就鄉人之善者以觀善，謂成周鄉舉之隆再見焉可也。（運典徵實，天然切合。）其不善者惡之乎？在鄉人之不善者，處心積慮，亦恒有怙惡不悛之意。初何嘗曰吾不善者也，人非不善而吾即惡之乎？然而不善遇善，則臭味差池，其惡之也必切。雖不善者之所惡，必爲善者之所好。（二比清辨滔滔，靠實詮發，文心之意，文筆之曲，得未曾有。）而不善者初不因善者之好，而稍改夫惡。且並願所惡者之不因善者之好，而堅於爲善也。故鄉有黨惡而至者，斯好之耳。不然而善與不善不類，鄉人遂不一其類。此就鄉人之不善者以觀善，謂春秋鄉校之議不毀焉可也。（煞句老重，具徵力量。）是故好必觀其同，徇俗者弗爲也。（中比發揮，已透入後，只宜從旁面補寫。濃淡合度，具徵匠心。）過我門而不入我室，鄉愿爲害德之尤，賜於此亦可通其變矣。惡必觀所異，絶俗者亦勿爲也。與其潔而不保其往互，（六通四闢，頭頭是道。）鄉有與言之人，賜於此不可更進一解哉？然則惡善之説與好善並行，合觀好善惡善之人，而一鄉之善士定矣。操斯術以往，（淵醇樸茂。）古所爲表厥宅里、殊厥井疆者，胥於是乎在。故曰：「觀於鄉，而知王道之易易也。」（深穩。）

心花怒發，空靈變幻，倜儻權奇。獨得雄直氣，發爲古文〔一一五〕章，庶幾不愧。（省吾）

不如鄉人之善者好之其不善者惡之

庚申陝西　劉重慶（四名）

決人於好惡之類，不必取乎其同也。夫善者不善者，好惡之所由分，即好惡之所由準，以類相從而人定矣，皆好皆惡云乎哉。今夫人生漫無所短長，必其碌碌者也。天下有真品焉，不惟譽之爲譽，（恰是此題位置。）即毁之亦足爲譽。善觀人者，（一氣清空，筆清犀利。）以我觀人而人品見，以人觀人而人品益見。而並即至不一之人，以觀至一之人，而人品愈無不見。皆好皆惡爲未可，非以鄉人之不足以定好惡，而正恐吾之先無以定鄉人也。（落「鄉人」二字，鏗然有聲。）鄉人而皆善者，則已耳。（雋妙可味。）試執子皆好之説，而偶遇一不善之鄉人，謂必好我之深，而我願始慰也。則我之不善已可知也，（微至耐入尋繹。）吾如此鄉人何？鄉人而皆不善者，則亦已耳。（二比緊跟來脉，爲「不如」二字鈎魂攝魄，空靈矯變，如神龍盤空，欲下不下，文之最工於取勢者。）試執子皆惡之説，而偶遇一非不善之鄉人，謂必惡我之甚，而我心始快也。是我之不善更可知也，（神吻逼肖。）我又如此鄉人何？（接筆神來。）且夫好惡亦有難言者，雖有聖賢，難事事盡如人意。（二比仍不拍入正面，又從徇俗矯衆兩項入，實實抉出皆好皆惡之非所以不如之故，更十分透露。）彼夫非刺莫加，暫掩賢豪之耳目，而亦未嘗來宵小之猜疑，下士之貪名，迥殊修士之立名矣。而猥曰皆好也，即得其一而已遺其一。即涉疑議，豈人人概不我原？彼夫奇情自尚，難免流俗之譏評，而亦無以邀端人之賞識，行矯而戾滋，詎云德修而謗興乎？而猥曰皆惡也，（矯健。）是求其真而反失其真。然則好惡之於鄉人可知已，子言皆好，不如鄉人之善者好之。子易皆好爲皆惡，（分兩層跌出，體會入微。)不如鄉人之善者好之,其不善者惡之。邪正是非之數,適如乎人之所自存。君子之心恕而公,即異同亦深臭味之洽;(朱陸不害爲一時知己。)小人之心私而刻,雖談笑亦藏傾陷之機。(孟德薦彌處士。)無心之流露,固有出於不能强者乎?(跟「自存」。)聲華誠何與身謀?(接筆不平。)乃善者與不善者若兩相形也,亦兩相待也。而斯人之品,(題中兩「之」字曲曲傳出。)概固已挺然特立已。淺深厚薄之端,(沉着。)皆本於中之不自已。不欲使譖言敗善類,(出比分詮,對比互詮,題義透抉無遺。)君子用好,緣不善之惡而彌深;不欲使公道存完人,小人用惡,因善者之好而愈力。中懷之固結,誠有至於不可解者乎?(跟「不自已」。)毁譽亦何關榮辱?(瀏灕頓挫,興往情來。)乃善不善之好惡若交相伺也,(文有内心暢所欲言。)且互相攻也。而吾黨之鑒,觀夫且昭然不爽已。善不善之分明,而好惡之情,不因以定哉?以視皆好皆惡,究何如也?

一氣卷舒,清矯拔俗。題義仍復抉摘盡致,眼明手快,水到渠成。先正典型,於兹未墜。(省吾)

君子和而不同小人同而不和

戊寅江南　周昇(四名)

論君子小人之用情，有對觀而益見者焉。夫和有類於同，而實非同；同有類於和，而實非和。君子小人，相似而相反，故夫子辨之於微也。今天下無不接物之人，即無不用情之人。其無所爲而致其情者，公也；(諦當。)其有所爲而致其情者，私也。(思深筆鋭。)公則以一人之情，(和。)類萬物之情，而情無或睨；(不同。)私則强萬物之情，以徇一人之情，(同。)而情有獨乖。(不和。)此其度量固大相越爾，何則？學問優游之氣，(探源而入。)其率乎性以發乎情者，物與民胞。初不必侈言寛大，而不怒不懾，雍雍乎洽以樂易之懷焉，(逐字還他確鑿。)若是則爲和。黨援門户之私，其始易合而終易離者，聲氣徵逐。初何嘗出自性真，而如脂如韋，(情狀畢露。)鰓鰓然曲盡阿附之術焉，若是則爲同。而吾因以窺君子小人之心，使遽觀其直方之概，察其巧詐之懷。(一字不肯放過，先正所謂會做文字，都由會讀自文也。)則君子不同，小人不和，何難直斷。然而聖賢非故示廉隅，(重讀「和」字。)不曲傳其通欲類情之隱，則徽柔之德不彰；宵小每好言結納，不先發其營私植黨之謀，（重讀「同」字。）則陰險之衷難服。是使君子反蒙婞直之譏，（説得有關係。）小人得逃朋比之罪也。故不得竟以不同不和目之，而當先別乎君子之和、小人之同。使逐奉以豈弟之美名，窮其唯阿之意態，則君子必和，（迴環咀嚼，曲盡題妙。）小人必同，夫何待言。然而燕閑中非無確守，不舉其剛方之大節，（重讀「不同」。）何以異於媚世諧俗之爲？談笑中早伏機心，不斥其傾軋之隱衷，（重讀「不和」。）將自托於一視同仁之度。是使君子不能雪標榜之疑，小人轉得避頑讒之責也。故不得以和同概之，而當究觀於君子之不同、小人之不和。（銀鉤鐵畫，字字起棱。）是雖君子之延攬，（一氣搏捖，工於作翻。）有時疏於小人；小人之誓盟，轉若堅於君子。（筆可掘鐵。）而此中之邪正自分也，所以涵養深而矜躁釋，（精實渾融，理達氣充。）君子豈猶有昵比匪人之思？攀援衆而朋黨分，小人益以張排擊異己之勢。（煞有見地，喉間腕下，書卷交集。）是雖君子與君子和，而待小人者或不爲已甚；小人與小人同，（七通八達，無意不接，無筆不靈。）而待君子者亦假以虛文。而此際之公私自別也，（逆抱。）所以瞻徇絶而真意相孚，（順串。）君子正以温厚濟剛方之用；機械多而群情不洽，小人益以諂諛徵要結之工。君子小人用情之異如此。

語必透宗，言皆有物，反覆推勘，總爲「而」字敲骨吸髓。慧眼慧心，緯以經傳，絶非横驅硬插，故作離奇。（省吾）

子曰剛毅木訥近仁

癸酉浙江　余鈞（一名）

歷舉近仁之質，爲不能近者言之也。蓋人唯不能近仁，故子與之言近。然則剛、毅、木、訥，又曷可少哉？且天生人而予以仁，（從源頭説入。）仁與人合爲一者也。而人顧離而二之，外日重則内日輕，心日勞則德日損。夫子知其失在善柔、便辟、便佞也。因爲之正其趨曰：（高渾。）「理無質不立，而學以誠爲基。」人苟誤於所從，欲以自見其天難矣。我觀古之仁人，静專動直，試之艱難險阻之交而不移；制外養中，極之衣冠言動之微而不苟。（從「安仁」折入「近仁」，取勢既工，傳神惟肖，妙！恰是前路步驟。他卷安置，在中後作間架，神味索然矣。）未嘗不示以順也，而順所以濟其健；未嘗不修其文也，而文正以茂其實。然則近仁之質，可得而言矣。其一曰剛，剛者，有爲者也。任人所不敢任，（每比詮發，顛撲不破。）初無牽顧之情；辭人所不欲辭，絶少依違之意。一發而莫制，君子多其氣之壯焉。（下截迎沫而出。）其一曰毅，毅者，有守者也。二勿貳而三勿參，萬變祇如其一念；害不怵而利不疚，畢生常如其一時。永貞而大終，君子取其志之定焉。若夫貌不足以驚人，質焉而已疑於野；（他手將四項説得太高，竟似「安仁」身上事，此纔是「近仁」分際。）才不足以逢世，樸焉而已鄰於愚。人鮮不習爲容止，而彼獨斷斷無他也，是之謂木。若夫理亦能明諸心而宣諸口者，病其跆；心非必闇於事而足其志者，無其詞。人盡思禦以口給，而彼獨吶吶不出也，是之謂訥。斯人也，不汨其天，不漓其性，（上下關鍵。）以云近仁，其庶幾乎！蓋美必能復其初，人孰無羞惡之良？而剛毅即羞惡之激發。人孰無忠信之德？（純從交關處透發所以「近仁」，妙不作一過分語。）而木訥即忠信之内含。惟遠於人者，我知其近於天也。（「近」字只宜如此還。）其不屈也，得《震》之動；（卦名點綴，貼切不膚。然此文佳處，却不在是。）其不已也，得《恒》之一；其不雕琢也，得《賁》之反本。雖不可謂無所偏也，（神吻宛合。）而所全不既多乎？質必先有其内，時勢之撼我者紛來，思何以任重而致遠；習俗之移我者日甚，思何以去僞而存真。惟遠於習者，我知其近於性也。仁者無欲，剛則有其自強；仁者無息，毅則有其貞固；仁者無作僞，木訥則有其誠慤。雖不可謂無所失也，而所得要不少已。（四項原有不足，但任意翻駁，殊失屬望神理，此用作補筆極是。）夫仁而曰近，在剛毅木訥者，固不可純任乎自然；然仁而能近，在非剛毅木訥者，尤不可沉溺而不返。學者不察，或轉求仁於善柔、便辟、便佞之間。（應回小講，章法一片，神味含蓄不盡。）此余之所以思狂狷而深戒巧令也夫。

實從四者與仁交關處，疏出所以近仁之故。格局渾成，神味吻合。詮發四項，尤精切不磨，毫髮無憾，波瀾老成，此題絶作。（省吾）

子曰有德者必有言有言者不必有德仁者必有勇勇者不必有仁

庚午山東　戴得昂（五名）

聖人以德仁勉人，而言與勇非所尚矣。夫德者言所從出，而仁者勇所自生也。徒務言勇，則反失乎德與仁矣，故爲學者兩衡之。且夫古人所爲，有謂其反拙於後人者，民彝物則之理，（大筆如椽，蒼莽之氣，逼人眉宇。）往往極數十載之持循，僅得一二愜心之論，而後人或以一時之揣摩勝之；才力器識之原，往往極數十年之存遏，僅得一二卓絶之行，（氣盛則長短高下皆宜。）而後人或以一朝之意氣争之。學者不察，反疑後人之巧，遠勝古人之拙。無惑乎詞華勝而真修日以疏，任俠矜而性天日以薄也。吾茲以德與言、仁與勇爲天下兩衡之。（總提。）今夫德者言之本，言者德之符。（先透摘「德」、「言」，「仁」、「勇」交關處必有意，不煩言而解。）言與德相因而並見，而德自足該乎言也。自以言亂德者出，而德與言不得不析而二之矣。吾觀古人之務德也，藏修之餘慎出話，著述之下屏浮詞。基命宥密，其視文章華國之選，（以縮爲伸。）幾欲遜一籌焉，而及其德之實有諸己也。（詮發「必有」，俱能還他確鑿，無浮光掠影之談。）出其緒餘，儼若謨誥之垂；道所已經，可補書傳之缺。彼但不能自秘其德耳，而吾已無不可預卜其言。（折落。）若夫才辯之士，未嘗不則古稱先也。然吾必別著之爲有言者，（心苦爲分明。）而不敢並目之爲有德者，則以有德者之言，（桶底脱。）言在德中，故可必；有言者之德，德在言外，故不可必也。夫與其使人聞吾言而群疑吾德，何如使人嘉吾德而益信吾言乎？彼以言亂德者，其亦可以廢然反矣。（結出立言本旨。）今夫仁者勇之基，勇者仁之著。勇與仁合撰以爲功，而仁自足貫乎勇也。自以勇冒仁者出，而仁與勇不得不別而擇之矣。吾觀古人之求仁也，澹然其無欲，退然若不勝。洗心藏密，其視夫英明果毅之流，自謂難一致焉，而及其仁〔一一六〕之克全無虧也。義理之强，萬變而不渝；忠孝之性，百折而不回。（靠實發揮，煞有見地。）彼但不能自已於仁耳，（屈曲盤旋。）而吾已無不可預信其勇。若夫鋭進之儔，非不能縱心孤往也。然吾必區其類曰勇者，而不敢混其名於仁者，則以與仁者言勇，無煩於强致，故可必；與勇者言仁，猶待於詳求，故不可必也。（不必不説，煞注中「或」字，極有體會。）夫與其使人見吾勇而不免有憾於仁，何如使人慕吾仁而即以共信其勇乎？彼以勇冒仁者，其亦可以爽然失矣。（竟煞住，古法。）

題爲以言飾德、以勇冒仁者，發文於本末内外交關處，煞有見地。劈分兩比，不裝頭，不束脚，蒼老堅栗，奄有國初諸老風力。（省吾）

或問子産子曰惠人也

辛卯江西　易鳳池（二十八名）

人有未可以迹論者，原其心而品定矣。夫或之問子産，疑其迹也。夫子稱之爲惠人，則原其心而品定矣。且自威克者之不可以爲政也，則愛尚焉。然愛之著於事者，顯而易見；愛之本乎心者，隱而難明。（靠定「心」字説，纔是此處「惠」字。）不明其心之主於愛，必疑其迹之鄰於不愛。聖人揭其心而論斷之，而其心著，而其政著，（斬截明快。）而其品亦著。鄭有子産，其生平救時之譽、衆母之稱，久已嘖嘖人口矣。而或猶有待於問者，何哉？大抵綱紀之張弛，君子原無求諒當世之心。彼夫寬以濟猛，猛以濟寬，調劑之苦衷，（子産之所以爲惠人，已於上截透出。）惟同心可以默喻，而或非其人也。興革之權宜，君子初無取悦斯人之見。彼夫水懦民玩，火烈民畏，匡扶之雅意，惟自問可以無慚，（風度翩翩。）而或未之知也，此或之問所由來也。夫子曰：「論人而至子産，不必泥其迹也，亦原其心而可耳。」今夫人有不待原其心而論定者，（開下二比。）有必待原其心而論定者。千古深仁厚澤，皆此悱惻之隱念所結而成，（此迹似惠而不得爲惠，所謂姑息養奸也。）乃或隱忍以養奸，或優容以誤世。推其意，亦欲陰竊夫慈祥愷悌之名，而一動旁觀之考核，究不能以慈祥愷悌許之者，實心實政不可得而假也。（二比空中宕漾，精神團結，無一字摭拾事實。而子産之所以爲惠人處，已在言外想出，深得文家離字訣。）國家保赤誠求，本非要結之私衷可僞而托，（此迹似非惠，而不失爲惠，所謂忠厚寓於嚴明也。）乃或禁令不辭其嚴明，法制不盡於寬大。核其迹，一似無異於刻薄寡恩之舉，迨一經識者之推求，有不能以刻薄寡恩目之者，至情至性不可得而没也。(二比似從明文劉侗《然則廢釁鍾二句》題文中比脱胎,興到筆隨,作家亦所不免,然此更冰寒於水矣。)然則子産之爲惠人,從可知矣。莫大於安民之惠,子産則扶危而措以安,猶是惻怛之深衷。乃顯施其惠,而惠溥一時;(以淺形深,題義倍深切著明。)與陰行其惠,而惠垂數世。其時勢之難易,(風神駘宕。)必有辨矣。子産邱賦之作,刑書之鑄,幾不免物議紛騰。(折一筆。)不知能維世道於危急之秋,(精力彌滿,暢所欲言。)乃能立民命於安全之地。(再接再厲。)始也危可憂,繼也安可樂,故恩運以法而惠之所濟者宏。(收亦穩洽。)莫切於利民之惠,子産則除害以興其利,(二義賅括。)共此祥和之至意。乃直行其惠,而已居其惠之名;(反覆對勘,耐人尋味。)與曲全其惠,而人忘其惠之實。其德施之淺深,必有間矣。子産衣冠可褚,田疇可伍,幾不免衆謗交集。不知害革於風俗人心之隱,即利溥於民生國計之全。去其害者一日,賴其利者百年,故義以全仁而惠之所被者永。或可無泥其政之迹,而不求其政之心也。

靠定注義發論,國大夫事實,一掃而空。潔如玉,静如蘭,和如琴,味如醴,色香韵味,種種俱全,允推當行出色之作。此題歷科墨藝如林,然包孕一切,緊切

「心」字闡發，惟己亥雲南尹君瑞雁作爲最。此作抉摘盡致，義藴宏深，庶幾可與頡頏。（省吾）

或問子産子曰惠人也

辛卯江西　周秉禮（副榜二名）

聖人以惠稱鄭大夫，原其心也。夫子産之政未嘗以惠見，而其心則一以愛人爲主也。夫子以惠稱之，有以哉。且論人而不究其中藏，則慈祥愷悌之流，（恰切子産。）終與刑名法術者同譏，而此心幾不白於天下。賢宰執當國，處不可爲之日，（筆力雄偉。）值不易爲之地，其興革諸大端〔二一七〕，不必徇乎人情，要不拂乎人心。聖人表而出之，而其人之品於是乎著，如子産是已。夫子産何人也？作邱賦，鑄刑書，則其政苛甚；（就注中「不專於寬」意極力點綴。見或人所問正非無因，文筆亦饒有古致。）褚衣冠，伍田疇，則其政嚴甚；禁汰侈，崇恭儉，則其政又刻甚。一時規之，有人謗之，有人攻之殺之，有人以此言惠，惠何有焉？此或人之問所由來與？夫子曰：「此其惠之以曲而成者也，此其惠之以婉而將者也。（四句與提筆數句，遥遥相應，並爲中後伏胎。得機得勢，（通篇骨節靈通。）此其惠之限於時，而不欲以惠見迫於勢，而不能以惠彰者也。」吾竊有以窺其心矣，寬大固足以培國脉，而姑息適足以養民奸。欲民知恩，而不先使民畏法，（深明大略。）則有恃其惠，而反傷吾之惠者，而惠之術必窮。子產曲而成之，立其法於恩之外，（一語抵人千百。）即行其恩於法之中。威克厥愛，實無殊愛克厥威焉。而何傷於鄉校之譏？何傷於輿人之誦？慈祥固足以博仁聲，而嚴肅亦足以貞民志。欲民懷仁，而不先使民慕義，則有被其惠，（警透。）而反戾吾之惠者，而惠之施立匱。子產婉而將之，明其義而默寓以仁，究行其仁而仍將以義。猛以濟寬，實無異寬以濟猛焉。（「也」字神味獨得。）而何疑於然明之論？何疑於叔向之書？政不因乎其時，則滯而難通。（按切鄭國立論。）以鄭之民氣久疲，使爲政者煦嫗以圖安，則狎玩生而氣愈不靖。子產知其時之不可以惠治也，（跟定柱義。）則隱行其惠，而不以惠見，而使人之沐其惠者，咸忘其惠焉。夫用惠而使人竟忘其惠，（明白曉暢，耐人尋譯。）與用惠而使人不忘其惠，其惠之淺深大可思也。彼衆母之號，誰嗣之稱，固其惠之著焉者耳。（他手用作正面，此獨運實於虛，更包一切，掃一切。）政不度乎其勢，則拘而鮮當。以鄭之民風漸薄，（切中時勢，持議名通。）使爲政者噢咻以見德，則推解倦而俗且難移。子產知其勢之不可以惠勝也，則曲寓以惠，而不以惠彰，而使人之蒙其惠者，默喻其惠焉。夫用惠而使人默喻其惠，與用惠而使人立見其惠，（頓挫有神。）其惠澤之久暫大可想也。彼内鋤驕族，外捍强鄰，尤其惠之顯焉者耳。自夫子論之迄今，過東里者，猶惓懷遺愛於勿衰云。

筆清而勁，意曲而達。祇以三藝稍率，八韵稍泛，抑置副車。（原評）

泛填子産故實，與「其養民也惠」題何異？此獨緊靠注意發揮，空諸所有，故能包諸所有。咀嚼題妙，愷切淳實，思力沉刻，腕力驚矯。全墨中有數文字，正未可以得失繩之。（省吾）

晋文公譎而不正齊桓公正而不譎

己卯山東　陳敷（七名）

聖人思王之意，（通〔二一八〕篇主意。）見於論齊、晋之霸焉。夫桓、文之霸，皆不正也。而論其事，桓之正，猶善於文之譎也，非以其近於王乎？昔夫子有志於大道之行，而未逮也，於是由晋文之霸而上溯齊桓，（老。）慨然曰：「王道四達，方伯受職，（黄河之水天上來。）古未始有霸也。至於霸而王迹幾乎息矣。」雖然，霸之中亦有升降焉。（老。）粤自周室東遷，王綱不振，（舉首天外，大筆如椽。）上下數十年間，得桓、文起而匡之。二公之勳業，豈不並著天壤哉！而吾謂文與桓，（一句勒轉，領起全局。）固自有辨。天下之變，莫患於無所忌。（大言炎炎，小儒咋舌。）文之世，王澤就湮，忍而爲之，有悍然不顧之意，故狹詐懷私以售其術。（實抉出譎正之所以然。斷制緊嚴，筆力廉悍。）而紀綱所在，其壞於傾危之習者日甚也。人心之用，又莫善於有所懼。（下語由立。）桓之時，王風未墜，背而去之，有畏而不敢之思，故遲回慎重以圖其成。而淳樸所留，其見於措施之地者尚多也。（神韵獨絶。）若是乎文之譎遠於王，（總束二句。）而桓之正猶近於王也！（忽又揚開，是文家急脉緩受法。）夫以王者之心例桓、文，計功利之私，文固有所溺而盡叛於道；無誠正之本，（先正謂論事題於萬分不好處，不妨説一二分好；萬分好處，不妨説一二分不好。作者獨得斯旨。）桓亦多所雜而難進於純。而以王者之事例桓、文，托《詩》、《書》爲攻取之計，文之謀以隱而愈深；本《官》、《禮》定輕重之權，桓之法以變而可守。蓋嘗總二公之生平而論之，（起句屹立。）王者所以御世者，禮文之霸也。震主功高意氣，已不能自下，而賦姿陰騺，又不憚以凌厲果决。（老吏斷獄，重耳復生，無可置喙。）潰名教之防，（剛健含婀娜。）繩趨規步之風，可復睹乎？桓則分嚴冠履，猶有上天下澤之辨焉。其爲人也好名，（論古有識，斬釘截鐵。）名未順必不動；其舉事也顧義，義未協弗敢逞。何凛凛乎懷隕越之羞也！王道之行也，明軌彰物而智術不興，此意惟桓公微喻之。（尊周攘夷分柱。）王者所以待人者，信文之霸也。更事智深情僞，已無所不悉，且返國遲暮，又不得不乘時取事。圖旦夕之功，招携懷遠之休，可復見乎？桓則會合衣裳，時有講信修睦之誼焉。人未服不遽取，故不辭屢會之勞；人已服無所疑，故不爲詛盟之舉。何肫肫乎有喻物之誠也！王道之行也，推心置腹而詐僞不事，此意惟桓公猶識之。居今之世，志古之道，（慨當以慷。）亦當時得失之林也。自上世以來，勤王室，柔遠人，恪守典章，維持風化，（言恢彌廣，思按逾深。）豈不以正也哉？豈不以正也哉？

二百四十年事迹，洞徹胸臆，而議論足以緯之，筆力足以達之。李杜文章在，光焰萬丈長，却無一字硬填直砌，老當精嚴，包掃一切。此事自關根柢，不可强爲。（省吾）

大夫僎與文子同升諸公子聞之

壬午江西　劉洪翰（七名）

同升者即其臣，聖人若聞所未聞焉。夫僎後文子爲大夫，而乃與之同升，是文子忘分薦賢，並使所薦者忘其分也，固宜聞之子哉！今夫受爵公庭，拜恩私室，此其風自後進成之，（發端軒爽。）而其端自大臣開之。大聖人於一二寒畯登庸之日，往往覘其出處，察其體度，非徒留心後進也。蓋欲持是以觀大臣，而屬意爲尤切矣。（恰如題位。）不然，如公叔文子之臣，微者也。（工於取勢。）非有奇謀秘計，如趙氏臾駢，名聞與國；非有豐功偉績，如魏氏魏戊，舉聞當時。宜其寂寂無聞久矣，（極言僎之寒微泯没，不獨鈎勒無痕。更見文子之知人善任，忘己薦賢。此爲牽一髮而全身俱動。）胡魯論乃繼以大夫僎書也？蓋僎之爲大夫，自爲臣始。而僎之所以得爲大夫，則自文子之薦始。（老筆。）名位相逼之際，（從「同」字着筆。）人情之所難乎？而文子之於僎，則亟同之。推讓相成之誼，（從「與」字生情。）世人重以爲禮。而僎之於文子，則直與之。（題字鏗然有聲。）是同升諸公，權在文子，而文子爲政。而與文子同升諸公，權又似在僎，而僎爲政也。嗟乎！文子以人事君，自忘其分，並能心孚乎僎，使之盡心國事，不計其他。（不曰文子與僎同升，而曰僎與文子同升，此記者書法着眼處。文看題得間，筆亦能自達其所見。）在文子固宜大書特書，而僎遂牽連得書。曰大夫僎與文子同升諸公，重文子因以重僎也。然此一事也，春秋之世，當無有聞之者矣。夫人臣進賢，而使其君得録進賢之功，（胸有史事。）則人望於焉屬之。若僎之爲大夫，薦士第循資格之常，而戴德並無感激之私。觀其立朝，儼同僚非私屬也。故趙武舉管庫之士，後世能傳之，而文子則湮没而不見。（反撲「聞」字。）即在衛國，（有次第。）亦無有聞之者矣。夫人臣得人，而使其時可睹得人之迹，則民譽於焉歸之。若僎之爲大夫，其主更不居推挽之力，而其臣亦遂無却顧之形。（「與同升」三字，體會入微。）觀其在庭，有協恭無多讓也。故史魚進伯玉之事，（柱義一綫。）史臣能紀之，而文子則磨滅而不彰。吾子居衛也久，（恰好拍入。）故於一二大臣外，而能熟悉其仕進之路。且觀人也，審故於群情不屬中，而能洞見其汲引之心。（微至。）其聞之也，（「聞」字即就上截看出。）蓋推原大夫僎之所由爲大夫，而得之也。又見其儼然與文子同升諸公，而益得之也。自非然者，（文勢至此一振。）修班制，睦四鄰，富而能臣，義然後取，文子非無表見者，何卓卓臣僎同升一事，乃不得與鄭罕齊鮑同類而共稱之也？豈非文子施不任其恩僎也？受不知所報，因以無聞於世，而獨聞於夫子乎？吁可以知文子已。（結本題即起下文。）

題面說僎，題意說公叔文子。文將「與同升」三字坐實僎身上，見文子不市恩，僎無從感恩。筆筆寫僎，筆筆寫文子。精心結撰，一氣呵成，不連不侵，恰如位置。真有手揮五弦，目送飛鴻之妙。（省吾）

曰夫子何爲對曰夫子欲寡其過而未能也

辛酉河南　王德名（一名）

聖賢相交以心，使者曲爲之通焉。夫「何爲」之問，以寡過望伯玉也。曰「欲」、曰「未能」，伯玉之心不因使者而如見乎？且從來惟聖人能無過，下此有過而求寡，斯已賢矣。顧此意也，身之者不自言，旁觀者不及知，（氣息深醇。）惟一二良朋密友相視莫逆焉。而至懷姱修於異地，詢素履於伻來，（反掉作收，筆力蒼勁。）則其心往往不傳。有如蘧伯玉使人於孔子，伯玉之心來矣；（拈「往」、「來」二字，話題清機徐引。）孔子與之坐而問焉，孔子之心往矣。（反接筆意，空靈入題不驟。）使使來而不能並其檢身若不及者以俱來，是伯玉之心來而未嘗來也； 情往而不克致其相觀之謂靡者以偕往，是孔子之心往而未嘗往也。 而子則以何爲問矣，此固切磋琢磨之所由寓，夫豈朋友慰問之常也哉？惟然，而使者之對有難焉者。 今夫賢士大夫之用心也，上不敢以從容中道自擬，下亦不甘以動輒得咎自居。（隨落隨提，如生龍活虎，不可捉拿。 筋摇脉轉，骨節靈通。）而左右近習之事主也，譽則患乎言大而非其真，謙又患乎貶損而失其實。 借使子曰：「夫子何爲？」而對曰：「口無過言，身無過行。」是吾夫〔二二〇〕子也。（此處若正落，則文勢平直矣。 夾叙夾議，心花四照，文之最工於步驟者。）以時言、樂笑、義取之對推之，何必不然？且以伯玉自治之嚴，而精而進之，當亦無難至斯也，然而夸矣。（一句勒轉，筆力矯拔。）使子曰：「夫子何爲？」而對曰：「言未寡尤，行未寡悔。」是吾夫子也。（兩路夾寫，題字逐一咀出意味。）以寡君寡大夫之例例之，何必不然？（無此一托，則意味索然矣。 書卷之益如此。）且以伯玉克己之懷，而返而叩之，當亦其所仕受也，然而疏矣。 乃伯玉之使不然。 若曰「過於其黨」，夫子不能無也。（二比還題面，妙於簡潔。）顧不能遂無而不安於有，則見其欲寡也有然。 寡至於無，夫子所甚願也。 而過以不寡而常見其少，以欲寡而常見其多，則又若未能也有然。（機神一片。）有是哉！子曰「何爲」，實而徵之之詞也；　而曰「欲」、曰「未能」，則虛而擬之。惟虛也，（雕空鏤塵，妙義環生。）愈得其實，不見是圖，冥冥之所以不墮也。（工於證佐。）子曰「何爲」，觀其既往之意也；　而曰「欲」、曰「未能」，併可驗夫將來。於來者，（無義不搜。）而可證其往，日進無疆，五十之所以知非也。（煞句有情義，不同尋常摭拾。）而伯玉之心真來，孔子之心真往矣，（前後綫索，打成一片。）而使者亦無負其使矣。使乎，使乎，此子之所以嘉嘆不置也。

夾叙夾議，純是靈氣。往來無一平筆，無一滯句。飛舞出没，滿紙烟雲。下文「使乎」句，已隱躍行間，鈍根人那解辨此？（省吾）

子曰可與言而不與之言失人不可與言而與之言失言知者不失人亦不失言

戊辰江南　顧元熙（一名）

昧於人者昧於言，知人而兼善其衡矣。蓋不知與言之可，必不知所不可。是失人與失言，皆患於不知人也。知者知人，所以兼得其衡乎！且人與人相接而以言牖之，人有待乎我之言也，而我之言亦正有待乎其人。（一針見血。）自昧於觀人者，（渾灝流轉。）不能於不可中審擇其所可。（扣「失人」。）因以所可者混施於所不可，而刻覈已甚者又〔一二一〕矯而爲獎掖之過情。（扣「失言」。）抑知鑒别之識，（按「知者」。）有立乎啓迪之先者？蓋一定其衡，（拍合末句，氣骨深穩。）而固已兩袪其蔽爾，何也？其人而可與言，固即於所不可者，（首句從次句看出，寓側於平，煞有體會。）别而出之者也。天質所涵，言開其悟。顧有同一言，而此之所信，即爲彼之所疑。其疑與信所由來，不自此言始也。（以雋永之筆，運空靈之思，清微敏妙，耐人尋繹。）廣言之而益衆人之疑，不如專言之以堅一人之信也。（下截已到。）人功所詣，言導其機。顧有同一言，而昔之所昧，（天資就兩人看，人功就一人看。出比横説，對比竪説。）乃爲今之所明。其明與昧之遞變，並不以此言止也。（二比涵蓋通章，純從題巔着筆，筆筆架空，筆筆踏實。）驟言之而人之昧者增其昧，不如漸言之而人之明者引其明也。無他可不可之權衡，（出落動合自然。）誠係乎其人也。（扼定「人」字，全題筋節俱動。）自知人之鑒不精，於是自重其言，而適已薄待乎人。至於薄待乎人，而已不能自重其言。（「失人」、「失言」，遞看互看，體認獨精。）蓋人之所以殊高下，即言之所以判淺深。苟高下之在人者無以爲衡，（下截已於反面透出。）則淺深之在言者何以爲準？（帆隨湘轉，機神洎湊〔一二二〕。）故誤於所不與者，並誤於所與。而一失諸人者，遂以並失諸言，皆其知之不足以知人。而失言之咎，又矯其失人者而過也。（水到渠成。）惟知者明無不照，熟審斯人之萬有不齊，而因受教之地，爲施教之方。所與言者，必盈其可充之量焉，而非獨人之量。（「亦」字添毫。）由是盈也，盈其人之量，而於吾言之量，始無所虧；亦盈其人之量，而於吾言之量，仍無所溢。（「不失言」就「不失人」看出，不獨兩句打成一片，「亦」字理亦圓到。此作家覷題獨具隻眼處，他手看成兩橛，殊失語妙。）蓋人各有以自愜，而言之繁簡，皆非虛設也已。惟知者善與人同，將牖斯人以偕之大道，而因善學之資，爲善誘之術。所與言者，必進以可及之程焉，而非獨人之程賴以進也。進以已至之程，而吾言之所與者，未嘗不足；（「亦」字醒出。）亦進以將至之程，而吾言所未與者，尚留有餘。（圓荷走露，粒粒成珠。）蓋人各有以相深，而言之難易，（虛實兼到。）皆非矯情也已。則不失人故也，不失人亦不失言也。（縮歸知者。）而要非有知幾之哲、不倦之神者不及此。不然則寧失言，（餘波作結，意味深長。）而無失人者，猶不謬乎君子與人爲善之心哉！

主施教立論，將失言納入失人甲裏。極警透而無筆不雋，極雕鐫而無意不融。名理湛深，風骨瘦勁，奄有嘉、隆諸大家之長。（省吾）

君子不以言舉人不以人廢言

乙酉河南　王鈐（六十六名）

即舉廢以觀君子，有非言與人之能主焉。蓋言不必無可舉之人，而人要不能盡如其言；（破承便不苟。）人不必無可廢之言，而言亦未盡如其人。君子之不輕於舉廢如此。且取人之與納言，兩事也。使第即言以論人，則失在人；然必即人以論言，則失又在言。而吾謂其所以爲取舍者，要必適如其人與言，而在我初不必有成見。（一轉便深，筆力健舉。小講最難於轉筆，轉處失勢，則全講索然矣。此轉極宜尋味。）蓋言之所著，不足以定其人者；而人之所著，亦不得以例其言也。知此者厥惟君子，何則？今之取人者，恒因乎其言；而今之納言者，恒因乎其人。乃自君子處之，則人自人，而言自言。（探驪得珠，筆亦傲岸。）人有其實踐，而言則涉乎虛懸。論人第觀其虛懸，（頂「取人因言」。）而不知深求其實踐。孰知有其實踐者，其言不必疑；而涉乎虛懸者，（斬截明快，字字諦當。）其人要不敢信也。則汲引之不容苟也。言著於偏端，而人則統乎全體。論言者必求其全體，而不知節取其偏端。（頂「納言固人」。）孰知有其全體者，其言固不足以掩之；而有其偏端者，其人究不足以累之也。（筆轉如環，心靈手敏。）則取納之無庸刻也。惟不容苟也，（一氣呵成。）而吾竊見君子之於舉也。真僞者，人之所以各殊也。以言舉之，則真者真，即僞者將亦視之以爲真。（推極流弊。）且即不至於有僞而所以者在於言，（蕉剥螺旋，有轉無竭。）則亦祇見其言之真，（斷得倒。）而究莫窺其人之真。（無此一接，則力最單薄矣。墨卷之所以異於考卷在此。）蓋言之見於顯者有形，而人之藏於隱者則無形。君子不敢謂無形者之必異乎有形，而亦安敢因有形者以斷其無形也？即至見以爲真而舉之，（更圓更透，幾於不留罅隙。）亦仍覈其人以爲準，而當前之議論不與焉。（煞住「不」字。）亦惟無庸刻也，而吾又見君子之於廢也。是非者，言之所以各異也。以人廢之，則非者非，即是者將亦視之以爲非。（胸有成見，勢所必至。）且即未嘗有其是而所以者在於人，則亦祇知其人之非，而究莫解其言之非。蓋人之見於常者無用，而言之發於暫者則有用。君子不敢以有用者而盡信其無用，（清空如話，人皆劫劫，我獨有餘。）而亦安敢以無用者而轉棄其有用也？（再接再厲。）即至見以爲非而廢之，亦仍懸其言以爲的，而生平之事爲不參焉。夫自不廢言之，則君子之取乎言者恒重，而律乎人者恒輕；（至此忽作開筆，擒縱離合，純乎古文。）而自不舉言之，則君子之擇乎人者恒詳，而取乎言者恒略。究之，當其舉之時，則祇計其人而不計其言也；（隨繫隨解，心手相調，筆亦清健。）當其廢之時，則又祇考其言而不考其人也。吾故曰：自君子處之，則人自人，而言自言。（懸筆自成章法，大力盤旋，一氣鼓蕩。）

以冰雪聰明之筆，達冰雪聰明之理，却說來如道家常。鈍根人不解作文，只是不解學話耳。慧心慧手，慧舌慧筆，必如此方足當慧業文人。（省吾）

君子不可小知而可大受也小人不可大受而可小知也

甲子浙江　邵黼雲（七名）

聖人論觀人之道，審小知於大受而已。夫君子每以非小知而靳以大受，小人每以小知而畀以大受，均失也。可不可之間，觀人者其可忽諸？且國家登崇俊乂，不特宜識其所長，而且宜辨其所短。才之長者不能爲短，猶才之短者不能爲長也。顧不能爲短者，未必竟無所短；（可中有不可。）不能爲長者，未必終無所長。（不可中有可。）取所長而兼責以所短，則才之長者窮；（從反面着筆，層層都到，曲而能達。）因所短而復擯其所長，則才之短者亦窮。今夫投以艱鉅而廓乎有容，隨所浥注而浩乎無涯者，曰「大受」。斯固非微長薄技，（大受小知，不平出。）其所知之藐乎小也。然今之觀人者，吾惑焉。謂閎中者必肆外，而温温無試，名器不敢輕加；謂望表者可測裏，而磊磊多能，事權烏能無屬？於是有以非小知而失其大受者，（空中結構，筆力挾議論而行。）即有以小知而許以大受者。彼其意固欲以得君子也，吾謂非特不足以得君子，（驚矯遒宕，傲睨一切。）且並不足以得小人。何則？人主無賢不肖，莫不知君子之異乎小人也，而終不知其所以異。誠使君子挾一手一足之勞，與小人争能於旦夕，則君子不勝。（莘渭胸襟，卧龍抱負。）然其意念所屬，造就所至，非苟焉已也。材足以惠蒼黎，禮樂兵農，探製作之本；道足以光海宇，天地民物，括志學之全。今乃問以錢穀而不知，責以簿書而不效，遂曰：「彼其中無有也。」嗚呼！其果無有耶？（跌宕生姿。）且即無有，而小人之所有，其果堪與君子衡耶？且小人固非一無所能也，（折落矯變，深得古文筆意。）而人主以君子視之，則小人遂以失其能。予觀古今來知小謀大，力小任重者，其始皆備奔走效臂指之小人也，而其後且爲憑權怙勢之小人。才不足以救時艱，輒飾智驚愚，（唐宋季世滑事，囊括數語中。）以文其短；德不足以孚衆望，遂樹援植黨，以濟其奸。（再接再厲。）故當其寸長之著，一歲而屢遷；迨睹其後效之非，終身而屏棄。（鼎餗貽羞，殊非小人之福。）而苟先量其可否而試之，察其淺深而授之，（頓挫。）何以至此？故曰：「非特不足以得君子也，（複筆純似大蘇。）並不足以得小人。」（拍合正面。）然則觀人之道可知已，破資格以待賢才，而苛責不加，君子自隆其負荷；謹廉察以馭衆職，而量能而授，小人亦奉以驅馳。古昔盛時，論道經邦，三公盡職，分猷宜力，庶績咸熙，豈有他哉？可不可之辨明，（收束完密。）而大小毋相雜也。

排宕似韓，遒悍似柳。忽擒忽縱，忽斷忽連。側攫盤拿，空靈矯變。天馬神龍，行雲流水。（省吾）

君子不可小知而可大受也小人不可大受而可小知也

甲子浙江　陳翰升（五十名）

觀人者當貞厥識，亦於君子小人辨之而已。蓋大受小知，君子小人之所由判也。可不可之間，觀人者可不辨之早耶？嘗思衡才者之不可用，（片言居要。）違其才也久矣。（勁接。）用違其才，則於己鮮賞識之真，即於人失位置之當。（筆力挺健。）器量各異，而鑑別爲難。操相士之權，（老幹無枝。）所貴有定識焉爾。（直入。）今天下有君子焉，性量之所涵，恒與人以不可測；　事功之所著，（賅括一切，不同他手舉一遺萬。）亦與人以不可窺。　蓋淵淵乎其大也。（出「大」字鄭重。）有小人焉，性分之所守，既隘而不宏；　事業之所呈，復狹而不廣。　蓋瑣瑣乎其小也。（出「小」字輕逸。）是則以所知觀所受，君子小人，蓋懸殊矣。（陡接。）無何有以小知望君子者，不見其大，而徒震於其小。以爲知可效一官也，能可效一職也，而君子藐不屑焉。（如此詮「不可」，纔見君子身分。）一旦舉國以聽，而朝野共〔二二三〕資其經濟，舉而措之裕如矣。（蘊藉。）無何有以大受屬小人者，不諒其小，而妄驚其大。（二比平還題面，爲後幅發揮留地步。）以爲識可決大疑也，才可定大策也，而小人力不勝焉。　一日量能而授，而貪詐亦範以馳驅，節而取之斯得耳。（意在筆先。）吾因是有感矣！　古來君子失位，小人乘時。　方其折鼎貽羞，負乘致誚，（胸羅史事，慨當以慷，目光如電，筆大如椽。）而天民大人之學，偏抑鬱於閑曹末秩之中。　論古者往來於胸，而曰：「君子之有可有不可者如此也。」（工於傳神，題語至今未寂。）小人之有可有不可者如彼也。」間嘗於付〔二二四〕託非人之朝，而一慨之。（神味欲到秋毫巔。）古來公輔得人，百司稱職。　方其左右厥辟，敷錫宜民，而兵刑錢穀之司，群翊贊於蕩平正直之治。　論古者低徊於心，而曰：「君子之有所不可以成其可者如此也，小人之有所不可以成其可者如彼也。」（目擊上下千古，興衰治亂，而有味乎言，識力俱臻絶頂。）間嘗於任賢勿貳之世，而一遇之。（二「也」字獨有體會。）惟夫大不親小，小不任大，遴選之道得，慎簡之用彰。濟濟多士，明明在朝，則可以用才而亦不至於遺才也，豈不懿歟？

吸髓傳神，少許勝多。高古渾脱，不可攀躋。高秀清蒼，自是君身有仙骨。食烟火者，無從道其隻字。（省吾）

隱居以求其志行義以達其道

辛酉廣東　吴梯（一名）

聖人思命世之材，其志與道有大焉者矣。夫能求則不負居，能達則不廢義。此其志爲何如志，而道爲何如道哉？昔夫子抱用舍行藏之具，而憂天下之滔滔，非二三君子所能任也，（攝下二句於筆墨之先，深得宣聖立言本旨。）不禁睪然曰：「好善惡不善之誠，亦自好之士，名教之所宗也。」然世變大而成功難，惟以天下爲己任者，（眼光如炬，筆大如椽。）乃能公其善於天下，而不第以區區獨行稱爾。蓋古者君師之責，無間尊卑。

（從源頭説入，識據題巔，氣局亦渾成。）自天子至於庶人，皆有不容已於斯世之故。（言古者以見今之不能。）古者知覺之權，不分窮達。自草茅以至廊廟，皆有不容恝於斯民之心。時而隱居，則有所求，（將眼前意，一力撇開。）非徒曰自問無過，即可以無悶已也。一事不知，儒者之耻。（包掃一切，亦博大，亦精醒。）求之内而身心性命孳孳焉，不敢略也；求之外而家國天下汲汲焉，不敢遺也。（筆意不平。）即至天時人事之相須，迫不及待，猶遲迴反覆，而不敢輕入。（伊尹所以有「何〔一二五〕幣聘爲哉」一語。）或以爲自潔其身，而不知其運量於宇宙者周矣。及其行義，則有所達。（兩句遞看合看，體會獨得。）非徒曰苟有所施，即不爲無補已也。一夫不獲，時予〔一二六〕之辜。（不作三代後一語。）達之上不與堯舜同其德，猶爲未致之君也；達之下不與湯武同其治，猶爲未澤之民也。不幸君相事權之不屬，無可如何，亦睠戀旁皇，而不忍棄入。（孔孟所以歷聘九州。）第見其殷然於世，而不知其綢繆於夙夜者久矣。隱居何求？求其志也；行義何達？達其道也。（破空而起，積健爲雄，生氣鬱勃，龍跳虎卧。）彼蒼治亂之數，必非無所待而自轉。有其肩之，遂以成經世之業。可隱可行，固數百年剥復否泰之機所由判也。處則悲天而憫人，出則撥亂而反正，（極力寫足，俯仰揖讓，恰好逗起下二句。）膺其選者，豈僅爲三代以下之材與？斯人飢溺之患，不能無所藉而自除。（下文未見兼入與遇説。）有其拯之，乃不虚名世之生。能求能達，固億萬衆悲愉忻戚之情所由寄也。潛則確乎其不可拔，見則悠然若取諸懷，重其才者，以是爲斯世斯民之幸耳。（理足寰中，音流簡外。）夫莘野渭濱，志如昨也；帝臣王佐，道可知也。求耶？達耶？百聞不如一見。微斯人，誰與歸耶？

於聖賢樂行憂違實際，煞有所見。涵蓋一切，醖釀深醇。先輩名程，不當得之於近科墨藝。（省吾）

恭寬信敏惠

陝西　張松年（三名）

列舉爲仁之目，皆存心之要也。夫心有不存，則所謂「恭、寬、信、敏、惠」者，必間而不純矣。子爲列舉之，豈非存心之要乎？且夫敬爲德基，而隘與僞足累吾德，（分貼精確，妙能關合「爲仁」。）怠與忍足敗吾德。古君子塵抑畏之懷，有容與有孚並失；存嚴正之性，無怠與無虐交修。密之爲德心之藴，（高渾。）措之皆德意之流，如是而仁存焉已。子問五者之目，夫五者，本諸心而見於行者也。今夫恃才者其心多侈，（語有對斟。）務廣者其心易縱。内少矜慎之志，（反面透闢。）外無寅畏之儀。欲其心之存焉者寡矣，必也持之以恭乎？恭聚於心而亦周於事，心性具精微之理，（靠實詮發，顛撲不破，歸、唐勝境。）攝之以神則常凝；動静關危微之防，斂之以志則惟一。而仁之體立矣，而仁之用裕矣。（拽足「恭」字，帶起下四項。）而又[一二七]恐褊心之萌，（一氣呵成。）不足廣本心之德也。非寬何以培此仁？夫人心原擴然耳，有矜己之念，而擴然者隘矣；（對病下藥，安帖排奡。）有傲物之念，而擴然者愈隘矣。惟大其生成，寬以存天地之量；化乎畛域，寬以通性命之源。（深人無淺語。）斯其居心爲不薄矣，不薄而乃有餘地以自處。（筆意蒼潔。）而又恐欺心之漸，最足失良心之真也。（語以樸而得真。）非信何以體此仁？夫人心本肫然耳，有過高之意，而肫然者僞矣；（横空盤硬，積健爲雄。）有務外之意，而肫然者愈僞矣。惟誠篤根於至性，信以返本真之初；久暫貞於有常，信以培萬物之脉。斯宅心爲不浮矣，不浮而乃無私欲以相參。（篇如股。）然而人情之好逸也，嘗見有持重之儒，忠厚質慤，而怠慢苟安之氣，每竊發而不能振，如是則敏[一二八]難。求仁者於情所易懈之時，而策之以理；於事所難已之處，而勝之以强。

（質直淳實，劃沙印泥，煞從此道中來，故言之親切有味。）不必矜才使氣，而奮迅之精神，常覺與日並進也。（是何意態雄且傑〔一二九〕。）豈非自强不息者歟？然而人情之易苟也，嘗見有謹飭之士，廣大惇誠，而涼薄寡恩之思，或潛滋於不自覺，如是則惠難。求仁者於勢所弗能周，而懷之以意；於力所弗能逮，而恤之以心。（恰是此章「惠」字，他手説向外面，大謬。）不必務爲苟難，而惻怛之悃忱，（處處注射顓孫氏。）自覺隨處皆通也。豈非博愛無私者歟？凡此五者，皆本諸心以見於行也，（應回提筆。）師其勖諸！

蕩滌紛挐，樸實頭地，而精光仍洋溢行間。肅括閎深，正、嘉一派。（省吾）

恭寬信敏惠

辛卯陝西　牛樹梅（六名）

備指爲仁之目，存心所以全理也。夫恭寬信敏惠，皆心也，而理在是矣。爲子張備指之，爲仁豈外此哉？嘗觀仁道之全，宰之於敬而已。（從源頭説入，分貼精確。）而其量至大，其體至貞。其用之也，則健而毅；其施之也，則順而祥。理蓋無乎不舉也，而欲即行以求理，則必將即事以課心。（恰是五字分際，筆亦老重。）子問五者之目，夫五者非他，惟以一心著衆理者也。（總提。）仁之中有斂而無肆，（對斟顓孫氏，語無泛設。）而志意太高，放心或從而中之矣。夫此心有攻取之緣，其氣不肅者，（樸實說理。）其紛不靖；此理有存主之地，其神不固者，其基不敦。故行之者一在恭，靜無不直，恪恭存焉；（靠實發揮，顛撲不破。）動無不莊，温恭著焉。（從安仁推出爲仁，不似他卷蒙混過去。）仁者本仁，而流爲恭爲仁者，即恭以求夫仁，而能行之大本在是矣。至若理合萬物爲一體，仁本無不統也，而顧或小之。（矯折。）夫氣之矜者器必狹，狹於處事者猶顯，狹於居心者更微也，（推勘入細，文有內心。）惡乎仁？意之廣者量或隘，隘於待人者猶後，隘於處己者尤先也，又惡乎仁？是安可不寬？寬博其體，畛域化焉；（每比都用兩意詮發，思深力厚。）寬裕其用，操切泯焉。仁者以仁爲寬，行之者以寬幾仁也，故寬其一也。道本一誠以相推，仁本無不實也，而顧或僞之。夫無其理者無其事，作事而粉飾致之，固已先亡其理也，惡乎仁？有其心者有其言，出言而虛憍中之，是即自喪其心也，又惡乎仁？（「信」字兼言與事說，賅括一切。）是烏可不信？信有從出，本諸忠者固焉；（骨重神清。）信有攸暨，近於義者復焉。仁者以仁爲信，行之者即信見仁也，故信其一也。志堅者力果，信則宜無不敏者，而未也。（化板爲活，股法略變。）恃高才以幸成，才之高未必不心之靡也；（切理饜心，筆刀胸鏡，是真理學，是真名家。）挾盛氣以壯往，盛於氣未必不衰於理也。仁者有勇，可若是惰耶？（宕筆以疏其氣。）夫明敏本於天，幹事之名不敢幸；勤敏存乎己，盡職之意不敢忘。（意極沉實，機極流動，理境中真有掉臂游行之樂。）仁固無不敏，即敏可以求仁也，則其一又在敏。明作者成裕，敏則宜無不惠者，而亦未也。非不侈尊容之名，而非出於心之不容已，（鞭辟入裏，深得對證下藥之旨。）數愈泛情愈不切也；非不聞因利之訓，而未見其理之所當然，遠言政或近忘學也。（誰解如此話題？）仁主於愛，可若是恝耶？夫子惠之事有所需，不可殫者居上之責；慈惠之理無可假，所可見者生物之心。（俗手「惠」字多説向外邊去，此纔是爲仁之惠。）仁固無不惠，因惠亦可至仁也，則其一又在惠。心以是而存，理以是而得。此爲仁之全功也，而效可進言矣。

上文「請問之」，「問」者，問其目也。此句緊承問意，而條舉其目，工夫在上「能行」與下五句之各上一字，侵連不得，放空不得，著筆頗難。此作實實疏摘五項之義蘊，跟上「爲仁」留下效驗，反面正面，透抉無遺。心細如髮，力大於身，當爲全墨壓卷。（省吾）

恭寬信敏惠

辛卯陝西　孫文選（二十名）

心歷境而無不存，詳其目而爲仁，有實功矣。蓋恭寬信敏惠，仁之分見者也，一有不行，則心爲有間矣。夫子爲子張歷詳其目也，曰：「仁祇一心而已。」心不可縱，心不可隘，心不可欺。（發揚掉厲，所向無前。）與怠與刻，斂其心與天下相莅，廓其心與天下相涵，實其心與天下相孚，鋭其心、公其心與天下相見，而仁體事而無不在心，即體仁而無不存。（斬截。）今夫仁有全量，原自性初者，固渾然而難名；而行仁有實功，徵諸當境者，要秩然而可指。試言夫五者之目，我躬之斂肆，即此中之存放所由分，（亦細膩，亦莊重。）未有仁而不恭者。心能檢身，故筋骸有所束而不蕩；體能從令，（緊從五項與仁交關處，靠實詮發。）故威儀有所攝而不愆。官知止而命有定，作肅者無非作聖也。（再接再厲，精義層出不窮。）蓋恭以行其敬，而敬者德之聚；恭以一其儀，而儀〔一三〇〕者心之結。所謂整齊嚴肅，而天君常存者此與？度量之廣狹，即德性之淺深所由判，未有仁而不寬者。本惇裕以宅衷，靜與天地同廣大；（義本先儒，妙能融煉出之。）昭闊達以爲懷，動與天地同範圍。性可通而神莫外，蓄物者無非蓄德也。（處處關合「爲仁」。）蓋寬之體爲兼容，而有容者德乃大；寬之用爲並包，而包荒者行得中。（以經詮經。）所謂含宏光大，而德合無疆者此與？至於仁之心無不誠，而信則誠之立也。内不欺己，故未發而可以觀其復；外不欺人，故已發而可以觀其通。（每比偶句都截然兩義。）有孚妙至誠之感，無妄存赤子之心，德之所以維一也。（樸實頭地，機勢仍自流逸。）夫固執非信，然變易者神之動而圓，（精粹似子。）而不易者德之静而方，則信固仁之肫肫者乎？若夫仁之力無不健，而敏則健之行也。無息者心之理，（義吐光芒，辭成鐮鍔。）故懋勉發於天性；有爲者人之才，故奮勵出於自强。貞固而生幹事之力，精明而具果毅之神，德之所以至剛也。夫鋭進非敏，然需時者以鎮静得深沉，（誰解如此詮發？）而及時者以剛大配道義，則敏固仁之乾乾者乎？且夫仁爲愛之理，未有惠不行而爲仁者。萬類皆一脉之通，故此身之繫屬非小；（堯舜事功，孔孟學問，賅括數語中。）一心立萬物之命，故生人之性命攸關。德普而膏不屯，（語經百煉。）天動而人不隔，其傍皇而周浹者，皆仁之愷惻而纏綿者也。夫小惠未偏，推解何與性真？然過與或昧權衡之宜，而因利具徵胞與之量。以不忍之心，體生物之心，則惠固仁之愛博而恩溥者哉！（暢所欲言。）五者之目如此。

五子之書，七洞八達，故發而爲文，清真樸老，精光迸露。妙能處處與「爲仁」消息相通。體大思精，歸、胡勝境。近日風氣，專主機致。剿襲敷衍，舞弄毫端，一筆直瀉，了無意趣。此作及三名張作、六名牛作，皆樸厚淳實，不肯掉以輕心者，時賢所不欲爲，亦所不能爲矣。（省吾）

詩可以興可以觀可以群可以怨邇之事父遠之事君多識於鳥獸草木之名

丁卯江西　于旭鍾（一名）

《詩》之益人者大，備舉之而知其宜學也。蓋《詩》之中，人情物理悉具焉，未嘗學之，則效弗見耳。子故備舉以詔小子曰：「天下學《詩》而失之愚者，不可爲《詩》咎也。」（置身題巔，筆大如椽。）蓋綜數百年得失善敗，而陶一人之性情；合三百篇取類稱名，而資一人之學問。其效之所著，古人已若逆知焉，（神味體會入微。）而預爲之備，（反掉幽折。）特患鹵莽中之弗克深領耳。吾詔小子學《詩》，（頓住題首，一字截清上文，略按數項，妙不冗長。）吾固深於《詩》者，知乎此中德性之助、倫行之資，與夫見聞之籍，不可不爲小子道也。（起能截上。）今夫好善惡惡有其性，而情欲痼則方寸多蒙，（警煉。）興焉觀焉，吾儒豈不貴之？而無自而觸，無自而動矣。喜怒哀樂有其和，而中正違則七情胥病，群焉怨焉，吾儒豈必戒之？而比不可訓，憤不可爲矣。夫古之人齋居一室，通千古之情，而貞淫奢儉不能欺；合上下之情，而歌思泣懷適其正。此道端有自來耳，（用反筆托出，與上文「何莫學」三字神氣迴合。）今何爲而興觀未可也？群怨未可也？孝者日用飲食之質，而直則疑淺，（包括無遺。）曲則疑迂，非不事父，先意承志謂何矣？忠亦天地生人之理，而質焉益媮，文焉滋僞，（字字煉，字字穩。）非不事君，鞠躬盡瘁謂何矣？夫古之人抗懷三代，處則《蓼莪》，而教行於一鄉；出則《采薇》，而俗成於天下。（風度嫣然。）此風最繫人思耳，今何爲而邇之未宜也？遠之未宜也？匪直此也，號物之數有萬，記之未爲性命之功；格物以致其知，昧之亦爲士林之耻。鳥獸草木之名，小子研求有年矣，胡多識之未能也？（一落千丈强。）吾於是知先王詩教之澤長矣。蓋惟立辭婉，而誘掖倍切。彼夫思婦勞人，何解諷論？而托物流連，遂足以感百世之人心，而立開其沉痼。（戛戛獨造，直搗題堅。）間嘗諷誦及之，（俯仰低徊。）覺此中益人之故，（曲一筆。）不必明言，而服習既久，則其所爲助吾德性者若何？（逐字分按。）資吾倫行者若何？裨吾見聞者若何？既可得諸語言文字之中，而其觸物自喻者，（魄力雄偉，餘味曲包。）更有以陰用其婉轉化導之權，而人不覺抑。惟歷年多，而事情畢備。彼夫風雅正變，亦有異同，而代積彌廣，遂足以助一人之神智，而兼收其美利。間嘗細繹及之，覺此中自得之妙，不可躁求，而詠歌既深，則其所爲德性和而平，倫行動而中，見聞周而至。自可遇諸日積月累之下，而其浸淫無間者，更有以總攬乎耳目身心之益，（深得立言本旨。）而材可成。小子知之。

健筆凌雲，風骨鶱矯。穿插〔一三二〕餖飣惡習，澌除殆盡，當與方樸山先生全章文並傳。入手截清上文，後幅總發，恰如位置，不能挪入全章文字，尤徵手法。（省吾）

邇之事父遠之事君

丙子山西　劉需（一名）

窮經者盡倫，舉其大而事可兼該焉。夫邇遠以君父爲重也，學《詩》而得所事焉，非窮經之效哉？子若曰自高卑定位，而子臣之分，昭終古矣。顧古人以忠孝著於文章，

（言簡而賅，二語抵千百。）後人即以文章篤其忠孝。可由興觀群怨，而進舉《詩》之大焉。吾人之性情心術，必實驗於家國内外，而後經籍足以牖其材；（置身題巔，闊深肅括，涵蓋一切。妙恰是前路文字。）吾人之學問陶鎔，必克副乎天地生成，而後境遇不足滯其用。（二比還題面。）則觀於父，而凡用力用勞，致愛致敬，天之所成，皆可以邇言之。（包一切，掃一切。）家庭徵其順，行役廑其心，皆云事也，而門内之休嘉準此矣。（補筆圓到。）則觀於君，而凡汝翼汝明，維屏維翰，義之所合，皆可以遠言之。寵禄而不淫，憂傷而不懟，皆云事也，而交際之寅恭視此矣。（六通四闢，頭頭是道。）是故寢門視膳，羑里演圖，其事不備載於風詩，而會通得於詠歌，可以窺周室聖明之緒。（持論名通，目光如電。）思婦征夫，野人游女，其言不皆關於愛敬，而經權深於體驗，可以括古今忠孝之書。（海涵地負，氣象萬千。）夫名義不恕於我躬，而家邦必求其無怨。（大筆如椽，短篇仍有悠揚不盡之致。）三代之時，士修於家而可貢於國。陶成有自，其以此也夫！

不摭拾「葩經」一語，渾括大意，餘味曲包，而精采仍咄咄逼人，剥膚存液，斂氣歸神。非横潦無源、謬托先輩者所能藉口。（省吾）

切問而近思仁在其中矣

癸未會試　石景芬(二名)

致知更有切近之功，合之可以觀仁矣。夫問與思亦致知中事，切近則功較博與篤而更密矣。合之而仁即在是，不可知子夏之得力哉？且儒者之察理，研之益精而深者，操之益約而純。蓋其謹守之心，(跟上，妙於渾成。)實與好學篤信之心有相輔而成者，心不同而所以治心之理同也。不然，外心以言仁，必將外知以言心。奚必學之博而問之篤哉？又奚必求多於博學篤志之外，(入手得勢，人忙我閑。)而更求所謂問與思者哉？聚天下之理於吾心，此心自可出而相質。然出而相質，而用意不免於泛騖，則此心已受其病，必有隨之而出者。(下截已到。)夫人之一心，(接筆凌空。)用其出則愈淺而愈浮，用其入則愈深而愈確。以切問者入之，則浮者確矣。(煉字穩愜。)確則心之病去，而所學益進矣。(分頂上二項。)堅吾心之所向以求理，此理尤當返而自求。然返而自求，而片念不禁其馳逐，則此心已失其居，必有去而不返者。夫人之一心，放之則遠在六合，返之則邇在方寸。以近思者返之，則遠者邇矣。邇則心之居安，而所志益定矣。夫以博與篤既若彼，（出落簡潔，掃盡枝葉。）以切與近又若此。由是知終而行始，力行而仁成。加以固執之功，（開合分比，妙是題中應有意，不同節外生枝。）以求仁之全量，舉平生所學、所志與所問、所思者，而實體之，迨漸推、漸滿，而後知仁不盡在問思中也，亦不盡在學志中也。（心空筆脫，文成法立。）仁自別有在也，然而心存即理存，理存即仁存，豈其擇善之方不足語仁之本體？試即生平之爲博、爲篤與爲切、爲近者，而靜按之，覺漸存、漸熟，而彌見一切近而仁在其中，即一博篤而仁亦在其中也。仁自無不在也，是知莫助之德，而未嘗不以求助得焉；（精思結撰，字字探喉而出。）不慮之知，未嘗不以善慮知焉。歸問思於切近，似於學志之餘退而自守；（屈曲盤旋。）屬切近於問思，仍於學志之後進而相求。故有是四者，所以致知者日〔一三二〕見其明，所以存仁者亦日見其誠也。修途之從入曷可忽哉？（爲「矣」字傳神。）取數多者有至要之方，爲道遠者有不遠之復。一言切近而博者，非務博焉；一言切近而篤者，乃真篤焉。雖有是四者，亦僅可以觀仁而不足以盡仁，（迴環盡致，工於用筆。）然究不得以其不足盡仁而遂謂其不足觀仁也。生平之得力，可自誣哉？（止乎其所不得不止。）

題理冰瑩玉朗，題位水到渠成。無一字不細，無一筆不老。清光炯炯，純是神

骨，先正中雅與還淳先生稿爲近。（省吾）

切問而近思仁在其中矣

癸未會試　湯鵬（三十七名）

更致知於問與思，而仁不外是矣。蓋切近者，所由適於仁之路也，使博學篤志之後。不切問，不近思，亦豈能存仁乎？若曰：「夫性命之故，終於精微，始於切近。」（老氣横秋。）從精微見者，欲净理純之候，（天然賓主，間架恰好。）隨時隨處遇其天；從切近見者，審端致力之方，漸養漸存完其本。（分寸不溢。）所以博學篤志而後，更有存心之要焉。今如曰博焉已耳，篤焉已耳，吾恐聰明之誤、意見之偏，有流於雜而不覺者矣；（博學篤志後，如何必要切問近思，實實透抉所以然，胸鏡筆刀，得機得勢。）横騖之才、强持之力，有即於殆而不安者矣。雜則聞見之間多疑似，心之真際以淆；（下截已於反面透出，文成法立，動合自然。）殆則日用之地少寬通，心之真機以塞。故問與思不可以不講也。泛舉者其問浮，過疑者其問迂，僞辨者其問僻，（破空而起，嶙峋噴薄，排倒一切。）問則貫切焉。夫人有披吟竟日不如得有識之一言，論説多端不如聞吾道之最要者，（胸中實有一段至理，故言之獨親切有味。）蓋惟切則心能入〔一三三〕，（軒豁透露。）亦惟切則理能出也。 己與人共本原不共程途，貴互勘以求其是；（詮發切近，煞有見地，不似他手，描畫揣摩。）彼與此同名象不同分際，貴詳察以清其源，如是則切甚。荒遠者其思渺，懸擬者其思虛，馳聘者其思散，思則貴近焉。（接筆凌空。）夫人有生平遺棄之書旋繹之而有味，（閱歷有得，個中人語。）古昔傳聞之奧淺求之而得解者，蓋惟近則表者徹，亦惟近則裏者包也。 事物之疑即性命之疑，（純是五子精蘊。）貴循類以生其悟； 耳目之蔽即氣質之蔽，貴考義以見其真，如是則近甚。 君子曰：「是可以觀仁焉。」（老。）理妙於所居，其學其志既及之，其問其思又及之，莫非仁之散寄於倫物者也；（末句總頂四項眼上，「博」、「篤」平中寓側，題理題界，面面俱到。）心精於所用，博焉篤焉既如彼，切焉近焉又如此，莫非仁之充足於精神者也。 故仁在博學篤志中，亦在切問近思中也。 且夫仁亦有以問而淆，以思而昧者矣。 俗儒記誦詞章之習，問不在體要在浮華；（大開大合，道理見得，冰融雪釋，而出以明快老當之筆，截鐵斬釘，語語横，筆筆竦。）異端攻苦曲折之爲，思不在中庸在隱怪。 體要中有仁，浮華中無仁，蓋與仁分內外也；（明白如道家常，他人有此意，他人無此筆。）中庸中有仁，隱怪中無仁，蓋與仁分純疵也。愈取似，愈離真也。（字字竦，字字穩。）然而仁固有以問而明，以思而得者矣。問其所當問，心之罅漏與紛岐俱消；（「在」、「中」二字，直凑單微。）思其所可思，心之游移與隔閡俱釋。無罅漏，仁故完，無紛岐，仁故静，（質直淳實，顛撲不破。）殆與仁爲附麗也；無游移，仁故定，（句法古峭。）無隔閡，仁故親，殆與仁爲會通也。亦勉强，亦自然也，（文亦自然合拍。）或者徒從博學篤志求之，亦疏矣。

不規規於偏全法，而法仍動合自然。浩落屈盤，横峭排奡，理實氣空，獨往獨來。先輩〔一二三四〕中當與百川、望溪抗席。海秋天分卓越，所刻時文初集流布海内，一時紙貴洛陽。蓋作者才思俊邁，超逸絶塵，不可追逐。又枕葄於六經子史及漢唐諸大家文，故發而爲文，雄奇浩莽，倒海排山，所向無前。癸未闈中，當事者得其文，拍案叫絶，以第一人相待。因一字訛，故位置稍後。然隋〔一二三五〕珠和璧，有目共睹。當今固不能不以此事推袁，附識數語，質之海秋，且以質之讀海秋之文者，用明余之非阿所好云。（省吾）

仕而優則學學而優則仕

戊寅陝西　王際康（七名）

於仕學而期其優，歧視與兼營胥失之矣。蓋仕而不學，學而不仕，是歧視之也；然仕而遽學，學而遽仕，是兼營之也。子夏故以優杜其失乎？且行藏一理，而窮達異致。不辨夫用功緩急之各判，與夫成效先後之同歸，則學妨夫仕，仕妨夫學，而相左者，必不能以相資。子夏爲天下正告之曰：「仕有仕之事焉，學有學之事焉。」夫亦先求各足乎其量而已。（片言居要。）持拘牽之守者曰：（爲注中後説作翻。）「離學而仕，何以復學？未仕而學，何以遽仕？」（不知兼及之義。）是歧仕與學而二之也。其弊也，因有仕遂廢學，（亦横竦，亦勁峭。）因有學遂廢仕。逞紛鶩之説者曰：（爲注中前説作翻。）「仕貴有學，詎云徒仕？學原宜仕，詎云徒學？」是混仕與學而一之也。（不知專譽之義。）其究也，未得學，先失仕；未得仕，先失學。既不得謂仕之前無學，（頂出比義。）學之後無仕，而別其修；更何得謂仕之日可學，（頂對比義。）學之日可仕，而違其分。亦惟是仕以行其學，（不違「其分」。）學以裕其仕，而獨治之中已具兼治之略；則庶幾仕又深以學，（不别「其修」。）學又驗以仕，而專及之暇乃有遞及之功。是故仕則取所仕而圖焉，或以爲是可於學無負，而不知祇期於仕無負焉；（當仕則重在仕。）學則取所學而圖焉，或以爲是可於仕無負，而不知祇期於學無負焉。（當學則重在學。）夫而後可信其仕而優，學而優。惟其能於仕無負，而即此已於學無負，何不可因仕而取所學以圖焉？（學以資仕。）惟其能於學無負，而即此已於仕無負，何不可因學而取所仕以圖焉？（仕以驗學。）夫而後乃庶幾可言學，可言仕。無端而神馳載籍，其守官已不篤；無端而意動紛華，其爲己已不誠。故仕而急學，學而急仕，此念已爲不優之原。（旁及必不能專營。）一夫不獲，曰時予之辜；一物不知，爲儒者之耻。故仕餘而學，學餘而仕，此際乃爲能優之候。（重讀兩「優」字。）極仕與學之道，進而益上，夫豈有優之一時，而優不易則仕自不易，學自不易；（此以縮寫伸，是「則」字題義。）極仕與學之心，引之彌長，僅得此優之一時，而優可及則學亦可及，仕亦可及。（此以伸爲縮，是「則」字題面。）此所以在朝無曠官之譏，在野無小就之材，而道爲王道，功爲聖功也。可弗勖歟？

通篇照注，兩義相承，一氣呼吸。反覆推勘，斷連擒縱，各極其妙。神鷹攫物，天馬行空，玲瓏四映。時賢間亦能爲，然誰似其雄健？（省吾）

君子惠而不費　五句

己卯會試覆試　李紹昉（一等一名）

歷數君子之美，有善全之用焉。夫惠也、勞也、欲也、泰也、威也，政之美者也，而弊即隨之。觀君子之不費、不怨、不貪、不矯、不猛，何善全其美乎？且理非相尋於其間者，（從「而不」二字着筆。）非其至者也。有神明之才，（破空而接，筆題得起。）使之建經綸之績，則必自其易間者治之，以蘄至於無間，此吾所以思君子不置也。（小講着語無多，已伏題而監其腦，剥膚存液，老幹無枝。）今夫君子之政之美也，顯之在慶賞鼓舞之機，精之繫性命身心之地。（提綱挈領，二語已扼全題之要。）當其潔齋相見，謂其有孚惠心也，能勞民勸相也，能從欲而治也，能履泰而安，而厥孚威如也。（重頓上五字，折入下截，高屋建高瓴，得勢得機。）美哉政也，微君子，其孰能與於此？雖然能是五者，而遂以爲美乎？（妙用翻落。）能是五者，而遂以爲美，則亦何難乎？爲君子而專屬之也。蓋政有其相妨者焉，（着眼「而不」二字。）有其相悖者焉。而一一有以善全之，是在君子。惠非以費市，而費隨之。（弊有相因。）有患乎費之心，而惠之術窮；（逐句咀嚼精妙，搜剔盡致。語語煉，字字穩。）有任乎費之心，而惠之術壞。費與惠鄰也，（「鄰」字妙。）惟君子則惠而不費。勞非爲怨府，而怨積之。有鑒乎怨之情，（盤空横硬語。）而勞之權馳；有縱乎怨之情，（一意翻兩，思鋭能入。）而勞之權烈。怨與勞仇也，（「仇」字妙。）惟君子則勞而不怨。欲似貪而非貪，（股法略變，以避板重。）而每易流於貪者，何也？徇乎人者爲貪，則欲以放而漸肆；（偶句截然兩義，解此那有合掌之病？）徇乎己者爲貪，則欲又匿而愈肆。貪與欲冒也，（「冒」字妙。）惟君子則欲而不貪。泰似驕而非驕，而每易即於驕者，何也？驕起於無所憚，則玩世爲泰者氣必矜；（純用白描，不着一替字。）驕起於無所主，（玩世忘世，錘煉穩愜。）則忘世爲泰者氣益矜。驕與泰移也，（「移」字妙。）惟君子則泰而不驕。威似猛而非猛，而每易失於猛者，何也？倚勢之猛以凌人，則假威者積而成厲；（字字華嚴法界求。）恃政之猛以震世，（假威作威，天造地設。）則作威者變而加厲。猛與威比也，（「比」字妙。）惟君子則威而不猛。是數者，有一善即有一善之近似而非者，載而與俱，以爲歧而易入之徑。（處處從題間着筆。）當聖人時，（頓筆奕奕有神。）必有以杜其漸矣。夫使一世懷其惠，服其勞，適其欲，親其體泰德威，亦人之所歆而羨也。而君子獨能絶乎其流，（跟「杜漸」。）革其微疵，（一語抵千百。）

而大醇者乃出。故道歸至當，天下於以仰相濟之功焉。（老重。）有一善即有一弊之因仍而至者，動而多連，以爲駁而不純之患。（對比就出比進一層看，先輩惟還淳先生雅擅此勝。）有王者起，必有以清其源矣。（二義詮五「不」字，鐵板注脚。）夫以一身糜其費，（對法變换。）歛其怨，徇其貪，成其驕僻猛起，亦人之所怵而戒也。而君子獨能治所從生，（跟清源。）得其真是，而僞行者不參。故業有獨隆，天下於以觀無過之實焉。不然而惠而費，勞而怨，欲而貪，泰而驕，威而猛，以云美政，安在其爲美政也？

提段得勢而入，心花怒發。中五比渺思息慮，透剔玲瓏，亦横亦竦，亦勁亦峭。入後總發，精神團結，雅健雄深。此《集虚齋集》中學金嘉魚文字也。斯題不可無一，不能有二。（省吾）

擇可勞而勞之又誰怨欲仁而得仁又焉貪

戊子山東　李兆（五名）

準人己之所當然，勞與欲皆見美矣。夫可勞而勞，則人忘其勞；欲仁得仁，則已遂其欲。怨與貪何有焉？且善爲政者，（闕深端括，直搗題堅。）能斟酌萬物之材，而初非概施之也；能操縱一心之用，而初非紛馳之也。精以核夫人之所能而勞不倦，切以求諸己之所有而欲已通，則君子之勞不怨，欲不貪，可實徵其美焉。夫勞之所以怨者，以其迫於不能不勞也。君子則不概責以勞，而務擇其可。人心逸則生淫，（名論警闢。）勤亦易倦，出作入息，陰以行調劑之權；血氣静則生玩，（精粹似子。）動亦易疲，舞羽執戈，（包括全部《周禮》。）即以妙馳張之用。蓋勞者民之分，（透抉所以然。）責其分而並酌其情，情得而分益明也；勞者民之力，用其力而並養其材，（以教養詮「勞」字，顛撲不破。）材成而力愈奮也。故不可勞而勞，即勉强而終有違心；可勞而勞，（以反形正之義，更深切著明。）雖勤劬而必無怠志也。而又誰怨？欲之所以貪者，以其營於不可得也。君子則不以得侈其欲，而必以欲全其仁。有不容已於吾心之故，（探源説入，畫泥印沙。）立人達人，一與懷而族類通焉；有不容恝於斯世之思，同胞同與，一舉念而民物環焉。蓋欲發乎情，以情復其性，（純從交關處抉擇。）性定而情不流也；欲動乎人，以人還其天，（語語諦當。）天定而人不擾也。故未得乎仁，雖高談清浄，而私易中；既得乎仁，即隨念感發，而理自純也。而又焉貪？外以酌萬物之材，内以善一心之用，此勞與怨之所以有大醇而無小疵也。美哉政乎！

掃却一切門面語，直從題間推勘而入，樸樸實實，切理饜心。題中數虛字，無事一挑半剔，而反覆追尋，精光迸露，神味婉篤，如飲醇醪。（省吾）

學庸

致知在格物物格而後知至

戊辰順天　程銓（三名）

實指致知之功，可知知至之自矣。蓋知非憑虛而可致也，（破承便咀嚼虛字。）物不格，知何以致？知非懸擬以爲至也，物不格，知於何至？學者尚知所從事哉？且吾學有察識之功，而功必求其可據；（着眼「在」字。）吾心有靈明之境，而境必有所由開。（着眼「而後」。）自僞學滋弊，視考辨爲徒勞，（抉摘反面，透徹無遺，筆亦斬截。）而所以求明者無其實；自異學争鳴，希捷獲於頓悟，而所謂會通者即於虛。亦未知古大人考覈之方、昭融之自矣。誠意必先致知，亦求其知之至而已。（扣筆老。）而古大人於此，方凛於識之未易充、理之未易明，而所謂知者以爲先，又若不僅於先也。此何故哉？蓋理之會於一心也，存乎知；而理之殽於兩間〔一三六〕也，（字字起棱。）存乎物。人第見悦心研慮，古人之求知，不勝擬議之勞，（「在」字躍出。）而不知非懸而無薄也。（股中提唱。）吾觀名理之燦著也，依物而立，一物必有一理。（四句即《傳》中「物莫不有理」意。）體物不遺物，物各有一理。而未會於心，（句法峭勁。）先聚於物，則所謂致者，（「格」字抛磚落地。）不外乎格矣。近之而身以內心與意皆物也，（「物」字有着落。）遠之而身以外家國天下皆物也。（賅括一切。）不敢以輕心出之，懼物之隱於微；（融貫九條之意，妙出以嶙峋跌宕之筆。）不敢以躁心嘗之，懼物之忽於細；不敢以淺嘗苟且圖之，懼物之遁於艱深。（反掉更透。）彼夫抱拘牽之弊者，於致多所泥，（落紙有聲。）非致之多泥，泥於物耳；存約略之見者，於致多所遺，非致之多遺，遺於物耳。一己之聰明有限，而兩大之名理日疏。學者曷弗思功之所在哉？（「在」字用全力提出。）明其所在，而始以己之明察物之庶，（上下融成一片，梳櫛明通，摶捖最緊。）繼以物之博浚己之明。則博綜夫萬有不齊〔一三七〕之數，以極其功；即隱完夫衆理悉具之心，而彰其效。人第見鈎深致遠，古人之於物，不聞幾微之礙，（「而後」是難詞，非易詞。）而不知非逸而自獲也。吾思功力之漸積也，逐物而考其詳，理不嫌於雜；隨物而求其故，理正妙於通。而在物爲格，（融洽。）在心爲知，向求其致者，（「至」字懸崖墜石。）今乃卜其至矣。格於內而明明德之源無不至，格於外而明明德之曁無不至。兩可不足以摇之，知之所以真；（精義層出。）偏端不足以域之，知之所以大；參伍錯綜不足以淆之，知之所以神。（文勢不平。）彼夫疏闊之士，略觀大意，無所爲知也，安有所爲至？寂滅者流，冥情坐照，自以爲至也，已失其所爲知。分以覈天下之紛賾，乃合以徵一己之明通，學者可矜言效之後獲哉？蓋知至由於物格，則格物要矣。欲致知者，其知所從事乎？

二句義理雖同，而神味迥然各别。作者於「在」字、「而後」字獨有體會。格局渾成，筆力廉悍，而實際仍曲曲傳出，文境與慕盧、力堂二先生爲近。（省吾）

子曰於止知其所止

戊午廣西　黄體正（一名）

鳥亦有知，聖人因《詩》以寄意焉。夫於止而得所，非知之明者不能也。此其意，夫子嘗以論《綿蠻》之詩。今夫知進退存亡，（引《易》作拴，「子曰」二字不略。）而不失其正者，其惟聖人乎？惟其知之也真，故其言之也切。咏歌所及意象昭焉，（題中虛神活現。）會心誠不在遠也。《綿蠻》之詩，言黄鳥耳，言黄鳥之止耳。乃夫子誦之，而獨有深思焉，（虛落。）別有妙悟焉。以爲天之生物也，有定形必有定理，（從源頭説入，識據題顛。）形與理相協，而化機以行。不識不知，無往不昭其有，（按「止」字。）則物之得天也。有是性即有是情，性與情相關，（妙諦環生，氣味却極醇厚。）而天倪自見。何思何慮，此中獨具其靈，（按「知」字。）明以言止也。（出落一字不苟，在近科風氣尤宜。）烏固有其所止矣，於其止也，則知其所止矣。成形成象之中，（一起正喻都到。）大造何私，原聽物情之自適。（反接筆意靈活。）乃何以擇地而蹈者，不爲灌木之投，偏爲蒺藜之據，（反擊「知」字。）則察識之未精也。信如《詩》，言則精矣。（拍筆緊醒。）懸一境以爲招，（健舉。）雖百出其途，終不能奪其意之所甚安，（筆力逼真正希。）而受之以困。蓋任天而動，（神不外散，筆有餘妍。）於以見天機之鼓蕩云爾。遠取近取之際，道無或隱，固常與物而爲緣。乃何以履險得咎者，偏爲幽谷之人，不爲喬木之遷，（次第。）則審處之未當也。有如《詩》，言則當矣。幸棲枝之得所，雖屢更其候，究不能易其神之所素習，（拽足「知」字，題義十分醒透。）而受之以蒙。蓋率性以行，（栩栩欲活，下文不擊自動。）是足徵性靈之活發云爾。其止也，有不能不止之勢焉。夫空濛寥廓之鄉，（從所止生情。）即使任情而往，（意極沉着，機極流動。）何嘗不可以圖寧？乃相厥攸居，猶必乞靈於造物也，（唱嘆有神，低徊無限。）有如是哉。其止也，（鐵板柱脚。）有時止則止之妙焉。（從鳥生情。）夫以啄息飛鳴之族，（短股仍有俯仰抑揚、雍容頓挫之妙。）縱令托迹偶愆，豈必貽譏於明哲？乃爰得我所，未嘗或昧乎當幾也，（筆外有筆，恰好引起下句。）有如是哉。噫！相彼鳥矣，其知有然。人而不知，可乎不可？

純從無字句中，咀出義藴。筆筆説鳥，筆筆説人。句中藏句，眼光四射。行文亦愜關飛動，老幹無枝。（省吾）

爲人臣止於敬爲人子止於孝

壬午河南　王仲山（三名）

更舉敬、孝之止，周王立臣子之極已。蓋敬也、孝也，臣子之極也。文又止於是，爲人臣子者盍法諸？嘗思萬物皆莫能相下，束於天秩而莫逃焉。（大筆如椽。）曰尊親，有尊親，於是義與恩之用重。然曰執義與恩之名，而尊親莫知所安；即曰用義與恩之實，而問之事尊親者仍莫自知。（刻摯。）何也？性分薄而又時勢難易之説參焉，（刺之見血。）則未舉古聖人之善處尊親者，窮其變而觀其通也。吾試進徵文王之敬止，則又於臣而觀其止焉。文王之爲人臣也，人之所畏也。何畏乎？（透切。）畏内外之互間耳。進而思諫，則如逆鱗何？退而行仁，則如讒口何？故畏也。（按切「時勢」。）然以是爲間，而臣難爲矣；以是爲畏，（盤旋縱迭。）而臣亦不必文之爲矣。乃文王則惟是翼翼者，不知有危焉。曰吾固爲臣也，世藩也，（「敬」字真際。）則篤於世藩之心而已。仁暴忠奸之形，一臨以天王之嚴威而胥化。（深人無淺語。）故爲我後廣德澤而仰膏雨者遍六州，爲我後靖跋扈而赫震霆者維四國。境無論險夷，（賅括一切。）統以匪懈之小心持之，而懿恭所積，乃至崇侯不能譖，祖伊不能訾，（揮灑淋漓，妙無一語擴實。）即六百祀之其主，卒亦坦然而服老臣之無他，而文何知有畏焉？（一齊收轉，滴水不漏。）文並何知有間焉？嗚乎！止於敬矣。是文之爲人臣，可以無憾矣。則觀於文之爲人臣者，（餘味曲包。）亦可以無憾矣。又嘗於子而觀其止焉。文王之爲人子也，人之所疑也。何疑乎？疑前後之相妨耳。急欲爲大勳之集，則其勤之志謂何？緩於增式廓之基，則克君之烈謂何？故疑也。然以是爲妨，而子難爲矣；以是爲疑，而子又何貴文之爲矣？乃文亦惟是雝雝者，不忍不求所安焉。曰吾固爲子也，嗣服也，亦光吾嗣服之道而已。公私順逆之論，（深得文王心事。）一入聖人之至性而胥融。故爲若考承先緒而弓矢有錫者征可專，爲若考貽令名而郊禘未崇者德靡悔。業可兼創守，總以丕顯之大道承之，而至德所昭，乃至十四王榮其號，三十世永其則，（鎔經鑄偉，切響堅光，却與浮烟漲墨不類，由其骨清也。）即千百代之儲君，皆將循然而修世子之成法，而文何所庸疑焉？文並何所於妨焉？嗚乎！止於孝矣。文之爲人子，可以大快矣。觀於文之爲人子者，亦可以大快矣。學者因文之敬孝而窮其變，則時勢難易之説何有焉？用是義明於朝，恩洽於庭。（氣息古茂。）篤棐隆，豫順昭，光日月而塞天地，家國攸賴，以維尊親之大倫者在〔一三八〕。此臣子之大學也。（滴滴歸源。）

擯棄糟粕，擷取菁華。長鎗大戟中，自具細針密縷。體大思精，雅與題稱。

（省吾）

生之者衆食之者寡爲之者疾用之者舒

甲戌會試　林鳳儀（十二名）

歷舉生財之道，開其源必節其流也。夫生與食，爲與用，衆寡疾舒間，固必有道處此矣。非平天下者，誰能酌其宜乎？嘗思王者不言多寡，不計有無，非徒淡泊爲高也。

（分按四項，妥帖排奡。）利莫大於農桑蓄積，在百年而不遺終日，故常以制節絶游惰之風；　政莫先於率作勤勞，及萬姓而尤在一人，故不以侈靡召陰陽之咎。（警闢。）平天下者，既本絜矩之道，以爲阜財之準矣。　今夫群倫有托命之原，（亦高渾，亦精卓。）興事圖功，道在儲其源於可繼；　大造有施生之澤，持盈保泰，道貴制其用於有常。　一在於生，六府並獻其菁華，狹於取之，則生之機窒。　持籌而失其平，斯阡陌頻開，適爲閭閻之累；（胸有史事，妙能鎔煉出之。）逐末而忘其本，雖稼穡是寶，奪於珠玉之華。（頓句。）生之所以逾匱也。（拍合正面。）王者本諸道爲權衡，而美利出矣。　吾觀負耒横經，即髦士亦居合作之列，而商農工賈無論也；　（靠實詮發，包一切，掃一切。　俗手堆砌餖飣，舉一漏萬，總緣不知剪裁之法。）浴蠶獻繭，雖嬪婦能成展采之文，而主伯亞旅可知也。　則生之者衆也。　一在於食，萬物各安乎職業，虚以耗之，則食之數浮。（持之有故，名論不刊。）立一法必多一弊，國服之息行，而胥吏飽其谿壑；　（末世財用不給，大半坐此。）置一官即增一費，榷算之臣出，而山海竭及魚鹽。（奇警。）食之所以不給也。　王者準諸道爲裁制，而經費定矣。　吾觀府史胥徒，（囊括《周官》士制之精藴。）惟收以公田之利，則國無冗員，而廩粟之虚縻者少也；　遺秉滯穗，且貽爲寡婦之謀，（每比偶句俱截然兩義。）則野無游民，而蓋藏之坐耗者鮮也。則食之者寡也。一在於爲，爲不患於力之不勤，而患乎時之多曠。俗吏以催科〔一三九〕爲事，（情弊洞若觀火，言之慨然。）則追呼時擾，難爲問晴課雨之謀；後王以興築爲功，則筋力已煩，莫應流火清風之令。爲之所以易怠也。王者合諸道爲圖維，而董勸勤矣。吾觀《周禮》，不詳力役，（鎔經鑄偉，剥膚存液。）而成梁除道，歲惟三日爲期，則耕作無妨也。王制莫重軍行，而荷戈執殳，家以一人迭用，斯征役無傷也。則爲之者疾也。一在於用，用不患乎取之易竭，而患乎出之常奢。宮中喜賞賚，（唐宋季世，數語盡之。）錫幣捐金，糜帑藏者萬計；域外侈遠略，（漢武末年，海内所以虚耗。）飛芻挽粟，竭倉庾者累年。用之所以不繼也。王者準諸道爲持平，而制度立矣。吾觀四方貢賦，藏諸太府，雖宮廷不容妄費，而奚論外朝也。（包括無遺，可爲運典法式。）終歲輸將權於冢宰，雖賓祭亦稟常規，而矧屬細務也。則用之者舒也。財豈有不足哉？

劈分四比，博大精深，高華沈實，涵孕萬有，賅括一切，是典制題第一文字。無一筆一句一字不做到恰好地位。十二分天才，十二分火候，墨藝中金科玉律也。（省吾）

天命之謂性率性之謂道修道之謂教

庚申順天　福珠靈阿（七名）

《中庸》明正學，而揭性、道、教之名焉。夫性、道、教未明，則異學争鳴矣。知其所謂，而正學於是乎傳。昔夫子言性，（探源星宿。）門人不可得而聞。其生平講道之功與誨人之指，唯曾氏得其宗。子思受《大學》於曾子，懼正學不傳，而異端得以乘其隙也，（深得立言本旨。）作《中庸》垂世，而特揭其要焉。一曰性，一曰道，一曰教。以爲自夫人以氣質言性，而善與惡混，（反面透闢。）甚且以知覺言性，而人與物同，不正其所謂天下將有紛紜舛錯而莫知所底止者。吾則謂未有人，先有天，天既與之氣以成形，（清辨滔滔，如老嫗道家常，人人可曉。）不命之理以成性乎？明乎天命之謂，則懿德悉由誕降，而後起無權；（意精筆卓，理窟湛深。）元善一稟生初，而人爲不事。孩提皆知愛敬平，且共見清明也。彼牿以忘其真，（正爲若輩指點迷途。）鑿以失其本者，盍思所以合天也哉？自夫人索隱以求道，而虛無寂滅之説興，甚至行怪以求道，而炫異矜奇之徒起，不正其所謂天下將有縱横謬戾而不得所折衷者。吾則謂未有道，先有性，（手口了了，説理文難得如詩明快。）性爲衆理所畢該，不爲大道所從出乎？明乎率性之謂，則知日用飲食之常經，循之皆生民之質；子臣弟友之庸行，秩〔一四〇〕之皆天叙之倫。（融會宋五子之書，而研煉出之。胸鏡筆刀，醰醰有味。）非作而致其情，實行其所無事也。（暢所欲言。）彼愛惡相攻而不知檢，情僞相感而不知閑者，盍思所以復性也哉？自夫人分門别户以垂教，（古今學術紛歧，數語道盡。）而紛争聚訟之患生，甚且伐異黨同以立教，而入〔一四一〕主出奴之見執，不正其所謂天下將有畔道離經而不知所窮極者。吾則謂未有教，先有道，道爲人所固有，（心空筆脱。）則教豈强人所本無乎？明乎修道之謂，則知禮樂政刑之具，君相所以範民；（兼君、師説，「教」字圓到。）詩書講誦之功，聖賢所以輔世。過者可俯而就，不及者可仰而企也。彼因任而入〔一四二〕於不可知之域，馳騖而出於非所據之端者，盍思所以盡道也哉？（不另結束，先正老法。）

屹然三比，神理口角，不差累黍。兀傲驚矯，質慤深醇。先輩所謂「看似尋常最奇崛，成如容易却艱辛」，斯文庶幾近之。然急索解人，殊不可得。（省吾）

是故君子戒慎乎其所不睹恐懼乎其所不聞

壬午順天　張之綱（十三名）

心與道爲一，道無間，心亦無間也。夫第於所睹所聞求道，則其所不睹[一四三]所不聞，將離道而不自知矣，是故君子兢兢也。且人之耳目爲事物用，人心又爲耳目用也，耳目爲事物用而道見焉，心爲耳目用而道愈見焉。顧耳目有不及之處，（明白俊爽，勁氣盤屈。）心則無不及之處，用其心於耳目之所不及用，夫而後心無不在，夫而後道無不在。吾謂道不可須臾離，夫道何所寄？（緊。）寄於人之睹聞焉耳。人亦何從而體道？（字字醒出。）體之於所睹所聞焉耳。而人猶不免離道者，則於其所不睹、其所不聞，（反落得勢。）持之不堅而防之不豫也。睹聞可以暫息，而道不可以暫息。故睹聞一須臾也，（跟上文「須臾」說入，脉理清真。）不睹不聞亦一須臾也。不得謂睹聞之須臾有道存，不睹不聞之須臾無道存矣。睹聞滯於有形，而道則渾於無形。故由睹聞而不睹不聞，道猶是也；（從前後際看出，息心渺慮，雋妙清微。）由不睹聞而忽睹忽聞，道亦猶是也。不得謂睹聞時我不與道離，（即注中「無物不有」二句意說來，更親切有味。）不睹不聞時道或與我離矣。吾思君子，夫君子之心，（全題在握。）始終一戒慎恐懼而已矣。必於所睹而見爲戒慎，於所聞而見爲恐懼，則方其未睹未聞之先，此戒慎恐懼之心安往也？（指點親切，空靈敏妙。）及其既睹既聞之後，此戒慎恐懼之心又安歸也？（妙，妙。）君子以全心運之，（單句見力量。）不睹而有時睹，不聞而有時聞。日用之紛紜，皆足驗中藏之疏密。（無轉不醒。）密而防其或疏，岌岌乎無窮期焉。蓋睹聞者此心，即不睹不聞，亦此心焉爾。（桶底脱。）必執其所不睹，而指爲戒慎在是；執其所不聞，而指爲恐懼在是。而此戒慎恐懼之心，初不自不睹不聞始也；（妙諦還生，六通四闢。）即此戒慎恐懼之心，仍不於不睹不聞止也。君子以恒心永之，（句法字法，工於錘煉。）於不睹不聞而推之睹聞，於睹聞而極之不睹不聞。事機之代嬗，舉足徵天理之存亡。存而持之勿亡，凜凜乎有真宰焉。蓋不睹不聞時有此心，（倒换便另一意。）斯睹聞時不失此心焉爾。其防之也豫，其持之也堅，是所以致道也，是即所以盡性事天也，（複筆妙。）君子始終於戒慎恐懼而已矣。

不睹不聞，不過形容「須臾」耳，竟作主静立極看，大謬。從前後際勘出真實工夫，不墮禪入虚，不刻舟求劍。明白疏通，如七寶琉璃屏，面面相映，斯爲冰雪聰

明。空靈犀利，與近科風氣尤宜。（省吾）

隱惡而揚善執其兩端

辛卯山東　王範（六名）

聖心唯知有善，而所以擇之者精矣。夫非隱焉揚焉，則善無由至，而善之中又即兩端而執之，其擇不已精乎？且聖人之心唯有一善而已，別善於不善之間，（拈一「善」字，兩截融成一片，上下界限，仍自劃清。）則心與善合，而善之迹象全融。別善於衆善之歸，則善爲心分，而善之等差必辨。渾然以與善相迎，而善無由遁其外也；秩然以與善相析，而善無由渾其間也。知此可以觀舜之大知。夫言不必皆善，而舜好問好察如此者，將以求夫善之端也。（拍合自然。）善者以別乎惡而得名，惡者每參乎善而並出，蓋至是而善惡分矣，而舜固已隱之揚之矣。謂言惡者亦能言善，則以隱之者感之；謂言善有不恒言善，則以揚之者誘之。（鞭辟入裏。）夫舜豈猶是人之見存哉？吾心本無不善，而惡自與爲拒；（實實抉出隱、揚之所以然，水融乳洽，分風劈流。）吾心無往非善，而善自與爲迎。（此意淺。）辨其善惡而心昭然，（此意深。上句陪起下句。）化其善惡而心更昭然。謂言惡者何與於我，則以隱之者忘之；謂言善者有益於我，則以揚之者勸之。（此義無人想到。）夫舜又豈有己之見存哉？（鈎魂攝魄，握拳透爪。）惟真知不善之難堪，而癉惡者自與爲藏；惟真知衆善之同趣，而彰善者自與爲顯。見爲隱之揚之而心肫然，（勃窣理窟，筆亦斬釘截鐵。）忘其爲隱爲揚而心更肫然。且夫舜之心惟有一善也，舜所聞不止一善也。以善爲一善，（脱卸有情，入下截不突。）〔一四四〕固別乎惡之外；以善爲不一善，又別乎善之間。蓋善之間固有兩端焉，惟舜則已執之。凡物皆有定境，而善無定境。有時共見爲善而移一境焉，已失乎善之實矣；有時祇此一善而值一境焉，乃獨得夫善之名矣。（「中」字已在隱秘吞吐間。）執兩端將以審其境也，課境於虚而善之端定，（句句説「善」，句句説「中」，鏡花水月，不即不離。）歷境於實而善之端又不遽定。其隱於機也，（「執」字頂上圓光。）夫固有判其機於至密者也，而舜則有以握其機焉。（恰如題位。）凡物皆有定分，而善則別有至分。人人共見爲善而分與之，違善之迹不必因矣；一人獨見爲善而分與之，（雕空鏤塵，鉥心劌目。）合善之事不嫌創矣。執兩端將以辨其分也，思其分之當然而善之端定，（無句不轉，無轉不醒。理極細緻，筆極爽朗。）思其分之所以然而善之端仍未遽定。其淆於象也，夫固有判其象於無形者也，而舜更有以繪其象焉。此擇善之極也，中由此出，道由此行，謂之大知，不亦宜乎？

苦心覷縷中，仍復游行自在，絶無艱澀之態。思精能入，筆曲能出，是學五家而不襲其形貌者。（省吾）

天地之大也

乙酉湖北　李士夑（六名）

進聖人而言天地，盡乎大之分矣。夫莫大於天地，則亦不必不以大歸天地。而第思天地之大，其於道果何如也？且言道而曰費，用之費，實體之大也。（借擒「大」字。）顧費緣於大，而其用始能相周；亦大視乎費，而其體自能相敵。（題以天地形道，文以道形天地。）故千古有一絶境焉，曰道，以其費也；千古有兩絶境焉，曰天地，以其大也。然則能與道相抗者，意惟天地而已矣；能與道之費相等者，（老筆紛披，虛神亦到。）意惟天地之大而已矣。道極其至，而聖人不知不能固已。聖無不知聖，而人則有知有不知，（題是從聖人推上一步，所以甚言道之費。二比承上落下，脱卸有情，筆亦蒼潔。）蓋聖無限而人有限，有限之知何如易知也？易知者大也。聖無不能聖，而人則有能有不能，蓋聖無盡而人有盡，有盡之能何如簡能也？簡能者大也。則且進人而言天地，進人之聖而言天地之大。天下有形者非大，而無形者始大。天地之大，其有形乎？其無形乎？顧以爲無形，而天地未嘗不呈其象；（用筆有陽開陰合、操縱自如之勢。）以爲有形，而天地究無以測其機。蓋嘗觀於覆載生成，而知納群生於在宥，其力大；（坐實「大」字。）普美利於不言，其功大。造物之恢廓，固非無形之可指，（酣暢。）而亦豈有形之所能加乎？（一絲不溢。）則大莫與京已。天下有際者非大，（二義賅括。）而無際者始大。天地之大，其有際乎？其無際乎？顧以爲無際，而天地已顯判其途；以爲有際，（筆筆老重。）而天地未嘗不各造其極。蓋嘗觀於化育流行，而知灾祥惟所降，其權大；寒暑惟所推，其勢大。元工之布濩，固非無際之可比，而亦豈有際之所能名乎？則大不可量已。（一氣呼吸。）然則非大不足盡道之分，而非天地不足盡大之分。夫道處於虛，而天地運於實，則道不能不藉於天地，即不能不藉於天地之大也。（實力寫足，深得《中庸》進一層説之意。）故世無更大於天地者，即無更能任道者，而天地可以爲功。（筆力千鈞。）抑非大不足盡天地之量，（一噴一醒。）即非天地之大不足盡道之量。夫道處於微，而天地更徵於顯，則道即不窮於大，究未必不窮於天地之大也。故非天地不能運道之大，（文心變幻，有轉無竭。）而道之大自不能更加於天地。（用反筆逼起下文。）而天地可以無過，而人猶有憾。何也？則天地雖大，終不若道大也，故曰費也。

此種題另覓議論，則失於支；籠罩下義，則易於犯。文坐實「大」字，不規規注射下文，「猶有」二字已隱躍行間。清思健筆，空靈宕漾，小品能手。（省吾）

天地之大也

乙酉湖北　史佩瑲（四名）

更即天地以驗道，若有獨形其大者焉。蓋大至天地而極，則欲驗道之費者，不可進聖人而觀天地乎？嘗思乾以易知，坤以簡能，言知能者，宜莫如天地。（擒「天地」，老。）顧即知能以驗天地，天地固在知能之中；而離知能以驗天地，天地實出知能之表。則夫有知有不知，有能有不能，舉無與於天地，而天地可思矣。試進聖人而言天地，陰陽化育之初，未有天地而先有道。當夫元黃未判，（源委洞徹，刊落一切，直抒精蘊。）早有是絪緼罔間者，默宰乎生天生地之原，則言道不言天地可也。專直翕闢而後，既有天地而即有道。當夫橐籥既開，實有是布濩靡窮者，永奠夫天高地卑之位，則言道更言天地可也。夫不觀天地之大乎？莫大於天地之形，攬六合之彌綸，固有馮相所不能占，章亥所不能步者。然形也而理實維之，（洪然大波起。）紛紜蕃變之故，無不託宇宙以效其靈。而凡萬物何以資始？萬物何以資生？一任造化之轉移，而不容自主。蓋觀於覆載生成之量，（遥吟俯唱。）而知天地之爲體鉅也。彼其大孰與京焉？莫大於天地之氣，本一元爲遞嬗，固有大撓所不能推，廣輪所不能盡者。然氣也而理實充之，（擲筆空中，莽莽浩浩，生氣淋漓屈蟠。）露雷風雨之施，無不因節候以呈其象。舉凡作善則降之祥，不善則降之殃。悉聽兩間之位置，而不假强爲。蓋觀於寒暑灾祥之運，（體用二義，包掃一切。）而知天地之爲用宏也。則其大烏可量焉？雖財成輔相，天地時藉聖人以成能。（用借賓定主法。）顧天地賴有聖人，聖人正賴有天地也。有秩叙然後有惇庸，（絶大識力，絶大魄力。）有稼穡然後有樹藝。五行百產，（聲光並烈。）不過因天地已成之局，而潤色以文明。是知位育之宏功，皆天地之大有以啓之也，斯固非聖人之所能及矣。雖崇效卑法，聖人亦與天地合撰。然世可一日無聖人，（深一層看。）不可一日無天地也。有時物而後有茂對，（眼前境，口頭語，拈來無非妙諦。）有草昧而後有經綸。得位乘權，不過因天地可致之端，而推行以盡利。是知參贊之全神，皆天地之大有以涵之也，斯更非愚不肖之所能窺矣。而猶不足以盡道焉，道之費爲何如乎？

「大」字越坐得實，「憾」字越逼得緊。尖崖仄徑，特現絶大神通，題分仍不溢一黍，此爲才大心細之文。（省吾）

天地之大也

乙酉湖北　任盛勳（八名）

知能至天地而極，可進聖人而思其大焉。夫天地何大？大於其知能耳。欲明道之費者，盍進聖人而懸擬之？嘗思乾以易知，坤以簡能，是非謂其用有專屬，而其功可淺量也。其知能之通乎一原者，實分之無可分，（筆能自圓其説。）而合之乃有可合，；其易簡之若無甚異者，既損之無可損，而加之更無可加。（「大」字透。）惟然夫婦之知能而曰可以，則未爲大也。聖人有不知不能，則大仍未大也。無已，試進觀天地。今夫天成象，地成形，此豈猶夫人之可以知稱者哉？而言知而不究乎知之至大，而於知見道者，且不無餘思焉。（言聖人，何以又言天地？《中庸》煞有深意。）以爲非有所不知也，知未大也。（推入。）惟以天地言知，而知無遺矣。雖位上位下，在天地亦似任其自然者，安有所爲知？（開筆以暢其致。）又安在見其大？顧非知之大，而萬物之資始者，何以不爽？非知之大，而萬物之資生者，（實實抉出「大」字，妥帖排奡，濡染大筆何淋漓。）何以不淆？非知之大，而萬物之屈伸不窮者，何以若燭照而數計？且自有天地之知，而仰觀俯察者，乃莫不分天地之知以爲知。惟天聰明，惟地配天，（圓到。）惟聖不過時憲耳，而日用不知者，（更圓到。）又無論也。則吾未能究夫天地之知爲何如知，（題是就聖人進一步説。）而試由聖人而盡乎知之量曰：則有如天地之知之大也。（「之」字如土委地。）今夫天司覆，地司載，此豈猶夫人之可以能名者哉？而言能而不窮乎能之至大，而於能見道者，或未必帖然焉。以爲非有所不能也，能未大也。惟以天地言能，而能事畢矣。雖或浮或凝，在天地亦似安於無爲者，烏有所爲能？又烏在見其大？顧非能之大，而静專動直者，孰主宰是？非能之大，而静翕動闢者，孰綱維是？（根極理要，却曉暢如道家常。）非能之大，而動静之互爲其根者，孰操縱而設施是？且自有天地之能，而戴〔一四五〕高履厚者，乃咸得分天地之能以爲能。（健句。）惟天行健，惟地承天，惟聖不過自强耳，而百姓與能者，又其微也。則吾未能窮夫天地之能爲何如能，而試由聖人而充乎能之極曰：（仍還虛位。）則有如天地之能之大也。然而人猶有所憾焉，天地之大，乃猶不可恃哉！道不且在天地外哉？

題位逼仄復逼仄，文承上「知」、「能」，劈分兩比，游刃於虛，綽有餘地。精思結撰，灝氣流行，是從隆、萬名作中來者。（省吾）

詩云鳶飛戾天魚躍於淵

辛卯浙江　魯慶元（三十四名）

引《詩》詞以驗化機，即飛躍而可見矣。夫鳶魚者，化育之一物；鳶飛魚躍者，化育流行之一機。子思欲明費隱之道，因述《旱麓》之詩，意謂吾論性而明之以率，盡人有然，即凡物亦何獨不然？惟無物不然，而物之翔者率其性而翔，物之泳者率其性而泳，天真之所露，莫非化機之所形。近取諸身，固不若遠取諸物也。此其意吾得之《旱麓》之詩，《詩》不云乎：「鳶飛戾天，（先點題，後發揮，援引體正當如是。）魚躍於淵。」鳶魚之飛躍遇以機，機之所遇，觸之而畢呈，而天淵不能爲之掩。鳶適成其爲鳶，魚適成其爲魚，鳶魚一品物，（清機徐引。）咸亨之象也。鳶魚之飛躍動以氣，氣之所動，感之而遂通，而天淵特爲其所寄。飛者常見其飛，躍者常見其躍，飛躍一太和，翔洽之徵也。（筆翻空而易奇。）使鳶於天而不飛，魚於淵而不躍，鳶魚失其飛躍之性，而機之流行遂息。然而天無不飛之鳶，（恰是活潑潑地景象。）淵無不躍之魚，其忽焉而戾天，忽焉而於淵者，（下句隱「躍」言「不」。）一若飛所不得不飛，躍所不得不躍，而飛躍皆不容已也，有各率其飛躍之性而已矣。抑使鳶於天而有心於飛，（進一層説。）魚於淵而有心於躍，飛躍失其鳶魚之性，而氣之鼓蕩不神。然而鳶之飛何心於天？魚之躍何心於淵？其自然而戾天，自然而於淵者，一若飛有所以飛，躍有所以躍，（句句説鳶魚，句句説道，鏡花水月，官止神行。）而鳶魚仍不自知也，有祇率其鳶魚之性而已矣。將離乎鳶魚以云飛躍，而飛舍鳶何屬？躍舍魚何屬？惟即鳶云飛，即魚云躍，雲飛川泳之際，覺觀於天而即鳶即飛，（頂讀「戾天」、「於淵」。）觀於淵而即魚即躍。鳶魚直無時不飛躍也，（靈心雋舌，指與物化。）而類乎鳶者可概焉，類乎魚者可概焉。將泥乎鳶魚以云飛躍，而飛之象何止一鳶？躍之象何止一魚？惟見飛於鳶，見躍於魚，濯鱗鼓翼之間，覺不必天而若有所飛，（活讀「戾天」、「於淵」。）不必淵而若有所躍。天下直無地無飛躍也，而類乎飛者可推焉，類乎躍者可推焉。是故鳶知飛而飛，魚知躍而躍，（水銀潑地，無孔不入。）是鳶魚之與知也；鳶能飛而飛，魚能躍而躍，是鳶魚之與能也。鳶魚異而飛躍同，而宇內悉行生之趣。天之高莫能載，而鳶飛於天，是天之適載乎鳶也；（七洞八達，頭頭是道，文心之慧，不可方物。）淵之深莫能破，而魚躍於淵，是魚之適破乎淵也。天淵静而飛躍動，而目中皆洋溢之機。（下句可接。）蓋《詩》云鳶魚，《詩》不獨爲鳶魚言也。吾誦《詩》詞，吾思道矣。

是言道，非賦鳶魚；是《中庸》題，非《詩經》題。即物即理，不脱不沾，六通四闢，活潑潑地。尤佳在字字俱性理妙諦，南華魔障一掃而空。亟登之以爲清真雅正之式。（省吾）

人之爲道而遠人不可以爲道

己卯會試　李紹昉

知遠人之非道，而爲道者可以致力矣。夫使遠人而猶得謂之道，則道亦未易言也。而孰知其不可遠人而爲者，有如此乎？且自世有任道之人，（截清上文。）而道之實乃充；（筆如轉環。）亦自世有任道之人，而道之實或晦。（接筆凌空。）卑邇也而求諸高遠，則論不即於人心，即業已乖乎道體，以爲人之不可及，（純用中鋒之筆。）而其實非道之不可離，未可與於知道者也。道不遠人，則將責諸道之自合，（此爲愚不肖之不及言，此意賓。）而道不任受，道固不能代人而完修能之責；然一聽諸人之自爲，（此爲賢智之過言，此意主。）而道亦不任受，道尤未嘗予人以自增損之權。其原出於天，天則人不能外；（「性」、「天」二義，「人」字頂上圓光，鐵板注脚，顛撲不破。）其理率於性，性則人所共存。此而遠人以爲之，（虛落養局。）安在其有當乎？精微之旨，不遺庸衆心理之同，而賢智者過焉。（千古學術紛歧，言之確鑿。）薄淺小而侈言浩博，而復以闊略濟之，（推極流弊，筆力勁健。）卒之窮大失居，其後遂至有學術之患。帝王之經，祇此百姓日用之質，而隱怪者忽焉。（出比暗以明季講學作骨，對比暗以二氏之學作骨。）棄民義而獨闢荒杳，而復以堅僻施之，卒之虛無寂滅，識者早引爲世運之憂。（直接無支蔓。）故自人之爲道而遠人，而道幾足以絶人，而不知此人之所爲，（淺語饒有清勁之力。）而非道之所爲；且自人之爲道而遠人，而人又幾足以病道，（淡中著筆，爲後幅發揮留地步。）而不知爲之遠於人，即人之遠乎道。（一氣呵成。）如是而猶期以道之明也，可乎？極道中參伍錯綜之故，無所不周，（頓挫。）以爲遠則誠遠耳，然古今變化之用，當其創始，亦若遠過乎衆人。（言必有物，不苟爲炳烺。）而迫乎大義既昭，求諸一人之心而慊，

（人同此心，心同此理。）即求諸天下人之心而靡，不慊則仍未嘗遠也，而遠人者何有焉？窮其説，未嘗無新奇可喜之端；（越放鬆，越鞭堅。）筆諸書，或指爲神妙難窺之蘊。究之於人之當然者有拂，即於道之本然者有乖，（將題字迴環咀嚼，靠實詮發，所以「不可爲道」意，不煩言而解。）而震之者且以爲一人獨得之理，而理則固有間矣。（微妙可味。）如是而猶期以道之行也，可乎？（暗以仁、智分柱。）極道中創建艱鉅之功，亦無所不至，以爲遠則信遠耳，然古今神明之業，當其造極，亦若遠絶乎凡人。而迨乎軌範既垂，措諸當時之人而以爲宜，（盡乎己之所獨，協乎人之所同。）即措諸千萬世之人而亦莫不宜，則固已不遠也，而遠人者何有焉？致其異，爲高明者所喜托；攻其業，亦形色之所不居。（刻劃盡致。）究之於人之同然者無關，即於道之必然者無涉，而怵之者或以爲一人獨至之分，而分則固已悖矣。（恰如題位。）蓋爲道而遠人，不可以爲道，又何疑於道之或遠、人之難治耶？

純從夾縫中透抉所以「不可」之故，英思健筆，元精耿耿，握拳透爪，攝魂鉤魂。

（省吾）

人之爲道而遠人不可以爲道

己卯會试　余靖

失率性之説者，非道之本然矣。夫天下豈有人外之道乎哉？人之爲道，奈何其出於此？今夫人有志進修，則所以自辨其向往者，可不審哉！古人之於道，以修而益明；今人之於道，（斬截。）以修而愈弊。其初自失其性情，（上句。）而其後遂爲害於學術，（下句。）則見道之不明，（穩愜。）而從人者誤爾。夫道惟不遠人，（緊拍。）所以爲道耳。秉彝之良，所性而具，則含生負氣者當自我順之，（劈理分明。）而不當自我拂之；理義之説，非由外鑠，則量能致力者當有以全之，而不當有以戕之。（神明於先正煉字之法。）然則人之爲道，而果不遠於人也，是固道之所重賴矣。（機神一片。）而無如人心之易惑也，勞精敝神，不探之日用倫常，而索之怪異隱僻，迷而不返，（堅卓。）遂若舍大中至正之閑，而别立宗旨；習俗之易誤也，窮高極遠，不求諸耳目見聞之常，而競爲離奇幻渺之變，久而愈歧，遂若舍與知與能之理，而别有徑途。是則道者，所以開其聰明也，（極沈刻之力，妙以揮霍出之。）而返以蔽其聰明；所以疏其性靈也，而返以錮其性靈。

方策典型之具存，獨奈何有此不經之説道者？所以正倫紀也，而反不切於倫紀；（顛撲不破。）所以端名教也，而反自外於名教。天理民彝之未泯，殊不料有此背誕之徒，（筋節。）是遠人也。夫遠人而尚可以爲道乎哉？其或天資愚昧，尚〔一四六〕未足自恣其僞妄，所患者，以聰穎非常之士，（非列諸子，弊病坐此。）而鋭意獨往，則因〔一四七〕才致誤，將終身無覺悟之萌。其始信從無人，亦或其指爲不類，所慮者，（言能有物，語必透宗。）以異説争鳴之餘，而群焉競趨，則謬戾紛紜，安得尚有反經之望？夫人之爲此，非不自以爲道也，然而道者天之所賦，而顧以私智爲之，異日害道之端，將由於此。有志者尚其求道於率性焉，庶不失天命之本然乎？

如何遠人，如何不可爲道，還他確確鑿鑿。短兵相接，精警透闢，而仍饒神韻。嘉、隆作手，不圖得於近科墨裁。（省吾）

君子之道辟如行遠必自邇辟如登高必自卑

庚申陝西　翟若愚（三名）

入〔一四八〕道必有所自，知卑邇未可忽矣。蓋使可舍卑邇以求高遠，君子亦或爲之，而無是道也。行之登之者，計所自焉可耳。今夫道以中爲至，以庸爲程，過者可俯而就，不及者可仰而跂也。初何嘗有邇與卑之説足以域之？又何從有遠且高之見足以難之哉？顧從入〔一二四九〕之途不可淆也，（一筆勒轉，所以「必自」意已透。）進修之等不容紊也。今試即君子之道一借觀焉。以道之極而言，（不着一替字，純用白描。）不得概言邇與卑也，惟立乎終以觀乎始，則有先見爲邇，（字字着眼。）先見爲卑者；以道之序而言，（回環説來，咀嚼盡致。）不必驟言高且遠也，惟原其始以要其終，則有日見爲遠，日見爲高者。遠則殊乎邇，高則異乎卑。（緊頂提比，蟬聯一片。）立乎外以觀道，道若各別乎其區，相懸而不相假，然舍邇無以及遠，（開合動合自然。）舍卑無以成高；入乎中以求道，道亦各循乎其轍，相合而不相離，或則拘於墟也，（此爲不及乎中者言。）或則安於陋也。泥卑邇之見者，必且畫而不進，止而不前，終無由至高遠之日，否則馳思於至渺也，（此爲過乎中者言。）否則勞心於所絶也；（六比反覆推勘，爲「必自」二字取勢，一氣清空，離合擒縱，各極其妙。躁心人未許領取。）騖高遠之見者，且欲一蹴而臻，憑虚以造，究且失其卑邇之基，君子之道果安托哉？蓋其間有所自焉，（點睛。）則辟之行遠，然行亦安有窮期？始行之而未遠也，邇也；（指點親切，彌淡彌旨。）繼行之而仍未遠也，則猶邇也；　及久之而視向之行焉者，竟迴乎不相及矣，遠矣。問何以遠，惟邇故得遠也。曰行邇之途，（冰雪聰明，塵障一空。）即曰行遠之途。遠之準，邇之推也，（「推」字妙。）行之有自焉必也。（醒「必」字。）且辟之登高，然登亦何爲止境？初登之而未高也，卑也；　漸登之而已漸高也，則非卑也；（對仗筆法，略爲變換，雋永可味。）迨久之而較昔之登焉者，益憂乎不可即矣，高矣。問何以高，（一噴一醒。）惟卑故成高也。曰登高之境，究曰登卑之境。高之極，卑之積也，（「積」字妙。）登之有自焉必也。彼泥乎邇與卑者，可以奮矣。（承前六小比意，作開合章法，滴水不漏。）共此知能行習之恒，曰懸其理以待人，而初非神聖之窮人於跬步。抑驚乎遠與高者，可以返矣。本無驚世駭俗之爲，第遵其途以漸致，而自覺庸衆之不阻於躋攀。求君子之道者，可不計所自哉[一五〇]？

合晉譚宋理爲一手，心空筆脱，元箸超超，燦若列眉，燎如指掌。西江一派，不在豫而在秦矣。（省吾）

必得其位必得其禄必得其名必得其壽

戊寅陝西　王弼（十五名）

得之可必者非一，必之於其德也。夫位也、禄也、名也、壽也，皆大德之所自有也，決言必得，是可以知其故。《中庸》言道之費，既引夫子之論舜孝矣。其曰「尊爲天子」，言位也；（承上卸下，天然來脉。）曰「富有四海之内」，言禄也；曰「德爲聖人」，言名也；曰「宗廟饗之，子孫保之」，言壽也。夫舜亦何期於位、期於禄、期於名與壽也？而於富曰有，則〔一五二〕富之外，舉無非其所有也。（借上節「有」字陪本題「得」字。）蓋惟大德有以有之也，吾於是益恍然於其故矣。（以收作領。）有豈有常哉？（緊頂小講。）偶然之遇，可有可不有耳。（「有」字説入，課虚責實，戛戛生新。）舜之大德，有而不慮其不有者，若固有之，有亦豈有盡哉？（勁峭。）適然之數，或有或不有耳。舜之大德，有而無一不有者，亦自有之。（蟬聯一片。）自有之，則所謂位者非徒有之也。（坐實「其」字。）其位也，所謂禄與名與壽者，亦非徒有之也。其禄，其名，其壽也，（筆端有奇氣。）遇合本自外至，而此若取諸内，（入木三分。）而爲其所私。固有之，則所謂位者非第有之也。

得其位也，（坐實「得」字。）所謂禄與名與壽者，亦非第有之也。得其禄，得其名，得其壽也，遭逢亦聽諸世，而此若據諸己，（工於刻劃。）而爲其所獨。此豈邀求而得之耶？（元傲。）豪傑恃雄才，且欲争衡於氣數，究之可邀者，其偶非其可必也。知其不可必，而其可必者昭然矣。夫多福之求，（恰好證佐。）必待永言之配，則位禄名壽，誰司其權？（擊射「夫」字。）而或求之不得。又誰操其券？而求之無不得也，惟大德故也。（倒繳上文「故」字。）又豈幸致而得之耶？庸人多妄念，每欲坐享夫休祥，究之能幸者，其暫非其能必也。明其不能必，（轉筆不煩詞費。）而其能必者信然矣。夫餘慶之有，必推積善之家，則位禄名壽，孰爲惜之？而或致一得而不能。又孰爲縱之？而致全得而無不能也，（四項都到。）亦惟大德故也。不然，耕稼陶漁，何有於位？（反掉作收，文勢至此一振。）飯糗茹草，何有於禄？側陋揚夫烝乂，名不求而自彰；艱險歷而耄期，壽未祈而自永。人第見舜之得位禄名壽，其遇至奇；而不知舜之得位禄名壽，其理至足。人第見舜之得位禄名壽，（無筆不轉，無轉不醒。）得之於既得之後；而不知舜之得位禄名壽，必之於未得之先也。得之者舜，必之者德也。（盤空屈注，滴滴歸源。）其德也，其孝也，而吾因有以知天矣。

此種題堆填典故，剿襲成文，陳陳相因語幾令人不可嚮邇矣。文獨將題中數虛字咀出義味，運實於虛，力踞上游，千尋隽骨，一片化機。處處暗藏「德」字，却無一筆沾連，尤徵手法。（省吾）

故天之生物必因其材而篤焉故栽者培之

戊子江南　繆梓（五名）

生物之天必因物，而知培之之有故矣。夫生之必篤之，篤之必因之，天之生物如是。觀於栽者之培，其故不已可思耶？且萬物本乎天，以爲物之權，惟天得而制之。（扣「因」、「篤」，扣「培」。）而不知天之權，亦惟物得而制之。（扣「材」，扣「栽者」。）天以權寄諸物，斯權之所發，（精警透闢。）物常處先而天常處後。惟物能自有其權，以得天之權。（健筆獨扛，兩截融成一片。）天亦若乘物之權，而獨伸其權於物之上，而物已荷天之寵矣。不然，大孝之所必得，亦甚彰彰矣。其培養之如此其至者，謂非天之爲耶？（擊末句。）抑豈盡天之爲耶？蓋嘗縱觀於生物之天，而知其故。（老筆。）且天之所以與物者，豈偶然哉？雨吾見其潤萬物也，日吾見其烜萬物也，風雷吾見其動萬物也，霜露吾見其舒慘乎萬物，而生成乎萬物也。（排奡。）父母之於子也，既生之又長育之，又成就之，而有加無已焉。（罕譬而喻，親切有味。）天則父母乎萬物者也，推厥愛子之心，亦何獨不然？然而天有待矣，物之未生，天能造物；　物之既生，天惟能因物。無他，篤有同心，而材非一質也。有默爲因者而因之迹泯，（「因」字分四層，洗發培覆，都涵蓋個中。）有顯爲因者而因之用彰，有徐爲因者而因之化洽，（「默」、「顯」、「徐」、「迫」四字，極穩愜，極諦當。）有迫爲因者而因之道神。（排偶下以單行束之，文氣便不散漫。）要以必然者赴物之自然，而非有愛不愛於其間也。故天之賦物，同於生而異於篤。（筆筆横，筆筆竦。）今且有物焉，（折入下截。）人之遇是物也，其與凡爲物者，無以異也。一旦而曰雨者，曰日者，曰風雷而霜露者，爲之潤焉，烜焉，動焉，舒慘而生成焉。不知其所從發，而不可掩遏。而是物者，亦且浸淫焉，（栽者鬚眉活現。）奮發焉。其氣翻然，其神油然，其機勃然。回視夫凡爲物者，（句中有句。）而彼則翹然矣。是必有培之者，是果孰培之者？而遂以是爲天之培之，（逗起「故」字。）則大不可。（神接。）然則其故何也？（筆筆横，筆筆竦。）曰其故仍在物而不在天。彼物者，其氣固，則其得天也厚；（一綫穿成。）其神凝，則其承天也至；　其機捷，則其俟天也深。天於是因其氣之固者，而爲之植其幹；（「因」字、「培」字，水乳融洽，文成法立，令人忘其爲兩截題。）因其神之凝者，而爲之發其華；因其機之捷者，而爲之速其成。以視夫生物之初心，亦何嘗自相刺謬乎？而人顧致疑於天耶？（複筆妙。）然則其故何也？曰惟栽者故。（點睛欲飛。）若夫傾者則覆之矣，彼大德之必得天耶？非天耶？（神妙欲到秋毫顛。）

極邁，極横，極奇，極竦。一氣奔放，古味盎然，先正中雅與黄蘊生集爲近。作散文以馳縱爲豪，生澀爲古，直打乖耳。集中散體文罕有録者，誠恐學者畫虎不成，轉滋貽誤。看此作機勢，挾議論而行，跌宕雄奇，峭厲廉悍，是何神勇。録之以爲場屋作散文者式。（省吾）

尊賢則不惑

戊子雲南　史尚忠（十七名）

惟賢可以祛惑，尊之者已收其益也。夫人主處易惑之勢，而又不可稍有惑之時也。欲絶其惑，非尊賢不可。嘗思心純則賢才輔，是賢固賴人主之純心以致之也。而不知人主之純心，（筆力精勁。）亦遂資賢以養之。何者？人主用賢則其意誠，（誠明虚實，顛撲不破。）誠之通者明可復，而觀感之久，乃益誠而益明矣； 人主重賢則其心虛，虛之至者靈自生，而濡染之深，乃愈虛而愈靈矣。 然則修身而外，尊賢固不重哉！天人不並域而居，天能勝人，人復能勝天，而賢則純乎天者也。（插此句，文理、文機俱極圓愜。）故畢生克己，未必盡絶人心之蒙；（堅光切響，得之此題尤難。）而一日崇儒，遂可潛復天理之正。 性情每分途以出，性能生情，情亦能亂性，而賢則純乎性者也。 故百年閑邪，尚莫保物情之蔽； 而一朝下士，早已清德性之源。 不惑之效，非由尊賢而得之乎？且夫論不惑於人主，則固有難焉者。 宦豎足以蔽其耳目，（對勘詮發，語無泛設。）宫妾足以錮其靈明，玩好珍奇足以昏其志氣。 攻取之感，介乎儀容；（純從所以然抉摘。）燕私之心，形於動静。 弦歌醉飽之中，智勇猶將困焉，而中主無論矣。 若夫資賢者以祛惑，則更有甚便者。 詩書足以開其錮蔽，道德足以發其光華，聞望圭璋足以生其欽翼。 清明之心，生於嚴憚；（醖釀深醇，精神團結。）中和之德，成於薰陶。 朝漸夕摩之下，雖昏懦猶將啓焉，而英主可知矣。 尊非徒文貌承之也，必釋其疑以相待焉。 夫此釋疑以待之心，（探源。）是即惑之所由消也。 又況我不以疑待賢，而賢之無疑理[一五二]者，（筆能自圓其說。）更思以祛我之疑於無盡乎。 疏附奔走，（有此托筆，文氣自不迫促。）

群才以效馳驅。而賢者獨從容坐論於清宴之地，（見得到，説得出，妙不雜三代後一語。）使人主有所啓沃，而不至宴安酖毒，以墮其聰明，蓋賢之有裨於人國殊大爾。尊亦非虚拘將之也，必堅其信以相浹焉。夫此堅信以浹之意，（補此層極圓。）是即不惑之所見端也。又況我實以信相浹，而賢之能信理者，且有以固我之信於無已乎。面折廷諍，百爾以彰直節。而賢者獨淵然静鎮於宫府之間，使人主有所謹恪，（剴切淳貫，如讀賈長沙、董江都策論。）而不至縱情私昵，以蔽其聞見，蓋尊賢之有關於主德非淺爾。試進而詳言之。

尊賢公家言，淘汰一空，詮「不惑」亦與「不眩」有別。議論開拓，確切不浮，體大思精，題之能事盡矣。（省吾）

從容中道聖人也

癸酉河南　彭灝（八名）

爲誠者實指其人，知其人未易易也。夫聖人而從容中道也，則其人豈易言哉？中庸所以爲誠者實指之，意謂吾言誠之爲誠，而不禁穆然遠矣。夫無不實之謂誠，無不通之謂聖，（梳櫛明快，的破水解。）聖者蓋誠其爲聖人者也。然而聖人之渾淪無間，自有生之使獨者焉，是故吾言誠而後知聖人之自有真也。不勉不思，此其於道果何如道，而其人果何如人哉？聰明本於天亶，（從源頭説入，已伏題而盬其腦。）而神智日生自有，因心作則之妙，此非中庸以下所可幾也。古稱先天弗違、後天奉時者，或其人矣。剛健本於日新，（聖性、聖學分柱。）而精神默運獨握，裁成變化之機，此並非大賢以下所得企也。古稱天地合德、陰陽合撰者，乃其人乎？（爲「也」字傳神。）斯人也，其與道猶有擬議之迹者乎？無有也。夫道之中也，（「道」字有着落。）本無偏陂矣，而喜怒哀樂，（暗以首章詁題。）感發一出於自然，則道之不可離者，（雋舌雋手，警快絶倫。）本無所離，又安見所爲合也？其中也，何從容也。斯人也，其與道尚有推測之勞者乎？不事也。夫道之庸也，非可矯揉矣，而弟友子臣，率行祇還其固有，則道之不遠人者，本未曾遠，並不可以言近也。其從容中也，即道也。（回環説來，題妙活現，破空起。）天下未有聖人而非中道之人，天下亦未有中道而皆爲從容之聖。（留誠之地步。）蓋首乎庶物，此中有天授焉。（破空接。）大〔一五三〕地萬物之理，自具於方寸而入〔一五四〕焉悉化，遂不覺其曲中如斯也，是無妄而誠者也。非天下之至精，（用《易》語恰合。）其孰能與於斯？吾能必從容者，可爲中道之聖；吾不能必中道者，即爲從容之人。蓋超乎物表，此際悟神奇焉。日用飲食之常，宛昭其蕩動而感而遂通，（筆意超妙，題情題理，透徹無遺。）遂不覺其微中如斯也，是無爲而誠者也。非天下之至神，其孰能與於斯？蓋誠原於天而聖則屬於人，以人合天即以天契天也；（雋理名言，妙諦層出。）誠爲道中之天而聖則道中之人，以聖體道實以道見道也。從容中道，聖人也。

掃却翳障，一氣清空，雋妙軒豁，愜心貴當。（省吾）

人十能之己千之

辛卯福建　薩維翰（五十名）

必欲奮百倍之功者，不讓人以獨進也。夫人而十能，尚不及己之百也，（破承便不苟。）而困勉者處此，則已皇然矣，能不以千策其繼乎？對哀公曰：「夫能與不能，何常之有？（借賓定主。）有一蹴而能者，即有一蹴而不必能者。」一蹴而能，人逸而已既不敢希其逸；一蹴而不必能，人勞而已愈不敢安於逸。進而有功，勤以補拙，（硬語盤空。）理無終極，數有遞增。（矯折。）力於初而怠，於繼則弗措者，卒不免於措矣，非困勉求能之道也。人一已百，百倍之功盡矣。雖然，猶有慮。慮夫人之心一始者，必不以一止也。夫由能得一，一非能之止境；（一縷心思，直湊單微。）由一積能，一實能之始基也。（引起「十」字。）安知不每進而愈上矣？慮夫已之以百始者，仍將以百終也。夫以百視一，雖詣力之迥絶；由一企百，（順逆迴環，耐人尋繹。）尚途徑之可尋也。奈何不竭蹶以圖焉？（引起「千」字。）設也人十能之乎，能非以十竟也。而既有十能，則視向之一能，僅居其十之一。（頓住上句，筆筆説人，却筆筆説己。句中藏句，與呆詮者迥别。）即視吾之百能，已得其十之一也，（弦外有音。）謂人不安於一焉可也。人之能又不可以十限也。而既有此十，則較吾已及之百能，固歷境之匪遥。即視吾未及之衆能，（百尺竿頭，更進一步。）亦循途之可進也，（妙，妙。）謂人之並不安於十焉可也。斯時困勉者當如之何？殆非己千之不可。境以進而彌艱，謂由百而千，（微至入理，不同尋常，借賓定主。）難於由十而百焉，固也。顧人之由一而十者，不以難而自沮；吾之由百而千者，獨以難而自疑。是人處進，（雋刻。）而我處退也。且安知人不十倍其功，（螺旋愈入，蕉剥愈出，文筆之幻，得未曾有。）而已及乎吾之百也？是人愈進，而我愈退也。（愈雋愈刻。）境又以嘗而見易，（空靈變幻，不可方物。）謂由百而千，易於由一而百焉，固也。然人之自一至十者，不以易而諉爲緩圖；吾之自百至千者，顧以易而鄙爲不屑。是人皆欲盈，我獨欲歉也。且安知人不百倍其功，而更先吾之千也？（出比非非想，對比更非非想。）是人彌盈，而我彌歉也。是故知之之數無窮，而見人之知進於十，即不敢自安於百。推其意即至於千焉，尚恐吾知之千，或僅敵人知之一也。（用加倍寫法，刻入骨裏，意味深長。）行之數無盡，而見人之行底於十，即不敢懈於千。揣其心即至於千，尚疑人行之十，或轉勝吾行之千也。詣力專斯，多寡之數不計；精神奮斯，遷延之見不生。此困勉之實功也，君其有意於此道乎？

無筆不轉，無句不雋。澄思渺慮，慧舌靈心。五家風格，於兹未墜。西江一派，自是貼括勝境。然真贋疑似，辨之甚微。毫釐差，千里謬矣。俗學橫潦無源，故作生强語、艱滯語，謬謂俎豆五家，實則越女效顰，令人噴飯。而知音者鮮。每見鈎章棘句，聱牙詰曲，輒咋舌斂手；不曰是脱胎千子，即云是瓣香大力，一唱百和，以耳爲目。文章魔道，莫兹爲甚。嗟乎！西江豈真不可學？學西江而不善學，則西江真不可學矣。願與深於文律參之。（省吾）

載華岳而不重振河海而不洩

甲子陝西　王述典（二名）

即所載所振以論地，其廣厚固不可測矣。夫〔一五五〕華岳也，而地載之；河海也，而地振之，又何重與洩之有乎？其廣厚將奚以測乎？嘗思無形之氣，固有形之所，賴以奠乂也。特不驗於至高，（筆力健舉，力破餘地。）無以見勝任有餘之量；不徵於至大，無以見含宏不敝之神。孰主張是？孰綱維是？吾蓋觀於德合無疆者，而知積形之區，皆積氣之區，即皆積理之區。地之廣厚，（借賓定主。）一天之無窮也，則曷觀其所載？曷驗其所振？天下惟力有所浮者爲能載，（是何意態雄且傑！）或浮乎其力則載窮，即稱乎其力則載亦有時而窮。華鎮河之南，岳鎮河之西，綿亘不知其幾千里也，天下更無有重於此者矣。乃地以大力舉之，（文亦大力包舉。）若重失其重也者。重失其重而華岳窮，而載華岳者乃不窮。（何等筆力！）且岳之爲言觕也，黜陟幽明，觕功考德也。此指凡爲岳者而言，觀地之所載，言載岳可也，言載岳而不重可也。何以先言華？（有洗發。）惟華在周境以內，爲四方所觀瞻。故當年望秩之文，以華爲中，（急風驟雨中，妙仍有度。）而吴岳附之，言華岳尊邦畿也。其有專名爲岳者，以華統之；（包掃一切，擯棄糟粕，擷取精華，庶幾不愧。）其有共名爲岳者，即以華岳統之。華不重，則岳不重。華岳不重，則夫爲泰、（餘味曲包。）爲嵩、爲衡、爲恒者皆不重。蓋以生華岳者載華岳，（精義層出不窮。）則華岳一地也。以地載地，（桶底脱。）且不見其載，初何有於重乎？吾得爲之斷曰：「載華岳而不重。」（從「載」字、「振」字咀嚼，精妙。）天下唯量之所攝者爲能振，或溢乎其量則持窮，即同乎其量則振亦終至於窮。（空諸所有，故包諸所有。作手豈屑以堆垛見長？）河之播者九，海之會者四，汩越又不知其幾千里也，天下莫有易洩於此者矣。乃地以大量藏之，若洩不及洩也者。（理實氣空，筆端具有奇氣。）洩不及洩而河海窮，而振河海者愈不窮。且海之爲言晦也，主承垢濁，其黑如晦也。此指注於海者而言，觀地之所振，言振海可也，言振海而不洩可也。何以首言河？惟河從乾位而來，爲四瀆之宗長。故王者祭川之典，以河爲先，（讀書得間，字字典核。）而大海次之，言河海別源委也。（强對，絶對。）其有自入於海者，以河統之；其有入於河以入海者，即以河海統之。河不洩，則海不洩。河海不洩，則夫爲江、爲漢、爲淮、爲濟者皆不洩。蓋以生河海者振河海，則河海一地也。以地振地，且忘其爲振，又何慮其洩乎？吾得爲之斷曰：「振河海而不洩。」

華岳河海，不過起例發凡。堆砌飣餖，作十成死句，直笨伯耳。崇論閎議，不屑與胥鈔家角勝負。筆可擎天，才能量海，應推此題傑作。（省吾）

則能盡物之性

辛酉廣東　吴梯（一名）

至誠有及物之能，皆誠之所忻暢也。蓋物性之不能盡者，人性之量未充也。至誠之及物，豈他求哉？且盈宇宙間，皆物之所積也；（用三疊筆詮題，時墨多有此，尤簡老不文。）盈宇宙間之物，皆性之所貫也；盈宇宙間之物之性，（滴滴歸源。）皆誠之所通也。而至誠既以盡其性者，（以收爲領。）盡人性也。人之於物其相及之恩，（吾儒與二氏不侔。）不敵相殊之分，故其序之漸致者，愛物後於仁民；人之於物有馭之之勢，即有類之之情，（萬物本一體。）故其道之交通者，人官兼乎物曲。（截上。）則盡物之性，亦惟至誠爲能已。物稚不可不養也，然徒煦嫗生息，而聽其繁殖於兩間，（中二比承提比意，而暢所欲言。）勢將自瘝焉。而不堪用聖人制爲之節，（刊落浮華，賅括一切。）而取之以其時，既以防嗜欲而戒貪殘，而又不至積於空虛，（兼此一層，「盡」字圓到。）以朽有生之質。山林有宜，原隰有宜，所爲盡之以政也。（正面只此二語作手，故與獺祭不類。）蓋在人爲供職，（處處不脱人性。）而在物亦爲呈材，一誠所鼓舞而已。物又不可苟合也，以彼同類殊能，而任其紛芸於百族，勢將相虐焉。而不能容聖人權之以義，（純是《周官》、《王制》精蘊。）而處之以其地，亦既群爲分而類爲聚，而並不使交相戕賊，（大言炎炎，小儒咋舌。）以苦庶彙之生。冥氏有掌，翟氏有掌，所爲盡之以刑也。（石破天驚。）蓋在人爲鋤奸，而在物亦爲除害，一誠所裁制而已。（處處緊抱「誠」字。）日用飲食之所資無論矣，亦有非所用而用，非所求而求者焉。珍奇玩好，本近慆淫，而太平無事之時，（此意無人道及。）相與侈揚其盛，則以盡人性之餘者及之也，（柱義一綫。）天下於以仰文明。耳目聞見之所及無論已，亦有莫之爲而爲，莫之致而至者焉。麟鳳龜龍，何知諂媚？當太和洋溢之世，（隨手拈來，俱成妙諦。）而不敢自愛其奇，則以盡人性之極者徵之也，王者所以有符瑞。（煞句老。）蓋至於盡物性，而至誠之能事廣矣。可以育萬物，即可以位天地，故誠者人物之源，而天地之本。

此種題若鋪排門面語，恐非尺幅所能盡。且千手雷同，有何意趣？此獨將眼

前習見語一掃而空，咀嚼精妙，博大深醇。處處從人性説入，緊抱「誠」字，尤爲細針密縷，滴水不漏。（省吾）

夫焉有所倚

庚申湖南　譚鵬霄

無所倚而成能，至誠所以異也。蓋必倚於物者，下學之事也，至誠焉有是哉？此其經綸、立本、知化之所以獨絶歟？子思意謂吾言修道謂之教，教者，所以使天下之知愚賢不肖，（借首章「教」字剔出「倚」字。）倚此以成其材也。自世教寖微，而民不興行，則亦遂鮮有能之者矣，（一撥便醒。）爲其無所倚耳。夫必有所倚而後能，而無所倚即安於不能。此中材以下之士則然，而烏可以論至誠？（「夫焉」虚神亦到。）今夫至誠之所有者，誠而已矣。（剔「有」字，全神俱動。）由内及外，誠著於大經，而經之綸之；誠見於大本化育，而立之知之。其所能者，原於誠之分無所歉。（題前取勢。）由外窺内，經之綸之，（迴環説來，截然兩義。）以誠爲之始終；立之知之，以誠爲之貫徹。其所能者，要於誠之體無所加。此而求其所倚，夫焉有哉？（水到渠成。）且夫學者之所倚有二，

（鐵板柱脚。）曰「擇」、曰「執」。理本一也，自吾心多僞妄之參而始雜焉。因其雜以析其數，非倚此擇善之功，則茫茫乎無所入〔一五六〕，即欲强爲與焉，（理析毫茫，曲而能達。）歧途又牽之去矣。故凡有所思而得者，（心苦爲分明。）皆其倚於思者也，非至誠也。理本合也，自吾心多虚假之萌而始離焉。因其離以求其至，非倚此固執之力，則格格乎不相符，即欲飾爲能焉，半途或幾於廢矣。故凡有所勉而中者，皆其倚於勉者也，非至誠也。若夫至誠，（機神一片。）以一身完中和之量，（以首章詁題。）未嘗無戒懼而不見戒懼之勞，未嘗不慎獨而並泯慎獨之迹。蓋誠裕於中，（跟定「誠」字，來脉獨真。）凡所爲經綸、立本、知化，（從旁面托出。）後之君子皆奉之以爲楷模，而至誠但行所無事焉。求幾微之妄而不得，（明白了當。）則亦求幾微之倚而不得已。以一心該費隱之全，祇此與知與能，（以十二章詁題。）獨從容而中其儀節；猶是察上察下，偏優游而引於高深。蓋誠積於素，凡所爲經綸、立本、知化，後之君子皆循之以爲行習，而至誠第安其固然焉。求一息之間而無從，則亦求一息之倚而無從已。（如題而止。）其在堯舜，率安安之性，（證佐恰好。）而九族自親，峻德自明，七政自協；其在仲尼，順從心之矩，而孝著爲經，道貫於一，命神於知。無所倚一也。由是進擬其心體，而益嘆至誠之所以大矣。

以經詁經，清蒼高秀，題無剩義，元氣渾然。（省吾）

君子之所不可及者其唯人之所不見乎

癸酉貴州　舒于逵（五名）

君子有獨見，人自難及矣。夫人所不見，小人所自棄也。君子之所不可及者即在此，不愈見獨之當謹哉？且君子之與小人異者，所争豈在多哉？小人所争者，人所共見之地；君子所争者，己所獨見之時。夫使舍獨見之時，（空際盤紆，極俯仰抑揚之態。）別有可以過人之處，君子亦何爲獨謹乎此？而正不然也。（追取其惟神理。）蓋聖賢之特立有自來矣，吾言君子謹獨之功，而約之於内省。夫曰内，非人之所不見哉，顧人之觀君子者，每於人所共見之地求君子，而不於人所不見之地觀君子。（前路工於取勢。）以爲君子之不可及，固一望而知也。（吞吐縱擒，宛轉關生。）吾則謂從人所不見之地觀小人，則天下不應有君子。何則？以功之無可證也。從人所共見之地求君子，則天下不應有小人。何也？以迹之有可托也。誠以君子之不可及，（至此仍不直出，工於養局。）固不自此始也。今試執一人而謂之曰：（空際盤旋，爲題中數虚字作態。）「爾能謹於人之所不見，則君子矣。」彼必不信也。謂聖賢有息心之會，庸愚亦多寂處之時，何落落焉君子之少耶？然試即君子而問之曰：（超然畦徑之外，油然意象之中。）「爾之得爲君子，皆自人所不見來也。」則彼又無不信矣。蓋憂懼者聞望之基，（警策得未曾有。）終身者頃刻之積，特悠悠者未之思耳。（神味獨得。）嗟乎！君子小人，共此不見之境也，乃小人之不可令人見，如彼君子之令人不可及，如此誠謹之也。則君子之爲君子，（仍用虛落之法。）不大有在哉？古今〔一五七〕聖狂之界，惟君子辨之最早。夫人所不見，境至暫耳。然稍縱焉而心已隨之去，（渺思息慮，與題神、題理相御而行，躁心人未許領取。）則人雖不見，我已多不及也；一省焉而理即隨之來，則己所獨見，即人所不及也。是故小人曰有人所不見之境，（再接再厲，曲折赴題。）而品不覺其下。君子亦暫處此人所不見之時，而功不覺其深，則品詣所成，（爲「其惟」二字逼取神味。）猶其後耳。吾心微危之機，惟君子析之最精。夫人所不見，亦境之常耳。（空靈淡宕，冰雪聰明，深情曲筆，章、羅勝境。）然小人而能謹於不見之地，已有近於君子之機，特其退不可保也；君子而偶懈於獨見之時，已有遠於君子之懼，特其機猶可轉也。是故人亦有及君子之時，而不能及其所不見。（心空筆脱，隨手拈來，靈緒拂拂。）君子亦豈存上人之心，而自形其不可及？則光輝之發，猶其外耳。君子之所不可及者，（一氣趕出。）其唯人之所不見乎？操舍之介，判於幾希；人德之方，端在省察。有志君子者，可以興矣。

層層架空，層層踏實；著著收緊，著著放鬆。瀠洄縹渺，只「其惟」二字曲折吞吐，不使徑露，遂有爾許妙境。（省吾）

詩曰奏假無言時靡有争是故君子不賞而民勸不怒而民威於鈇鉞

戊辰江南　顧元熙（一名）

格於神者洽於民，繹《詩》而得勸威之故焉。夫奏假者，人之所以交乎神也。無言而靡争，是神之格者，民自洽矣。君子之勸威，何待賞與怒哉？且吾言君子之敬信，而徵諸「相在爾室」之詩，是無日不有神明之降鑒於其躬也。夫屋漏之神昭格，斯祭祀之神居歆，故以人之道交乎神，即以神之道治斯人。（兩截打成一片，筆以曲而能達。）而人之受治於其下者，莫敢異於君子之所以自治。（精湛。）如是者，吾又得之《商頌》之言奏假。夫奏假者，君子之所以事神，其事絶無與於民者也。（靈緊。）宫廷灑掃，在一人自凛其旦明，（此就平日言。）當淵默齋居，而聖敬日躋於夙夜，（探源。）其原非群黎百姓所能窺；（下截已到。）俎豆馨香，（此就祭祀言。）亦一人獨隆其孝享，當愾聞僾見，而至誠自達於高深，其意並非群公卿士所能喻。而《詩》乃以靡争者，（珠簾倒捲。）歸其本於無言。以無言者探其源於奏假，何哉？吾觀於是而知君子之先自治以治民者，（一落千丈，工於傳神。）誠非無故也。生人之始，其民未有服從。（從祭祀生情，探源星宿，古鬱雄深，氣息逼真韓、柳。）有無欲之聖人出，而操用威用福之權，後遂以吉凶之不可違也。而奉爲神靈，君子以齊遬之躬與神靈合撰，是賢之得以治愚。（實實抉出所以靡争之故，健筆縱横，雲垂海立，識力俱臻絶境。）而執玉摳衣，肅然動斯民以臨上質旁之感者也。即創業之年，其民亦未知嚮往。有無私之令主起，而明爵人刑人之法，後遂以威德之不可掩也。而祀爲烈祖，君子以陟降之神與烈祖鑒觀，（思沉意懃，粹然經籍之文。）是貴之得以治賤。而奉圭主鬯，穆然動斯民以仁人孝子之思者也。而勸且威者，何待乎賞與怒乎？又何有於言乎？（一筆撇開。）抑治民之原於奏假者又有進？帝王之禍福人也有形，（沉思獨往，語必驚人。）而鬼神之禍福人也無形。民之畏有形，不如其畏無形者，著於其形，（刻鏤入微。）即可遁於形以爲趨避也。自君子以潔齊相見，遂有告誡〔一五八〕所不詳，而於隱微一念中，（處處從源頭推勘。）自提其玩志。蓋民之所受於天者，（針針見血，刺骨之言。）清明純肅，原未嘗與君子異體，（筆力逼真正希。）而遂以曉然於惠迪從逆之無欺。國家之賞罰人也有定律，（奇情至理。）而鬼神之賞罰人也無定律。民之畏定律，不如其畏無定律者，限於其律，即已窮於律而無可增加也。（雋妙得未曾有。）自君子以恭默自修，遂有科條所不備，而於衾影獨知中，（來脉去脉，消息俱通。）自考其疚心。蓋民之所盡於己者，寅畏糾虔，亦不能與君子殊功，（透切。）而非獨怵然於降祥降殃之不爽。此所謂以神之道治人也，而要其功以慎獨爲本。（滴滴歸源。）

兩截水乳融洽，精理名言，絡繹奔集。雅健雄深，風格雅與黄岡爲近。（省吾）

詩曰奏假無言時靡有争是故君子不賞而民勸不怒而民威於鈇鉞

戊辰江南　王根（十五名）

進觀《商頌》，而得君子及民之效焉。夫必待言而民服，則君子之賞怒，可以意測矣。曷不於《詩》所言奏假者觀之？嘗思以身教者從，以言教者訟。言之所及，（直擒勸威，不著替字。）可以勸民，可以威民，而必不能於民志未靖之時，肅然使之自化。夫未至於化，（勁氣直達。）不足以爲治也；　未能使之自化，亦不足以爲學也。然而爲己謹獨者已有其功，爲己謹獨者必呈其效。（此節是引《詩》而言及民之效，體認真確。）不待言動而敬信固已。（緊跟「敬信」，卸入本節，理脉清真。）予壹不知敬如君子，必施敬於民，而後民敬之乎？信如君子，必施信於民，（筆勢如驟風驟雨，犀利無前。）而後民信之乎？如其然也，則君子之及民者，（反落得勢。）應未能盡安於無言也。嘗讀《商頌》而恍然矣。夫商俗駿厲，先罰而後賞。其被於政者，不憚約束申明之誡。而《詩》若曰：有待於約束申明者，其術疏也。（不〔一五九〕呆詮詩詞，極得援引語氣。）商道嚴肅，尊命而尚鬼。其見於《書》者，固多乃祖乃父之陳。（磬徹鈴圓，神味吻合。）而《詩》若曰：有待於乃祖乃父之陳者，其教淺也。曰：「奏假無言，時靡有争。」蓋争之開也，（就《詩》詞咀出意味。）實言以爲端，上以科條示下，下以趨避從上。曰：「如此則予福，如彼則予譴。」朝野之間，有市心焉。（題義已於反面抉出。）悃摯之忱，或因之少薄矣，（筆意輕圓，妙不失之滑。）夫薄則胡可訓也？而言之煩也，（倒换便另一意。）實争有未泯，上之所期者其實，下之所應者其名。曰：「如此不憂不我福，如此不憂或我譴。」君民之際，以迹徇焉。神化之風，亦由此日遠矣，夫遠則何可問也？信如《詩》言，（節拍自然，愜關飛動。）而君子猶待汲汲然曰：「吾賞也乎哉！」夫無意於民勸，（此意淺。）吝而不賞者，輕民也；有意於民勸，懸以相賞者，猶之輕民也。（此意深，上句陪起此句。）鬼神日與民不相接，而蚩蚩之衆，未嘗以其無形與聲而褻之。（下截就從上截看出，指點親切，工於罕譬。）曰是莫予賞，而稍生玩易也。蓋有契於性命之微者也，（透宗語一筆拍合，不煩詞費。）君子亦得其性命之微而已矣。猶俟赫赫然曰：「吾怒也乎哉！」夫無意於威民，怠而不怒者，玩民也；有意於威民，怒以相恐者，猶之玩民也。鬼神日與民隱相接，而冥冥之中，未嘗以其迹象難憑而狎之。（清心抒妙理，雋舌雋手，空靈渾脱。）曰是莫予威，而或懈虔共也。蓋有通於呼吸之表者也，君子亦得其呼吸之通而已矣。（結束莊嚴，神不外散。）聖王以神道設教，而簠簋俎豆，特粗迹所存。故觀於廟中，而知境内之象。（恰好間架。）君子以心學導民，禮樂文章，皆致治之具。故挾以隱微，而渾其知識之端。然未已也，請更進歌《周頌》。

妙手空空，不著一字，盡得風流。超然町畦之外，悠然意象之中，文殆有神助。

（省吾）

孟子

天油然作雲沛然下雨則苗浡然興之矣

癸酉河南　李恒泰（三名）

觀苗所由興，而知澤之宜布也。夫浡然者，油然沛然者使之也，然則患雲之不作與雨之不下耳，而患苗之不興乎哉？且天下懷生之物〔一六〇〕莫不望澤也，（全講正喻雙關。）而惟望澤久者，其需澤也倍急；需澤急者，其感澤也倍靈。不乘其望之久、需之急而降之澤焉，以使之效其靈而深其感，（矯健）則亦可謂不善降澤者矣。如苗之槁也，王於斯時必且惜之矣，曰：「吾見其槁，而難見其興也。」雖復昭以雲漢，能使之蓬蓬乎？雖復膏以陰雨，能使之翼翼乎？（反擊「興」字。）已矣，不在生成之内矣！然而王未知夫苗之所以槁也，王苟知夫苗之所以槁，則知苗之所以興。今夫苗之槁也，雲槁之，雨槁之也，（醒快。）以天之未欲膏澤夫苗也。憔悴莫支，望雲而無雲行之日；（翻空跳躑，純在題巔取勢。）枯萎日甚，思雨而無雨施之時。苗豈能驟興於不雲不雨之天乎？（緩脈急受。）然不雲，而苗未嘗以不雲望天也。天不雲，而苗則猶望其雲也，（望恩幸澤，衰世無異盛世。）以爲庶油然乎？不雨，而苗未嘗以不雨望天也。天不雨，而苗則猶望其雨也，以爲庶沛然乎？（水到渠成。）有如天油然作雲，而沛然下雨乎？（到此仍不直出，末句仍從題之反面、旁面作勢，波瀾壯闊，操縱離合，不可端倪。）向以爲無不雲不雨之天也，於是興之機一動，乃無何而竟爲不雲不雨之天也，於是興之機復息。既而復爲將雲將雨之天也，於是興之機又一動，乃無何而竟爲不雲不雨之天也，於是興之機又息。今何幸而儼然既雲既雨之天也！（文筆奇縱。）抑鬱之情之困而不舒者幾何時矣，陰陽之和，固未經之澤也，（添毫。）而今經之矣；暢發之機之蓄而有待者幾何時矣，（股中不過四句，而頓挫屈蟠，生氣勃然，是學正希而得其神似者。）時雨之甘，固未沐之恩也，而今沐之矣。此而有不浡然焉，（出末句仍不肯使一直筆。）夫豈苗之性也哉？乃知苗之興也，其權固在夫苗也，（此義是賓。）天槁之槁有興機，（短句有永味。）天興之興無槁態，苗固有以自主也；乃知苗之興也，其權實不在夫苗也，（此義是主。）天槁之興者立槁，天興之槁者立興，苗固不能自主也。（言之慨然。）吁！欲觀變化之象，當有異數之恩；　而苟神鼓舞之機，必收寖昌之效。蓋天下自此大定矣，王其有意乎？

是天是君，是苗是民，句中有句，筆外有筆，驚鴻游龍，迴漩宛轉，文之最工於行機者。作者三藝，俱獨往獨來，清矯拔俗，非尋行數墨所能望其項背。風簷獲此，固宜辟易於人。（省吾）

吾欲觀於轉附朝儛遵海而南放於琅邪

辛卯山東　王範（六名）

齊君欲觀之志，有不遽觀者焉。夫景公觀則觀耳，而必云欲焉，其意不亦深乎？且使人君知獨樂而不知同樂，則凡游目騁懷，可以侈悅〔一六二〕豫之觀者，皆將惟欲是逞矣。（一眼照定「今也不然」一節。）乃深宮不必高端拱之名，而勝地不遽命清塵之駕。世固有雅意遨遊而蓄之於心，未即見之於事者，如景公之問晏子是已，其意以爲般樂遊畋者自古所戒，而擇幽選勝者人情所鍾。人主撫有一國，豈惟是深居簡出，攝宮神暢云爾哉？（從「欲」字前拓勢，淡淡着筆，入題不突。）乃寡人即位久矣，曾不得境内名山大川，以怡暢性情而恢闊志氣。使國人聞之，將謂寡人耽於逸樂，而無以馳域外之觀也。而抑知不然，（點睛。）蓋吾之欲之也久矣。夫人非其欲之所獨鍾，則雖撫勝迹而其情不動。（緊從「欲」字着筆，空中宕漾，詮題在不即不離間，生氣拂拂十指。）惟此事既縈諸寤寐，而爲之不可，置之不能，斯不覺指某水某山，歷數之而倍增慨慕。抑人而遂其欲之所專注，則雖當佳境而其願已平。惟此事未愜乎襟期，而望之殊殷，索之殊杳〔一六二〕，（繪聲繪影，雋妙絶倫。）斯不覺於若近若遠，長言之而寄我遐心。若寡人者，何獨不然？今夫齊東海之雄邦也，而海宇内之奇勝也。間嘗廣搜秘籍，縱覽輿圖，見夫賓海而峙者，（點次錯落，饒有古致。）有轉附、古萊子國，朝儛則因乎光〔一六三〕以名之者也。南則琅邪，環琅邪而居者，不下數萬家，實海右之奧區焉。吾用是穆然深思，慨然遠想，則試觀於轉附、朝儛，遵海而南，放於瑯邪，始足盡天下之大觀而無憾乎！乃久而不遂所欲者，何哉？吾因有感焉。（二比一眼注定，末句高唱，而入筆神行紙上，更不留絲毫墨迹。真有手揮五弦，目送飛鴻之致。）夫朝野昇平數百年矣，豐樂宛然，猶難騁心於遊幸，非故爲是盤桓也。念一人馳驅千里，而崔嵬跋履，旋驚僕馬之瘏；渤澥蒼茫，幾費烝徒之揖。（「流連荒亡」四字，已在隱躍間。）此何如艱辛者？而渺渺予〔一六四〕懷，徒悵望於山川阻深之際。（唱嘆有神，低徊無恨。）吾觀也乎哉！吾情則怯矣。列國盤遊非一人矣，寄情猶是，我獨滿志以躊躇，非欲獨高清净也。念一旦駢闐千乘，而我任我輩，越險阻以遄征；（本文官止神行，下句匣劍帷燈。）爾宅爾田，效輸將而恐後。此如何勞費者？（聲情綿渺，裊娜迴曲。）而悠悠遠道，忽輾轉於寤寐反側之餘。吾觀也乎哉！吾計之熟矣。蓋吾欲觀之志鬱鬱於中，而不能自決也久矣，其商所以比先王焉可。

俗手作鋪排輿圖，作十成死句，即描頭畫角，舞弄虛機。此獨攝下文於筆墨之先，雍容頓挫，一往情深。入後更悲壯蒼涼，激昂感喟，生氣淋漓蟠鬱。孟藝獲此，的未易才。（省吾）

管仲以其君霸晏子以君顯

壬午河南　王仲山（三名）

齊人復盛稱齊臣，震其功與名也。夫霸、顯何足異？以其君者又何異？丑乃復於管、晏而震之曰：「嘗論近世士大夫，遭時遇主，建大功，立大名，挾其主以驅馭中原，炳麟列服。振雄風於當代，熙鴻號於來茲者，惟表海先後兩偉人爲最。」（古意可掬。）敢復以管、晏之説進。今大臣之大有爲於其君者道二：一曰功，一曰名。上古患人物之散而封建以興，（高着眼孔，論古有識。）然治則合而亂則離者勢也，故相持而莫爲長。夏道衰而昆吾、韋顧傳於史，（古樸淵茂。）此諸侯以功相長之始，而後此無稱焉。中古抒臣民之歡而頌禱以作，然喜則祝而怨則詛者情也，故多晦而莫與彰。周室遷而衛武、（强對，絶對。）魯僖著於《詩》，此列國以名爲榮之徵，而外此莫紀焉。則甚矣，霸與顯之難也！君孰是霸、顯者哉？孰是以其君霸、顯者哉？然且問我夫子發鄒嶧，經泰岱，亦嘗聞我先君桓景之烈否？又試問北膺狄，南懲荆，首北杏，（横以峭，排以宕，筆意從太史公得來。）終葵邱，牲血之不歃信否？沙服衛，鹹盟鄭，遠納燕而强代晋，投壺之歌猶傳否？然且問作内政，寄軍令，隱五刃，張四維，一孔二孔之辨爲誰乎？辨和同，陳補助，除三士，闢千里，《徵招》《角招》之作爲誰乎？（音節古宕。）則必曰管、晏兩大夫之力居多。嗟乎！是其君霸矣、顯矣！（點睛欲飛。）是以其君霸、顯矣。識時務者爲俊傑，（奇突。）三季之運權在霸，而霸與霸又有辨。（有洗發。）夫霸言長而義實匡王，秦穆之僻、楚莊之僭、宋襄之迂暴勿論已，後世多桓文並稱，文之威與桓同，其勤王亦同。（極力寫桓、景，正極力寫管、晏，不似他手只在以字一挑半剔。）然桓創而文繼，且隧之請何如胙之拜？轂之館何如茅之徵？蓋正與譎異，而以之者亦異矣。孰謂穆陵無棣之賜履，功有如此之讋慄者哉？（酣暢。）宣譽問者壯聲靈，春秋之末威在顯，而顯與顯又有辨。夫顯言彰而務在光國，鄭以僑秉禮、宋以戍主成、秦以術無陋勿論已，當時唯齊晉争强，（工力悉敵，俗手那解如此映襯？）平之有肸與景之嬰同，其愛國亦同。然平衰而景盛，則牛之僨並無豚之畏，（老樹着花，然佳處却不在此。）石之言何知彗之修？蓋興與廢異，而以之者亦異矣。孰意聊攝姑尤之畜君，名有如斯之赫奕者哉！嗟乎，豈非人傑也哉？

題每苦於上豐下儉，肥瘠不均。文獨配搭停匀，詮發下句，分外生色，精確不磨。此作家高出時手處，通體推陳出新，口頭習見語一掃而空，用筆亦饒有古味。

（省吾）

其爲氣也至大至剛以直養而無害則塞於天地之間

庚午順天　觀瑞（七名）

論氣之本體，以直養而見其量焉。蓋剛大者，浩然之氣本於天地者也，直養無害，有不塞於天地之間哉？此則浩然之本體耳。嘗思太初，氣之始；太始，形之始。是吾人之形，固分天地之氣而成焉者也。（從天地逆入，上下截一綫穿成。）天地既分其氣以成吾形，吾即萃吾氣以合天地之形。（源流分合，洞澈肯綮，筆亦能自達所見。）蓋氣能附形而立，亦能離形而流，亦惟審其端於動静之際而已矣。（中的語。）子欲知浩然之氣乎？其爲氣也，（神來。）得於絪緼之初，其浩然者尚有涯乎哉？全於受形之際，其浩然者尚可禦乎哉？蓋至大至剛焉，物之有涯者不足以言大，謂其猶有載之者也。若浩然之氣，則物無不載而不爲物載。（一語抵千百。）匪僅此也，凡天下之能載物者，（包掃一切，中邊俱徹。）皆吾氣之所涵焉，則大之至也。物之可禦者不足以言剛，謂其猶有破之者也。若浩然之氣，則物無不破而不爲物破。（以《中庸》「費隱」章詁題，此先輩説書有根據處。）匪僅此也，凡天下之能破物者，皆吾氣之所伸焉，則剛之至也。是氣也，雖爲人之氣，（探源。）實天地之氣也，以直爲根本者也。特患無以養之，（筋節。）而有以害之耳。養不以直固有害，即養之以直，（題不重「直養」，只宜如此帶過。）而不順其氣之自然者而養之，（咀嚼「而」字。）亦有害。以直養而無害，則塞於天地之間。（一氣趕出。）人之居乎天地之間也，稊米耳，（繫鈴。）氣何以能塞？不知宇宙浮動之處，皆吾人之精神所運。蓋天位乎上，地位乎下，通乎上下之間者惟鬼神。（奇外生奇。）吾之氣挾鬼神而化，（筆筆神行，語語扼要。）即周天地而行。故雖蠉飛蠕動，凡與吾氣類者，吾得以氣感之。（「塞」字寫得旁皇周浹，不留些子罅隙。）即與吾氣不類者，吾皆得以氣持之，是氣固生天地者也。（精透。）天地生者不能塞，（題義諜然以解。）而生天地者能塞之。無論天地之所至，與其所不能至者，皆此氣之運旋而已矣。人之寄於天地之間也，（出比橫説，對比竪説。）瞬息耳，氣何以能塞？不知古今絶續之交，皆吾人之智力所凝。理數而行，即參天地而立。（融會宋五子之書，而出以兼悍之筆，握拳透爪，精氣磅礴，（「塞」字貼事爲説，極是。）蓋天主其變，地貞其常，通乎常變之間者惟理數。吾之氣輔令我一讀一擊節。）故雖無極太極，凡未始有吾氣者，吾得以氣合之。即未始有乎未始有吾氣者，（微妙非世儒所能道。）吾皆得以氣接之，（字字精煉。）是氣固先天地者也。天地後者不能塞，（清微透快，逼真嘉、隆。）而先天地者能塞之。無論天地之所不能窮，與其所不得不窮者，皆此氣之固結而已矣。夫氣至塞天地，量直與天地準也。蓋其本體如是，吾又有以徵其所配焉。

道理具得，六通四闢，橫竪説來，都成妙諦。渾淪磅礴，純是精意流貫。當推

此題第一藝，不止爲是科壓卷。（省吾）

所以謂人皆有不忍人之心者今人乍見孺子將入於井皆有怵惕惻隱之心

辛卯江南　薛湘（三〔一六五〕名）

驗皆有之心，驗之於乍見之心也。夫謂人皆有所不忍，而無以實其說，容未必信其皆有也。抑知當孺子入井之時，其心固何如者？孟子謂：「夫不忍人之心，非獨先王有之也。」而幾幾若先王獨有之者，非果人之不必皆有也。人人皆有之，時時皆有之。機不發則伏，勢不迫則寬，（横空盤硬，嶙峋噴薄。）情不真則閡〔一六六〕。試之以猝發之機，（乍見。）動之以至迫之勢，（將入井。）逼之以最真之情，（怵惕惻隱。）然後知不忍人之心，（揭明主意，神吻恰合。）非果先王獨有之也。夫不忍人之心，吾何以謂其皆有哉？論事可以持獨得之見，論同得之事不可以持獨得之見。（二比擲筆空中，舉頭天外，詮題在不即不離間，深得文家「超」字訣。）謂彼欲導吾以同得，而仍然未離夫獨得焉，吾不信矣。論事必當據至常之理，論正常之事必當驗之至不常而實至常之理。（對法參差，正希勝境。）謂彼方示我以至不常，（入井。）而實確有其至常焉，（怵惕惻隱。）吾其悟矣。夫不忍人之心，（複筆得機得勢。）果何以知其皆有哉？今有人於此，一人素行忍，一人素行不忍，一人忍與不忍半。其不忍者，且保民若赤，視民如傷者也。其忍者，且爲罟擭爲陷阱，而日以網羅民者也。而忍與不忍半者，亦時而愛物之心重且長，時而仁民之心輕且短，而不忍之心，方若隱若現，有不有未可知也。（空中擊一筆，此句爲全段筋節。）然設有乍見孺子將入於井，維時回顧不忍者，方且慘然傷而手援恐後也。（分三項入疏，「皆有」二字拽剔净盡，妙義環生。）其忍與不忍半者，亦且色然駭而奔救不遑也。（迅筆直書，縱手而成。掀雷抉電，奔赴腕下。）而即其所謂大忍人者，亦不禁有觸於中而大發其好生之心，以爲吾今而後知忍人之不可爲也。目與心相謀，心與目相感。（四句總束，通段精神團結。）先王非有餘，今人非不足。怵惕惻隱之心，其皆有之乎？其皆有之乎？孺子與今人何親而發於不自知？生死呼吸，儼同身受。（中段氣勢奔騰，此用二小比收煞，與前路二比遥爲相應，機局緊凑。）今人與孺子何厚而動於不容已？存亡危急，難緩須臾。（繪影繪聲，鬚眉活現。）是故機不發則伏，而乍見之時不能伏也；勢不迫則寬，而乍見孺子將入井之時不能寬也；（劈分三層，將題中逐字析出，應回小講，自成章法。）情不真則闋，而乍見孺子將入〔一六七〕於井，皆有怵惕惻隱之心之時不能闋也。假令熟視若無睹焉，（反掉作收，警快異常，文勢不平。）則可謂其性與人殊矣，顧天下必無是人也。假令矯情以强制焉，則可謂其人自有肺腸矣，顧斯人必無是心也。（神龍掉尾，通篇結穴。）所以謂人皆有不忍人之心者此也。

大力包舉，前後一綫穿成，層波疊浪，盤旋縈繞，如黄河浩瀚奔騰，千曲百折，而總歸於入海。篇如股，股如句，口角津津，當年指點，神情溢於言表。此由書味在胸，非可於筆墨間描畫。（省吾）

所以謂人皆有不忍人之心者今人乍見孺子將入於井皆有怵惕惻隱之心

辛卯江南　劉國華（十一名）

驗不忍於乍見之時，可以知人心之皆同矣。蓋不忍人之心，惟形於乍見時爲最真也。狀其不忍不可知，皆有之謂乎？今夫好生者，人心之同也。自夫人汩於後起之私，而流爲刻覈，遂以爲人心有同有不同，以致相持而不能解，（渾灝流轉，一氣呵成。）則惟即人心之不及持者，使之自悟其皆同。 夫乃有以申吾說，而開其昧。 吾言人皆有不忍之人心，斯言也，非第先王之謂，（從「謂」字生情，得間而入。）固合上下古今而統而同之之謂。 而人乃舉而爭之曰：（爲「皆有」二字作翻，文勢展宕。）「是先王生禀之善，所以特殊於庸衆也，而外此者不能有；　是先王愛育之宏，所以夐絶乎古今也，而後此者不皆有。」嗚呼！ 此豈吾固執一見以相繩，而無以實見夫人心之同，而爲是説耶？ 且亦思吾所以謂人皆有不忍人之心者，（領起全局。）果何故哉？ 且夫天地之心之不容盡泯也，（破空而入，氣勢浩瀚，咄咄逼人。）殘忍刻薄之習，雖已相染而失其故常，而皇降之初衷，要必有幾希未汨之真以呈於不覺。（纏綿愷惻，深入人心，宛然自亞聖胸臆流出。）則於其未呈者，告之而不悟；　於其已呈者，告之而亦將悟之矣。 目之偶觸，而寸衷已與之形；　物之猝投，而深愛即與之應。（無一語明點題字，無一語不暗藏題字。 屈曲盤旋，空中蕩漾，寫生聖手。）則即其所形所應者，以想夫未形未應之先，而知生初之善念，固非其所本無也，夫亦可恍然於吾説之有由矣。（「所以謂」三字躍出。）且夫人心之良之不可聽其盡失也，慈祥愷惻之念，亦既舉世而不知何爲，（擲筆空中，生氣蟠鬱。 細按「之」、「則」，字字探喉而出，清心抒妙，理淳意發。 高文似此，方足代聖賢立言。）則欲留未盡之天懷，已不勝其反覆詳明而莫之或應。顧試以所遇之常，而不應試以所遇之變，而亦當應之矣。（靠實發揮，妥帖排奡，具徵力量。）勢急而情不可遏，惟不可遏而其露倍真；時猝而迫不及防，惟不及防而其流愈實。則即其所流所露者，以溯其未流未露之先，而知秉彝之本原，實爲其所自有也，夫亦可憬然於性真之不没矣。吾今試進今天下之人而明吾所謂。有如孺子將入於井，至危也。（先發揮，後點題，先正老法，此調不彈久矣。）乍見之時，至暫也。而已無有不怵惕於貌、惻隱於心者，所謂不忍人之心者，非耶？一端之發，（精神團結，到底不懈。）莫非全體之存；初念之呈，不雜以轉念之僞。今人此心，先王亦此心也；今人推此心，今人亦先王也。則甚矣！乍見之所關非淺，而吾謂人皆有者，猶恃此一息之存以證吾言，而即可以爲正人心之一道也。（救世婆心，和盤托出。）悲夫！

前後疏疏落落，機神洽湊。中幅靠實闡發，頓挫鬱蟠，將子輿[一六八]氏胸隱曲曲傳出。渾淪磅礴，如風掣雲，如泉出峽。殆所謂真機洋溢，悠悠乎與灝氣俱者。此靈皋集中得意之作，孰謂遇之矮屋中！（省吾）

所以謂人皆有不忍人之心者今人乍見孺子將入於井皆有怵惕惻隱之心

辛卯江南　馬用圭（五十一名）

申不忍皆有之説，設爲事以借證焉。夫怵惕惻隱之心，即不忍人之心也。昧其説者，盍一設想乎？且吾言不忍之心而以爲人皆有，此非逞臆説以愚天下也。而人每甘讓美於先王而不敢自居，一似人溺己溺之責，（蒙上説入，詮題在不即不離間。）惟先王獨任之；即人溺己溺之境，亦惟先王獨遇之。是何其甘於菲薄如斯也！吾今有以自證其説焉。夫人深居於細旃廣厦之中，（從旁面兩路夾寫，「乍見」二字空中宕漾，指點親切，與會理趣俱超。）身不與外接，雖日狀斯世斯民之顛連，呼號進告於其側，亦漠不相關。何則？目蔽於無所見，心即遁於無何有也。試就其常蔽者而猝以動之，則遂有結不可解之情，（刻劃盡致，入木三分。）以迫於無可避，而所遁者已復返也。夫人習處夫干戈戎馬之間，（眼前境，口頭語，拈來無非妙諦。窮在物之理，發人心之蒙，雋□靈思，得未曾有。）事每與危鄰，雖目遇争城争地之剥擊，屠僇暴骨於其前，亦毫不爲動。

何則？目狃於所常見，心即没於無復存也。試離其狃見者而别以試之，則各有急無所措之隱，（體會入微。）以流於不自知，而所没者以〔一六九〕旋生也。然則何必謂不忍之獨在先王，（一氣呵成。）而今人不必與同？（四語應回小講。）不忍之常在先王，而今人並無其暫。有如孺子將入井而今人乍見之，其怵惕者何也？曰不忍之著也。惻隱者何也？曰不忍之結也。是皆有怵惕惻隱之心也，即皆有不忍人之心也。而吾乃深慨夫今人，（開下二比。）吾尤厚望夫今人。天之付人不忍，何嘗一日或絶於天下？（「今」字在子輿氏口中本無甚深意，明眼人却從此得間而入，妙在説來確鑿不易。）乃凌夷至今，而殘刻相循，群昧此心之固有。其乍見而發爲怵惕，發爲惻隱，特此心之偶萌者耳。入井何必有孺子？孺子何必真入井？必俟見而有此心，則未見之先，此心究何往也？倘不見即不有此心，則既見之後，此心恐旋忘也。吾所爲念，皆有於今而慨然者也。（語重心長，如聞其聲。）人之各含不忍，何嘗一日或喪其本來？乃悠忽至今，而慈祥日薄，莫悟是心之皆同。當乍見而生其怵惕，生其惻隱，正是心之來復者耳。（活潑潑地，逼真《南華》。）宏胞與何往非赤子？憫艱危何往非入井？賴一見而提是心，則是心之有，不自見始也。從一見而長是心，則是心之有，不自見止也。（六通四闢，老佛説法，頑石點頭。）吾所爲徵，皆有於今而殷然者也。試進推其心，而所謂皆有者益信。

一氣渾成，大力包舉，提比坐實，後幅推開。文心之慧，文筆之幻，幾於窮九天而入九淵。近日作理致題，非淺弱即艱澀，甚有貌學五家，故作可解不解語，皆魔道也。看此文思深力厚，明白了當，何曾着一滯字、一晦語。（省吾）

湯之於伊尹桓公之於管仲則不敢召管仲且猶不可召

辛卯河南　徐熙載（二十二名）

推兩君不召臣之心，可即霸佐以起例焉。蓋湯桓之不敢召其臣，以不可召者，自在尹仲也，管仲猶然，不可援以爲例乎？從來君臣之相遇，定之以分而已。（扣「不敢」。）君有所畏而不肯屈其臣，（扣「不可」。）亦臣有所挾而得以全夫己，此固不分世運之隆替與人品之污潔也。間嘗俯仰古今，覺王佐克完志節，即霸佐亦不損風規。夫以霸佐而尚克自守，（一黍不濫，傳神阿堵。）則霸佐亦居然王佐之節矣。好臣所教，不好臣所受教，其殆視天下無不可召之臣，（扣下截無痕。）即視天下無不敢召臣之君乎？而何以湯之於伊尹，起諸畎畝，升諸廟堂，學焉而臣？（清機徐引。）未聞臣焉而召之也。桓公之於管仲，脱諸刑餘，尊爲仲父，學焉而臣，亦未聞臣焉而召之也。其不召也，其有所不敢也。（字字起棱。）其不敢召也，（題字如珠穿成。）以召之實有所不可也。臣有不可召之節，君故有不敢召之心；（上下融成一片，得機得勢，筆筆神行。）君即有敢召之心，而臣終無可召之節。使湯而召尹，尹不如終其身於莘野中矣；（裊娜屈盤，曲盡題妙。）使桓而召仲，仲不如終其身於纍囚内矣。蓋召之有所不敢者，（矯折似嘉魚。）在湯桓仍在尹仲；而召之有所不可者，（飋然陡住。）在尹仲不在湯桓。今夫伊尹者，業建非常，才懷不世，（靈緊。）其不敢召者，其不可召者也。召之不敢，亦固其所。（折落有古致。）而吾獨怪夫不敢召者之並出於管仲耳，怪其與不可召之伊尹同出一轍耳。噫！管仲何如人？而且卓然自命，不可屈辱也如此。不可召者必有過人之器，管仲之器小矣。《山高》、《乘馬》視《太甲》、《伊訓》何如也？而遽以東海之名佐，（反覆對勘，興高采烈。）上絜南毫之元臣，則不能與尹争翊世之才，尚得與尹抗持身之操。（唱嘆低徊。）是尹之不可召者，（生氣鬱勃，題妙拂拂十指。）祇如其分以自待；而仲之不可召者，幾逾其分以自高也。（本題鈎魂攝魄，下句匣劍帷燈。）夫器如管仲，而且如是之自高也哉！抑必有濟世之業，管仲之業卑矣。一匡之勳視九圍之式何如也？而竟以霸國之英豪，妄擬王朝之元聖，則不能與尹共匡王之略，（用筆極伸縮頓挫之妙。）尚得與尹分正己之名。（蓬蓬勃勃，如釜甑上氣。）是尹之不可召，尹誠欲以尊己者尊湯；而仲之不可召，仲亦欲以重己者重桓也。夫業如管仲，而猶如是之自重也哉！奈何以不爲管仲者，爲管仲所不爲，而使君爲敢召之君，臣爲可召之臣。其貶道以希遇者，無論其不齒於伊尹也，吾恐管仲之竊笑其後已。（涉筆成趣。）

游刃於虛，綽有餘地。淋漓濡染，神采奕奕。中段將上下打成一片，尤頓挫屈蟠，動與古會。（省吾）

入則孝出則悌守先王之道

癸未會試　湯鵬（三十七名）

以孝悌閑先王，而道尊矣。夫孝悌爲心所由始，故即爲道所由始。孟子援此以爲守道之要，意深矣。想其闢彭更之説，設一人以自況也。曰道開於上古之聖賢，而延於中古之聖賢。（發端便與時手不同，然無他謬巧，只是道理見得透耳。）聖賢不作，遂有不聖不賢之人出而與其道爭衡，而聖賢幾不勝。雖然，於聖賢無損也。彼其道固流行在宇宙間，如飲食衣服，（醇樸直逼望溪。）不可一日而廢。患在語道於高遠幽深，不體道於尋常日用，則終莫能挽三代以上之統緒，而使之存。今夫道不止於孝悌，（見道語。）無不原於孝悌也；道不專於孝悌，無不該於孝悌也。天地以陰陽爲始，（語極奇，理極正。）人心以孝悌爲始。蓋理之常，情之至矣。（神來。）我觀先王，既已盡孝盡悌，無歉於爲人子爲人弟之實際；而又教孝教悌，共勉於爲人子爲人弟之常經。其故何歟？雖有剛暴，無不知父兄之尊；（孝悌爲庸德，亦爲至德。）雖有顓愚，無不能愛敬之事。斯道之在人，無淺深一也，（二句總束通段，節拍自然。）迄於今不然矣。士大夫鄙先王之道爲迂闊，師心自用，徒黨相高，始猶假託明道而附會先王，繼乃攻擊先王而道其所道。（戰國時勢，洞若觀火，筆亦能自達所見。）縱横捭闔之説伸，而孝悌之道一變；清净寂滅之教起，而孝悌之道一變；（英思壯采，風發泉流。）刻深隱怪之習成，而孝悌之道一變。其變而爲一二人之不孝不悌，患猶小；（溯源窮流，玲瓏透切。）其變而爲千萬人之不孝不悌，患更大也。其變而至於以不孝不悌傲先王，患猶顯；其變而至於以先王爲不孝不悌，患更微也。（當時煞有此種學術，非故作深文之筆。）微言絶，異端横，真宰淆，左道熾，（長句不以短句束之，古文神境。）其孰從而正之？而此一人也，則偉然異矣。其得於天者，至清而不濁；其考於古者，至要而不紛；（可想作者質地，可想作者胸襟，可想作者抱負。）其修於己者，至常而不異。是以出入之間，彬彬有禮；孝悌之際，耿耿無他。（是□□人語，他手描畫揣摩，終屬皮相〔一七〇〕。）一孩提所能爲之事，不勝其往復，而周詳以庸衆所共有之情，獨覺其懇深而切至，是何爲乎？無孝無悌則無道，（斬截明快，子輿氏胸臆和盤若出。）無道則無先王，無先王則亦無我也，而敢不守耶？（懸崖墜石。）嗟夫！清之者一，淆之者百；信之者一，疑之者百；尊之者一，勝之者百。非有大不得已於中，何爲絶世離俗，抗心希古若是？而斯人不計也。其識足以守，故淆之者不能入〔一七一〕；（見得到，説得出，斬釘截鐵，可作子輿氏小照。）其志足以守，故疑之者不能問〔一七二〕；其氣又足以守，故勝之者不能奪。一心所向，百折不回，前望往古，後望將來。（唱嘆低徊，慨當以慷，作者他日施爲，窺見一斑。）蓋慨然以扶世翼教爲己任也，子且以爲何如人耶？

合昌黎、永叔爲一手，似潮似海，淋漓磅礴。心胸眼孔所到，走筆成之，遂覺數千年聲光情興，盤鬱楮墨。原評云：黄蘊生以古文爲時文，作者殆其繼武。良然。（省吾）

行有不得者皆反求諸己其身正天下歸之

甲戌會試　張翮（十二〔一七三〕名）

深反求之功，天下繫於一身矣。夫求諸人而人不應，其如人何？己之身正則天下歸之，人盍反而求諸？嘗思天下一積人之區也，人與己其形對待，而其氣相通，（數語一氣直貫。）其理亦可以相及。故議道自己，返身必誠，（反接靈緊。）不修其身，而欲天下之我諒，則於我有所不能推，於人亦必不任受。惟端厥表以定其趨，己可獨信，天下無不可共信焉。（端凝老重。）不然，彼不親、不治、不答，豈非其求在人不求在己，求在天下不求在己之身哉？（落「己」字，「身」字緊凑，骨節通靈。）吾以爲欲行之無不得者，求己而已。己與人同受天地之中，勢隔而情不隔，其隔之則情之未協也，（靈敏。）故君子不期與天下見功，（無語不煉，無煉不穩。）祇求與一己見過；人與己共驗君師之範，地暌而志不暌，其暌之則志之未通也，故君子知與天下共證者易，（處處鞭辟入裏。）求與一己獨證者難。夫行有不得而皆反求諸己者，求諸身也，求其身之正也，此豈爲人之歸計哉？（緊。）而吾乃以是驗之天下。司民掌生齒之數，繫以天下則甚繁，求諸己則不求之繁而求之簡。（健句。）本大居正者以立其樞，箕畢雖歧，以一己之矩度貞之，（警湛。）而作《誓》作《誥》之疑可盡釋。職方陳輿地之圖，統以天下則甚遠，（人地分柱。）求諸己則不求之遠而求之近。能以衆正者作之，則梯航雖遠，以一己之圭臬準之，（「貞」字、「準」字，煉字俱極穩協。）而龍節虎節之達可無庸。其身正，而天下庸有不歸者哉？（近科風氣，多以專經立柱，雕鏤塗澤，幾於不成文理。二比亦以《易》、《書》分柱，然大含細入，顛撲不破，餖飣堆砌，一掃而空。特爲拈出，用式浮靡。）天下之大法在皇極，極爲中，中正以作之觀，庶民之所由會而歸也。假令〔一七四〕己身未正，則偏陂反側之形，不在萬方，而先在一體，反求諸己者，子惠未孚，正以疆恕；（緊跟上三項，語無泛設。）國維未立，正以存誠；王度未昭，正以執禮。己修而安人安百姓統諸此矣。（無一平直筆。）迨至彝訓近光，行之此而得，行之彼亦無不得，而深宮之劼毖仍勿寬也，（神不外散，絲絲入扣。）猶是正直之用又焉耳。天下之作睹在乾元，元爲大，（「正」字的當。）正大而見以情，（「歸」字的當。）同人之所以物必歸也。（反撲醒透。）假使己身未正，則陰陽倚毗之象，不在庶類，（警策。）而先在當躬，反求諸己者，正其恩賞，愷悌必周；正其剛紀，權衡必審；正其儀型，視瞻必肅。己定而立人達人視諸此矣。（「中正」、「正大」

二義，工力悉敵，但收處恐不能再出奇，與起筆相稱耳。誰知又有「正直用又」、「性命各正」八字作收筆，恁地工巧，無窮出新，天造地設，得未曾有。）迨至應求從類，行之暫而得，行之久亦無不得，而宥密之操存仍無懈也，猶是性命之各正焉耳。蓋天下者己之驗，天下之歸亦歸其身之正耳，曷不反求諸己哉？

刊落效驗公家言，處處縮歸「己」字、「身」字，深得子輿氏鞭辟入裏之意。不使一直筆，不使一平筆，極沈着，極明快，握拳透爪，切理饜心。孟文多以豪邁俊爽見長，此獨平心靜氣，字字探喉而出。氣質樸茂，格律緊嚴，近科殊不多有。（省吾）

誠身有道不明乎善不誠其身矣

己卯會試　費庚吉（一名）

進推誠身之有道，非明善無以爲誠也。夫衆善備乎身，而不明者卒不誠也。觀誠身之有道，而明善不在所先耶？且古今有自明而誠之學問，故誠貫乎身之終始，而明更握乎身之所以誠。不浚其源，雜乘者無與乎純修也；不定其識，虛擬者無當乎實踐也。（精確諦當。）蓋觀乎身之有自誠，而窮理之不可不精也久矣。吾由治民獲上信友而進之悦親，更由悦親而反之誠身。夫身與親爲一氣之孚，而親之所推又皆吾身之所當盡。甚矣，誠身之要也！雖然，誠身更自有道在。吾身爲衆善皆備之身，（純雜虚實，緊跟小講。）誠其身而善不可使雜，故其道由明以啓也。始焉剖乎善不善之分，而研之以大力；（融會九條之旨而研煉出之，沙明水净，塵障一空。）繼焉統乎善與善之合，而審之以小心。迨至以善之如此即善之如彼，而推之善而無不達者，（純從交關處，透摘所以然。）遂體之身而無不純。明而後誠，致知所以居誠意之先也。吾身有本身同具之善，誠其身而善不可使虚，故其道即明而驗也。始焉以理之善闢己之明，（胸鏡筆刀，斬釘截鐵。）而善早入而爲主；繼焉以己之明察理之善，而善更出而相通。迨至以善之既明證乎善之未明，而核之善而無或遺者，因按之身而無不實。明可以誠，（以經詁經。）固執所以在擇善之後也。若是則誠身之有道，要貴先明乎善，而後誠其身也。而如其於明善者不加詳，吾知其誠身者無所自。不明乎善之所從起，則無以立誠身之基，日用之紛而善寓焉。欲使此心無一私之萌，必先使此心無一私之蔽，而特難爲不明者尋其端也。輕心掉之者不及明，躁心嘗之者不遽明，（分三層詁題，妙緒疊出，却是題中應有義，不同節外生枝。）即偶見乎善而非真知而篤好者，亦不可謂明。不明故雜，（通篇柱義一綫。）雜故貳，貳故不誠其身矣。不明乎善之所從歸，則無以究誠身之量，倫常之地而善聚焉。欲使此理無一念之擾，必先使此理無一念之蒙，而特難爲不明者引其緒也。舍物以求者無所爲明，（千古學術紛岐，數語道盡。）逐物以騁者失其所爲明，即浮慕乎善而非深思而詳辨之者，仍不可謂明。（題義諜然以解，質如玉，味如醴。）不明故虚，虚故僞，僞故不誠其身矣。此誠身之道之在於明善也，吾驗之天道人道，而知誠身之尤重也。

誠明交關處，了然於心與口，大開大合，樸遬渾堅。題中不剩一義，題外不溢一辭。清光大來，氣蒼法老。（省吾）

孔子曰唐虞禪夏后殷周繼其義一也

戊辰江南　顧元熙（一名）

論禪繼者折衷於聖言，明其義而可無疑於天矣。蓋義之所在，天心繫焉。孔子論禪繼而斷以義，一與孟子推本於天之旨同也。故引以證之曰：自昔少昊紹軒皇之統，唐侯承帝摯之封，而官天下者始於唐。人知有夏變唐、虞之局，（「繼猶之禪」意已透，不獨立論警闢。）而不思唐、虞實先變古來之局也。不明其所由變，而崇二帝之美名，遂議一王之更制，若變古之斷自夏始者，昔孔子嘗取禪讓之事而統論之矣。夫後之論帝王者，曰傳賢，曰傳子，是揣以一人之私心，故必廣徵之而溯原於天；昔之論帝王者，曰禪，曰繼，是係乎天下之大局，故可隱括之而取裁於義。（借「天」字托出「義」字，天然賓主，筆亦横竦。）義之所在，天之所授也。洪荒甫闢之初，義莫重於天下之有以爲生，有以爲養，而使其人建非常之功，即使其人享非常之報。（題是證傳賢傳子，非泛論禪繼也。文體認真確，靠實發揮，雄深古茂，健筆獨扛。）天亦若屢出其神異，不顧臣庶之疑者，要其躬居北面，已爲四海之所歸心。而爲賓門，爲治水，即何異嗣君之克紹前徽，而知神器之有主也，（順拖。）禪猶之繼也。經綸初定之後，（緊抱「義」字。）義莫重於天下之可静不可動，可安不可危，（見得到，説得出，上下千古，了然心口，識力俱臻絶頂。）而使其先人應運而起，即使其後人蒙業而安。天亦若拘守乎故常，恐起黎民之懼者，要其分屬儲宫，已爲萬方之所繫望。而鈞臺享，桐邑居，東郊迎，即何異人臣之諸艱歷試，而知天祚之有歸也，（逆抱。）繼猶之禪也，（如土委地。）其義一也。獨是唐、虞之禪，經一代而輒更；夏后、殷、周之繼，閱三朝而未改。（此德衰之議所由來。）遂有疑禪之高於繼者，不知義有經有權，（開下二比。）故有沿有革。大抵運值艱屯，敷聖人締構而不足；世方隆盛，一中主坐鎮而有餘。（宣聖此語囊括百代，文以後世事徵實，議論堅卓，生氣拂拂十指間。）故禪之事苟不如唐、虞之臣，即已啓天下以分争之釁；繼之事縱不逮夏、殷、周之子，尚不致貽天下以隕越之憂。義之難易自殊也，而唐、虞豈勉就其難，夏、殷、周豈故爲其易也哉？上世性情淳樸，人鮮覬覦之心；後世風會澆漓，人挾猜嫌之見。故禪始於唐，子朱降居丹水，而天下不以大舜爲疑；（六通四闢，心花怒發，眼前妙諦都無人道及。）繼迄於周，冲人正位鎬京，而天下尚以元公爲謗。義之常變不同也，而惟唐、虞能不驚其變，則夏、殷、周何弗順蹈其常也哉？是可無疑於義，即可無疑於天矣。

此節是明傳子不異傳賢，非傳賢與傳子並結也。孔子禪繼雖平説引來，却重繼同於禪。文寓側於平，推波助瀾，石破天驚。其一種廉悍鬱勃之氣，尤令人讀之愕然動容。（省吾）

孔子曰唐虞禪夏后殷周繼其義一也

戊辰江南　沈錫之（二名）

推古今而歸諸一，以義斷者也。夫由夏后而推所異，推所同，可分以禪繼，即可合以禪繼之義也，孔子之言可斷矣。且王者欲有所爲，宜求其端於天。天不言，天亦何端之可見哉？（頂門針。）端在義而已。天能以命異帝王，而帝王不能以命自異，（縱擒離合，盤空屈注，爲一字攝魄鈎魂。）即帝王能以天命異其事，而儒者不能以天命異帝王之心。是雖世更千載，事出兩途，而義固歷古今而不變。義之云者，非俟諸不可知之天，諉諸不可必之命也，即帝王亦非俟諸天之自爲，諉諸命之自至也。天以降命爲義，帝王以制命爲義。（議論奇絶怪絶，筆力横絶竦絶。）爲之者義也，至之者義也，天命所以授大權於帝王，帝王所以奉無私於天命也。（一筆幻出數筆。）知此可與論夏后之以繼異唐、虞，可與論夏后之異唐、虞，而仍不異乎唐、虞。可與論唐、虞、殷、周之以夏后爲同異，（筆力可挽萬石之弩。）而仍不以夏后爲同異。禪也，繼也，一也，（神來。）孔子曰：「其義然也。」謂大德者必受命，則天既以天下眷至聖，（繫鈴送難。）何不以子孫之天下報至聖？繼易而禪，天心幾不可問也。不知爲天下得一聖人，即爲祖宗得一聖嗣。受終文祖，亦受命神宗，觀者固亦曰「吾君之子」耳。謂有命者任自爲，則天既於一聖畀天下，何復於一聖私子孫之天下？禪易而繼，天意若不可憑也。（**崇論閎議，石破天驚。**）不知爲大宗論教一儲君，實爲天下栽培一共主。（**大言炎炎，小儒却走。**）以嗣前人，即以宅丕后，識者固皆謂「與賢之天」耳。（**互筆雋妙。**）不明乎義之一，則同此義者多可疑。（**眼光炬列，上下千古，洞若觀火。**）炎帝之孫八世，黄帝之孫二世，使義必當禪，（**旁面敷佐，六通四闢。**）則德盛豈獨唐虞？辛侯繼以帝孫，唐侯繼以帝弟，使繼必非義，則德衰豈獨夏后？王者爲天下父母，德稱嗣，世亦稱嗣，但使不爲天所棄之子孫，而爲天所崇之子孫，斯俾克欽承耳。天誘其衷，聖則宜之，宜君宜王，所謂義也。（**動合自然。**）不明乎義之一，而外乎義者多可附。（**無意不搜。**）營宮以終嗣王德，後設有假其名以圖禪者於唐、虞，（**胸有史事，妙能融煉出之。**）何如留洛以爲孺子師？後必有文其實以稱繼者於夏后、殷、周，奚[一七五]若嗣命作萬方宗主？華曰重，光亦曰重，但使爲面稽而天若，不爲迪保而天厭，斯大纂宗緒耳。天佑其命，聖則序之，序賢序親，同此義也。孔子曰：「一也。」（**神來。**）帝王所以貞不變之天，（**應回小講，自成章法。**）定靡常之命者用此。

意想天開，波瀾壯闊，蒙莊之幻，韓非之横，合爲一手。（省吾）

晉人以垂棘之璧與屈産之乘假道於虞以伐虢宫之奇諫

丙子四川　李芬（一名）

晉有謀臣，虞固未嘗無諫臣也。夫晉人之料虞，亦能料宫之奇耳，亦能料宫之奇之必出於諫耳，不然，假道之璧馬，胡爲乎來哉？嘗思戰國多策士，而春秋重謀臣。（按時勢以立言，具徵讀書得間，筆力斬截，議論堅卓，又其餘事。）策士之術不能持遠，故國有人焉，則奇謀譎計有所不敢施；謀臣之計必先料敵，故彼有間焉，則美幣甘言以期其必入〔一七六〕。君子觀於狡焉思啓之日，未嘗不嘆一時良臣，竟有墮諸術中而不覺者。然而如是者，（恰如題位。）蓋亦僅矣，知此可與論百里奚在虞時事。夫使奚爲虞人，（翻振得勢。）而强鄰無鯨吞蠶食之謀，宗國無唇亡齒寒之慮，（反照去虞入秦。）俾得與一二老成從容坐論，進退宴如，斯亦士君子棲遲入國，（跌宕生姿。）不幸中之一幸也。而奚顧不能，則以其有晉人也，則以晉人之以垂棘之璧與屈産之乘，（一氣趕出，嘉魚出落，此調不彈久矣。）假道於虞以代虢也。且夫晉之有荀息也，（古文接筆。）猶虞之有宮之奇也。（出宮之奇不突。）乃當日假道之謀，祇津津於内府外府、中厩外厩之説，彼荀息者毋乃視虞太輕，（故作曲筆，丰神駘宕。）而料宮之奇太易也？而不知晉不惟能料宮之奇，且能料宮之奇之必出於諫也。料其必諫，而假道之計遂決。亦惟假道之計既決，（筆力千鈞。）而宮之奇乃必出於諫。以彼推輔車相依之勢，而寇不可啓，遂不憚以慷慨直言，特啓吾君之聰聽，在虞君亦何幸聞此風議也！（下句躍然言下。）然而此舉甚寥寥矣！夫人臣之入諫也，（暗用楚子革事。）當必思有以善其後。而宮之奇則遠悲及於晉宗，近憂切於虞祀，直欲以一時論辯，（健句。）延下陽數年未滅之命。此一諫也，當亦被伐之虢君所聆而色阻者矣。想其念少長於君之義，而責無可辭，遂不惜以伏闕陳書，獨矢孤臣之忠愛，在虞臣亦何可少此骨鯁也？（折筆好。）然而此風殊落落矣！（暗用趙盾事。）夫晉卿之諫君也，曾有人以爲之先。而宮之奇則署牘不待同官，（筆筆説宮之奇，筆筆説百里奚，句中有句，味外有味。）矢口不嫌獨斷，直欲以一人痛泣，沮晉車七百東向之心。此一諫也，當亦謀國之晉人所聞而膽落者矣。雖然，諫則諫矣，其如君之不悟何？若百里奚，則豈晉人之所能料哉？

題面説宫之奇，題意説百里奚。文攝下文於筆墨之先，議論興會，相輔而行。筆力亦老横無敵，孟藝獲此，具徵夙養。（省吾）

晉人以垂棘之璧與屈産之乘假道於虞以伐虢

癸酉廣東　洪遇春（一名）

述賄虞之事，晉人之計亦狡矣。夫假道所以伐虢也，何以必籍璧馬賂虞哉？晉人固有早爲計者矣。從來重幣甘言之説，不足以謀國是也。顧當争城争地之年，越國鄙遠知其難也，（用《左》如己出，扣題不突。）不得不思捷徑之通；有求於人必先下之，不得不爲載寶之策。取彼國之時勢與我國之時勢熟爲計之，而其謀出矣，如晉與虞是已。子疑百里奚自鬻食牛，抑知奚固爲虞人乎？夫虞蕞爾小國也，然溯其胙土之初，朝有分器，（題前作勢，工於點綴。）闕鞏之甲，密須〔一七七〕之鼓，雖未與晉共沐大隆施，而爵列上公，介圭之錫，大路之頒，亦嘗與虢同膺夫異數。今日者所恃，鄰封結其聲援，（翻振得勢。）大國加以德音，庶幾民享其土利，神歆其禋祀，尚可苟延一綫也，乃不意有晉人伐虢一事。（緊落。）夫晉欲伐虢，則必貪虢之土地，利虢之重器，以遂其無饜之求，（一擊筆。）於虞無與也。彼垂棘之璧，屈産之乘，何爲乎來哉？夫虢與虞壤相接也，錯若犬牙，依如脣齒。彼晉人者勞師遠襲，（透寫所以假道之故。）恐東道之難通；乘間潛攻，慮北門之不啓。則將有事於虢，不得不假道於虞。且虞與虢誼至親也，思王季之穆，念太王之昭。彼晉人者馳以一价，（透寫所以棘璧贈乘之故。）恐難解其固結之心；愓以危言，更易啓其預防之計。則欲假道於虞，不得不以垂棘之璧與屈産之乘。嗟嗟！晉何其視虢之弱而欺虞之愚也！當是時也，虞或却其寶而不假以道，壹心戮力，（筆翻空而易奇。）以篤宗盟，晉不能越境而肆憑陵，虢亦可固守而安宗祐。即受其寶而假以道，虢以鋭師當其鋒，虞以潛師襲其繼，（更精采，更警，二事所必無，理所或有。）晉將前拒於虢，後制於虞，不更受腹背之交攻乎？君子謂是役也，道不假而晉悔，（淋漓暢快。）道假之而晉愈悔。（一筆勒轉。）然而虞無是也，晉固料虞之必無是也，遣使者以陳詞，（總束二比，篇法完密。）璧不以芘嘉穀而以易一城，馬不以搜軍實而以充外廐，晉人之計何其工！拜下風而效命，懷璧適以取罪，得馬更可爲憂，虞君之識何其淺！迨至謡已占，旗已取，璧已返，馬已歸，後人追論前事，未嘗不嘆虞臣之謀悉不用，不出晉人所逆料也，然奚已知之矣。

題爲百里奚叙案耳，呆填壁馬故實無當也。文極寫晉人之巧，虞人之拙，却已爲下節一「知」字暗通消息。筆有論斷，辭無泛溢，是能以古文爲時文者。（省吾）

有友五人焉樂正裘牧仲其三人則予忘之矣獻子之與此五人者友也無獻子之家者也

戊子江南　潘德輿（一名）

紀友之數以重所有，得友之心以知所無也。蓋五人爲獻子友，誠獻子之家所當有也。姓名不必盡述，而其心均無獻子之家，不可徵其德哉！且以友德之足尚也，觀德者觀其所有無而已。（首尾俱到。）不可不有者道義之交，不可不無者崇高之勢。（一氣呵成。）於宜有者而不能有，雖身處崇高，而所挾不足爲輕重；於宜無者而不能無，雖侈言道義，而所挾實隱爲繫援。（筆筆横竦。）凡此皆無當於友德之説也。獻子爲百乘之家，則凡無獻子之家者，奚足爲獻子友？（以擊筆爲扣筆，妙不着迹。）然而獻子固有友矣，（緊。）有友五人矣。夫獻子之有此五人也，豈必謂五人曰：「某不才，雖吾家聽子而行。」（用《左》作鈎帶，筆翻空而易奇。）使五人屈於不知，已將貌合神離，（筆筆映合末句。）恐難免無以爲家之嘆矣。而何以若樂正裘，若牧仲，竟爲獻子有耶？·雖其所有者，或傳或不傳，而獻子心目中蓋未嘗一日忘也。（以題之節奏作文之波瀾，化堆朵爲烟雲，淋漓頓挫，動與古會。）獻子不忘此五人，而後知獻子友五人，非五人友獻子。獻子之與此五人者友，非此五人之與獻子友也。（一噴一醒，恰好引起末句。）何也？相與於無相與，有者自有，而無者自無也。（一片神行，動合自然。）且夫有無之數，（隨落隨提。）亦至難言矣。（從獻子着筆。）世族易輕寒賤，凡其左右所有，半從招致而來。脱令獻子當日者不曰「有友五人」，（字字咀出意味，工於洗發。）而曰「有士五人」，則此五人者，盡忘之轉成大幸，（銷納中間，妙無痕迹。）而不忘者適足增羞耳。惟崇之曰友，而即珍之曰有。（字字起稜。）在五人固不驚遭遇之榮，（雙管齊下，面面俱到。）在獻子並非侈聲氣之合也，而不諂不瀆，（氣骨深穩。）有相知以心者矣。英才易致譏彈，（從五人着筆。）凡其心目所無，每啓謗疑之釁。（翻空。）脱令獻子當日者不識五人之心，無獻子之家，而直疑五人之心無獻子，（暗以史事徵實。）則此五人者，非獨半忘於簡編殘闕之餘，將並忘於退食委蛇之日耳。惟知其可友，而即愛其所無。吾固知欿然者不必以淡泊明志，吾尤知超然者並非以貧賤驕人也，（「無」字看得好。）而慕勢趨士，有擬非其倫者矣。

(從旁面托出。)是知有人爲友,(收束完密。)乃可以爲家; 無人之家,乃可以爲友。自縱横之風作,而欒正裘、牧仲之儔,大家不克多有。其爲大家所有者,問其心之所無則德焉耳。(洽然涉趣。)此獻子所屏斥而弗親者,聞五人之風亦可以少愧哉!(一結意味深長。)

緊從「有」、「無」二字着筆,兩頭俱到,銷納中間,動合自然。章法寓變化於整齊,文體運高華以切實。倜儻權奇,一時獨步。(省吾)

學問之道無他求其放心而已矣

辛巳山東　王培荀(四名)

示人以求放心之要,而學問不容已矣。夫人外視學問,遂不知所以求放心。孟子爲切指之,不可知其道之足貴乎?且古今神聖相傳,(一語中的。)惟此一心而已。心之理愈推而愈廓,(舍「道問學」,無以爲「尊德性」。)心之神乃愈歛而愈密。而後人不免於放也,於是本其心之所得,(勁氣直達。)以印乎心之所同,而學問之道立焉。(老筆。)夫學問何爲也哉?(開下二比。)謂是爲博洽之助,(此支離决裂之學。)見聞務期其廣焉。

耳目日紛，天君益擾。（《尚書》所謂玩物喪志。）心本靈，而或有以滯之。狂者放，（名論。）而滯者亦放也，此佔畢訓詁之不足言學問也。（此虚無寂滅之學。）謂是爲煩難之途，神明務遁於虚焉。思慮愈幽，情形愈幻。（二氏異於聖學在此。）心本實，而或欲以冥之。馳者放，而冥者亦放也，此寂守坐照之不足求放心也。（應回小講後提句。）吾乃知所以爲學問矣！夫學問之道，豈有他歟？始必爲之紆其途焉，至捷莫如心，而以學問紆之。歷一候而功如不及，閲一境而業恐或失。當夫層累以深，不知學問於何止，（故作折筆。）何暇計此心之存亡？（拍合。）顧即此如不及，如恐失之心，此時已有存而無亡也，（亦細緻，亦劖刻。）況自有引人入勝者耶？（進一層看。）迨至舍此别無捷得之方，而後知紆之所以爲捷者，（題中數虚字活現。）惟此道耳。又必爲之廣其數焉，至約莫如心，而以學問廣之。一物必欲知而名物日詳，（囊括九條精藴。）片語必求明而疑義迭出。當夫繁雜以索，不知學問於何終，何暇念此心之操舍？（曲而能達。）顧即此必欲知，必求明之心，此時已有操而無舍也，況自有警人於微者耶？（文亦微，字可思。）迨至外此别無反約之術，（紆〔一七八〕捷豎説，廣約横説。）而後知廣之所以得約者，惟此道耳。蓋心不可以無事，無事則惝恍而莫主。主之以學問，一往而得所據，（是見道語，非淺學善繫人所能道。）遂百變不離乎宗。人知學問之過勞，不知勞以得逸，而心無自縱也。（善解，筆妙如環。）故此心無一日自寬之候，（明切俊快，氣骨深穩。）即學問自百年不息之功。心不可以有昵，（二義切當。）有昵則紛紜而難却。却之以學問，外物不得間而入，（純從交關處透抉。）即内志不乘隙而出。人知學問之多困，不知困以得通，此心乃常謐也。故極之於學問而不言所求，（越淡越真，是説理上乘文字。）遂毖之於一心而終無所放。（複筆妙。）吾乃知所以爲學問也，學問之道無他，（一氣趕出。）求其放心而已矣。

擺脱一切蒙頭蓋面語，深微曲至，字字探喉而出，煞從此道中來。他手揣摩描畫，終屬隔靴搔癢。（省吾）

孟子曰有天爵者有人爵者

壬午湖北　萬之傑（三名）

大賢别言爵，而恍然於天人之故焉。夫同謂之爵，天與人何别乎？而有之者固各不相掩也，孟子所由相提而並論之。且天下有一至貴之境，貴之權宜於此合，（函蓋全章，爲兩「有」字窮源溯流。）而合之途反自此開。有心者欲爲因此例彼，别白之以定夫一尊，因之對舉參觀，連及之以防其偏重。（抉出立言本旨，筆力瘦硬通神。）孟子見人之欲貴而輕重失實也，乃爲明揭之曰：「天下之所謂貴者，孰有如爵哉？」衆庶芸芸，其與生俱來者舉無足時，乃獨留此境，以壯匹夫浮雲富貴之思，（字挾風霜，元精炯炯。）則必有與爲不蔽者也。宇内憒憒，其過焉不留者亦復何窮？而獨存此境，（不看壞人爵極是。）以爲聖賢束身自愛之報，則必有與爲不刊者也。（文亦不刊。）夫非猶是爵也哉？夫豈猶是爵也哉？晉於是統而計之，且分而按之，（精氣磅礴。）〔一七九〕絪緼化醇之餘，變化見焉。其賦之理以成性者，爵之藴所由宏；其賦之氣以成形者，爵之名所由立。則即爵以屬之天，覺天之所全不以聖凡，（人人有良貴。）而使爵有加損也；天之所畀不以窮通，（孔子所以稱素王。）而使爵〔一八〇〕有污隆也。（句法峭勁。）天不變，爵亦不變，（由「有」字鄭重。）於是有與天爲始終，稱爲良貴，以自行於兩間而不容輕忽者。泉石淪落之外，冠蓋通焉。其藉爵以自異於什伯庸衆也，（筆端有奇氣。）使談之者神奪；其憑爵以自别於山林枯槁也，使聞之者意移。然即爵以歸之人，覺人之與爵俱存者，非豪華之徒所得與也；（眼覷定今之人。）人之不與爵俱往者，（伊傳聲望，千古不朽。)並非功名之士所得知也。人有常,爵亦有常,於是有與人爲轉移,侈然自足,以稱雄於一時而不可蔑視者。此天爵人爵所以不嫌於兩存而互見也歟!泯棼胥漸之世,運久而必興,(此從下文「今」、「古」二字著筆。)我爲之統舉而遞求之。然後知有於天者,爵固與天無窮極;有於人者,爵亦與人無窮期。寥寥天壤常懸,此二者於世運乘除之會,而其道自有常尊。(此從下文「修」字、「從」字、「要」字著筆。)積久不振之人,心窮而必轉,我爲之直指而切言之。然後知爵隨天定,有之者自挾日月以常昭;而爵以人尊,有之者亦立功德於不朽。落落寰區常存,此二者於人心波靡之時,(「有」字捫之有聲。)而其理原非虛寄。試即天爵人爵之實通觀之,何古人之所汲汲者,今人顧從而反之?古今人之不相及,固如此哉!

不蹈空,不填實,攝下文於筆墨之先,擺脱一切,獨抒精蘊。堅栗得之正希,刻摯酷似大力。(省吾)

無爲其所不爲無欲其所不欲

辛巳江南　戴顯忠（三名）

惡於志者有爲與欲，當絶之於始也。夫有所不爲，有所不欲，人雖不及知，而已獨知之。誠意之君子，不當絶之於始乎？且人惺然不昧者，惟内念之間乎？（擒賊擒王。）有不善未嘗不知，（筆力斬截。）知之則勿爲之矣；有不善未嘗不惡，惡之則勿欲之矣。乃始不爲而繼或爲之，始不欲而繼或欲之，非始之疏於其繼也。其始也動於義，（義利性情伏中比。）其繼也趨於利矣；其始也發於性，其繼也溺於情矣。不爲而爲，不欲而欲，將不知其何所底也，吾願誠意之君子絶之於始而已。（以收爲提，總領全局。）凡人曖昧之事，餘之則易盡，蔓焉則難圖。（透闢。）既交引而不自覺，必沉溺而且自甘。（洞徹物理，言之確鑿。）吾未見迷其中者之能返也，是惟即不爲不欲之事而力除之。（筆力清挺。）凡人嗜好之心，戒而不入則快然自足，入而後戒則悔焉。（爲中有欲，欲中有爲。或有譏其柱義欠清晰，謬矣。）難追當事而力爲制，何如先事而預爲防？吾未見蹈其途者之不危也，是惟即不爲不欲之心而切戒之。夫我有不爲而我自知之，我有不欲而我自知之。其事之不可告諸人者，其事究不堪質諸己。（刺骨之言。）乃人知有所不爲而人竟爲之，知有所不欲而人竟欲之，其勢以順而易溺者，其勢以逆而反安。（精核似子。）利不可爲也，而人守義之心往往不勝其嗜利，義貞而利淫也。然亦思義固爲我之所必爲者，（「所」字醒。）利固爲我之所必不爲者。不爲而爲，則爲之時既澒㴎而難安，（暮鼓晨鐘，唤醒〔二八二〕聾聵。）爲之後必愧悔之無地。即所爲而遂，（筆勢不平。）吾知其見譏清議者不少也，則斷斷乎無爲也。情不可欲也，而人養性之功往往終喪於耽情，性清而情濁也。然亦思性固爲我始念之所欲者，情固爲我始念之所不欲者。不欲而欲，則耳目之官既艷其欲而難舍，神明之志又惡其欲而不容。雖所欲而得，（個中殊難打過。）吾知其抱慚清夜者良多也，則斷斷乎無欲也。爲起於欲，無欲則自無爲；欲發於爲，無爲未必無欲。兩相制而不使有潛滋暗長之萌，則内操以淡定之懷，（斬釘截鐵。）外閑以名節之守。假不爲以售其所爲，其去之若熱者，（甘苦閱歷之言。）其就之必若渴；假不欲以濟其所欲，其外視若淡者，（謦欬得未曾有。）其中情必甚濃。精其守而不使有矯情干譽之舉，則一介何異千駟之重，（以經詮經，顛撲不破。）萬鍾不改簞食之心。君子之立身如此，何爲而不善乎？

敲骨打髓，極沈刻之力，妙以揮霍出之，清微透快，理境上乘。（省吾）

無爲其所不爲無欲其所不欲

辛巳江南　吴望增

大賢欲人充羞惡之心，而以無爲無欲惕之焉。夫人莫不有所不爲，有所不欲，而卒爲之欲之者，私蔽之耳。孟子故以無爲無欲惕之曰：「事之自人爲主者，我不能測其端之所起，又烏從而禁其勢之所至？（從兩「其」字發端。）事之自我爲主者，（勁氣直達。）我既得於方起之會，以見天性之未失。而又得於後起之數，以見人欲之漸開。而遂可用吾禁制之權，以絶乎人而全乎天，（筆力逼真正希。）而不患其復惑。」今夫人之克躋聖賢而爲世所頌仰者，在於爲；（字字剔清。）見棄聖賢而爲人所鄙夷者，亦在於爲。葆其天真以近取而即是者，在於欲；惑於外誘以去道而日遠者，亦在於欲。爲與欲謂非生人造道之大端乎？自其後而觀利與善，（從後一層托出，恰好間架。）判然其兩途也。跖與舜，顯然其各别也。極人事之牿亡反覆昏然者，幾至於無所不爲，無所不欲。自其始而觀，語以穿窬而心有愧也，語以害人而意甚拂也。本性始之善惡是非赧然者，則固確有其所不爲，確有其所不欲。（「其所」二字，鐵畫銀鈎。）夫既有所不爲，（直接。）有所不欲，此固人本心之明，而可與爲善之機也。（頓住一筆。）而胡以忽爲之，忽欲之？則私意之漸起也。私意起而不爲者以爲，私意起而不欲者以欲，（醒筆。）私意起而始以小試其端者圖快於意，（源委洞徹，硬語盤空。）繼遂以大暢於意者日昧其真。（筆力千鈞。）而究無患也，則以其所不爲者固在也，其所不欲者固在也。吾何以制之？亦惟是制之以無爲，制之以無欲。（一氣趕出。）不爲不欲，未有其端，（翻筆凌空。）而先以無爲無欲者隱杜其漸，此其事或有所不能。（折筆矯健。）曰其所不爲，其所不欲，則固有顯而共見之象矣。一事之相乘，而怦怦其自動者，制之於方生之始；一念之初萌，而勃勃不自禁者，絶之於獨覺之初。（勁接。）制之於方生之始，則易爲力；（横空結撰，筆筆神行。）絶之於獨覺之初，則易見功。此無爲無欲之所爲，貴先引其緒也。（應回股首，柱義一綫。）欲與爲已動其機，（搜摘盡致，無微不到。）而始以無爲無欲者徐爲之制，此其勢又常不相及。曰無爲無欲，（字字起棱。）則固有猝以相加之力焉。一事之偶乘，而斷之以剛者，（靠實闡發，語語鎮得紙住。）不使或發於幾希之頃；一念之偶萌，而去之務決者，不使稍存於方寸之間。幾希之頃不容發，而有不爲者自有所爲；

(補出此層，義理圓到。)方寸之内無所存，而有不欲者自有所欲。此無爲無欲之所以終能竟其功也，如此而已矣，而豈有他道哉？

題中十二字，無一滑口讀過。理極細緻，筆極爽朗，昆刀切玉，語語愜心。允推此題傑作。(省吾)

聖人治天下使有菽粟如水火菽粟如水火而民焉有不仁者乎

戊辰廣西　汪能肅(一名)

觀聖人之所以治者，而民之仁可必矣。夫民未有不欲仁者，特患無爲仁之資耳。菽粟如水火，民之仁不可必耶，而孰能使之？若曰：「吾日望民興於仁而不可得，未嘗不深求其故也。」彼見富者之日寡，不得不念物力之維艱；(題無他謬巧，只將人情物理説得了了，則題義亦正自了了，文可謂善道俗情。)而見貧者之日多，不得不慮我生之先匱。實有欲進於仁而不能者，(二句伏後比。)而非其心之本不仁也。(得勢得神。)吾益思聖人矣，彼求水火無弗與者，特至足故耳，非以爲仁也。浸假而與水火者易而爲與菽粟，則仁矣；(矯變空靈，機鋒警利，全題在握。)浸假而與菽粟者如與水火，則無不仁矣。然欲與菽粟如與水火，則必使菽粟如水火而後可。使菽粟如水火，（逆揆陡擒，工於取勢。）則必聖人治天下而後可。（純從題巔着筆。）聖人不必日見民而予以菽粟也，而有以神其使之權，（「使」字即上文四項，然過於糾纏，則意深索然，文妙於不脫不沾。）争民於天，争民於地，争民於物。謀其大不遺其細，初不假生金生粟之書。（進一層説。）聖人亦欲日見民而論以仁也，而且先裕其仁之本，受之以益，受之以豐，受之以節。任厥職又董厥官，即不異教忠教和之化。於是有相畏而言仁〔一八二〕者，（驊騮開道。）有相愛而爲仁者。貧〔一八三〕民之所畏者，菽粟之不足，而富民之所畏者，（廉耻盡人皆有。）將不在乎菽粟之不足也。（「仁」字不深看，只在「推有餘」、「濟不足」上説，極是。）彼聞薄俗箕帚耰鋤之誚，豈能無所愧於中而顧顔自厚焉？（醒筆。）所畏有以迫之耳。今則彼遺秉矣，（正面不鋪張，是作家高人處。）此滯穗矣，即分以與人，而亦無病於而家。（就人情淺近處指點，親切有味。）苟不分以與人，而轉有疚於而心，則其畏不仁也，必甚於畏不足也。（一噴一醒。）而謂猶有不仁者，（反掉更迭。）是必民無羞惡之良而後可也，而豈情也哉？貧民之所愛者，菽粟之至足，而富民之所愛者，將不止於菽粟之至足也。（衣食足而禮義興。）彼聞先王睦婣任恤之風，（二比以「惡不仁」、「愛仁」分柱。）豈能不少動其志而顧甘自恝焉？所愛有以奪之耳。今則千斯倉矣，萬斯箱矣，即少有所損於己，我猶將及人以爲名。（曲盡人情，清思雋筆，得未曾有。）況無所益於人，人且將先我而爲德，則其愛仁也，必甚於愛菽粟也。而謂猶有不仁者，是必民無秉彝之好而後可也，（爲「焉有」傳神。）而豈理也哉？此所謂既富方穀也，（證佐。）此所謂倉廩實而知禮節也。（回抱題首，與泛作頌揚不類。）而惟聖天子在上，經其兵戎，使可衣食；經其衣食，使可孝弟。故能比户可封，民興於仁，猗歟盛哉！

不必故作幽深，只將眼前情景指點親切，題義已冰融雪釋。文氣寬博曲鬯，董醇、賈茂兼擅其長，是黄藴生集中得意之作。（省吾）

校勘記

〔一〕此句陳藏本作「塾師課徒甫授時文」。

〔二〕「魯金渠」，正文爲「魯金藻」，光緒《撫州府志》載爲「魯金渠」，同治《建昌府志》與《廣信府志》載爲「魯金藻」。

〔三〕「徐光景」，據正文及《清史秘聞》，當爲「徐光簡」。

〔四〕「戴德昂」，據正文及光緒《高唐州志》，當爲「戴得昂」。

〔五〕「中」，陳藏本作「仲」，誤。
〔六〕陳藏本目録列「沈錫之」於顧元熙之後，今據陳藏本。
〔七〕「其」，陳藏本作「於」。
〔八〕「六」原作「七」，考丙辰（一七九六）至辛卯（一八三一），首尾三十六年，故徑改。
〔九〕此處原文作「示余曰仁應試書」，今據陳藏本及《王陽明先生文鈔》（《四庫全書存目叢書·集部第四九册》）校，當爲「示徐曰仁應試書」。
〔一〇〕陳藏本無「一」字。
〔一一〕陳藏本無「公」字。
〔一二〕「如」，陳藏本作「而」。
〔一三〕「辭」，陳藏本作「詞」。
〔一四〕「和諧」，陳藏本作「諧和」。
〔一五〕「緊」，陳藏本作「謹」。
〔一六〕「書」，陳藏本作「古」。
〔一七〕「入」，陳藏本作「人」，誤。
〔一八〕「輕重」，陳藏本作「重輕」。
〔一九〕「斡」，原文作「幹」，今據文意改。
〔二〇〕「斡」，陳藏本誤作「幹」。
〔二一〕「斡」，陳藏本誤作「幹」。
〔二二〕「工」，陳藏本作「功」。

〔二三〕「久」，陳藏本作「入」。
〔二四〕「清」，陳藏本作「冷」。
〔二五〕「思」，陳藏本作「想」。
〔二六〕「甚」，陳藏本作「亦」。
〔二七〕「義」，陳藏本作「意」。
〔二八〕「亦」，陳藏本作「未」。
〔二九〕「幹」，陳藏本誤作「榦」。
〔三〇〕「也」，陳藏本作「地」。
〔三一〕「爲」，陳藏本作「惟」。
〔三二〕「言」，陳藏本作「語」。
〔三三〕「雖」，陳藏本作「須」。
〔三四〕「陔」，陳藏本誤作「咳」。
〔三五〕「訢」，陳藏本作「訊」。
〔三六〕「飾」，原文漫漶不清，今據陳藏本補。
〔三七〕「神也」二字，原文漫漶不清，今據陳藏本補。
〔三八〕「揮」，陳藏本作「渾」。
〔三九〕「候」，陳藏本誤作「侯」。
〔四〇〕「欺」，陳藏本作「戒」。
〔四一〕「親」，陳藏本作「睹」。

〔四二〕「單薄」，首圖本作「罵嘆」。
〔四三〕「廋」，國圖本、陳藏本誤作「瘦」，今據《四書章句集注》改。
〔四四〕「矢」，陳藏本作「失」。
〔四五〕「有」，陳藏本作「存」。
〔四六〕「惟」，陳藏本作「雄」。
〔四七〕「王鏻」，首圖本作「王鏻」，但目録所刊仍爲「王鏻」。
〔四八〕「以」，陳藏本作「謂」。
〔四九〕「入」，陳藏本作「人」。
〔五〇〕「二」，陳藏本作「兩」。
〔五一〕「平」，陳藏本作「乎」。
〔五二〕「易」，陳藏本作「宜」，誤。
〔五三〕「巳」原作「酉」，今據《清秘述聞續》改。
〔五四〕「二」，陳藏本作「一」。
〔五五〕「冰」，陳藏本作「水」。
〔五六〕「蕩」，陳藏本作「湯」，誤。
〔五七〕「偕」，陳藏本作「扶」。
〔五八〕「煞」，陳藏本作「然」，誤。
〔五九〕陳藏本「四」上有「頓」字。
〔六〇〕「從」，原作「後」，今據陳藏本改。

〔六一〕「人」，陳藏本作「入」。
〔六二〕「泯」，陳藏本作「民」。
〔六三〕「椿」，原文作「春」，據《清朝進士題名録》，劉耀椿爲嘉慶庚辰會試二甲第八十七名進士。
〔六四〕據《清朝進士題名録》，丁文釗爲嘉慶庚辰會試三甲第十三名。
〔六五〕據《清朝進士題名録》，宋應文爲嘉慶庚辰會試二甲第六十一名。
〔六六〕「入」，陳藏本作「人」。
〔六七〕「飭」，陳藏本作「高」。
〔六八〕「是而」，陳藏本作「題高」。
〔六九〕「傑」，陳藏本作「往」。
〔七〇〕「節拍」，人大本作「一拍」。
〔七一〕「貴」，陳藏本作「尚」。
〔七二〕「呵」，原文作「阿」，今據陳藏本改。
〔七三〕「柢」，原作「祇」，今據陳藏本改。
〔七四〕「學」，陳藏本作「人」。
〔七五〕「德」，陳藏本作「得」。
〔七六〕「入」，陳藏本作「人」。
〔七七〕陳藏本「親」上有「一」字。
〔七八〕「平」，陳藏本作「乎」。
〔七九〕此處評語國圖本有缺漏，據陳藏本補齊。

〔八〇〕「正」，陳藏本作「止」。
〔八一〕「一」，陳藏本作「人」。
〔八二〕「視」，陳藏本作「叩」。
〔八三〕「軒爽」，首圖本作「野死」。
〔八四〕「得」，陳藏本作「力」。
〔八五〕「候」，陳藏本作「侯」。
〔八六〕「岸」，陳藏本作「直」。
〔八七〕陳藏本「才」下有「一名」二字，鄭兼才爲此科解元。
〔八八〕原文「凡」下有「一」字，爲衍文，據陳藏本删。
〔八九〕原文「際」下有「一」字，爲衍文，據陳藏本删。
〔九〇〕「暴」，陳藏本作「入」。
〔九一〕「序」，陳藏本作「厚」。
〔九二〕「曲」，陳藏本作「由」。
〔九三〕「參沾」，陳藏本作「活」。
〔九四〕「面」，陳藏本作「而」。
〔九五〕「失」，陳藏本作「天」。
〔九六〕「將聖」，陳藏本作「破」。
〔九七〕「任」，陳藏本作「在」。
〔九八〕「霸」，陳藏本作「雲」。

〔九九〕「千」，陳藏本作「子」。
〔一〇〇〕「關」，陳藏本作「開」。
〔一〇一〕「竟」，陳藏本作「境」。
〔一〇二〕陳藏本無此條批語。
〔一〇三〕「濟」，陳藏本作「者」。
〔一〇四〕「峭」，陳藏本作「剛」。
〔一〇五〕「任」，陳藏本作「仕」。
〔一〇六〕此處評語國圖本有缺漏，據陳藏本補齊。
〔一〇七〕「擬」，陳藏本作「野」。
〔一〇八〕「理」，陳藏本作「體」。
〔一〇九〕「必」，原作「不」，今據陳藏本改。
〔一一〇〕「密」，原作「蜜」，據陳藏本改。
〔一一一〕「密」，原作「蜜」，據陳藏本改。
〔一一二〕「入」，陳藏本作「人」。
〔一一三〕國圖本缺「富」字，據《四書章句集注》補。
〔一一四〕「數」，陳藏本作「教」。
〔一一五〕「文」原文作「丈」，據陳藏本改。
〔一一六〕「仁」，陳藏本作「二」。
〔一一七〕「端」，陳藏本作「瑞」。

〔一一八〕陳藏本缺「通」字。
〔一一九〕「在」，陳藏本作「任」。
〔一二〇〕「吾夫」，陳藏本作「言天」。
〔一二一〕「又」，陳藏本作「是」。
〔一二二〕「凑」，陳藏本作「奏」，誤。
〔一二三〕「共」，陳藏本作「其」。
〔一二四〕「付」，陳藏本作「仲」。
〔一二五〕陳藏本「何」下有「以」字。
〔一二六〕「予」，陳藏本作「子」。
〔一二七〕「又」，陳藏本作「夫」。
〔一二八〕「敏」，陳藏本作「教」。
〔一二九〕「傑」，陳藏本作「桀」。
〔一三〇〕「儀」，原文作「一」，今據陳藏本改。
〔一三一〕「插」，陳藏本作「揮」。
〔一三二〕「日」，陳藏本作「白」。
〔一三三〕「入」，原文作「人」，今據陳藏本改。
〔一三四〕「輩」，陳藏本作「董」。
〔一三五〕此字國圖本漫漶不清，陳藏本作「惰」，誤，當作「隋」。
〔一三六〕「間」，陳藏本作「問」。

〔一三七〕「齊」，陳藏本作「死」。
〔一三八〕陳藏本「在」下有「此」字。
〔一三九〕「科」，陳藏本誤作「料」。
〔一四〇〕「秩」，陳藏本作「袟」。
〔一四一〕「入」，陳藏本誤作「人」。
〔一四二〕「入」，原文作「人」，今據陳藏本改。
〔一四三〕「睹」，陳藏本誤作「暗」。
〔一四四〕此處評語國圖本有缺漏，據陳藏本補齊。
〔一四五〕「戴」，陳藏本作「載」。
〔一四六〕「尚」，陳藏本作「肖」。
〔一四七〕「囚」，陳藏本作「曰」。
〔一四八〕「入」，陳藏本誤作「人」。
〔一四九〕「入」，原文作「人」，今據陳藏本改。
〔一五〇〕原文「所自哉」三字漫漶不清，今據陳藏本補。
〔一五一〕「有則」，國圖本作「則有」，今據陳藏本改。
〔一五二〕「理」，陳藏本作「埋」。
〔一五三〕「大」，陳藏本作「天」。
〔一五四〕「入」，原文作「人」，今據陳藏本改。
〔一五五〕「夫」，陳藏本作「未」。

〔一五六〕「入」，原文作「人」，今據陳藏本改。
〔一五七〕「今」，原作「聖」，今據陳藏本改。
〔一五八〕「誠」，陳藏本作「誠」。
〔一五九〕國圖本缺「不」字，今據陳藏本補。
〔一六〇〕「物」，陳藏本作「如」。
〔一六一〕「侈悦」，陳藏本作「倫性」。
〔一六二〕「杳」，陳藏本作「香」。
〔一六三〕「光」，陳藏本作「水」。
〔一六四〕「予」，陳藏本作「子」。
〔一六五〕「三」，陳藏本作「二」。
〔一六六〕「閿」，陳藏本作「間」。
〔一六七〕「入」，陳藏本作「人」。
〔一六八〕「輿」，陳藏本作「與」，誤。
〔一六九〕「以」，陳藏本作「已」。
〔一七〇〕陳藏本此條批語僅「皮相」二字。
〔一七一〕「入」，陳藏本作「人」。
〔一七二〕「問」，陳藏本作「間」。
〔一七三〕「二」，陳藏本作「一」。
〔一七四〕「今」疑爲「令」之誤。

〔一七五〕「奚」，陳藏本作「何」。
〔一七六〕「入」，原文爲「人」，今據陳藏本改。
〔一七七〕「須」，陳藏本作「經」。
〔一七八〕「紆」，陳藏本作「絳」。
〔一七九〕此處評語國圖本有缺漏，據陳藏本補齊。
〔一八〇〕原文「爵」上有「人」字，陳藏本無，從陳藏本。
〔一八一〕「醒」，陳藏本作「酉」，誤。
〔一八二〕「仁」，陳藏本誤作「二」。
〔一八三〕「貧」，陳藏本作「與」。